中国学术档案大系

主编　陈文新

《西游记》学术档案

周勇　潘晓明　编撰

WUHAN UNIVERSITY PRESS
武汉大学出版社

图书在版编目(CIP)数据

《西游记》学术档案/周勇,潘晓明编撰.—武汉：武汉大学出版社，2013.9

中国学术档案大系/陈文新主编

ISBN 978-7-307-10672-7

Ⅰ.西… Ⅱ.①周… ②潘… Ⅲ.《西游记》—小说研究 Ⅳ.I207.419

中国版本图书馆 CIP 数据核字(2013)第 070056 号

责任编辑:李　琼　　责任校对:黄添生　　版式设计:马　佳

出版发行:武汉大学出版社　(430072　武昌　珞珈山)

(电子邮件:cbs22@whu.edu.cn　网址:www.wdp.com.cn)

印刷:武汉中远印务有限公司

开本:720×1000　1/16　印张:30.5　字数:453 千字　插页:2

版次:2013 年 9 月第 1 版　2013 年 9 月第 1 次印刷

ISBN 978-7-307-10672-7　定价:60.00 元

目　录

近百年《西游记》学术史概述(代序)

与一般的优秀之作不同，经典之为经典，至少具有相互联系的两方面特质。一者，经典在思想和形式上具有深厚的蕴涵，往往成为某种类型或范式的代表；二者，由于这种蕴涵的极大丰富甚或是不确定，经典在流传过程中聚集了许多人的智慧，形成了一些箭垛式的命题、话题，从而使经典的传播史、接受史、研究史成为一个民族精神发展的微缩历程。文学经典以文字的形式凝固了民族精神的血脉，如果说，唐宋诗词的经典主要展现了中华民族的情感深度和浓度，那么，明清小说的经典则体现了我们民族思维的厚度和宽度。而且，由于小说尤其是长篇小说的规模不是一首短小的诗词所可比况的，所以，小说经典的可言说性一般较之诗词更为丰富。综观明清时期几部最著名、最重要的通俗小说经典之作，哪一部不是千回百转、生机盎然而又聚讼纷纭呢？即便是在表面上看来最为浅近完全可以作为儿童读物的《西游记》，仔细端详也如百尺深潭一般难以见底。尤为奇妙的是，它还具有老少咸宜的受众群体，这与其他几部奇书的接受情况很不一样——最单纯的儿童也可以兴味盎然地咀嚼《西游记》的取经故事，而最博学的耆宿也难以自诩完全领会了《西游记》的深厚意旨，这正是这部小说耐人寻味的独特魅力。

自从《西游记》问世以来，对它的接受与研究已经有四百年之久，与其他几部小说名著相较，《西游记》研究的一个明显格局是：旧的学术传统下的研究成果(即“五四”以前的研究)显然不如现代学术方法转换后所取得的成果。所以，把握近百年来《西游记》研究的基本特点和问题，也就是把握了《西游记》研究史、学术史的重点和走向。我们试图从阶段性和专题性两个方面来描述近百年来的《西游记》研究历程。

一、近百年《西游记》研究的历史阶段

从20世纪20年代初至今，《西游记》研究已经走过了整整90年的历程，从研究的特性来看，恰好可以将这一时长划分为大致平均的三个时段。第一阶段自20世纪20年代初至新中国成立，将近三十年；第二阶段自20世纪中叶至70年代末，刚好三十年；第三阶段自20世纪80年代至今，略逾三十年。

1. 现代《西游记》研究

与其他学术领域基本同步，近百年的《西游记》研究在其第一个阶段完成了由中国传统学术范型向现代学术范型转变的过程，出现了一批堪称经典的学术成果，它们在思维观念、研究态度、研究方法以及学科体系的构建等几方面体现了《西游记》研究的现代学术品格，从而有别于传统学术形态。一般认为，现代《西游记》研究应以胡适草创于1922年、定稿于1923年的《〈西游记〉考证》一文为起点。虽然在此之前，黄人、蒋瑞藻、钱静方等人有一些关于小说考证方面的资料发布，但其形态都非单篇论文而更近于传统所谓“杂俎”之类，难以视做现代学术成果；而在此之前，有署名为颠公的论文《〈西游记〉为明人吴承恩所作之异说》发表于《文艺杂志》1914年第4期，但其影响不大，远不能与胡适之文相比，故将现代《西游记》研究之肇始定于1922年或1923年(迄今整整九十年)是合适的。《〈西游记〉考证》将传统乾嘉考据之学与西方实证主义科学精神结合起来，系统梳理了西游故事演化、传播的历史，对小说作者、版本、主旨、形象来源诸问题都在考证基础上得出了结论。胡文在观念、方法、表述形式等方面标志着《西游记》研究的现代转型。几乎与此同时，鲁迅的《中国小说史略》写成，在论及明代神魔小说部分，鲁迅重点分析了《西游记》的成就。与胡适一样，鲁迅考订吴承恩为小说作者，并在知人论世之基础上认为，小说的主旨并无儒、释、道三教之思想深义，而仅仅只是出于游戏，此论可以说是现代《西游记》研究对于传统论坛的最大反拨之一。胡、鲁二人因而在思想观念(如对小说主旨的新见)、研究方法(如比较的方法、原型方法等)、表述形式(专门、系统的论文)三个方面体现了《西游记》研究的现代学术品格。

与胡适、鲁迅之成果相先后，在20世纪二三十年代，《西游记》论坛还出现了一批较为重要的研究实绩。陈独秀《〈西游记〉新叙》以文学革命的立场，批判了《西游记》“三教合一的昏乱思想”。俞平伯首次对《西游记》作者的“吴承恩说”提出否定意见(《驳〈跋销释真空宝卷〉》)，成为《西游记》学术史上“非吴著说”的主要代表。国学大师陈寅恪虽非着力于小说研究，但其探讨中印佛教关系的课题涉及《西游记》之本事渊源，陈氏《〈西游记〉玄奘弟子故事之演变》一文，对小说人物形象之形成作了扎实深入的考察，其研究方法独特而专深，可视做《西游记》比较研究的重要成果。赵景深则陆续发表《〈西游记〉的民俗文学的价值》、《吴昌龄的〈西游记〉杂剧》、《〈西游记〉杂谈》、《〈西游记〉作者吴承恩年谱》等重要论文。或从民俗文化的角度来衡估《西游记》的价值，视角新颖；或对胡适、鲁迅的作者论予以文献的补充，是此期《西游记》研究的重要收获。

在胡适、鲁迅之后的这些成果中，特具学术史意义的应推郑振铎、孙楷第和刘修业的研究。郑振铎的长文《〈西游记〉的演化》是继胡适的《〈西游记〉考证》之后最重要的考证成果，郑振铎以深厚的文献功底结合当时新出现的版本资料，第一次较细致地推定了《西游记》诸版本的演化轨迹。鲁迅、胡适的研究虽然具有开拓的性质，但毕竟受制于版本资料的局限，一些结论尚不精确。至郑振铎撰写《〈西游记〉的演化》时，世本、朱本相继被购回国内，永乐大典本亦被发现。新史料的出现和利用，极大地推动了研究的进展，郑振铎正是运用这些新发现，基本厘清了《西游记》各版本先后演化的轨迹，提出了第九回唐僧出世情节的问题，推定永乐大典本为《西游记》的祖本。这些命题和结论对于《西游记》研究都具有划时代的创新意义。孙楷第和刘修业二位也同样致力于小说史料的钩稽、考订。孙氏长期留意于小说版本目录学，集腋成裘撰成《日本东京所见小说书目》、《大连图书馆所见小说书目》、《中国通俗小说书目》等重要工具书，其中关于《西游记》版本的著录丰富而准确，不仅记载了版本的一般信息，而且附有精确的考证文字，其价值不亚于严谨完整的学术论文。毫无疑问，欲对《西游记》的版本进行研究，孙氏的这些研究成果是无法逾越的必读书。刘修业则致力于关于《西游记》作者的专门研究，对吴承恩的生平、交游、著述等各方面进行了在当时看来最全面的考察。她以文献学的专业素养和任职于北京图书馆的便利条件，出色地完成了一系列研究工作。刘修业首次撰成系统完整的《吴承恩年谱》，这在中国著名小说的作者研究中堪称首创，虽然其后又有超越之作出现，但刘修业的发凡之功不可抹杀，故竺洪波在《四百年〈西游记〉学术史》中将刘修业推为现代《西游记》学术史上继胡适、鲁迅、郑振铎、孙楷第之后的最后一位大师以及新中国成立后一个时期内的领军人物，俨然将其视为承前启后者。①

由上可见，现代《西游记》研究在“五四”前后处于转型期，胡适、鲁迅等新文化巨匠于传统中开新境，其功在于划定疆界，开辟新法，确立规范。“五四”退潮后二十年间，《西游记》研究则呈现深化之势，郑振铎、孙楷第、刘修业等人的研究成果基本上属于材料考证性质，即说明了这一特点。可以说，他们遵循了胡适等“五四”大师将乾嘉旧学与实证新学相结合而开辟的学术路径。近百年的《西游记》研究在其第一个阶段以考据为特点，是既具有历史延续性又符合学科发展规律的结果。

2. 新中国成立后的《西游记》研究

新中国成立后至“文革”结束这段时间的《西游记》研究有一个总体的趋势，即与政治形势和意识形态的关系日趋紧密，学术的独立性由此受到削弱。这一趋势从反右运动开端直至“文革”十年，中国的学术科研尤其是人文社会科学研究，陷入违背学术理性和学术规范的歧途，造成了一段学术史上近乎空白的真空区。所以，新中国成立后三十年间的《西游记》研究，重要成果基本集中在20世纪50年代前期。这一时期的研究，一方面继承20世纪三四十年代的研究成果，在研究领域和深度上有所拓展，尤其体现在阐释研究方面，另一方面也开始不可避免地出现了与意识形态挂钩的现象。在最初，是研究者出于对新时代、新社会、新政权的衷心拥护，进而主动学习、运用马克思主义文艺理论以转换研究的指导思想，应该说，这尚是属于时代

① 竺洪波：《四百年〈西游记〉学术史》，复旦大学出版社2006年版。

学风变化的正常现象。而到后来，一波接一波的政治运动给知识分子造成了巨大的政治压力和心理压力，学术研究则受到了极大的思想束缚。这时出现的成果，多是主动迎合政治口径的牵强附会，具有学术良知和操守的学者则只能以缄默表示抗争。

因此之故，这一阶段虽然历时略超前一阶段，但是在《西游记》学术史上具有典范意义的成果却远逊前者且比较集中地出现于20世纪50年代前期，其特点是：研究者普遍受到新的时代氛围之感染和1951年至1952年的知识分子思想改造运动的影响，纷纷主动以马克思主义的文艺理论来进行文学研究和批评。但是，一方面，随着文艺界批判电影《武训传》、批判俞平伯《红楼梦研究》等活动逐渐带有政治意味，国家各方面生活中的"左"倾思潮和教条主义已露端倪；另一方面，中央在1956年提出了"双百"方针，似又为文艺和科学研究界营造了自由活跃的学术空气，所以，《西游记》研究也不可避免地打上了学术性和政治性的双重烙印。

作家出版社1957年编辑出版了《〈西游记〉研究论文集》，这部论文集是为了展示新中国成立后《西游记》研究的主要成绩而编辑的，但实际上可以视做新中国成立后17年间《西游记》研究的主要收获。论文作者中如张天翼、胡念贻、霍松林、魏建功、严敦易、黄肃秋等都是此前或此后古典文学研究界的重要代表学者，而论文所涉及的课题也颇为广泛，既在前贤的考证基础上普遍倾向于阐释，又表现出与新时代相匹配的宏阔视角。许多文章视野开阔，涉及面广，如张默生的《谈〈西游记〉》、霍松林的《略谈〈西游记〉》、沈仁康的《〈西游记〉试论》等，都论及了思想、形象、艺术、渊源等多方面的问题。尤其值得重视的是，《西游记》主题思想的研究是这一时期学界热烈讨论的焦点问题。《人民文学》于1954年2月号上刊出了张天翼的长文《〈西游记〉札记》，该文第一次运用唯物主义阶级分析方法来评论《西游记》，将小说中的神魔斗争视做现实中地主阶级与农民阶级之间斗争的反映，将孙悟空的皈依佛门视做向统治阶级投降叛变，从而得出《西游记》在主题上存在矛盾、孙悟空在形象上不纯的结论。张文引起了较大反响，研究者纷纷撰文，或赞同，或修正，或补充，一时出现了"双重主题"、"主题转化"、"主题统一"等论说。应该说，这些探讨有助于将《西游记》研究引向深入，阶级分析当然也不失为文艺批评的一种学术观念和方法，但由于主题研究的特殊敏感性，便难以摆脱主流意识形态的外在规约，在学术性中体现出较强的政治性。

除主题研究之外，这一时期的宗教研究和艺术分析也不免带上了一定程度的主流思维特点。《〈西游记〉研究论文集》中所收方白的《谈猪八戒》一文是较早论及猪八戒的研究成果，此文认为猪八戒代表了劳动人民的现实的一面，从人民性的角度充分肯定了猪八戒形象的塑造。宗教研究中真正的教义少有涉及，多是将小说中杂糅的三教争衡局面理解为现实中政权、神权与人民之间矛盾的反映，实际上远不是宗教学的研究范围。一些老学者在这一时期也继续关注《西游记》研究，刘修业关于吴承恩的考证文章发表于1958年作家出版社《古典小说戏曲丛考》中，产生了影响，她还整理了《吴承恩诗文集》，由上海古典文学出版社出版，推动了关于《西游记》作者研究的开展。

3. 新时期以来的《西游记》研究

粉碎"四人帮"标志着"文革"严冬的结束，党的十一届三中全会则拉开了思想解放运动的序幕。20世纪80年代，中国的思想界、文化界、学术界迎来了新中国成立以来最为宽松自由的环境，《西游记》研究也随着这一时代的春风迈入了大步前进、多元发展的道路。首先是在小说的主题性质方面出现了具有突破意义的论争，朱彤在1978年、1979年连续发表《论孙悟空》和《论吴承恩的思想》两文，一反以阶级分析方法和"农民起义"观念来研究小说的旧套，提出了《西游记》主题和孙悟空形象的"市民说"。朱文引起了广泛的反响，先后有十余篇文章参与讨论，掀起了一个热潮。现在看来，当时的论争不无可以商榷之处，方法和结论也略显浮泛，但其突破极"左"思想和教条主义的历史意义是不能忽视的。其次，在新时期之初，《西游记》研究界出现了大规模的学术研讨活动，这说明研究工作更为自觉，更具有整体的规模和规划。1982年10月，由江苏省社会科学院文学研究所、江苏省作家协会、《江海学刊》编辑部以及连云港市、淮安县人民政府诸单位共同在连云港市和淮安县两地举办了首届全国《西游记》学术讨论会，全国120余位学者、爱好者与会。这是新时期乃至新中国成立以来《西游记》研究界的空前聚会和研究成果的集中展示，其影响甚大，会后迅速出版了论文集《〈西游记〉研究》。应该说，在拨乱反正为时尚短的情况下，能够聚集如许研究队伍、涌现如许成果，是十分难得的。这次会议总结了进入新时期以来的最新研究实绩，这些成绩涉及面广、所论较深，且具有突破禁区、开拓新局的学术史意义，标志着《西游记》研究已走过狭路而进入了全面复兴和繁荣的康庄大道。

这一时期发表的《西游记》研究论文远非前两个时期可比，而且形成了一些论辩争鸣的热潮，如关于作者问题的讨论，一时间成为学界乃至社会关注的焦点。专著的出版也远较以前为多，其中胡光舟的《吴承恩和〈西游记〉》、苏兴的《吴承恩年谱》及《吴承恩小传》、李时人的《〈西游记〉考论》、张锦池的《〈西游记〉考论》等都影响较大。与此同时，中国港台地区及海外的研究成果也逐渐进入读者视野，台静农、张静二、柳存仁、夏志清、余国藩、杜德桥等对《西游记》版本、人物、本事等方面都作了富有意义的研究。日本学者也具《西游记》研究的传统，从20世纪三四十年代的长泽规矩也、小川环树一直到20世纪八九十年代的矶部彰、中野美代子，几代日本学人倾心于《西游记》研究。其中太田辰夫对《西游记》成书过程及版本源流的追索，矶部彰对孙悟空及猪八戒形象的形成过程的考察，都显示出深厚的学术素养和扎实的文献功底，有力地刺激了国内研究的发展。

从学术品格上看，此一阶段的研究具有反思旧论、推陈出新的特点，在涉及小说的作者、版本、主题、宗教意识等各个方面都对前人的成果进行了重新思索，提出了许多反拨性的观点，在辩难中深化了研究力度。这种格局的形成当然是与思想文化空气的整体转换相关的，多元化观念和研究方法的引入助推了研究者创造力的发展，如从比较文学和跨文化的角度观照作品，运用神话学、人类学等新理论与方法进行批评，等等。可以说，这一时期的《西游记》研究接续了五四新文化的精神，体现出打通中西、汇合内外的路向。

从学术流向和趋势上看，新时期的《西游记》研究以主题探讨为突破的起点，进而集中于作者、版本、成书等基础层面，至20世纪90年代以后，则出现了多元纵深发展的态势，由文学研究、文本研究、文献研究而跃升至文化研究的范畴。这一发展趋势既呼应着时代文化变化的大背景，也符合小说研究的基本规律。

或许值得一提的是，这一时期，随着文艺表现形式的多样化，古典文学作品尤其是通俗小说被改编为现代影视作品日渐频繁。《西游记》以其雅俗共赏、老少咸宜的题材和风格，早在上一时期就孕育出经典的动画作品《大闹天宫》。1986 年，《西游记》又被基本完整地改编为电视连续剧，成为四大古典小说中最早被搬上荧屏的一部，在社会上产生了很大的反响。这不仅有利于名著的社会普及，实际上也对学术研究发生着积极的推动作用。我们认为，这些也应纳入学术史关注的视野之内。

二、近百年《西游记》研究的热点专题

任何一部经典在其接受和研讨的过程中会形成一些相对固定而独特的话题和命题，可言说性的话题和可阐释性的命题像箭垛一般，具有汇聚后人智慧的作用，共同建构着此一经典的历史面目。作为小说经典的《西游记》也具有这样的话题和命题，从学术研究的视角来看，我们主要关注它的以下几个命题：

1. 作者和版本问题研究

中国通俗小说的作者之所以成为该领域的研究热点，一则是因为古代小说在文学诸体的家谱中地位甚低，小说创作者不愿意以此留名后世，故一般不署真名或者完全不署名；二则是因为早期小说的成书方式是历代累积的，最后的文本写定者即便是某一个文人，他对小说所拥有的著作权也不能和个人独创的作品同日而语。因此，通俗小说的作者问题，比之其他文类（如诗、词）就更加突出。在这方面，明代几部奇书的作者，都可以说是一笔糊涂账。《西游记》的作者也很成问题。综观近百年乃至《西游记》诞生以来四百余年有关此书作者的争议，大致形成了几个派别，各有其盛行的阶段。明人相信作者之名已佚，清人标举作者为邱处机，鲁迅、胡适等重视清代丁晏、吴玉搢的意见并考证作者为吴承恩，而怀疑和否定吴承恩为作者的声音也一直不绝，且有日益壮大之势。

新时期以前国内对《西游记》作者为吴承恩有异议的论文主要有

颠公1914年发表的《〈西游记〉为明人吴承恩所作之异说》和俞平伯1933年发表的《驳〈跋销释真空宝卷〉》，后者尤具力度和影响。在海外，田中严、太田辰夫、矶部彰、杜德桥、余国藩、张静二、郑明娳等，则对吴承恩著《西游记》一说持保留、怀疑甚至否定态度。20世纪80年代以后，国内学术界亦开始了一场旷日持久的关于《西游记》作者之争。章培恒率先发表《百回本〈西游记〉是否吴承恩所作》一文，以十分坚实的考证逻辑提出，现有材料并不能证明吴承恩确为《西游记》的作者，打破了国内学术界多年以来在这一问题上的沉默。随之有相当数量的学者加入这一大讨论之中，其中否定吴承恩为作者的主要有章培恒、杨秉祺、李安纲、黄霖、张锦池等人，肯定者则有苏兴、吴圣昔、刘怀玉、钟扬、杨子坚、陈澉、刘振农、蔡铁鹰等人。在否定者的意见中，又生发出新的作者论断，有的学者重提邱处机说，如张易克、柳存仁、陈敦甫、陈志滨、金有景等；有的提出"华阳洞天主人"或陈元之说，如陈君谋、张锦池；还有其他一些可能的作者人选被提出。总之，《西游记》的作者为谁之所以成为问题，无非是由于主张吴著者和否定吴著者都还不能提出十分过硬的文献证据，在驳论方面的力度往往大于在立论方面的力度，所以，这一论题的最终解决还有赖于新史料的发现，而这是不可预期和强求的。

与作者问题一样期待文献印证的是小说版本方面的研究。《西游记》的版本在几部小说名著中是比较复杂繁多的，有祖本的问题，有明本与清本的承继问题，有繁本与简本的先后问题。新中国成立前对版本作出精深研讨的是郑振铎和孙楷第两位。郑振铎的《〈西游记〉的演化》第一次初步厘清了当时可见的《西游记》版本的先后演进之序，可谓在倒行错杂的版本异文中寻到了一条进行的线索。孙楷第则以一人之力广搜诸多版本，其《中国通俗小说书目》著录了十三四种《西游记》版本，至今也所增不多。郑、孙二人实为《西游记》版本研究奠定了坚实的基础，故直至20世纪80年代以前，《西游记》版本研究几乎停步。新时期后，由于国际学术交流和新资料的发掘，版本研究才又呈激活之势。

在版本研究中，最主要的问题集中在所谓祖本以及繁本与简本的先后承继关系两个方面。《西游记》是历代累积型小说，故在今见最早百回本(世本)之前，应有一个基本完整的文本作为百回本作者编创的依据，此即所谓“祖本”。此本为何物？学界进行了多方考证和猜度，迄今为止，已出现了七种不同说法：鲁迅首倡杨(致和)本说，赞同者有陈新、赵伯英等。郑振铎首倡永乐本(平话本)说，赞同者有胡光舟、苏兴、杜德桥等，此说在学界影响很大，鲁迅后来也认同郑说，使之几乎成为主流意见。日人长泽规矩也主张朱(鼎臣)本为祖本，赞同者有柳存仁、陈君谋等。吴圣昔首倡“前世本”说，赞同者有李时人。张锦池首倡词话本说，赞同者有程毅中。此外王辉斌首倡“西游释厄传”说，金有景主张“西游原旨”说。各家均提出了若干证据，但要达成共识，恐怕仅靠逻辑论证是难以解决的，新史料的发现成为解决问题的关键。相对而言，前三说的合理性明显，尤其是平话本说，支持者甚多。而认同朱鼎臣本或杨致和本为祖本，则又牵涉到繁本与简本的先后承继关系。

世本、朱本与杨本之关系，涉及《西游记》成书过程，关系到《西游记》演化的全局。主流的意见认为繁本在前而简本在后，简本是对繁本的删略。郑振铎列出的演化顺序是世本→朱本→杨本，李时人将之修正为世本→杨本→朱本，黄永年亦认同李说。而张锦池则在此基础上进一步判断为“杨本乃硬删世本编写而成”，“朱本是晚于杨本的三缀本”——“乃据世本、杨本以及早于世本的一种平话本删节编写”。除繁前简后的传统意见外，一些学者主张简本在繁本之前。代表者如陈新，他将三本顺序排列为杨本→吴本(世本)→朱本；朱德慈提出“朱本在前，杨本拼凑吴本、朱本”，即顺序是朱本→吴本→杨本，朱氏并对成书经过作了推测。也有学者认为，不仅朱本与杨本之间没有直接的继承关系，而且在繁本与简本之间也没有直接的继承关系，它们是各自根据相同的或不同的祖本而嬗变演化成的。上述争论的一个关键论据是关于第九回即唐僧出身之事的描写详略的差异。除朱本外，所有明刊本均对唐僧出身之事言之不详，只有一些提示或零星的涉及，而清刊本对此则多有完整而详细的描写。这一版本差异关系到明清版本的演变和繁简版本的关系。对于《西游记》最重要的早期版本金陵世德堂本和其他百回明本没有唐僧出身情节的事实，学界有两种不同的解释。一种意见认为，吴承恩原作本来有这一情节，只是在刊刻时被书商刊落，故书中还留有一些内证，李时人、黄肃秋等人持此说；另一种意见则认为，世本原来就没有唐僧出身故事，苏兴、蔡铁鹰等人持此说。由此，还引发出世本是否即为“吴氏书”的初刻本的问题以及对《西游记》佚本的推测。

总之，《西游记》版本问题十分复杂，各家之考论均有一定合理之处，但尚未形成定论，疑问仍然不少，对清刊本的研究也远不及明刊本充分，还存在着继续开掘史料和加强论证的空间。

2. 成书及人物原型研究

作为世代累积的作品，《西游记》与同类小说一样经历了较长时间的故事流传和多种文艺样式的创作，其最后形成的百回本小说包含了哪些遗传因子，是成书研究所要解决的问题。在成书阶段方面，主流的看法是，从唐代史载《大唐西域记》、《大唐大慈恩寺三藏法师传》，经宋元话本《大唐三藏取经诗话》，元明间杂剧《西游记》，到明初的《西游记》平话，最后集合为百回本小说。多数学者和通行的文学史著均认同这一五个阶段的划分。此外的不同意见有两种：一种是在此一框架上增加或减少某个环节，一种是另外加入某些相异的环节。前者如黄永年、刘荫柏认为《西游记》杂剧不如《三国》戏、《水浒》戏发达，且今见《西游记》杂剧刊刻于吴承恩去世后，吴氏生前恐未必及见，故杂剧《西游记》可以剔除在成书过程之外。而徐朔方则重视简本的作用，认为杨本和朱本既然都有可能早于百回本，那么它们也应视做《西游记》成书中的一个环节，实际上成为六个阶段。另有一些学者突破传统思路，广搜新史料新资源，提出不同于上述形态的其他因子，值得重视。蔡铁鹰于20世纪八九十年代在实地考察史料和严谨论证的基础上，提出《西游记》形成过程的一个新阶段——山西队戏，它处于《大唐三藏取经诗话》和杂剧两个环节之间，且成为沟通西北取经故事与中原取经故事的中介。此说一出，讨论热烈，乃至日本学者矶部彰亦表认同。张锦池提出了词话本的存在问题，并将之作为世本之祖本，张说继有程毅中、吴圣昔等起而响应。应该说，关于《西游记》成书阶段的研究成果突出，为研究古代小说的发展轨迹提供了具有理论和实践意义的经验。

在对成书过程各个环节的具体考察方面，相关史载只是提供了基本的客观事实，研究者较少注意其文学的意义。关于《大唐三藏取经诗话》，学界已对其成书刊刻年代、基本性质、故事来源等方面作了较多考证(李时人、张锦池用力最多)，也充分注意到猴行者的出现在小说演化史上的重要意义。但从文学的角度探讨《大唐三藏取经诗话》对小说《西游记》的影响的论述，似乎还不够。与大家普遍重视《大唐三藏取经诗话》在小说形成过程中的关键作用不同，对《西游记》杂剧的认识，还存在一些分歧。一些学者认为杂剧对小说的影响甚微，另一些研究者则认为杂剧《西游记》在整体上基本树立起后世小说的结构框架，人物形象也在杂剧中全面定型，因此杂剧在《西游记》演化过程中的作用不容忽视。《西游记》平话虽被多数学者认为是百回本小说的祖本，但由于其全本至今未见，仅凭《永乐大典》和《朴通事谚解》的两段残文和几条注释，而要对其本身进行全面研究，是不太现实的，故现有成果基本上是将其作为文本比对的材料加以利用。

与成书研究有关联的是小说人物形象的原型研究，尤以孙悟空形象最为典型，最能体现《西游记》世代累积的小说性质和神魔小说的题材特点。伴随着孙悟空这个天生地长的石胎灵猴的横空出世并实际上成为西行路上的主角，取经故事已从史实衍为文学作品，作者之命意也从宗教宣传变为驰骋想象和嘲讽牢骚。那么，孙悟空这个神魔小说史上空前绝后的典型从何而来？这是颇富魅力和挑战的问题。这一问题从现代《西游记》研究发端的胡适、鲁迅二人处即已被提出和试图解答，可以说，它是《西游记》传统研究与现代研究的区别之一，自20世纪20年代至今可谓聚讼纷纭。大致而言，对孙悟空形象的来源，可归结为“国产”说、“进口”说、“混合”说等几种不同的意见。鲁迅最早提出《古岳渎经》中的水神无支祁是孙悟空的原型，此即“国产”说。胡适则认为印度史诗《罗摩衍那》中的神猴哈奴曼是孙悟空的渊源，此即“进口”说。二说分别出自两位现代学术大师，影响广泛而深远。新中国成立后，由于政治文化上对胡适的批判和对鲁迅的尊崇，使得“国产”说占据了绝对的优势，孙悟空原型的研究实际上处于停滞状态。直至70年代后期，季羡林重提哈奴曼，相关讨论才又重新活跃起来。新时期以来，坚持“国产”说与主张“进口”说的各有其人，但探讨已逐渐深化，对象已不限于无支祁和哈奴曼，而是扩展到中国文学和印度文学中与猴子有关的其他形象。如张锦池的《论孙悟空的血统问题》和赵国华的《论孙悟空神猴形象的来历》，分别代表了“国产”说和“进口”说的新发展。其他如刘毓忱、李时人、萧相恺等主“国产”说，季羡林、巴人、顾子欣等主“进口”说。在二说之外，另有学者提出新的原型来历。萧兵在《无支祁哈努曼孙悟空通考》一文中认为，孙悟空形象既继承了无支祁的基因，又接受了哈努曼的影响，是一个“混合”(或称混血)的形象。此一“混合”说，可视做对前二说的折中调和。此外，还有一些其他意见，如日本学者矶部彰首先提出孙悟空形象可能来自于密教佛典中的护法神将。

孙悟空原型研究为中国古代小说尤其是世代累积型小说的人物形象研究提供了典型的个案。这一问题的复杂性在于：必须注意到百回本小说中的孙悟空形象与之前取经作品中的猴行者形象间的关系，必须注意到猴行者与其原型间的关系，还必须注意到《西游记》成书的复杂经历，包括时间上的流传和地域上的流播。这一问题不是某一简单的思路可以解决的，它需要史料、论证乃至想象的综合作用。

3. 主题与文化研究

在《西游记》的文本研究中，主题研究资格最老，而文化研究面貌最新、方法最多、分歧也最大。主题研究属于文本阐释的范畴，应以文本为依据，在文本分析中渗入研究者的观念和方法。对于像《西游记》这样形成过程和文本表现都很复杂的经典之作，呈现众说纷纭的主题解说是再正常不过的了。早在清代，对《西游记》主旨的看法就呈三教随意附会之状，“或云劝学，或云谈禅，或云讲道，皆阐明理法，文词甚繁”(鲁迅语)，莫衷一是。近百年来，对其主题的阐释更是林林总总，论争热烈。从总体上看，诸多意见可以大致归纳为政治性主题和哲理性主题两大类别。

清代对《西游记》主旨的解读皆从儒释道思想入手，应属于哲理性(包括宗教性)的主题研究。“五四”时期，鲁迅、胡适等出于对旧文化的激烈批判，一反清人路数，倡言《西游记》乃作者出于游戏和玩世主义目的而创作。这一趣味性的视角实际上否认了《西游记》具有明确的主题，但鲁迅仍对小说中所表现的心学旨趣给予了充分重视，即所谓“假欲勉求大旨”，则明人谢肇淛所云“盖亦求放心之喻，非浪作也”，足可尽之。新中国成立后，随着马克思主义文艺思想居于主导地位，《西游记》主题研究的社会性、政治性空前盛行。无论是张天翼、高明阁的“主题矛盾”说，还是何其芳、李希凡的“主题转化”说、胡光舟的“主题统一”说，都是从阶级论入手，将小说视做不同社会集团间的现实斗争的艺术反映。新时期后，一些学者试图打破单一的阶级论主题观，摆脱庸俗社会学方法的束缚，如朱彤提出“歌颂市民”说，朱式平提出“安天医国”说，罗东升提出“诛奸尚贤”说，朱继琢提出“反映人民斗争”说，甚至刘远达等人还提出了“主题反动”说。这些看法对旧有的地主与农民阶级对立的单一视角有所超越，但应该说还没有跳出政治性、社会性的范畴。

与政治性主题相较，哲理性主题研究试图从取经题材和艺术描写中抽象出带有普遍性的思想内涵。一方面是从小说中总结出人生哲理，如金紫千较早提出小说旨在“告诉人们一条哲理：人的思想只有归于正道，才能达到理想的目标”，而所谓“正道”，在金紫千看来就是“求放心”，即儒学修身的道德人格。石麟、郭明志等也以心性修养说与金紫千相呼应。孟繁仁、吴圣昔、陈民牛、钟婴等也均以人生理想的阐扬来解读《西游记》的主体精神。他如余国藩、诸葛志提出的“将功赎罪”说，田同旭提出的“情理相争”说，黄霖提出的“肯定自我价值和追求人性完善”说都较有影响，也都属于人生哲理性的主题论。另一方面，相当部分的哲理性主题探讨向宗教义理回归，从思路和观点来看，似可视做清代《西游记》主旨研究的发展延续。虽然取经故事是佛教史实，但不论是清人的解说，还是今人的阐释，道教化的视域却远强于佛教。新时期以来，虽有冯扬、周克良、王敏、金声等从佛教佛法角度立论，但终以李安纲提出的“金丹大道”说势头猛、力度大。李安纲于20世纪90年代发表了一系列论文和专著《苦海与极乐——〈西游记〉奥义》，全面建构了其道教修炼之术的主题观，他的看法包括认为《西游记》的作者“绝不是吴承恩”，而是道门中人；《西游记》的文化原型是《性命圭旨》，其创作意图是演绎金丹大道；八十一难的来源是《还源篇》。应该说，李安纲的研究富有新意和深度，但也明显存在诸多可商榷之处，最主要的是，他已经将《西游记》当做一个宗教文本，模糊了其艺术本体，也消解了这部名著的丰富思想。所以，虽然李安纲的宗教文化学研究对《西游记》论坛的冲击不小，但我们没有在“论著评介”部分加以介绍。另外，如王国光《〈西游记〉别论》提出的《西游记》“密码”说，以颇似索隐派红学研究的思路，提出了许多别出心裁的见解，但这一方法同样偏离了文艺批评的路向，只可聊备一格。

随着改革开放的进一步开展，文化交流更为普遍和深入，而这次中西文化的互动和碰撞再次表现为西方文化对传统中国的进入。在学术思想领域，诸如存在主义、阐释学、接受美学、原型批评、新批评、解构主义等，在西方引领一时的理论和方法，都对中国知识界、学术界产生了影响。由此而产生的学术成果，无疑还需要一定时间的积淀和检验，但学术史应该对此进行记录。从主题研究扩展开来，对《西游记》进行多元化的文化阐释，正是伴随着20世纪80年代以来的文化热而出现的研究趋势。它与主题研究有着密切的关联，主题研究的深化往往便流衍为对作品文化背景的揭示，如从儒、释、道的不同角度探讨小说的思想主旨，实际上就是将《西游记》作为三教文化的叙事性载体来看待的。所以，《西游记》的文化研究肇端颇早，而真正形成多元而自觉的学术风气，则当是新时期以来思想解放和观念、方法多元化之后的事。其中最为引人注目的研究思路包括神话文化和童话学批评。

对《西游记》进行神话原型批评，早在鲁迅、胡适等对孙悟空形象的原型溯源研究中已有体现。后来高明阁、季羡林的相关论文也含有神话原型批评因子。萧兵和蔡铁鹰则开始自觉地运用神话原型和文化人类学的概念和方法，对《西游记》进行全面审视。此后，许多研究者以荣格、弗莱、弗雷泽等人的原型理论为主导，将《西游记》视做再生型神话(有别于原始神话)，阐释其中的文化内涵和原型意义。如方克强将《西游记》的核心归结为一个“儿童犯错→严酷考验→成年命名”的远古成年礼的原型模式，具有个案分析的典型意义。杨义的《〈西游记〉：中国神话文化的大器晚成》则对小说进行了全面的神话文化阐释，包括神话形态、神魔观、神话想象、哲理意蕴、叙事结构和方法等多方面，重新将其界定为“神话小说”，认为它“寻找着人的精神历程的神话原型，使神话成了精神哲学(或心学)的隐喻”，因而“代表着我国神话文化的一次划时代的转型”。杨义的论述具有一种高瞻远瞩的气质。

在古典小说中，《西游记》是极少的甚至可以说是唯一的一部为老少读者皆能接受的作品，真是所谓“黄发垂髫，并怡然自乐”。因此，对《西游记》进行童话学的阐释，就是其他名著研究所不具备的一种特殊性。早在胡适那里，就把《西游记》称为“童话小说”，认为前七回大闹天宫的故事，可以作为研究儿童文学的材料。此后，不断有学者对这部小说的童话性予以论证，如出版于同一年的吴其南和金燕玉的两部《中国童话史》皆辟专章重点论述《西游记》。在证明《西游记》的童话性特征时，一种思路是将神话与童话进行类比，如白盾即认为：神话先天地带有童话的基因，《西游记》毋庸置疑地具有神话属性，从而其童话属性也是不言自明的，它是神话与童话的交融之作。另一些学者虽也同意《西游记》具有神话和童话交融的特点，但却认为这二者之间并没有连带的关系，而具有质的差异。对《西游记》童话性的内涵及其精神渊源，阐述得最为明确的当推林庚的相关研究。林庚在其名著《〈西游记〉漫话》中有两章论及童话问题，他一方面指出《西游记》的童话精神与明代中后期“童心说”的社会思潮的内在关联，另一方面揭示《西游记》的童话精神在于以“儿童的模仿的天性与天真的想象”作为反映和评判现实世界的心理依据，然后将这种反映和评判投射到一个动物的世界，使作品充满了乐观的情调。像孙悟空那样精力充沛、昂扬乐观的性格形象，也只有在童话精神的观照下才能得到合理的解释。

除神话学和童话学视角外，其他方法的文化阐释在《西游记》研究中也方兴未艾，如审美文化、地域文化、旅游学等，也都取得了一些成绩。文化研究是《西游记》研究中最具活力的一个方面，推动着《西游记》研究朝多元、纵深的方向发展。

综观近百年的《西游记》研究史，其随着政治生活、思想文化大势而发展演变的阶段性特点是明显的，其因为学理逻辑、对象特点而凝结的诸多焦点是集中的。以上我们便以纵(阶段性)横(专题性)交织的叙述方法，简要盘点了近百年来《西游记》研究的主要成绩和经验。作为现代中国学术的组成部分，《西游记》研究参与了中国学术转型、发展、提升、裂变的整个历程，积累了一系列重要的成果，形成了相对完整的学术系统，而且处于动态开放的状态。因此，一些学者开始呼吁建立“《西游》学”，虽然这一提法尚有争议，但是现时代无疑是《西游记》问世以来传播和研究最为兴盛的时期，我们期待着更多学术精品的出现。

近百年《西游记》经典论著评介

《西游记》考证

胡　适

民国十年十二月中，我在百忙中做了一篇《西游记》序，当时搜集材料的时间甚少，故对于考证的方面很不满足自己的期望。这一年之中，承许多朋友的帮助，添了一些材料；病中多闲暇，遂整理成一篇考证，先在《读书杂志》第六期上发表。当时又为篇幅所限，不能不删去一部分。这回《西游记》再版付印，我又把前做的《西游记序》和《考证》合并起来，成为这一篇。

一

《西游记》不是元朝的长春真人邱处机作的。元太祖西征时，曾遣使召邱处机赴军中，处机应命前去，经过一万余里，走了四年，始到军前。当时有一个李志常记载邱处机西行的经历，做成《西游记》二卷。此书乃是一部地理学上的重要材料，并非小说。

小说《西游记》与邱处机《西游记》完全无关，但与唐代沙门慧立做的《慈恩三藏法师传》(常州天宁寺有刻本)和玄奘自己著的《大唐西域记》(常州天宁寺有刻本)却有点小关系。玄奘是中国史上一个非常伟大的人物。他二十六岁立志往印度去求经，途中经过了无数困难，出游十七年(六二八—六四五)，经历五十多国，带回佛教经典六百五十七部。归国之后，他着手翻译，于十九年中(六四五—六六三)，译成重要经论七十三部，凡一千三百三十卷(参看《改造》四卷一号梁任公先生的《千五百年前之留学生》)。慧立为他做的传记——大概是根据于玄奘自己的记载的——写玄奘的事迹最详细，为中国传记中第一部大书。传记中记玄奘的家世和求经的动机如下：

> 玄奘，俗姓陈，缑氏人。兄弟四人，他第四。他的二哥先出家，教他诵习经业。他后来也得出家，与兄同居一寺。他游历各地，访求名师，讲论佛法，后入长安，住大觉寺。他"既遍谒众师，备餐其说；详考其义，各擅宗途；验之圣典，亦隐显有异，莫知适从；乃誓游西方，以问所惑；并取《十七地论》，以释众疑"。

这是玄奘求法的目的。他后来途中有谢高昌王的启，中有云：

> ……远人来译，音训不同；去圣时遥，义类乖舛；遂使双林一味之旨分成当现二常，他化不二之宗析为南北两道。纷纭争论，凡数百年。率土怀疑，莫有匠决。玄奘……负笈从师，年将二纪……未尝不执卷踌躇，捧经侘傺；望给园而翘足，相鹫岭而载怀，愿一拜临，启伸宿惑；虽知寸管不可窥天，小蠡难为酌海，但不能弃此微诚，是以束装取路……

这个动机，不幸被做《西游记》的人完全埋没了。但传中说玄奘路上经过的种种艰难困苦，乃是《西游记》的种子。我们且引他起程的一段：

> 于是结侣陈表，有诏不许。诸人咸退，唯法师不屈。既方事孤游，又承西路艰险，乃自试其心以人间众苦，种种调伏，堪认不退。然始入塔启请，申其意志，愿乞众圣冥加，使往还无梗……遂即行矣，时年二十六也……时国政尚新，疆场未远，禁约百姓不许出蕃……不敢公出，乃昼伏夜行……（出）玉门关……孑然孤游沙漠矣。惟望骨聚马粪等，渐进，顷间忽见有军众数百队，满沙碛间，乍行乍息，皆裘毼驼马之像，及旌旗槊毦之形；易貌移质，倏忽千变；遥瞻极著，渐进而微……见第一烽；恐候者见，乃隐伏沙沟，至夜方发。到烽西见水，下饮盥

> 讫，欲取皮囊盛水，有一箭飒来，几中于膝；须臾，更一箭来。知为他见，乃大言曰，“我是僧从京师来，汝莫射我”。

第一烽与第四烽的守者待他还好，放他过去。下文云：

> 从此已去，即莫贺延碛，长八百余里，古曰沙河。上无飞鸟，下无走兽，复无水草。是时顾影唯一心念观音菩萨及《般若心经》。初法师在蜀，见一病人，身疮臭秽，衣服破污，愍将向寺，施与饮食衣服之直。病者惭愧，乃授法师此经，因常诵习。至沙河间，逢诸恶鬼奇状异类绕人前后；虽念观音，不得全去；即诵此经，发声皆散；在危获济，实所凭焉。

下文又云：

> 行百余里，失道，觅野马泉，不得。下水欲饮(下字作“取下来”解)，袋重，失手覆之。千里之资，一朝斯罄……四顾茫然，人马俱绝。夜则妖魑举火，烂若繁星；昼则惊风拥沙，散如时雨。虽遇如是，心无所惧；但苦水尽，渴不能前。于是时，四夜五日，无一滴沾喉；口腹干焦，几将殒绝，不能复进，遂卧沙中。默念观音，虽困不舍，启菩萨曰：“玄奘此行，不求财利，无冀名誉，但为无上道心正法来耳。仰惟菩萨慈念群生，以救苦为务。此为苦矣，宁不知耶?”如是告时，心心无辍。至第五夜半，忽有凉风触身，冷快如沐寒水，遂得目明；马亦能起。体既苏息，得少睡眠……惊寤进发，行可十里，马忽异路，制之不回。经数里，忽见青草数亩，下马恣食。去草十步，欲回转，又到一池。水甘澄镜彻。下而就饮，身命重全，人马俱得苏息……此等危难，百千不能备叙……

这种记叙，既符合沙漠旅行的状况，又符合宗教经验的心理，真是极有价值的文字。

玄奘出流沙后，即到伊吾。高昌国王曲文泰闻知他来了，即遣使来迎接。玄奘到高昌后，国王款待极恭敬，坚留玄奘入住国中，受全国的供养，以终一身。玄奘坚不肯留，国王无法，只能用强力软禁住他；每日进食，国王亲自捧盘。

> 法师既被停留，违阻先念，遂誓不食，以感其心。于是端坐，水浆不涉于口，三日。至第四日，王觉法师气息渐惙，深生愧惧，乃稽首礼谢云："任法师西行，乞垂早食。"法师恐其不实，要王指日为言。王曰："若须尔者，请共对佛更结因缘。"遂共入道场礼佛，对母张太妃共法师约为兄弟，任师求法……仍屈停一月，讲《仁王般若经》，中间为师营造行服。法师皆许，太妃甚欢，愿与师长为眷属，代代相度。于是方食……讲讫，为法师度四沙弥，以充给侍；给法服三十具，以西土多寒，又造面衣手衣靴袜等各数事，黄金一百两，银钱三万，绫及绢等五百匹，充法师往还二十年所用之资。给马三十匹，手力二十五人，遣殿中侍御史欢信送至叶护可汗衙。又作二十四封书，通屈支等二十四国，每一封书附大绫一匹为信。又以绫绢五百匹，果味两车，献叶护可汗，并书称"法师者，是奴弟，欲求法与婆罗门国。愿可汗怜师如怜奴，仍请敕以西诸国给邬落马递送出境"。

从此以后，玄奘便是"阔留学"了。这一段事，记高昌王于玄奘结拜为兄弟，又为他通书于当时镇服西域的突厥叶护可汗，书中也称玄奘为弟。自高昌以西，玄奘以"高昌王弟"的资格旅行各国。这一点大可注意。《西游记》中的唐太宗与玄奘结拜为弟兄，故玄奘以"唐御弟"的资格西行，这一件事必是从高昌国这一段因缘脱胎出来的。

二

以上略述玄奘取经的故事的本身。这个故事是中国佛教史上一件极伟大的故事；所以这个故事的传播，和一切大故事的传播一样，渐渐的把详细节目都丢开了，都"神话化"过了。况且玄奘本是一个伟大的宗教家，他的游记里有许多事实，如沙漠幻景及鬼火之类，虽然都可有理性的解释，在他自己和别的信徒的信里自然都是“灵异”，都是“神迹”。后来佛教徒与民间随时逐渐加添一点枝叶，用奇异动人的神话来代换平常的事实，这个取经的大故事，不久就完全神话化了。

即如上文所引慧立的《慈恩三藏法师传》中一段说：

> 从此已去，即莫贺延碛，长八百余里，古曰沙河。上无飞鸟，下无走兽，复无水草。是时顾影唯一心念观音菩萨及《般若心经》。初法师在蜀，见一病人，身疮臭秽，衣服破污，愍将向寺，施与饮食衣服之直。病者惭愧，乃授法师此经，因常诵习。至沙河间，逢诸恶鬼奇状异类绕人前后；虽念观音，不得全去；即诵此经，发声皆散；在危获济，实所凭焉。

这一段还合于宗教心理的经验；然而宋朝初年(西历九七八)辑成的《太平广记》，引《独异志》及《唐新语》，已把这一段故事神话化过了。《太平广记》卷九十二说：

> 沙门玄奘，唐武德初(年代误)往西域取经，行至罽宾国，道险，(多)虎豹，不可过。奘不知为计，乃锁房门而坐。至夕开门，见一老僧，头面疮痍，身体脓血，床上独坐，莫知来由。奘乃礼拜勤求，僧口授《多心经》一卷，令奘诵之；遂得山川平易，道路开辟，虎豹藏形，魔鬼潜迹，遂至佛国，取经六百余部而归。其《多心经》，至今诵之。

我们比较这两种记载，可见取经故事“神话化”之速。《太平广记》同卷又说：

> 初奘将往西域，于灵岩寺见有松一树。奘立于庭，以手摩其枝曰：“吾西去求佛法，汝可西长。若吾归，即却东回，使吾弟子知之。”及去，其枝年年西指，约长数丈。一年，忽东回。门人弟子曰，“教主归矣”。乃西迎之。奘果还。至今众谓此松为

摩顶松。

这正是《西游记》里玄奘说的“但看那山门里松枝头向东，我即回来”（第十二回，又第一百回）的话的来源了。这也可证取经故事的神话化。

欧阳修《于役志》说：

> 景祐三年丙子七月，甲申，与君玉饮寿宁寺(扬州)。寺本徐知诰故第；李氏建国，以为孝先寺；太平兴国改今名。寺甚宏壮，画壁尤妙。问老僧，云：“周世宗入扬州时，以为行宫，尽圬漫之。惟经藏院画玄奘取经一壁独在，尤为绝笔。”叹息久之。

南唐建国离开玄奘死时不过二百多年，这个故事已成为画壁的材料了。我们虽不知此书的故事是不是神话化了的，但这种记载已可以证明那个故事的流传之远。

三

民国四年，罗振玉先生和王国维先生在日本三浦将军处借得一部《大唐三藏取经诗话》，影印行世。此书凡三卷，卷末有“中瓦子张家印”六个字。王先生考定中瓦子，为宋临安府的街名，乃倡优剧场的所在(参看吴自牧《梦粱录》卷十九，又卷十五)，因定为南宋“说话”的一种。书中共分十七章，每章自有题目，颇似后世小说的回目。书中有诗有话，故名“诗话”。今抄十七章的目录如下：

> □□□□第一。(全阙)　行程遇猴行者处第二。　入大梵天王宫第三。　入香山寺第四。　过狮子林及树人国第五。　过长坑大蛇岭处第六。　入九龙池处第七。　“遇深沙神”第八。(题阙)　入鬼子母国处第九。　经过女人国处第十。　入王母池之处第十一。　入沉香国处第十二。　入波罗国处第十三。　入优钵罗国处第十四。　天竺国度海之处第十五。　转至香林寺

受《心经》第十六。　到陕西王长者妻杀儿处第十七。

我们看这个目录，可以知道在南宋时，民间已有一种《唐三藏取经》的小说，完全是神话的，完全脱离玄奘取经的真故事了。这部书确是《西游记》的祖宗。内中有三点，尤可特别注意：

(1)猴行者的加入。

(2)深沙神为沙和尚的影子。

(3)途中的妖魔灾难。

先说猴行者。《取经诗话》中，猴行者已成了唯一的保驾弟子了。第二节说：

> 僧行六人，当日起行。法师语曰："今往西天，程途百万，各人谨慎。"……偶于一日午时，见一白衣秀士，从正东而来，便揖和尚："万福，万福！和尚今往何处！莫不是再往西天取经否?"法师合掌曰："贫僧奉敕，为东土众生未有佛教，是取经也。"秀才曰："和尚生前两回去取经，中路遭难。此回若去，千死万死。"法师曰："你如何得知?"秀才曰："我不是别人。我是花果山紫云洞八万四千铜头铁额猕猴王。我今来助和尚取经。此去百万程途，经过三十六国，多有祸难之处。"法师应曰："果得如此，三世有缘，东土众生获大利益。"当便改呼为"猴行者"。

此中可以注意的是：(1)当时有玄奘"生前两回取经，中路遭难"的神话。(2)猴行者现白衣秀士相。(3)花果山是后来小说有的，紫云洞后来改为水帘洞了。(4)"八万四千铜头铁额猕猴王"一句，初读似不通，其实是很重要的；此句当解作"八万四千个猕猴之王"。(详说下章)

第三章说猴行者曾"九度见黄河清"。第十一章里，他自己说：

> 我八百岁时到此中(西王母池)偷桃吃了，至今二万七千岁不曾来也。

法师曰：

> 今日蟠桃结实，可偷三五个吃。

猴行者曰：

> 我因八百岁时偷吃十个，被王母捉下，左肋判八百，右肋判三千铁棒，配在花果山紫云洞，至今肋下尚痛，我今定是不敢偷吃也。

这一段自然是《西游记》里偷吃蟠桃的故事的来源，但又可见南宋“说话”的人把猴行者写的颇知畏惧，而唐僧却不大老实。

唐僧三次要行者偷桃，行者终不敢偷，然而蟠桃自己落下来了。

> 说由未了，□下三颗蟠桃，入池中去……师曰：“可去寻取来吃。”猴行者即将金环杖向盘石上敲三下，乃见一个孩儿，面带青色，爪似鹰鹯，开口露牙，向池中出。行者问，“汝年几多?”孩曰，“三千岁”。行者曰：“我不用你”。又敲五下，见一孩儿，面如满月，身挂绣缨。行者曰：“汝年多少?”答曰，“五千岁”。行者曰：“不用你。”又敲数下，偶然一孩儿出来。问曰：“你年多少?”答曰，“七千岁”。行者放下金环杖，叫取孩儿入手中，问和尚，“你吃否?”和尚闻语心惊，便走。被行者手中旋数下，孩儿化成一枚乳枣，当时吞入口中。后归东土唐朝，遂吐出于西川，至今此地中生人参是也。

这时候，偷蟠桃和偷人参果还是一件事。后来《西游记》从此化出，分作两件故事。

上段所说“金环杖”，乃是第三章里大梵天王所赐。行者把唐僧带上大梵天王宫中赴斋，天王及五百罗汉请唐僧讲《法华经》，他“一气讲完，如瓶注水”。大梵天王因赐与猴行者“隐形帽一事，金环锡杖一条，钵盂一只，三件齐全”。这三件法宝，也被《西游记》里分作几段了。(《诗话》称天王为北方毗沙门大梵天王。这是“托塔天王”的本名，梵文为 Vai’sravana，可证此书近古。)

《诗话》第八章，不幸缺了两页，但此章记玄奘遇深沙神的事，确是后来沙僧的根本。此章大意说玄奘前身两世取经，中途都被深沙神吃了。他对唐僧说：“项下是和尚两度被我吃你，袋得枯骨在此。”和尚说：“你最无知。此回若不改过，教你一门灭绝。”深沙合掌谢恩：“伏蒙慈照!”深沙当时哮吼，化了一道金桥；深沙神身长三丈，将两手托定，师行七人便从金桥上过，过了深沙。深沙诗曰：

> 一堕深沙五百春，浑家眷属受灾殃。金桥手托从师过，乞荐幽神化却身。

法师诗曰：

> 两度曾经汝吃来，更将枯骨问无才。而今赦法残生去，东土专心次第排。

猴行者诗曰：

> 谢汝回心意不偏，金钱银线步平安。回归东土修功德，荐拔深沙向佛前。

《西游记》第八回说沙和尚在流沙河做妖怪时，“向来有几次取经人来，都被我吃了。凡吃的人头，抛落流沙，竟沉水底。惟有九个取经人的骷髅，浮在水面，再不能沉。我以为异物，将索儿穿在一处，闲时拿来玩耍”。这正是从深沙神一段变出来的。第二十二回木吒把沙和尚项下挂的骷髅，用索子结作九宫，化成法船，果然稳似轻舟，浪静风平，渡过流沙河。那也是从《诗话》里的金桥银线演化出来的。不过在南宋时，深沙神还不曾变成三弟子之一。猪八戒此时连影子都没有呢。

次说《诗话》中叙玄奘路上经过许多灾难，虽没有“八十一难”之多，却是“八十一难”的缩影。第四章猴行者说：

> 我师莫讶西路寂寞；此中别是一天。前去路途尽是虎狼蛇兔之处。逢人不语，万种恓惶；此去人烟，都是邪法。

全书写这些灾难，写的实在幼稚，全没有文学的技术。如写蛇子国：

> 大蛇小蛇，交杂无数，攘乱纷纷。大蛇头高丈余，小蛇头高八尺，怒眼如灯，张牙如剑。

如写狮子林：

> 只见麒麟迅速，狮子峥嵘，摆尾摇头，出林迎接，口衔香花，皆来供养。

这种浅薄的叙述可以使我们格外赏叹明、清两朝小说技术的惊人的进步。

我们选录《诗话》中比较有趣味的一段——火类坳头的白虎精：

> ……只见岭后云愁雾惨，雨细交霏。云雾之中，有一白衣妇人，身挂白罗衣，腰系白褶，手把白牡丹花一朵，而似白莲，十指如玉……猴行者一见，高声便喝：“想汝是火类坳头白虎精，必定是也!”妇人闻语，张口大叫一声，忽然面皮裂皱，露爪张牙，摆尾摇头，身长五丈。定醒之中，满山都是白虎。被猴行者将金环杖变作一个夜叉，头点天，脚踏地，手把降魔杵，身如蓝靛青，发似朱沙，口吐百丈火光。当时白虎精哮吼近前相敌，被猴行者战退。半时，遂问虎精甘伏未伏。虎精曰，未伏。猴行者曰，“汝若未伏，看你肚中有一个老猕猴”。虎精闻说，当下未伏，一叫猕猴，猕猴在白虎精肚内应，遂教虎开口吐出一个猕猴，顿在面前，身长丈二，两眼火光。白虎精又云，我未伏。猴行者曰，“汝肚内更有一个”。再令开口，又吐出一个，顿在面

> 前。白虎精又曰未伏。猴行者曰，“你肚中无千无万个老猕猴，今日吐至来日，今月吐至来月，今年吐至来年，今生吐至于来生，也不尽”。白虎精闻语，心生忿怒；被猴行者化一团大石，在肚内渐渐会大；教虎精吐出，开口吐之不得，只见肚皮裂破，七孔流血。喝起夜叉，浑门大杀，虎精大小粉骨尘碎，绝灭除踪。

《西游记》里的孙行者最爱被人吃下肚里去，这是他的拿手戏，大概火类坳头的一个暗示，后来也会用分身法，越变越奇妙有趣味了。我们试看孙行者在狮驼山被老魔吞下肚去，在无底洞又被女妖吞下去；他住过铁扇公主的肚里，又住过黄眉大王的肚里，又住过七绝山稀柿衕的红鳞大蟒的肚里。巧妙虽各不同，渊源似乎是一样的。

以上略记《大唐三藏取经诗话》的大概。这一本小册子的出现，使我们明白南宋或元朝已有了这种完全神话化了的取经故事；使我们明白《西游记》小说——同《水浒》、《三国》一样——也有了五六百年演化的历史：这真是可宝贵的文学史料了。

四

说到这里，我要退回去，追叙取经故事里这个猴王的来历。何以南宋时代的玄奘神话里忽然插入了一个神通广大的猴行者？这个猴子是国货呢？还是进口货呢？

前不多时，周豫才先生指出《纳书楹曲谱补遗》卷一中选的《西游记》四出，中有两出提到“巫枝祁”和“无支祁”。《定心》一出说孙行者“是骊山老母亲兄弟，无支祁是他姊妹”。又《女国》一出说：

> 似摩腾伽把阿难摄在瑶山上，若鬼子母将如来围定在灵山上，巫枝祁把张僧拿在龟山上。不是我魔王苦苦害真僧，如今佳人个个要寻和尚。

周先生指出，作《西游记》的人或受这个巫枝祁故事的影响。我依周先生的指点，去寻这个故事的来源；《太平广记》卷四六七李汤条下，引《古岳渎经》第八卷云：

> 禹理水，三至桐柏山，惊风走雷，石号木鸣，五伯拥川，天老肃兵，不能兴……禹因鸿濛氏，章商氏，兜卢氏，犁娄氏，乃获淮涡水神，名无支祁，善应对言语，辨江淮之浅深，原隰之远近；形若猿猴，缩鼻高额，青躯白首，金目雪牙，颈伸百尺，力逾九象，搏击腾踔，疾奔轻利……颈锁大索，鼻穿金铃，徙淮阴之龟山之足下，俾淮水永安流注海也。

这个无支祁是一个“形若猿猴”的淮水神，《词源》引《太平寰宇记》，说略同。周先生又指出朱熹《楚辞辨证·天问》篇下有一条云：

> 此间之言，特战国时俚俗相传之语，如今世俗僧伽降无之祁，许逊斩蛟蜃精之类，本无稽据，而好事者遂假托撰造以实之。

据此，可见宋代民间又有“僧伽降无之祁”的传说。僧伽为唐代名僧，死于中宗景龙四年（七一〇）。他住泗州最久，淮泗一带产生许多关于他的神话（《宋高僧传》十八，《神僧传》七）。降无之祁大概也是淮泗流域的僧伽神话之一，到南宋时还流行民间。

但上文引曲词里的无支祁，明是一个女妖怪，他有“把张僧拿在龟山上”的神话。龟山即是无支祁被锁的所在，大概这个无支祁，无论是古的今的，男性女性，始终不曾脱离淮泗流域，这是可注意的第一点，因为《西游记》小说的著者吴承恩（见下章）是淮安人。第二，《宋高僧传》十八说，唐中宗问万回师：“彼僧伽者，何人也?”对曰：“观音菩萨化身也。”《僧伽传》说他有弟子三人：慧岸，慧俨，木叉。木叉多显灵异，唐僖宗时，赐谥曰真相大师，塑像侍立于僧伽之左，若配飨焉。传末又说“慧俨侍十一面观音菩萨傍”。这也是可注意的一点，因为在《西游记》里，惠岸和木叉已并作一人，成为观音菩萨的大弟子了。第三，无支祁被禹锁在龟山足下，后来出来作怪，又有被僧伽（观音菩萨化身）降伏的传说；这一层和《取经诗话》的猴王，和《西游记》的猴王，都有点相像。或者猴行者的故事确实曾从无支祁的神话里得着一点暗示，也未可知。这也是可注意的一点。

以上是猜想猴行者是从中国传说或神话里演化出来的。但我总疑心这个神通广大的猴子不是国货，乃是一件从印度进口的。也许连无支祁的神话也是受了印度影响而仿照的。因为《太平广记》和《太平寰宇记》都根据《古岳渎经》，而《古岳渎经》本身便不是一部可信的古书。宋、元的僧伽神话，更不消说了。因此，我依着钢和泰博士（Baror Avon stael Holstein）的指引，在印度最古的纪事诗《拉麻传》里寻得一个哈奴曼，大概可以算是齐天大圣的背影了。

《拉麻传》大约是二千五百年前的作品，记的是阿约爹国王大刹拉达的长子，生有圣德和神力；娶了一个美人西妲为妻。大刹拉达的次妻听信了谗言，离间拉麻父子间的亲情，把拉麻驱逐出去，做了十四年的流人。拉麻在客中，遇着妖女苏白；苏白爱上了拉麻，而拉麻不睬他。这一场爱情的风波，引起了一场大斗争。苏白大败之后，奔到楞伽，求救于他的哥哥拉凡纳，把西妲的美貌说给他听，拉凡纳果然动心，驾了云车，用计赚开拉麻，把西妲劫到楞伽去。

拉麻失了他的妻子，决计报仇，遂求救于猴子国王苏格利法。猴子国有一个大将，名叫哈奴曼，是天风的儿子，有绝大的神通，能在空中飞行，他一跳就可以从印度跳到锡兰（楞伽）。他能把希玛拉耶山拔起背着走。他的身体大如大山，高如高塔，脸放金光，尾长无比。他替拉麻出力，飞到楞伽，寻着西妲，替他们传达信物。他往来空中，侦探敌军的消息。

有一次，哈奴曼飞向楞伽时，途中被一个老母怪一口吞下去了。哈奴曼在这个老魔的肚子里，心生一计，把身子变得非常之高大；那老魔也就不能不把自己的身子变大，后来越变越大，那妖怪的嘴张开竟有好几百里阔了；哈奴曼趁老魔身子变的极大时，忽然把自己身子缩成拇指一般小，从肚里跳上来，不从嘴里出去，却从老魔的右耳朵孔里出去了。

又有一次，哈奴曼飞到希玛拉耶山（刚大马达山）中去访寻仙草，遇着一个假装隐士的妖怪，名叫喀拉，是拉凡纳的叔父受了密计来害他的。哈奴曼出去洗浴，杀了池子里的一条鳄鱼，从那鳄鱼肚里走出一个受谪的女仙。那女仙教哈奴曼防备喀拉的诡计，哈奴曼便去把喀拉捉住，抓着一条腿，向空一摔，就把喀拉的身体从希玛拉耶山一直摔到锡兰岛，不偏不正，刚刚摔死在他的侄儿拉凡纳的宝座上！

哈奴曼有一次同拉凡纳决斗，被拉凡纳们用计把油涂在他的猴尾巴上，点起火来，那其长无比的尾巴就烧起来了。然而哈奴曼的神通广大，他们不但没有烧死他，反被哈奴曼借刀杀人，用他尾巴上的大火把敌人的都城楞伽烧完了。

我们举这几条，略表示哈奴曼的神通广大，但不能多举例了。哈奴曼保护拉麻王子，征服了楞伽的敌人，夺回西妲，陪他们凯旋，回到阿约爹国。拉麻凯旋之后，感谢哈奴曼之功，赐他长生不老的幸福，也算成了“正果”了。

陶生(John Dowson)在他的《印度古学词典》里(页一一六)说：“哈奴曼的神通事迹，印度人从少至老都爱说爱听的。关于他的绘画，到处都有。”除了《拉麻传》之外，当第十世纪和第十一世纪之间(唐末宋初)，另有一部“哈奴曼传奇”出现，是一部专记哈奴曼奇迹的戏剧，风行民间。中国同印度有了一千多年的文化上的密切交通，印度人来中国的不计其数，这样一桩伟大的哈奴曼故事是不会不传进中国来的。所以我假定哈奴曼是猴行者的根本。除上引许多奇迹外，还有两点可注意。第一，《取经诗话》里说，猴行者是“花果山紫云洞八万四千铜头铁额猕猴王”。花果山自然是猴子国。行者是八万四千猴子的王，与哈奴曼的身份也很相近。第二，拉麻传里说哈奴曼不但神通广大，并且学问渊深；他是一个文法大家，“人都知道哈奴曼是第九位文法作者”。《取经诗话》里的猴行者初见时乃是一个白衣秀士，也许是这位文法大家堕落的变相呢！

五

现在我可以继续叙述宋以后取经故事的演化史了。

金代的院本里有《唐三藏》之目，但不传于后。元代的杂剧里有吴昌龄做的《唐三藏西天取经》，亦名《西游记》。此书见于《也是园书目》，云四卷；曹寅的《楝亭书目》(京师图书馆抄本)作六卷。这六卷的《西游记》当乾隆末年《纳书楹曲谱》编纂时还存在，现在不知尚有传本否。《纳书楹曲谱》中选有下列各种关于《西游记》的戏曲：

《唐三藏》一出：《回回》。(续集二)

《西游记》六出：《撇子》，《认子》，《胖姑》，《伏虎》，《女还》，《借扇》。(续集二)

又《西游记》四出：《饯行》，《定心》，《揭钵》，《女国》。(补遗)

《俗西游记》一出：《思春》。

我们看这些有曲无白的词曲，实在不容易想象当日的原本是什么样子了。《唐三藏》一出，当是元人的作品。但我们在这一出里，只看见一个西夏国的回回皈依顶礼，不能推想全书的内容。只有末段临行时的曲词说：

> 俺只见黑洞洞征云起，更那堪昏惨惨雾了天日！愿恁个大唐师父取经回，再没有外道邪魔可也近得你！

从末句里可以推想全书中定有“外道邪魔”的神话分子了。

吴昌龄的六本《西游记》不知是《纳书楹》里选的这部《唐三藏》，还是那部《西游记》。我个人推想，《唐三藏》是元初的作品，而吴昌龄的《西游记》却是元末的作品。大概即是《纳书楹》里选有十出的那部《西游记》。我的理由有几层：

(1)这部《西游记》曲的内容很和《西游记》小说相接近。焦循《剧说》卷四说：

> 元人吴昌龄《西游》词与俗所传《西游记》小说小异。

小异就是无大异。今看《西游记》曲中，“撇子”一折写殷夫人把儿子抛入江中，“认子”一折写玄奘到江州衙内认母，“饯行”一折写玄奘出发，“定心”一折写紧箍咒收伏心猿，“伏虎”、“女还”二折写行者收妖救刘大姐，“女国”一折写女国王要嫁玄奘，“借扇”一折写火焰山借扇：都是和《西游记》小说很接近的。“揭钵”一折虽是演义所无，但周豫才先生说“火焰山、红孩儿当即由此化生”，是很不错的。十折之中，只有“胖姑”一折没有根据。但我们很可假定这十折都是焦循说的那部“与《西游记》小说小异”的吴昌龄《西游记》了。

(2)吴昌龄的《西游记》曲，颇有文学的荣誉。《虎口余生》(《铁冠图》)的作者曹寅曾说：

> 吾作曲多效昌龄，比于临川之学董解元也。(见焦循《剧说》四)

我们看《纳书楹》所引十折，确然都很有文学的价值。最妙的是“胖姑”一折，全折曲词虽是从元人睢景臣的《汉高祖还乡》(看《读书杂志》第四期末栏)脱化出来的，但命意措辞都可算是青胜于蓝。此折大概是借一个乡下胖姑娘的口气描写唐三藏在一个国里受参拜顶礼临行时的热闹状况，中说：

> (一□网儿麻)不是俺胖姑儿心精细，则见那官人们簇拥着一个大擂槌。那擂槌上天生有眼共眉。我则道，匏子头，葫芦蒂：这个人儿也忒煞跷蹊！恰便似不敢道的东西，枉被那旁人笑耻……
>
> (新水令)则见那官人们腰屈共头低，吃得个醉醺醺脑门着地；咿咿呜，吹竹管，扑冬冬，打着牛皮，见几个回回，笑他一会，闹一会……
>
> (川拨棹)好教我便笑微微，一个汉，木雕成两个腿；见几个武职他舞着面旌旗，忽剌剌口里不知他说个甚的，妆着一个鬼：——人多我也看不仔细。

这种好文字，怪不得曹楝亭那样佩服了。这也是我认这部曲为吴昌龄的原作的一个重要理由。

如果我的猜想不错，如果《纳书楹》里保存的《西游记》残本真是吴昌龄的作品，那么，我们可以说，元代已有一个很丰富的《西游记》故事了。但这个故事在戏曲里虽然已发达，有六本之多，为元剧中最长的戏(《西游记》只有五本)。然而这个故事还不曾有相当的散文的写定，还不曾成为《西游记》小说。当时若有散文《西游记》，大概也不过是在《取经诗话》与今本《西游记》之间的一种平凡的“话本”。

钱曾《也是园书目》记元、明间无名氏的戏曲中，有《二郎神锁齐天大圣》一本，这也是猴行者故事的一部分。大概此类故事，当日还不曾有规模的定本，故编戏的人可以运用想象力，敷演民间传说，造为种种戏曲。那六本的《西游记》已可算是一度大结集了。最后的大结集还须等待一百多年后的另一位姓吴的作者。

六

我前年做《西游记序》，还不知道《西游记》的作者是谁，只能说，“《西游记》小说之作必在明朝中叶以后”，“是明朝中叶以后以为无名氏的小说家做的”。后来见《小说考证》卷二，页六七，引山阴丁晏的话，说据淮安府康熙初旧志艺文书目，《西游记》是淮安嘉靖中岁贡生吴承恩作的。《小说考证》收的材料最滥，但丁晏是经学家，他的话又是根据《淮安府志》的，所以我们依着他的指引，去访寻关于吴承恩的材料。现承周豫才先生把他搜得的许多材料抄给我，转录于下：

[天启《淮安府志》十六，《人物志》二，近代文苑]吴承恩性敏而多慧，博极群书，为诗文下笔立成，清雅流丽，有秦少游之风。复善谐剧，所著杂记几种名震一时。数奇，竟以明经授县贰，未久，耻折腰，遂拂袖而归。放浪诗酒，卒。有文集存于家。丘少司徒汇而刻之。

[又同书十九，《艺文志》一，淮贤文目]吴承恩：《射阳集》四册，□卷；《春秋列传序》；西游记。

[康熙《淮安府志》十一，及十二]与天启志悉同。

[同治《山阳县志》十二,《人物》二]吴承恩字汝忠,号射阳山人,工书。嘉靖中岁贡生(查选举志亦不载何年),官长兴县丞。英敏博洽,为世所推。一时金石之文多出其手。家贫无子,遗稿多散失。邑人邱正纲收拾残缺,分为四卷,刊布于世。太守陈文烛为之序,名曰《射阳序稿》,又续稿一卷,盖存其十一云。

[又十八,《艺文》]吴承恩:《射阳存稿》四卷,《续稿》一卷。

光绪《淮安府志》廿八,《人物》一,又卅八,《艺文》,所载与上文悉同。又《山阳志》五,职官一,明太守条下云:"黄国华,隆庆二年任。陈文烛字玉叔,沔阳人,进士,隆庆初任。邵元哲,万历初任。"

焦循《剧说》卷五引阮葵生《茶余客话》云:

旧志称吴射阳性敏多慧,为诗文下笔立成,复善谐谑。所著杂记几种,名震一时。今不知"杂记"为何书。惟《淮贤文目》载先生撰《西游通俗演义》。是书明季始大行,里巷细人皆乐道之……按射阳去修志时不远,未必以世俗通行之小说移易姓氏。其说当有所据。观其中方言俚语,皆淮之乡音,街谈巷弄,市井童孺所习闻,而他方有不尽然者,其出淮人之手尤无疑。然此特射阳游戏之笔,聊资村翁童子之笑谑。必求得修炼秘诀,亦凿矣。(此条今通行本《茶余客话》不载)

周先生考出《茶余客话》此条系根据吴玉搢的《山阳志遗》卷四的,原文是:

天启旧志列先生为近代文苑之首,云"性敏而多慧,博极群书;为诗文下笔立成,复善谐谑。所著杂记几种,名震一时"。初不知杂记为何等书。及阅《淮贤文目》载《西游记》为先生著。考《西游记》旧称为证道书,谓其合于金丹大旨。元虞道园有序,称此书系其国初邱长春真人所撰。而《郡志》谓出先生手。天启

> 时去先生未远，其言必有所本。意长春初有此记，至先生乃为之通俗演义；如《三国志》本陈寿，而《演义》则称罗贯中也。书中多吾乡方言，其出淮人手无疑。或云有后《西游记》，为射阳先生撰。

吴玉搢也误认邱长春的《西游记》了。邱长春的《西游记》，虞集作序的，乃是一部纪行程的地理书，和此书绝无关系。阮葵生虽根据吴说，但已不信长春真人的话；大概乾隆以后，学者已知长春真人原书的性质，故此说已不攻自破了。

吴玉搢的《山阳志遗》卷四还有许多关于吴承恩的材料，今录于下：

> 嘉靖中，吴贡生承恩，字汝忠，号射阳山人，吾淮才士也。英敏博洽，凡一时金石碑版嘏祝赠送之词，多出其手。荐绅台阁诸公皆倩为捉刀人。顾数奇，不偶，仅以岁贡官长兴县丞。贫老乏嗣，遗稿多散佚失传。邱司徒正纲收拾残缺，得其友人马清溪马竹泉所手录，又益之以乡人所藏，分为四卷，刻之，名曰《射阳存稿》（又有《续稿》一卷）。五岳山人陈文烛为之序。其略云："陈子守淮安时，长兴徐子与过淮。往汝忠丞长兴，与子与善。三人者呼酒韩侯祠内，酒酣论文论诗，不倦也。汝忠谓文自六经后，惟汉魏为近古。诗自《三百篇》后，惟唐人为近古。近时学者徒谢朝华而不知畜多识，去陈言而不知漱芳润，即欲敷文陈诗，难矣。徐先生与予深韪其言。今观汝忠之作，缘情而绮丽，体物而浏亮，其词微而显，其旨博而深。收百代之阙文，采千载之遗韵，沉辞渊深，浮藻云骏，张文潜以后一人而已。"其推许之者，可为至极。读其遗集，实吾郡有明一代之冠。惜其书刊板不存，予初得一抄本，纸墨已渝敝。后陆续收得刻本四卷，并续集一卷，亦全。尽登其诗入《山阳耆旧集》，择其杰出者各体载一二首于此，以志瓣香之意云。

据此，是隆庆初（约一五七〇）陈文烛守淮安时，吴承恩还不曾死。

以此推之，可得他的年代：

嘉靖中（约一五五〇），岁贡生。

嘉靖末（约一五六〇），任长兴县丞。

隆庆初（约一五七〇），在淮安与陈文烛、徐子与往来酬应，酒酣论文。

万历初（约一五八〇），吴承恩死。

他大概生于正德之末（约一五二〇），死于万历之初。天启《淮安志》修于天启六年，当西历一六二六年，去吴承恩死时止有四五十年，自然是可靠的根据了。

最可惜的是我们至今还不曾寻到吴承恩的《射阳存稿》，也不曾见着吴玉搢的《山阳耆旧集》。幸得《山阳志遗》里录有吴承恩的诗十一首，我们转载几首在这里：

平 河 桥

短蓬倦向河桥泊，独对青旗枕臂眠。日落牛蓑归牧笛，潮来鱼米集商船。

绕篱野菜平临水，隔岸村炊互起烟。会向此中谋二顷，间揞藜杖听鸣蝉。

堤 上

平湖渺渺漾天光，泻入溪桥喷玉凉。一片蝉声万杨柳，荷花香里据胡床。

对月感秋，四之一

湘波卷桃笙，齐纨扇方歇。秋来本无形，潜报梧桐叶。啼蛩代鸣蝉，其声亦何切！繁霜结珠露，忽已如初雪。六龙驱日车，羲和不留辙。群生总如梦，独尔惊豪杰。□笑仰青天，停杯问明月。

二郎搜山图歌

李在惟闻画山水(李在，明宣德时画家)，不谓兼能貌神鬼。笔端变幻真骇人，意态如生状奇诡。少年都美清源公，指挥部从扬灵风。星飞电掣各奉命，蒐罗要使山林空。名鹰攫拏犬腾啮，大剑长刀莹霜雪。猴老难延欲断魂，狐娘空洒娇啼血。江翻海搅走六丁，纷纷水怪无留踪。青锋一下断狂虺，金锁交缠禽毒龙。神兵猎妖犹猎兽，探穴捣巢无逸寇。平生气焰安在哉，牙爪虽存敢驰骤。我闻古圣开鸿濛，命官绝地天之通。轩辕铸镜禹铸鼎，四方民物俱昭融。后来群魔出孔窍，白昼搏人繁聚啸。终南进士老钟馗，空向宫闱啖虚耗。民灾翻出衣冠中，不为猿鹤为沙虫。坐观宋室用五鬼，不见虞廷诛四凶。野夫有怀多感激，无事临风三叹息。胸中磨损斩邪刀，欲起平之恨无力。救日有矢救月弓，世间岂谓无英雄？谁能为我致麟凤，长享万年保合清宁功？

这一篇《二郎搜山图歌》很可以表示《西游记》的作者的胸襟和著书的态度了。

七

《西游记》的中心故事虽然是玄奘的取经，但是著者的想象力真不小！他得了玄奘的故事的暗示，采取了金元戏剧的材料(?)，加上他自己的想象力，居然造出一部大神话来！这部书的结构，在中国旧小说中，要算最精密的了。他的结构共分作三个部分：

第一部分：齐天大圣的传。(第一回至第七回)

第二部分：取经的因缘与取经的人。(第八回至第十二回)

第三部分：八十一难的经历。(第十三回至第一百回)

我们现在分开来说。

第一部分乃是世间最有价值的一篇神话文学。我在上文已略考这个猴王故事的来历。这个神猴的故事，虽是从印度传来的，但我们还可以说这七回的大部分是著者创造出来的。须菩提祖师传法一段自然是从禅宗的六祖传法一个故事上脱化出来的。但著者写猴王大闹天宫的一长段，实在有点意思。玉帝把猴王请上天去，却只叫他去做一个未入流的弼马温；猴王气了，反下天宫，自称“齐天大圣”；玉帝调兵来征伐，又被猴王打败了；玉帝没法，只好又把他请上天去，封他“齐天大圣”，“只不与他事管，不与他俸禄”！后来天上的大臣又怕他太闲了，叫他去管蟠桃园。天上的贵族要开蟠桃盛会了，他们依着“上会的旧规”，自然不请这位前任弼马温。不料这馋嘴的猴子一时高兴，把大会的仙品仙酒一齐偷吃了，搅乱了蟠桃大会，把一座庄严的天宫闹的不成样子，他却又跑下天称王去了！等到玉帝三次调兵遣将，好容易把他捉上天来，却又奈何他不得；太上老君把他放在八卦炉中炼了七七四十九日，仍旧被他跑出来，“不分上下，使铁棒东打西敲，更无一人可敌，直打到通明殿里，灵霄殿外”！玉帝发了急，差人上西天去讨救，把如来佛请下来。如来到了，诘问猴王，猴王答道：

> 花果山中一老猿……因在凡间嫌地窄，立心端要住遥天。灵霄宝殿非他有，历代人王有分传。强者为尊该让我，英雄只此敢争先！

他又说：

> 他(玉帝)虽年劫修长，也不应久住在此。常言道：“交椅轮流坐，明年是我尊。”只教他搬出去，将天宫让与我，便罢了。若还不让，定要搅乱不得清平！

前面写的都是政府激成革命的种种原因；这两段简直是革命的檄文了！美猴王的天宫革命，虽然失败，究竟还是一个“虽败犹荣”的英雄！

我要请问一切读者：如果著者没有一肚子牢骚，他为什么把玉帝写成那样一个大饭桶？为什么把天上写成那样黑暗，腐败，无人？为什么教一个猴子去把天宫闹的那样稀糟？

但是这七回的好处全在他的滑稽。著者一定是一个满肚牢骚的人，但他又是一个玩世不恭的人，故这七回虽是骂人，却不是板着面孔骂人。他骂了你，你还觉得这是一篇极滑稽，极有趣，无论谁看了都要大笑的神话小说。正如英文的《阿梨思梦游奇境记》（Alice in wonderland）虽然含有很有意味的哲学，仍旧是一部极滑稽的童话小说（此书已由我的朋友赵元任先生译出，由商务出版）。现在有许多人研究儿童文学，我很郑重的向他们推荐这七回天宫革命的失败英雄《齐天大圣传》。

第二部分（取经因缘与取经人物）有许多不合历史事实的地方。例如玄奘自请去取经，有诏不许；而《西游记》说唐太宗征求取经的人，玄奘愿往：这是一不合。又如玄奘本是缑氏人，父为士族，兄为名僧；他自身出家的事，本传记叙甚详；而《西游记》说他的父亲是状元，母亲是宰相之女。但是状元的儿子，宰相的外孙如何忽然做了和尚的呢？因此有殷小姐忍辱报仇的故事造出来（参看《太平广记》一二二陈义郎的故事）作为玄奘出家的理由。这是二不合。但这种变换，都是很在情理之中的。玄奘的家世与幼年事迹实在太平常了，没有小说的兴趣，故有改变的必要。况且玄奘既被后人看作神人，他的父母也该高升了，故升作了状元与相府小姐。玄奘为经义难明，异说难定，故发愤要求得原文的经典：这种考据家的精神，是科学的精神，在我们眼里自然极可佩服；但这也没有通俗小说的资格，故也有改变的必要。于是有魏徵斩龙与太宗游地府的故事。这一大段是许多小故事杂凑起来的。研究起来很有趣味。袁天罡的神算，自然是一个老故事（参看《太平广记》七六，又二二一）。秦叔宝、尉迟敬德做门神，大概也是唐人的故事。泾河龙王犯罪的故事，已见于唐人小说。《太平广记》四一八引《续玄怪录》，叙李靖代龙王行雨，误下了二十尺雨，致龙王母子都受天谴。这个故事是很古的。唐太宗游地府的故事，也是很古的。唐人张□的《朝野佥载》有一则（王静庵先生引《太平广记》所引）云：

> 唐太宗极康豫。太史令李淳风见上，流泪无言。上问之，对

> 曰，“陛下夕当晏驾”……太宗至夜半，奄然入定，见一人云：“陛下暂合来，还即去也。”帝问君是何人，对曰，“臣是生人判冥事”。太宗入见判官，问六月四日事，即令还。向见者又迎送引导出。淳风即观乾象，不许哭泣。须臾乃寤。及曙，求昨所见者，令所司与一官，遂注蜀道一丞。

此事最有趣味，因为近年英国人斯坦因(Stein)在敦煌发见唐代的写本书籍中，有一种白话小说的残本，仅存中间一段云：

> “判官懆恶，不敢道名字。”帝曰：“卿近前来。”轻道：“姓崔名子玉。”“朕当识。”言讫，使人引皇帝至院门，使人奏曰：“伏维陛下且立在此，容臣入报判官速来。”言讫，使者到厅前拜了，启判官，“奉大王处太宗是生魂到领，判官推勘，见在门外，未敢引”。判官闻言，惊忙起立。(下阙)(引见《东方杂志》十七卷，八号，王静庵先生文中)

这个故事里已说判官姓崔名子玉。我们疑心那魏徵斩龙及作介绍书与崔判官的故事也许在那损坏的部分里，可惜不传了。崔判官的故事到宋时已很风行，故宋仁宗嘉祐二年加崔府君封号诏有“惠存滏邑，恩结蒲人；生著令猷，没司幽府”等语(引见《东方杂志》，卷页同上)。这个故事可算是很古了。

如果上文引的《纳书楹曲谱》里的《西游记》是吴昌龄的原本，那么，殷小姐忍辱复仇，唐太宗征求取经人，等等故事由来已久，不是吴承恩新加入的了。

第三部分(八十一难)是西游记本身。这一部分有四个来源。第一个来源自然是玄奘本传里的记载，我们上文已引了最动人的几段。那些困难，本是事实，夹着一点宗教的心理作用。他们最能给小说家许多暗示。沙漠上光线屈折所成的幻影渐渐的成了真妖怪了，沙漠的风沙渐渐的成了黄风大王的怪风和罗刹女的铁扇了，沙漠里四日五夜的枯焦渐渐的成了周围八百里的火焰山了，烈日炎风的沙河渐渐的又成了八百里“鹅毛飘不起”的流沙河了，高昌国王渐渐的成了大唐皇帝了，高昌国的妃嫔也渐渐的成了托塔天王的假公主和天竺国的妖公主了。这种变化乃是一切大故事流传时的自然命运，逃不了的，何况这个故事本是一个宗教的故事呢？

第二个来源是南宋或元初的《唐三藏取经诗话》和金、元戏剧里的《唐三藏西天取经》故事。这些故事的神话的性质，上文已经说明了。依元代杂剧的体例看来，吴昌龄的《西游记》虽为元代最长的六本戏，六本至多也不过二十四折；加上楔子，也不过三十折。这里面决不能记叙八十一难的经过。故这个来源至多只能供给一小部分的材料。

第三个来源是最古的，是《华严经》的最后一大部分，名为《入法界品》的（晋译第三十四品，唐译第三十九品）。这一品占《华严经》全书的四分之一，说的只是一个善财童子信心求法，勇猛精进，经历一百一十城，访问一百一十个善知识，毕竟得成正果。这一部《入法界品》便是《西游记》的影子，一百一十城的经过便是八十一难的影子。我们试看《入法界品》的布局：

（1）文殊师利告善财言，“善男子，于此南方，有一国土名曰可乐，其国有山名曰和合；于彼山中，有一比丘名功德云。汝诣彼问，云何菩萨学菩萨行，修菩萨道，乃至云何具普贤行。”……

（2）功德云比丘告善财言，“善男子，南方有国名曰海门，彼有比丘名曰海云。汝应诣彼问菩萨行”……

（3）海云比丘告善财言，“善男子，汝诣南方六十由旬，有一国土名曰海岸，彼有比丘名曰善住。应往问彼云何菩萨修清净行”……

（4）善住比丘言：“善男子，于此南方，有一国土名曰住林，彼有长者名曰解脱。汝诣彼问……”

这样一个转一个的下去，直到一百一十个，直到弥勒佛。又得见文殊师利，遂成就无量大智光明，“不久当与一切佛等，一身充满一切世界”。这一个“信心求法，勇猛精进”的故事，一定给了《西游记》的著者无数的暗示。

第四个来源自然是著者的想象力与创造力了。上面那三个来源都不能供给那八十一难的材料，至多也不过供给许多暗示，或供给一小部分的材料。我们可以说，《西游记》的八十一难大部分是著者想象出来的。想出这许多妖怪灾难，想出这一大堆神话，本来不算什么难事。但《西游记》有一点特长处，就是他的滑稽意味。拉长了面孔，整日说正经话，那是圣人菩萨的行为，不是人的行为。《西游记》所以能成为世界的一部绝大神话小说，正因为《西游记》里种种神话都带着一点诙谐的意味，能使人开口一笑，这一笑就把那神话“人化”过了。我们可以说，《西游记》的神话是有“人的意味”的神话。

我们可举几个例子。如第三十二回平顶山猪八戒巡山的一段，便是一个好例：

> 那呆子入深山，又行有四五里，只见山凹中有一块桌面大的四四方方的青石头。呆子放下耙，对石头唱个大喏。行者暗笑，“看这呆子做甚勾当！”原来那呆子把石头当做唐僧、沙僧、行者三人，朝着他演习哩。他道：“我这回去，见了师父，若问有妖怪，就说有妖怪；他问甚么山，我若说是泥捏的，锡打的，铜铸的，面蒸的，纸糊的，笔画的——他们见说我呆哩，若说这话，一发说呆了。我只说是石头山。他若问甚洞，也只说是石头洞。他问甚么门，却说是钉钉的铁叶门。他问里边多远，只说入内有三层。他若再问门上钉子多少，只说老猪心忙记不真。”……

最滑稽的是朱紫国医病降妖一大段。孙行者揭了榜文，却去揣在猪八戒的怀里，引出一大段滑稽文字来。后来行者答应医病了，三藏喝道：

> 你跟我这几年，那会见你医好谁来？你连药性也不知，医书也未读，怎么大胆撞这个大祸？

行者笑道：

> 师父，你原来不晓得，我有几个草头方儿，能治大病，管情医得他好便了。就是医死了，也只问得个庸医杀人的罪名，也不

该死，你怕怎的？

下文诊脉用药的两段也都是很滑稽的。直到寻无根水做药引时，行者叫东海龙王敖广来“打两个喷嚏，吐些浸液，与他吃药罢”。病医好了，在谢筵席上，八戒口快，说出：“那药里有马……”行者接着遮掩过去，说药内有马兜铃。国王问众官马兜铃是何品味，能医何症。时有太医院官在傍道：

主公，兜铃味苦寒无毒，定喘消痰大有功。通气最能除血蛊，补虚宁咳又宽中。

国王笑道：

用的当，用的当。猪长老再饮一杯。

这都是随笔诙谐，很有意味。

我们在上文曾说大闹天宫是一种革命。后来第五十回里，孙行者被独角兕大王把金箍棒收去了，跑到天上，见玉帝。行者朝上唱个大喏道：

启上天尊。我老孙保护唐僧往西天取经……遇一凶怪，把唐僧拿在洞里要吃。我寻上他门，与他交战。那怪神通广大，把我金箍棒抢去……我疑是天上凶星下界，为此特来启奏，伏乞天尊垂慈洞鉴，降旨查勘凶星，发兵收剿妖魔，老孙不胜战栗屏营之至！

这种奴隶的口头套语，到了革命党的口里，便很滑稽了。所以殿门傍有葛仙翁打趣他道：

猴子，是何前倨后恭？

行者道：

不是前倨后恭，老孙于今是没棒弄了。

这种诙谐的里面含有一种尖刻的玩世主义。《西游记》的文学价值正在这里。第一部分如此，第三部分也如此。

八

《西游记》被这三四百年来的无数道士、和尚、秀才弄坏了。道士说，这部书是一部金丹妙诀。和尚说，这部书是禅门心法。秀才说，这部书是一部正心诚意的理学书。这些解说都是《西游记》的大仇敌。现在我们把那些什么悟一子和什么悟元子等等的“真诠”、“原旨”一概删去了，还他一个本来面目。至于我这篇考证本来也不必做；不过因为这几百年来读《西游记》的人都太聪明了，都不肯领略那极浅极明白的滑稽意味和玩世精神，都要妄想透过纸背去寻那“微言大义”，遂把一部《西游记》罩上了儒、释、道三教的袍子；因此，我不能不用我的笨眼光，指出《西游记》有了几百年逐渐演化的历史；指出这部书起于民间的传说和神话，并无“微言大义”可说；指出现在的《西游记》小说的作者是一位“放浪诗酒，复善谐谑”的大文豪作的，我们看他的诗，晓得他确有“斩鬼”的清兴，而决无“金丹”的道心；指出这部《西游记》至多不过是一部很有趣味的滑稽小说，神话小说；他并没有什么微妙的意思，他至多不过有一点爱骂人的玩世主义。这点玩世主义也是很明白的；他并不隐藏，我们也不用深求。

十二，二，四，改稿。

——据安徽教育出版社 1999 年版《中国章回小说考证》

【评　介】

胡适（1891—1962），原名洪骍，字希疆，后改名适，字适之，安徽绩溪人。现代著名学者、历史学家、文学家、哲学家、社会活动家。五四新文化运动的领袖之一。早年在家乡接受传统私塾教育，打下扎实的旧学功底。1904 年往上海求学，接受新式教育。1906 年入中国公学，1910 年考取“庚款”官费生，赴美留学，入康奈尔大学学农科，后改读文科。1915 年入哥伦比亚大学哲学系攻读博士学位，师从哲学家杜威，接受实用主义哲学并一生服膺。1917 年，已完成博士学位论文的胡适因母病提前回国，不久，应蔡元培之请任北京大学教授。其间，五四运动爆发，身处新文化潮流核心的北京大学的胡适极为活跃，参加编辑《新青年》，宣传个性自由和科学民主，提出文学革命的主张，积极倡导白话文学，成为新文化运动的重要人物。从 1920 年至 1933 年，胡适从事中国古典小说的考证研究，同时参与一些政治活动，并一度担任上海公学校长。抗战初期，出任国民党国防参议会参议员，1938 年被任命为中国驻美国大使。抗战胜利后，于 1946 年出任北京大学校长。1949 年寄居美国，致力于《水经注》的考证工作，后定居中国台湾。1962 年，突发心脏病去世，享年 72 岁。

胡适兴趣广泛，著述丰富，作为学者，他在文学、史学、哲学、考据学、教育学、伦理学等诸多领域均有深入的研究，其学术思想深受赫胥黎和杜威的影响，曾自称赫胥黎教他怎样怀疑，杜威教他怎样思想。胡适毕生宣扬自由主义、怀疑主义和实用主义，这些又与中国传统的乾嘉学派的考据学风相结合，故其毕生倡导“大胆的假设，小心的求证”、“言必有征”的治学方法。

对中国古典小说的阅读和研究是胡适学术思想和学术成就的重要表现。他贯通中西，将传统乾嘉学派的历史考据功夫与杜威的实用主义相融合，写作了一系列古典小说研究论文。1920 年至 1927 年间，上海亚东图书馆以新式标点和现代文法整理出版了古典小说若干种，包括《水浒传》、《儒林外史》、《红楼梦》、《西游记》、《三国演义》、《镜花缘》、《水浒续集》、《老残游记》、《海上花列传》、《儿女英雄传》、《三侠五义》、《官场现形记》、《宋人话本八种》、《醒世姻缘传》、《今古奇观》、《十二楼》，共计 16 种，其中前 14 种皆有胡适撰写的考证文章或序文。由此，上海亚东图书馆从一家默默无闻的小出版社一跃而成为全国知名的出版社，胡适的古典小说研究也因此取得了丰硕的成果。这些小说考证论文后结集为《中国章回小说考证》一书，于1942年由实业印书馆出版，问世后颇受读者欢迎。这一系列论文从微观着手，细致分析了小说的作者、版本、成书过程、思想主旨和艺术水准，为中国小说史的研究做了开创性的工作。尤为重要的是，胡适以其研究实绩为现代小说研究建立了学术范式与方法，其核心即"历史演进的方法"，这也是胡适本人最为得意的，他在《古史讨论的读后感》中将其概括为：(1)把每一件史事的种种传说，依先后出现的次序排列起来。(2)研究这件史事在每一个时代有什么样的传说。(3)研究这件史事的渐渐演进：由简单变为复杂，由陋野变为雅训，由地方的(局部的)变为全国的——由神变为人，由神话变为史事，由寓言变为事实。(4)遇可能时，解释每一次演进的原因。胡适所提倡的这一研究方法，成为小说研究的现代范式的核心方法论，也是至今仍然有效的基本研究方法。

胡适对《西游记》的研究即是依循以上方法渐次展开的。学界一般将胡适对《西游记》的考证作为现代《西游记》研究的开端，其时在20世纪20年代初叶，这与鲁迅讲授小说史并著《中国小说史略》恰好同时，这期间两人还互通书信，就《西游记》进行切磋交流，共享史料。按文前引语，胡适《〈西游记〉考证》一文实为渐次累积而写成，全文共八节，依次涉及和处理的问题为：第一节，引述《大唐大慈恩寺三藏法师传》中文字，以明玄奘家世、求法动机、沿途险阻等史实渊源。第二节，以《太平广记》为据，说明《大唐大慈恩寺三藏法师传》在唐五代及宋初被初步神化的事实。第三节，详述南宋"说话"作品《大唐三藏取经诗话》，这是取经故事文学化的关键。第四节，考证孙悟空形象的历史根据和来源。第五节，以乾隆末《纳书楹曲谱》所选曲文为材料，考述金、元戏曲中的西游故事。第六节，考订《西游记》的作者为淮安人吴承恩。第七节，考述《西游记》文本情节的来源，评论作者的玩世主义创作态度与文笔。第八节，总结全文，说明以上考证的目的在于揭示创作者之主旨——滑稽玩世，否定以往的"于微言中求大义"之误。

全文内容大致可分为四个方面，一是按照流传演变之先后，缕述西游故事逐渐由史实神话化而进入文艺作品，并最终成为小说《西游记》的历程，从而非常坚实地论定了《西游记》是一部世代累积型的文学巨著（相应之章节为第一、二、三、五、七节，为文章的主体部分）。二是考察孙悟空形象的来源，提出“外来影响说”（第四节）。三是考订作者为吴承恩（第六节）。四是判定小说之情节来源、主旨与性质（第七节之一部分及第八节）。

首先，胡适最早提出《西游记》并非文人的独立创作，而是在漫长的民间流传中不断被改编、丰富的，而小说《西游记》便是这一故事集大成的最后文本。这一问题不仅关系到《西游记》在小说史上的定位，而且涉及了中国小说发展的一个重要现象和规律，对其后的孙悟空形象来源问题、作者问题、主旨性质问题以及版本问题等均具引发作用，具有重大的理论价值。胡适是通过对史实和历代西游作品的比勘甄别而作出这一论断的。他先集矢于史料，对《大唐西域记》、《大唐大慈恩寺三藏法师传》、《高僧传》等史著进行了细致、周密的考证，以明其史源。然后，以唐宋之际《太平广记》所存笔记小说为桥梁，发现了西行事迹神化的痕迹。

胡适对《大唐三藏取经诗话》的反复比勘、对读，清晰地揭示出西游故事形成的关键性环节。一方面，胡适认为“这部书确是《西游记》的祖宗”，猴行者和深沙神的出现至为重要；另一方面，胡适客观地承认全书“写的实在幼稚，全没有文学的技术”，从而“使我们格外赏叹明、清两朝小说技术的惊人的进步”。总之，正是《大唐三藏取经诗话》使我们明白《西游记》“也有了五六百年演化的历史”。胡适对元明之际西游故事的考察，主要集中于杂剧《唐三藏西天取经》，通过比较杂剧与后来小说的情节，胡适认为元代已有很丰富的《西游记》故事了，并推测当时可能有散文写的《西游记》，是“在《取经诗话》与今本《西游记》之间的一种平凡的‘话本’”。此一推测涉及今本《西游记》的祖本问题，后来被《永乐大典》所引残文《西游记》所证实。在尚未发现这一残文和明刊本之时，胡适的“大胆的假设”说明了其考据方法的科学性和他本人的学术眼光。

有了对以上诸流传环节的细密考察，胡适便可以在后文中将吴承恩所著《西游记》情节的来源作一大致的认定和归类，哪些是本有史源的，哪些是取自前代作品的，哪些是作者自创的，其间的繁简优劣又如何，从而相当坚实地论证了吴承恩其人在《西游记》小说形成中的作用，他的丰富的想象和滑稽的文笔因之得到凸显。胡适此文的主体脉络清晰，层次富有张力，论据充分，足显其功力。

其次，由上述基本论断所引发，胡适较早采用比较文学的方法探讨了孙悟空形象的来源问题。我们知道，在这一问题上，鲁迅提出了“民族传统说”，并将相关材料寄给了胡适，以为参考。但是，胡适并不满足于此，他在《〈西游记〉考证》中引述并反驳了鲁迅的观点，只是出于温厚的性情，胡适说“或者猴行者的故事确实曾从无支祁的神话里得着一点暗示，也未可知”。接着，胡适以印度史诗《拉麻传》(今译《摩罗衍那》)中神猴哈奴曼的传奇故事为据，“假定哈奴曼是猴行者的根本”，从而形成与鲁迅相对的“外来影响说”。两说并立后，后世学者各有沿袭，如陈寅恪、郑振铎、季羡林、金克木等都有相关论文讨论，至今未有定论，其学术影响是深远的。

胡适将猴行者和哈奴曼进行比较论证的根据在于：(1)两者均为神通广大的猴子，身份“很相近”。(2)两者都具有学问，哈奴曼是一位文法大家，猴行者在出场时乃是一个白衣秀才。(3)中印文化交流时间甚长，印度人来中国的不计其数，哈奴曼故事是不会不传进中国来的。平心而论，上述三点都还很难说是特别直接的证据，它们只是为哈奴曼影响于孙悟空提供了相当的可能性，但并非就是实际发生的现实，此一问题要取得最终的结论，恐怕还需找到更为切近而直接的史料(如在吴承恩或其他可能的作者的文字中发现关于印度神猴的记述)。

再次，关于《西游记》的作者，胡适与鲁迅一样，认定为吴承恩。在论文一开始，胡适即对于邱处机为小说《西游记》作者之说予以断然否定，小说的种种内证说明了元代道士不可能在书中写出明代才有的事物，在《道藏》中发现的《长春真人西游记》则更是明证，“邱作说”实已不能成立，连带着虞(集)序也成为伪托之作。胡适引用了鲁迅所提供的材料并进一步作了考证，这也显示出他长于考据的治学路数。胡适还详细地利用了吴玉搢《山阳志遗》里的记载，以作为“吴著说”的坚实证据，并在此基础上粗拟了一个吴承恩的年表，勾勒出吴氏生平的基本轮廓，虽然只涉及五个年份，但这是最早的吴承恩年谱，对后来赵景深、刘修业等人作的年谱不无启发之益。值得一提的是，胡氏之文发表后，董作宾写了《读〈西游记考证〉》一文作为呼应，内容主要讨论关于作者的史料问题，提出了一些新的材料。

最后，按照胡适自己的说法，他此文诸多考证的目的，不过只是“用我的笨眼光，指出《西游记》有了几百年逐渐演化的历史；指出这部书起于民间的传说和神话，并无‘微言大义’可说；指出现在的《西游记》小说的作者是一位‘放浪诗酒，复善谐谑’的大文豪作的，我们看他的诗，晓得他确有‘斩鬼’的清兴，而决无‘金丹’的道心；指出这部《西游记》至多不过是一部很有趣味的滑稽小说，神话小说；他并没有什么微妙的意思，他至多不过有一点爱骂人的玩世主义”。四个“指出”明白宣示了胡适为《西游记》作考证文章的目的在于揭示小说的大旨，即并非如那些和尚、道士、秀才所诠解的那般深文周纳。“很有趣味的滑稽小说”和“爱骂人的玩世主义”是胡适对《西游记》主旨的概括，这与鲁迅“出于游戏，亦非语道”的提法是大致相同的。之所以只是“大致相同”，是因为鲁迅仍然有保留地同意了明人“求放心之喻，非浪作也”的心学旨趣；相对而言，胡适则激烈地指斥“这些解说都是《西游记》的大仇敌”，对明清以来的一切旧说皆予以彻底的否定，其态度相当鲜明，体现出新文化领袖横扫千军的气势和声威。在清算关于《西游记》主旨的旧说方面，胡适无疑是力度最大、口气最决绝的。

值得一提的是，胡适倡导在阅读和研究《西游记》时运用“笨眼光”，实际上是强调将《西游记》当做一部纯粹的小说来看待，以一种艺术的审美眼光来观照，而不要附加过于知性化的学说和见解，他认为这样才能真正把握《西游记》的真谛。但与此态度恰成对比的是，胡适在自己建立的“新红学”领域，却不是将《红楼梦》当做一部纯粹的小说来看待的，胡适并没有用单纯的审美眼光来观照《红楼梦》，而是以历史传记的眼光，将之视为作者的自传。胡适阅读和研究《红楼梦》的方法与其说是文学的、艺术的，毋宁说是科学的、理性的。这对其后的《红楼梦》研究产生了相当深远的正反两方面的影响。胡适运用相同的研究方法探索两部文学经典，但却是为了达到不同的研究目的，其间的差异当然来自研究对象本身的区别，但也未尝不包含胡适本人思想变化的一些痕迹(《〈红楼梦〉考证》作于1921年，《〈西游记〉考证》作于1923年)。

胡适对《西游记》的研究还有一桩旧事不应忘记，那就是在民国初期，他曾经花了不短的时间来增改《西游记》中八十一难的最后一难。胡适觉得原书的最后一难“未免太寒伧了，应该大大的改作，才衬得住一部大书”，于是他亲自动手加以完善。大约数年后，他将改作交给《学文月刊》发表，后来收在商务印书馆1925年出版的《胡适论学近著》里。关于胡适改作《西游记》的成败利钝，可以参看今人竺洪波所著《四百年〈西游记〉学术史》(复旦大学出版社2006年版)之相关章节，在此不再赘论。

整体而言，胡适对于《西游记》用心之广，用功之勤，在其整个古代小说考证中是绝无仅有的，其扎实的考订为现代《西游记》研究作出了划时代的贡献。正是在胡适、鲁迅等新文化大师的大力推动下，《西游记》研究的学术品位得到了全面的提升，实现了影响深远的现代转型。

胡适《西游记》论著目录：

《西游记序》，载《西游记》，上海亚东图书馆1921年版。

《西游记考证》，载《西游记》，上海亚东图书馆1923年版。

《西游记第八十一难》，载《胡适论学近著》，商务印书馆1925年版。

《跋〈销释真空宝卷〉》，载《国立北平图书馆馆刊》1931年版。

《跋〈四游记〉本的〈西游记传〉》，载《胡适古典文学研究论集》，上海古籍出版社1988年版。

《西游记的沙和尚的来历》，载《胡适古典文学研究论集》，上海古籍出版社1988年版。

《读吴承恩〈射阳文存〉》，载《胡适古典文学研究论集》，上海古籍出版社1988年版。

明之神魔小说

鲁　迅

第十六篇　明之神魔小说(上)(节选)

奉道流羽客之隆重，极于宋宣和时，元虽归佛，亦甚崇道，其幻惑故遍行于人间，明初稍衰，比中叶而复极显赫，成化时有方士李孜、释继晓，正德时有色目人于永，皆以方伎杂流拜官，荣华熠耀，世所企羡，则妖妄之说自盛，而影响且及于文章。且历来三教之争，都无解决，互相容受，乃曰“同源”，所谓义利邪正善恶是非真妄诸端，皆混而又析之，统于二元，虽无专名，谓之神魔，盖可赅括矣。其在小说，则明初之《平妖传》已开其先，而继起之作尤夥。凡所敷叙，又非宋以来道士造作之谈，但为人民闾巷间意，芜杂浅陋，率无可观。然其力之及于人心者甚大，又或有文人起而结集润色之，则亦为鸿篇巨制之胚胎也。

……

四曰《西游记传》，四卷四十一回，“题齐云杨志和编，天水赵景真校”，叙孙悟空得道，唐太宗入冥，玄奘应诏求经，途中遇难，终达西土，得经东归者也。太宗之梦，庸人已言，张□《朝野佥载》云，“太宗至夜半奄然入定，见一人云，‘陛下暂合来，还即去也。’帝问‘君是何人?’对曰，‘臣是生人判冥事。’太宗入见判官，问六月四日事，即令还，向见者又送迎引导出。”又有俗文，亦记斯事，有残卷从敦煌千佛洞得之(详见第十二篇)。至玄奘入竺，实非应诏，事具《唐书》(百九十一《方伎传》)，又有专传曰《大慈恩寺三藏法师传》，在《佛藏》中，初无诸奇诡事，而后来稗说，颇涉灵怪。《大唐三藏取经诗话》已有猴行者深沙神及诸异境；金人院本亦有《唐三藏》（陶宗仪《辍耕录》）；元杂剧有吴昌龄《唐三藏西天取经》（钟嗣成《录鬼簿》），一名《西游记》（今有日本盐谷温校印本），其中收孙悟空，加戒箍，沙僧，猪八戒，红孩儿，铁扇公主等皆已见。似取经故事，自唐末以至宋元，乃渐渐演成神异，且能有条贯，小说家因亦得取为记传也。

全书之前九回为孙悟空得仙至被降故事，言有石猴，寻得水源，众奉为王，而复出山，就师悟道，以大神通，搅乱天地，玉帝不得已，封为齐天大圣，复扰蟠桃大会，帝命灌口二郎真君讨之，遂大战，悟空为所获，其叙当时战斗变化之状云：

>……那小猴见真君到，急急报知猴王。猴王即掣起金箍棒，步上云履。二人相见，各言姓名，遂排开阵势，来往三百余合。二人各变身万丈，战入云端，离却洞口……大圣正在开战，忽见本山众猴惊散，抽身就走；真君大步赶上，急走急追。大圣慌忙将身一变，入水中。真君道，“这猴入水必变鱼虾，待我变作鱼鹰逐他。”大圣见真君赶来，又变一鸨鸟，飞在树上，被真君拽弓一弹，打下草坡，遍寻不见，回转天王营中去说猴王败阵等事，又赶不见踪迹。天王把照妖镜一照，急云“妖猴往你灌口去了”。真君回灌口；猴王急变做真君模样，座在中堂，被二郎用一神枪，猴王让过，变出本相，二人对较手段，意欲回转花果山，奈四面天将围住念咒。忽然真君与菩萨在云端观看，见猴王精力将疲，老君掷下金刚圈，与猴王脑上一打。猴王跌倒在地，被真君神犬咬住胸肚子，又拖跌一跤，却被真君兄弟等神枪刺住，把铁索绑缚……（第七回《真君收捉猴王》）

然斫之无伤，炼之不死，如来乃压之五行山下，令待取经人。次四回即魏徵斩龙，太宗入冥，刘全进瓜，及玄奘应诏西行：为求经之所由起。十四回以下则玄奘道中收徒及遇难故事，而以见佛得经东归证果终。徒有三，曰孙行者，猪八戒，沙僧，并得龙马；灾难三十余，其大者五庄观，平顶山，火云洞，通天河，毒敌山，六耳猕猴，小雷音寺等也。凡所记述，简略者多，但亦偶杂游词，以增笑乐，如写火云洞之战云：

> ……那山前山后土地，皆来叩头报名，“此处叫做枯松涧，涧边有一座山洞，叫做火云洞，洞有一位魔王，是牛魔王的儿子，叫做红孩儿。他有三昧真火，甚是利害。”行者听说，叱退土神……与八戒同进洞中去寻……那魔王分付小妖，推出五轮小车，摆下五方，遂提枪杀出，与行者战经数合，八戒助阵，魔王走转，把鼻子一捶，鼻中冒出火来，一时五轮车子，烈火齐起。八戒道，“哥哥快走！少刻把老猪烧得囫囵，再加香料，尽他受用。”行者虽然避得火烧，却只怕烟，二人只得逃转……（第三十二回《唐三藏收妖过黑河》）

复请观世音至，化刀为莲台，诱而执之，既降复叛，则环以五金箍，洒以甘露，乃始两手相合，归落伽山云。《西游记》杂剧中《鬼母皈依》一出，即用揭钵盂救幼子故事者，其中有云，“告世尊，肯发慈悲力。我着唐三藏西游便回，火孩儿妖怪放生了他。到前面，须得二圣郎救了你。”（卷三）而于此乃改为牛魔王子，且与参善知识之善才童子相混矣。

第十七篇　明之神魔小说（中）

又有一百回本《西游记》，盖出于四十一回本《西游记传》之后，而今特盛行，且以为元初道士邱处机作。处机固尝西行，李志常记其事为《长春真人西游记》，凡二卷，今尚存《道藏》中，惟因同名，世遂以为一书；清初刻《西游记》小说者，又取虞集撰《长春真人西游记》之序文冠其首，而不根之谈乃愈不可拔也。

然至清乾隆末，钱大昕跋《长春真人西游记》（《潜研堂文集》二十九）已云小说《西游演义》是明人作；纪昀（《如是我闻》三）更因“其中祭赛国之锦衣卫，朱紫国之司礼监，灭法国之东城兵马司，唐太宗之大学士翰林院中书科，皆同明制”，决为明人依托，惟尚不知作者为何人。而乡邦文献，尤为人所乐道，故是后山阳人如丁晏(《石亭记事续编》)、阮葵生(《茶余客话》)等，已皆探索旧志，知《西游记》之作者为吴承恩矣。吴玉搢(《山阳志遗》)亦云然，而尚疑是演邱处机书，犹罗贯中之演陈寿《三国志》者，当由未见二卷本，故其说如此；又谓“或云有《后西游记》，为射阳先生撰”，则第志俗说而已。

吴承恩字汝忠，号射阳山人，性敏多慧，博极群书，复善谐剧，著杂记数种，名震一时，嘉靖甲辰岁贡生，后官长兴县丞，隆庆初归山阳，万历初卒(约1510—1580)。杂记之一即《西游记》(见《天启淮安府志》一六及一九，《光绪淮安府志》贡举表)，余未详。又能诗，其“词微而显，旨博而深”(陈文烛序语)，为有明一代淮郡诗人之冠，而贫老乏嗣，遗稿多散佚，邱正纲收拾残缺为《射阳存稿》四卷《续稿》一卷，吴玉搢尽收入《山阳耆旧集》中(《山阳志遗》四)。然同治间修《山阳县志》者，于《人物志》中去其“善谐剧著杂记”语，于《艺文志》又不列《西游记》之目，于是吴氏之性行遂失真，而知《西游记》之出于吴氏者亦愈少矣。

《西游记》全书次第，与杨志和作四十一回本殆相等。前七回为孙悟空得道至被降故事，当杨本之前九回；第八回记释迦造经之事，与佛经言阿难结集不合；第九回记玄奘父母遇难及玄奘复仇之事，亦非事实，杨本皆无有，吴所加也。第十至十二回即魏徵斩龙至玄奘应诏西行之事，当杨本之十至十三回；第十四回至九十九回则俱记入竺途中遇难之事，九者究也，物极于九，九九八十一，故有八十一难；而一百回以东返成真终。

惟杨志和本虽大体已立，而文词荒率，仅能成书；吴则通才，敏慧淹雅，其所取材，颇极广泛，于《四游记》中亦采《华光传》及《真武传》，于西游故事亦采《西游记杂剧》及《三藏取经诗话》(?)，翻案挪移则用唐人传奇(如《异闻集》《酉阳杂俎》等)，讽刺揶揄则取当时世态，加以铺张描写，几乎改观。如灌口二郎之战孙悟空，杨本仅有三百余言，而此十倍之，先记二人各现“法象”，次则大圣化雀，化“大鹚老”，化鱼，化水蛇，真君化雀鹰，化大海鹤，化鱼鹰，化灰鹤，大圣复化为鸨，真君以其贱鸟，不屑相比，即现原身，用弹丸击下之。

> ……那大圣趁着机会，滚下山崖，伏在那里又变，变一座土地庙儿：大张着口，似个庙门；牙齿变作门扇；舌头变做菩萨；眼睛变做窗棂；只有尾巴不好收拾，竖在后面，变做一根旗杆。真君赶到崖下，不见打倒的鸨鸟，只有一间小庙，急睁凤眼，仔细看之，见旗杆立在后面，笑道，“是这猢狲了。他今又在那里哄我。我也曾见庙宇，更不曾见一个旗杆竖在后面的。断是这畜生弄諠。他若哄我进去，他便一口咬住。我怎肯进去？等我掣拳先捣窗棂，后踢门扇。”大圣听得……扑的一个虎跳，又冒在空中不见。真君前前后后乱赶……起在半空，见那李天王高擎照妖镜，与哪吒住立云端。真君道，“天王，曾见那猴王么？”天王道，“不曾上来，我这里照着他哩。”真君把那赌变化，弄神通，拿群猴一事说毕，却道，“他变庙宇，正打处，就走了。”李天王闻言，又把照妖镜四方一照，呵呵的笑道，“真君，快去快去，那猴子使了个隐身法，走出营围，往你那灌江口去也。”……却说那大圣已至灌江口，摇身一变，变作二郎爷爷的模样，按下云头，径入庙里。鬼判不能相认，一个个磕头迎接。他坐在中间，点查香火：见李虎拜还的三牲，张龙许下的保福，赵甲求子的文书，钱丙告病的良愿。正看处，有人报“又一个爷爷来了”。众鬼判急急观看，无不惊心。真君却道，“有个甚么齐天大圣，才来这里否？”众鬼判道，“不曾见甚么大圣，只有一个爷爷在里面查点哩。”真君撞进门；大圣见了，现出本相道，“郎君，不消嚷，庙宇已姓孙了！”这真君即举三尖两刃神锋，劈脸就砍。那猴王使个身法，让过神锋，掣出那绣花针儿，幌一幌，碗来粗细，赶到前，对面相还。两个嚷嚷闹闹，打出庙门，半雾半云，且行且战，复打到花果山。慌得那四大天王等众提防愈紧；这康张太尉等迎着真君，合心努力，把那美猴王围绕不题……（第六回下《小圣施威降大圣》）

然作者构思之幻，则大率在八十一难中，如金□山之战（五十至五十二回），二心之争（五十七及五十八回），火焰山之战（五十九至六十一回），变化施为，皆极奇恣，前二事杨书已有，后一事则取杂剧《西游记》及《华光传》中之铁扇公主以配《西游记传》中仅见其名之牛魔王，俾益增其神怪艳异者也。其述牛魔王既为群神所服，令罗刹女献芭蕉扇，灭火焰山火，俾玄奘等西行情状云：

> ……那老牛心惊胆战……望上便走。恰好有托塔李天王并哪吒太子领鱼肚药叉巨灵神将幔住空中……牛王急了，依前摇身一变，还变做一只大白牛，使两只铁角去触天王，天王使刀来砍。随后孙行者又到……道，“这厮神通不小，又变作这等身躯，却怎奈何?”太子笑道，“大圣勿疑，你看我擒他。”这太子即喝一声“变!”变得三头六臂，飞身跳在牛王背上，使斩妖剑望颈项上一挥，不觉得把个牛头斩下。天王丢刀，却才与行者相见。那牛王腔子里又钻出一个头来，口吐黑气，眼放金光。被哪吒又砍一剑，头落处，又钻出一个头来；一连砍了十数剑，随即长出十数个头。哪吒取出火轮儿，挂在老牛的角上，便吹真火，焰焰烘烘，把牛王烧得张狂哮吼，摇头摆尾。才要变化脱身，又被托塔天王将照妖镜照住本像，腾挪不动，无计逃生，只叫“莫伤我命，情愿归顺佛家也!”哪吒道，“既惜身命，快拿扇子出来!”牛王道，“扇子在我山妻处收着哩。”哪吒见说，将缚妖索子解下……穿在鼻孔里，用手牵来……回至芭蕉洞口。老牛叫道，“夫人，将扇子出来，救我性命!”罗刹听叫，急卸了钗环，脱了色服，挽青丝如道姑，穿缟素似比丘，双手捧那柄丈二长短的芭蕉扇子，走出门；又见金刚众圣与天王父子，慌忙跪在地下，磕头礼拜道，“望菩萨饶我夫妻之命，愿将此扇奉承孙叔叔成功去也。”……
>
> ……孙大圣执着扇子，行近山边，尽气力挥了一扇，那火焰山平平息焰，寂寂除光；又搧一扇，只闻得习习潇潇，清风微动；第三扇，满天云漠漠，细雨落霏霏。有诗为证：
>
> 火焰山遥八百程，火光大地有声名。火煎五漏丹难熟，火燎

三关道不清。特借芭蕉施雨露，幸蒙天将助神功。牵牛归佛休颠劣，水火相联性自平。(第六十一回下《孙行者三调芭蕉扇》)

又作者禀性，“复善谐剧”，故虽述变幻恍忽之事，亦每杂解颐之言，使神魔皆有人情，精魅亦通世故，而玩世不恭之意寓焉(详见胡适《〈西游记〉考证》)。如记孙悟空大败于金□洞兕怪，失金箍棒，因谒玉帝，乞发兵收剿一节云：

……当时四天师传奏灵霄，引见玉陛，行者朝上唱个大喏，道，“老官儿，累你累你。我老孙保护唐僧往西天取经，一路凶多吉少，也不消说。于今来在金□山，金□洞，有一兕怪，把唐僧拿在洞里，不知是要蒸，要煮，要晒。是老孙寻上他门，与他交战，那怪神通广大，把我金箍棒抢去，因此，难缚妖魔。那怪说有些认得老孙，我疑是天上凶星思凡下界，为此特来启奏，伏乞天尊垂慈洞鉴，降旨查勘凶星，发兵收剿妖魔，老孙不胜战栗屏营之至。”却又打个深躬道，“以闻。”旁有葛仙翁笑道，“猴子是何前倨后恭?”行者道，“不敢不敢。不是甚前倨后恭，老孙于今是没棒弄了。”……(第五十一回上《心猿空用千般计》)

评议此书者有清人山阴悟一子陈士斌《西游真诠》(康熙丙子尤侗序)，西河张书绅《西游正旨》(乾隆戊辰序)与悟元道人刘一明《西游原旨》(嘉庆十五年序)，或云劝学，或云谈禅，或云讲道，皆阐明理法，文词甚繁。然作者虽儒生，此书则实出于游戏，亦非语道，故全书仅偶见五行生克之常谈，尤未学佛，故末回至有荒唐无稽之经目，特缘混同之教，流行来久，故其著作，乃亦释迦与老君同流，真性与元神杂出，使三教之徒，皆得随宜附会而已。假欲勉求大旨，则谢肇淛(《五杂俎》十五)之“《西游记》曼衍虚诞，而其纵横变化，以猿为心之神，以猪为意之驰，其始之放纵，上天下地，莫能禁制，而归于紧箍一咒，能使心猿驯伏，至死靡他，盖亦求放心之喻，非浪作也”数语，已足尽之。作者所说，亦第云“众僧们议论佛门定旨，上西天取经的缘由……三藏箝口不言，但以手指自心，点头几度，众僧们莫解其意……三藏道；‘心生种种魔生，心灭种种魔灭，我弟子曾在化生寺对佛说下誓愿，不由我不尽此心，这一去，定要到西天见佛求经，使我们法轮回转，皇图永固’”(十三回)而已。

《后西游记》六卷四十回，不题何人作。中谓花果山复生石猴，仍得神通，称为小圣，辅大颠和尚赐号半偈者复往西天，虔求真解。途中收猪一戒，得沙弥，且遇诸魔，屡陷危难，顾终达灵山，得解而返。其谓儒释本一，亦同《西游》，而行文造事并逊，以吴承恩诗文之清绮推之，当非所作矣。又有《续西游记》，未见，《西游补》所附杂记有云，“《续西游》摹拟逼真，失于拘滞，添出比丘灵虚，尤为蛇足”也。

——据上海古籍出版社 1998 年版《中国小说史略》

【评　介】

鲁迅(1881—1936)，原名周樟寿，字豫才，1898 年改名树人，字豫山、豫亭，浙江绍兴人。出生于旧式仕宦之家，少年时家道中落，饱历炎凉。1902 年留学日本，原在仙台医学院学医，后转以文艺为业。青年时代受进化论、尼采哲学及托尔斯泰博爱思想影响，希望以之改变国民精神。1905—1907 年参加革命党人的活动，发表《摩罗诗力说》、《文化偏至论》等论文。1909 年，与弟周作人合译《域外小说集》，介绍外国文学。同年回国，先后在杭州、绍兴任教。

辛亥革命后，曾任教育部部员、佥事等职，并在北京大学、北京女子师范大学等校兼课。1918 年始用“鲁迅”之笔名发表现代文学史上首篇白话小说《狂人日记》，奠定了新文学之基石。“五四”前后，参与《新青年》编辑工作，成为新文化运动主将。1918 年至 1926 年，陆续出版小说集《呐喊》、《彷徨》，杂文集《坟》、《华盖集》、《华盖集续编》，散文诗集《野草》，散文集《朝花夕拾》等。就中，1921 年 12 月发表的小说《阿 Q 正传》是中国现代文学史上的不朽经典。1926 年 8 月，鲁迅因支持北京学生爱国运动，被北洋政府通缉，南下至厦门大学，任中文系主任。1927 年 1 月至广州，任中山大学教务主任。1927 年 10 月抵沪并定居于此。1930 年后，鲁迅先后参加中国自由运动大同盟、中国左翼作家联盟和中国民权保障同盟，反抗国民党政府的独裁统治和政治迫害。自1927年至1936年，创作了小说集《故事新编》和大量杂文，后者结集为《而已集》、《三闲集》、《二心集》、《南腔北调集》、《伪自由书》、《准风月谈》、《花边文学》、《且介亭杂文》、《且介亭杂文二集》、《且介亭杂文末编》、《集外集》、《集外集拾遗》等杂文专集。除文学创作外，鲁迅对中国现代文化事业亦作出了巨大贡献。他领导、支持了"未名社"、"朝花社"等文学团体；主编了《莽原》、《语丝》、《奔流》、《萌芽》、《译文》等文艺期刊，热忱关怀、积极培养青年作者；大力译介外国进步文艺作品如绘画、木刻；搜集、整理、研究古典文学，编撰《中国小说史略》、《汉文学史纲要》，整理《嵇康集》，辑录《会稽郡故书杂录》、《古小说钩沉》、《唐宋传奇集》、《小说旧闻钞》等。

1936年10月19日，鲁迅病逝于上海，数万民众和社会各界人士为之送葬、公祭，盖棺之论有"民族魂"之誉。

鲁迅是中国现代文化史上十分罕见的创作与研究兼擅的文化大师，他的学术研究虽在规模上不及其创作，但其影响同样深巨。他与同时代的王国维、胡适、陈寅恪、郑振铎等一大批学者一道，共同完成了中国学术由古典向现代形态的转变，建立了中国学术的现代学术范式。而其中，对于戏曲、小说的研究又正是他们突破传统学术观念和方法，大胆开新拓土的重要领域。鲁迅学术研究的主要方面在小说，其《中国小说史略》是中国第一部系统完整的小说史论著，发凡起例之功不可没，甚至可以说，此书问世迄今，还没有一部小说史著作在整体上对之有全面性的超越，其学术价值于此可见。

《中国小说史略》是鲁迅于20世纪20年代初在北京大学讲授中国小说史课程时所用讲义的写定本，初版由北京大学新潮社发行，共28篇，分上、下两卷。1925年9月，由北新书局合为一册出版修订本，1930年再次修订重版，1935年第10版时又做了个别修订，以后再无改动。1924年鲁迅在西安讲学时，把《中国小说史略》压缩为2万字左右的白话文，题为"中国小说的历史的变迁"。《中国小说史略》的成就和贡献是多方面的，最主要的在于两个方面：一是建立了中国小说史的体系。除首篇外，第二至第二十八篇对中国小说发生和发展的过程进行了系统的梳理，其整体的分期格局为后来的同类著述所广泛遵从，可见，鲁迅的确是“从倒行的杂乱的作品里寻出一条进行的线索来”的；另一方面，《中国小说史略》在研究方法上极有突破。鲁迅既秉承了清代“辨章学术，考镜源流”的传统治学方法，显示了文献实证的扎实功力，又坚持实事求是的科学理性精神，表现出进化论和唯物论的思想光芒，其史识上的精准眼光、精确概括、精当评析都高人一筹。而尤著者乃在于小说类型的研究、比较的研究以及结合史实的社会批评方法。《中国小说史略》的上述特点在对《西游记》等神魔小说的研究中亦有明显的体现。

鲁迅对于《西游记》的评论集中于《中国小说史略》的第十六篇《明之神魔小说》(上)和第十七篇《明之神魔小说》(中)之中。在卓有成效的《西游记》研究中，鲁迅概括、梳理了神魔小说的基本内涵和历史轨迹，论述了《西游记》的艺术特点和美学价值，论定其作者为吴承恩，并对世代累积的编创方式有所揭示，对《西游记》的版本流传作出初步的梳理，对其主题、倾向有所把握。这些，基本划定了现代《西游记》研究的范围，在研究内容上完成了《西游记》研究的现代转型，给后人以巨大而持久的影响。而贯穿于上述论题中的，则是考辨、比较、宏观与微观互渗、史论贯通等融会传统和西学的研究方法，这也同样实现了有别于传统小说评点的方法上的现代转型。以下结合鲁迅论述的相关问题逐一评述之。

在第十六篇一开首，鲁迅即联系社会背景论定了神魔小说的内涵。三教同源、随宜附会而“统于二元”“谓之神魔”，正反映了民间信仰的多元和民众善恶分明的伦理倾向，起于闾巷而终为文人结集润色的成书过程，正是此类小说世代累积编创方式的揭示。在对《四游记》中《西游记传》的介绍中，鲁迅已经涉及唐僧取经故事的演变源流，即从《唐书》、《大唐大慈恩寺三藏法师传》等史载，到《大唐三藏取经诗话》、金院本、元杂剧等文艺作品的增饰演绎，再到小说的全面铺陈。对杨志和《西游记传》的“凡所记述，简略者多”，鲁迅是不以为然的。

《中国小说史略》第十七篇是鲁迅《西游记》研究的专论，大致而言，鲁迅提出并论证了如下几个命题。首先，对《西游记》的版本流变作了初步的梳理。鲁迅认定《西游记》小说是在长期的流传过程中逐渐形成、丰富并最终写定的，因此他特别注意了《大唐西域记》、《大唐大慈恩寺三藏法师传》等史著，对《大唐三藏取经诗话》等早期文艺形式加以考察。鲁迅尤其对杨志和简本《西游记传》与百回本《西游记》的关系详加考论，认为杨本是百回本的祖本，说“一百回本《西游记》，盖出于四十一回本《西游记传》之后……全书次第，与杨志和作四十一回本殆相等……惟杨志和本虽大体已立，而文词荒率，仅能成书；吴则通才，敏慧淹雅，其所取材，颇极广泛……讽刺揶揄则取当时世态，加以铺张描写，几乎改观”。鲁迅并详引二书中对二郎神与孙悟空之战的描写，以比较说明繁本之增饰。因杨本历难情节远少于吴本，鲁迅又指出吴本取材于他书的情形。在祖本问题上，鲁迅囿于客观条件，所见版本有限，特别是其时尚未发现《永乐大典》中《西游记》平话的残文以及朝鲜汉语教材《朴通事谚解》中《西游记》的章节，鲁迅亦未及见到极为重要的两种明本——世本和朱本，故其论断并不准确。后来，郑振铎在《〈西游记〉的演化》一文中对版本问题作出了更为精确的考证，鲁迅则以求真的态度欣然称赞其为“精确的论文”，并由此订正自己关于杨本为祖本的看法：“郑振铎教授又证明了《四游记》中的《西游记》是吴承恩《西游记》的摘录，而并非祖本，这是可以订证拙著第十六篇的所说的。”(《〈中国小说史略〉日本译本序》，载《且介亭杂文二集》)于此可见鲁迅的学术胸襟以及新材料对于古代文学研究的极端重要性。

其次，考订《西游记》的作者为吴承恩。作者问题一直是《西游记》研究中的一个疑团和热点，明刊本皆未具作者姓名，清刊本则据所谓的虞集之序言题为元初道士邱处机所作，然与书中一些叙述颇有不符之处，“不根之谈愈不可拔也”。鲁迅未见明本，乃以清初汪象旭评点本《西游证道书》立论，但他以敏锐的学术眼光看出了清刊本题名之误以及虞序之伪。于《道藏》中发现《长春真人西游记》是其破除“邱作说”的有力论据，从此，长期以来邱处机冒名《西游记》作者之真相大白于天下。在征引钱大昕、纪昀相关言论的旁证的基础上，鲁迅正本清源，以《天启淮安府志》、《光绪淮安府志》、同治《山阳县志》、吴玉搢《山阳志遗》、丁晏《石亭记事续编》、阮葵生《茶余客话》、陈文烛《射阳存稿·序》等文献所载为据，论定小说《西游记》的作者乃明嘉隆间淮安人吴承恩，正面建立了“吴作说”，并大致将吴氏生卒年定为1510年至1580年。鲁迅的这一论断证据充分并且经过了与胡适的往复商讨，故结论颇为可信，后人多予以公认，一般出版之《西游记》亦皆题署“吴承恩著”。应该注意的是，学界对这一论断不断有不同意见产生，至今聚讼未止，有些还掀起了关于作者问题的大讨论，如章培恒指出：“《天启淮安府志》既没有说明吴承恩的《西游记》是多少卷多少回，又没有说明这是一种什么性质的著作，那又怎能断定吴承恩的《西游记》就是作为小说的百回本《西游记》而不是与之同名的另一种著作呢?”章先生还指出，吴承恩的《西游记》在黄虞稷的《千顷堂书目》中恰是被著录在卷八史部地理类的，也即是说，极有可能“吴承恩的《西游记》乃是一篇通常意义上的游记”。目前学界提出的《西游记》作者的可能性人选已达近十人之多，比之对《金瓶梅》作者的猜测并不逊色。但不论怎样，鲁迅、胡适考证《西游记》作者的工作是不会毫无价值的，一则他们对“邱作说”的否定已成定论，廓清之功不可没；二则一切新论无法绕过“吴作说”的线索和材料，这足以证明鲁迅、胡适等新文化大师所具有的扎实的旧学功底。

再次，关于《西游记》的主题和艺术表现问题。像《西游记》这样的皇皇巨著又经历了漫长的流传过程，其主旨本不简单，加之见仁见智完全符合文艺鉴赏的一般规律，所以历代《西游记》的读者和评论家对其的解读纷繁不一，这既是可能的亦是必然的。但是传统的种种旧说因为宗教题材本身的原因而附会了很多不着边际的无稽之谈，尤其以清代诸多笺评本为甚。鲁迅以陈士斌《西游真诠》、张书绅《西游正旨》、刘一明《西游原旨》为代表，一针见血地指出它们“或云劝学，或云谈禅，或云讲道，皆阐明理法，文词甚繁”，均是以阐释者的一己之私见强加于作品的，歪曲了小说的真谛。虽然这其中也不乏一些见微知著之见，但作为整体性的把握，却不符合《西游记》构思的实际。鲁迅认为，吴承恩虽是儒生，“此书则实出于游戏，亦非语道”，只是基于宗教题材，必然涉及佛道事项，且三教混同由来已久，著书者随意牵扯无复樊篱，解说者各取所需亦甚为容易。末回所取之佛经经目，更足以显示作者于佛学尚未入门，或者此竟是作者用以显示说部之虚拟特性而故为造设。但鲁迅亦注意到作者所处之时代思想对文本之影响，因而承认“假欲勉求大旨，则谢肇淛(《五杂俎》十五)之‘《西游记》曼衍虚诞，而其纵横变化，以猿为心之神，以猪为意之驰，其始之放纵，上天下地，莫能禁制，而归于紧箍一咒，能使心猿驯伏，至死靡他，盖亦求放心之喻，非浪作也’数语，已足尽之”。鲁迅对混合了三教意旨的心学在书中的种种表现是有充分估量的，但他并不认为《西游记》是宣教之作。更进一步的，鲁迅以唯物主义文艺观为依据，认为《西游记》作为神魔小说也是反映现实世界的，只不过其艺术表现方法有特别之处。鲁迅从作者禀性“复善谐剧”出发，认为《西游记》“虽述变幻恍忽之事，亦每杂解颐之言，使神魔皆有人情，精魅亦通世故，而玩世不恭之意寓焉”，就是以浪漫的表现反映现实的世态人情。而之所以采取浪漫的表现，除了题材本身的原因外，基于作者本性的创作意图也是一个关键，鲁迅在此注明，胡适的《〈西游记〉考证》亦是持同样观点的。至此，由鲁迅、胡适所倡导的“游戏说”推倒了数百年来笼罩在《西游记》之上的种种迷雾，使对《西游记》文本的主题研究走上了以艺术为本位的健康之路。

最后，鲁迅第一次论定《西游记》并非文人的独立创作，而是经历了一个不断改编、流变的过程，最后由某一文人改编定型，即世代累积的创作方式。最早比较明确地提出这一创作方式问题的是胡适，但胡适与鲁迅在20世纪20年代初期就中国小说问题常有商讨切磋，在彼此的小说论著中都吸收了对方的某些观点和材料，所以，鲁迅也是最早认定世代累积创作方式的学者之一。《中国小说史略》论述《西游记》时已明确指出其取材的广泛多元，而稍后，在1924年暑期，鲁迅在西安讲学，据《中国小说史略》撰成通俗的讲稿《中国小说的历史的变迁》一文，其中更为直接地论断说：“这部小说(指《西游记》)，也不是吴承恩所创作，因为《大唐三藏法师取经诗话》——在前边已经提及过——已说过猴行者，深河神，及诸异境。元朝的杂剧也有用唐三藏西天取经做材料的著作。此外明时也别有一种简短的《西游记传》——由此可知玄奘西天取经一事，自唐末以至宋元已渐渐演成神异故事，且多作成简单的小说，而至明吴承恩，便将它们汇集起来，以成大部的《西游记》。”进一步完整地指出吴承恩改编《西游记》的事实，这一论断虽是就《西游记》研究而言，但揭示了中国古代小说的特殊产生方式及其规律，无疑具有极为重要的学术价值。正是基于此一认识，鲁迅对孙悟空形象的来源亦作了综合考辨，云："宋朱熹(《楚辞辨证》中)尝斥僧伽降伏无支祁事为俚说，罗泌(《路史》)有《无支祁辩》，元吴昌龄《西游记》杂剧中有'无支祁是他姊妹'语，明宋濂亦隐括其事为文，知宋元以来，此说流传不绝，且广被民间，致劳学者弹纠，而实则仅出于李公佐假设之作而已。惟后来渐误禹为僧伽或泗洲大圣，明吴承恩演《西游记》，又移其神变奋迅之状于孙悟空。"(《中国小说史略》第九篇)此即孙悟空形象来源的"民族传统说"。

鲁迅的《西游记》研究是其整体的小说史研究的一个微观个案。在这一微观层面，鲁迅对《西游记》的主题、性质、成书过程、作者考订、版本演变等基础层面的命题均有涉及，不仅在研究范围上开创了《西游记》研究的现代局面，而且以其精详的考辨，作出了许多为后来者所公认的真实判断。从宏观上看，鲁迅的小说史研究是以小说类型研究为构架的，《西游记》是神魔小说类型的主体部分。鲁迅提出了神魔小说的概念，揭示了此类小说出现的社会思潮和文化背景，指出其流向大致为：《平妖传》开其先，《四游记》继之而起，《西游记》集大成，《封神演义》等作为殿后，精辟地梳理了这一小说类型的发展历程。鲁迅又将其与人情小说并列，作为明代中叶小说的两大主潮，且对神魔小说的论述在《中国小说史略》中达三篇之多，居各类小说之首，则《西游记》在小说史上之地位便非同一般。"神魔小说"之名作为《西游记》研究中的专门术语，从此亦被广泛接受和采用。总之，鲁迅的《西游记》研究与同时的胡适一道，显示了中国学术现代转型后的最初成就，在小说研究领域建立了一种现代学术范式，对此后的《西游记》及整个小说研究都产生了深远而积极的影响。

鲁迅《西游记》论著目录：

《中国小说史略·明之神魔小说》，载《鲁迅全集》第9卷，人民文学出版社2005年版。

《中国小说的历史的变迁》，载《鲁迅全集》第9卷，人民文学出版社 2005 年版。

《坟·宋民间之所谓小说及其后来》，载《鲁迅全集》第 1 卷，人民文学出版社 2005 年版。

《二心集·关于〈唐三藏取经诗话〉的版本》，载《鲁迅全集》第 4 卷，人民文学出版社 2005 年版。

《且介亭杂文二集·〈中国小说史略〉日本译本序》，载《鲁迅全集》第 6 卷，人民文学出版社 2005 年版。

《集外集拾遗·上海所感》，载《鲁迅全集》第 7 卷，人民文学出版社 2005 年版。

《西游记》的演化

郑振铎

一、当前的难题

说起《西游记》小说来，便立刻会有几个难解决的纠纷出现在我们面前，这并不是作者的问题。今本最伟大的一部《西游记》小说的作者，早已知道为明人吴承恩而非元代道士邱处机了。也不是什么探求这部小说中所包含的哲理与潜伏的真意；那些《真诠》、《新说》、《原旨》、《正旨》以及《证道书》等以易、以大学、以仙道来解释《西游记》的书都是戴上了一副着色眼镜，在大白天说梦话的。撇清了那些问题于外，却另有几个问题在着。

最大的一个问题，便是，吴承恩本的《西游记》是创作的呢，还是将旧本加以放大的？易言之，即吴承恩的地位，到底是一位曹雪芹呢，还是一位罗贯中？他的《西游记》，到底是一部《红楼梦》似的创作呢，还是一部《三国志演义》似的"改作"？这是一个很重要的问题，值得仔细地加以讨论。

鲁迅先生以为吴承恩的《西游记》是有所本的，他说道：

> 又有一百回本《西游记》，盖出于四十一回本《西游记传》之后，而今特盛行。
>
> ——《中国小说史略》第十七篇

又道：

> 《西游记》全书次第，与杨致和作四十一回本殆相等……惟杨致和本虽大体已立，而文词荒率，仅能成书；吴则通才，敏慧淹雅，其所取材，颇极广泛……讽刺揶揄则取当时世态，加以铺张描写，几乎改观。
>
> ——同上

但也有人以为杨致和本是一个妄人删割吴承恩的《西游记》，勉强缩小篇幅的。到底这两说哪一说对呢？假如没有更强更确切的证据出来，这场笔墨官司是一辈子打不完的。

我们且等待着看，有没有机会去解决这个重要的问题。

这是其一。

其次，问题虽然较小，却很少有人拈出过。想不到那么大的一个罅漏，居然会没有什么人发现，而任它逃出读者们的“注意”之外。原来近三百余年来盛传的种种异本之吴承恩的《西游记》，无论是《新说》，或《证道书》，或其他，其第九回：

> 陈光蕊赴任逢灾　　江流僧复仇报本

第十回：

> 老龙王拙计犯天条　　魏丞相遗书托冥使

的开场白若干语，几乎完全是雷同的。第九回的开场白是：

> 话表陕西大国长安城，乃历代帝王建都之地，自周、秦、汉以来，三川花似锦，八水绕城流，真个是名胜之邦。彼时是大唐太宗皇帝登基，改元贞观。已登极十三年，岁在己巳。

第十回的开场白是：

> 此单表陕西大国长安城，乃历代帝王建都之地。自周、秦、

汉以来，三川花似锦，八水绕城流。三十六条花柳巷，七十二座管弦楼。华夷图上看，天下最为头，真是个奇胜之方。今却是大唐太宗文皇帝登基，改元龙集贞观。此时已登极十三年，岁在己巳。

以上二段文字，皆据张书绅《新说西游记》。为什么紧接着的两回，《西游记》的作者乃这样不惮烦的钞上如此相同的文字呢？吴承恩是决不会笨到这样的。

这不是一个谜么？要解得这个谜，却须连带解决《西游记》的整个"演化"问题。

所以以上两个问题，原来也只是一个。

二、新证据的发现

说来很觉得有趣，在去年之前，我们对于以上的两个问题，还没有法子窥测得什么端倪。我们相信，鲁迅先生所见到的吴承恩的《西游记》，不过是《真诠》、《新说》一类的清刊本——这有一个证据，他在《中国小说史略》上说："第九回记玄奘父母遇难及玄奘复仇之事，亦非事实，杨本皆无有，吴所加也。"其实吴氏的《西游记》原无今本的"第九回"(其说详下)。亚东图书馆的标点本，所用的底本便是《新说》。但最流行的一本却是《真诠》。《真诠》其实最靠不住，乱改、乱删的地方极多，还不如《证道书》及《新说》可靠。吴氏原本所有的许多作为烘托形容之用的歌曲，几有十之三四被删去。这是最可慨惜的！吴氏的许多韵语，出之于孙行者、唐三藏或诸妖魔的口中者，乃是那么的有风趣。不知悟一子为何硬了心肠，乱加斫除！

除了《新说》、《真诠》本的吴书之外，他们所见到的明人著作，也只有杨致和的四十一回本《西游记传》。

在好久的不知有吴氏原本，无论他著的"黑暗时代"之后，却忽然的于一年之间，乃连续发现了好几部《西游记》的著作，使我们顿时眼界大开，对于这部小说的研究，自信可以暂时告一个结果，还不足以偿"埋头"之苦而若考古学家之掘获古代帝王坟似的欣然自得么？

三年以前，我在上海，已知道日本村口书店有明版《西游记》二种待沽的消息。为了索值过高，决非我们教书匠力之所及，虽然天天燃烧着想读到它们的愿望，却只得冷了心肠，不作此想。去年，在时局混乱的情形中，听说这二书已为北平图书馆购得了，这使我们如何的高兴！连忙坐了公共汽车进城，得以第一次获睹数年来念念不忘的两部书。

土黄色的细绫锦套，一望而知为日本式的装潢。凡五套，四套是吴本《西游记》，其他一套却是从未见之记载的一部异本：

鼎锲全相唐三藏西游传（第一卷末又题作《唐三藏西游释厄传》）

羊城冲怀　　朱鼎臣　　编辑
书林莲台　　刘承茂　　绣梓

这一部《西游记》分甲、乙、丙、丁……十集，凡十卷，但只有四本，篇幅不及吴本《西游记》四分之一，每页分为上下二层，上图下文。就其版式及纸张看来，当是明代嘉隆间闽南书肆的刻本。其时代最迟似不能后于万历初元。说它是一部孤本，大约不会错。在它出现以前，我们从来不知道有此书。羊城人朱鼎臣固然是一位陌生的作家；即“书林莲台刘承茂”也似是不见经传的一个闽南书肆主人。有了这部书的出现，我们才可以明白，杨致和的《西游记传》是“我道不孤”，才可以知道，杨本四十一回的《西游记传》和朱鼎臣十卷本的《西游记》究竟是什么性质的东西。

但那四套的明刊吴本《西游记》，也并不是什么凡品。明刊小说，惟《西游记》为最罕见。清初刊的《西游真诠》，卷首曾附有插图二百幅（但后来刊本皆已去之），刻工极为精致。就插图的内容看来，却不是《西游真诠》所有（因插图第九回是袁守诚妙算无私曲，并无陈光蕊赴任逢灾的一回）。《真诠》大约是利用了明末的这幅图版而“张冠李戴”了的。（这插图本当是天启、崇祯间苏或杭的一个刻本。似即为《李卓吾批评西游记》的插图吧？）三年前，上海中国书店在某书封皮的背面，发现明刻本《西游记》一页，诧为奇遇。后此页由赵蜚云先生送给了我。这一页万历写刻本《西游记》的发现，便是这四大套明刻吴本全书发现的先声。这吴本的《西游记》全书，首有秣陵陈元之序，序末题“时壬辰夏端四日也”，盖即万历二十年(1592)所刊。刊地为金陵，刊者为金陵书贾世德堂唐氏。陈序云：

> 唐光禄既购是书，奇之。益俾好书者为之订校，秩其卷目梓之。凡二十卷，数十万言有余。

是此书亦曾经唐光禄“秩其卷目”，未必全为原本之式样的了。但今所见《西游记》，则当以此书为最古，插图也很精，与罗懋登的《三宝太监下西洋记》略同式。万历间金陵刊本的插图，殆都是这种式样的。

今存的明刻本吴氏《西游记》，尚有：

(一)《鼎锲京本全像西游记》日本内阁文库藏，题“闽建书林杨闽斋梓”，上图下文，全为闽南书坊的款式。亦为二十卷，亦有陈元之序，而序末年月，已改为“癸卯夏”，盖即万历三十一年，去世德堂本的刊行已十一年(似即据世德堂为底子，故以京本相号召。闽南书肆，凡翻刻南京、北京书，皆冠以京本二字，以示来源，有别杜撰。其风殆始于南宋)。

(二)《唐僧西游记》日本帝国图书馆藏，似亦万历间刊本，而从世德堂本出者。惜未详为何人所刊。

(三)《李卓吾先生批评西游记》日本内阁文库藏，亦同世德堂本。卷首插图，凡一百页二百幅。有题“刘君裕刻”者；当为启、祯间刻本。(以上三本见孙楷第的《日本东京所见小说书目提要》，北平图书馆出版)其面目都是和世德堂本不殊的。在世德堂本之前，有无更早的刊本，却不可知。世德堂本题“华阳洞天主人校”，此华阳洞天主人，似即陈序中所谓唐光禄。

陈序很重要，惟关于作者则游移其辞：

> ……《西游》一书，不知其何人所为。或曰：出今天潢何侯王之国。或曰：出八公之徒。或曰：出王自制。余览其意，近跻

> 弛滑稽之雄，卮言漫衍之为也。旧有序，余读一过，亦不著其姓氏作者之名。

彼时，似不知此书出于吴承恩手。惟既有“出今天潢何侯王之国”语，则吴氏或尝为“八公之徒”欤？嘉、隆间的文人们，出入于藩王之府，而为他们著书立说者不少概见。吴氏殆亦其一人。惜所云“旧序”，世德堂本未刊入，今绝不可得见，未能一窥其究竟。

世德堂本，粗视之与今坊本无异，但有一点与今坊本大不相同，即今坊本有第九回：

> 陈光蕊赴任逢灾　　江流僧复仇报本

的一大段“陈玄奘出身”事，而世德堂本则无之，其第九回便是：

> 袁守诚妙算无私曲　　老龙王拙计犯天条

恰相当于今坊本第十回的开始。十回以下，文字全同今坊本，惟回目略殊：

	世德堂本	证道书　新说　真诠 诸坊本
第九回	袁守诚妙算无私曲 老龙王拙计犯天条	陈光蕊赴任逢灾 江流僧复仇报本
第十回	二将军宫门镇鬼 唐太宗地府还魂	老龙王拙计犯天条 魏丞相遗书托冥吏
第十一回	还受生唐王遵善果 度孤魂萧瑀正空门	游地府太宗还魂 进瓜果刘全续配

从第十二回起，则诸本回目皆全同，没有什么可注意的。到底这

"陈光蕊"故事是吴本所原有而世德堂本删去的呢，还是吴本原无，而为清代诸刊本所妄加的呢？这且待下文再详之。

正当此两部不平常的明刻本《西游记》及《西游传》出现的时候，一个更重大的消息也为我们所宣传着。原来，在北平图书馆善本室所庋藏的许多传钞本《永乐大典》中，有一本第一万三千一百三十九卷的，是送字韵的一部分。在许多"梦"的条文中，有一条是：

> 魏徵梦斩泾河龙。

引书标题作"西游记"，文字全是白话，其为小说无疑。谁能猜想得到，残存的《永乐大典》的一册之中，竟会有《西游记》小说的残文存在呢！在吴承恩之前，果有一部古本的《西游记》小说！鲁迅先生的论点是很强固地被证实了。这一条，虽不过一千二百余字，却是如何的重要，如何的足令中国小说研究者雀跃不已！

我们虽不曾再发现第二条《西游记》残文，但此《永乐大典》本《西游记》之为吴承恩本的祖源，却是无可疑的。就此一条的文字看来，古本《西游记》小说，其骨干与内容是不会和吴承恩本相差得多少的。孙楷第先生曾钞得此条见寄。为了见到的人太少，特将全文转录于下：

> 梦斩泾河龙(西游记)长安城西南上，有一条河，唤作泾河。贞观十三年，河边有两个渔翁，一个唤张梢，一个唤李定。张梢与李定道："长安西门里，有个卦铺，唤神言山人。我每日与那先生鲤鱼一尾。他便指教下网方位。依随着，一日下一日着。"李定曰："我来日也问先生则个。"这二人正说之间，怎想水里有个巡水夜叉，听得二人所言。"我报与龙王去。"龙王正唤做泾河龙。此时正在水晶宫正面而坐。忽然夜叉来到言曰："岸边有二人都是渔翁。说西门有一卖卦先生，能知河中之事。若依着他筹，打尽河中水族。"龙王闻之大怒。扮作白衣秀士，入城中。见一道布额，写道："神翁袁守成于斯备命。"老龙见之，就对先生坐了。乃作百端磨问，难倒先生，问何日下雨。先生曰："来

日辰时布云，午时升雷，未时下雨，申时雨足。”老龙问下多少。先生曰：“下三尺三寸四十八点。”龙笑道：“未必都由你说。”先生曰：“来日不下雨，到了时，甘罚五十两银。”龙道：“好，如此来日却得厮见。”辞退。直回到水晶宫。须臾，一个黄巾力士言曰：“玉帝圣旨道：‘你是八河都总泾河龙。教来日辰时布云，午时升雷，未时下雨，申时雨足。’”力士随去。老龙言不想都应着先生谬说。到了时辰，少下些雨，便是向先生要了罚钱。次日，申时布云，酉时降雨二尺。第三日，老龙又变为秀士，入长安卦铺。向先生道：“你卦不灵。快把五十两银来。”先生曰：“我本筹算无差。却被你改了天条。错下了雨也。你本非人，自是夜来降雨的龙。瞒得众人瞒不得我。”老龙当时大怒，对先生变出真相。霎时间，黄河摧两岸，华岳振三峰，威雄惊万里，风雨喷长空。那时走尽众人，惟有袁守成巍然不动。老龙欲向前伤先生。先生曰：“吾不惧死。你违了天条，刻减了甘雨，你命在须臾。剐龙台上难免一刀。”龙乃大惊悔过。复变为秀士，跪下告先生道：“果如此呵，希望先生与我说明因由。”守成曰：“来日你死，乃是当今唐丞相魏徵来日午时断你。”龙曰：“先生救咱!”守成曰：“你若要不死：除非见得唐王，与魏徵丞相行说。劝救时节或可免灾。”老龙感谢，拜辞先生回也。玉帝差魏徵斩龙。天色已晚，唐王宫中睡思半酣，神魂出殿，步月闲行。只见西南上有一片黑云落地，降下一个老龙，当前跪拜。唐王惊怖曰：“为何?”龙曰：“只因夜来错降芒雨，违了天条，臣该死也。我王是真龙。臣是假龙。真龙必可救假龙。”唐王曰：“吾怎救你?”龙曰：“臣罪正该丞相魏徵来日午时断罪。”唐王曰：“事若干魏徵，须救你无事。”龙拜谢去了。天子觉来，却是一梦。次日，设朝，宣尉迟敬德总管上殿曰：“夜来朕得一梦，梦见泾河龙来告寡人道：‘因错行了雨违了天条，该丞相魏徵断罪。’朕许救之。朕欲今日于后宫里宣丞相与朕下棋一日。须直到晚乃出。此龙必可免灾。”敬德曰：“所言是实。”乃宣魏徵至。帝曰：“召卿无事。朕欲与卿下棋一日。”唐王故迟延下着。将近午，忽然魏相闭目笼睛，寂然不动。至未时，却醒。帝曰：“卿为何?”魏

> 徵曰："臣暗风疾发，陛下怒臣不敬之罪。"又对帝下棋。未至三着。听得长安市上百姓喧闹异常。帝问何为。近臣所奏：千步廊南，十字街头，云端吊下一只龙头来，因此百姓喧闹。帝向魏徵曰："怎生来?"魏徵曰："陛下不问，臣不敢言。泾河龙违天获罪，奉玉帝圣旨令臣斩之。臣若不从，臣罪与龙无异矣。臣适来合眼一霎，斩了此龙。"正唤作魏徵梦斩泾河龙。唐皇曰："本欲救之，岂期有此!"遂罢棋。

这部古本《西游记》，就此条残文看来，必定也是分则、分段的，而每则却各有一个六七个字的"回目"，正像古本《三国志演义》一样，条文的题目：梦斩泾河龙，或为原文所有，或为《永乐大典》编者所代拟，今不可知。但文中插入：

> 玉帝差魏徵斩龙

一句，与上下文俱不衔接，却显然是原来的一个"回目"。此条似当是合两个"回目"的两则而成的。第一个"回目"也许是已被《永乐大典》编者所删去而代之以：

> 梦斩泾河龙

的一个总题目了。文末有"正唤作魏徵梦斩泾河龙"一语，也正是古代"说话人"每喜于一个重要节目处提醒听众的惯技。

古本《西游记》的文字古拙粗率，大类元刊《全相平话五种》和罗贯中的《三国志演义》。其喜用"之、乎、者、也"的文言的习气，也正相同。当是元代中叶(或至迟是元末)的作品。元道士邱处机写作《西游记》的传说，虽不过是一个谎话，而元人写作的古本《西游记》，却不料竟实有其书！在这异书奇本陆续的发现的时候，论述中国小说的历史，实在不是一件易事。

三、吴承恩的《西游记》的地位

有了上面许多新的发现，我们对于《西游记》的研究，似可更进一步而接近于真实的和正确的结论了。反对鲁迅先生的那一个主张，因了《永乐大典》本《西游记》的出现，已不攻而自破。就那段《永乐大典》本《西游记》的残文仔细研究一下，便可以知道，吴承恩本《西游记》第九回“袁守诚妙算无私曲，老龙王拙计犯天条”的一大段故事，全是根据此条“残文”放大了的。内容几乎无甚增改。只不过将张梢、李定的两个渔翁，改作“一个是渔翁，名唤张梢，一个是樵子，名唤李定”，而因此便无端生出一大段的“渔樵问答”的情节来。其余像“辰时布云”云云，“下三尺三寸四十八点”云云，也都是完全相同的。如果此古本《西游记》再有下几条“残文”在《永乐大典》中发现，其内容想来当也不会和吴本《西游记》相差得很远的。

所以，吴承恩之为罗贯中、冯梦龙一流的人物，殆无可疑。吴氏的《西游记》，其非《红楼梦》、《金瓶梅》，而只不过是《三国志演义》和《新列国志》，也是无可疑的事实，惟那么古拙的《西游记》，被吴承恩改造得那么神骏丰腴，逸趣横生，几乎另成了一部新作，其功力的壮健，文采的秀丽，言谈的幽默，却确远在罗氏改作《三国志演义》，冯氏改作《列国志传》以上。只要把《永乐大典》本的那条残文和吴氏改本第九回一对读，我们便知道吴氏的润饰的功力是如何的艰巨。

吴氏本《西游记》的八十一难，与古本或不尽同。吴氏写作《西游记》的真意，虽不见得像《证道书》、《新说》、《真诠》、《原旨》诸家之所云，但其受有当时(嘉靖到万历)思想界三教混淆的影响，却是很明白的事实。其对于佛与仙的并容、同尊，正和屠隆的《昙花》、《修文》，汪廷讷的《长生》、《同升》相同。其不大明了佛教的真实的教义，也和屠、汪诸人无异。我们观于吴氏《西游记》第九十八回中所开列的不伦不类的三藏目录，便知他对佛学实在是所知甚浅的。其必以九九八十一难为“数尽”，为“功成行满”者，也全是书生们的阴阳数理的观念的表现。陈元之的序道：

> 旧有序……其序以为孙，狲也，以为心之神。马，马也，以为意之驰。八戒，其所戒八也，以为肝气之木。沙，流沙，以为肾气之水。三藏，藏神，藏声，藏气之三藏，以为郛郭之主。魔，魔也，以为口耳鼻舌身意恐怖颠倒幻想之障。故魔以心生，亦以心摄。是故摄心以摄魔；摄魔以还理；还理以归之太初，即心无可摄，此其以为道之成耳。

假如所谓“旧序”，确是吴氏所自为，则陈氏所称“此其书直寓言者哉”，或很可信。作者殆是以古本《西游记》为骨架，而用他自己(或他那一个时代)的混淆佛道的思想，讽刺幽默的态度，为其肉与血、灵与魂的了。

《西游记》之能成为今本的式样，吴氏确是一位“造物主”。他的地位，实远在罗贯中、冯梦龙之上。吴氏以他的思想与灵魂，贯串到整部的《西游记》之中。而他的技术，又是那么纯熟高超；他的风度又是那么幽默可喜。我们于孙行者、猪八戒乃至群魔的言谈、行动里，可找出多少的明代士大夫的见解与风度来！

吴氏书的地位，其殆为诸改作小说的最高峰乎？

但于古本《西游记》外，吴氏是否别有取材呢？吴氏是以现收于《永乐大典》中的那部古本为骨架的呢，还是别有他本介于吴氏书与那部古本之间？

鲁迅先生未见《永乐大典》本，但他相信《四游记》里的那部齐云杨致和编的《新刻唐三藏西游全传》为吴氏书的祖本。如果他的话可信，则在古本与吴氏书之间是别有一部杨氏书介于其间的了。

那部杨氏本《西游记》，就其版式看来，无可疑的乃是万历间闽南书坊余象斗们所刻的书。嘉庆版的一本《四游记》不过照式翻印而已，正如嘉庆间书坊的照式翻印明代闽建余氏版之《两晋演义》一样。(关于《四游记》的年代将别有一文论之。)假如编《四游记》或作杨本的是一个“妄人”的话，这“妄人”却决不会在“清代中叶”的。杨致和至迟当是余象斗们同时生的人物。

有人曾举一例，以证明“鲁迅先生误信此书，为吴本之前的祖本”之错误。他说：“此本第十八回(收猪八戒)(按杨本实无回数，第十八回数字为杜撰。此段实见嘉庆本卷二第24页。)收了八戒之后，‘唐僧上马加鞭，师徒上山顶而去。话分两头，又听下回分解’。这下面紧接一诗：‘道路已难行……你问那相识，他知西去路。’下面紧接云：‘行者闻言冷笑，那禅师化作金光，径上乌窠而去。’这里最可看出此本乃是删节吴承恩的详本，而误把前面会见乌窠禅师的一段全删去了，所以有尾无头，不成文理。这是此本删吴本的铁证。”

但此“铁证”实在不足以折服鲁迅先生之心。我且再找一个“铁证”出来吧。在嘉庆版《西游记传》卷一，第1页，正论道：

> 故地辟于丑：当丑会终，寅会初，天气下降，地气上升，一派正合，群物皆生。

下面却紧接云：

> 玉帝垂赐恩慈曰：“下方之物，乃上天精华所生，不足为异。那猴在山中夜宿石崖，朝游峰洞。”

中间花果山的一块仙石产生石猿以及石猿生后，金光焰焰烛天，玉帝命千里眼、顺风耳开南天门观看的一段事，都不见了。这难道也是杨致和删去的吗？他虽是“妄人”，却不会妄诞不通至此！“说破不值一文钱”，原来那些“铁证”，乃是嘉庆翻刻本所造成的。余氏的原刊本，流传下来时偶然缺失了半页或一二页，翻刻本以无他本可补，便把上下文联结起来刻了。这还不够明白么？前几年在上海受古书店曾见一部旧钞本的杨致和本《西游记传》，此两段文字俱在，并未“失落”(不是“删去”)。惜以价昂未收，今不知何在。否则，大可钞在这里，以证明所谓“铁证”实在是不成其为“证”也。

在这里，我可以妄加断定一下了：鲁迅先生所说的吴氏书有祖本的话是可靠的。不过吴氏所本的，未必是杨致和的四十一回本《西游记传》，而当是《永乐大典》本。

自从我们见到了朱鼎臣本《西游记》，这立刻明白它和杨氏书是同一类的著作！它们很可能全都是本于吴承恩本《西游记》而写的。或可以说，全都是吴氏书的删本。因了朱本的出现，增强了我们说杨本是“删本”的主张。为什么呢？这有种种的证据。（那些“铁证”却不足为据！）现在且先将朱本和杨本的“回目”对照的列表于下：

	朱鼎臣本		杨致和本
卷之一：	大道育生源流出	卷之一：	猴王得仙赐姓
	石猿投师参众仙		悟空得仙传道
	石猿修道听讲经法		
	祖师秘传悟空道		
卷之二：	悟空炼兵偷器械		猴王勒宝勾簿
	仙奏石猿扰乱三界		
	孙悟空拜授仙禄		玉帝降旨招安
	玉帝遣将征悟空		
	孙悟空玉封齐天大圣		
	乱蟠桃大圣偷丹		大圣搅乱盛会
	反天宫诸神捉怪		
卷之三：	观音赴会问原因		
	小圣施威降大圣		真君收捉猴王
	大仙助法收大圣		
	八卦炉中逃大圣		
	如来收压齐天圣		佛祖压倒大圣
	五行山下定心猿		
	我佛造经传极乐		
	观音奉旨往长安		观音路降众妖
卷之四：	唐太宗治开南省		
	陈光蕊及第成婚		
	刘洪谋死陈光蕊		
	小龙王救醒陈光蕊		
	殷小姐思夫生子		
	江流和尚思报本		

	小姐嘱儿寻殷相		
	殷丞相为婿报仇		
卷之五：	袁守诚妙算无私曲		
	老龙王拙计犯天条		
	太宗诏魏徵救蛟龙		
	魏徵弈棋斩蛟龙		魏徵梦斩老龙
	二将军宫门镇鬼		唐太宗阴司说罪
	唐太宗地府还魂		
卷之六：	还受生唐王遵善果	卷之二：	刘全进瓜还魂
	刘全舍死进瓜果		
	刘全夫妇回阳世		
	度孤魂萧瑀正空门		
	玄奘秉诚建大会		
	观音显像化金蝉		
	唐太宗描写观音像		唐三藏起程往西天
	三藏起程陷虎穴		唐三藏被难得救
	双叉岭伯钦留僧		
卷之七：	五行山心猿归正		唐三藏收伏孙行者
	孙悟空灭除六贼		
	观音显圣赐紧箍		
	三藏授法降行者		
	蛇盘山诸神暗佑		唐三藏收伏龙马
	孙行者降伏火龙		
卷之八：	观音收伏黑妖		观音收伏黑妖
	三藏收伏猪八戒		唐三藏收伏猪八戒
	唐三藏被妖捉获		唐三藏被妖捉获
卷之九：	孙行者收妖救师	卷之三：	孙悟空收妖救师
	唐僧收伏沙悟净		唐僧收伏沙悟净
	猪八戒思淫被难		猪八戒思淫被难
	孙行者五庄观内偷果		孙行者五庄观内偷果

	唐三藏逐去孙行者		唐三藏逐去孙行者
	唐三藏师徒被难		唐三藏师徒被难
	猪八戒请行者救师		猪八戒请行者救师
	孙悟空收妖救师		孙悟空收妖救师
	唐三藏师徒被妖捉		唐三藏师徒被妖捉
	孙行者收伏妖魔		孙行者收妖魔
			唐三藏梦鬼诉冤
卷之十：	唐三藏收妖过黑河	卷之四：	孙行者收伏青狮精
	观音老君收伏妖魔		唐三藏收妖过黑河
			唐三藏收妖过通天河
	观音老君收伏妖魔		观音老君收伏妖魔
	孙行者被猕猿紊乱		昴日星官收蝎精
			孙行者被猕猴紊乱
			显圣师弥勒佛收妖
	三藏过朱紫狮驼二国		三藏过朱紫狮驼二国
	三藏历尽诸难已满		三藏历尽诸难已满
	三藏见佛求经		三藏见佛求经
	唐三藏取经团圆		唐三藏取经团圆

这一个目录已足够表现朱本和杨本是什么性质的东西。朱本虽未写明刻于何时，但观其版式确为隆、万间之物——其出现也许还在世德堂本《西游记》之前。杨本亦未详知其刊刻年月。但杨致和若为余象斗的同辈，则其书也当为万历二十年左右之物。我意，朱、杨二本，当皆出于吴氏《西游记》。而朱本的出现，则似在杨本之前。何以言之?

朱鼎臣之删节吴氏书为《西游释厄传》，当无可疑。其书章次凌杂，到处显出朱氏之草草斧削的痕迹。朱本第一卷到第三卷，叙述孙悟空出身始末者，离吴氏书的本来面目，尚不甚远，亦多录吴氏书中的许多诗词。其第四卷，凡八则，皆写陈光蕊事，则为吴氏书所未有，而由朱氏自行加入者。其所本，当为吴昌龄的《西游记》杂剧。盖二者之间，同点极多。因此卷为朱氏所自写，遂通体无一诗词，与前后文竟若二书，不同一格。其第五卷到第八卷，从“袁守诚妙算无私曲”到“唐三藏被妖捉获”，他的作风又开始与一到三卷相同。吴氏书的诗词也被保存了不少。最可注意的是第五卷的“袁守诚妙算无私曲”一则。其内容及诗词，殆与吴氏书面目无大异：

袁守诚妙算无私曲

却说大国长安城外泾河岸边，有两个贤人，一个是渔翁名唤张梢，一个是樵子名唤李定。他两个都是登科的进士，能识字的山人。一日在长安城里卖了肩上柴，货了篮中鱼；同入酒馆之中吃了半酣，顺泾河岸徐步而回……张梢道：“但只是你山青不如我水秀，有一蝶恋花词为证……”李定道：“你的水秀不如我的山青，也有个蝶恋花词为证……”渔翁道：“你山青不如我水秀受用些好物。有一鹧鸪天为证……”樵夫道：“你水秀不如我山青受用些好物。亦有鹧鸪天为证……”渔翁道：“你山中不如我水上生意快活，有西江月为证……”樵夫道：“你水上还不如我山中的生意，亦有西江月为证……”渔翁道：“这都是我两个生意赡身的勾当。你却没有我闲时节的好处，又没有戳急时节妙处。有诗为证……”樵夫道：“你那闲时，又不如我的闲时好也。亦有诗为证……”张梢道：“李定，我两个真是微哼可相押，不须板，共金樽。”二人行到那分路去处，躬身作别。张梢道：“李兄，保重，途中上山仔细看虎。假若有些凶险，正是：明日街头少故人。”李定闻言大怒道：“你这厮惫赖！好朋友也替得生死？你怎么咒我。我若遇虎遭害，你必遇浪翻江。”张梢道：“我永世不得翻江。”李定道：“天有不测风云，人有旦夕祸福，你怎么就保得无事！”张梢道：“李兄，你须这等说，你还捉摸不定，不若我的生意有捉摸，定不遭此等事。”李定道：“你那水面上营生极凶险，有甚么捉摸？”张梢道：“你是不晓得这长安城里西门街上有一个卖卦的先生。我每日送他一尾金色鲤鱼，他就与我袖传一

> 课，百下百着。今日我又去买卦。他教我在泾河湾头东边下网，西岸抛钩。定获大鱼，满载鱼虾而归。明日入城来卖钱沽酒再与老兄相叙。”二人从此叙别。正是路说话，草里有人。原来这泾河水府，有一个巡水的夜叉，听见了百下百着之言，急转水晶官，慌忙报与龙王……

这里的张梢、李定，一为渔夫，一为樵子，正和吴氏书同，而与《永乐大典》本的作“两个渔翁”者有异。其所咏蝶恋花词以下诸词，也都是吴氏书所有，而《永乐大典》本所无者。此文假如不是从吴氏书删节而来的，则世间而果有此“声音笑貌”全同的二人的作品，实可谓为奇迹！这当是朱鼎臣本《释厄传》非《永乐大典》本和吴氏本《西游记》的中间物的一个“铁证”吧。

更有可注意者，即从第二卷的“乱蟠桃大圣偷丹，反天宫诸神捉怪”一则起，到第六卷的“双叉岭伯钦留僧”一则止，其文字都袭之于吴氏书(除第四卷外)，仅中插一部分自撰的标题耳。从第七卷以后，方才有些大刀阔斧的杜撰的气象。标题始不再袭用吴氏原题。然内容尚还吻合，诗词间或见收。从第九卷“孙行者收妖救师”起，朱氏便更显出他的手忙足乱的痕迹来了。已到了第八卷了，还只把吴氏书删改了前二十回。如果照这样下去，后八十回的文字，将用多少的篇页去容纳呢？但他的预定却只要写到十卷为止。于是吴氏书五分之四的材料，便被胡乱地塞到那最后的两卷书里去。有的情节全被删去不用；有的则不过只提起了一二语。这样的草草率率的结局，当是他自己开头写作时所绝对想不到的吧。第十卷的“三藏历尽诸难已满”一则最为可笑。在这短短的快要结束的一段文字中，你看他竟把比丘国、白鹿白狐、陷空洞、九头狮子、月中白兔、寇梁诸事全部包纳在内。在吴氏书中，这是第七十八回到第九十七回的浩浩荡荡的二十回文字呢！九头狮子的事，吴氏书从第八十七回“凤仙郡冒天止雨”写到第九十回“师狮授受同归一”一共是四回。而朱本却只有一百三十九个字：

> 到了天竺国，凤仙郡安歇暴沙亭，忽被豹头山虎洞口一妖把

> 行者三人兵器摄去。行者虽神通广大，无了金棒，亦无措手。正在踌躇，忽见妙严宫太乙救苦天尊，叫声："悟空，我救你也!"行者急忙哀告："万乞老仙一救!"天尊走至洞口，高叫："金狮速现真形。"那妖听得主公喝，慌忙现出真形，乃是九头狮子。被天尊骑于胯下，取出三件兵器，付还行者兄弟。天尊跨狮升天。

这种"节略"，诚可谓无可再简，无可再略的了。

但最后一则"唐三藏取经团圆"，关于通天河老鼋的一难，朱氏本却仍不能不为一叙，此益可见其黏着吴氏书的胶性，实甚强大。

通体观来，朱氏书之删节吴氏《西游记》是愈后愈删得多，愈后愈删得大胆的；正像一个孩子初学字帖，开始不得不守规则，不能不影照红本；渐熟悉，则便要自己乱涂乱抹一顿了，虽然涂抹得是东歪西倒，不成字体。

至于杨致和本，则较朱本略为整齐；所叙事实更近于吴氏书。吴氏书之所有，杨本皆应有尽有。但其大部分，则皆有钞朱氏本的删节之文的痕迹。其前半部，为了求全书整齐划一起见，篇幅较朱本更简。但其后半部，却反增加出一部分已被朱本删去的吴氏书的内容节目来。由此可见：当杨致和立志写作他的《唐三藏西游传》的时候，他的桌子上，似是摊放着两部《西游记》：吴氏书与朱氏书的。这两部繁简不同的书，使他斟酌、参考、袭取而成为另一部新的《西游记传》。

杨氏的书，确是想比朱氏书更近于吴承恩的原本。所以朱本第四卷的关于陈光蕊事者，便被他全部删去；只在卷二刘全进瓜还魂一则里，用百余字提起江流儿的故事；正和吴氏书之以一歌叙述玄奘的身世者相同。其后，第三卷的唐三藏梦鬼诉冤，第四卷的孙行者收伏青狮精、唐三藏收妖过通天河、显圣师弥勒佛收妖各则，都是朱本所无而杨本则依据了吴氏原书加入的。大约，杨本的第一、二卷，和朱本不同者颇多，标目也大不相同；这二卷的文字只有比朱本简略。到了第三卷，他便信笔直钞朱本的第九卷、第十卷了。除了加入了一部分故事以外，像下文，是朱氏书里的一则：

唐三藏逐去孙行者

却说那镇元大仙扯住行者道："你的本事，我也知道。但拿在我手，你也难走。好好还我树来！"行者道："你这老先生真个小气。只是要活树，何难之有。无故讨这等热闹！你放我师父兄弟，我还你树来。"大仙道："你若活得此树，我就放你师父兄弟，我还与你结为兄弟。"就把师徒三人放了。行者说："镇元老仙，你好生与我看顾师父，待我求个仙方，就来。"说讫，遂纵一斤斗，直至洛伽山观音菩萨座前，参拜已毕，菩萨问道："唐僧行至何处？"行者道："行至万寿山，弟子不识是镇元大仙，毁伤他的人参果木，被他羁住，不能前进。"菩萨骂道："你这猿！他那人参果乃是天开地辟的灵根，镇元子乃地仙之祖，你怎么毁伤他的？"行者道："弟子与他说过，只要医好其树，他放我师徒前去。望菩萨发个慈悲，早救唐僧往西天。"菩萨道："我净瓶里的甘露，可活仙树灵苗。我给些甘露与你，你把去放在树下，将树扶起，自然茂盛。"行者得了甘露，回转观中，叫大仙师父同进后园医树，把甘露放在树下，一手扶起树来。只见顿然茂丽，余果尚存。大仙甚喜，回转法堂，复令童子去摘十颗来献唐僧，复安排蔬酒，与行者结为兄弟。次日天明又行。

杨本的同一节文字，便是全钞朱本的——其中只有几个字的差异。其他第三、四卷中，文字雷同者也几在十之九以上，连标目也是全袭之于朱本。

这都显然可见杨本是较晚于朱本。为了较晚出，故遂较为齐整；不像朱本那么样的头太大，脚太细小。

杨本最后一段，唐三藏取经团圆，根据于吴氏原本，屡提起："路走十万八千，难八十次，还有一难未满"；或"路走十万八千，灾逢八十一回"；故其间，遂较朱本多容纳了一部分故事，以足八十一难之数。杨氏对于八十一难的数字的神秘的解念或竟和吴氏有同感罢。

这样，《西游记》的源流，是颇可以明了的了。最早的一部今日《西游记》的祖本，无疑的是《永乐大典》本。吴承恩的《西游记》给这“古本”以更伟大、更光荣的改造。后来明、清诸本，皆纷纷以吴氏此书为依归。或加删改，却总不能逃出其范围以外。故吴本的地位，在一切《西游记》小说中无疑的是最为重要——自然也无疑的是最为伟大。

总结了上文，其诸本的来历，可列一表如下：

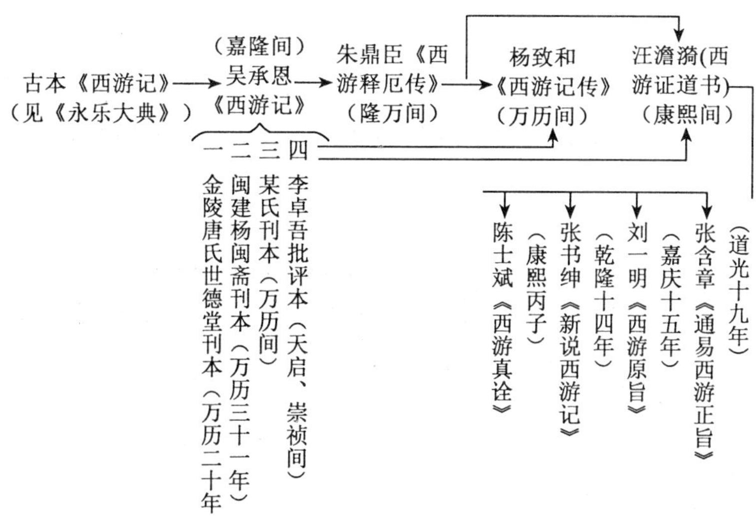

四、陈光蕊故事的插入

由此可知，陈光蕊故事的插入，当始于朱鼎臣本《西游传》。吴承恩的原本，乃至《永乐大典》的“古本”，当都无此故事。关于陈玄奘的身世，吴氏原本仅于第十一回以一篇古歌叙述之：

> 你道他是谁人？灵通本讳号金蝉，只为无心听佛讲，转托尘凡苦受磨，降生世俗遭罗网。投胎落地就逢凶。未出之前临恶

党。父是海州陈状元，外公总管当朝长。出身命犯落江星，顺水随波逐浪泱。海岛金山有大缘，迁安和尚将他养。年方十八认亲娘，特赴京都求外长。总管开山调大军，洪州剿寇诛凶党。状元光蕊脱天罗，子父相逢堪贺奖。复谒当今受主恩，灵烟阁上贤名响。恩官不受愿为僧，洪福沙门将道访。小字江流古佛儿，法名唤做陈玄奘。（见世德堂本卷三，12页）

到了朱鼎臣删改吴本的时候，他似见到戏剧中的陈光蕊的故事，而颇以吴本不详为憾。故便自显身手，编了一卷八则的洋洋大文加入。

在明代，吴氏原本的势力极大，朱本见者似不多，故世德堂本以下诸刊本，都不注意到朱本此段文字的添加。连以朱本为删改之底子的杨致和本也竟受吴氏原本的影响，删去此段故事不载，仅以数语述及玄奘，硬交代了过去。

但到了清初，情形便不同了。汪澹漪刻他的《西游证道书》的时候，他似也见到了朱鼎臣的那部《释厄传》，为求全计，便把这段文字也钞刻了上去。他的理由是：

俗本删去此一回，致唐僧家世履历不明，而九十九回历难簿子上，劈头却又载遭贬、出胎、抛江、报冤四难，令阅者茫然不解其故。及得大略堂《释厄传》古本读之，备载陈光蕊赴官遇难始末，始补刻此一回。

——《证道书》第九回评

所谓大略堂《释厄传》当即朱鼎臣本的异刻，或明、清间的一部朱书的翻刻。张书绅承袭《证道书》之意见，也补刻了此回。他说道：

刊本西游，每以此卷特幻，且又非取经之正传，竟全然删去。初不知本末始终，正是西游的大纲，取经之正旨，如何去得。假若去了，不惟有果无花，少头没尾，即朝王遇偶的彩楼，留僧的寇洪皆无着落。

——《新说西游记》第九回评

他们的意见，都确有可取处。吴氏原书第九十九回，历数唐僧途中所遇的八十一难：

蒙差揭谛皈依旨，谨记唐僧难数清：
金蝉遭贬第一难，出胎几杀第二难，
满月抛江第三难，寻亲报冤第四难。

为何此后的七十七难吴本皆历历详载，独此四难并不叙述一下呢？吴本第九十三回里，提起抛打绣球事：

三藏立于道旁对行者道："他这里人物衣冠，宫室器用，言语谈吐，也与我大唐一般。我想着我俗家，先母也是抛打绣球，遇旧姻缘，结成了夫妇。此处亦有此等风俗！"

第九十四回里又从行者口中提起此事：

行者陪笑道："师父说，先母也是抛打绣球遇旧缘，成其夫妇。似有慕古之意，老孙才引你去。"

但抛打绣球事，在此二回之前，一字未曾说起，此时突如其来，颇可诧怪。难道吴氏原本果有此一段故事，而为世德堂所脱落？这也很有可能。惟今所见吴氏书，未有更早于世德堂本者，故不知其真相究为如何。然《证道书》诸刊本中的陈光蕊故事却是无疑的从朱鼎臣本转贩而来的。

为了保存原来面目，故《证道书》第九、第十的两回，其开场的若干言，遂致雷同。《新说》亦然。悟一子的《真诠》便比较的聪明了，他的第十回的开场数语，却改成为：

> 且不题光蕊尽职，玄奘修行。却说长安城外，泾河岸边，有个贤人，一个是渔翁，名唤张梢，一个是樵子，名唤李定。

如此，便泯灭了吴本和朱本重叠雷同的痕迹，使读者看不出二本的不相谐和之处来，且也不易寻出此故事的插入的线索。

此故事既被插入，而原本的一百回又不易变动，汪澹漪便以原本的第九回到第十一回的三回，归并成第十回到第十一回的两回。悟一子、张书绅诸本，也皆从之。

五、《西游记》故事如何集合的?

不仅陈光蕊的故事，在《西游记》中为独立的一部分，《西游记》的组织实是像一条蚯蚓似的，每节皆可独立，即使斫去其一节一环，仍可以生存。所谓八十一难，在其间，至少总有四十多个独立的故事可以寻到。

但大的分割点，则可看出三个来，这三大部分，本来都是独立存在的：

第一，孙行者闹天宫。

第二，唐太宗入冥记。

第三，唐三藏西游记。

假若吴氏原本果有陈光蕊的故事，则其所集合的故事的"单元"，不止是三个而是四个的了。

孙行者闹天宫的一部分，为《西游记》中最活跃、最动人的热闹节目，但其来历却最不分明，且也最为复杂。孙悟空的本身似便是印度猴中之强的哈奴曼(Hanuman)的化身。哈奴曼见于印度大史诗《拉马耶那》(*Ramayana*)里，而印度剧叙到拉马的故事的，也多及哈奴曼。他是一个助人的聪明多能的猴子：会飞行空中，会作戏剧(至今还有一部相传为他作的剧本残文存在)。在印度，他是和拉马同一为人所熟知的。什么时候哈奴曼的事迹输入中国？是否有可能把哈奴曼变成为孙悟空？我们不能确知。惟宋刊《三藏取经诗话》里，已有猴行者。这猴行者是一位白衣秀才。他自报履历道："我不是别人，我是花果山紫云洞八万四千铜头铁额猕猴王。我今来助和尚取经。此去百万程，途经三十六国，多有祸难之处。"他会做诗，尝到处留题，最早的一诗是初服侍法师时做的：

百万程途向那边，今来佐助大师前，
一心祝愿逢真教，同往西天鸡足山。

此孙悟空之助三藏法师的往西天取经，还不是逼像哈奴曼之助拉马征魔么？所谓"八万四千铜头铁额猕猴王"，其身份也大略相类。惟闹天宫的故事，《诗话》里不曾提到，只在入王母池之处第十一一则中，说起：

行者道："我八百岁时到此中偷桃吃了，至今二万七千岁不曾来也。"法师曰："愿今日蟠桃结实，可偷三五个吃。"猴行者曰："我因八百岁时，偷吃十颗，被王母捉下，左肋判八百，右肋判三千铁棒，配在花果山、紫云洞，至今肋下尚痛。我今定是不敢偷吃也。"

这当是孙悟空偷桃故事的一个最早的式样。至于大闹天宫，或是采用了哈奴曼的大闹魔宫的故事吧。又二郎神的捉悟空，正是脱胎于吴昌龄《西游记》第四剧猪八戒被捉的事实。

在吴氏《西游记》杂剧里，孙行者的来历是：

一自开天辟地，两仪便有吾身。曾教三界费精神。四方神道怕，五岳鬼兵嗔……九天难捕我十万总魔君。小圣弟兄姊妹五人，大姊离山老母，二妹巫枝祇圣母，大兄齐天大圣，小兄通天大圣，三弟耍耍三郎，喜时攀藤揽葛，怒时搅海翻江。金鼎国女子我为妻，玉皇殿琼浆咱得饮，我盗了太上老君炼就金丹，九转炼得铜筋铁骨火眼金睛……我偷得王母仙桃百颗，仙衣一套，与夫人穿着。

——《西游记》第三剧第一折

这里的孙行者便俨然是魔王拉瓦那(Ravana)的转变了。从隋、唐间无名氏的《补江总白猿传》起，到宋人话本《陈从善梅岭失妻》止，白猿便总是反串着魔王拉瓦那的。《白猿传》所叙的白猿盗去欧阳纥妻，《陈从善》话本所叙的申公盗去张如春，都和孙行者盗去金鼎国王女，魔王拉瓦那盗去拉马之妻赛泰(Sita)相类。大有可能，拉马耶那的故事传述到中国的时候，助人者的猴子和盗妻者的魔王便混淆在一处而成为一人的了。《梅岭失妻记》话本云：

> 且说那梅岭之北，有一洞，名曰申阳洞。洞中有一怪，号曰白申公，乃猢狲精也。弟兄三人，一个是通天大圣，一个是弥天大圣，一个是齐天大圣，小妹便是泗州圣母。这齐天大圣，神通广大，变化多端，能降各洞山魈，管领诸山猛兽，兴妖作法，摄偷可意佳人，啸月吟风，醉饮非凡美酒。与天地齐休，日月同长。

他还能差使山神，幻化山店。后来的孙行者是免不了有些白申公或白猿的影子的。吴昌龄还说他偷盗金鼎国王女为妻。《西游记》小说，却把这重要的情节删去了，只是着力地写闹天宫的事。小说里的孙行者遂与白猿相离得较远了。

闹天宫的来历，于华光天王的故事、二郎神的故事、鬼子母揭钵的故事，大约都有所取材的吧。

吴承恩以孙行者功成行满时，被封为斗战胜佛，这颇附会得可笑。斗战胜佛见于《佛名经》，如何会是齐天大圣的封号？这可见吴氏的佛教知识实在是不很渊博，他只是望文生义的附会着。

第二部分所叙的唐太宗入冥的故事，其来历也是极早的。在敦煌发现的写本中，有残本的《唐太宗入冥记》在着。其所叙，和《西游记》差不了多少。吴昌龄《西游记》杂剧并无太宗入冥事。而《永乐大典》本《西游记》既叙及魏徵斩龙，则其后之紧接的叙到太宗入冥是当然的事。这样，“唐太宗入冥记”之加入《西游记》，也当是元代时候的所为了。这故事在《西游记》中并不重要。但到了后来地方戏里，刘全进瓜等节目便很为听众所欢迎的了。

在内阁大库的破书堆里，新近由北平图书馆的清理而发现了不少被遗忘了的怪书。在其中，有一部《冥司语录》，是元、明间的刊本，叙述魏文帝曹丕身入冥间与冥司相问答的事。佛教徒是如何的善于利用帝王的故事以宣传其教义！太宗入冥的被宣传，当亦其同流。

第三部分是西游记的主干，篇幅最长，内容最繁赜。如果仔细地查考其来历，其结果，或不止成为一巨册。孙行者闹天宫的故事，只有七回。唐太宗入冥的故事，只有四回。从第十三回以后，便都是“西游”的正文了。所谓八十一难，除首四难外，其余都是西游途程中的经历。但所谓八十一难云云，也只是夸诞之辞；实际上并没有八十一则的故事；有好几个难，都只是一个故事自身的变幻。

且看从第五难以下的七十七个难的内容：

（一）出城逢虎，折从落坑的第五、六难是一件事；

（二）双叉岭上的第七难是一件事（伯钦留僧）；

（三）两界山头的第八难是一件事（收孙行者）；

（四）陡涧换马的第九难是一件事（收龙马）；

（五）夜被火烧，失却袈裟的第十、十一难是一件事（黑风山）；

（六）收降八戒的第十二难是一件事；

（七）黄风怪阻，请求灵吉的第十三、十四难是一件事；

（八）流沙难渡，收得沙僧的第十五、十六难是一件事；

（九）四圣显化的第十七难是一件事（试禅心）；

（十）五庄观中，难活人参的第十八、十九难是一件事；

（十一）贬退心猿的第二十难是一件事（尸魔）；

（十二）黑松林失散，宝象国捎书，金銮殿变虎的第二十一—二十三难是一件事（黄袍怪）；

（十三）平顶山逢魔，莲花洞高悬的第二十四、二十五难是一件事（金角大王、银角大王）；

（十四）乌鸡国救主的第二十六难是一件事（青毛狮）；

（十五）被魔化身，号山逢怪，风摄圣僧，心猿遭害，请圣降妖的第二十七—三十一难，是一件事（红孩儿）；

（十六）黑河沉没的第三十二难是一件事（鼍精）；

（十七）搬运车迟，大赌输赢，祛道兴僧的第三十三—三十五难是一件事（虎力大仙等）；

（十八）路逢大水，身落天河，鱼篮现身的第三十六—三十八难是一件事（金鱼精）；

（十九）金□山遇怪，普天神难伏，问佛根源的第三十九—四十一难是一件事（老君青牛）；

（二十）吃水遭毒，西梁国留婚的第四十二、四十三难是一件事（女人国）；

（二十一）琵琶洞受苦的第四十四难是一件事（蝎子精）；

（二十二）再贬心猿，难辨猕猴的第四十五、四十六难是一件事（猕猴）；

（二十三）路阻火焰山，求取芭蕉扇，收缚魔王的第四十七—四十九难是一件事（火焰山）；

（二十四）赛城扫塔，取宝救僧的五十、五十一难是一件事（九头鸟）；

（二十五）棘林吟咏的第五十二难是一件事（荆棘岭）；

（二十六）小雷音遇难，诸天神遭困的第五十三、五十四难是一件事（黄眉童儿）；

（二十七）稀柿衕秽阻的第五十五难是一件事；

（二十八）朱紫国行医，拯救疲癃，降妖取后的第五十六—五十八难是一件事（金毛犼）；

（二十九）七情迷没的第五十九难是一件事（蜘蛛精）；

（三十）多言遭伤，路阻狮驼，怪分三色，城里遇灾，请佛收魔的第六十—六十四难是一件事（狮，象，大鹏）；

（三十一）比丘救子，辨认真邪的第六十五、六十六难是一件事（寿星之鹿与白面狐狸）；

（三十二）松林救怪，僧房卧病，无底洞遭困的第六十七—六十九难是一件事（耗子精）；

（三十三）灭法国难行的第七十难是一件事；

（三十四）隐雾山遇魔的第七十一难是一件事（豹子精）；

(三十五)凤仙郡求雨的第七十二难是一件事;

(三十六)失落兵器,会庆钉钯,竹节山遭难的第七十三—七十五难是一件事(黄狮精与九头狮子);

(三十七)玄英洞受苦,赶捉犀牛的第七十六、七十七难是一件事(犀牛怪);

(三十八)天竺招婚的第七十八难是一件事(玉兔);

(三十九)铜台府监禁的第七十九难是一件事(寇洪);

(四十)凌云渡脱胎的第八十难是一件事;

(四十一)通天河老鼋作祟的最后一难(第八十一难)是一件事。

虽说是八十一个难,却只有四十一个故事。这四十一个故事便构成五色迷人的一部西行历险图。其中亦有情节相雷同的。但大体上都有变化,都很生动,很有趣,亦且富于诙谐。魔王皆通人情,随事随时发隽语。其真价殆尤在于此种插科打诨处。

最早的一部宋人的有关《西游记》的作品《唐三藏取经诗话》(即《三藏取经记》),所记玄奘西行的历险,精采固远不如吴氏书,其所记历险也殊少惊心动魄的力量。除残佚者外,今存的节目是:

行程遇猴行者处第二　　入大梵天王处第三
入香山寺第四　　过狮子林及树人国第五
过长坑大蛇岭处第六　　入九龙池处第七
遇深沙神处第八(此则原缺一页标题失去)
入鬼子母国处第九
经过女人国处第十　　入王母池之处第十一
入沉香国处第十二　　入波罗国处第十三
入优钵罗国处第十四　　天竺国度海之处第十五
转至香林寺受心经第十六
到陕西王长者妻杀儿处第十三("三"应作"七")

和吴氏书异同处极多;不仅吴承恩未及见此书,即《永乐大典》本《西游记》的作者恐怕所依据的,也未必便是此本。

吴昌龄的杂剧,便和吴氏书渐渐相近了。《西游剧》凡六卷。第一卷叙玄奘身世；第二卷叙玄奘动身西行，写得异常的郑重；木叉售马一折，和吴氏小说收伏龙马事同；华光署保一折，则为吴氏小说所无。第三卷的上半叙的是：

神佛降孙　收孙演咒

可以说孙行者卷，但其下半卷则入杂事。在行者除妖一折里写的是：

(一)收沙和尚　　(二)灭黄风山银额将军

其鬼母皈依一则，则叙红孩儿事。此皆吴氏小说所有。惟鬼母揭钵事，则小说所无。盖小说以红孩儿为铁扇公主、牛魔王子，故遂不及鬼母事。其第四卷则为猪八戒卷，全叙八戒事；其出现的所在名裴山庄，不名高老庄。以二郎神为收伏八戒者，亦与小说略异。第五卷所叙述的是：

(一)过女人国　(二)过火焰山遇铁扇公主

其第六卷第一折所叙贫婆心印一折，全是禅语，亦为小说所无。第二折即入参佛取经事。孙行者、沙和尚、猪八戒即在西天圆寂，不回东土。此与小说大异。送唐三藏东归(第三折)者别为佛座下弟子成基等四人。最后的一折，三藏朝元，则和小说略同。

吴氏此剧，为戏台的习惯所限制，故所写的故事最少；不仅不及吴承恩的小说十之一二；亦且不如《诗话》的变化多端。

剧中第一卷陈光蕊的故事，是吴氏所独有的。在它之前，“西游”故事中未见有此者。《焚香室丛钞》(卷十七)引宋周密《齐东野语》所述某郡卒江行遇盗，其子为僧报仇事，以为西游演义述玄奘事，似本此。但徐渭《南词叙录》所载宋、元戏文名目中，已有：

陈光蕊江流和尚

戏文一本，则宋、元间陈光蕊事的流传，似已甚盛。吴昌龄殆以其为世俗所熟知，故采入剧中欤？明人传奇，亦有《江流记》一本，惜不传。

——据作家出版社 1957 年版《中国文学研究》

【评　介】

郑振铎(1898—1958)，字西谛，书斋曾用“玄览室”的名号，有幽芳阁主、纫秋馆主、纫秋、幼舫、友荒、宾芬、郭源新等多个笔名。出生于浙江温州，原籍福建长乐。现代作家、文学史家、翻译家、著名学者和社会活动家，亦是著名的考古收藏家。郑振铎 1917 年入北京铁路管理传习所(今北京交通大学)学习。1919 年参加五四运动并开始发表作品，同时与沈雁冰等人发起成立文学研究会。曾任上海商务印书馆编辑，《小说月报》主编，上海大学教师，《公理日报》主编。1927 年旅居英、法，回国后历任燕京大学、清华大学、上海暨南大学教授，主编《世界文库》。1937 年参加文化界救亡协会，与胡愈之等人组织复社，出版《鲁迅全集》，主编《民主周刊》。1949 年后历任全国文联福利部部长、全国文协(后改名作协)研究部长、人民政协文教组长、文化部文物局局长、中国科学院考古研究所所长、文学研究所所长、文化部副部长。1958 年 10 月 18 日，郑振铎率领中国文化代表团出国访问途中，因飞机失事遇难殉职，享年 61 岁。

郑振铎著述甚丰，包括创作和研究两方面，广涉文学、历史、艺术、翻译诸领域。代表著作有《文学大纲》、《俄国文学史略》、《中国文学论集》、《中国俗文学史》、《近百年古城古墓发掘史》、《基本建设及古文物保护工作》、《域外所藏中国古画集》、《中国历史参考图谱》、《伟大的艺术传统图录》、《插图本中国文学史》、《中国版画史图录》等，短篇小说集《家庭的故事》、《取火者的逮捕》、《桂公塘》，散文集《佝偻集》、《欧行日记》、《山中杂记》、《短剑集》、《困学集》、《海燕》、《民族文话》、《蛰居散记》等，译著《沙宁》、《血痕》、《灰色马》、《飞鸟集》、《新月集》、《印度寓言》等。花山文艺出版社 1998 年出版有二十卷的《郑振铎全集》。

郑振铎一贯重视小说、戏曲和民间文学的资料搜集与整理，他在此一方面的收藏在国内堪称大家，其古典文学研究成果亦主要体现在通俗文学和民间文学领域。《〈西游记〉的演化》一文作于1933年至1934年，是继鲁迅、胡适《西游记》研究之后又一集大成之作，反映了鲁、胡二著之后十年中《西游记》研究的新成果，的确不负鲁迅所谓"诚望杰构于来哲"(《中国小说史略·题记》)的期许。此文逻辑严密，史料扎实，论证充分。全文共分五节，首节提出问题以统领全篇。郑振铎在认同胡适、鲁迅对《西游记》作者的考订成果的基础上提出，"吴承恩的地位，到底是一位曹雪芹呢，还是一位罗贯中"，即《西游记》到底是文人独创的还是世代累积的，这一问题绝不仅是编创方式的不同，还直接牵涉到小说版本的演化历程。同时，这一问题的解决也有赖于版本史料的支持，而第九回与第十回开场白的几乎雷同则不过是版本演化的遗痕。郑振铎充分利用新发现的《西游记》版本史料，出色地解决了他自己提出的问题。

如果说，郑振铎的《西游记》研究能超越"五四"初期胡适、鲁迅的相关研究，那么对新史料的发现和利用无疑是最重要的原因。郑氏此文详细地介绍了当时《西游记》版本的新发现，其所尤重者则在世本、朱本和"永乐大典本"三种。世本为万历二十年(1592)刻于金陵世德堂的《新刻出像官板大字西游记》，是目前所知最早刊刻的百回本《西游记》小说。此本国内早佚，唯存日本，1931年9月，孙楷第受中国大辞典编纂处和国立北平图书馆委托，东渡日本访书，发现包括世本在内的《西游记》明刻本达七种之多。1932年，北平图书馆以重金购入世本和朱(鼎臣)本，为学界瞩目。郑振铎认为"明刊小说，惟《西游记》为最罕见"，今世本一出，现代《西游记》研究遂进入一个新阶段，有了最接近于吴氏原作的本子作为参照，则全本与简本之间、明本与清本之间的嬗递演化关系便有了庶乎可寻的线索。朱本为重要的明刻简本之一，郑振铎将其断为明代嘉隆间闽南书肆所刻，最迟则不会晚于万历初元，进而认定它是"一套从未见之记载的一部异本"，郑氏将之与世本、杨(致和)本作了详细的对读，从而揭示了它在《西游记》文本演化流变过程中的地位。除了两部明刻本的发现与介绍之外，《〈西游记〉的演化》

还首次揭橥了《永乐大典》所存《西游记平话》残文的文献价值，并以此纠正了鲁迅关于百回本《西游记》祖本为杨致和《西游记传》(简本)的判断。此段残文为《永乐大典》第13139卷“送”字韵的“梦”字条下所引，题作“梦斩泾河龙”，注明出自《西游记》，内容则与世本第九回相当。然文字古拙粗率，与元刊《全相平话五种》及罗贯中《三国志演义》类似，郑振铎认定为元代中叶的平话小说，由此证实了鲁迅曾经预测的“在吴承恩之前果有一部古本的《西游记》小说”的观点，进而断定“此《永乐大典》本《西游记》之为吴承恩本的祖源，却是无可疑的”。因珍稀之故，郑振铎将该残文一千二百余字如数引入文中，公布于众。

正因为对以上三个重要版本有了详尽的掌握，郑振铎便在扎实而科学的考订基础之上对全本与简本、明本与清本、吴本与祖本之间理出了一条较为清晰的演化线索，而作为突破口的则是第九回唐僧出身故事的有无问题。因世本异于清本的要点即在陈光蕊故事的有无，对此，郑振铎提出两种可能：“到底这‘陈光蕊’故事是吴本所原有而世德堂本删去的呢，还是吴本原无，而为清代诸刊本所妄加的呢?”郑振铎将世本和朱本与各种清本进行仔细对读后，逐步理清了此一事件的脉络，明确推断“吴承恩的原本(世本的底本——周注)，乃至《永乐大典》的古本，当都无此故事”，唯朱鼎臣的简本《唐三藏西游释厄传》卷四有详细的唐僧出身故事，清初汪澹漪“却是无疑的从朱鼎臣本转版而来”，后来的《新说西游记》、《西游真诠》、《西游原旨》等清刊本概皆从汪氏《证道书》而来。朱本既为删节百回本而成的简本，怎么会有超出世本之外的情节呢？难道吴氏原本原有这些内容而为后来的世本所刊落？对这一问题，郑振铎的推测是“朱鼎臣删改吴本的时候，他似见到戏剧中的陈光蕊的故事，而颇以吴本不详为憾。故便自显身手，编了一卷八则的洋洋大文加入”，这一推断其实不无可议，故学界对此仍有争议，李时人先生即认为吴氏原本本有唐僧出身故事，只是后来世本刊刻时被删去了(李时人《〈西游记〉中的唐僧出世故事》，载《文学遗产》1983年第1期)。但无疑，郑振铎首次注意到并详细地考察了第九回相关情节的问题，其深湛的考辨和精辟的论断本身极有价值，并不因问题的真相如何而有所褪色。

在仔细对读了《永乐大典》所引《西游记》残文与百回本第九回文字之后，郑振铎一方面承认吴承恩乃是罗贯中、冯梦龙一流的人物，《西游记》乃是《三国志演义》、《新列国志》一类的作品；一方面又极其热情地肯定吴承恩对古本《西游记》的改造“神骏丰腴，逸趣横生，几乎另成了一部新作……作者殆是以古本《西游记》为骨架，而用他自己（或他那一个时代）的混淆佛道的思想，讽刺幽默的态度，为其肉与血、灵与魂的了”，从而将吴氏之《西游记》推许为“改作小说的最高峰”。对《西游记》作为累积型小说之地位的这种恰当把握，是郑振铎对《西游记》论坛的巨大贡献之一，为后世学者广泛接受。郑振铎推定古本《西游记平话》为吴氏《西游记》的祖本，是在充分的文献基础和严密的逻辑论证之上作出的，有利于对西游故事演化流传中重要一环的认识，因之特具学术价值和影响，鲁迅先生得知后称赞其为“精确的论文”，并欣然订正了自己关于祖本为杨本的旧论（鲁迅《〈中国小说史略〉日本译本序》，载《且介亭杂文二集》）。

不仅如此，郑振铎还像侦探般仔细寻绎了吴氏《西游记》与朱本、杨本的文字异同，得出的结论是“朱、杨二本，当皆出于吴氏《西游记》。而朱本的出现，则似在杨本之前”，郑氏甚至推想“当杨致和立志写作他的《唐三藏西游传》的时候，他的桌子上，似是摊放着两部《西游记》：吴氏书与朱氏书的。这两部繁简不同的书，使他斟酌、参考、袭取而成为另一部新的《西游记传》”，故杨本又较朱本为齐整可观，流传亦较广。朱、杨二本与吴氏书之关系正是全（繁）本与删节本的关系。至此，郑振铎已经仔细考订梳理了古（祖）本、吴承恩本（包括世本、杨闽斋本、李卓吾评本等几种明刊百回本）、朱本、杨本、汪氏《证道书》本以及清代若干笺评本之间的大致关系，他遂能作出对《西游记》版本演变的轨迹的描述。《〈西游记〉的演化》一文依据刊刻时间之序和内在的逻辑线索，以简表形式全面列出了《西游记》明清时期的各种版本，内中涉及版本 12 种，虽未穷尽现知的所有本子，但最重要者已涵括无遗。这是首次将各种版本胪列出来的“轨迹图”，它使《西游记》演化的线索一目了然，改变了以往在版本问题上错杂无序、混沌不清的状态，解决了《西游记》研究中的一个大问题，亦可以说是郑氏此篇宏文的最重大的“杰构”和贡献所在。

如果说上述成果皆是源自于对版本源流的精湛考辨与订正，其中体现的是郑氏扎实的朴学根基和作为版本学专家的学力的话，那么郑振铎对于文本本身的解析同样颇具创造力。在文章第五节《〈西游记〉故事如何集合的?》中，他将百回大文的内容分解成孙行者闹天宫记、唐太宗入冥记和唐三藏西游记三个相对完整而独立的版块，如果再考虑到陈光蕊的故事，则全书的结构单元便为四个了(我们分明能从对这些单元的内容概括中窥见史书传记的影响)。郑振铎指出唐三藏西游记是整部作品的主体，而其九九八十一难之经历，按照除魔本身的实际，可以合并为四十一个故事，郑氏详细地列出了每个故事与难数的对应关系。在此基础上，他颇富创造性地提出了《西游记》情节的结构方式——"蚯蚓式"结构，即"《西游记》的组织实是像一条蚯蚓似的，每节皆可独立，即使斫去其一节一环，仍可以生存"。这一结构模式有别于《三国演义》的辫式结构、《水浒传》的链式结构和《金瓶梅》的网式结构。可以说，《西游记》与这几部"奇书"一道，不仅共同开创了我国古代长篇章回体小说的题材类型，也树立了相应的结构范式，从而为小说类型理论提供了充分的文本依据。在人物形象来源的追溯方面，郑振铎明显接受了胡适的观点，认为孙悟空形象乃是受到印度史诗中神猴哈奴曼的影响，而且在闹天宫的情节原型方面也是受着哈奴曼故事的启发的，郑振铎为此作了较胡适更为具体详细的梳理和考察，进一步论证了孙悟空形象的外来影响说。至于西游历难故事的演化，郑氏则充分注意到杂剧《西游记》的作用。

总之，《〈西游记〉的演化》是现代《西游记》研究的经典之作。它以出色的版本考订为基础，充分利用新史料，勾勒出了《西游记》文本演化的清晰脉络，探讨了第九回唐僧出世故事的源流，概括了情节的集合方式和结构特征。文章观点鲜明，论据充分，逻辑严密，论证有力，既以扎实的史料见胜，又不乏精辟的逻辑思辨和论断。郑振铎所提出的一系列颇富创见的命题和结论，对当时和后世《西游记》研究都发生了深远和持久的学术影响。当然，由于学术条件的局限，文中一些看法不免于纰缪，亦已被后人所超越，但这些只是白璧之微瑕，无损于此文的学术价值。

郑振铎《西游记》论著目录：

《〈西游记〉的演化》，载《中国文学研究》，作家出版社 1957 年版。

《〈西游记〉杂剧》，载《中国文学研究》，作家出版社 1957 年版。

《西游记》书目提要

孙楷第

《日本东京所见小说书目》卷四著录《西游记》版本六种：

《西游记》吾国通行者有三本：一为乾隆庚子陈士斌《西游真诠》本；二为乾隆己巳张书绅《新说西游记》本；三为嘉庆间刘一明《西游原旨》本。明本概未之见。余在日京所见，有华阳洞天主人校本，书凡三部，内阁文库、帝国图书馆及村口书店俱有之。有袁幔亭序李卓吾评本，内阁文库及宫内省图书寮各有一部；有汪憺漪评《西游证道书》(此清初刊本)，唯内阁文库有一部。有《鼎锲全像唐三藏西游传》，为村口书店书，其书尤世所仅见。保存旧本，如斯之多，颇可惊叹。今不惮详细述之。

一、华阳洞天主人校本《西游记》

书所见凡三本，更列举如左：

《鼎锲京本全像西游记》二十卷一百回(内阁文库)

黑纸，上图下文，半叶十五行，行二十七字。末卷末叶有大图占半叶，上栏横题云“四众皈依正果”。刻工不甚精。封面题“书林杨闽斋梓行”。卷一题云“华阳洞天主人校”，“闽书林杨闽斋梓”。(余诸卷中闽字或作闽，建亦作建)卷二题云“华阳洞天主人校”“清白堂杨闽斋梓”。(卷三、卷七、卷八、卷九、卷十四、卷十五、卷十六、卷十七、卷十八、卷十九皆题清白堂)按：杨氏清白堂亦元明有名书肆。余所见清白堂刻小说，有熊大木编之《武穆王演义》，为嘉靖壬子三十一年刊本，题“书林清白堂刊行”。又熊大木《唐书志传》之嘉靖癸丑三十二年刊本，卷八后有木记云“嘉靖癸丑孟秋杨氏清江堂刊”，盖亦同族。此二书之开板大小及字态点画，均与此《西游记》为近。又万历三十八年庚戌刊《三国志传》题“明闽斋杨起元校”。末卷木记云“万历庚戌孟秋月闽建书林杨闽斋梓”。朱星祚编之《新刻全相二十四尊得道罗汉传》，为万历乙巳聚奎堂刊本。其第一卷题云“书林清白堂梓”。第六卷后木记云“万历甲辰（三十二年）冬书林杨氏梓”。则本亦杨氏所刻。明年万历乙巳，其板片遂移于聚奎堂。由是言之，则清白堂乃闽建书林，至万历末犹世守弗替。“闽斋”乃杨起元字。起元刻《三国志》在万历三十八年，则此《西游记》殆亦刻于万历间耳。（序云时癸卯夏念一日，似即万历三十一年。）

此本书题亦不一致，如封面曰“新镌全像西游记传”，叙曰“全像西游记”，目录曰“新镌京板全像西游记”，今依卷一所题。书分二十卷，以“月到天心处，风来水面时，一般清意味，料得少人知”为目，每卷五回。首秣陵陈元之撰序。以袁幔亭序李卓吾评本校此本，此本文字有删略处。

《新刻出像官板大字西游记》二十卷一百回（村口书店）

明万历间世德堂刊本。题“华阳洞天主人校”，“金陵世德堂梓行”。卷九、卷十、卷十九、卷二十又题“金陵荣寿堂梓行”“书林熊云滨重锲”。图嵌正文中，左右各半叶为一幅，颇古雅。字写刻，半叶十二行，行二十四字。亦端整可观。首陈元之序。

《唐僧西游记》二十卷一百回（帝国图书馆）

明刊本。署题回目亦与清白堂本世德堂本全同。每卷第一行题云“唐僧西游记”。末有长方木记云：“全像唐三藏西游记卷终”。扁字，半叶十二行，行二十四字，亦万历间刊本。惜书有残缺，第一回至第五回，第五十六回至第六十回，均系抄补。

以上三本，皆题“华阳洞天主人校”，有秣陵陈元之序。作序年月，则杨闽斋本作“癸卯夏念一日”，似即万历三十一年。世德堂本则又作“壬辰夏端四日”，不知何故（世德堂本为原刊本，则以作壬辰万历二十年为是）。按：茅山为金陵洞穴，周回一百里，名曰“华阳洞天”。齐梁之际，陶弘景隐于此，自称“华阳隐居”（见《谈薮》）。茅山在句容县境，则此所谓“华阳洞天主人”者，盖为句容人。秣陵即南京，句容亦明应天府属县。则此书校刻之始，盖与南京应天府人有密切关系矣。通行本第九回“陈光蕊赴任逢灾　江流僧复仇报本”一回，为此本所无。以今通行本第十回三分之二为第九回，自张梢李定对话起，至唐王与魏徵对弈止。又以通行本十回三分之一与通行本第十一回前半为第十回，自魏徵睡熟斩龙至太宗游地府将毕而止。以通行本第十一回后半与通行本第十二回三分之一为第十一回，自太宗还魂起，叙刘全进瓜，萧瑀傅弈辩佛，群臣选得唐僧作坛主而止。以十二回所余之三分之二为第十二回，演唐僧登坛，观音显化事。虽离析归并，而文字却与通行本全同。唯少通行本第九回之文，其第九回、第十回、第十一回回目与今通行本稍异而已。为求明了，列表对照于后：

	通　行　本	华阳洞天主人校本
九　回	陈光蕊赴任逢灾 江流僧复仇报本	袁守诚妙算无私曲 老龙王拙计犯天条
十　回	老龙王拙计犯天条 魏将军遗书托冥吏	二将军宫门镇鬼 唐太宗地府还魂
十一回	游地府太宗还魂 进瓜果刘全续配	还受生唐王遵善果 度孤魂萧瑀正空门
十二回	唐王秉诚建大会 观音显圣化金蝉	玄奘秉诚建大会 观音显象化金蝉

附：《全相西游记序》（陈元之）

太史公曰：“天道恢恢，岂不大哉！谭言微中，亦可以解纷。”庄子曰：“道在屎溺。”善乎立言！是故“道恶乎往而不存，言恶乎存而不可”，若必以庄雅之言求之，则几乎遗《西游》（按，当重“西游”二字）一书，不知其何人所为。或曰“出天潢何侯王之国”；或曰“出八公之徒”；或曰“出王自制”。余览其近意跅弛滑稽之雄，卮言漫衍之为也。旧有叙，余读一过。亦不著其姓氏作者之名。岂嫌其丘里之言与？其叙以为孙，狲也；以为心之神。马，马也；以为意之驰。八戒，其所戒八也；以为肝气之木。沙，流沙；以为肾气之水。三藏，藏神藏声藏气之藏；以为郛郭之主。魔，魔；以为口耳鼻舌身意恐怖颠倒幻想之障。故魔以心生，亦以心摄。是故摄心以摄魔，摄魔以还理。还理以归之太初，即心无可摄。书奇之，益俾好事者为之订校，校其卷目梓之，凡二十卷数千万言有余，而充叙于余。余维太史漆园之意，道道所存，不欲尽废，况中虑者哉？故聊为缀其轶叙叙之。不欲其志之尽堙，而使后之人有览，得其意忘其言也。或曰："此齐东野语，非君子所志。以为史则非信；以为子则非伦，以言道则近诬。吾为吾子之辱。"余曰："否！否！不然！子以为子之史皆信邪？子之子皆伦邪？子之子(三字疑衍文)此其以为道道成耳。此其书直寓言者哉！彼以为大丹丹数也，东成西成，故西以为纪。彼以为浊世不可以庄语也，故委蛇以浮世。委蛇不可以为教也，故微言以中道理。道之言不可以入俗也，故浪谑笑虐以恣肆。笑谑不可以见世也，故流连比类以明意。于是其言始参差而俶诡可观；谬悠荒唐，无端崖涘，而谭言微中，有作者之心傲世之意。夫不可没也。唐光禄既购是。(据此则序为唐氏世德堂主人作。世德堂本乃此华阳洞天主人校本，元本也)史皆中道邪？一有非信非伦，则子史之诬均。诬均则去此书则远。余何从而定之？故以大道观，皆非所宜有矣。以天地之大观，何所不有哉？故以彼见非者，非也；以我见非者，非也。人非人之非者，非非人之非；人之非者，又与非者也。是故必兼存之后可。于是兼存焉。"而或者乃亦以信。属梓成，遂冠书之。时壬辰夏念一日也。

二、《李卓吾先生批评西游记》

一百回(内阁文库　宫内省图书寮藏本系覆本)

明刊大字本。卷首附图百叶，前后二面写一回事。刻绘精绝。

"五行山下定心猿"一图中，岩石上有细字四，曰"刘君裕刻"，则昌启时刻书也。卷首有题词，后署"幔亭过客"。墨章二，一曰"字令昭"，一曰"白宾"。"幔亭""令昭""白宾"，俱是袁于令字，则序作者乃于令也。序亦开朗，似非依托。序后有凡例五条，曰批着眼处，批猴处，批趣处，总评处，碎评处，颇烦琐无谓。此本亦无陈光蕊事。第九、第十、第十一三回，回目与今本异而与诸华阳洞天主人校本同。即其离析归并处，亦无不同也。

附：题词(幔亭过客　白宾　字令昭)

> 文不幻不文，幻不极不幻。是知天下极幻之事，乃极真之事；极幻之理，乃极真之理。故言真不如言幻，言佛不如言魔。魔非他，即我也。我化为佛，未佛皆魔。魔与佛力齐而位逼，丝发之微，关头匪细。摧挫之极，心性不惊。此《西游》之所以作也。说者以为寓五行生克之理，玄门修炼之道。余谓三教已括于一部，能读是书者于其变化横生之处引而伸之，何境不通？何通不洽？而必问玄机于玉匮，探禅蕴于龙藏，乃始有得于心也哉？至于文章之妙，《西游》、《水浒》实并驰中原。今日雕空凿影，画脂镂冰，呕心沥血，断数茎髭而不得惊人只字者，何如此书驾虚游刃，洋洋洒洒数百万言，而不复一境，不离本宗；日见闻之，厌饫不起；日诵读之，颖悟自开也！故闲居之士，不可一日无此书。

三、《汪憺漪评古本西游证道书》

一百回(内阁文库)

清初原刊本。目录题"钟山黄太鸿笑苍子西陵汪象旭憺漪子同笺评"；正文题"西陵残梦道人汪憺漪笺评"；"钟山半非居士黄笑苍印正"。板匡高营造尺六寸四分，阔三寸二分。前附"诗仙绣像"共十七副。右图左诗，刻绘均极工细。第一幅"悟彻悟提真妙理"图，左下方有小字曰"念翼"、按"念翼"当即胡念翊，乃有名绘手，笠翁《无声戏》原本图，即其所绘。正文半叶九行，行二十六字。板心上顶格题“证道书”，中题“古本西游第几回”，下题“蜩寄”。明本《西游》，皆不言撰人，如陈元之序，且以为不知何人所作。自汪象旭此书，始以为丘长春作，“证道”之说亦自此书倡之。首冠以虞集序，次《丘长春真君传》（原注出《广列仙传》及《道书全集》），次《玄奘取经事迹》（原注出《独异志》，《唐新语》出《谭宾录》及《两京记》）。第九回载陈光蕊事，目为“陈光蕊赴任逢灾　江流僧复仇报本”。今通行本即沿用之。其第十、第十一二回目，亦皆与今本同。后来评注本，如陈士斌《真诠》，张书绅《新说》，刘一明《原旨》，无不有第九回之陈光蕊事，盖皆从此本出。而坊刻劣本之载虞集序者，胪列评人，而评语至简略，实亦是本耳。

据第九回之汪憺漪评谓俗本删去此一回，致唐僧家世履历不明。而九十九回历难簿子上，劈头却又载遭贬，出胎，抛江，报冤四难，令阅者茫然不解其故。及得大略堂《释厄传》古本读之，备载陈光蕊赴官遇难始末，始补刻此一回云云。而所谓大略堂古本，究系何人何时所刻，憺漪却未详言之。而《释厄传》之名，则其来源甚早。考《西游记》第一回引首诗有云：“欲知造化会元功，须看西游释厄传。”此诗通行本有之，明本亦有之。此或吴承恩《西游记》本名有《西游释厄传》，或吴承恩《西游记》自《西游释厄传》出，今难质言。又东京村口书店有万历刊本朱鼎臣编《西游记》，其书有陈光蕊事，亦题“唐三藏西游释厄传”，然文甚简略，与吴承恩百回本《西游记》却非一书。且末卷木记题“书林刘莲台梓”，不题“大略堂”，似尚非汪憺漪所得本。汪氏所云大略堂本，其源流不明如此，殊不足为持论根据。唯余所见明本《西游记》有六种，除朱鼎臣编之略本外，都无陈光蕊事，至汪憺漪之《证道书》，乃增此一回，且其文字情节与朱鼎臣本亦不尽同。依余个人意见，则汪憺漪所见大略堂本即便有之，且为文繁之百回本；此所增第九回文字亦难遽目为吴氏原文。因即汪书第九回文与本书他回文合观之，实未能融合无间。如第十二回所附七言词赞，谓收养玄奘之僧为迁安（诸明本十一回亦作迁安）。第九回作法明。词赞又云：“恩官不受愿为僧，洪福沙门将道访。”似玄奘报父仇后，尚有面君授官之事，今第九回亦无之。又第十二回言陈光蕊拜文渊殿大学士，第九回乃云升学士之职。第十二回言观音菩萨引送玄奘投胎。第九回乃言南极星君奉观音菩萨命引送。第九十九回玄奘第三难为满月抛江，第九回乃谓二日抛江。凡此种种，前后文皆不相应，自是异事。此其一。汪本第九回承第八回观音访取经人之后，另起一事；第十回承第八回之后，亦另起一事。此第九回与十回之间，措辞属文，乃毫无联络。若第以文论，则此第九回者，可有可无。且按之下文乃有一大罅漏：第九回谓玄奘父陈光蕊以太宗贞观十三年己巳(按贞观十三年岁在己亥，非己巳，但此乃末节)，中状元，授官，之江洲任，时方暮春；路为刘洪所害。殷小姐以怀孕忍辱，暂与刘洪相处。未几生玄奘(以光蕊赴任在贞观十三年三月其时殷小姐已有孕言之，则玄奘出生至迟亦在贞观十四年)。生十八年而为父报仇。设玄奘生贞观十三年，则十八岁当为高宗显庆元年。乃第十二回记其应群臣之荐设道场为坛主，即在贞观十三年九月，十三年三月玄奘犹在母腹，十三年九月已长至十八岁或逾十八岁而为高僧。此宁非怪事！凡小说戏曲皆随意敷衍，固难认真，然朝代年号以及地理职官，原不可苛求，核之正史(如玄奘西行首途，本在贞观三年，吴氏乃云十三年，显违事实。吾辈今日当以小说还之小说，史传还之史传，若拘泥史实，执此非彼，便为笨伯，非通论也)；如此等乃行文之绝大罅漏，名手为之，当不尔尔。后之诸回非伪，则第九回者断非原文。不特此也，第九回自“话表陕西大国长安城”起，至“太宗登基十三年岁在己巳”止，开端数语，乃与第十回开端数语从同。前后二回，合掌如此，假令吴氏为此，亦何其文思之窘也！此其二。且玄奘出身，乃有四难(遭贬出胎抛江报冤，见九十九回)。吴氏果有意记玄奘出身事于正文，自当尽其所长，从容为之。今观第九回所记，以一回之文，备诸情节，词意窘枯，乃全无描写，尤欠周密，不能缮完；以观本书记沙僧猪八戒乃至龙马之出身各节，大有逊色。似后人补作，于隶事属文均不及仔细推敲者。此其三。由此言之，吴氏原文，果有陈光蕊事与否，固不可知；即有之，亦绝非如汪本及今通行本之第九回之文。汪氏所谓古本，即实有之，殆亦如朱鼎臣所编一类之书，著其事而文不备，乃参以己意撰此一回。第九回既增此一事，于第十、第十一、第十二诸回文字乃不能不有所归并，兼别立回目。否则所据者必为伪增之一本，不能订正，因而用之。要之，无论如何，决非吴氏之文也。按吴氏原著，或竟无陈光蕊赴任及江流报冤事。唯今以明本言之，于玄奘开坛主讲以前事，仅于所附词赞中述其崖略，正文则毫未提及。以本书记沙僧三众及龙马出身皆详其原委例之，似于玄奘亦不得独略。若果有其事，以文势论之，似当在太宗决建道场朝臣推举之后，即入玄奘而追述其平生(今《四游传》中之《西游记》即如此)。其故事当略如本书十二回中词赞所记，或散见于本书他处者；亦略同吴昌龄《西游记》。万历间刻书者嫌其亵渎圣僧，且触忤本朝(高皇)，语为不祥，亟为删去。而汪氏乃为明本原书百回之外，增此一回。自此而后，遂为定本。以至通行诸书莫不遵之。今人骤睹明本之无陈光蕊事，反诧为异事矣。是以汪氏此书，虽刻于清初，而关系却甚巨：目为“证道书”，而开后来悟一子等之笺注附会；以为邱长春作，使后此二百余年世人不复知吴承恩之名；自谓得古本，增撰第九回陈光蕊事，自此遂为《西游记》定本也。

四、《鼎镌全相唐三藏西游释厄传》

十卷(村口书店)

明刊本。末卷末叶有木记云“书林刘莲台梓”。上图下文，正文半叶十行，行十七字。题“羊城冲怀朱鼎臣编辑，书林莲台刘求茂绣梓”。按尊经阁藏《鼎镌徽池雅调南北官腔乐府点板曲响大明春》一书，摘选戏曲，亦间录小说俚语。题“教坊掌教司扶摇程万里选，后学庠生冲怀朱鼎臣集，闽建书林拱塘金魁绣”。以二书互证，则朱鼎臣字冲怀，广州人，且为庠生。《大明春》确是万历刊本(日本文求堂主人田中氏精于赏鉴，亦云定是万历本)，则朱鼎臣者当为万历间人。又《大明春》为闽刊本，则此《西游记》或亦闽刊，亦未可知。

此书每卷题《西游传》，亦题《西游释厄传》。书十卷，不标回数，每则有目。目间有与明百回本《西游记》同者，亦有在明百回本《西游》为回目，在此书则为前附诗中之二句(官封弼马心何足，名注齐天意未宁)，所以记猴王得道闹天宫，陈光蕊赴任逢灾，江流报冤，唐太宗还魂事为详，玄奘西行以后诸难则较略，金□洞以后则尤略，往往某一故事在百回本中为数回文字，兹则括以数行，或三四故事，以一则统之，仅具崖略。然规模节次除陈光蕊及江流报冤事外，与明百回本全同。以今通行《四游传》中《西游记》校之，其文字之详略轻重处，亦几于全同。唯今《四游传》中之《西游》无陈光蕊赴任及玄奘报仇节目，唯记太宗设道场讫，转入玄奘，追述其平生。文百余字，与汪憺漪本《西游记》所记大同小异。此本记陈光蕊事乃有四则，目为：

陈光蕊及第成婚　　刘洪谋死陈光蕊
小龙王救醒陈光蕊　　江流和尚思报本

此四节目，在汪憺漪本，即为第九回“陈光蕊赴任逢灾　江流僧复仇报本”一篇。然汪本所述，与此亦不尽同(此本谓玄奘抛江后为神摄至寺旁，为僧收养，无置木板上漂流之说)。又此本叙太宗还魂，节目有八，自“袁守诚妙算无私曲”起，至“观音显像化金蝉”止，目乃与明刊诸百回本第九回至第十二回四回目全同。此十卷本《西游传》与明百回本《西游记》，其关系何如，今虽不易质言，然此四回目为《西游》旧本原文，殆无疑义。第九回目之改为陈光蕊二联与第十回第十一回目之改换，乃汪憺漪以己意为之，于此亦得一证明矣。

村口主人初得此书，颇惹中日学者之注意。长泽规矩也氏首发表于《斯文杂志》，疑为《西游》祖本。余到东京，访村口书店，主人出是书相示。乃以半小时之力恍读一过。虽叹为秘籍，而颇疑是书为节本。今略而言之。如上所云，朱鼎臣当为万历时人，则其编次此书，至少在吴承恩书之后。然旧本改题撰人，亦小说常例，但据此等，以言出于吴本《西游》，要删为书，亦未周密。唯统观全书，与明诸百回本比，除陈光蕊事此有彼无外，余仅繁简之异，西行诸难，前后节次，以及精怪名称，故事关目，无一不同。倘是祖本，焉能若是！今所见旧本小说，如元本《武王伐纣书》为《封神演义》祖本，元本《三国平话》为《三国演义》祖本，其由简至繁，殆亦如此十卷本《西游传》与百回本《西游记》之比。今以此二《武王伐纣书》二《三国志》较之，其规模节次，虽大致相同，而称谓情节，则不无乖隔。《三国》演史事，其人物事迹有书可征，通于众人，难以变换。然以《三国演义》校《平话》，其参差处亦至足惊异，下之冯梦龙《新列国志》之于余邵鱼《列国志》，冯梦龙《新平妖传》之于罗贯中《平妖传》，亦移步换形，面目全非。由十卷《西游传》之仅存崖略，语意不完者，扩大充实而为百回之《西游记》，乃其关目情节以及名称无一不同，宁非异事！夫唯删繁就简可无变更；由简入繁乃欲丝毫不变原本，在理为不必要，在事为不可能。故余疑此朱鼎臣本为简本，且自吴承恩之百回本出。至于陈光蕊之官遇祸与江流报怨事，虽为此本所独有，其他明本无之。然吴氏原本，此事之有无，今不易悬测。江流故事，自元至明流传里巷，即吴书果无之，采常谈而补此四节亦非难事，况其节目及插附词赞亦往往与吴书同，则谓从吴书出，成此节本，亦未必果为大胆之论也。如余所疑不误，则后之《四游传》中之《西游记》亦此系统之书，同为节本，且其渊源甚旧，远在万历之时矣。

——据人民文学出版社1958年版《日本东京所见小说书目》

《中国通俗小说书目》卷五著录《西游记》版本十三种：

《旧西游记》佚

《永乐大典》一万三千一百三十九卷送字韵引《西游记》。“魏徵梦斩泾河龙”一节，文与吴承恩《西游记》不同，而语意大似话本。引书标题作《西游记》。则明初确有《西游记》一书，远在吴书之前也。

《西游记》　二十卷一百回　　存

明吴承恩撰。承恩字汝忠，号射阳山人。南直隶淮安府山阳县人。嘉靖中，官长兴县丞。此书今所见明本，有华阳洞天主人校本及李卓吾评本二本，分记如次：

一、华阳洞天主人校本（二十卷一百回）　　书更有三本。亦列举之：

《新刻出像官板大字西游记》　二十卷一百回

明金陵唐氏世德堂刊本（间题金陵荣寿堂）。图嵌正文中。字写刻，极端整。半叶十二行，行二十四字。（北京图书馆）（日本日光晃山慈眼堂）

《鼎镌京本全像西游记》 二十卷一百回

明万历间闽书林杨闽斋刊本。黑纸。上图下文，半叶十五行，行二十七字。(日本内阁文库)

《唐僧西游记》 二十卷一百回

明刊本。扁字。半叶十二行，行二十四字。(日本帝国图书馆)

以上三本，皆题“华阳洞天主人校”。首秣陵陈元之序(序后记年月世德堂本作壬辰夏杨闽斋本作癸卯夏)。

五、《李卓吾先生批评西游记》

(一百回不分卷)

明刊大字本。卷首附图百叶。记刻工曰“刘君裕”。半叶十行，行二十二字。首袁韫玉序。似为苏州刻本。(日本内阁文库，广岛浅野图书馆)法国巴黎国家图书馆藏明金陵大业堂重刊本，缺第一第二两回。

以上华阳洞天主人校，李卓吾评二本，皆无陈光蕊逢灾、江流报仇事。

《鼎锲全像唐三藏西游释厄传》 十卷 存

明万历间书林刘莲台刊本。上图下文。正文半叶十行，行十七字。(北京图书馆)(日本日光晃山慈眼堂)

明朱鼎臣撰。鼎臣字冲怀，广州人。此书似节本。

《西游记》四卷(一名《西游唐三藏出身传》) 存

清道光十年《四游全传》本，不标回数。 小蓬莱仙馆《西游合传》本，四十一回。 嘉庆十六年坊刊《西游传》本。

题“齐云杨致和编”，“天水赵毓真校”(一作杨玉和赵□真)。此书亦节本，与朱鼎臣本规模略同，今不详其来历。

《西游证道书》一百回 存

清初原刻本。前附图十七幅，系胡念翊绘。正文半叶九行，行二十六字。(日本内阁文库)

此汪象旭评原刻本，极不多见。后来坊刻本，如怀德堂本怀新楼本，评人于汪象旭黄太鸿外，更加入蔡元放、金圣叹、陈士斌、李卓吾诸题，实不过于每回之后节录此书总评数条，非诸家评语也。

清汪象旭评。象旭字里见卷三。题“西陵残梦道人汪憺漪笺评”，“钟山半非居士黄笑苍印正”。自象旭此书始冠以虞集序，以为邱长春作，并谓得古本，据增“陈光蕊赴任逢灾　江流僧复仇报本”一回。实则此回乃象旭自为之，与古本无涉。

按：刘廷玑《在园杂志》卷二谓汪憺漪批注处大半摸索皮毛。刘一明《原旨》序谓汪注多戏谑之语，狂妄之词。汪憺漪即汪象旭。俞曲园疑与悟一子为一人，悟一子乃陈士斌号，非汪也。

《蔡金注西游记》　　未见

刘一明《西游原旨》序引。

《西游真诠》一百回　　存

清乾隆庚子（四十五年）刊本。　芥子园刊小本。　石印本。　排印本。

清陈士斌撰。首康熙丙子尤侗序。士斌字允生，号悟一子，浙江绍兴府山阴县人。

《新说西游记》一百回　　存

“晋省书业公记藏板”本。半叶十行，行二十四字。（北京图书馆）　清乾隆己巳（十四年）其有堂刊本。半叶十行，行二十四字。（北京大学图书馆）　上海味潜斋石印本。有王韬序。后来石印本从此出。

清张书绅撰。首乾隆十三年戊辰自序。书绅字南薰，山西人，里居未详。

《西游原旨》一百回　　存

原本未见。　嘉庆二十四年湖南刊本。　曾见单注本，不载《西游》原文。

清刘一明撰。一明甘肃兰州金天观道士，自号素朴散人。书成，以嘉庆十五年刊于甘肃。此本乃门人夏复恒志永重刊于湖南常德者也。

《通易西游正旨》一百回　　存

道光己亥（十九年）眉山何氏德馨堂刊本。（北京大学图书馆）

清张含章撰。首门人何延椿序，又无名氏序及跋。含章子逢源，四川成都人。其书以《易经》解《西游》。

右《西游真诠》以下四书，皆据吴承恩《西游记》。

——据人民文学出版社 1982 年版《中国通俗小说书目》

【评　介】

孙楷第(1898—1986)，字子书，河北沧县人。敦煌学家、戏曲小说专家、古典文学研究家，民盟成员。1928 年毕业于北京师范大学国文系，1929—1941 年先后任北京师范大学助教，中国大辞典编纂处编辑，国立北平图书馆编辑。1945—1952 年任北京大学、燕京大学教授。1952 年加入中国作家协会。1953 年起任中国科学院文学研究所研究员，直至去世。孙楷第的主要学术著作有:《韩非子校正》、《刘子新论校释》、《述也是园旧藏古今杂剧》、《中国通俗小说书目》、《日本东京所见小说书目》(附《大连图书馆所见小说书目》)、《沧州集》、《沧州后集》、《小说旁证》等。

孙楷第的学术研究深受乾嘉学派治学方法之影响，在大学就读期间，他又受到古文字学家杨树达的言传身教，努力研习音韵、训诂和校勘之学，打下了较为牢固的旧学根基，树立了严谨扎实的治学态度。自大学毕业走上专业研究道路后，孙楷第几十年如一日，孜孜于小说、戏曲及民间文学之研究。他从传统小学方法入手，以目录、版本、校勘之法研治古典小说戏曲，收获颇丰，尤于小说目录学方面建树极著。早在 1931 年，孙楷第因编写《中国大辞典》之需，便决定建立全新的小说目录学，将乾嘉学派重视版本、目录的方法引入通俗小说研究领域。为此目的，孙楷第遍阅北京公私藏书，北平图书馆、孔德学校、北京大学图书馆及马廉、郑振铎等著名藏书家所藏之善本小说，他都一一翻检阅读。又于 1931 年 9 月受中国大辞典编纂处和国立北平图书馆委托，东渡日本访书，两个月间废寝忘食，“笔不停挥”地“将东京公私所藏小说调查完毕”，并详细载录了每种小说的版本信息。回国途中，孙楷第又顺道造访了大连图书馆，将该馆所藏善本小说通阅一过。此后，在短短两三年内，孙楷第即以在东京、大连访书所得及先前在京搜集的小说史料为基础，编撰成《日本东京所见小说书目》六卷、《大连图书馆所见小说书目》一卷（附于前书）、《中国通俗小说书目》十卷三种小说目录（合称《孙目》）。这三种小说书目是中国小说目录学的开山之作，也是孙楷第古典小说研究的基础和代表作，"为中国小说史立下了目录学的根基"（胡适《日本东京所见小说书目提要·序》）。此后，经过几代学人的不断增补，至1990年出版的《中国通俗小说总目提要》共计著录小说1160部，而其基础则仍是孙楷第作于1933年的《中国通俗小说书目》（已收800余种），足可见出孙氏在小说目录学上的典范意义。

应该指出的是，孙楷第的古典小说研究虽从版本目录学入手并以此见重于世，但其目录学著作绝非单纯的版本账簿和外部研究，他在整理史料、载录版本的过程中时有精到的发现和考论，不仅为后学提供了进一步探研的若干线索，而且本身也解决了一些问题。胡适在为孙氏《日本东京所见小说书目提要》所作序言中说：

> 沧县孙子书先生是今日研究中国小说史最用功又最有成绩的学者。他的成绩之大，都由于他的方法之细密。他的方法，无他巧妙，只是用目录之学作基础而已。他在这几年之中，编纂中国小说书目，著录的小说有八百余种之多。他每记载一种书，总要设法访求借观，依据亲身的观察，详细记载板刊的形式与内容的异同。这种记载便是为中国小说史立下了目录学的根基。这是最稳固可靠的根基，因为七八百年中的小说发达史都可以在这些板本变迁中沿革的痕迹上看出来。所以孙先生本意不过是要编一部小说书目，而结果却是建立了科学的中国小说史学，而他自己也因此成为研究小说史的专门学者。（《胡适古典文学研究论集》，上海古籍出版社1988年版，第1271页）

胡适的称誉或有溢美之意，但他的确道出了孙楷第治学方法和成果之特征。孙氏自己对此亦有明确认识，他说："对于读过的每一种小说，皆撰有提要，详细的记录了板本的形式，故事的原委；必要时照抄原书的题跋目录；并且，考校异同，批评文字。为读者提出了若干问题，也相当的解决了若干问题。"（《重印〈日本东京所见小说书目提要〉序》，载《日本东京所见小说书目》，人民文学出版社 1958 年版）以此来看《孙目》中有关《西游记》的版本著录，当知胡、孙二人所言不虚。

首先，《孙目》著录了《西游记》的各种版本信息。《日本东京所见小说书目》载录《西游记》版本共六种，即《鼎镌京本全像西游记》（杨闽斋本）、《新刻出像官板大字西游记》（世本）、《唐僧西游记》（唐僧本）、《李卓吾先生批评西游记》（李评本）、《汪憺漪评古本西游证道书》（汪评本）、《鼎镌全相唐三藏西游释厄传》（朱本），或为国内不传之籍，或为孤本，皆弥足珍贵。《中国通俗小说书目》在此基础上又增录永乐大典残文《西游记》平话本，《西游唐三藏出身传》（杨致和本），《蔡金注西游记》本（未见），陈士斌《西游真诠》本，张书绅《新说西游记》本，刘一明《西游原旨》本，张含章《通易西游正旨》本，共计著录各类版本十三种之多，基本涵盖了现知的《西游记》小说版本。然限于篇幅和体例，后者的考证和评论文字都较简略，学术信息不如前者丰赡，而在日本发现的明刊本尤为珍稀，是孙楷第首次向学界公布的重要史料，直接促成了后来国立北平图书馆以重金购入世本和朱本的举动，从而为国内《西游记》研究提供了重要的史料推助。郑振铎即将孙楷第对明刊本的发现视做《西游记》论坛的时代分界，从此“学者们的摸索寻途之苦，当可减少到最低度了”。像郑氏《〈西游记〉的演化》这样的经典成果的确是由明刊本的发现所带动的，孙楷第的首陈之功自不可没。

对三种“华阳洞天主人校本”，孙楷第不仅详细记载其版刻形式，而且进行了必要的考论。一是考订清白堂乃闽建书林，其所刻杨闽斋本乃万历三十一年刊行，晚于世本。而唐僧本不仅署题回目与杨闽斋本全同，且有删略和残缺，显系翻刻。故此三本乃出于同一系统而以世本为最早之原刻本，最为珍贵。二是对“华阳洞天主人”作了初步的考证。孙楷第引《谈薮》以明华阳洞天乃在南京句容县境内之茅山，而秣陵亦南京别称，故该本之校刻者和作序者皆与南京（明之应天府）有密切关系。三是仔细比对了清代通行本与世本在陈光蕊故事上的有无和回目分合关系，指出世本“虽离析归并，而文字却与通行本全同。唯少通行本第九回之文”。以上方面，或解决了某一问题，或提示了某一线索，或呈示了某一现象，皆具学术价值。《孙目》还将当时难得获见的陈元之序以及李卓吾评本的袁于令题词全文附入，以作学界研讨之用。事实证明，这两篇文字对于研究《西游记》的作者、刊刻、主旨、审美特点均具参考价值。

其次，《孙目》首次衡估了汪憺漪笺评本在《西游记》版本史上的重要影响。清代《西游记》的通行本是《西游真诠》、《新说西游记》等评注本，胡适、鲁迅的相关研究亦以此为据。孙楷第于日本所见的《汪憺漪评古本西游证道书》刻于清初，实为后来《西游真诠》、《新说西游记》、《西游原旨》诸本之所宗，孙氏对之作了较详细的考论，特见重视。汪评本在版本史上之特殊地位，表现在两个方面，一方面是“自汪象旭此书，始以为丘长春作，‘证道’之说亦自此书倡之”。也即在作者问题上，明确标示为元代道士丘处机(邱处机)所作，而与之相应，在小说主旨问题上，以道家之金丹大旨来加以解说，这就为神魔小说种种变化横生的奇幻情节罩上了一层深晦的意识形态外衣，将小说视做传达作者观念的某种图解。从袁于令题词中对真、幻、文、理的辩证认识到汪憺漪对作者身份和证道意图的有意强调，反映的是小说观念的变化。另一方面，汪评本首增陈光蕊故事，置于第九回，而将明刊百回本第九、十、十一、十二几回文字加以归并组合，改题回目。对于此一增改，汪氏的解释是此回得之于所谓的“大略堂古本”，即《西游记》的原作者(在汪氏看来是丘处机)本已创作而为世本等明刊本所删略了，故他只是“补刻此一回”而已。孙楷第对此进行了深细周详的考辨，认为汪氏此言不足为据，其所加陈光蕊一回文字乃刊者所增，并非吴氏(在孙氏看来作者是吴承恩)原文。孙楷第提出了自己的驳论：“释厄传”一名虽来源甚早，有所底据，但“大略堂”之名却不见于明清版刻资料记载。明代朱鼎臣本虽题云“释厄传”且亦具陈光蕊事，但文字与情节与汪本又不尽同，且为“书林刘莲台梓”，不题“大略堂”。故汪氏所云古本，“殊不足为持论根据”，此其一。而细审所增第九回文字与本书其他回文字，颇有“未能融合无间”之处，孙楷第随手即指摘了几处以为例证，如玄奘于贞观十三年三月尚在母腹之中，而同年九月即已长至十八岁而为高僧；又如第九回与第十回“开端数语从同。前后二回，合掌如此”；再如，第九回以一回之文叙写唐僧出身之四难，与本书其他诸难的描写以及孙悟空、猪八戒、沙僧等人的出身情节相较，实在大为逊色，不能不令人有出自二手之疑，此其二。综上，孙楷第得出结论，“吴氏原文，果有陈光蕊事与否，固不可知；即有之，亦绝非如汪本及今通行本之第九回之文……要之，无论如何，决非吴氏之文也”。由此更进一步的是，孙楷第对吴承恩百回本《西游记》是否原有陈光蕊故事虽云“固不可知”，但他以文势文情推测，“以本书记沙僧三众及龙马出身皆详其原委例之，似于玄奘亦不得独略”，他倾向于认为，这“原有”的一段故事乃是被后来的世本所刊落，其因由则是“刻书者嫌其亵渎圣僧，且触忤本朝”。孙氏提出的这一“刊落”之说，后来亦不断有学者呼应论证，产生了较广的学术影响。

孙楷第以为汪憺漪评本关系甚巨，“目为‘证道书’，而开后来悟一子等之笺注附会；以为邱长春作，使后此二百余年世人不复知吴承恩之名；自谓得古本，增撰第九回陈光蕊事，自此遂为《西游记》定本也”，这一定位已成为《西游记》版本论中的不易之论。

再次，《孙目》考定了朱鼎臣其人，对朱本之性质作出了论断。朱鼎臣本《唐三藏西游释厄传》乃今存两种明刊《西游记》简本之一，发现于日本，1932 年与世本一道由北平图书馆以重金购入，其史料价值可见一斑。孙楷第不仅考知朱鼎臣为万历间广州庠生，而且通过文本对读，探讨了朱本与吴承恩百回本及杨致和本之间的关系，即朱本并非如日本学者所认为的那样是《西游记》的祖本，而应与杨致和本属于同一系统之书，都是明刊百回本的节本，“且其渊源甚旧，远在万历之时”。这一论断直接启发了后来郑振铎对于吴本、朱本、杨本演化关系的追索，并为后者所充分证实，从而使《西游记》简本系统得以连贯成线。

孙楷第另有作于 1939 年的《吴昌龄与杂剧〈西游记〉——现在所见的杨东来评本〈西游记〉杂剧不是吴昌龄作的》一文（发表于《辅仁学志》1939 年第 1 期，后收入《沧州集》），此文考证杂剧《西游记》的作者为明初人杨景贤而非元人吴昌龄，是《西游记》研究史上的重要成果，意义重大，影响深远。但无疑，孙楷第的《西游记》研究以上述版本目录考证为主要形态，既不属于单篇论文，更不算是系统论著，只是寥寥数语的点拨和寻微探隐的提示，但其学术价值决不在任何论证严密的文章和自成体系的著作之下。孙楷第的研究方法、学术眼光和断制创见都对后来者具有启发意义，而在当今的学术环境下，像他这样不慕荣利，不顾生前与身后的声名，日复一日地做着寂寞枯燥的学术工作的纯粹精神，实在令人感佩起敬。因此，我们必须在《〈西游记〉学术档案》中为其保留应有的重要一席并致以充分的敬意。

孙楷第《西游记》论著目录：

《日本东京所见小说书目》，人民文学出版社 1958 年版。

《吴昌龄与杂剧西游记》，载《沧州集》，中华书局 1965 年版。

《宋朝说话人的家数问题》，载《沧州集》，中华书局 1965 年版。

《说话考》，载《沧州集》，中华书局 1965 年版。

《中国通俗小说书目》，人民文学出版社 1982 年版。

《戏曲小说书录解题》，人民文学出版社 1990 年版。

《西游记》与中国古代政治(存目)

萨孟武

【评　介】

萨孟武(1897—1984)，名本炎，以字行。福建福州人。著名政治学家、法学家、历史学家。萨孟武对中国传统政治思想、制度、理论的研究不落俗套，深入浅出，贯通中西，对中国政治学的形成影响甚大。他的治学方式不仅参酌西方研究架构，更从文学、史学与数学着手，旁敲侧击，新见迭出。萨孟武的主要学术著作有《西洋政治思想史》、《中国政治思想史》、《中国社会政治史》、《儒家政论衍义》等。而他以随笔形式撰著的几部小书如《〈红楼梦〉与中国旧家庭》、《〈西游记〉与中国古代政治》、《<水浒传>与中国古代社会》，更是以小说解说学术观念，独具特色，广为传布，颇受读者欢迎。在读书界，萨孟武的名字几乎是与三大古典小说名著联系在一起的。应该说，若从文学研究的角度来看，这三部著作顶多都只能算是文学的外部研究，即侧重于对文学进行社会学的考察；而从政治学、社会学、历史学研究的角度来看，则萨氏的这种以小说情节为材料，来引发和印证自己的学术观点的做法，无疑是很具新意的。这一研究路数也使这三部著作具有了交叉研究的学术品格。

《〈西游记〉与中国古代政治》一书收文凡 18 篇，皆为随笔札记性质，总计仅 12 万字，但视角独特，文简义丰，启人深思。此书在写法上正如作者所自言，“不是以文艺的眼光，批评《西游记》；也不是以考证的方法，研究《西游记》，而是借用《西游记》的情节，借题发挥，说明政治的道理”，“我们不是研究《西游记》，而是利用《西游记》的材料，研究吾国古代的政治现象与政治思想”。所以，如果严格一点来看，这本书所作的并不是文学研究而是以文学作品为材料的政治学研究。那么，它自然也就不能算是《西游记》研究，至少不能算是纯粹的《西游记》研究。但是，我们还是要将之收入本书，这倒不是由于萨氏此书的影响颇为广泛，而是我们认为，如果不是对《西游记》深有所得深有所悟，是断作不出这类纵横于文史政法诸科之间的文章的，而且这种写法与那些板起面孔来的学院派研究文章的写法相比，也具有较为鲜明的特色。因此，我们更愿意将作者自认的“不是研究《西游记》”的话，看做一种自谦之言。

在第一篇《菩萨与妖精》的起首，萨孟武就明白地交代出他的研究方法的基本前提，“人类的一切观念，甚至一切幻想都不能离开现实社会，从空创造出来。伦理、宗教、政治、法律的思想固然如此，而人类所想象的神仙鬼怪也是一样。《西游记》一书谈仙说佛，语及恶魔毒怪。然其所描写的仙佛魔怪，也是受了中国社会现象的影响。换言之，社会现象映入人类的脑髓之中，由幻想作用，反射出来，便成为仙佛魔怪。所以仙佛怎么样，魔怪怎么样，常随各国社会情况而不同，而吾人由于小说所描写的仙佛魔怪，亦可以知道各国的社会情况”。这种偏于唯物反映论的看法，实为该书诸篇所论问题的学理依据。既然社会、历史之现实可以影响于小说之创造，那么反之，由小说之具体描写亦可以反观、印证社会、历史之现实，这是顺理成章的事。而从另一方面言之，正是因为萨孟武乃是从政治学、历史学的眼光来打量、搜索《西游记》的情节信息，故他能够注意到不为纯粹的文学研究者所关注的一些事情，或者从大家都有所留心的典型事件中读出为他人所忽视的一些侧面。我们以为，这是萨氏此书最可注意的特点之一，可以各举一例以证之。

孙悟空二度反下天庭之后，玉帝派遣天兵天将捉拿，怎奈孙猴子本事了得，玉帝拿他无法，在南海观音的举荐下，玉帝起用其外甥显圣二郎真君以降伏之。我们在阅读《西游记》此一情节时，一般只对二郎神与孙悟空的热闹打斗和法术比拼感兴趣，最多也只是通过小说相关描写的演变，以探讨《西游记》成书的历程，如鲁迅在《中国小说史略》中即比对了百回本《西游记》与杨志和本《西游记传》相关情节的描写，以证成其杨本为百回本祖本的结论（鲁迅后来修正了这一结论）。但是，萨孟武却以其敏锐的政治学眼光加以观照，使不为人注意的问题进入了阅读和研究的视野。在《玉帝不留显圣真君在天宫保驾》一文中，作者心细如发，首先注意到玉帝征调真君降妖时所允诺的“功成后，高升重赏”并未兑现，由此便联系到历代为政者赏罚威信的问题。尤以唐末乱世为例，说明“天子刑赏无章，何怪臣下不能信任天子”，玉帝对于孙大圣，应刑而不敢刑，对于小圣，应赏而不肯赏，正是乱政的表现。作者的历史思考还不仅于此，他更提出了一般人完全不会虑及的一个问题——玉帝何以不愿提拔小圣，留在天宫保驾呢？这样提问看似无理，实则近情。因为后来孙猴子不就是踢翻了老君的八卦炉，一路高嚷着“皇帝轮流做，明年到我家”而打到凌霄殿上了吗？而此时若有真君在侧，恐怕也不用请出西天佛祖来救驾了。这些后话虽然玉帝不见得就能够早有先见，但将像二郎真君这样的英豪之士留在身边，总该是有备无患的吧，但玉帝偏偏没有这样做，其因由何在？

萨孟武从历史的教训中深刻地看到，自汉代以后，皇室之宗亲和外戚既被皇帝所倚重，也极易成为难以节制的政治威胁，尤其是当他们或内领禁军或外建军功时，更是容易反戈相向，利用兵权以取得政权。精明的统治者对此不得不防，所以玉帝之不敢拔擢他的外甥小圣，令其统领仙将，侍卫左右，实有不得已的苦衷。萨氏将玉帝只以金帛酬劳真君，却仍令其回灌州服务的决策，比之汉文帝遣周勃就国之举，实在可说是玉帝的知音了。而当时众仙虽明知小圣神通广大，可堪应命，却无一人举荐于朝，岂非有嫉贤妒能之隐衷！群仙既默然若此，则玉帝纵欲提拔小圣，亦不得不有所牵制，不敢举不避亲了。萨氏所引《旧唐书·陆贽传》一段话，最足以说明这种中国政治的隐微之义，道是：“欲赏一有功，翻虑无功者反侧；欲罚一有罪，复虑同恶者忧虞。罪以隐忍而不彰，功以嫌疑而不赏，姑息之道乃至于斯。”将小说和史书对读到这样的程度，我们不得不叹服作者的眼光和功力。

正因了这样的眼光和功力，作者才能在他人所共见之处观照到不同寻常的异见。最末一篇《阿傩伽叶向唐僧讨取贿赂》，即是此类典型。《西游记》的读者大多会对小说的这一情节留下较深印象，并将之定向地理解为这是小说作者对贿赂公行的批判和对佛教世俗化的嘲讽。诚然，小说作者的这一用意是明显的，但读者完全有可能以更为丰富的视角来接受解读。萨孟武别具只眼地指出"阿傩、伽叶侍从佛祖左右，为佛祖最亲信的弟子……以佛祖之贤慧，而竟信任贪墨之徒，这是我们所大惑不解的"。从小说的情节本身出发，萨孟武更联系到广泛的历史事实，进而提出："创业之主虽然望治之心甚切，而对于贪墨之臣，又往往认为可靠，而愿寄以腹心之任。为什么呢?"一个有价值的问题之提出本身，就包含着真知灼见，而在对它的解答中，更可见出研究者的识见。大凡好财货者，胸中大志也便有限；而做大事者，必不以区区金帛为意。历史上能登帝位、践大宝的创业之君，皆是胸有抱负眼罗古今的人杰，其本身必不至以钱财为重；而当其临天下、子元元之时，却理所当然地对于好财货而无政治志向的庸碌之辈甚为放心。其间原由，乃是创业之君本人之智能适足以应付局面，若与一时豪俊同谋共宰天下，恐怕未得其利，反先受其害；故眼中只有孔方，不及其他之臣子，倒甚易管束节制，从而特能邀取上心。每当此情形，一些大臣尤其是功高名著的大臣因恐天子见疑，便以好货自污，从而自保，秦代的王翦、汉代的萧何、宋代的石守信都是显例。然而，若贪墨之举仅是出于韬光晦迹之需，则其危害还甚小，一旦为财而财、唯利是逐，则于国于民之蠹害可知。萨孟武精辟地总结道："贪墨之徒虽无大志，不会觊觎帝位，而其祸国殃民亦甚可畏。为人主者不宜取其一而忘其他。"既取其一又兼顾其他的办法，恐怕还是那些政治平衡的权术吧，这正是中国传统政治的可悲之处也。

由上可知，萨孟武既深谙中国历史，又具有政治洞察力，故其在研读《西游记》时能够小中窥大，见微知著，随意生发点染而即成妙见，于他人不知不觉之处出新见异。刘勰说"见异唯知音耳"(《文心雕龙·知音》)，故萨氏也堪为《西游记》作者一知音了。此书在材料方面，凡所征引以为理据者，皆以先秦诸子之书为主；以为事实者，皆以正史之书为主。以平常习见之书为据，是需有甚深功力方能窥入的，而其产出，则又语近旨远，含蕴不尽，这正是老辈学人治学为文之优长所在，可为当今学风文风乃至世风下一针砭。

萨孟武《西游记》论著目录：

《〈西游记〉与中国古代政治》，台湾三民书局 1974 年版。

《西游记》研究(存目)

李辰冬

【评　介】

李辰冬(1907—1983)是中国现当代卓有成就的古代文学研究专家。河南济源人，1924年进入燕京大学国文系，1928年毕业后赴法国留学，就读于巴黎大学，1934年获文学博士学位。旋即回国，先后在燕京大学、天津女子师范学院、中央政治学校、西北师范学院、台湾师范大学任教，1983年病逝于美国。其主要著作有《红楼梦研究》、《三国水浒与西游》、《陶渊明评论》、《文学新论》、《杜甫作品系年》、《尹吉甫生平事迹考》、《诗经通释》、《诗经研究》、《诗经研究方法论》等，就中尤以小说研究影响甚大。

在古典小说研究领域，胡适、鲁迅、郑振铎等学术大师是"五四"以来的第一代学者，他们的主要贡献在于完成了古典小说研究的现代学术转型，使白话小说研究具有了现代学术的品格。他们的研究成果主要在于历史资料的发掘和考证，以及小说史框架的搭建。李辰冬属于新文化运动以来的第二代古典文学研究者，而且是其中的佼佼者，他的研究贡献在于建构了一种系统的文学批评方法，运用这种方法把握了古典小说的文学特性，比较全面地评论了作品的思想和艺术手法，并且比较科学地揭示了文学创作的内在规律。这一方法，既上承"五四"第一代，又具有推进和创新，是现代学术史发展的重要一环。

简而言之，李辰冬的研究方法就是："从作家的本身来认识作品，从作家的时代来认识作品。"李辰冬对这一方法的确立是具有充分的理论自觉的。他在 1946 年为《三国水浒与西游》一书的再版所作自序中，明确地说明了自己的研究理念，他说自己“先后受到三位大师——克罗契、泰纳与弗理契的启示与影响……由他们三位之彼此矛盾，冲突，以及祖述或阐扬他们学说的后儒之又彼此批判与引申，使我建立了新的文学批评方法，一种新的认识。作品来源的发掘，美感基础的阐扬与艺术造诣的批判这三个步骤是他们三位指示给我的”。在李辰冬看来，作品来源的发掘主要应从作者的个人意识中去追寻，它由血统、天资、教育、朋友、生活、环境，以及一时的感触等交织而成；反映于作品中的时代意识是作品美感的基础所在，作品之伟大与否，就看它所表现的时代意识之普遍与否；而艺术造诣的阐扬则应以前二者为参照，看作家的表现技巧是否恰好地传达了他的意识和时代的意识。从这一文学批评的方法论中，我们不难看出李辰冬对全面系统性的要求，也不难辨识出他受到的中国古代文学批评中“知人论世”之批评方法的潜在影响。而支持这一文学批评方法的文学观念，用他自己的话说，就是：意识决定一切。“意识是作品的渊源，意识是作品价值的标准，意识是美感的基础，没有意识，根本产生不出作品，所以意识决定文学的内容。”这一文学理念是李辰冬小说研究方法论的理论基石。

在简要介绍了李辰冬的文学观念和研究方法之后，再来看他的《〈西游记〉研究》一文，就会对其论析思路明晰很多，也会对其在现代《西游记》学术史上的地位明晰很多。《〈西游记〉研究》是李辰冬的小说研究专著《三国水浒与西游》的一部分，此书是对胡适所谓的“由历史逐渐演变出来的小说”的研究。由于胡适认为这类小说是由一些朴素的原始故事逐渐演变成为后来的文学名著的，所以他相对忽视了最后一位写定者的文学创造的功绩，从而也对这类小说的文学价值评价不高。李辰冬以胡适对作者的考证成果为起点，较为全面而扼要地探讨了《西游记》的作者意识和时代意识，分析了它所取得的艺术造诣，进而对《西游记》的价值加以重新估计。很明显，李辰冬对包括《西游记》在内的这三部古典小说名著的研究，是他文学观念的体现和文学批评方法的实践。

在引言中，李辰冬指出，由于研究者将小说作者用以表现意图的材料误认为是作者表现的目的，因而在这些材料上去考证、索引、附会、解释，于是滋生出谈禅、讲道、劝学以及滑稽、游记等种种说法，这些与作品的真正意义和价值关系不大。李辰冬正是欲从这些迷雾中突围出来，才从作家的个人意识和他所处的时代意识两方面切近小说的文本实际的。他利用了胡适对吴承恩生平的考证成果，以说明吴氏既博览群书，当以杂学怪异为资料，故谈禅、讲道、劝学等都有些影子，但又绝不会局限于一端(且三教在明代早已融合，不复判然可分，这又似乎可从时代意识得到解释)。吴氏之生平使他积郁了一肚子的不平，诙谐与玩世就由此而来，"'不平'是吴承恩放浪'诗''酒'与创作《西游记》的原动力"。李辰冬认为，这样的一种个人意识最为明显的文本体现，就是孙悟空形象的创造。吴承恩因为自己的不得志，尝过社会上诸多的不公待遇，而他又没有打倒这些不公的力量，正是所谓"胸中磨损斩邪刀，欲起平之恨无力"，故他创造了一位无欲不达、无难不克、无辱不报的孙行者，也即"诗人在作品里偿还了社会对他的不公"。

如果说李辰冬从小说作者个人意识之角度解读《西游记》之内涵，虽不尽为创见但的确富于解释力的话，那么，他以时代意识之角度阐释《西游记》之内涵，则堪为独出新意而稍显窒碍。在第三章"天上人间"中，李辰冬探讨了《西游记》所反映的现实意识，认为"《西游记》是资产社会的产品，拿资产社会的意识可以解释他的一切含意"，这些意识主要的就是基于个人主义之上的社会的种种不公，而产生的"对君主及其宰臣们失了敬仰"的不恭。所以，《西游记》塑造了那么桀骜不驯的孙猴子，写了那么多上界下凡为害的妖精鬼怪，这真是与《水浒传》所揭示的"乱自上作"同一机杼。李辰冬还进一步指出资产社会的一种矛盾的意识，即作者一方面藐视政府，憎恶贵族，反对官僚，咒骂劣绅，另一方面又愿意维持现状，恐惧革命。这一意识在小说文本中则反映为"悟空也极喜招安"，"孙行者的终被降服也系必然的收束"。在上述分析和解释中，李辰冬所谓的"资产社会"既不是指"资本主义社会"，也不是指传统的"农业社会"，所作其含义大致相当于我们一般所说的"市民社会"，它不是严格意义上所作的社会形态的划分，而更多的是从文化类型上所作的区别。李辰冬对时代特征的把握无疑还是具有一些随意性和模糊性的，而说孙悟空“极喜招安”、“终被降服”等，也不太符合作者表现于文本中的形象实际，可以商榷。李辰冬以个人意识和时代意识来阐扬《西游记》的价值，在他看来，这部小说的真正价值在于如实地反映了这些意识，而诙谐只是表现思想的一种方法和技巧，并不成为价值本身。

在最后，李辰冬总结了《西游记》的艺术造诣。他认为，一方面，《西游记》更为注重事物的叙述而不是人物的创造，所以其生动的人物，不过唐僧师徒四众而已。另一方面，小说叙述故事的本领不小，这尤其体现在它诙谐调笑的叙述笔调上，这一叙述风格极好地将吴承恩的一肚子牢骚愤懑宣泄了出来，达到了“含苦味的笑”的程度，故最能感人。李辰冬认为，正是在这一点上，《西游记》的价值与《三国演义》、《水浒传》、《金瓶梅》一样永垂不朽。

由此可见，李辰冬的《〈西游记〉研究》虽然存在明显的局限而被后来者所超越，但其文学批评的方法论意义是不容忽视的。他在论述中把作者的个人意识与作者的时代意识结合起来，从作品的人物形象和人物之间的关系来揭示作品的内涵，综合艺术表现的各个侧面来论述作品的艺术性，然后总的评价作品的文学价值。他所建构的这种作品研究框架，是文学研究现代化的一种进展，是至今仍被广泛运用于小说个案研究的一种重要范型，其在《西游记》学术史上的意义，也是值得重视的。

李辰冬《西游记》论著目录：

《三国水浒与西游》，大道出版社北平分社 1946 年版，载《李辰冬古典小说研究论集》，中华书局 2006 年版。

《西游记人物分析》，载台北《畅流》1953 年第 10 期。

《西游记与明代社会》，载台北《畅流》1953 年第 11 期。

《西游记的价值》（台湾世界书局刊《西游记》序言），载《李辰冬古典小说研究论集》，中华书局 2006 年版。

吴承恩年谱

刘修业

吴氏原是涟水人，因为没有家谱，不知何时迁徙到山阳去。旧的世系没有记载，也无法去参考了。现在所知道的，是承恩在给他父亲作的《先府宾墓志铭》里所说的。列世系表如下：

吴鼎——铭　余姚训导{贞　仁和教谕，卒于天顺八年(一四六四)或成化元年(一四六五)

妻　梁氏

——{锐　字延器，号菊翁，卒于嘉靖十一年(一五三〇)，年七十二。{承恩　张氏出。承嘉　女，徐氏出。

妻　徐氏　　侧室　张氏

先生的家世，和他小的时候家庭生活，虽无考，幸而他有这篇《先府宾墓志铭》，是他"家世旧闻"的惟一材料。所以我在开始写他的年谱以前，先把这篇《墓志》录在这里，并且分段标点出来：

> 先君讳锐，字廷器，先世涟水人。然不知何时徙山阳。遭家穷孤，失谱牒，故三世以上莫能详也。
>
> 曾祖讳鼎，祖讳铭，余姚训导；皇考讳贞，仁和教谕。两世相继为学官，皆不显。
>
> 方仁和君教谕仁和时，先君四岁矣。仁和君梁夫人则挈之如仁和。数月仁和君丧，则又挈之归山阳。
>
> 家世儒者，无资，且颠沛宦游，归益贫。是时先公已有性资，不妄啼哭笑言，但时时向梁夫人索书读。以贫故，逾数岁始

遣就社学先生。社中诸学生率岁时节朔持钱物献社学先生，吴氏不能也。社学先生则勤勤教诸学生书，不教先君书。先君辄从旁听窥，尽得诸学生所业者，于是通小学《论语》、《孝经》矣。社学先生反以为奇，欲遣就乡学。梁夫人闻之，叹曰："吴氏修文二世矣，若此耳，斯孤弱奈何？"于是泣，先公亦泣。

弱冠昏于徐氏，徐氏世卖采缕文縠，先君遂袭徐氏业，坐肆中。时卖采缕文縠者肆相比，率酒食遨熙，先公则不酒食遨游。时众率尚利机械善俯仰者，先公则木讷迟钝循循然。人尝以诈，不之解，反大以为诚。侮之，不应亦不怒。其贾也，辄不屑屑然，且不贰价，又日日读古人书。于是一市中哄然以为痴也。

里中有赋役，当出钱，公率先贯钱待胥。胥至曰"女钱当倍"，则倍。"当再倍"，则再倍。曰"女当倍人之庸"，则倍人之庸。人或劝之讼理，曰："吾室中孰非官者？然又胥怒。吾岂敢怒胥，又犯官哉？"于是众人益痴之。

承恩记忆少小时入市中，市中人指曰："是痴人家儿。"承恩归，恚啼不食饮。公知之，叹曰："儿翁诚痴。儿免为痴翁儿乎？"

及承恩冠矣，先君且年老。见旧时侮先君者，尽改节为敬恭。里中有争斗较量，竞趋先公求平。而折之，亦欣欣去。或胸怀有隐匿，难人知者，即不难公知，且诉以臆。乡里无赖儿相聚为不善，卒遇公，一时散去，皇皇赤发面也。承恩于是喜，从容言曰："此殆痴效与？"先君方食，投箸起曰："儿以我为夷外钩中攫人情乎？"愀然不悦也。承恩益惭愧，恐惧失言焉。

先公尝自言，百不及人，但未尝有机心，故形神不劳。衣食稍温饱，止矣，不顾虑有无。唯日饮酒，然不取醉，三爵后便颓然啸歌。遇好风日，即徐徐负手去，遍历近郊古寺中，或大林下，俯仰徘徊焉。盖终其身未尝入州府。郡太守卮山公闻之，以为贤，乡饮召为宾，不至。三命，然后赴，然频频自谓不敢当也。

性一无所好，独爱玩群籍，不问寒暑雨旸，日把一编坐户内。大官过，亦不知，前驺呵之，乃徐起。自六经诸子百家，莫不流览。独《尚书》左丘明《春秋》未尝一日置也。于诸书训诂声切不甚通悉，然独得大旨要归焉。

居尝逡逡，口不能道辞，乃与人谭说史传，上下数千载，能竟日不休。每读书至屈平见放，伍大夫鸱夷，诸葛亮出师不竟，周子隐战没，檀公被收，岳鄂武穆死诏狱，未尝不双双流泪也。

又好谭时政。意有所不平，辄抚几愤惋，意气郁郁云。晚年特爱菊，自号菊翁，然又不种菊。生来鲜疾病，一日买船泛城西大泽中，意欣欣出门去矣，归即不起。盖嘉靖十一年三月十九日也。

先生字汝忠，号射阳山人。生卒年月现在还没有法子考定，根据承恩的《先府宾墓志铭》，他大约生于一五〇〇年。

弘治十三年、庚申(一五〇〇)，先生约一岁。

先生约生于这一年。

正德三年、戊辰(一五〇八)，先生约九岁。

《先府宾墓志铭》所说："忆少小时入市中，市中人指曰：'是痴人家儿。'"先生曾因此"恚啼不食饮"。大概就在这时候。已引见前。

正德十年、乙亥(一五一五)，先生约十六岁。

先生作《鹤江先生诔》(集卷三页十六下)说："昔受公知，昉于童孺；登门识李，即以斯文见赏。"是他在"童孺"的时候，便受本乡名人蔡昂的赏识。又撰沈坤的父母合葬的墓铭志说：

昔承恩与祭酒(沈坤)俱童稚，同试生儒郡县，一见相钦异。定交数百人中，因互拜其父母。时卓亭公爱十洲(沈坤号)甚，肄之家，谢诸闲往来者；唯承恩至，公辄喜，履履延迓，与对谈今古，洒洒无倦。出嘉羞珍果啖之。(集卷三页十三上)

由以上的记载，可知先生在"童孺"的时候，便受蔡昂的赏识。和沈坤定交，又得他父亲的爱护。那么在乡先辈中，先生幼年时一定被看作一个循规蹈矩的孩子。可是他在《禹鼎志序》里说：

> 余幼年即好奇闻。在童子社学时，每偷市野言稗史，惧为父师诃夺，私求隐处读之。

这样偷看“野言稗史”若给蔡沈两位老先生知道，一定要“诃夺”的。幸而他能偷偷发展他的通俗文学爱好，培养他对于文学的兴趣；这就是他长大时何以要试用文言写成一部传奇式的《禹鼎志》的原因，也就是他后来又试用民间通俗文字，写成那永垂不朽的百回《西游记》的远因。

嘉靖四年、乙酉(一五二五)，先生约二十六岁。

先生大概是在这几年内和他夫人叶氏结婚，因为他在隆庆四年(一五七〇)撰的《贺笛翁太丈七十寿词》(集卷四页二十三下)说：“承恩缔姻门下，余四十年。在行则甚卑，而翁固礼之为上客。”“余四十年”的“余”字，恐有错误；若解作“四十余年”，则缔姻于叶氏约在嘉靖初年，所以系在这年。向觉明先生云：“余四十年”之余字当作馀字解，或即馀字之误植，又可认为今字之误。如原本作余或馀，“馀四十年”，古文中有如此句法，不一定为错误也。

嘉靖八年、己丑(一五二九)，先生约三十岁。

撰《海鹤蟠桃篇》(集卷一页七下)

《序》云：“嘉靖己丑渔石唐公开督府于淮，时太夫人留婺，献岁发春，年盖八十矣。公于是寄图为寿，而命小子制篇。”按渔石名龙，《淮安府志职官表》：“总督漕运唐龙嘉靖七年任。”此称八年方开督府者，大概是七年被任命，八年方到任。存稿有《寄渔石唐公诗》(卷一页十七下)说：

> 綵笔昔曾干幕府，十年淮海忆岩廊。

这时候葛木任淮安知府，他就是很赏识承恩父子的那位卮山先生。说见后。

又《先府宾墓志铭》说：

> (先君)终其身未尝入州府，郡太守卮山公闻之，以为贤，

乡饮召为宾，不至；三命，然后赴。然频频自谓不敢当也。

嘉靖十年、辛卯(一五三一)，先生约三十二岁。

是年，沈坤中举人。

嘉靖十一年、壬辰(一五三二)，先生约三十三岁。

是年春，先生丁父忧。

按《先府宾墓志铭》称先君讳锐，字廷器。生天顺五年七月二十一日，卒嘉靖十一年三月十九日，年七十二。(集卷三页十四至十六)

嘉靖十八年、己亥(一五三九)，先生约四十岁。

撰《留思录》序(集卷二页五至六)

《序》云："松山公守淮郡之明年，以事去郡，又明年改牧黎平。"

按松山是孙继鲁的号。考《府志》《职官表》，继鲁系嘉靖十六年任；明年改牧黎平。他之"以事去郡"，因为什么事呢？承恩不肯明说；徐栻的《孙清愍公继鲁墓志铭》，却说得很明白：

> 公守淮，政成化孚。境内亦遘旱，公祷之，又辄应。民间每晨焚香尸祝之。士曰"我师"，民曰"我父"。有《纪爱录》载政绩为甚详。无何，中官奉命织造江南。道经淮，大作威福，公抗阻之，于是构疏于朝，械逮京师。赖执政夏公桂洲之力获解……调知贵州之黎平。

先生作这篇序文，非常感慨；末了他说："雅承国士之遇。"又说："公既不以恒人遇我。"可见他是很受这位郡公的知遇的。又《存稿》卷三(页四下)有《郡公松山孙公遗爱录画像赞》说：

> 士曰我师，民曰我父；清风穆如，尚友千古。

可见徐栻所引用"士曰我师"云云，便是承恩作的赞语。

又代蔡昂(鹤江)撰《祭章圣皇太后梓宫文》(集卷三页十七下)。

按《明史》卷十八《世宗本纪》："嘉靖十七年十二月癸卯章圣皇太

后崩”，“十八年七月庚申葬献皇后于显陵”。

嘉靖十九年、庚子(一五四〇)，先生约四十一岁。

是年秋蔡昂卒，先生撰《鹤江先生诔》(集卷三页十六至十七)。

按《山阳县志》：昂字衡仲，号鹤江。正德九年进士第三人，侍经筵几三年，卒赠礼部尚书。

秋十月撰《张凤原诸母姚挽诗序》(集卷二页二十三)。

按张侃字巽卿，号凤原子，淮安人。天启《府志》说他著有《凤原集》。

嘉靖二十年、辛丑(一五四一)，先生约四十二岁。

是年沈坤中状元。

按《存稿》卷一有《赠沈十洲》诗(页十六下)当作于是时。诗云：

> 东风朝马散鸣珂，北极晴光带玉河。寒食中官传画烛，春衣侍吏捧香罗。蓬莱雪后烟花满，阊阖天心雨露多。染翰朝朝供研滴，凤池新绿酌恩波。

撰《约庵周公升南京刑部尚书障词》(集卷四页五)。

按约庵名金，武进人。事迹详唐顺之撰的《周襄敏公全传》(《国朝献征录》卷三十一)。又考天启《淮安府志》《职官表》，周金任漕运总督在嘉靖十五年，二十年去任。所以把这篇障词系于这一年。

又撰《杂言赠冯南淮比部谪茂名》(集卷一页九上)。

按南淮是冯焕的号，《淮安府志》有他的传。他中了进士以后授刑部主事，因忤严嵩，谪作茂名知县。居粤三年，升德清知县，又以忤郡守罢职。归乡不久，卒。

我查广东《茂名县志》没有冯焕作知县的年代；但清康熙间修的《德清县志》的《职官表》，冯焕名下注云：“嘉靖二十三年由进士自主事谪任，入觐报罢。”若是嘉靖二十三年是“谪任”德清知县的年月，则他谪茂名应在是年。

嘉靖二十三年、甲辰(一五四四)，先生约四十三岁。

先生中岁贡。

据光绪《淮安府志》卷二十二《贡举表》。

撰《寿魏国徐公子六十障词》(集卷四页二十一)

按徐公子名天赐，详见嘉靖三十三年下。

又撰《大中丞白溪张公归田障词》(集卷四页六)。

按嘉隆万历朝任淮安总督漕运的，有张景华、张瀚、张翀三人。瀚与翀去职后都升了官，惟景华归田，所以白溪应是景华了。我虽没考出景华号白溪，但相信这是不会错的。过庭训《分省人物考》卷九十五有《张景华小传》，说他总督漕运的时候“严氏柄国，荐绅贿赂辐凑其门；景华一无所馈，严以双缣遗之，报如其物，严氏大恨”，所以只好归田了。天启《府志》《职官表》记张景华嘉靖二十一年任，二十三年王伟继任。他归田年月不是这一年，便在前一年。

嘉靖二十五年、丙午(一五四六)，先生约四十七岁。

是年唐龙卒。

按徐阶撰的《唐公龙墓志铭》(《国朝献征录》卷二十五)说他卒在是年七月十九日。

撰《石鼎连句图题词》(集卷三页二十三下)

按《存稿》题作“石鼎连句图”，我据《射阳文存》(页三)补上“题词”二字。

嘉靖二十六年、丁未(一五四七)，先生约四十八岁。

是年春李春芳举进士第一。《存稿》卷一(页十五下)有《赠李石麓太史》：

> 瀛洲高步总神仙，得道由来况有传。甲榜题金龙作首，春堂世彩凤相联。移家旧记华阳洞，开馆新繙太乙编。共许皇猷须黼黻，彩毫光丽玉京烟。

按石麓是李春芳的号，许国撰的《墓志》和王家屏撰的《行状》都作石鹿。《明史》卷一百九十三本传说：“嘉靖二十六年举进士第一，除修撰，入西苑，撰青词，大被帝眷。与侍读严讷超擢翰林学士。”所以我猜想这首诗应该是这年作的，也许在次年。

又撰《寿叶太老夫人八十颂》(集卷一页二十六下至二十七)。

按是年秋九月二十八日为叶淇的夫人孔氏的八十寿辰(她的事

迹，详嘉靖三十三年下）。

又撰《送林户部还朝序》（集卷二页十下）。

按林户部字四岗，名未详。据序中所述，他在嘉靖二十五年管清江关税，次年即去职还朝。

嘉靖二十八年、己酉（一五四九），先生约五十岁。

撰《赠卫侯章君履任序》（集卷二页十三）

章汝隆袭淮南卫中右所千户职，在是年冬十一月甲申，撰此文庆贺他。

嘉靖二十九年、庚戌（一五五〇），先生约五十一岁。

徐中行成进士。

春，先生赴京谒选。

按先生赴京谒选的日期，没有明白记载。这年的春天，有代作《赠学博郑东窗东归序》（集卷二页十四）大约那时候还在淮安，也许作好那篇文章，就动身赴京师。因为《存稿》卷一有《平河桥》、《杨柳青》两诗，都在春天，都像是在进京途中作的。这是他初次离开家乡，所以到京不久，便有思家欲归的意思，有《庚戌寓京师迫于归志呈一二知己》诗云：

> 世味由来已备尝，鸥心宁复到鹓行；纵令索米容方朔，未必含毫象子长。六月车尘惊客鬓，连宵乡梦绕山堂；明珠有赠惭无报，系在罗襦未敢忘。

李春芳《贻安堂集》卷十有《忍庵丁翁传》说：

> 予叨第官词林，射阳吴子贡入都，造予而袖出一帙曰："此予所为吾淮忍庵丁翁状也。既而得告里居，廉翁之义，然后知吴子之言果笃论也。"

春芳自嘉靖二十六年至三十六年都在京师。此文虽没有记年月，但至少可作为承恩在京师时候的参考。

又撰《介祉颂》（集卷一页二十七至二十八）。

这颂是祝沈坤母亲的寿文，没记年月，也没说明是颂她六十或七十的大寿。但是序中提到沈坤得“伦魁之选”。这次作寿又是得了皇上的锡命；若是六十，沈坤还没中状元，所以假定是七十，而系在这一年(先生撰的《沈坤父母合葬墓志铭》，说他母亲卒于嘉靖三十五年，年七十六；所以这一年应是她的七十大寿)。

《序》中又说：“又重以婚姻之谊。”按《沈公合葬墓志铭》说：“我亡子凤毛、祭酒又尝许昏以女。”是指他的儿子凤毛娶了沈坤的女儿(这条是宇文西林先生来书相告的)。

嘉靖三十一年、壬子(一五五二)，先生约五十三岁。

撰《元寿颂》(集卷一页二十四至二十五)。

这颂是祝李春芳父亲的七十寿辰，在是年十一月间。故知是年冬先生犹寄寓京师。《元寿颂序》说：

> 承恩蒙公殊遇，垂二十年。谒选来都，又出公之教谕。值兹嘉庆，良有惬于中也。

《序》中又说到李石麓把他的双亲迎养在京师，所以知道是在京师作寿，在京师撰寿文，就是说这时候，承恩还没有归乡去。

嘉靖三十二年、癸丑(一五五三)，先生约五十四岁。

做长兴县丞。

按先生在何年作长兴县县丞，董作宾的《读西游记考证》根据同治《长兴县志》《名宦传》，称“承恩嘉靖中授长兴县丞”，又审核县丞表的缺额，有嘉靖二四至二五，三一至三四，三九至四五，三个的缺额。他的结论说：

> 我初以为同治志“嘉靖中”的“中”字，当是指二四至二五两年，因嘉靖在位四十五，二十五年正在中间。胡适以为“中”字不当这样拘泥看；况且岁贡在廿三年，而县丞在廿四年，似乎不合情理。此外只有两个缺额了。一是三二至三四年，一是三九至四五年。吴承恩丞长兴，不出这两个时代。胡适主张三九至四五年(一五六〇至六六)之间；因为文人作县丞，大概是迫于贫老，

> 不得已而为之，故此事似以晚年为适宜。况且《明诗综》引李本宁的话，说："此彼其才，仅为县丞以老。"这更可见他作县丞是在老年了。若此说不错，则考证原拟嘉靖末（约一五六〇）为丞长兴之年，竟得一有力的旁证了。

董作宾认为在嘉靖三九至四一年，我最初以为是对的。但突然想到吴国荣撰的《存稿跋》说："（承恩）屡困场屋，为母屈就长兴倅。"依据承恩撰的《先府宾墓志》，说他父亲壮岁纳侧室，我因此想到那时候他的父亲若是三十岁，侧室张氏，至少也应有十五六岁了。他父亲死在嘉靖十一年，年七十二岁，母亲也应该是将到六十岁的人了。若是承恩到嘉靖三十九年，才因为母亲去做长兴县丞，那时他的母亲就要快到九十岁了。活到了八九十的老人固然很多；但是"亲老不远游"，那时他的母亲若还在人世，他大概未便说是"为母屈就"罢？所以我把作长兴县丞的事移到这一年。这一年是先生中岁贡以后第十年，这十年中，他似乎又遭了三四次考试的失败；而母亲渐老，只好进京谋个小差事了。这又与吴国荣说的屡困场屋相合。他从嘉靖二十九到三十一年，都是在北京候选，他在这年选得长兴县丞，虽然没有明文，我想是极有可能的。

关于他在长兴和徐中行唱和一节，也还有案可稽。嘉靖三十二年正月，杨继盛参了严嵩一本，皇帝把继盛打了一百大棍，中行常到狱中去慰问，还送食品给他；因此触怒了严嵩，于是中行就不容易在京师立足。王世贞的《天目徐公墓碑》说：

> 公念父母老，上书乞南曹便养。报闻。会决江北辟，便道归省。

据此，中行归省，当在三十二年办完了秋审以后，他到家乡的时候，应在年尾或次年春天了。以上所考若不错，那时候先生正在长兴作县丞。至嘉靖三十三年先生即去金陵，又可知在次年的春末，或夏初，便解职了。

同治《长兴县志》《名宦传》记他的政绩说：

> 官长兴时与邑绅徐中行最善，往还唱和，率自胸臆出之。丞廨浮沉，绝无攀援附丽，其贤于人远矣。

撰《赠宗万湖令江山诗》(集卷一页五下)。

按《江山县志》卷六《职官表》：“宗杰清河人，举人，三十二年任。”则他所作赠诗应在这一年。

嘉靖三十三年、甲寅(一五五四)，先生约五十五岁。

是年夏先生至金陵，撰《广寿》(集卷三页四下至六上)。

按《广寿》是寿东园公七十的。何良俊的《何翰林集》卷五也有《奉寿东园徐公七十》的诗。考《金陵通传》卷五十，徐天赐字申之，是徐辉祖的玄孙，能文章，喜宾客。在南京城的东角，筑了一个别墅，叫小蓬莱，招名流来饮酒赋诗，有《东园雅集》诗集。这篇《广寿》说“会有京华旅游，淮海浪士，自见金陵丈人”云云，因知先生这时候是在金陵了。何良俊的《何礼部集》卷五也有一篇《东园徐公七十寿序》，由这序更可知道作寿的日子是五月十七日，从这篇文字里，又可看到当时游宴之盛。《序》文说：

> 凡宦于留都者，不问地之散要，公皆折节致敬，送往迎来；岁时伏腊，宴饯馈问如礼。又以第宅不足烦宾客，乃饬治二园，东西相峙；山池亭馆，高下掩映；望之若蓬岛。金陵虽多嘉山水，而二园者，尤以人胜。诸曹卿大夫，每以政务之余，游其园。故今之仕宦者，莫不以留都为乐。以至章缝之儒，湖海之豪，词赋之客，百氏九流之家，抱一艺，挟一策者，莫不慕留都而乐游焉。东园公亦皆一一款接馈还，各当其意；以此名闻天下。

由这些记载可推知先生在金陵时候的交游，可算“入流”。这年沈坤也在南京，以宫谕掌南雍，不久便升了祭酒。

又撰《叶太母挽诗序》(集卷二页二十二)。

按七年前(嘉靖二十六年，一五四七)曾为叶太母撰一篇《八十寿颂》。但叶太母是谁呢？现综合这两篇文字所载的，可知道她的生平：

(一)她是圣人之裔，娘家应当姓孔。

(二)是叶尚书的夫人。

(三)守寡五十余年。

(四)承恩娶她的曾孙女作夫人。

我考查淮安叶氏在这时期只有叶淇于弘治初作过户部尚书，但弘治十四年，他就死了，到嘉靖三十三年凡五十三年，正和第三项守寡五十余年的数目相当。我便猜想这位叶老夫人是叶淇的夫人，但没有旁证。蒙王重民告知：在李东阳的《怀麓堂文后稿》卷二十四，有一篇叶淇的墓志铭，说：

> 公配何氏，赠夫人，继阙里孔氏，封夫人，皆有内行。

那么这位叶老夫人，便是户部尚书叶淇的夫人无疑了。因为她是继室，所以叶淇死的时候，她方才三十四岁，她的丈夫比她大四十二岁。

秋，《题陶云湖画菊卷子》。

上边已考过《叶太母挽诗序》是作于这一年，但没指明所作的月份和地方，但很可能是作于淮安。今按这篇《题陶云湖画菊卷子》上说"嘉靖甲寅之秋，可山契丈过余山斋"，他的山斋应在淮安，不应在南京，这是他夏秋之间又回到淮安的证据，这卷子为可山所得，我还没有考出"可山"是谁。可山又得自王廷瑞，廷瑞也是淮安人，《淮安府志》里没有他的事迹。我考明代姓王字廷瑞的有三个人，一是武进王珀，成化二十三年进士；二是长垣王璠，弘治十二年进士；三是靖远伯王瑺，成化七年卒。虽说时代差不多，但都不是淮安人，再说承恩称"王廷瑞我淮好礼者也"，大概是一个很好交游的财主，没有功名，所以他的事迹不可考了。

陶云湖画的菊花卷子，原有沈周的歌赞。因为陶云湖和沈石田的名字太大了，而吴承恩的名字又太小了，所以陶画沈歌，被鉴赏家们所重视，却把承恩这篇题跋截下来，没人保存，在厂市沉霾了好久，才被知音者用廉价买来。卷末钤着两个印：一是“射阳居士”，一作。又这篇文章不见于《射阳先生存稿》，因全钞在下边：

> 嘉靖甲寅之秋，可山契丈过余山斋，袖出是卷见示，且索题识。展视之，云湖画菊；再视之，则沈石田之所歌赞也。翻阅数过，其菊枝枝朵朵动荡活泼，花神尽为描得。再读题翰，歌调清婉，无一句不快人心，无一字不惬人意。观之令人神爽飞越，便有轻世出尘之想；但不知二公当时挥染有得，其胸中又作何样光景也。王廷瑞我淮好礼者也，往往为四海名公见取，以故墨翰所得为多，今丈得之，亦奇事哉！予因奇其事，顿忘貂续，信不足为大方增重也。谨跋。山阳邑人射阳居士吴承恩。

嘉靖三十四年，乙卯（一五五五），先生约五十六岁。

是年仍游金陵，与何良俊兄弟等游宴，有唱和的诗。

代撰《寿熙台潘公八秩序》（集卷二页十六至十七）。

按潘埙卒于嘉靖四十一年，年八十七，所以知道这篇寿序，应作于是年。

嘉靖三十五年、丙辰（一五五六），先生约五十七岁。

撰《赠翰林院修撰儒林郎沈公合葬墓志铭》（集卷三页十三）

按是年十月二十一日，沈坤合葬他的父母，请承恩作这篇墓志铭。

又代人作《平南颂》（集卷一页二十）。

这篇文字里的年月和人名都空而未刻，我因研究所颂的人物，大概是指赵文华往浙江提督军务的事件。当刻书的时候，严嵩赵文华的案子已经坏了，所以不刻出赵文华名字来。

又撰《贺总制梅林胡公奏捷障词》（集卷四页十一）。

按胡宗宪字汝贞，号梅林，绩溪人。他平徐海在是年八月，故定这篇障词作于是年。

嘉靖三十七年、戊午（一五五八），先生约五十九岁。

春，何良俊辞去南京翰林院的孔目官。

按良俊有诗述怀，先生和许多朋友都和他，详见下一章。

代人撰《重刻金陀粹编序》(集卷二页四)。

按《存稿》没有标明是代人作的，可是我检阅光绪九年浙江书局校刻的《金陀粹编》，这篇序文的署名是“嘉靖戊午三月朔两浙运使前常德府知府南京户部总巡郎中莆田壶涂黄日敬”。所以知道是代黄日敬作的。而且是作于这一年。

嘉靖三十八年、己未(一五五九)，先生约六十岁。

陈耀文作淮安推官。

陈耀文《花草粹编序》说：

> 余飘泊东南，纳交素友淮阴吴生承恩，姑苏吴生岫，皆耽乐艺文，藏书甚富。

先生和陈氏纳交，大概在这一二年内；纳交不久，当即和耀文计划编《花草粹编》，详见我的另一篇文章《吴承恩著述考》。

撰《贺少岩傅公晋秋卿障词》(集卷四页五)。

据这障词前小引所述，傅公是楚人；总督漕运以后，升了刑部尚书或侍郎。考《府志》《职官表》在嘉靖万历间总督淮安漕运的，只有傅颐是沔阳人。又检《沔阳州志》卷九有《傅颐传》，却没说他是号少岩，也没说他做过淮安漕运总督。那篇《传》实在太简略了。天启《淮安府志》说他在嘉靖三十七年任，次年章焕继任。所以我不能不只凭他姓傅，又是楚人，来大胆假定少岩就是傅颐了。

嘉靖三十九年、庚申(一五六〇)，先生约六十一岁。

撰《贺金耻齐翁媪齐寿障词》(集卷四页八下)。

序云：“兹者金穰喜历乎庚申，王历同周乎甲子。”按耻齐当作耻斋。《府志》、《县志》都说：“金滋字耻庵，举人，知赞皇县事。”大概耻斋就是耻庵了。

又撰《寿王可斋七秩障词》(集卷四页二十七)。

序云：“兹者庚申已胜乎三彭，甲子载登七秩。”

按这两个“庚申”，我疑是“庚甲”之误，若是解作庚申年，那是嘉靖三十九年，但是不大可通。现在未见旧本，暂载于此。

嘉靖四十年、辛酉(一五六一)，先生约六十二岁。

撰《赠郡伯养吾范公如京改秩障词》(集卷四页二十)。

按《国朝献征录》卷八十三载陶望龄撰的《淮安府知府范先生槚墓志铭》：槚字子美，号养吾，会稽人。嘉靖四十年卒。又按《府志》《职官表》，他是嘉靖三十八年任的。我推测所谓“如京改秩”的事，当是陶传里所说因上官劾奏他，夺去一阶。可是不久就罢职了。传里仍称他的终衔是淮安知府，可见罢职后不久就死了。此事应在这一年的春初，或前一年的年尾。

嘉靖四十一年、壬戌(一五六二)，先生约六十三岁。

撰《明堂赋》(集卷一页一)。

按赋序说：“今年某月之吉，三殿告成。”又说：“天子嘉靖万年，今方第四十载。”考《明史》世宗本纪：“嘉靖四十一年九月壬午三殿告成。”则三殿落成，实为四十一年，赋云“今年第四十载”者；怕是因为行文的方便，不能举实数的原故。

补《荆府纪善》

吴国荣《存稿跋》说：“有《荆府纪善》之补。”此事不详在何年，诗文内没有很明显的记载。唯有这一篇《明堂赋》，我猜想他是代荆王作的，所以暂系此事于这一年。

是年六月八日，潘埙卒。

代人撰《寿师相存斋公六十序》(集卷二页十五至十六)。

按徐阶字子升，号存斋，卒于万历十一年，年八十一；是年九月辛丑，正是六十岁。

嘉靖四十二年、癸亥(一五六三)，先生约六十四岁。

代撰《留翁遗稿序》(集卷二页六至七)

按谢丕字以中，号汝湖，又号留园野老；故此序称为留翁。序说：

> 嘉靖癸丑待罪守淮阴，汝湖公之子东岩君适倅兹郡。

兹考《淮安府志》《职官表》，刘佑嘉靖四十二年(癸亥)任知府，谢用栻(东岩)四十三年任通判，可知这篇序文，是承恩代刘佑作的。

又撰《开府介川毛公德政颂》(集卷一页二十三至二十四)。

按赵镗撰的《毛公行状》(《国朝献征录》卷四十五)毛公名恺，字达和，号介川，江山人。《德政颂序》云：“嘉靖壬戌介翁督漕政于淮南。”则嘉靖四十一年(壬戌，一五六二)毛恺做了漕运总督。序又云：“今年岁在癸丑爰奉命入掌中台之宪。”是次年毛恺又内调。“癸丑”当为癸亥之误。

嘉靖四十三年、甲子(一五六四)，先生约六十五岁。

撰《通议大夫都察院右副都御史潘公神道碑》(集卷三页九)

潘埙字伯和，号熙台，山阳人。

又代刘畿撰《诸史将略序》(集卷二页二至三)。

序说：“嘉靖甲子恭承上命，总戎务于东南。”

嘉靖四十五年、丙寅(一五六六)，先生约六十七岁。

先生于是年游杭州，曾做《醉仙词》十首，词前有小序说：

> 嘉靖丙寅余寓杭之玄妙观，梦一道士，长身美髯，时已被酒，牵余衣曰：“为我作醉仙词，”因信口十章，觉而记其四。(集卷一页十九)

因知先生游杭州时，曾寄寓玄妙观。诗中无事迹可考，故不具录。

隆庆元年、丁卯(一五六七)，先生约六十八岁。

书归有光撰的《梦鼎堂记》和《圣井铭》，并刻石。

按长兴县最近发现了隆庆元年十月十日归有光撰吴承恩书的两个石刻：一是《梦鼎堂记》，一是《圣井铭并叙》。《梦鼎堂记》见《震川先生集》卷十七，又载同治《长兴县志》卷三十下《碑碣类》。过去和现在都有人想依据这份资料考定承恩官长兴县丞就在这一年。但在这一年，我没有发见有关吴承恩的任何记载，仅知在这以前的二年，即嘉靖四十三年他在杭州为刘畿刻《诸史将略》，四十五年他仍在杭州，住玄妙观，则次年，即隆庆元年，他仍有在杭州的可能。考归有光在这一年正任长兴县令，秋间充浙江乡试外帘官，《梦鼎堂记》正是他在杭州贡院梦鼎的一个吉利故事。因此我认为这份资料不能证明吴承恩与归有光同时在长兴县做官。我疑猜这两个碑文是归有光在杭州请吴承恩写的，或承恩往来于淮安与杭州之间，路过长兴时写的。观其两碑同写于一天，大概是在杭州写的。

隆庆四年、戊辰(一五七〇)，先生约七十一岁。

是年陈文烛任淮安知府。

按文烛字玉叔，沔阳人。吴玉搢的《山阳志遗》卷四(页二十四)引徐中行《与陈文烛书》说：

> 二吴高士，咄咄仲举，设榻待之可也。

这里所说两个高士，其一是指承恩，另一个是指的吴从道。同治《山阳县志》卷十五《流寓传》，有他的传说：

> 吴从道字万山，沭阳人。廪生，世居山阳，与弟从正，皆以善书名。从道兼工诗，情韵高逸，郡守陈文烛折节交之。与邑人吴承恩，皆为文烛上客。

撰《贺笛翁太丈七十寿词》(集卷四页二十三下至二十四)

我没考出笛翁的名字，寿词引文说：

> 我明宫保振其鸿猷，司寇标其淑望。翁司寇之良嗣也。

按宫保是叶淇，司寇是叶贽，贽官南京刑部侍郎；因此可知笛翁是叶贽的儿子。引中又说"承恩缔姻门下"，但是笛翁这年是七十岁，承恩也是已经七十岁左右的人了，笛翁恐不是他的岳丈，不过是他的丈人行。又《存稿》卷一(页十三下)有《寄笛溪叶丈》：

> 秋水沙棠棹，春灯芍药歌。物情悬旧赏，离梦绕沧波。通籍朱门近，传时北雁过。长安对明月，应念故山萝。

这大概是叶笛溪客京都时，承恩寄赠他的诗。

隆庆五年、辛未(一五七一)，先生约七十二岁。

撰《胡内子张孺人六秩序》(集卷二页二十一)

读这篇寿序，可知张孺人是胡西畹的夫人，胡西畹是胡琏的孙子，承恩则是胡琏的学生。胡家本来是江西新喻人，寄居在山阳的。

又考《山阳县志》《流寓传》，胡琏的孙子知名的应思、应澂、应嘉等。不知西畹是哪一位的号。

又代人撰《寿师相中玄高公启》(集卷三页二十四下)。

按高公是高拱，他卒于万历六年(一五七八)，年六十七岁，隆庆五年是他六十大寿。这年是辛未，所以《寿启》说："岁履逢辛。"

隆庆六年、壬申(一五七二)，先生约七十三岁。

撰《德寿齐荣颂》(集卷一页二十五下)

这是庆贺李春芳太翁太母八十大寿的颂文，序云："隆庆壬申我老师石翁相公既得辞机轴，怡家庭，娱侍太翁太母，寿皆晋八秩矣。"这和嘉靖三十一年撰《元寿颂》庆祝他们六十初度的正相合。《明史》卷一百九十三李春芳本传也说："春芳归，父母尚无恙，晨夕置酒食为乐。"是两相符合的。

万历元年、癸酉(一五七三)，先生约七十四岁。

撰《赠邑侯念吾高公擢南曹序》(集卷二页十一)

按《山阳县志》：高时，济阳人，隆庆六年任，万历元年去职，又考《济阳县志》：

> 高时字念吾，隆庆戊辰进士，初任山阳令。

是年徐中行过淮安，与先生及陈文烛论诗论文于韩侯祠内。

陈文烛《存稿序》说：

> 往陈子守淮安时，长兴徐子与过淮。三人者(先生与陈徐二人)呼酒韩侯祠内，酒酣，论文论诗不倦也。汝忠谓文自六经后，惟汉魏为近古，诗自三百篇后，惟唐人为近古。近时学者徒谢朝华，而不知畜多识；去陈言，而不知漱芳润，即欲敷文陈诗，溢缥囊于无穷也，难矣。徐先生与余深韪其言。

按李炤的《天目徐公行状》说：

今上（神宗）登极，公入贺。万历癸酉（元年，一五七三）升福建副使。

神宗是隆庆六年六月（一五七三）即位，他从云南入贺，不一定经过淮安，但次年由北京去福建，是一定经过淮安的，所以他们三人在韩侯祠论文的聚会，定在这一年。

万历二年、甲戌（一五七四），先生约七十五岁。

邵元哲于是年任淮安知府。

按元哲号古愚，桂阳人。

万历三年、乙亥（一五七五），先生约七十六岁。

撰《寿邵元哲》诗（集卷一页十四上）。

诗前小序说："郡公古愚先生，治淮郡之明年，化治政成，三月丁酉，是惟初度。邑士某等，怀授馆传经之德，谋所以称庆者，相属赋诗。"

则这首诗是邑中诸生公举他作的。

万历五年、丁丑（一五七七），先生约七十八岁。

是年邱度举进士。

按度字志中，一字汝洪。他是邵元哲提拔起来的学生，承恩的表外孙（宇文西林说"邱度的母亲，是沈山的女儿"），后来替先生刻《存稿》四卷。三人关系，见先生在是年撰的《赠郡伯古愚邵公报政序》（集卷二页八至九）。

按邵元哲于万历二年到任，五年秩满报政。他治淮共三年，他是好官，又是很风雅的人。《存稿》卷一（页十五上）有《邵郡公邀同郭山人饮招隐庵》一诗，姑系在这一年，以见他们闲时的乐趣。诗云：

水环幽榭绿渐渐，暖日从游二妙兼。秋社欲催玄鸟去，晴沙喜见白鸥添。斜阳野望移前席，量树轻阴入半帘。多谢山公怜病客，许陪高逸侍清严。

据这诗末二句所称，可见先生已是年老多病的人了。

又代撰《双松丁公墓志铭》(集卷三页十一至十二)

按双松是丁儒的号，字希贤，清河人。他的儿子丁士美，号后溪，官至吏部左侍郎。

万历六年、戊寅(一五七八)，先生约七十九岁。

是年邵元哲升了山东副宪。先生撰《送郡伯古愚邵公擢山东宪副序》(集卷二页九下)。

按序中自述他和邱度的关系，和邵公之器重邱度。度事已详万历五年下。

万历七年、己卯(一五七九)，先生约八十岁。

撰《瑞龙歌》(集卷一页八)。

董作宾据府志的《祥异》《山川》二志，和王世贞作的《蜕龙潭记》，考定这歌作于这一年。

万历十年、壬午(一五八二)，先生约八十三岁。

先生大概即死在这一年。

在《射阳先生存稿》有万历庚寅(一五九〇)夏日陈文烛的序，第一句说“吴汝忠卒几十年矣”。也可以考定吴承恩死在万历十年(一五八二)。

附录　汪馥泉先生来信

(上略)　吴氏生平，我的看法，是否可以推迟数年?

1. 吴氏说：“昔承恩与祭酒(沈坤)俱童稚，同试生儒郡县。”沈坤生于正德二年，如定吴氏生于弘治十三年，相差七岁，太多些。是否可定吴氏生于正德元年左右?

2.《石鼎联句图》所云：“少小时”，假定为十五、十六岁；“二十余年”假定为二十四、二十五年，则如定吴氏生于正德元年左右，加上十六岁，再加上二十五年，可以到嘉靖二十五年。如定吴氏生于弘治十三年，照上述假定的十五、十六岁及二十四、二十五年，只能到嘉靖二十年左右。如“少小时”假定得年龄更小点，“二十余年”假定为二十二、二十三年，那便到不了嘉靖二十

年了。（下略）

汪馥泉　1957 年 3 月 28 日

——据作家出版社 1958 年版《古典小说戏曲丛考》

【评　介】

刘修业（1910—1993），字君寄，福建福州人。1932 年毕业于燕京大学中文系，1933 年初进入北平图书馆工作，编制国学、文学等论文索引，因而与王重民先生相识。1936 年，与王重民同赴法国抄录敦煌资料。1937 年 4 月，在巴黎与王重民结婚，婚后即往伦敦大学进修。1939 年与王重民同赴美国，两人先后在美国国会图书馆和普林斯顿大学葛思德图书馆鉴定馆藏的中国善本书籍并加以著录。1947 年回国，继续在北平图书馆工作。1953 年调入中国科学院哲学社会科学部历史研究所，编辑《中国史学论文索引》。1966 年退休。1975 年王重民去世后，刘修业主要倾力于王重民先生遗著的整理出版工作。1993 年，刘修业先生在北京逝世。

刘修业的学术成就，除图书目录学之外，还集中于中国古典小说戏曲研究。早在与王重民先生同赴美国鉴定汉籍期间，刘修业即接触了不少明人文集和明清时的地方志，因之开始从事古典小说与戏曲的研究。她取得了很大的收获，这方面的论文主要结集为《古典小说戏曲丛考》一书，1958 年由作家出版社出版。其中，尤以对《西游记》作者吴承恩的研究最为卓著，连续撰写了《吴承恩年谱》、《吴承恩交游考》、《吴承恩著述考》、《吴承恩论著杂事考》等考论文章。又首先对吴氏别集《射阳先生存稿》（1930 年发现于故宫博物院，连载于《故宫周刊》，后由故宫博物院图书馆印出单行本）进行整理辑佚，相继作有《吴承恩诗文事迹辑录》、《吴承恩诗文集序跋辑录》、《校点吴承恩诗文集叙例》、《吴承恩诗文集后记》（以上四者见《吴承恩诗文集·附录》，古典文学出版社 1958 年版）。刘修业的吴承恩研究起自 20 世纪 40 年代，一直延续到新中国成立后，她在这一领域里的出色工作，上继鲁迅、胡适等“五四”学人，下启新中国成立后成长起来的一代学者，实为承前启后的集大成者，她是现代《西游记》研究界继鲁迅、胡适、郑振铎、孙楷第等之后的最后一位大师(今人竺洪波对此有中肯评价，见氏著《四百年〈西游记〉学术史》)。

从整体而言，刘修业的吴承恩研究主要倾力于三个方面：一是继承并大为坚实地论证了由鲁迅、胡适提出的吴承恩为《西游记》作者这一命题；二是以编年的方式展现了吴承恩的人生经历；三是对吴承恩的诗文杂著加以辑校考证。刘修业以这三个方面构筑起吴承恩研究的系统规模。就第一方面而言，鲁迅、胡适考订吴氏为作者的文献依据其实相当有限，主要的只是天启《淮安府志》、同治《山阳县志》、吴玉搢《山阳志遗》、阮葵生《茶余客话》等有数的三四种(后二者还是转相征引)。而刘修业在此基础上广泛搜讨，苦心考证，据《吴承恩诗文集》附录《吴承恩诗文事迹辑录》所列，她搜集的有关吴承恩写作《西游记》的材料达 14 种之多，无疑大大地充实和印证了鲁、胡二人当年所论。后来者无论立场如何，都不能无视这些论据的存在。就整理、考订、校点《吴承恩诗文集》而言，刘修业自当居功至伟，她以故宫所见《射阳先生存稿》为底本，广为参校，深加考辨并搜寻遗文，使吴氏存世的诗文作品更为清晰、丰满和富于关联性地展现在今人面前，为研究吴承恩其人提供了至为坚实的第一手资料。尤为值得注意的是，刘修业第一次将《射阳先生存稿》中一篇为《禹鼎志》所作的自序与吴承恩写作《西游记》联系起来。刘修业推测《禹鼎志》是一部“以传奇法，而以志怪”的叙事作品，其“体例是仿牛僧孺的《玄怪录》和段成式的《酉阳杂俎》而作”，并认为“由这篇序可见他原是喜奇闻的，极容易使我们联想到《西游记》”(《吴承恩著述考》)。在《吴承恩年谱》中，刘修业进一步将吴氏创作《禹鼎志》视做“他后来又试用民间通俗文字，写成那永垂不朽的百回《西游记》的远因”。刘修业对《禹鼎志》的重视与胡适对《二郎搜山图歌》的解读(见《〈西游记〉考证》)，都成为论证吴氏作者身份的有力证据并具有一定的示范意义。

在刘修业的吴承恩研究中，最为出色和富于创见的当推她对吴承恩生平的考述，这方面的成果有《吴承恩交游考》、《吴承恩著作杂事考》、《关于吴承恩生平及〈花草新编〉三则》、《吴承恩传》、《吴承恩生平述略》等，就中最有代表性的则是《吴承恩年谱》。为历史人物撰著谱牒年表一类的生平资料，最能见出撰者的严谨态度和知识积累，而为古代小说作者编撰年谱则尤为困难，其原因当然还是由于说部的被轻视，致使其作者落魄沉沦而声名不显。相对而言，在明代的“四大奇书”中，《西游记》的作者虽仍存争议，但毕竟吴承恩见于各种载记的资料不少，他与当时的文界名流颇有往还，其本人又有别集传世，故为吴氏编制年谱一类资料较之其他几部“奇书”的作者更具有可操作性。实际上，在为明清小说作者尤其是通俗小说作者所作的相关生平资料中，吴承恩的年谱的确是最多的，至今已有五份，最早的撰著者为胡适，其后有赵景深和刘修业，新时期以来则有苏兴和刘怀玉。刘修业所编的《吴承恩年谱》在其中可谓承前启后，具有尤为重要的价值。

刘修业《吴承恩年谱》作于20世纪40年代中期，她在胡适简要的年表（只涉及5个年份且考证简略）和赵景深略有拓展和补充的年表（涉及23个年份）的基础之上对吴氏生平作了较大幅度的考订，《吴承恩年谱》记录的有效年份达39年，已占吴承恩83年生命历程的一半左右的时间。刘修业之所以能够增订如此之多的人生系年，主要是她充分利用并考证了刚发现不久的吴承恩别集《射阳先生存稿》，虽然她自己对《射阳先生存稿》中作品反映吴氏真实胸臆的程度仍不能满意，如她说：“可惜他（吴承恩）贫苦一生，不能不作些‘笔墨耕耘’，吴玉搢的《山阳志遗》卷四说：‘一时碑版暇祝赠送之词多出其手。荐绅台阁诸公，皆倩为捉刀人。’所以我们分析这四卷《存稿》，真自他胸臆流出来的文字，又未免太少了。因为这四卷中有三卷是散文，而百分之五十，是‘暇祝赠送之文’，百分之四十是‘为人捉刀’的。仅有百分之十是写自己思想的好文字。”（《吴承恩交游考》）但是实际上，她仍然充分利用了这些“暇祝赠送之词”和“倩为捉刀”之作，来编制吴承恩的履历。因此，刘修业所制的这份《吴承恩年谱》最大的特点便在于较为详尽地考订了吴氏的生平交游。而我们不要忘记的是：吴承恩是位功名蹭蹬、仅以岁贡之身充任过一县之贰的中下层士人，他的大部分光阴在闲居中度过，亦未长远地离开家乡，所以他的人生自然缺少事功却不乏闲游往还，他以较为出色的文才受知于当世，为刀笔之佣和稻粱之谋正是他人生的呈现形态。以此论之，《射阳先生存稿》中的酬应文字乃真实地记录了吴承恩生命的印迹，而要将这些牵连甚广的人与事考证出来，则非具广博学识与精深功力者莫办，刘修业恰为出色地完成了这一任务。在此基础上，刘修业还著成《吴承恩交游考》一书，孙楷第先生称之为“三十年来研究小说史有数的著作”，并推许道：“修业先生这部书最得力的地方，就是把《射阳先生存稿》里所出的别号，一一考出来，知道某一别号属于某一人。结果，许许多多生疏的人，都在纸上活跃起来了。无关重要的应酬文章，也成了有用的重要史料了。沉埋在下寮，一生不得意的吴承恩事迹，本是极不容易明白的。这时，因为明白了他的师友渊源之故，也完全明白了。”（见《吴承恩诗文集》附录）将这些话移用来评论《吴承恩年谱》的价值，亦恰当其实。所以可以说，偏重于吴承恩交游事迹的考订，是刘撰《吴承恩年谱》最大的特点，而广泛精深地利用集部文献（包括吴氏文集和其友人的文集）是其材料占有方面最大的长处，这当然有别于主要利用传统史部文献（如方志、笔记等）的一些文史学家，而刘氏所得的成果也似较优于他们。但也应看到，刘修业主要倾力于吴承恩文集中送赠之文的考订并以此勾勒吴氏生平，这便使得《吴承恩年谱》主要反映了吴氏的文事交游活动，而于他者则较略甚至阙如，这既是刘撰《吴承恩年谱》的特色，也可以说是某种不足。但无疑，这是学术条件的局限所使然，是难以完全避免的。

在具体的考订成果方面，刘修业既有遵循前人通说之处，亦有自出心裁之见，姑举两例概之。

其一，对于吴承恩举岁贡之年。鲁迅谓“嘉靖甲辰岁贡生，后官长兴县丞”，嘉靖甲辰为嘉靖二十三年（1544），所据为光绪《淮安府志》的《贡举表》，这是学界的一般看法，刘修业在《吴承恩年谱》中亦采此说。后来苏兴在其所撰《吴承恩年谱》（人民文学出版社 1980 年版）中对此提出了异议，认为此说起始于董作宾《读〈西游记〉考证》，鲁迅乃受其影响，而实际上，光绪《淮安府志》的《贡举表》中并未明确记载吴承恩于此年成为岁贡，董氏及鲁迅等人乃皆因未能详审此表体例而致误。苏兴所定吴氏岁贡时间反与董作宾文章之缘起——胡适的《〈西游记〉考证》相合，胡适认为在嘉靖中（约 1550），苏兴则具体考订为嘉靖二十九年（1550），理由是，此年吴承恩曾离家赴京一次，并引吴氏诗作《庚戌寓京师迫于归志呈一二知己》中“鸥心宁复到鹓行”一句，认定“吴承恩既然不是进士、举人，那么入京而能有机会被排入‘鹓行’之列，非贡人都是绝不可能的”。而刘修业的《吴承恩年谱》因将岁贡时间置于嘉靖二十三年，故将吴氏嘉靖二十九年的赴京视做入京谒选，并云“这是他初次离开家乡，所以到京不久，便有思家欲归的意思，有《庚戌寓京师迫于归志呈一二知己》诗云……”，此处既云初次离家，那么嘉靖二十三年的岁贡之贡便未赴京，似不好解释。总之，上述刘、苏两谱之异见，所用材料大致相同却各成道理，难分轩轾，然而刘谱引据《淮安府志》未加考辨，一循前人；苏谱则于无疑处有疑，颇见细致，似乎稍胜，但后出转精，亦所当然。

其二，对于吴承恩任长兴县丞之年。吴承恩一生仕途不显，只以岁贡身份出任过浙江长兴县丞之职，学界一般认为其时在嘉靖末年，胡适所作吴氏年表即云“嘉靖末（约1560）”，苏兴则定在嘉靖四十五年（1566），而刘修业却将这一时间提前了十余年，定在嘉靖三十二年间。刘修业最初亦甚认同旧说，但后据吴国荣所撰《射阳存稿跋》中“（承恩）屡困场屋，为母屈就长兴倅”一语，推测道：“他父亲死在嘉靖十一年，年七十二岁，母亲也应该是将到六十岁的人了。若是承恩到嘉靖三十九年，才因为母亲去做长兴县丞，那时他的母亲就要快到九十岁了。活到了八九十的老人固然很多；但是‘亲老不远游’，那时他的母亲若还在人世，他大概未便说是‘为母屈就’罢？所以我把作长兴县丞的事移到这一年。这一年是先生中岁贡以后第十年，这十年中，他似乎又遭了三四次考试的失败；而母亲渐老，只好进京谋个小差事了。这又与吴国荣说的屡困场屋相合。他从嘉靖二十九到三十一年，都是在北京候选，他在这年选得长兴县丞，虽然没有明文，我想是极有可能的。”这一忖度，逻辑清晰而合理，可以成立。此外，刘修业还提出了《长兴县志》中所载吴氏在任上与徐中行唱和的一则材料，以证成此说。但随着史料的不断发现和充分利用，刘修业的这一推断亦遭到新的质疑，如苏兴即从破与立两方面提出了若干论据，详细地重申了嘉靖末年说的不误。但刘修业之说足以自成一家，而她大胆打破旧论，勇于提出新见的精神则尤其可贵。

综上，刘修业的吴承恩研究以吴氏别集为核心，同时广泛参看其友人如朱曰藩、李春芳、何良俊、王宠、徐中行等人的文集，并与方志材料相互印证，于是，便将诸多零碎分散的人与事与文勾连成为较具系统的体系，以相对丰满的形象呈现于世人面前。如果说发现《西游记》的作者是吴承恩的功劳应当归于鲁迅、胡适等人的话，那么，发掘吴承恩生平事迹的功劳，则主要应该归于刘修业。她是其同时代人中研究吴承恩成就最大者，她在该领域里披荆斩棘，筚路蓝缕，为后来者开辟了道路，奠定了基础，她的许多关于吴承恩的论述，至今在学术界仍有重要影响。

刘修业《西游记》论著目录：

《吴承恩年谱》，载《古典小说戏曲丛考》，作家出版社 1958 年版。

《吴承恩交游考》，载《古典小说戏曲丛考》，作家出版社 1958 年版。

《吴承恩著述考》，载《古典小说戏曲丛考》，作家出版社 1958 年版。

《吴承恩论著杂事考》，载《古典小说戏曲丛考》，作家出版社 1958 年版。

《吴承恩诗文集》，古典文学出版社 1958 年版。

《关于吴承恩生平及〈花草新编〉三则》，载《西游记研究》第 1 辑，江苏淮安《西游记》研究会编。

《吴承恩传》，载《西游记研究》第 2 辑，江苏淮安《西游记》研究会编。

《吴承恩生平述略》，载《文史知识》1990 年第 9 期。

《西游记》札记

张天翼

关于题材、主题和作者的态度

一

《西游记》(杨志和的四十一回本和吴承恩的百回本)以前的作品，现在我们可以见到的，有《大唐三藏取经诗话》(商务印书馆“标点宋人平话”本，不全)，有吴昌龄的杂剧《唐三藏西天取经》(上海杂志公司《元人杂剧全集》第四集)，都是写取经故事的。

“似取经故事，自唐末以至宋元，乃渐渐演成神异，且能有条贯，小说家因亦得取为记传也。”(鲁迅《中国小说史略》164页)

那么《西游记》故事，是大约六百年来(从唐末到明代的杨志和和吴承恩)流传于民间，经过许多人创造、取舍、增删、修改、加工，才发展成这个样子的。

二

我们知道玄奘是一个历史人物。他到印度去求经，其实并不是奉旨，倒是“结侣陈表，有诏不许”。别人都退缩了，只有他不灰心，做好了一切准备，一个人偷偷地出了境。经历了许多艰难困苦，游了五十余国，经过十七年，取了佛典六百多部回国。于是组织译场，从事翻译，到死为止。

他的一个学生(慧立)写了一部传记，叫做《大唐慈恩寺三藏法师传》①(十卷，有支那内学院印本)。看了这部传记，就知道玄奘是个很有毅力，不肯对困难低头的人，而且是个伟大的翻译家。是这样一个人物。

假如我们写起这个题材来，我想，大概谁都会着眼在这一方面的。我们得好好表现出他那“诚重劳轻”的意志力，他的工作精神等等，不是么。

可是那时所流传的取经故事——却不这样处理。那些作者有意无意地在这个故事里掺进了一些奇迹，越掺越多，致使这个历史故事变了质，成了神魔故事。而玄奘这个人物也就渐渐变成了神，不是原来的凡人了。

至于我们所注意的玄奘的那些品质特性，只不过是一个凡人的品质特性——这对于一位有诸天佛神护佑的唐僧(玄奘)，还有什么必需呢?因此它们在这故事里就渐渐褪了色，一直褪到没有，而换上了别的东西：一切艰难困苦都化而为妖魔，而克服困难的力量则是神的力量了。

这样，玄奘对困难的斗争，就变成了神与魔的矛盾和斗争。

三

这类故事是怎样写出来的?

当然，神魔在现实中并不存在，是作者想象出来的。可是想象，首先就得有原料——要拿他在现实中所见所闻所感受到的东西来做原料。然后他凭自己的好恶、看法、希望等等，从这大堆原料里选出一些他所中意的和对他有用的来，重新组织、加工，而创造出想象的或

① 在我国古代的传记文学里，还没见过像《大唐慈恩寺三藏法师传》这样完整的大部头的作品。其中虽然有许多地方是佛教徒的渲染和幻想(有些地方是对某些自然现象的不了解而演为奇迹，有些地方则是把这位玄奘法师神化了)，但大致是真实的纪事。可以看出玄奘之为人，他的学习精神和工作精神等等。关于他在旅途中怎样克服困难——尤其是从西出国境到高昌国的一段，写得非常动人。从文体上，也可以看出初唐的作者怎样徘徊于骈、散之间。

幻想的东西。

人们总是按照自己的生活方式、想法等等，去设想天堂地狱的。

所以这些神魔故事——不论作者自己有没有意识到——总会或多或少，或显或隐，或深或浅，或正确或歪曲地反映出某一时代社会生活的某些方面：而这，当然是通过当时某一阶级或阶层人的思想感情来反映的，因此这些故事里面同时也就表现了某一阶级或阶层的感情态度（爱什么，憎什么）和批评态度（肯定什么，否定什么），或是表现了他们的理想（例如一个好天堂之类）。

这取经故事里所写的：一边是神，神是高高在上的统治者，上自天界，下至地府，无不要俯首听命。一边是魔——偏偏要从那压在头上的统治势力下挣扎出来，直立起来，甚至于要造反。天兵天将们要去收伏，魔头们要反抗，就恶斗起来了。

这就使我们联想到封建社会的统治阶级与人民——主要是农民——之间的矛盾和斗争。

那些作者是不是有意地明确地借天界佛神来描写地主、贵族和皇帝，借妖怪们的造反来描写农民起义呢？那可很难说。我们只是说，当时封建社会（鸦片战争以前）的主要阶级关系和矛盾，在这里多少是给反映了出来的；而且，这故事愈经演变，愈发展，这一点就给反映得愈明显。到了《西游记》，我们甚至于要猜想作者是多少有意识地来表现这一点的了。

四

根据我们现在看得到的东西（慧立写的传，散见于《太平广记》里的传说片段，以及《大唐三藏取经诗话》、《唐僧西天取经》杂剧，到四十一回本和百回本的《西游记》），则这取经故事自唐末以来的“渐渐演成神异”，我想，也许可以叙述成这样——

起初不过是把玄奘稍为神化了一下（连慧立写的传里都有这个倾向）。这说不定就是一些佛教信徒传开来的：古时候的宗教僧徒往往不大愿意把自己的祖师描写成一个凡人。而有神必有魔，后来这神魔故事一发展，就在神与魔的矛盾和斗争里反映出当时统治阶级与人民的矛盾和斗争，于是一些卫护封建统治阶级“正统”的脚色就有心无心地加以修造和加工，这就渐渐成了一个惩恶劝善的故事了——这里的所谓“善”“恶”，当然是封建统治阶级所谓的“善”“恶”。

你看，胜利总是在统治阶级神的那一方面。连孙悟空那样一个有本领的魔头，终于也投降了神——叫做“皈依正道”。他保唐僧到西天去取经，一路上和他过去的同类以至同伴作恶斗，立了功，结果连他自己也成了神——叫做成了“正果”。

神是正，魔是邪，而邪不敌正：这就构成了这个取经故事的主题（这在“取经诗话”和“取经”杂剧里就已经很明显了）。

可是，这个故事也和其他许多神魔故事的命运一样，它既然流传于民间——也就是流传于农民和市人（手工业者、小商人，以至军士、皂隶、落魄士人、流民等等）之间，就渐渐地变得不那么简单，不那么纯粹了。因为这个故事在流传之际，这些老百姓就也有心无心地照自己的意思来描写、取舍、增删、修改、加工。老百姓自己也来参与这个故事的创作工作。

主题仍旧没有变：正邪相争，而邪不敌正。但至于正统方面究竟是怎么样个“正”法，邪统方面又究竟是怎么样个“邪”法，哪一方面的人可憎，哪一方面的人可爱——老百姓却有自己的看法，有自己的态度。他们凭自己的好恶、看法，来描写那两方面的人物、生活、活动等等。一些流传于民间的神魔故事，往往就会这么逐渐变了样子，那里面的妖魔就越变越可爱了——有的甚至变成了正面的英雄人物。

取经故事就是这样的。发展到《西游记》——不但和《取经诗话》（似乎是摹拟佛经故事的）简直是两种作品，就是比起《取经》杂剧来，精神面貌也大不相同了。

如果说《取经》杂剧还是一部唐僧传，那么《西游记》里真正的主人公却成了孙悟空。如果说《取经》杂剧里的诸天佛神都给描写成那么庄严妙相，而魔头们多半是些瞎胡闹的脚色；那么《西游记》里的诸天佛神却都给描写成那么可笑可憎（作威作福而又昏庸、欺软怕硬），而魔头们里面倒有些可爱的脚色。

总不会有哪位读者由于《西游记》的影响，而至心朝礼起玉皇大帝或如来佛或太上老君来的吧。我们读者心里倒是向着大闹天宫的孙悟空，同情着在高家庄招亲做庄家的猪刚鬣，以及失去了爱儿的牛魔王和铁扇公主等等，而惋惜他们的失败。在《西游记》所写的这个世界里，所谓“正”“邪”之分并不是凭的什么合理不合理，正义不正义，而是凭的暴力。

于是，就这方面说来，《西游记》就成了这么一种作品：在那原来的卫护封建正统的故事主题和题材里，却多多少少表现了人民的反正统情绪。同一主题和题材，也是可能写出意义不同、作用不同的，有时甚至是相反的作品来的。

《西游记》就是这么矛盾的一部作品。

五

问：如果说这个故事是经过民间作者的创造的，那么那些民间作者大可以把这个矛盾解决好，比如说，来一个翻案：孙悟空大闹天宫——不让他失败，而让他胜利，如何？

可是，孙悟空是怎样胜利的？而胜利之后又将怎样？——这是作者不得不首先搞清楚的问题。

我们假如批评那些参与《西游记》创作的民间作者，说他们本应该让孙悟空去明确地知道农民革命的目标和依靠什么阶级，那是可笑的。我们知道，那时的历史还没有发展到可以使他们创造出这样的人物来。那时(鸦片战争以前)的农民起义，还往往只是自发性的行动，起义的农民往往提不出一个明确的要求，当然更无从自觉到自己就是历史的真正创造者了。

因此《西游记》的作者们只会让孙悟空去闹闹天宫。而究竟要闹出怎样一个局面来，起先连孙悟空自己也都模里模糊。直到如来佛问起他，他这才忽然想到了玉帝的尊位(第七回)——“只教他搬出去，将天宫让与我，便罢了。”

这就不难明白第二个问题(胜利之后又将怎样)了：假如孙悟空闹成了功，那也不过是玉皇大帝改姓了孙，就像刘邦朱元璋之乘着农民起义运动的高潮而爬上了龙位一样——自己成了地主头儿和统治者，而农民又照样被那换了姓的主子剥削着压迫着，终至于又闹造反。

那时的作者们从历史上所能见到的，不过如此。至于每次的农民起义战争在历史上多少会起些什么进步作用，他们是还看不出来的。

那么，这些作者即使来一个翻案，写孙悟空闹天宫胜利了、成功了，那也不过是把“正统”从失去宝座的那位玉帝那里夺过来，奉给新登宝座的这位玉帝而已：那仍旧成了卫护封建正统的故事主题。那么，还是不可能解决这部作品的矛盾。

现在孙悟空造反不成，作者们就只看见有这么两条路摆在孙悟空面前：或者是像赤眉、黄巾、黄巢、方腊他们那样，被地主统治阶级血腥镇压下去了；或者是像《水浒》(百回本或百二十回本等)里所写的宋江他们那样，受了地主统治阶级的“招安”。

《西游记》写孙悟空走了后一条路。

当然，至于投降以后又怎么样，则各有不同。比如，《水浒》是写宋江他们征了辽，为“朝廷”出了许多力，立了功之后，一百单八个弟兄中间起了分化，而居官的宋江吴用他们终于为统治阶级所害。而《西游记》——却写孙悟空三弟兄终于成了“正果”，只是在成“正果”的过程中，展露出一些矛盾，把诸天佛神那些统治者的面貌勾下来，嘲笑了一番而已。

不但如此，即使这些作者暴露了嘲笑了封建的统治者们，我们也还是不能认为他们是在明确地反对封建主义或是反对封建阶级。他们还不可能有这样的认识。甚至他们脑袋上还难免多多少少给箍上了当时统治思想的“紧箍儿”，不得不承认封建的统治阶级的“正统”(此外他们不知道有什么正统)。只是一接触到实际，一接触到具体的人物和生活，他们就不期而然地对统治者们流露出憎恶和鄙视，而在被压迫的邪统这一边感到了一些亲切的属于自己的东西。

所以，不但作者解决不了《西游记》主题问题上的矛盾，而且我们还发现：这部作品里有些地方作者的立足点是模糊或混乱的：有时候被压迫阶级里的脚色也受到了作者的糟蹋，统治阶级里的脚色有的也受到了作者的赞美——例如观世音菩萨(虽然这也许另外还有原因)①

---

① 观世音大概是在民间最受欢迎的一个菩萨了。我小时候看见浙江的一些信佛的农村妇女，嘴里念的虽然是“南无阿弥陀佛”，有兴趣的可还是观音菩萨，(接下页注释)

(接上页注释)一开口就谈不完，好像谈着自己的姐妹似的那样亲切。观音之受爱戴，总由来已久了。慧立的《玄奘传》(卷一)里就说到玄奘在万分困难之际念观世音菩萨名号，后来学会了《心经》之后，才觉得念《心经》更有力量些，而《心经》里的“观自在菩萨”其实就是“观世音”的另一译名。

观世音究竟是怎样一个人物，为什么这样受人欢迎?

《法华经》里描写了几个大乘佛教里的理想人物，观世音菩萨就是其中之一。我们看看鸠摩罗什译的《妙法莲华经·观世音菩萨普门品》(这是比较流行的一种译本)吧，这里写出了一位救苦救难的菩萨。能够救哪种人的苦难呢?——

若复有人，临当被害，称观世音菩萨名者，彼所执刀杖，寻段段坏，而得解脱……设复有人，若有若无罪，杻械枷锁，检系其身，称观世音菩萨名者，皆悉断坏……

这些苦难，都是社会矛盾和斗争所引起的，而且是被压迫被迫害的人民才会遭受的苦难。偈语里可写得更露骨:

或遇王苦难，临刑欲寿终，念彼观音力，刀寻段段坏。或囚禁枷锁，手足被杻械，念彼观音力，释然得解脱。

这“观音力”简直是目无“王法”，和王者对抗了。而且他“于布畏急难之中，能施无畏，是故此娑婆世界，皆号之为施无畏者”。

还有值得注意的是，这里至多只提到了商人的苦难(如为了觅宝而“入于大海”，或“赍持重宝，经过险路”，观世音菩萨可以保险)，可是没有一个字提到帝王、贵族或地主们的苦难。他不但救苦救难，能施无畏，而且——

咒诅诸毒药，所欲加害者，念彼观音力，还著于本人。

那么，观世音菩萨简直是个复仇之神了。

不记得在什么书上看来的了，说是苏轼有一次在佛印那里看了这几句偈语，认为后面两句太厉害，想改为“念彼观音力，两边皆无事”。佛印首肯，云云。要是真正这么一改，观世音菩萨当然要温和得多(从一个打破枷锁的复仇的“施无畏者”变而为一个和事老)，可是在老百姓心目中就要疏远得多了。

这样一个人物——解救苦难的力量的化身，大无畏的复仇力量的化身——而使老百姓感到亲切，那是不足怪的。

[比较一下《法华经》里另一个人物——叫做“常不轻菩萨”——对一切损害和侮辱都甘心顺受，而且还恭恭敬敬地告诉对方:“我不敢轻于汝等，汝等终当成佛。”(大意如此)这位菩萨在我们民间就一点也吃不开]

《法华经》里还写观世音菩萨有时“现妇女身而为说法”，民间传说里就渐渐使这“妇女身”固定下来，终于成了一个妇女。在《三教搜神大全》里就有了一个很完整的故事了，说她是一个国王的三公主，因为抗婚，父王要烧死她，要杀她，而她“色不变而志愈坚”。她被囚到冷宫里，大家苦劝，她不听，“反失语激父，父大怒”，立命斩讫。虽然写她的反抗是为了“欲了人间事”(要出家)，而且那结果是公式化的(照例是由于一些奇迹而得救)，可是总写出了一个非常坚决顽强的反抗到底的女性——为民间所喜爱所歌颂的性格。就这样，这几乎成了个传统:在民间作品里出现的观世音菩萨，总往往是正面人物，而且往往是妇女。就连《西游记》——对天界的哪一位佛神都讽刺揶揄，可是对观音就是另外一种态度，把她写得可亲近，有的地方还写得很美。

六

上面所谈的那些，还只是从一个假设出发的（假设《西游记》里的故事全部创自民间）。实际上，我们知道，这个故事的创造是经过种种人（不同阶级的）之手的。而最后把它写成现在流行的百回本《西游记》的，是吴承恩[约1510（或1500）—1580]，留下来的作品还有诗文集《射阳先生存稿》①（有故宫博物院印本）——他就是一个文人，所谓士大夫流（见《中国小说史略》168页，《小说旧闻钞》56～63页）。

虽然在他以前，已经有了关于取经故事的许多情节（口头的或文字的或演出的），到了杨志和本又经过一番选择和组织，而成了一部完整的长篇结构，可是"杨志和本虽大体已立，而文词荒率，仅能成书；吴则通才，敏慧淹雅，其所取材，颇极广泛……讽刺揶揄则取当时世态，加以铺张描写，几乎改观"（《中国小说史略》169页）。所以百回本并不是简单地仅由选材编写而成的，而实在是这位诗人的天才创作。这以前，还没有见过哪一家写幻想的神魔故事能写得像这么生动，这么艳异多彩，而又这么亲切，这么吸引我们。

"又作者禀性，'复善谐剧'，故虽述变幻恍忽之事，亦每杂解颐之言，使神魔皆有人情，精魅亦通世故，而玩世不恭之意寓焉。"（《中国小说史略》173页）

在这里，天界的统治者们——玉皇玉帝、太白金星、托塔天王，以至太上老君、如来佛等等，都成了作者"讽刺揶揄"的对象了。

但当然，不能说作者这就是站到被压迫的造反的这一边来了，更不能说他是在明白地反对封建主义或反对封建阶级。士大夫阶层里这

---

① 这部《存稿》里可找不出一点和《西游记》的创作直接有关系的消息。可是我们如果要研究研究这位作者，却可以从这里得到一些有用的资料。可以知道他的家世（见《先府君墓志铭》等篇），知道他还写过一部《禹鼎志》（也是小说之类，见《禹鼎志序》）。又有些篇数表现了他对于当时社会世态的批评（《贺学博未斋陶师膺奖序》），他的美学见地（《序伎赠写真李山人》），以及他的丰富的想象和幻想（例如《金陵客窗对雪戏柬朱祠曹》、《海鹤蟠桃篇》、《二郎搜山图歌》几首诗）——这令我们联想到《西游记》，虽然后者要生动多彩得多。

些个别有见地有正义感的分子，可能对封建主义还是忠心耿耿的；他们的批评统治者们，也许不过像焦大之骂贾府而已。他们也许不过是希望封建的统治者能够更好些，更争气些，更高明些而已——纵使如此，可是，只要他们的批评真正是中肯的，尖锐的，只要他们真正暴露了统治阶级的真面目，真正击中了统治阶级的痛处——那么，这样的作品，在这方面是合乎人民的要求的，是可以和人民情绪起共鸣的。

这样的作者，要是他敢于批评，敢于正视现实，敢于说真话，而且肯去亲近并尊重民间作品，那他就能够从前人所遗下的材料里面去选取那些属于人民的东西，选取人民凭自己的爱憎所创造出来的东西——因为这正是于他合用的有力的批评武器（而且作者自己既然是士大夫流，他比农民和市人更熟悉更了解统治阶级里那些人物，那么只要他深入现实，忠于现实，并且有用老百姓喜闻乐见的形式来表现的能力的话，就也可能在原有的民间作品的基础上再提高些，写得更深刻些，更尖锐些）。

就在这一点上，《西游记》作者和人民——即令出发点彼此不同，即令跨过这一点再往前走的方向也彼此不同，但目前就在这一点上——彼此不约而同地会合了，不知不觉地联结起来了。老百姓觉得这是属于他们自己的作品。

关于现实性和幻想、寓意等等。

《西游记》里的那些神魔——孙悟空、猪八戒、托塔天王、太白金星等等——都是现实中所不存在的幻想出来的脚色，甚至于很荒唐。但这只是外表。至于这些脚色的实质，他们的性格、思想、感情、活动等等，那的确是现实生活里所常见的那几号"人"。幻想的形式，现实的内容。而这里所说的现实性，比起前面所说（一般神魔故事自然而然"总会或多或少，或显或隐，或深或浅，或正确或歪曲地反映出某一时代社会生活的某些方面"）的那些现实性来，却有更明确、更积极、更直接的现实意义。《西游记》里所写的，其实是那时的一些社会相，只不过采用了原来的神话材料，通过神话形式来表现而已。

关于魔头们的形象。孙悟空是个猴子，猪八戒是个猪。我们知道，这用来表现这两个“人”的猴和猪的形象，并不是随便乱凑的；要是把孙悟空弄成一个呆头呆脑的猪身，而把猪八戒写成活蹦乱跳的猴子，就不适合。为什么用猴子形象来表现孙悟空这号人物就会适合呢？这是由于这号人物和猴子在某几点上有某种程度的相类似，容易使人发生联想之故。否则，人物性格和形象就不统一。

但要注意，这些相类似——只是在一定的某几点上，在一定的程度上。一超过这一定的限度，就成问题了。究竟人是人，猴子是猴子。超过一定的限度，人的内容和猴子的形象之间就会不对头。

要是到了这么一个关头——要顾到写“人”，就会写得不像个猴子；要顾到写得像个猴子，就会写得不成其为“人”——作者该怎么办呢？

作者要写的如果是文学创作，而不是关于动物形态学的科学报告的话，那他就应当顾到写“人”。在这里，现实性和真实性的问题是在于“人”的内容，而不在于猴或猪的形象。

我们这里所说的“人”，当然不是指什么一般的抽象的“人”，而是指现实性的具体的人——他们是生活于一定的历史时期里的，有他们的阶级性和阶层性，而这阶级性和阶层性是通过他们的具体的个性来表现的。

还有关于所谓微言大旨的问题。

当然，像所谓“悟一子”“悟元子”之流那样，把《西游记》看作一部深奥的谈禅讲道的书，是可笑的。可是我们姑且承认《西游记》是有所寓意的吧，“以猿为心之神，以猪为意之驰”等等，以及三藏讲的“心生种种魔生，心灭种种魔灭”等等(《中国小说史略》174 页)。假定如此，那么《西游记》是一种“借外言之”的“寓言”，意在此(心意)而言寄于彼(猿、猪)。为什么可以意在此而言寄于彼呢，因为作者在这彼(猿、猪)此(心意)之间，看到有某些方面在某种意义上有某种程度的相类似——否则这寓言就会不知所云。

即使我们这样假定，但也要注意，这些相类似——也只是在一定的方面，在一定的意义上，在一定的程度上。一超过这一定的限度，矛盾就暴露出来了。这类寓言，它本身原就是两重性的：一边是譬喻者或象征者，一边是被譬喻者或被象征者，而这二者又各属于不同的范畴。超过一定的限度，这二者之间就会发生矛盾、冲突。

要是到了这么一个关头——要顾到阐明“三界唯心”的大道理，就不可能把孙悟空猪八戒这些人物写得真实而具体；要顾到把这些人物写得真实而具体，就会把“三界唯心”的大道理撂到一边去——作者该怎么办呢？

这种寓言形式有这么大的限制性，要用来写一大部现实性的史诗，简直是不可能的。作者所写的如果是现实性的史诗，而不是关于本体论和认识论的哲学文字的话（这只要把孙悟空猪八戒拖来打一个譬喻就行，不用多费笔墨去描写他们自己的生活），那他就得撂下他那套“大旨”，来顾全孙悟空猪八戒这两个人物。就是说，如果要把孙悟空猪八戒这两个人物写得真实而具体，就决不能把他们死死地依附在那被譬喻被象征的东西（心意）上，而应当让这两个人物能够独立地存在，让他们像活人一样有自己的生活，有自己的性格、思想、感情、活动等等，有自己的发展。

《西游记》正是这么办的。不管作者原来的意图如何——是不是旨在“明心见性”，但照他所表现出来的看，却是活生生的人物，是生活。这样，就有了现实性。

只是在回目上用了些“心猿”、“本性”、“二心”等字样而已。有些回目——如“外道迷真性，元神助本心”（第三十三回），“群魔欺本性，一体拜真如”（第七十七回）等等——我疑心是各种各色（或释，或道，或理学）的“悟一子”“悟元子”之流窜改的，想用回目来点出“大旨”，而其实和内容不相干（光看回目，决想不起是些什么内容）。

再看作者的写“群魔”——倒是个个都有来历，有下场，而其魔之所以为魔，也交代了那种种原因。那么这“种种魔”就不是由唐僧的“心”所生，也不是唐僧的“心”所能控制的了。即使三藏此心真正能够寂然不动，也还是有“群魔”要闹出事情来的。这“群魔”明明是客观存在，是统治阶级的对立体。这么着，这部作品有了这样的现实性——这现实性就恰恰否定了“心生种种魔生”的说法。

《西游记》里还有这样的话头：

“人心生一念，天地尽皆知。善恶若无报，乾坤必有私。”——凡两见：第八回，第八十七回。

假如作者抽象地概念化地来处理这"天地"和"乾坤"——它们虽然被作者拟人化，可并不是现实性的具体的人，而只是超出世间一切利害关系之外的公正无私的最高裁判者——那么，也许可能使读者相信这四句话，而乖乖地听命于天，小心在意地皈依"正道"，不敢生什么"犯上"作乱的念头。

可是《西游记》作者不这样处理。他却把这"天地"、"乾坤"的代表都写成有血有肉的活生生的"人"；这些天界的神道们并不是什么超出世间一切利害关系的无私的裁判者，而是自己亲身参加到这利害斗争中的一个集团——而且这个集团也不能算是"善"的代表。

孙悟空之所以败于玉帝他们之手，难道是由于孙悟空作了什么"恶"而得的报应么？我们说，一点也不是。作者笔下的孙悟空，是一个现实性的具体的"人"(并不是一个抽象的概念的恶魔化身)，使我们了解他的性格、思想、感情、欲求、活动：我们不但不觉得他这是"恶"，而且还觉得他可爱，同情他，心向着他。他的失败，更不是什么"恶"不敌"善"，只是由于种种原因，力量不敌而已。

那么，那四句话写在这个地方——不论作者主观意图如何，但就这作品所表现的人物及其生活来看——那"善"、"恶"和"无私"等字样是应当带上引号的，因为它们恰恰成了一种讽刺。

那么，这很明白：正由于《西游记》里写出了人物，写出了他们的性格、思想、感情、欲求、活动，写出了神道们怎样个"正"法，魔头们怎么样个"邪"法，而孙悟空他们"弃邪归正"之后又有什么矛盾(思想方面和行动方面)等等——这样，才表现得出哪边的人可爱，哪边的人可憎，才表现得出人民的反正统情绪。

假如作者不去接触具体的人物和生活，不去接触现实，而只是概念化地来处理这个主题——神是正，魔是邪，而邪不敌正——这部作品就会成了地主统治阶级惩恶劝善的滥调。

如果说，《西游记》在这方面是多多少少表现了些人民性，那么这人民性是通过现实性表现出来的。在这里，概念化和人民性是互不相容的。

——据作家出版社1957年版《〈西游记〉研究论文集》

【评　介】

如果说以鲁迅、胡适、郑振铎、孙楷第等为代表的现代《西游记》论坛的第一代学者主要以扎实精深的旧学功力着眼于《西游记》的外部研究如作者问题、版本问题、成书过程问题等，为更为深入的内部探析打下了坚实的文献基础的话，那么，新中国成立之初，学者们在普遍的理论学习热潮中，积极投身于对小说文本的思想价值的评价方面，则清晰地划分出现代与当代学术界的不同治学路数。这一时期的《西游记》研究成果，既体现了理论探讨的深度和文本分析的细致程度，也不免打上了鲜明的时代烙印，为后来庸俗社会学和机械阶级论的泛滥开了口子。作家出版社于 1957 年编辑出版的《〈西游记〉研究论文集》基本上反映了新中国成立初期（实际上亦是“文革”之前）《西游记》研究的精华，该书收录论文 17 篇，写作时间在 1953—1956 年（以原刊物发表时间为准），涉及的问题虽不算广泛，但时代特色明显，列于首篇的是时任《人民文学》主编、作协党委成员的张天翼的《〈西游记〉札记》一文，此文可以作为该时期《西游记》研究的一篇代表性作品。

张天翼（1906—1985），现代著名作家，原名张元定，字汉弟，号一之，笔名张天翼、张天净、铁池翰等。祖籍湖南湘乡，出生于南京，在杭州读小学和初中，1925 年到北京，次年考入北京大学预科，后因家境贫苦而退学，当过家庭教师、小职员、记者和编辑等。1927 年加入中国共产党，1929 年发表《三天半的梦》登上文坛，开始职业写作，1931 年加入左联。抗战爆发后，一直在长沙等地从事抗日救亡工作和文艺活动。新中国成立后历任中央文学讲习所副主任、中国文联委员、中国作家协会书记处书记、《人民文学》主编等职。代表作有童话《大林和小林》、《宝葫芦的秘密》、《秃秃大王》，小说《华威先生》、《包氏父子》、《鬼土日记》等。他的童话在中国现代儿童文学史上占有重要地位。从 20 世纪 30 年代起，张天翼还发表了不少具有新颖独到见解的理论批评文章，出版有文艺论著《谈人物描写》、《文学杂评》、《张天翼文学评论集》等。

从以上简要的履历不难看出，张天翼是在中国共产党培养下成长起来的知识分子，其年辈固与鲁迅、胡适等有前后之别，在教育经历和工作经历上亦与同辈的孙楷第、刘修业、钱锺书等有左右之异，这些自然会反映在他的文学创作和研究之中。这在《〈西游记〉札记》一文中就表现得很分明。这篇《西游记》研究的专文吸取了鲁迅等前辈学者的考证成果，在小说作者方面既充分肯定吴承恩的重要地位，又全面承认民间累积的成书方式，并在此一结论基础上展开自己的论述。对于小说版本，则未加涉及。文章完全属于内部研究的范畴，而最为突出的特点则在于：张天翼第一次运用唯物主义的阶级分析方法来解读《西游记》，把小说中的神魔斗争描写视做现实世界中对立阶级间的阶级斗争的反映，认为小说的主题就是“封建社会的统治阶级与人民——主要是农民——之间的矛盾和斗争”，而作者（包括历代民间的编创者和小说最后的写定者）的态度（以及清代诸笺评者所认为的作者大旨）则具有颇值得分析玩味的意涵。在具体行文中，张天翼从题材描述入手，进而追溯主题形成的历程，在此基础上着力解析了作者的态度问题，最后加以引申，探讨了小说的现实性与幻想寓意、微言大旨与实际描写间的关系，从而涉及文学理论的一般规律。文章的以上结构思路颇具体系，并非仅如文题所示的“札记”云云，我们逐次加以评述。

由玄奘西行求法的宗教史实逐渐演变为唐僧西天取经的神魔故事，其间经历了不短的传承历史和不少的意识汇聚。张天翼认同这一历代累积型的小说编创形式，认为求法的艰难困苦和克服这些困苦的坚毅精神乃是逐渐地神化、幻想化为妖魔和神佛两股对立的势力与形象的，而随着题材的演变，故事的主题亦相应地发生变化——“神是正，魔是邪，而邪不敌正：这就构成了这个取经故事的主题”。自然，在题材和主题改造的进程中，将何者作为正统的神，何者作为邪统的魔，是既受创作者主观意愿的规约也受社会客观条件的制约的，用张天翼的话说就是“这些神魔故事——不论作者自己有没有意识到——总会或多或少，或显或隐，或深或浅，或正确或歪曲地反映出某一时代社会生活的某些方面：而这，当然是通过当时某一阶级或阶层人的思想感情来反映的，因此这些故事里面同时也就表现了某一阶级或阶层的感情态度（爱什么，憎什么）和批评态度（肯定什么，否定什么），或是表现了他们的理想”。这一论断的关键词“社会生活”和“阶级”，明确地标示出张天翼使用的马列文论之方法。

但是，既然承认小说的世代累积性质，就必然要连带承认小说编创者阶级身份的多元化和他们的“社会生活”的多样性，因此张天翼认为，小说的主题便不那么单一了。小而言之，“老百姓却有自己的看法，有自己的态度。他们凭自己的好恶、看法，来描写那两方面的人物、生活、活动等等”，“就这方面说来，《西游记》就成了这么一种作品：在那原来的卫护封建正统的故事主题和题材里，却多多少少表现了人民的反正统情绪”，这是微观描写与宏观主题间的矛盾。大而言之，即《西游记》的真正主人公孙悟空的人生历程所反映出的作者的意识，也不免有矛盾之处。如果说前七回大闹天宫中的齐天大圣代表的是农民起义的英雄，那么后来取经路上的孙行者则是被招安的宋江之流，所谓“皈依我佛”其实就是投降到正统的阶级之中去，所谓“成正果”也无非是以鲜血染红的顶子而已。虽然在“成正果”的过程中，孙悟空兄弟三人也时常“展露出一些矛盾，把诸天佛神那些统治者的面貌勾下来，嘲笑了一番”，但就大节而言，孙悟空已由农民起义的英雄蜕变为农民革命的叛徒。张天翼以此提出了《西游记》主题矛盾说，或称为孙悟空投降论，他认为“《西游记》就是这么矛盾的一部作品”。

张天翼既然将大闹天宫视做封建社会农民起义的艺术投影，也就不难解释《西游记》的作者们对于这场声势不小的“起义”的结局只有有限的几种选择，无非是起义成功了的改朝换代、起义失败了的血腥镇压以及起义被利用了的招安受降。张天翼认为，这一结局无论怎么写，都难免走到偏于封建正统的意识上去。孙悟空被戴上紧箍而护驾西行，不仅为唐僧取经加入了极富神异色彩的人物，而且是小说情节发展的必然要求。可以说，《西游记》主题的矛盾性是必然的，因为当时的社会生活没有给作者们提供更大的超越性。不难看出，张天翼如此分析的根基是深深扎于现实土壤之中的，也是充分考虑到《西游记》的世代累积性质的。那么，另一个问题是，作为小说最后写定者的吴承恩其人之地位又当如何？他的思想意识在小说文本中又占有怎样的分量？文章第六节专门探讨了这一问题。

张天翼对吴承恩的定位是“文人”、“士大夫流”。一方面，吴承恩的出色工作使得小说变成“这位诗人的天才创作”，“这以前，还没有见过哪一家写幻想的神魔故事能写得像这么生动，这么艳异多彩，而又这么亲切，这么吸引我们”；另一方面，作为士大夫中比较清醒的一类，吴承恩的创作也仍是深深基于民众意愿之上的，即具有相当的人民性。“只要他们的批评真正是中肯的，尖锐的，只要他们真正暴露了统治阶级的真面目，真正击中了统治阶级的痛处——那么，这样的作品，在这方面是合乎人民的要求的，是可以和人民情绪起共鸣的。”也就是说，反映于小说中的吴承恩的思想意识，既有其个人性的一面，也有其阶级性的一面，这阶级性除了他自己所属阶层之外，也可能超乎其上而表达了民众阶层的意识，从而“就在这一点上，《西游记》作者和人民——即令出发点彼此不同，即令跨过这一点再往前走的方向也彼此不同，但目前就在这一点上——彼此不约而同地会合了，不知不觉地联结起来了。老百姓觉得这是属于他们自己的作品”。

至此，张天翼已经充分讨论了《西游记》的题材和主题演变之历程以及主题矛盾的形态及其原因，对于作者的态度，也已经按照民间的作者和最后的写定者分别加以了考察。这其中，唯物主义的阶级分析方法是其最重要的理论依据，张文因此具有相当的代表性，是那一时代自觉而相对有效地学习、运用马列主义文艺观点研究古代文学的优秀之作，他所提出的《西游记》主题矛盾说也引起了不小的反响，引发了一场学术论争。我们不能因其时代特色过于鲜明，便抹杀其学术价值和学术史意义。

值得注意的是，虽然张天翼用以分析《西游记》主题的基本理论是阶级观点，但是唯物论在他的文艺主张中似乎更具有一种解释的张力。比如，在张天翼看来，小说《西游记》的主题与其具体描写之间存在一些矛盾，之所以存在这些矛盾，一是由于这部小说乃是在民间广泛而久远的流传基础上产生的，它必然积淀了复杂多元而不免矛盾的思想意识。二是由于一个忠于现实的写作者，在进行文学创作时，并不是也不可能完全按照事先考虑好的所谓意图、大旨去塑造人物、安排情节、组织语句，只要“一接触到实际，一接触到具体的人物和生活，他们就不期而然地对统治者们流露出憎恶和鄙视，而在被压迫的邪统这一边感到了一些亲切的属于自己的东西”，这也就是我们常说的“形象大于思维”，活生生的现实超出了冷冰冰的意识。张天翼在这里接触到了文艺创作的一般规律，并以此探讨了神魔小说写实与幻想的关系问题，他进而对清代诸多笺评本所标榜的云遮雾罩的各类寓意说进行了清理。虽然张天翼眼中的现实性是与人民性相联系的，或者说“这人民性是通过现实性表现出来的。在这里，概念化和人民性是互不相容的”，但在较浓的政治意识之外，他还是以清醒的现实主义文艺观念对清人的各种误读予以拨正，还文学以文学的本来面目，将形象置于小说分析的核心地位。我们认为，这些或许正是本文更有价值的部分，虽然它们并不系统而纯以“札记”的形式呈现。

张天翼《西游记》论著目录：

《西游记札记》，载《人民文学》1954 年第 2 期，收入《〈西游记〉研究论文集》，作家出版社 1957 年版。

《西游记》的主题和孙悟空的形象

李希凡

一

《西游记》在我国文学史上，是一本浪漫主义色彩较浓的小说，是我国许多“神魔”小说中最杰出的一部。虽然在它的主题思想里，也渗透着“所谓义利邪正善恶是非真妄诸端”的神秘说教，它又毕竟是一本小说，影响读者较大、感人至深的东西，是它的特别富有艺术魅力的故事情节和人物。这本神魔小说写了很多佛神鬼怪，而且也确实歌颂了佛法无边，这是它的消极面，我们需要批判地对待。但是，它的重心还是在写唐僧师徒四众取经的故事，实际上着笔最多的又是孙悟空，尤其是前七回，作者是集中力量来写孙悟空的。猪八戒当然也是一个写得成功的人物。而从他的性格的主要方面来看，作者不过是把他作为和孙悟空对照的形象来写的。所以，他的性格刻画得愈深刻，也愈加映照出孙悟空性格的光彩。

从我国文学史上的神话创作来看，孙悟空是一个被创造得最完整的神魔英雄的形象。作者从一开始，就给这个富有现实意义的神魔英雄形象，创造了一个色彩缤纷的神话环境，带有浓郁的浪漫主义色彩。在那“十洲之祖脉、三岛之来龙”景色优美的花果山，发生了一个奇迹：“正当顶上，有一块仙石。其石有三丈六尺五寸高，有二丈四尺围圆。三丈六尺五寸高，按周天三百六十五度；二丈四尺围圆，按政历二十四气。上有九窍八孔，按九宫八卦。四外更无树木遮阴，左右倒有芝兰相衬。盖自开辟以来，每受天真地秀，日精月华，感之既久，遂有通灵之意。内育仙胞，一日迸裂，产一石卵，似圆球样大。因见风，化作一个石猴，五官俱备，四肢皆全。便就学爬学走，拜了四方……”

这神话般的奇迹所诞生的神话般的石猴，自然不是无故来到这世界上的。因此，他一诞生，作者就给他的未来埋下了一条伏线——他的出世，威胁着那神统治着的世界：“目运两道金光，射冲斗府。”惊动了那坐在天宫宝座上的玉皇大帝。这小小的神话插曲，看来是微不足道，它却是“闹天宫”的前奏。正是这“当时不以为然”的“天产石猴”，后来高唱着“皇帝轮流做，明年到我家”的叛逆之歌，把天宫搅得天翻地覆，险些儿使玉帝老儿坐不稳他的灵霄殿。

这石猴出世以后，立刻显示了不平常的勇敢，发现了水帘洞，被群猴尊为美猴王。这美猴王虽然在“仙山福地，古洞神洲，不伏凤凰管，又不伏人间王位所拘束，自由自在”地生活着，但他还是不甘心，忽然“道心开发”，想“躲过轮回，不生不灭，与天地山川齐寿”，终于访师求道，学得了七十二般变化，十万八千里的斤斗云，降龙伏虎的广大神通，于是，向正统神权开始了进攻。那平日作威作福的正统神权统治者，在这“天生圣人”面前，显得多么懦怯狼狈，连玉皇大帝也只好招安他封官赐爵。可是，正统神权总是不会重用“异端”的，正像封建统治者招安农民起义英雄一样，招安只不过是欺骗，而英雄的孙悟空却偏偏要用自己的力量战胜这种蔑视，又两次闹了天宫，偷蟠桃，窃仙丹，败天兵，高举着叛逆的旗帜，大打出手。直到玉皇大帝请来了“佛法无边”的如来佛，才算把他压在了五行山下。其力、其勇、其智，确实被表现得既鲜明又突出，而环境的创造、氛围的烘托、幻想的丰富，都达到了非常完美的境地，这是其他神魔小说所不能比拟的。

我们只从孙悟空所生活的这个天上世界的环境来看，就没有任何一部神魔小说像它一样的这样完美。应该说，一个严整有序的天上世界，是《西游记》的首创。当然，《西游记》能创造这样一个天上世界，也吸收了很多其他神魔传说的创造（譬如《封神演义》的封神榜的传说，在《西游记》作者安排神的世界上，就起过很大的作用），但是，只有在《西游记》里，才具现出如此完整的艺术境界。这个天上世界作为一个至高无上的存在，它被表现得具有无限威权，神圣不可侵犯（自然从现实基础来看，它是反映了封建制度社会结构的特色）。在这个天上世界里，是佛、道、神的共同存在。神的最高权威——玉皇大帝，是神鬼人世界的统治者。他统治着天上人间四大部洲的生灵万物。而在三十三天之上的道祖太上老君，他虽然并不“统治”谁，却以得道的“全真”成为另一种威权的存在。当然，在《西游记》里，被描写得虽无“统治权”却是至高的存在的，是“西方极乐”的佛世界。它的存在的权威性，在于它是至高无上的“善”（实际上是神权统治的最大帮凶），因而，在善恶正邪的斗争里，佛是扮演着最为重要的角色。

这个多彩而又复杂的天上世界，真是被创造得像人类社会一样的井然有序，而又有着丰富的幻想色彩，真实的如生活的存在，虚幻的如万花筒，生活和幻想融成浑然一体。但是，《西游记》描写它的客观意义（至少在前七回），却不在于颂扬它的至高无上的存在，相反的，是通过对于它的“无上威权”存在的生动描绘，突出地刻画了他的英雄人物孙悟空。孙悟空的英雄行为（在前七回）和神的世界是相互对立的。他的英雄行为，恰恰是对那表面上神圣庄严世界的强烈的反抗。因而，神的世界愈被描写得赫赫然无上威权，而和孙悟空的英雄形象对照起来，也愈加暴露出他们的腐朽无能。在这种环境与人物的相反相成的艺术创造里，神的世界不仅没有成为无上权威的存在，反而成了孙悟空打出打进的战场。英雄的孙悟空，以他的力、勇、智闯入了神的世界。一条如意金箍棒，打遍诸天神将，把天宫闹得地覆天翻，无人能敌，最后是佛、道、神联合起来，费尽气力才把他捉住。然而，他的叛逆和不逊、大胆和勇敢，却依然给读者留下了深刻的印象。《西游记》的作者，正是从人物和环境的对立情势里，突出创造了孙悟空的英雄性格。如果我们把《西游记》看做一本神话小说，把孙悟空看做一个神话英雄，那就必须区分出《西游记》所创造的“神话”，和古代神话有所不同。在这里，神的权威受到了明显的怀疑和攻击。在神话性质的浪漫主义作品里，《西游记》注入了战斗的叛逆性的内容，并交融着更加强烈的社会现实的特色，这是使它的英雄形象更光辉、更接近生活理想的主要之点。

贯串在《西游记》里的这种战斗的叛逆性的内容，当然并不是凭空产生的，而是烙印着它的时代的特色，反映着产生它的时代的现实生活的社会关系的特点。在孙悟空的性格里，更重要的，是体现着从社会斗争的复杂关系中幻化出来的英雄理想。孙悟空和天上世界的所谓神魔的斗争，分明是封建社会阶级斗争的升华。神的统治者，神的统治机构，不过是中国富有特征的封建统治者、封建统治机构的幻化，而孙悟空也恰恰是人的叛逆英雄的理想化。实际上《西游记》的作者是按照社会现实的面貌复制了他的神话境界。从孙悟空的访师求道，到闹龙宫、闹阴司、闹天宫，到被压在五行山下，很像一个英雄的传奇。在这个神话的英雄传奇里，映照着极强烈的现实生活的色调。人们仿佛看见了这样的社会关系，一支英雄的农民起义军，像水浒义军一样，起而反抗封建统治者，所向无敌，几次招安，几次反叛，但是，终于又在封建势力的包围下失败了。尽管“刀砍斧剁”，“枪刺剑刳”，“放火煨烧”，“雷屑钉打”，都莫想伤及其身(因为人民的反抗意志是消灭不了的，《西游记》这样描写孙悟空被捉后的形象，正是有意无意对于人民反抗力量的热情颂歌)，终究还是被压在封建大山的下面了。

这样概括这个神魔英雄传奇的现实意义，也许是太简单化了。但是，如果在现实社会关系里，没有这样的英雄斗争，那么，也就不会有这样的神魔英雄传奇。孙悟空这种神魔英雄的悲剧(前七回)，分明是反映着现实生活的社会阶级斗争的英雄悲剧。由此可见，孙悟空这个神魔英雄形象，所以特别生动感人，绝不仅仅是由于它的幻想的翅膀飞翔得特别高，而恰恰是由于他的丰富幻想的根底里，渗透着强烈的现实生命力，才更容易激起人们对于斗争的联想，唤起人们对于勇于斗争的英雄理想的向往。

而参与斗争的另一方，那占据着不可抵抗的神权统治世界的佛、道、神，站在这样一个英雄的对立面，却显得极端昏庸和可笑。那个所谓“高天上圣大慈仁者”的玉皇大帝，实际上却只像人世间昏庸的封建皇帝一样怕硬欺软，出尽了懦怯相。而诸天神将，也和那腐败的封建统治者的军队没有什么不同，平时可以作威作福，到了战事临头，却只是一群不济事的草包，被孙悟空打得落花流水。他们的“庄严妙相”，只能构成对神权世界的强烈的讽刺。

总之，《西游记》作者通过从现实阶级斗争关系幻化出来的神话世界，既创造了一个具有巨大艺术生命力的叛逆形象，也深刻地暴露了神权世界的腐朽。在它的丰富的浪漫主义幻想里，融合着战斗的现实生活的光辉。

二

不过，引起纠纷和难于理解的，并不是孙悟空的前期的性格，而是在七回以后，孙悟空的性格和《西游记》的主题的变化。被压在五行山下的叛逆英雄，在皈依佛教的条件下被释放了，他的斗争仿佛不再是反抗神的正统，而是保唐僧去西天取经。表面看起来，这“皈依”就是对他过去“反抗”的叛变。孙悟空的这种性格前后“不统一”的现象，在《西游记》研究者中间，也引起了不同的评价意见。有的同志认为，在七回以后，《西游记》的主题有了转化。从孙悟空的性格来看，作者集中力量刻画了他的不怕困难、不畏险阻的坚忍卓绝的毅力和那种忠于一定事业的伟大精神，透过神话的主题，歌颂了中国人民征服自然和征服困难的英雄气魄。有的同志认为，七回以后，仍然反映着激烈的阶级斗争的复杂关系。叛逆者的孙悟空投降了，也成了神道的卫护者，反转来为了神而惩罚别的“魔”和“邪”。就像水浒英雄降宋后，征王庆、田虎、方腊一样，是一个互相残杀的悲剧。像张天翼同志在《〈西游记〉札记》里就曾说过：“你看，胜利总是在统治阶级神的那一方面。连孙悟空那样一个有本领的魔头，终于也投降了神——叫做‘皈依正道’。他保唐僧到西天去取经，一路上和他过去的同类以至同伴作恶斗，立了功，结果连他自己也成了神——叫做成了‘正果’。”

这两种意见都各有自己的道理，我比较同意前一种意见。当然，张天翼同志的看法，也是有所依据的。从故事和性格的发展来看，前后确实是有所关联的。被压在五行山下的孙悟空，已经五百余年“不能展挣”，为了挣脱这“度日如年”的重压，在无可奈何的情况下，他同意了“入佛门，再修正果”，保护唐僧去西天取经。一路上受尽了各种磨难，不仅要冒着生死艰难，降妖诛怪，卫护唐僧，而且头上还戴着受治的紧箍儿，偶一不慎还要被唐僧念咒惩罚，真是屈居人下，大有被征服者的味道。在孙悟空的这种遭遇里，不能说没有渗透着失败者的悲剧气氛。但是，也不能因此就说，孙悟空的后期的性格，就是一个被征服者的性格，一个叛变、残害别人的性格。如果是这样，那么孙悟空这个形象，岂止不可爱，简直是可憎了，而实际上即使是孙悟空的后期性格，也依然具有巨大的艺术魅力，受到广大读者的热爱。可见在广大读者的心目中，孙悟空并不是一个叛卖者的形象(不可能设想人民会喜欢叛卖者的形象)，而是在这个形象里存在着激起人们热爱的新东西。在这一点上，《西游记》和《水浒》有所不同。在《水浒》(百二十回本)里，“梁山泊英雄排座次”确实是它的高峰，许多英雄人物的性格，也是在此以前得到艺术创造上的完成。其后“全伙受招安”，“破大辽”，征田虎、王庆、方腊，除“破大辽”还和水浒英雄的夙愿(“到边廷立功”、“扫除边患”)有一定的联系，征田虎、王庆、方腊，很显然是自相残杀的悲剧，《水浒》作者也真实地反映了这妥协悲剧的性质。因此，在“全伙受招安”以后，水浒人物那种从革命发展中显示出来的革命英雄的一切特色都丧失了，这是因为他们的性格已经没有了发展基础，没有了革命阶级的鲜明色彩和声音，即使写得好的，也不再是他们作为革命英雄的特色，而是作为这种英雄的投降后的悲剧命运。《西游记》孙悟空的形象，虽然也有一些类似的淡淡阴影(像我们在上面所谈到的)，而从整个形象看来，他并不是一个悲剧的性格。相反的，却仍然是一个洋溢着战斗热情的英雄形象，渗透在这个英雄形象里的，并不是残害同伴的卑劣品质，而是那种为了既定事业奋斗到底的崇高而忠诚的精神。《西游记》七回以后的情节和主题，也和《水浒》招安后的情节和主题完全不同。在《水浒》里，那是一个悲剧的转变，悲剧的结局，高举着反叛旗帜的水浒英雄，以妥协投降而走上了失败的道路。在《西游记》里，虽也有这种悲剧因素(在不少情节里也表现了孙悟空的受气和被误会)，但它却不是整个主题向这方面的转变，它的主题是转向了一个更广阔、更魅人的神话。作者把历史人物唐玄奘“飘然一身，孤游大漠”的这种克服困难的坚韧毅力和为实现理想百折不挠的伟大精神，加以神话的夸张和想象，而又把它们集中概括在孙悟空这个神话英雄的身上了。叛逆英雄在这里变成了用战斗行动实现理想，克服一切困难的无畏勇士。如果说在前七回，孙悟空的性格主要还是体现在勇敢和叛逆的行动里，那么，他的无穷的智慧、坚定的意志、见义勇为的果敢的行动以及矢忠于事业的诚挚坦荡的胸怀，总之，这些也同样是从中国人民的伟大民族性格里概括、升华出来的优秀品质，在他的后期性格里，是被更深、更广地表现出来了。因而，他的形象不仅没有失去魅力，而且是更增加了他的绚烂的光彩。第三十二回到第三十五回，和金角、银角大王斗法，第四十四回到第四十六回和虎、鹿、羊三怪的斗智，以及第五十回到第五十二回的“大闹金□洞”，孙悟空的充满了乐观主义的战斗，其力、其勇、其智的性格魅力何减于当年？而更特别突出的，是他那种救人危难、扶人困厄的正直品质，在取经路上表现得特别鲜明。当然，由于作者多方面地表现这个猴头的“人化”，他的幽默、顽皮、善谑，也给这个英雄形象，增加了不少深刻的喜剧性的魅力，更是激动人心。

所以尽管孙悟空最初是在无可奈何的情况下皈依佛教的，但他却不是在无可奈何的遭遇里，做了这一切事情的。这正像古希腊的神话英雄赫尔古力士，虽然受着神的意旨的支配，但他从事了很多劳动，克服了很多困难，并不因为有着神的意旨，而失去他这种用自己的力量和智慧表现出来的“劳动英雄”、“万能家”的激动人心的艺术魅力一样。在师徒四众中间，孙悟空自从接受了这取经事业的重任以后，就很少有退缩之心，全力地为实现取经的目标而艰苦奋斗。在这里，取经事业的主角不是唐僧，而是孙悟空。孙悟空在这个事业里肩负了一切重担，保护唐僧需要他，斩妖诛怪需要他，坚定“信心”也需要他。连唐僧都发出过“西天这等难行”的低调，猪八戒更是经常要“分行李”跑回高老庄的“夯货”，只有孙悟空一往直前，永不退缩。就是在被红孩儿火烧，险些弄得火气攻心的生死关头，也不灰心，就是被金□大王几次套去了金箍棒，也要想尽一切办法救出唐僧，甚至被唐僧两次放逐，受尽闲气，他也仍然忘记不了保唐僧去西天取经，终于还是满腔热情地自动回来克服重重困难，继续前进。体现在孙悟空形象里的这种深刻而丰富的生命力，难道能用这样的内容来概括吗？“胜利总是在统治阶级神的那一方面。连孙悟空那样一个有本领的魔头，终于也投降了神——叫做‘皈依正道’。他保唐僧去取经，一路上和他过去的同类以至同伴作恶斗，立了功，结果连自己也成了神——叫做成了‘正果’。”显然是不能的。就是从艺术形象的客观效果来看，也很少有哪一个读者不把自己的全部同情倾注在这个征服一切困难的英雄形象身上，反而把同情倾注在给孙悟空制造困难的妖怪身上，就是在热爱《西游记》的儿童读者里，我们也找不到这样的同情者。

三

当然，要清楚地理解孙悟空性格的这种变化，也是离不开《西游记》的神魔斗争的主题的。

如果说在前七回，神是正统的代表，像张天翼同志分析的那样：“在那原来的卫护封建正统的故事主题和题材里，却多多少少表现了人民的反正统的情绪。”“总不会有哪位读者由于《西游记》的影响，而至心朝礼起玉皇大帝或如来佛或太上老君的吧。我们读者心里倒是向着大闹天宫的孙悟空……”作者和读者在神魔中间的选择，是把同情和喜爱贯注在这代表魔的孙悟空的方面。那么，在七回以后，尽管孙悟空仿佛是站在神的一面，但是，他的“真正的主人公”的地位却并没有改变，站在他的对立面的妖魔，并没有像他一样“越变越可爱”。是的，个别塑造得好的，像牛魔王、铁扇公主也确实有其值得同情之处，但是，他们不能作西天路上群魔的代表。想吃唐僧肉而给孙悟空制造重重困难的群魔，曾经引起哪一个读者的喜爱呢？可爱的分明仍然是孙悟空的形象。在这里，不仅是孙悟空的形象被赋予了一种新的意义，就是《西游记》的神魔斗争的主题，也不能再从表面上来理解。这里的魔，是真正意义上的魔，它们分明是象征着西行路上的自然险阻和重重困难。小说通过唐僧四众九九八十一难的艰苦奋斗，充分表现了中国人民征服自然、征服困难的伟大理想，表现了中国许多历史人物献身于理想和事业的坚忍不拔的毅力和信心，而这种精神突出地渗透在孙悟空的形象和性格里。应该承认，在《西游记》里，这正是作者所竭力描写的主要内容，也是这部作品所表现出来的积极浪漫主义活力的最主要的内容。如果我们只从表面上来理解《西游记》神魔斗争的主题，只承认孙悟空的叛逆性格而抹杀他后期性格的新意义，那《西游记》岂止充满“矛盾”的作品，简直是七回以后，都完全要不得了。因为依照这样的理解，它歌颂了一个投降者的叛卖活动。从这样的看法出发，自然会以为“有些地方作者的立足点是模糊或混乱的；有时候被压迫阶级里的角色也受到了作者的糟蹋，统治阶级里的角色也受到了作者的赞美”。当然，不能说《西游记》作者的立足点是非常鲜明的。不仅仅对观世音，就是对如来佛以至所谓西方极乐世界，作者何尝不是采取了歌颂的态度，在这里，确实表现了作者思想的局限性，表现了作者的立足点的“模糊”，但却不一定就是“混乱”。很显然，《西游记》作者虽然没有能完全冲破正统思想的束缚——歌颂了佛，却也并没有“糟蹋”被压迫阶级的角色，他的主要目的在于歌颂赞美孙悟空这个神话英雄。孙悟空是《西游记》艺术形象的核心，因此，站在孙悟空的对立面的，无论是神的统治者也好，别的魔头也好，作者都不期而然地流露着否定的态度。在取经道路上的群魔，岂止有时被“糟蹋”，几乎是全部被“糟蹋”。但是，这种“糟蹋”总是和为了表现、突出孙悟空的性格关联着。实际上作者是把路途中一切险阻和困难，当做阻碍取经的恶势力而加以人格化了。在这里，转化了的矛盾，并不再是原来意义上的神魔对立，正统与“邪”统的矛盾，而是神话英雄孙悟空和阻碍他完成取经伟业的一切恶势力的矛盾。这种矛盾和古代神话所表现的人和自然的矛盾，虽然在内容上有所不同，但是，它把自然险阻和困难幻化成恶势力的形象，却分明具有着神话的性质，而并不简单是反映现实生活的阶级矛盾的内容。如果把《西游记》里的许多生动活泼富于变化的神话故事，都设想成现实生活的阶级矛盾的反映，那就不仅会曲解了取经神话优美的主题，而且会弄得草木皆兵了。不过，如果说孙悟空和群魔的矛盾，在一定程度上也反映了正统和“邪”统的斗争，那么，“邪”统的代表者，也仍然是孙悟空而非群魔，相反的，群魔倒是和那些神、佛的正统势力，有着血缘的关系。看过《西游记》的人，谁都知道，所谓群魔，其中绝大部分是神、佛遣下来为唐僧师徒四众制造困难的，他们美其名是“魔障未除，故此百灵下界，应该受难”。我们只要简单地统计一下，就可以看出神与群魔的关系了：黑松林的黄袍老怪，是斗牛宫外二十八宿的奎木狼下界；平顶山上的金角大王、银角大王，是观世音向太上老君借来的金银二童子，托化妖魔，与唐僧师徒四众为难的；占据乌鸡国为王的终南全真怪，是文殊菩萨的青毛狮子；黑水河的鼍龙，是东海龙王敖顺的外甥；通天河的水怪，是观世音“莲花池里长大的金鱼”；金□洞的金□大王，是太上老君的青牛；小雷音寺冒充如来的黄眉怪，是弥勒佛的黄眉童儿；麒麟山的赛太岁，是观世音的金毛犼；狮驼岭上的三怪，是文殊的青狮，普贤的白象，其中之一的云程万里鹏，还是如来佛的舅舅——佛母孔雀大明王菩萨的兄弟；比丘国的国丈，是寿星骑的鹿；无底洞的老鼠精，是托塔天王的干女儿；九曲盘桓洞的九灵元圣，是太乙救苦天尊的九头狮子。这所谓“百灵下界”，分明是那正统神、佛给孙悟空制造的困难，这叫做“经不可以轻传，亦不可以空取”，唐僧取经乃是“夺天地造化之工……此所以为天地不容，鬼神所忌”。因此，那传经的“佛祖”，不仅在取经的道路上布下了千魔百怪给他们制造困难，甚至在取经的时候，还要“人事”，没有“人事”，只给“无字经”。总之，在正统的佛、神看来，“邪”统想要取得正统，或者叫做“正果”，就要受他们的种种折磨，然后才能被承认。正像孙悟空大闹天宫，用斗争才取到齐天大圣的职位一样，孙悟空的取经和所谓“正果”，并不是轻易得来的，而仍然是和正统势力进行斗争的成果。因而，在取经神话里也仍然渗透着人民的洋溢着乐观主义的斗争精神，群魔只是神、佛的爪牙。而并非“邪”统的代表。所以神魔英雄孙悟空的“正果”叫做“南无斗战胜佛”，这分明是表示作者还是把孙悟空当做一个用斗争行动实现理想，迫使佛、神不能不承认他的地位的英雄人物来歌颂的。这是一个多么优美的神话主题，多么优美的神话英雄，尽管它并没有冲破正统思想的外壳，却依然能给人们带来斗争的勇气。应该说，《西游记》的反抗的主题和取经神话的主题，在这里是取得了一致的。

取经神话所以演化得如此驳杂，其中虽然糅合着惩恶劝善的思想，但是，它的歌颂人的征服困难的主题，并未因此而改变。在这里，它只是通过了神话的形式表现出来而已，虽然唐玄奘在《西游记》里成了一个怯懦可笑的人物，而他的那些优秀的品质和艰苦奋斗的精神，却被集中概括在孙悟空的形象里了。流传千古，铭刻人心的，并不是那些“神是正，魔是邪，邪不敌正”的思想，而是闪耀着斗争光芒的孙悟空的“斗战胜佛”的英雄形象。

一九五九年五月三十一日写于京郊

——据文化艺术出版社2005年版《沉沙集》

【评　介】

李希凡先生是我国当代著名的文艺评论家和古典小说研究家，1953年毕业于山东大学中文系，1954年毕业于中国人民大学哲学研究班。同年，与蓝翎共同撰写的《关于〈红楼梦简论〉及其他》一文（发表于《文史哲》）受到毛泽东的重视，从而掀起了一场围绕《红楼梦》的文化批判运动。自1955年至1986年，李希凡任职于《人民日报》社文艺部，历任文艺评论编辑、文艺评论组长、文艺部副主任、常务副主任等，亲身参与了一系列文艺理论问题的探讨和论争。1986年后，李希凡调任中国艺术研究院常务副院长，并兼任全国艺术科学规划领导小组常务副组长、中国作家协会全国委员会委员、中国红学会副会长、《中国文艺年鉴》主编、《红楼梦学刊》主编等。在长期的笔耕生涯中，李希凡先后出版了多部文艺评论集，主要有：《弦外集》、《论“人”和“现实”》、《管见集》、《寸心集》、《题材、思想、艺术》、《京门剧谈》、《文艺漫笔》及《文艺漫笔续编》、《艺文絮语》、《沉沙集》等。

在古典文学研究领域，李希凡先生的主要建树在明清小说研究和评论方面，他对《红楼梦》的研究具有重要影响，对其他几部明清经典通俗小说也多有论评，这一方面的重要单篇文章基本已收入《沉沙集——李希凡论红楼梦及中国古典小说》一书（文化艺术出版社2005年版）。是书第四辑为《西游记》专论，存文凡四篇，“都是写于‘文革’前17年的文艺论争中，带有历史的色彩”（此书《自叙》），是那一时期《西游记》论坛的重要一家言，尤其考虑到其时李希凡先生正担任中共中央机关报《人民日报》的文艺评论员，则这些文章更具有重要的学术史意义。我们所选的《〈西游记〉的主题和孙悟空的形象》这篇文章即可作为这类代表。此文之写作背景，作者在《自叙》中交代说：“关于《西游记》又有过另一种争论，即孙悟空的反叛遭镇压后，被唐僧救出，追随唐僧一路降妖诛怪，西天取经，是隐寓着农民起义军的自相残杀。于是，反映了中国人民征服一切艰难险阻民族精神的神魔英雄孙悟空变成了‘叛徒’，并‘镇压’了各路起义军(即西行路上要吃唐僧的妖怪)！用这样的‘阶级分析’来评价《西游记》的思想意义，符合这部极富浪漫精神的伟大作品的艺术真实吗?”可以说，李文就是对当时学界这一研究立场的回应。

新中国成立后17年间关于《西游记》主题的研究，最引人注目的成果是运用唯物主义阶级分析方法来评论情节和人物，从而得出了《西游记》主题矛盾说或称孙悟空形象投降(叛徒)论，张天翼的《〈西游记〉札记》可作为代表。在张文所引发的激烈论争中，出现了诸如“双重主题”、“主题转化”、“主题统一”等多种《西游记》主题观，李希凡是“主题转化论”的主要代表学者。他的《〈西游记〉的主题和孙悟空的形象》一文也主要是针对张天翼的观点而立论的。

首先，作者明确地意识到孙悟空出身和大闹天宫(前七回)的情节与其后的西天取经的情节，存在着明显的不同，也就是所谓的作品表面结构上的“两截子”问题，这是研究者必须面对的。李希凡对前七回情节之主题和孙悟空之形象的理解，基本上与当时主流的意见是相同的，即认为“孙悟空和天上世界的所谓神魔的斗争，分明是封建社会阶级斗争的升华。神的统治者，神的统治机构，不过是中国富有特征的封建统治者、封建统治机构的幻化，而孙悟空也恰恰是人的叛逆英雄的理想化”。他甚至认为“孙悟空这个神魔英雄形象，所以特别生动感人，绝不仅仅是由于它的幻想的翅膀飞翔得特别高，而恰恰是由于他的丰富幻想的根底里，渗透着强烈的现实生命力，才更容易激起人们对于斗争的联想，唤起人们对于勇于斗争的英雄理想的向往”。这实际上是将基于阶级内容的现实性主题置于艺术分析之上的结果。

但是，李希凡对第七回之后的孙悟空性格形象及小说情节主题的把握，却没有继续依循阶级分析的流行方法，因而他不同意张天翼等人所主张的孙悟空叛变革命的观点。在与《水浒传》的比较中，李希凡指出了两者表面上的相似而实际内涵的不同，进而突出了《西游记》其书及孙悟空其人的特别之处，而其关键则在于——《西游记》的主题(在第七回之后)是转向了一个更广阔、更迷人的神话，贯穿于其间的孙悟空形象也被赋予了一种新的意义。所以，如果用拘泥的、固定的神魔斗争的主题去解释《西游记》前后两个部分的情节和人物形象，势必造成扞格难通的局面和人物前后归属上的模糊混乱，而若将神魔、正邪等完全附会到阶级对立的格局中去，自然就会得出主题矛盾与孙悟空投降的结论，李希凡认为这是当时运用阶级分析方法而致误的主因。应该说，李希凡的这一看法是辩证而正确的，也表现了他运用马克思主义文艺理论的自觉与成熟。

之所以产生这种形象内涵和主题意义的转化，在李希凡看来，乃是由于《西游记》的作者有意将孙悟空作为取经故事的主人公(这当然也是小说漫长形成过程中的集体共识)，故而将原来玄奘“飘然一身，孤游大漠”的坚韧毅力和实现理想的伟大精神，集中概括到孙悟空身上去了，从而在西行路上所遇之妖魔种种，“是真正意义上的魔，它们分明是象征着西行路上的自然险阻和重重困难”。于是孙悟空就绝非残害同伴(魔)的叛卖者，而“仍然是一个洋溢着战斗热情的英雄形象”。《西游记》主题的转化在于它的矛盾的转化，即“不再是原来意义上的神魔对立，正统与‘邪’统的矛盾，而是神话英雄孙悟空和阻碍他完成取经伟业的一切恶势力的矛盾”，其间的英雄孙悟空，当然也就体现了一以贯之的英雄气概和精神内涵。这一阐释比之简单地运用阶级分析的方法，是更为合理的，在一定程度上，它顾及了小说形成过程对其主题的复杂影响。

文章在第三个部分更进一步引申分析了取经路上的正邪斗争，认为孙悟空并未因其皈依佛门，便以正统面目与众妖魔对立，反而是那些下界为祟的群魔代表了正统势力的混乱和庸腐。所以，孙悟空仍然不是正，而是“邪”，他在取经路上的斩妖除魔仍然是与天界抗争的一种延续与变形，李希凡从而总结道：“《西游记》的反抗的主题和取经神话的主题，在这里是取得了一致的。”从主题转化到主题统一，李希凡的分析完成了辩证的回复，是具有说服力的。

时隔二十余年，李希凡先生又重申了自己的观点。在1983年他发表了《〈西游记〉与社会现实》一文(载《江海学刊》1983年第1期)，认为从“两截子”的客观事实出发，只有转化说才能将它们“缀合”起来，前七回反映了孙悟空“战斗的叛逆性内容”，以后的取经故事则将主题“转到人民的征服困难”。他还具体分析了产生这一转化的原因：一是存在决定意识，社会现实使然；一是吴承恩自身不可解决的思想矛盾。较之旧论，此文的分析有所深化。应该说，《西游记》主题转化说比主题矛盾说更具有合理性，但同样是以社会阶级分析为其主要方法的，具有明显的时代特点。

李希凡《西游记》论著目录：

《漫谈〈西游记〉的主题和孙悟空的形象》，载《人民文学》1959年第7期。

《猪八戒是一个什么样的“典型”》，载《新港》1959年第12期。

《谈西游记浪漫精神的时代特色》，载《光明日报》1961年1月1日。

《云台小记》，载《人民文学》1983年第4期。

《西游记与社会现实》，载《江海学刊》1983年第1期。

《沉沙集——李希凡论红楼梦及中国古典小说》，文化艺术出版社2005年版。

《西游记》漫话(存目)

林　庚

【评　介】

林庚先生是现代著名诗人和文史学家，字静希，原籍福建，1910年生于北京。出生于知识分子家庭，其父为清华大学哲学教授林宰平。中学毕业后，林庚考入清华大学物理系，后转入中文系，1933年毕业后留校任教。1934年起在北京大学等校兼课。抗战爆发后，至厦门大学任教。1947年返京，任燕京大学教授。1952年全国院系调整后，任北京大学中文系教授，直至2006年去世。

作为诗人和学者的林庚，两方面都成就斐然。1933年他出版了第一部自由体诗集《夜》，此后相继出版了格律诗集《春野的窗》、《北平情歌》、《冬眠曲及其他》等，被誉为给诗坛带来了“一份晚唐的美丽”。诗人废名曾称誉道：“在新诗当中，林庚的分量或者比任何人都要重些。”林庚将诗人的真性保持终生，耄耋之龄还新出了诗集《空间的驰想》，2004年他又牵头组建了北京大学诗歌中心，并亲任主任。作为学者的林庚，同样常存一颗纯真之心，并将之灌注到对中国文学的研究上。楚辞和唐诗是林庚文学研究的“双璧”，主要著作有《诗人屈原及其作品研究》、《天问论笺》、《诗人李白》、《唐诗综论》等。他对唐诗深有自得，在长期的浸淫沉潜中，概括出“盛唐气象”、“少年精神”等命题，广为学界接受。他撰著的《中国文学简史》是同类著述中的力作，一直作为高校教材广为传播。作为诗人型的学者或者说是学者型的诗人，林庚将诗思与哲思完美地结合起来。我们以为，北京大学教授葛晓音对林先生的评价恰到好处，她说：“尽管本世纪不乏兼备诗才和学力的通人，但像林先生这样诗性和理性交互渗透在创作和学问之中，并形成鲜明特色的大家却很罕见。”林庚先生的这一治学（或创作）特色，在其晚年的《〈西游记〉漫话》中也明显地体现了出来。

古代小说研究并非林庚的主要着力领域，但他基于一个文学创作者的艺术敏感，每每有会心之处，便凝结成值得珍视的洞见，这使得他偶一涉足，便自不凡。《〈西游记〉漫话》亦是如此，其产生之因缘，颇具意味。在“文革”中，林庚无以排遣心中苦闷，便常常夜读《西游记》，从中得到宽解和愉悦。他说自己“一部《西游记》不知前后读了多少遍，随手翻到哪里都可以顺理成章地读下去，对于其中的细节，也都仿佛可以背诵似的”。在这样的烂熟之后，林庚将自己对《西游记》的体味娓娓道出，便写成一部“极具个性的充满诗人气质和潇洒笔意的快意之作”——《〈西游记〉漫话》，与林庚同辈的学术大家程千帆先生赞誉此文为“盖自有《西游记》以来之第一篇文章也”，此语虽惊人，但我们深信程先生的眼光，也同样被林先生的才情智慧所折服。所以，虽然林庚并不以《西游记》研究名世，虽然这篇长文与严肃拘谨的学院派论文相比，不免显得有些异样，但我们仍然毫不犹豫地将其作为学术经典加以评介，因为其极具个性的风格和深綮作品的分析使我们无法拒绝。

我们将林庚先生的《〈西游记〉漫话》列在张天翼先生的《〈西游记〉札记》之后，并不是一种随意为之的安排，也不仅仅只是考虑到著述者的生年先后（虽然我们的选文次第中包含有这方面的考虑），而是另有意味。《〈西游记〉漫话》是林庚先生晚年的一篇名作，最初出版时（人民文学出版社1990年版）除了主体的《〈西游记〉漫话》长文外，还附加了另外三篇论文，分别是：《关于“大闹天宫”的故事情节》、《“赤壁之战”分析》和《〈红楼梦〉中所反映的新的意识形态的萌芽》。后来，北京出版社策划的《大家小书丛书》收入了《〈西游记〉漫话》，遵林先生之意，将后两文删去，仅保留了《关于“大闹天宫”的故事情节》一文，而且置于《〈西游记〉漫话》之前。可见，林庚先生是看重这篇文章的。此文发表于《文艺报》1956年第13期，其主要观点正与张天翼早前不久（1954年）发表于《人民文学》的《〈西游记〉札记》一文所提出的阶级斗争与农民起义说相反对。因此，我们将张、林二氏之文选入，正可体现《西游记》学术史上的一段历程。而在评述《〈西游记〉漫话》之前，有必要对此文略加介绍。

文章一开头便对当时颇为流行也颇具革命性的一个问题加以商讨，即“大闹天宫的故事情节的产生，如果不是建立在历代规模巨大的农民起义的基础上，或者说其中心不是反映农民起义，那是不可能的”。林庚对这一“不可能”的论断提出了质疑，认为这是一个似是而非的判断，因为它缺少坚实的文本支持和细致的分析把握，林庚也恰恰是抛弃掉笼统的概念定位而通过细致的文本分析来否定这一“不可能”的结论的。文章先从分析孙悟空的性格形象和大闹天宫的情节入手，说明了孙悟空在出身、经历、思想意识等方面都没有体现出农民阶层的特点，大闹天宫的起因、战争描写等具体情节也看不出有农民起义的意味。农民起义说在小说的人物性格和情节中找不到相对应的因素。当然，林庚并不否认《西游记》受到过农民起义的影响，实际上，作为产生于封建时代的作品，而封建时代的中国又曾经接连不断地发生着农民的大大小小的起义，那么文艺作品便自然要受到或直接或间接的影响，这是那个时代作品的共同背景，并不能说明一部作品的特殊性。林庚认为“一则影响并不等于反映，二则影响并不都是决定性的”，所以，只有通过具体的情节分析而不是笼统的概念界定才能说明问题。

为此，林庚出色地在大闹天宫的相关情节中拈出“反了”这一语词进行具体解析。“反了”表达了一种对立对抗的态度，但谁反、反谁、为何而反、如何反，都需要具体区分，一句“反了”，实不足以涵括全部，不能一看到“反了”之举动，便概之以阶级矛盾和斗争。林庚以虚构的《水浒传》、《封神演义》和历史的《左传》、《史记》为例证，令人信服地说明了这一点。而偏偏是在对大闹天宫具体情节的分析中，我们找不到农民起义的根据，这些分析已从反面驳论了农民起义说。接着，林庚更从正面论证了假若没有大规模的所谓农民战争，大闹天宫的类似情节也完全有可能在文艺作品中被创造出来。本来，要作出这一论断是相当困难的，因为中国历史上本就已经存在了许多农民起义，你又如何让小说作者在一个隔绝的时空中去创造呢？对此，林庚相当机智地以一则带有神话性质的俄罗斯的英雄故事作为比照，论证了这一观点。结论自然是：大闹天宫的情节与农民起义表面上相似，实际上却并无关联。至于它(大闹天宫)究竟反映了什么？林先生在文中并没有作答，而是主张从对情节本身的分析和时代精神的体会中去把握。

这篇文章在不长的篇幅中已经鲜明地体现出林庚先生致思为文的个性特点。我们以为有两方面极为特出：一是扎扎实实的文本分析和艺术感悟。抛弃貌似惊人的概念术语，一切观点从实际的分析而得。二是眼光开阔而智慧，能融通地运用各种方法以解难题，妙想惊人。文中对俄罗斯英雄故事的对读，实具比较文学之方法，但却不是从概念出发的生搬硬套，而是沉潜体味之后的自然衔接，令人信服。林先生作此文时正当盛年，他敢于站在与当时主流意识有所不同的立场，其胆魄令人钦敬，而他极富个性的治学风格也已形成，并一直保持到他暮年。在深味《西游记》壶奥之后奉献给世人的《〈西游记〉漫话》中，我们能更深地感受到这种学风与文风，也知晓了先生对于此文末尾所遗留问题的切实回答。

虽然《〈西游记〉漫话》的篇幅并不长，而且作者自谦地题以“漫话”之名，但是在整体的思路结构上，却极为完满严密，富于层次，一点儿也不“散漫”。可以说，它既具有单篇论文的精巧构思，又具有系统论著的规模气度。在逻辑思辨上体现出的这种收敛与恣纵兼济的张力，正是林庚先生此文的第一个魅力所在。文章以孙悟空性格形象的探寻为起点和核心，以他的生活基础与精神内涵两个基本层次而由低向高逐步展开，按照逻辑和历史相结合的线索，抽丝剥笋般地涉及了诸如市井生活原型、讲史类英雄传奇中的英雄性格、英雄性格与喜剧性格的统一、《西游记》的童话精神、“童心说”的时代思潮等一系列渐次深入的命题，大致处理了人物性格分析、作品主题探讨、小说文化阐释等互相关联的环节，令人信服地提出了诸多创见。对此，林庚先生总结道：

> 对于孙悟空性格形象的探讨实际上就是这样一个不断追寻的过程。在将他还原为生活原型时，显然还不足以充分说明这一部分因素在孙悟空整体的性格形象中的位置，更不足以解释孙悟空

> 作为一个艺术形象何以会有如此强烈的精神魅力。因此，不断地解决问题，同时又不断地提出问题，从市民的生活原型一直追寻到童话精神，这样一个由低到高的探寻的过程，正是一步步接近孙悟空的精神内涵的过程，也是一步步扬弃与升华的过程。而孙悟空性格形象的形成过程大概也正是与此相一致的。换句话说，对于孙悟空性格形象的逐层的多方面的分析，是以这一形象的历史演变及发展过程为依据的……孙悟空的性格形象正是在历史演进中形成了他的丰富性与多样性，同时也正是在这个过程中确认了他自身的完整性与一贯性。由此又顺带说明了大闹天宫与西天之行的故事情节之间的一致性问题。

显然，文章一方面紧紧遵循由表及里、由浅入深的思理逻辑，另一方面，又时时注意回溯梳理前后左右的史实脉络，达到了价值判断与事实判断的高度统一，体现了一个学问家严谨求实的良好作风。

《〈西游记〉漫话》的另一个独特魅力体现在研究方法的运用及由此提出的一些颇具灵心妙想的具体观点上。首先，以切切实实的文本分析为依据，而不是满足于花哨的概念堆砌和虚套的时髦理论，是林庚先生治学为文的最主要的方法和态度，《〈西游记〉漫话》在这一点上是突出的。文章没有繁难的版本考据，没有冗长的文献征引，没有研究综述，作者只是直面文本，沉潜把玩，便自有所得、自说自话。比如，在对孙悟空性格形象的分析中，作者并不刻意拔高而是在情节分析的基础上概括总结，严格地按照小说所描写的孙悟空的生活依据，提出了市民英雄形象的命题。从出身上看，林庚注意到孙悟空拜师学道的情节对于他生活经验的获得和性格形成的重要作用，孙悟空正是从菩提老祖这样一位市井江湖气息浓厚的师傅那儿学得了诸般江湖本事和经验，并进而以此来闯荡江湖的，这是孙悟空性格形象的一个起点。从行事上看，孙悟空的大闹天宫是最为主张农民起义说的研究者所确认的革命事件，林庚却从大闹天宫情节的起因（不忍被轻视、嫌官小）、手段（神偷、灵巧善变、武功）、目的（并无任何政治目的、安排和计划）、结果（没有丝毫动摇天宫的统治）等方面具体地说明了大闹天宫并不是一场农民起义，这与作者早期的《关于“大闹天宫”的故事情节》一文的观点是一致的。更进一步，作者别具一格地将这一情节与《喻世明言》中《宋四公大闹禁魂张》和《七侠五义》中白玉堂闹东京的情节进行具体细节上的对读，又将孙悟空与《二刻拍案惊奇》中《神偷寄兴一枝梅》的懒龙形象进行对比，其惊人的相似性说明：孙悟空的形象正是产生在市民生活的基础之上，并且是以市民心目中英雄好汉的形象为原型的。而大闹天宫被置于全书之首，乃是为了将孙悟空作为全书的主角，为他来一个出色的亮相，就像《水浒传》中众英雄一一出场时的事迹一样，“从一开始就为孙悟空树立起一个英雄好汉的形象。这便是《西游记》总体构思上的新的考虑与安排”。这样的分析，不仅是从小说的情节描写本身生发出来的，而且也为作者的创作找到了文学传统的依据，其结论也就自然显得异常坚实、可信。

其次，林庚先生善于运用比较的研究方法，往往能够陈中见新、化腐为奇。如上文已述的将大闹天宫与俄罗斯英雄故事相比较，将孙悟空形象与“三言”、“二拍”中的市井神偷相比较等，都显现了研究者视野之开阔，而将《西游记》与《水浒传》相比较，则更见出作者把握研究对象的能力。大而言之，这一比较确立了《西游记》在古代通俗小说传统中的位置。“《西游记》尽管披上了宗教的外衣，表现为想象的形式，然而其凭借于唐僧取经的历史事实，却是人所共知的。而孙悟空的行为之近于《水浒传》中的江湖好汉，也已在上文详加阐明。这些都证明了这样一个事实：即中国古代长篇的章回体小说，至少在其前期最主要的发展阶段上是以英雄传奇为中心主题的。这个英雄传奇的传统则又是由市民文学自身的一系列特征所促成的。”将《西游记》列入讲史类英雄传奇小说之一脉，是林庚先生基于文本分析而得出的大胆而严谨的提法，至今仍具有借鉴价值。小而言之，一些细节的比较实在具有四两拨千斤的力度，不禁令人感佩于作者惊人的奇思妙想和洞鉴力。比如，将孙悟空高老庄降伏猪八戒与鲁智深大闹桃花村作比较，在极其相似的情节中体现了孙、鲁作为江湖好汉的见义勇为的一致性。类似的比较不在少数，林庚特别善于在不经人道之处随意点化、“牵合”，初看起来似乎大不相关，细咀之后竟有严丝合缝之妙，之所以能够如此，端赖于研究者优异的文艺感悟能力和对小说文本的熟稔程度。不过，作者也绝不滥用和过度诠解这种比较的结果，而是极有分寸地将之限制在一定的范围内，如在上述孙悟空与鲁智深的相关比较之后，作者即严谨地总结道：“至于情节如此相似，当然也可能是出于偶然的巧合，而《水浒传》与《西游记》的成书一前一后，或者后者吸收了前者的某些影响，也正未可知。但重要的是如此相似的背后必定有一个更深的原因，否则即便是吸收也不可能如此充分，即便是影响也不可能一拍即合。”这就自然地归结为两者更为内在的一致性，将感性的类比升华为理性的概括，从而令人信服。

在学界，这篇《〈西游记〉漫话》主要是以童话学研究而为人所知的，林庚先生本人对此也特别强调说：“《西游记》是一部富于童话性的小说，童话在世界各国的文学中都是不可多得的，而我本人又历来喜欢童话，甚至于与童话相关的各种动画片，我至今对它们仍然兴味不减，所以也就格外偏爱《西游记》。”一位痴心不老的文化赤子形象跃然纸上。关于《〈西游记〉漫话》所取得的童话学研究成果，相关书评和研究综述论之已详，在此不拟复赘。想特别提出的是，林庚先生自己便是以一颗童心来面对和研究《西游记》的，他将研究的方法与自身所持有的研究态度融合为一，故能见他者所未见，发别人所未发。我们以为，这是该著第三个独特魅力之所在，姑举一例以证之。在“童话的天真世界”一节中，作者颇具慧心地指出：“《西游记》的童话特色又表现在它的天真烂漫的儿童情趣上，这一点尤其能够从对小妖的大量描写中见出。”以下即详细地分析了小说对各种小妖的描述以及孙悟空与小妖们周旋的谐趣。为何明明小说中有大量描写小妖的文字，前人却习焉不察，漠然不论呢？因为大家都习惯于以成人的过于正经的眼光来审视，于是觉得无关紧要的小妖、喽啰们只是些炮灰、铺垫而已，并无太多独立的存在价值，这真可谓辜负了吴承恩的苦心。而林庚先生偏偏以诗心童心读之，故能欣赏、阐发其中真义，则不啻为吴氏的异代知己也。至于其他以此童心还彼童趣的解读，也不在少数，如云：

> 正因为小说创造了游戏的童话氛围，我们对孙悟空的许多行为也就不能看得过于认真，看的过于认真了，便不免大煞风景。

> 我们得时刻记住游戏与童话都是在模仿与虚拟的前提下展开的，它与真实的世界保持着相当的距离。同时，我们也不应该忘记小说所表现的常常乃是一种儿童的心理与行为，否则，我们将无法理解其中蕴含着的天真的情趣与幽默的态度。

我们虽不敢断然说这种童话性的解读是否把捉到了小说作者的真实意旨，但我们必须承认林庚先生的认识是活泼泼的，是充满灵性和悟性的，同时又是参入了理性精神的，体现了他将艺术感悟与思辨深度融合为一的治学风格，这正是林庚先生为人为学所嘉惠于后学的最重要所在，而那些具体的观点倒在其次。

在林庚之前，鲁迅和胡适曾主张《西游记》之主意在于游戏和玩世主义的说法，至于为什么要游戏、为什么要玩世？鲁迅和胡适都没有展开具体的论述，仅仅只是从吴承恩个人性格的“善谐剧”来略作解说。林庚则从童话性与“童心说”的关联入手，联系作者所处时代的文化思潮特点加以解释，在鲁迅、胡适的知人之考证外，益之以论世之深刻，使《〈西游记〉漫话》从孙悟空的艺术形象分析入手，终至以文化阐释为结穴，表现出大家的风范和气象。

林庚《西游记》论著目录：

《关于“大闹天宫”的故事情节》，载《文艺报》1956 年第 13 期。

《〈西游记〉漫话》，人民文学出版社 1990 年版。

《西游记》对明世宗的隐寓批判和嘲讽

苏　兴

一

《西游记》是写神魔之争的，却对当世的皇帝——明世宗朱厚熜进行了隐寓的批判和嘲讽。毫无疑问，中国过去时代的神魔小说以至历史小说，都有作者所处的现实世界的影子。吴承恩通过神魔之争的描写，对不满意的当世皇帝加以批判和嘲讽——自然是隐寓的，似可以说是必然之题。

《西游记》写有各色的帝或王：天宫的玉帝，人间的中国皇帝唐太宗李世民，海藏的龙王，幽冥界的十殿阎王，西方路上的各国国王。其中只有唐太宗李世民被写成为虔信佛教①、颇有民主作风(可与臣子魏徵对弈，并能同取经和尚结为兄弟)的可敬佩的皇帝，其他各类的帝、王身心都有瑕疵。作者多投以鄙夷的眼光，发出嘲弄的话语，对奉道(或兼毁佛)的角色，其鄙夷、嘲弄更其尖锐。这类帝、王都有着明世宗朱厚熜的肢节。

被称为苦历过一千七百五十劫(每劫十二万九千六百年，计共两

① 历史上的唐太宗李世民并非虔信佛教，贞观三年，玄奘要去印度，“于是结侣陈表。有诏不许。诸人咸退，唯法师不屈”(《大唐大慈恩寺三藏法师传》卷一)，得西行。经十七年，归国，因已成事实，才被太宗承认，由国家资助译经。贞观二十二年为制《圣教序》。

亿二千六百八十万年)的玉皇大天尊玄穹高上帝，大约是因经历太多，阅世太广，统治大权掌握的时间太久，不免在孙悟空活动的历史阶段内，表现为生活上图清净，政治上求苟安，疲惫倦怠，以至与昏聩为邻。于是，如许高龄，还要饵食丹药，继续延年益寿，企谋与王母娘娘更愉畅地过天宫少有的夫妇生活①。他同意在自己居住的三十三天(忉利天)之上的兜率天宫，养一名老道——道祖太上老君。这位道教的祖师爷对玉帝不称臣，朝朝日日炼丹，供玉帝做什么“丹元大会”。太上老君见玉帝，玉帝和第一夫人王母娘娘要出迎。且看第五回的一段描写：

> 又有四个大天师来奏上：“太上道祖来了。”玉帝即同王母出迎。老君朝礼毕。道：“老道宫中，炼了些‘九转金丹’，伺候陛下做‘丹元大会’，不期被贼偷去，特启陛下知之。”玉帝见奏，悚惧。

这样天上的皇帝与道祖的关系，即人间帝王与道士关系的反映，在中国历史上是仅见的。道士炼丹是为皇帝享用，同孙悟空偷吃老君金丹时讲的“老孙自了道以来，识破了内外相同之理，也要炼些金丹济人”(第五回)形成鲜明对比。中国历史上炼丹者的目的性有这样的差别，也有据可查。这涉及到吴承恩写《西游记》当时的皇帝世宗与道士邵元节、陶仲文的关系了。在此，暂不列叙历史上明世宗宠幸邵元节、陶仲文诸情节，且继续钩稽《西游记》中西方路上各国国王信奉道士的行径，然后再一并考察。

车迟国王受三名妖道(虎力大仙、鹿力大仙、羊力大仙)播弄，铲灭释子。妖道向假托三清的孙悟空等人求些圣水、金丹，是为了献给国王，以祈其延寿长生。妖道去见国王，国王竟“急下龙座，着近侍的设了绣墩，躬身迎接”；还低声下气地说：“国师，朕未曾奉请，

---

① 《西游记》写的天宫只有两对夫妇。一是玉帝夫妇，另一是李天王夫妇(见第八十三回)。此外的情爱生活一律被严禁，如猪八戒的被贬谪，奎木狼的私下天曹都是。

今日如何肯降?”(第四十五回)车迟国王完全是按玉帝对待太上老君的模式，如此这般地迎接了道士，只是因为道士祈雨成功，和尚“空念空经，不能济事”(第四十四回)。

比丘国王之敬恭南极仙翁梅花鹿变的老道士，比玉帝、车迟国王之对待老道更进了一步，老道士成了国丈，由其女及其父，比丘国王多了一层谄媚。老道士去见国王，昂昂烈烈上得殿来，“只听得当驾官奏道：‘国丈爷爷来矣。’那国王即扶着近侍小宦，挣下龙床，躬身迎接”。国丈当面，国王便“欠身道：‘国丈仙踪，今喜早降。’就请左手绣墩上坐”(第七十八回)比丘国王较之玉帝与车迟国王有两点是突出的：第一，他之求长生和好女色是结合在一起的，所谓延年益寿乃在达到更放纵肉欲；第二，他要以一千一百一十一名小孩心肝做药引，是为了医治阳痿(所谓服老道的秘方后，“有千年不老之功”，知比丘国王患阳痿症)。

捏合玉帝、车迟国王、比丘国王三者为一体，可以制造成一个比较典型的帝王。这帝王，一、开始信道，因为道士善祈雨；二，进一步敬重宠幸道士，因为道士会炼金丹，自己饵食了金丹便能延年益寿——壮阳纵欲；三，更进一步要吃小孩的心肝，是为了治疗阳痿而且壮阳；四、因为道士有上述的妙方，所以对道士由尊礼而谄媚，要道士对自己不称臣，对之加封特殊的称号与官职(国师、国丈)。道士来去要亲自迎送。

对《西游记》帝、王与道士的关系综述到这里，可以揭开明世宗朱厚熜历史的一页，加以对比了。

今天能常见到的《明史》、《国榷》、《明通鉴》、《明书》、《明纪》等明代历史典籍以至《明实录》，都散载过明世宗信道教、宠道士(方士)邵元节、陶仲文的情事，《明史》、《明书》专门载列邵元节、陶仲文的传记。最集中反映和记录这方面材料的是清初谷应泰的《明史纪事本末》卷五二“世宗崇道教”专节。它记世宗信道教、宠邵元节之始是：

> 嘉靖五年，以道士邵元节为真人。
>
> 嘉靖十五年春正月，加致一真人邵元节道号，赐玉带冠

> 服……嘉靖初，征(元节)入京，召对便殿，首以“立教主静”之说进，帝嘉纳之。已，为祷雪辄应，命为致一真人，领金箓醮事，给玉金银象印各一。会帝有事南郊，邵元节分献风雷灵雨坛，预宴奉天殿，班二品，并封其师为“真人”。
>
> 十二月，以皇嗣生，录致一真人邵元节祷祀功，加授礼部尚书，给一品服俸，赐白金、文绮、宝冠、法服、貂裘。

上述情况表明，世宗宠道士邵元节，其始是“祷雪辄应”，以后“以皇嗣生”又录其“祷祀功”等。这可以对照车迟国王因三名老妖道祈雨辄应而被宠信事。

> 嘉靖十八年九月，上谕辅臣曰：“朕欲命东宫监国，朕静摄一二年，然后亲政。”太仆卿杨最上言：“圣谕至此，不过信方士调摄耳……臣闻皇上之谕，始则惊而骇，继则感而悲，犬马之诚，惟望端拱穆清，恭默思道，不迩声色，保复元阳。不期仙而自仙，不期寿而自寿。黄白之术，金丹之药，皆足以伤元气，不可信也。帝览之大怒，逮系镇抚司拷讯，久之死狱中。

按：嘉靖十八年八月邵元节死，此同时，世宗以陶仲文为神霄保国宣教高士。据上述，九月，世宗便欲退居后宫“静摄”，杨最坦直地揭发说，所谓退居静摄，不过是要专心致志饵“金丹”，使“元阳”壮盛，纵“声色”之欲而已。世宗本年三十三虚岁，东宫太子载壑只四虚岁，好个“静摄”和“监国”！这一记载自然联结到玉帝和车迟国王身上，与比丘国王稍差一间耳！

> 三十九年十一月，秉一真人陶仲文死。仲文习祈禳术得幸，赐坐，称为师。

皇帝要赐道士坐，“称为师”而不名，透露出玉帝迎太上老君，车迟国王、比丘国王迎接妖道的消息。尚未尽至。《明史纪事本末》虽属私家著述，终是抄掇、排缀官书的正式历史之作，不敢阑入野闻。比谷应泰年长四十多岁的明万历间的沈德符，早于《明史纪事本末》四十年作的《万历野获编》，对于明世宗朱厚熜宠幸道士的具体情况及真实目的，已毫无隐饰地赤裸裸列出，虽云“野获”，比朝廷官书所记要真实而形象。如陶仲文见明世宗的情景，其卷二一《佞幸·秘方见幸》云：“陶仲文以仓官召见，献房中秘方，得幸世宗……见则与上同坐绣墩。君臣相迎送，必于门庭握手方别。”世宗接待陶仲文虽然比玉帝对太上老君、车迟国王、比丘国王对妖道要有些身份，但由于陶仲文献房中秘方和传授房中术之功，“必于门庭握手方别”带点现代洋味的迎送方式，其谄媚道士的神情灼然可见。至此，明世宗已与玉帝、车迟国王、比丘国王难分彼此、融为一体了。明世宗信道的本质，包括《明史纪事本末》在内的有关明代历史著述，多言之暗昧，只说他求神仙，希延年益寿，斋醮祷祀等等。读者往往误以为明世宗不理朝政，是为了专意清修而洁心寡欲。孰知恰恰相反，不但不洁心寡欲，反而是借方士献的房中秘方多迩女色，无节制地纵欲。所谓延年益寿仅是壮阳的代名词。明武宗朱厚照是公开的淫滥之徒，明世宗朱厚熜则是钻到宫掖深处，挡一块“内摄”的幕布，过不比族兄朱厚照差的淫靡生活。据清初傅维鳞《明书》卷二一列世宗后妃嫔共三十二人(不包括晚年纳的寿妃)，为明各帝之冠。据《万历野获编》卷三《宫闱·谢韩二公论选妃》，记“世宗永陵，则妃三十人，嫔二十六人祔祭”，亦明各帝之冠①。由上述记载已充分透露出消息。《明史》竟把邵元节、陶仲文写入《佞幸传》(不像《明书》尚在《异教传》)，也微见端倪。真正揭开幕布的仍然要推成书在前的野记作品《万历野获编》。请看下列的记载：

> 嘉靖间，徽王厚爝……因以重赂上所幸真人陶仲文，言王忠敬奉道。上悦，封为太清辅玄宣化忠道真人，铸金印赐之。薨，谥恭王。次子载埨嗣位，用南阳人梁高辅者修房中药，取红铅梅

① 《明书》成书在《明史》前，其记明各帝后妃名目比《明史》都多。《万历野获编》记各帝祔祭妃嫔人数，除世宗永陵计妃嫔五十六人，最多的太祖孝陵，但止妃嫔计四十人而已。

子，配以生儿未啼时口中血，名为含真饼者，服之而效。遂以药达之上，并遣高辅因陶仲文以进。上又悦，封高辅为通妙散人，仍封揄为清微翊教辅化忠孝真人。（卷四《宗藩·徽王世封真人》）

嘉靖间，诸佞幸进方最多，其秘者不可知，相传至今者，若邵、陶则用红铅，取童女初行月事炼之如辰砂，以进。若顾、盛则用秋石，取童男小遗去头尾炼之如解盐，以进。此二法盛行，士人亦多用之。然在世宗，中年始饵此及其他热剂，以发阳气，名曰长生，不过供秘戏耳。（卷二一《佞幸·进药》）

今世皆重红铅，亦炼童女经事为药进之。不特士人为然，即嘉靖中邵、陶、顾、盛之徒，咸以此致三公六卿。（卷二八《鬼怪·京师狐媚》）

此外，其卷二一《佞幸·士人无赖》、《佞幸·秘方见幸》，卷二七《释道·二瘸子》，《万历野获编补遗》卷二《礼部·尚书被嘲》，卷三《佞幸·太极》等，则记叙顾可学、盛端明、朱隆禧、赵文华等士大夫与无赖子段瘸子进秋石方、太极衣、百花仙酒等房中方药致通显事，也同样把明世宗的所谓静摄本质揭穿了。世宗既然如此地避居西内，日事焚修以祈"长生"，那么比丘国王要用小孩心肝做药引，在他统治的时代也便非无稽之谈了。《万历野获编》也提供过这方面的资料：

近日福建抽税太监高宷谬听方士言：食小儿脑千余，其阳道可复生如故。乃遍买童稚潜杀之。久而事彰闻，民间无肯鬻者，则令人遍往他所盗至送入。四方失儿者无算。遂致激变掣回……顷年又有孙太公者，自云安庆人，以方药寓京师，专用房中术游缙绅间。乃调热剂饮童男，久而其阳痛绝胀闷，求死不得，旋割下和为媚药。凡杀稚儿数十百矣。为缉事者所获，下诏狱讯治。（卷二八《鬼怪·食人》）

高宷吃小孩与孙太公取小儿阳具和药，乃是万历三十几年事，吴承恩当然不能与闻。但是，这只是沈德符知道的"近事"而已，嘉靖中的

“远事”不能说就无有，果然，嘉靖中叶宫廷中也便有相类的事：

> 嘉靖中叶，上饵丹药有效。至壬子(按：嘉靖三十一年)冬，命京师内外选女八岁至十四岁者三百人入宫。乙卯(按：嘉靖三十四年)九月，又选十岁以下者一百六十人，盖从陶仲文言，供炼药用也。其法名先天丹铅，云久进之可以长生。王弇州《嘉靖宫词》所云“灵犀一点未曾通”，又云“只缘身作延年药”是也。(《万历野获编补遗》卷一《宫闱·宫词》)

嘉靖三十一年和三十四年世宗共选四百六十名女孩供炼药用，也大体是在吴承恩作《西游记》之后。但，见诸文字的记载如此，不能说这之前没有选女孩入宫供炼药用之事，或者民间有此传闻。即孙太公式的残杀男孩以和媚药，也未必不在《西游记》成书前的宫廷内发生。前引《佞幸·进药》所云“嘉靖间，诸佞幸进方最多，其秘者不可知”，安知“其秘者”中没有残杀男、女孩童以和药的？即或如《宫闱·宫词》所讲选女孩名先天丹铅者，也是等同于杀害的行径。今人疑嘉靖二十年宫婢之变与世宗搞房中术炼药有关，恐怕是有点道理的①。如是，比丘国王在老妖道蛊惑之下，先是宠美后(狐狸精)，弄得身体尫羸，命在须臾，然后老妖道弄来所谓海外秘方，要用小儿心肝做引子以疗国王之疾。这谁能说它与明世宗朱厚熜的炼药求延年事联不到一起呢？吴承恩写小说故意夸大其词是有的；现实世界的皇帝替他树立了样板是他夸大的基础。

根据上述，说《西游记》通过对玉帝、车迟国王、比丘国王尊道教、祈长生的一系列描写，是从明世宗朱厚熜身上取像，做些文学上的夸张以至夸大，应无疑问。明世宗以前的历朝历代皇帝亦多有好道求长生者，但把他们纳入《西游记》，都未能严合无间，只有明世宗大模大样在《西游记》里游荡，玉帝身上见一肢，车迟国王身上见一节，灼然昭然。由此就可以说《西游记》对玉帝、车迟国王、比丘国

---

① 商鸿逵《嘉靖宫变述略》：“推察情由，宫变之事，必肇端于为炼丹药而摧残少女的健康，甚至生命。”文载《故宫博物院院刊》1980年第4期。

王的一切批判和嘲讽，便是对明世宗的隐寓批判和嘲讽。玉帝管领的天宫很不清明，玉帝本人无心理政，苟安尸位，一切听左右大臣(如太白金星)的。孙大圣闹起来，还得请释迦牟尼老和尚救驾(第七回)；孙悟空对他指责、无礼，他倒心安理得的说："只得他无事，落得天上清平是幸。"(第三十一回)车迟国王的昏乱、无主见，与玉帝不分彼此。三名妖道死，他扑御案大哭，只哭到天晚不住，还得和尚斥责、教训他："你怎么这等昏乱……幸我等早来，除妖邪救了你命，你还哭甚！哭甚！"(第四十七回)比丘国王更其昏乱十足。贪欲得病，竟信吃小孩心肝以疗治，比丘国驿丞悄悄地批判他："当今国主无道！"(第七十八回)——"昏乱"、"无道"，便是吴承恩通过玉帝等曲折的批判明世宗的言词。玉帝等那些庸懦、卑怯行径等形象表现，便是吴承恩对明世宗的嘲讽。我们不必去查阅明世宗的行状，看是否批判得实际、嘲讽得对路。小说终究是小说，吴承恩也无意通过对玉帝等的描写创造明世宗的形象。

二

吴承恩在妖精身上也多少注进一点明世宗的血液，至少，妖精要吃唐僧肉一事，反映着世宗时代皇帝和道士们对佛教对僧家的迫害内容。

妖精大都称王。不消说，灵感大王与比丘国王一样，都要吃童男女。更多的妖精则要吃唐僧肉，要吃的理由大都是说：唐僧乃十世修行的好人，吃他一块肉便可延年益寿以至长生不老。妖精本性是吃人，倒不在话下；为什么偏偏要吃苦行取经僧人，而此僧人被说成是什么十世修行的好人呢？按《西游记》所写，唐僧是如来佛的第二个徒弟金蝉子转世，无十世修行的说法。沙僧在流沙河吃过九起取经僧，但那九位僧人并不是唐僧的前九世。说"十世"即"第十个"，语词也不通。"世"当即"君子之泽，五世而斩"的"世"。"十世"云者，盖吴承恩暗寓明代太祖朱元璋到武宗朱厚照的十世(太祖朱元璋、建文帝朱允炆、成祖朱棣、仁宗朱高炽、宣宗朱瞻基、英宗朱祁镇、景帝朱祁钰、宪宗朱见深、孝宗朱祐樘、武宗朱厚照)。"十世的修行好人”云者，是寓指僧人在上述十世中都是被尊重的修行的好人。“吃他一块肉，便可延年益寿”云者，是寓指世宗时代灭僧，从而给兴道、炼金丹求长生开辟道路。兹以历史事实来做证。

先证从太祖到武宗的十世，佛教及其僧徒受尊重。《古今图书集成·神异典》卷五六《二氏部汇考二》、卷六四《释教部汇考六》，对此汇辑了较丰富的原始历史资料，不偏不颇地摘录一些如下：

> 太祖洪武四年，诏征高僧广荐佛会。（宋濂：《蒋山寺广荐佛会记》）
>
> 太祖洪武十五年，诏选高僧分侍诸王。（《明通纪》）
>
> 建文帝（惠宗）建文三年，敕限僧道田，人五亩。（《续文献通考》）
>
> 成祖永乐二年，擢僧道衍为太子太保。（《明通纪》）
>
> 成祖永乐十七年，颁佛经佛曲。（《明通纪》）
>
> 仁宗洪熙元年，赐释智光号大国师，赐以金印。（《明外史·方伎传》）
>
> 宣宗宣德二年，礼部奏：“不许滥收额外僧道，候考试精通经典者给度牒。”从之。（《明大政记》）
>
> 宣宗宣德十年，禁僧道私自簪剃及妄言惑众者。（《明会典》）
>
> 英宗正统十年，赐大藏经于甘露寺。（《续文献通考》）
>
> 英宗正统十三年，修大兴隆寺，作佛事。（《名山藏·典谟记》）
>
> 景泰帝（代宗）景泰四年三月，大隆福寺成。寺甲京师，费以数十万。（《名山藏·典谟记》）
>
> 宪宗成化四年，封西僧为法王、佛子、国师。（《名山藏·典谟记》）
>
> 宪宗成化十年，敕建塔，葬大应法王。拨官军四千供役。（《名山藏·典谟记》）
>
> 孝宗弘治十二年，以清宁宫成，诏大能仁寺灌顶国师设坛庆赞。（《名山藏·典谟记》）

> 孝宗弘治十五年五月，行取番僧国师领占竹于大慈恩寺。礼部尚书张升谏，不允。(《名山藏·典谟记》)
>
> 武宗正德五年，升诸僧为法王、佛子及觉义、都纲，帝自命为大庆法王。给僧度牒数万，以广番数。(《名山藏·典谟记》)
>
> 武宗正德十三年，遣中官刘充迎活佛，赐西域番僧食茶。遣番僧封乌斯藏国酋为阐教王。(《明大政记》、(《名山藏·典谟记》)

由上述十七条史料可以看出，十世皇帝中只有建文帝与宣宗两代对佛徒稍有限制。但建文帝限制的是释道两家，不只是针对佛徒。敕限佛道田亩的理由是："夫佛道本心，阴翊王化，其功弘多。至于末流，所习本乖，蠹蚀教门，致使讪毁肆行，贻累厥初，朕甚悯之。原其害教之端，实自田始……呜呼！多藏厚亡，老氏攸戒；除欲去累，大觉所珍。利欲减，则善心生；善人多，则风俗美。"(见前引《续文献通考》)可见建文帝不是排斥僧道，只是限制他们的多藏厚积。宣宗之禁私自簪(道士)、剃(僧人)，也是就僧道两家而言之。按：明初的仁宗、宣宗两朝，论者比之周有成康，汉有文景，视为嗣主守文、太平极盛之世。所谓作养循良，与民休息，是历史的概括评价。仁宗朱高炽在位只一年，因而史称的仁宣之世，主要是宣宗。宣宗对佛道两教的某些限制，基础是重儒家教化而发展生产、与民休息。宣德四年二月，工部尚书吴忠奏，欲修圆果寺塔，乞役民为之。宣宗不许，说："卿欲借此求福乎？朕以安民为福。其止之，勿劳吾民。"(《古今图书集成·神异典》卷六四引《明通纪》)因此，宣宗时代对佛教的限制，也不能看作是对佛教的排斥。至于其他八个皇帝对佛教是大加尊崇的，由上述材料看得很清楚。

到世宗时，一方面兴道教，一方面毁佛教。《古今图书集成·神异典》卷六四引《明会典》、《春明梦余录》、《名山藏·典谟记》、《明通纪》，以及《明史纪事本末》卷五二《世宗崇道教》，皆言之凿凿，佛道之一扬一抑的对比，甚为明晰。下述的摘录以嘉靖二十二年左右为断限，不另注引出处：

> 嘉靖十五年春正月，加致一真人邵元节道号，赐玉带冠服，
> 五月，除禁中佛殿，并毁佛像、佛骨、佛牙诸物。
>
> 十二月，以皇嗣生，录致一真人邵元节祷祀功，加授礼部尚书，给一品服俸。授其徒邵启为等禄秩有差。
>
> 嘉靖十六年，敕：听僧徒还俗，禁修葺寺院及私自披剃为僧。
>
> 嘉靖十八年，授陶仲文神霄保国宣教高士，扈驾南巡承天。
>
> 嘉靖二十二年，令毁大慈恩寺。

禁佛兴道，是辩证的统一。世宗之前的十代，佛道并立，无分轩轾，哪个也不能更突出一些。要想把道教提高到更突出的地位，就得压抑佛教。世宗时代的邵元节、陶仲文等方术之士，披着道教徒的外衣，蛊惑世宗的手段便是炼金丹、建斋醮，以祈逞淫欲的所谓长生不老。这时的和尚们没有一个如同宪宗时继晓那样会以秘术通世宗。同时，由于武宗朱厚照惑于番僧，自称大庆法王西天觉道圆明自在大定慧佛，世宗入继大统，出于私人恩怨，事事与武宗对立①，便在兴道之际特别压抑佛。于是出现了吃掉这十世修行的好人——僧徒，兴道教以益寿延年的扭曲说法。如前所列，吃佛徒与兴道教而益寿延年，在世宗时代是相辅而行的。

《西游记》通过妖精要吃唐僧肉的荒唐言论，把明世宗朱厚熜与当时道教徒的兴道灭僧行径以及他虚幻的向往都编织进去了。当然，与玉帝、车迟国王、比丘国王身上有明世宗的肢节微有不同的是：在吃唐僧肉的妖精身上，更多地窥见了邵元节、陶仲文的身影，联而牵之，表明了对明世宗朱厚熜的批判。

三

能不能说《西游记》对玉帝、西方路上国王以及妖精的上述描写，是袭自前代的唐僧取经故事，并不是吴承恩的独有会心的创造呢？

---

① 世宗与过世武宗的对立，源出于世宗母蒋氏与孝宗后武宗母张氏的对立。见《明史》卷一一四《后妃传·孝宗孝康张皇后》。

今见《西游记》以前的西游故事类作品，宋人《大唐三藏取经诗话》、元末明初杨讷(景贤)的《西游记杂剧》皆无此类描写；元末《西游记平话》的《车迟国斗圣》故事，据《朴通事谚解》(卷下)介绍，车迟国王本是“好善，恭敬佛法”的，只是伯眼(烧金道人)“吹口气，以砖石皆化为金，惊动国王，拜为国师，号伯眼大仙”。当孙悟空与伯眼斗法，伯眼死，现虎形，国王便感谢行者，“越敬佛门”。是知平话中的车迟国王与吴承恩《西游记》的车迟国王不同类。由上述可以论断说，只有吴承恩才在玉帝、车迟国王、比丘国王以至各类妖精身上，注入了世俗帝王即具体的明世宗的血液。玉帝等的敬道等等行为是吴承恩独有会心的创造。后来依据吴承恩《西游记》来改编的作品和西游故事的补、续作品，其改编者或作者都无吴承恩作文之用心，他们已远离明世宗崇道教的时代，因而不可能在作品中嵌有明世宗的画面。朱鼎臣节缩本《唐三藏西游释厄传》和杨志和节缩本《西游记》都把玉帝等对道教的态度以及妖精吃小孩、吃唐僧为延年益寿等内容删削掉。清内廷大戏《升平宝筏》则除了去掉上述内容外，竟在比丘国添进一些另外的东西，反而没有南极仙翁蛊惑国王吃小孩心肝的情节。这些作品的改编者、作者把玉帝等好道求长生，妖精要吃唐僧肉为了延年益寿、长生不老的话，看作是无意义的情节和废话抛弃掉，他们不了解、不理解吴承恩写这些干什么。

吴承恩写《西游记》时头脑里横亘着一个当代皇帝的丑恶形象，涉笔所及便刺他一下。不是心血来潮的偶然激搏，是积之已久、意识明确的勇敢行动。在他的诗文里也是这样处理的，《秦玺》、《二郎搜山图歌》就是吴承恩创作《西游记》时间内“微有鉴戒寓焉”的两篇作品①。

吴承恩因世宗的嘉靖十八年春安陆之行重扰地方，灾害人民，激烈地拨动了心弦，先作《秦玺》，继作《二郎搜山图歌》，师先代文学

① 我在《吴承恩年谱》的嘉靖十八年项下详细考证过《二郎搜山图歌》的写作时间问题。《吴承恩小传》的第四节对《秦玺》及《二郎搜山图歌》的写作诸问题又详加论述过。此处为了比照《西游记》对明世宗朱厚熜的批判、讽刺，谨不避重复撮述其要。

之士的遗意，借鞭笞历史上相类的皇帝秦始皇嬴政和宋真宗赵恒，极其隐蔽地从背侧把朱厚熜揍了一顿板子。吴承恩从秦始皇求神仙、祈长生与明世宗暗中拉到一起，明面却从“秦玺”论议开去，绕一个弯子。《秦玺》说：“世之袭秦旧者，岂特一玺哉？郡县犹秦，称号忌讳犹秦，然此特其迹耳。至于首功好杀，秦俗也；尊君蔑臣，秦仪也；妖言腹诽，秦律也。则并其意而用之，秦亦何尝亡于后世也哉！”这篇政治论文，盖由嘉靖十八年二月世宗南巡承天前特制七颗宝玺而发。吴承恩说制玺是循秦之“迹”，实质是暗寓明世宗南巡是踏秦始皇巡行天下之迹，求神仙、祈长生当然更是循着秦始皇的足“迹”，茫茫然、蚩蚩然而走的了。进一步，吴承恩明确地指出“首功好杀”的秦俗，“尊君蔑臣”的秦仪，“妖言腹诽”的秦律，今天的皇帝并其意而用之，秦始皇仍然活着。不言而喻，吴承恩告诉人们，今天的皇帝即世宗朱厚熜是踩着秦始皇脚印行走的昏庸——甚至有点残暴——之君。

明世宗南巡，来回两路上其随行官员贪私枉法，“四凶”、“五鬼”肆行无忌，协同皇帝制造民灾，这触发了吴承恩更大的愤慨。他借题一幅二郎搜山捉妖的画，比古论今，又把宋代一个求神仙、祈长生的皇帝宋真宗赵恒拉来鞭笞一通。吴承恩用古帝开鸿濛，以及轩辕铸镜、禹铸鼎的古代神话传说，影射明太祖朱元璋、建文帝朱允炆时代严禁宦官交通外朝、过问政事，从而出现政治清明，四方昭融的景象。用钟馗啖鬼的民间传说，把成祖朱棣开始，经英宗朱祁镇到武宗朱厚照宠幸内臣王振、汪直、刘瑾等事包括进去。然而吴承恩笔锋一转，说现在是“空向宫闱啖虚耗”，因为“民灾翻出衣冠中”，衣冠人物“不为猿鹤（君子）为沙虫（小人）”。可恨的是自己只能“坐观宋室用五鬼，不见虞廷诛四凶”，干瞪眼，没办法。通过上述四句诗，吴承恩用了三个历史上的典故（周穆王南征，宋真宗赵恒宠用“五鬼”，虞舜诛“四凶”）来抨击明世宗及他所推行的政策，表现出吴承恩为明世宗南巡有感而作《二郎搜山图歌》的黄河九曲的用心和表现手法。吴承恩用这样的典故批评世宗南巡及其群臣的腐败，是担着风险的，不是有诅咒"时日曷丧"之嫌吗①？吴承恩用周穆王南征时衣冠人物化为沙虫的反语和宋真宗好神仙、信任"五鬼"的王道大缺，来比拟明世宗，应是怀着痛楚的心情的，由本诗结尾几句可见。

《秦玺》是论文，《二郎搜山图歌》虽是文艺作品，前引"民灾"四句诗也是论议的笔致。《西游记》不同。玉帝等人的颦笑、状貌固然不等同于明世宗，不能说假托玉帝等人创造了明世宗的形象。但玉帝等人的心理和行为准则，他们血液流动鼓起的脉搏，都与明世宗相一致。当玉帝、车迟国王、比丘国王扶掖着出迎道士，表现满脸谄笑之际；当玉帝庆幸孙悟空责问自己一通，又打深躬唱大喏，给自己留了面子，自我解嘲的讲"只得他无事，落得天上清平是幸"之际；当车迟国王因妖道死而扑龙案哭到天晚不住时，当时的一些读者会体察到这是吴承恩对明世宗的无情嘲讽，尽管明世宗生活中并无此类表现。艺术上的夸张，不妨给明世宗鼻子上多抹几块白。

四

吴承恩时代是小说、戏曲这种能广阔反映社会生活的艺术形式比前此更繁荣的时代。利用这种艺术形式(小说、戏曲)来批判当时的社会，以至批判、嘲讽万岁当今，是时代现象，《西游记》不为仅见。也是因为明世宗好道、祈长生以及相并而来的朝廷腐败、社会动荡诸政治现象，使小说、戏曲的作者们感愤特多使之然。

传为王世贞或其门客作的传奇剧《鸣凤记》，其故事是刚刚结束的严嵩祸国新鲜时事，明涉世宗朱厚熜。就因为是指名道姓地讲本朝皇帝，反而不能直接贬斥，却要表面上加以赞颂："龙飞嘉靖圣明

---

① 据《明史》卷二〇二《刘讱传》、《明史纪事本末》卷五二《世宗崇道教》、《明通鉴》卷五九，世宗南巡，河南巡抚胡缵宗作迎驾诗有句："穆王八骏空飞电，湘妃英皇泪不磨。"也是把世宗南巡比作周穆王南征，更把它比作舜南狩崩于江上，英皇二妃泣，竹为之斑。被王潦告讦。谓为对世宗谤诅。世宗大怒，下胡缵宗诏狱。后从轻典，革胡缵宗职，杖四十。吴承恩的比拟简直与胡缵宗一模一样，也是周穆王南征，也提到虞舜，如果当时有人告讦到京，将是有杀头危险的。

君”(第一出),“皇明圣治称嘉靖”(第四十一出,即末出)。不消说,通过全剧写严嵩奸谋得售,由圣旨杀夏言、杨继盛,正摆出朱厚熜并非圣明之君,嘉靖时代非圣治之世。以夏言等直臣与严嵩奸臣等人之口,讲世宗淫于祷祀,近奸佞,远直臣,这已是作者所持的批判了,如第六出《二相争朝》,先是严嵩对夏言说:“皇上久厌兵革,方与邵真人修延熙万寿清醮。太师要兴兵,先已逆天了。”夏言骂严嵩:“正所谓长君之恶其罪小,逢君之恶其罪大。皇上修真打醮,必自小人导之。你就是个闭门修斋的王钦若了。”“你是个老秦丞再生,奸佞!私寝边兵,迎合着君王性。”指言世宗是宋真宗或宋高宗。第七出《严通宦官》的一位老太监向严嵩贺喜:“上位正要罢兵,见你的和戎本,不胜欢喜;正要打醮,见你的修斋本,一发大喜了,明日就来召你监斋。道场完日,封荫三代,岂非大喜。”世宗的“不胜欢喜”、“一发大喜”,活活画出昏庸之君的状貌。何来圣明?其批判之笔是很严厉的。《鸣凤记》的明世宗没有在舞台上露面,由侧面的评论如此,是明写,非隐寓。然而可以概见当时敢于写一写“君之恶”者之一斑。

相同于《西游记》隐寓写法的是《金瓶梅》和《封神演义》。

产生于万历时,云是嘉靖间大名士手笔的《金瓶梅词话》(实为笑笑生作),则是借《水浒传》的一段故事为由头,假托北宋,写嘉、隆、万时的社会生活。沈德符《万历野获编》卷二五说《金瓶梅》,“闻此为嘉靖间大名士手笔,指斥时事。如蔡京父子则指分宜,林灵素则指陶仲文,朱勔则指陆炳,其他各有所属云。”观乎《金瓶梅词话》第三十回西门庆家人来保等代表西门庆拜见蔡太师;第五十五回西门庆东京庆寿诞,拜蔡太师为干爷;第七十回群僚庭参朱太尉等情节,比对历史上严嵩、陆炳的所作所为,当可相信身处万历时节的沈德符所闻之可靠性,《金瓶梅词话》的作者笑笑生确实通过这一些情节反映和指斥了嘉靖间严嵩掌权的时事。这样,《金瓶梅词话》中的宋徽宗就有明世宗的肢节了。第六十四回薛内相说宋徽宗因雷震凝神殿鸱尾,命各官修省,并且逐日在上清宫宣精灵疏建醮,可与嘉靖十六年五月戊戌雷震谨身殿鸱吻,诏修省(《明通鉴》卷五七)比照。第七十回徽宗圣旨因林灵素“北伐虏谋,实与天通”,加封林灵素为忠孝伯,可与嘉靖二十三年冬十月大同边卒获叛人王三,世宗说:“叛恶就擒，固义勇之效力，实神鬼有以默戮之。”因加陶仲文少师衔。二十九年又加封陶仲文为恭诚伯(《明史纪事本末》卷五二)相比照。这样，《金瓶梅词话》第三十回作者批评“那时徽宗天下失政，奸臣当道，谗佞盈朝”，便应包含着对明世宗的批评。

沈德符《万历野获编》卷二五前引的《金瓶梅》项，在谈到《金瓶梅》为嘉靖间大名士手笔，用以指斥时事之后说：“中郎又云：尚有名《玉娇李》者，亦出此名士手，与前书各设报应因果……中郎亦耳剽，未之见也。去年抵辇下，从邱工部六区(志充)得寓目焉。仅首卷耳。而秽黩百端，背伦灭理，几不忍读。其帝则称完延大定，而贵溪、分宜相构，亦暗寓焉。至嘉靖辛丑庶常诸公，则直书其名，尤可骇怪。因弃置不复再展。”由此可见《金瓶梅》之指斥时事，确是作者有意为之。而同时还有《玉娇李(丽)》其书，竟把《金瓶梅》暗寓的嘉靖间时事，明写出来，其称完颜大定之帝指金世宗完颜雍，年号大定。究不知如何写金世宗完颜雍的，有否影射明世宗朱厚熜之处?

《封神演义》也可能寓有指斥明世宗时代的时事一节，前人没有这样说过，系柳存仁《陆西星、吴承恩事迹补考》(《中华文史论丛》一九八一年第二辑)始有此论。柳存仁认为《封神演义》借商周之争，多有影射嘉靖间实事和人物，“如纣王多年不上朝，可能讽明代皇帝之不亲朝政(成化、弘治已如此，嘉靖尤甚)”，首辅商容之死影夏言被害，太师文仲疑即陶仲文名字的颠倒，等等。柳氏的推证虽然未能确定不移，但也不排除影射的可能性。据柳存仁考证，《封神演义》作者应为陆西星，非许仲琳。陆西星是兴化人，与李春芳为友。据是，顺而推之，当然很有可能他也与吴承恩熟悉。吴承恩作神魔小说《西游记》，陆西星作神魔小说《封神演义》，尽管两者在佛、道问题上意见相左，不妨两位作者在对待世宗看法上思想相通，通过玉帝、车迟国王、比丘国王和殷纣王刺几下明世宗。

通过以上考察，可以看出从嘉靖开始到万历年间兴盛起来并留传到今天的几部长篇小说，其作者非在朝官吏(或曾为官吏，作书时不在朝位的隐名作者)，他们对世宗朱厚熜不满，便借用历史上或神魔故事中的帝王名色加以挞伐之。方式只能是隐寓的。像《鸣凤记》这样明点朱厚熜的作品，只好在字面上赞颂一番，寓贬于褒。这类作品既以《西游记》为嚆矢，又以《西游记》对明世宗的批判、嘲讽为最尖刻。从这角度研究这类作品的思想，《西游记》也稳占鳌头。

以《西游记》为首的这类作品，作者们主观上并不是要打倒皇帝，并非是皇权主义的否定者。《西游记》里有个正面的帝王形象——唐太宗李世民，还有个乌鸡国王，因祈雨上了全真道士的当，江山被攘夺，后被和尚解救，又助其战妖魔重新君临天下。唐太宗和乌鸡国王是作者树立的正面样板与侧面鉴戒，信佛信道造成两种相反的结果。即使《封神演义》有殷纣王式的昏君，还有周武王明君做对立面哩。历史没有提供给吴承恩等人否定皇权主义的条件。说这是吴承恩的历史局限、阶级局限，都对；不说，也无关宏旨。没有这样的局限，反而是咄咄怪事了。此之谓“必然”。倒是他能够在作品中隐寓地批判了、嘲讽了当今皇帝，值得大声称赞。这一点，使它在中国小说历史上占有突出的地位。

一九八二年九月

——据上海古籍出版社1989年版《西游记及明清小说研究》

【评　介】

相较于西方学术，中国传统学术自有其鲜明的特点，其中之一便是学科划分较为模糊，较少强调学科之间的区别而较多注意学科之间的沟通。对于人文社会科学，又往往并不以研究对象来分类，而代之以研究方法与特点，如传统所谓的义理之学、考据之学和辞章之学，虽可以大致相当于现代学问中的哲学、史学和文学，但它们基本上属于研究方法而不是针对具体的研究对象，这三者在古人眼中，似乎也并没有强分轩轾的必要。所以，古人没有特别独立的文学创作观念和文学批评理念，或者偏于史学(考据)，或者偏于哲学(义理)，文学自身的本体反倒显得模糊了，唯一讲求的辞章又往往不占有较高的价值层次，这是中国古代文学的基本面相之一。传统学术的此一状态在向现代转型过程中虽已打破殆尽，但若欲深入体察、把握中国古典学问之实际，则这一性质是必须充分考虑的。即以包括《西游记》在内的古代小说研究为例，侧重于作者、本事、版本考证的外部研究具有史学崇实的品格，而侧重于主旨、人物、情节批评的内部研究则与哲学阐发的意味颇近。这两种研究路数对研究者的要求不尽相同，同时也规范着研究者的兴趣和习惯，以至于擅长外部研究的学者在进行内部阐释时，也自觉地做得比较实在。在对文本的内部研究中，有偏重于历史、政治批评一翼的，即是在思想、主旨领域解读得较为实在；也有偏重于艺术、文化阐释一翼的，即是在审美形式领域发挥得比较自由。在《西游记》论坛颇富影响的苏兴先生的研究，即具有崇实尚信的品格。

苏兴(1923—1994)，字建勋，号草禾子，辽宁昌图人。1949年东北大学文学院硕士毕业后在东北师范大学中文系任教。20世纪50年代末开始学术研究。1978年晋升为副教授并担任硕士研究生导师，1983年晋升为教授，1990年离休。苏兴长期从事古典文学教学与研究，举凡中国古代之诗词、戏曲、小说及其历史研究等，均有建树。曾任全国《西游记》、《三国演义》、《水浒传》、《红楼梦》研究学会理事或副会长等，在国内学术界享有很高的声誉，亦在海外相关学术界有一定的影响。2004年，当苏兴逝世十年之际，由其弟子倡议并经其哲嗣苏铁戈、苏银戈、苏壮歌等编选了纪念文集《苏兴学术文选》，此书迟至2011年方由上海古籍出版社出版。

苏兴用功最勤者为中国古代小说之研究，又于《西游记》研究著述最丰，先后出版有《吴承恩年谱》、《吴承恩小传》、《西游记及明清小说研究》等专著。在作者研究方面，他的《吴承恩年谱》(人民文学出版社1980年版)和《吴承恩小传》(百花文艺出版社1981年版)是古典小说研究跨入新时期以后的首批成果，标志着《西游记》研究进入了一个新的阶段。尤其是前者，材料翔实而考证谨密，相比近半个世纪之前的刘修业所撰之谱，有了很大的跃进，堪称首部著录完备的吴承恩年谱，是《西游记》作者研究的扛鼎力作。在文本研究方面，1990年，苏兴为江苏古籍出版社的《古代小说名著新评丛书》中的《西游记》作评点十余万言，自云"是对研究《西游记》文本的认真探讨"，"熔进了我几十年的功力，也算是对《西游记》研究自己获得较深刻的认识的一个总结"。该丛书之约请苏兴来作，也是出版界对这位孜孜矻矻、皓首兹书的老学者的高度肯定。苏兴对自己的文章要求极严，他历年所作有关《西游记》的论文不少，但绝不轻易示人，故身后还留有未刊之稿数十篇。而对所发表的文章，他亦严于笔削，《西游记及明清小说研究》为其自定文集，只收文 15 篇(其中有关《西游记》的仅 8 篇)，但篇篇皆理据扎实、表述精警，能发前人之未发而具有说服力。我们从中选择《〈西游记〉对明世宗的隐寓批判和嘲讽》一文，以见苏兴《西游记》研究的成就和风格。

1982 年 10 月，由江苏省社会科学院、中国作家协会江苏分会(现江苏省作家协会)、《江海学刊》编辑部以及连云港市、淮安县人民政府五单位联合发起并主办的首届全国《西游记》学术讨论会在江苏连云港和淮安两地召开。这是新中国成立以来《西游记》研究界第一次全国性的高级别盛会，在《西游记》研究史上具有重要意义。会后出版了论文集(江苏古籍出版社 1984 年版)，苏兴的《〈西游记〉对明世宗的隐寓批判和嘲讽》作为会议的重要论文，被收入论文集中。该文以历史考据之法进行文本研究，属于小说内部研究中的思想批评一类，但着眼于历史、社会层面，在考证中寓阐释，颇能见出苏氏之学风。

文章一开首即亮出主要观点：吴承恩借《西游记》的神魔之争，对当世皇帝——明世宗朱厚熜进行了隐寓的批判和嘲讽，具体论证则分四个部分逐次展开。首先，以《西游记》对玉帝、车迟国王、比丘国王三位帝王的具体描写与史载明世宗宠信道士、溺于秘术的史实进行比照，以说明"《西游记》通过对玉帝、车迟国王、比丘国王尊道教、祈长生的一系列描写，是从明世宗朱厚熜身上取像，做些文学上的夸张以至夸大"，小说作者对玉帝、车迟国王、比丘国王的批判和嘲讽态度，便是对明世宗的隐寓批判和嘲讽。苏兴追寻了小说描写的帝王与当世帝王的相似之处：(1)礼遇道士之表现——皆是出门迎送，不以君臣而以师弟道友相交接；(2)礼遇道士之目的——皆非清修静摄，而是为了纵欲享乐，以养生为名，实为戕生；(3)修道养生之手段——皆需采炼童女经事，又或旁及童男脑髓，残害生灵，令人发指。通过这些极为相似的细节，不难令人相信：吴承恩笔下的玉帝等形象确有明世宗的投影。但是，苏兴对所提论点的分寸是有所把握的，他认为“小说终究是小说，吴承恩也无意通过对玉帝等的描写创造明世宗的形象……玉帝等人的颦笑、状貌固然不等同于明世宗，不能说假托玉帝等人创造了明世宗的形象。但玉帝等人的心理和行为准则，他们血液流动鼓起的脉搏，都与明世宗相一致”。这便恰如其分地处理了艺术形象与生活原型之间的分际，既将文本批评置于历史真实的背景中，又没有陷入到穿凿索隐的路子上去。这种态度对于当下红学界的某些研究取向无疑是具有启示意义的。

其次，苏兴认为，《西游记》在妖精身上也注入了明世宗的血液，即妖精普遍地要吃唐僧肉这一心理和举动，反映了明世宗崇道抑佛、迫害僧伽的内容。苏兴颇具创见地以书中对唐僧的形容——“十世修行的好人”为证，考论了“十世”之现实意旨，即暗寓明代太祖朱元璋到武宗朱厚照的十代帝王，而在世宗朱厚熜以前的这十代中，僧人和佛家都是被尊崇和重视的，此即“十世修行的好人”之义，妖精要吃唐僧这位“十世修行的好人”之肉，则寓指在明世宗时代兴道灭僧的现实。可以说，这一观点及其论证是苏兴此文最富于创新之意的地方。“十世”固为“十代”无误，但吴承恩是否刻意暗指明世宗之前的十代明帝，则无论在小说中还是在吴氏的其他创作中都无他证，那么，对“十世”的这种解释便似有孤证之嫌。因为，“十”这一数字向有完满、完全之义，“十世修行的好人”当可只是单纯地形容唐僧禀具圆满之功德，未必一定有所暗寓，且又如此深隐。不过，我们也不能断然否定《西游记》的作者就没有这种文字寄寓，像《西游记》、《金瓶梅》这类“奇书”之“奇”，也常常就体现在近乎无一字无来历的厚重的文化积淀上，这在后起之《红楼梦》中表现得尤为突出。所以，苏兴先生的这个论点，足可当做重要的一家之言。

再次，除了从小说文本中寻找吴承恩讽喻明世宗的内证，苏兴还以自己对吴氏生平和著述的稔熟，寻绎了《射阳先生存稿》中的类似作品，以进一步证实吴承恩确有对明世宗的愤懑和批评。从吴承恩诗文中寻找与《西游记》相关之内容，早在胡适就做过，《二郎搜山图歌》因此最为学界所重。苏兴以前人为基，目光所注又对《秦玺》一文独有慧解。通过对吴氏生平的考证，苏兴认为，《秦玺》一文和《二郎搜山图歌》一诗都是吴承恩不满于嘉靖十八年世宗南巡的诸般弊窦而作，都是“微有鉴戒寓焉”的作品。苏兴更将吴氏诗文之用典用意与同时之胡缵宗迎銮诗祸加以对比，以坐实吴承恩两篇诗文的写作动机和背景。而吴承恩之存有这一讽喻之意，便说明了小说《西游记》的隐寓和嘲讽是有着充分的创作心理基础的。无疑，苏兴这一研究将知人论世与谈文说稗相结合，将《西游记》作者研究与文本评论相结合，是具有说服力的。

文章最后且将视野荡开，以大致出现于同一时期的《鸣凤记》、《金瓶梅》、《封神演义》等几部通俗文学作品为例，以说明在吴承恩所处时代，“利用这种艺术形式（小说、戏曲）来批判当时的社会，以至批判、嘲讽万岁当今，是时代现象，《西游记》不为仅见。也是因为明世宗好道、祈长生以及相并而来的朝廷腐败、社会动荡诸政治现象，使小说、戏曲的作者们感愤特多使之然”。故而，吴承恩利用小说对明世宗加以批判和嘲讽，就不仅是可能的，也是必然的了。正因此一点，《西游记》在中国小说史上的地位便是值得肯定和称赞的。

综观苏文，比较鲜明地体现了他本人的治学风格，既笃实稳重又不乏机警智慧。苏兴自云，读大学时曾受到三位前辈学者的影响甚大，一是古文字学家孙海波，一是历史学家汪篯，一是古典文学专家孙作云。古文字学要求扎实的科学精神，自不必多言，而汪篯则将“有一分材料说一分话”的学风传授给他，孙作云又教他从编制“引得”的笨功夫入手来研讨学问。由此可见，苏兴求实而真笃的学风，当是渊源有自。作为一篇参会论文，却一点也没有敷衍、空泛的弊病，也正能体现苏兴先生诚实认真的人品。

苏兴《西游记》论著目录：

《追踪西游记作者吴承恩南行考察报告》，载《东北师范大学学报》1979 年第 1 期。

《追访吴承恩的踪迹》，载《随笔》1979 年第 3 期。

《西游记琐谈》，载《文学遗产》1980 年第 3 期。

《吴承恩年谱》，人民文学出版社 1980 年版。

《吴承恩小传》，百花文艺出版社 1981 年版。

《吴承恩〈西游记〉第九回问题》，载《北方论丛》1981 年第 4 期。

《读〈新发现的与吴承恩有关的几块墓志铭考略〉》，载《东北师范大学学报》1982 年第 1 期。

《杨致和〈西游记〉摭谈》，载《文学遗产》1983 年第 2 期。

《西游记的四圣试禅心事》，载《明清小说研究》1985 年第 2 期。

《也谈百回本西游记是否吴承恩所作》，载《社会科学战线》1985 年第 1 期。

《介绍、简评国外及我国台湾学术界对西游记作者问题的论述》，载《东北师范大学学报》1986 年第 3 期。

《谈〈李卓吾先生批评西游记〉的板刻》，载《文献》1986 年第 1 期。

《西游记的玉皇大帝、如来佛、太上老君探考》，载《东北师范大学学报》1988 年第 1 期。

《西游记及明清小说研究》，上海古籍出版社 1989 年版。

《“四大奇书”名称的确立与演变》，载《明清小说研究》1990 年增刊。

《现存世德堂本〈西游记〉是否即熊云滨重刻本的探讨》，载《文献》1990 年第 1 期。

《西游记第七回研究》，载《社会科学战线》1992 年第 2 期。

《记味潜斋石印本〈新说西游记图像〉——附记〈古本小说集成〉本〈新说西游记〉》，载《社会科学战线》1994 年第 4 期。

《〈西游补〉中破情根与立道根剖析》，载《北方论丛》1998 年第 6 期。

《西游记中孙悟空对妖精自称“外公”试析》，载《古籍整理研究学刊》1999 年第 1 期。

《标点本〈续西游记〉读校随记》，载《古籍整理研究学刊》1999 年第 5 期。

《〈升平宝筏〉与〈西游记〉散论》，载《洛阳师范学院学报》1999 年第 3 期。

《西游记典型人物论》，载《苏兴学术文选》，上海古籍出版社 2011 年版。

《西游补的作者及写作时间考辨》，载《苏兴学术文选》，上海古籍出版社 2011 年版。

《西游记谈枝四题》，载《山西大学师范学院学报》2002 年第 1 期。

百回本《西游记》是否吴承恩所作

章培恒

至迟在元末明初就已存在着一种名为《西游记》的小说。目前国内的研究者普遍认为：今天所见的百回本《西游记》就是吴承恩在这基础上写成的。但国外的研究者对于百回本《西游记》出于吴承恩之手这一点却还有持慎重态度甚或加以否定的。例如，日本研究中国文学的著名学者小川环树氏在《〈西游记〉的原本及其改作》①中就认为：必须确切地证明了百回本《西游记》中的方言是淮安方言，百回本《西游记》为吴承恩所作这一点才能获得有力的旁证。另一位对《西游记》进行过系统研究的日本学者太田辰夫氏则干脆认为百回本《西游记》并非吴承恩所作②。本文拟就这个问题提出一些不成熟的看法，以就正于海内外的学者。

一

从现有的各种《西游记》版本来看，《西游记》的明刊本和清刊本或署朱鼎臣编辑，或只署华阳洞天主人校而不署作者姓名，或署丘处机撰，却没有一种是署吴承恩作的。署明为吴承恩作，实始于二十世纪二十年代以后所出现的铅印本《西游记》。其所以这样署，乃是依据鲁迅、胡适二氏的考证。但他们的考证并不是极其周密的。

---

① 见小川环树著《中国小说史之研究》，日本岩波书店 1968 年版。

② 见太田辰夫作《西游记杂考》(载日本《神户外大论丛》第 21 卷第 1、2 号合刊)等文。

他们用以证明百回本《西游记》为吴承恩所作的最有力的证据，是天启《淮安府志》卷十九《艺文志》一《淮贤文目》，在那里有着如下的著录："吴承恩：《射阳集》四册□卷；《春秋列传序》；《西游记》。"需要注意的是：天启《淮安府志》既没有说明吴承恩的《西游记》是多少卷或多少回，又没有说明这是一种什么性质的著作，那又怎能断定吴承恩的《西游记》就是作为小说的百回本《西游记》而不是与之同名的另一种著作呢？要知道，在我国的历史上，两种著作同名并不是极其罕见的现象，甚至在同一个时期里出现两种同名的著作的事也曾发生过，例如，清初就曾有过两部《东江集钞》，一部的作者是沈谦，另一部的作者是唐孙华。在小说中，两书同名的事也有。在明代有过一部秽亵小说《如意君传》，在清代另有一部《如意君传》，却非秽亵小说。有意思的是：大概比吴承恩大二十岁左右的安国①就写过名为《西游记》的纪游之作，那么，又安知吴承恩的《西游记》不也是游记呢？总之，如果没有有力的旁证来证明《淮安府志》著录的吴承恩《西游记》乃是百回本小说，也就无法确切地断定百回本《西游记》为吴承恩所作。

尤其需要注意的是，在清初黄虞稷所撰的《千顷堂书目》卷八史部地理类中恰恰有如下的著录：

> 唐鹤征《南游记》三卷　　吴承恩《西游记》　　沈明臣《四明山游籍》一卷

倘若《千顷堂书目》的著录不误，那么，吴承恩的《西游记》乃是一部通常意义上的游记，与安国的《西游记》属于同一性质，换言之，它确是与小说《西游记》同名的另一部著作。

当然，在这里必须回答如下的几个问题。

第一，吴承恩是否有可能写一部名为《西游记》的游记？回答是：有此可能。如所周知，吴承恩曾被认命为荆府纪善，也就是荆王的属

---

① 安国，字民泰，生于成化十七年(1481)，卒于嘉靖十三年(1534)，见王廷相《内台集》卷五《明故桂坡安征君墓碑铭》。

官。荆王府在蕲州；吴承恩从其故乡淮安去荆王府赴任，乃是从东往西行。假如他写一游记性的作品，记述其赴任途中之所经历，而名之为《西游记》，那是毫无不合理之处的。上文所提到过的安国的《西游记》，也是记其至湖北的游历。吕柟《泾野先生文集》卷二十八《安民泰传》："……既而叹曰：'昔人足迹半天下，而国不出环堵，诚吴人也(安国为无锡人，见《传》——引者)！'遂走京师，攀跻银山，展观天寿，乃抵居庸，越龟蒙凫绎以谒孔陵，於是有《北游记》。已而泛大江，蹑匡庐，观瀑布，沿入武当，於是有《西游记》。"同时，像吴承恩那样一位"为诗文下笔立成，清雅流丽"(天启《淮安府志》卷十六《人物志》二《吴承恩传》)的文人，在经过由江苏至湖北这样的长途跋涉之后，写些游记，更完全是情理中事。

第二，《千顷堂书目》的著录是否可靠？由于黄虞稷是一位很有学问的目录学家，如果他知道吴承恩的《西游记》是一部通俗小说，绝不会把它编入地理类去。那么，是否有这样的可能：他根本不知道吴承恩的《西游记》是一部什么性质的书，只是依据书名，就想当然地把它编入了地理类。这牵涉到《千顷堂书目》的性质。张钧衡为《千顷堂书目》写的《跋》说："……钱受之采明诗，从俞邰(虞稷的字——引者)借书，得尽阅所未见，又为作《千顷斋藏书记》。是俞邰实有是书，并非悉据旧目。"这就是说，《千顷堂书目》所著录的，乃是黄虞稷所收藏的图书。汪辟疆先生的《目录学研究》也持同样看法。据此，黄虞稷自应藏有吴承恩的《西游记》，从而也就不会因没有看过此书而仅据书名胡乱分类。至于他之不注明《西游记》的卷数，也可能是该书并未分卷，或黄氏所得为残本，全书卷数不明，并不能据此而断言虞稷未见该书。

但是，由于《千顷堂书目》著录的书甚多，似乎不是私人之力所能有，而且，钱谦益的《千顷斋藏书记》也只说虞稷家藏书六万卷，《千顷堂书目》的著录显然超过此数，有些研究者就认为：该书著录的并不都是虞稷的藏书；虞稷的目的是要编《明史艺文志》，因而把他所知道的明人著作的目录全都列入了，其性质类似于焦竑的《国史经籍志》。我想，这种看法未必正确。黄虞稷生活于明清易代之际。在那种兵荒马乱的时期，书籍价格必然极其低廉，何况一般的明版在当时只能算普通书，因此，以私家之力而收集到这么多明人著作，并不是不可能的。当然，虞稷也许确有编《明史艺文志》的雄心，但这并不能证明《千顷堂书目》著录之书并非其所收藏。姚名达先生《中国目录学史》说："明史艺文志之撰集，凡经五变。焦竑创始于前，不分存佚，通记古今。黄虞稷搜藏于后，兼补前朝，殆尽目睹。"也就是说，虞稷虽意在编明史艺文志，但《千顷堂书目》著录的，乃是其藏书(所谓"搜藏于后")，殆皆黄氏所"目睹"。汪辟疆先生《目录学研究》也说："虞稷生际明季，时值南都倾覆，天府之宝藏，故家之秘笈，尽力搜罗，典籍大备。乃就有明一代之书，详加著录，为《千顷堂书目》三十二卷。"至于其著录数超过《千顷斋藏书记》的记录，当是在钱谦益写作此文后，虞稷仍在不断地增加收藏。尤其重要的是：从明人所撰的书目来看，像《千顷堂书目》这样的名称，当与《宝文堂书目》、《世善堂书目》、《红雨楼书目》等属于同一类型，为私人藏书目录；倘是《国史经籍志》那样的性质，似不应以私家之堂作为书名。同时，我们如果把《千顷堂书目》和《国史经籍志》对勘一下，就会发现《千顷堂书目》虽然增加了不少《国史经籍志》所没有的书目，但有许多见于《国史经籍志》的书目却为《千顷堂书目》所无。以明太祖的集子来说，《国史经籍志》著录二十卷本与三十卷本二种，《千顷堂书目》却于二十卷本全不涉及。按，明太祖文集在明代最为流行的是二十卷本，明嘉靖间唐胄所刻、徐九皋、王惟贤所刻、万历间姚士观、沈鈇所刻、王弘诲所刻，均为二十卷，黄虞稷于此绝不可能毫无所知。若是编《明史艺文志》，绝无舍弃此二十卷本不予著录之理。所以这当是其私人藏书目，因三十卷本为明初刊本，优于二十卷本，既已有三十卷本，就不再购置二十卷本了。又，杭世骏《道古堂文集》卷六《黄氏书录序》："第神宗时张萱、吴大山等重编内阁之目，他书多讹阙不可信，独地理一类详核不支，俞邰亲见此书，乃独不之采用，所挂漏者夥颐，为不可解。"我想，这也正说明了《千顷堂书目》本不是《明史艺文志》的性质。所以，否定《千顷堂书目》为私家藏书目的理由似乎并不充分。

不过，在这里还需说明一点：黄虞稷的《千顷堂书目》并不是从他家里流传出来的，据杭世骏《黄氏书录序》，当时所见《千顷堂书目》“皆从史馆录出，祇有明人而缺南宋以后诸公，盖为明史起见”，按，黄虞稷于康熙时曾入明史馆参与纂修，大概当时他就把《千顷堂书目》带到了史馆作为参考书，以后也就留在了史馆。那么，史馆里的人会不会对这《书目》动手术呢？照杭世骏说是动了手术，把《书目》中宋、元人的著作都删掉了。同时，《千顷堂书目》既是私家藏书目，当然不可能重要的明人著作都有，因此，史馆里的人为了编《明史艺文志》的需要而给它加一些进去的可能性是否存在呢？我想也不能排斥。据杭世骏《千顷堂书目跋》，他后来又得到了曝书亭朱氏所藏的本子，其中还保存着明代以前人的著作目；但他在《跋》中并未说朱氏藏本中的明人书目比他以前所得本少，而朱氏藏本恐也从史馆抄出（朱彝尊原也在史馆），其藏本的书目也难保没有增加过。不过，就明太祖集的二十卷本尚未增入这一点来看，纵或有所增加，加进去的当是很重要的书籍，未必会不惮烦地到别的书目里去抄一些“吴承恩《西游记》”之类的东西去增补；实际上，后来在编《明史艺文志》时，这些东西都删去了。

总之，从目前的情况看，我们无法轻易地否定《千顷堂书目》这一著录的可信性。退一步说，即使《千顷堂书目》确是《国史经籍志》那样的性质，但既然黄虞稷是著名的藏书家，也就不能排除虞稷确实藏有此书的可能性。纵或他确未藏有此书，但也不能就此断定他之把此书编入地理类乃是毫无根据的瞎编。所以，我们若要肯定百回本《西游记》为吴承恩所作，除了必须有足够的旁证来证明《淮安府志》著录的《西游记》是小说外，还必须有充分的证据来证明《千顷堂书目》关于此书的分类是错误的。而鲁、胡二氏的考证皆未达到这样的要求。

二

作为鲁、胡二氏上述考证的最重要的佐证的，是清代吴玉搢的《山阳志遗》和阮葵生的《茶余客话》。现先引《山阳志遗》的记载于下：

> 天启旧志列先生(指吴承恩——引者)为近代文苑之首，云“性敏而多慧，博极群书，为诗文下笔立成。复善谐谑，所著杂记几种，名震一时”。初不知杂记为何等书，及阅《淮贤文目》，载《西游记》为先生著。考《西游记》旧称为证道书，谓其合于金丹大旨，元虞道园有序，称此书系其国初邱长春真人所撰；而郡志谓出先生手。天启时去先生未远，其言必有所本。意长春初有此记，至先生乃为之通俗演义，如《三国志》本陈寿，而《演义》则称罗贯中也。书中多吾乡方言，其出淮人手无疑。或云：有《后西游记》，为射阳先生撰。

由此可见，吴玉搢之所以断言百回本《西游记》为吴承恩作，其依据就是天启《淮安府志》(以下简称天启《志》)中的《淮贤文目》，但他并未举出任何证据来证明天启《志》所著录的《西游记》乃是通俗小说。当然，他注意到了《西游记》中的方言，但即使这确能证明此书“出淮人手”，又安见其必为吴承恩(因为“淮人”很多)？也就是说，吴承恩写的是游记性质的《西游记》，而通俗小说《西游记》则为另一“淮人”所写，这样的可能性也不是不存在的。何况书中的方言也并不能证明百回本《西游记》出于淮人之手，具体说明见后。

另一方面，只要仔细地读一读上引的文字，就可发现：吴玉搢并不是要拿书中的方言来证明天启《志》所著录的《西游记》乃是通俗小说，而是先肯定了见于天启《志》的《西游记》之为小说，然后再以小说《西游记》中的方言为依据，进而论述此书到底是吴承恩作抑丘处机作的问题。他也许根本就没有考虑到天启《志》所著录的《西游记》是否为小说尚有待于证明。而正因为对这个最根本的问题未作论证，他的论断也就缺乏坚实的基础。

现再引阮葵生《茶余客话》的有关记载于下：

> 按，旧《志》(指天启《志》——引者)称射阳性敏多慧，为诗文下笔立成，复善谐谑，著杂记数种。惜未注杂记书名，惟《淮贤文目》载射阳撰《西游记》通俗演义。是书明季始大行，里巷细人乐道之，而前此未之有闻也。世乃称为证道之书，批评穿凿，

> 谓吻合金丹大旨，前冠以虞道园一序，而尊为长春真人秘本，亦作伪可嗤者矣。按明郡志谓出自射阳手，射阳去修志未远，岂能以世俗通行之元人小说攘列己名？或长春初有此记，射阳因而演义，极诞幻诡变之观耳；亦如《左氏》之有《列国志》，《三国》之有《演义》。观其中方言俚语，皆淮上之乡音街谈，巷弄市井妇孺皆解，而他方人读之不尽然，是则出淮人之手无疑。

阮葵生跟吴玉搢一样，也是先断定天启《志》著录的吴承恩《西游记》为“通俗演义”（即百回本小说），然后再引书中方言作为旁证。而对于天启《志》著录的《西游记》到底是否小说的问题，他同样没有作任何论证。因此，阮葵生之说在这方面丝毫没能弥补吴玉搢之说的缺陷。其实，阮葵生恐怕连天启《志》都没有查，其引天启《志》乃是据吴玉搢之文转引的，所以，吴玉搢引天启《志》时，把原文“复善谐剧”误为“复善谐谑”，而阮葵生的引文同样作“复善谐谑”。

其后，丁晏的《石亭记事续编》对百回本《西游记》的作者问题也有考证。他除了据书中的明代官制进一步证明此书不可能为丘处机所作外，其余均与吴、阮如出一辙，原文避繁不引。而鲁迅先生与胡适对这问题的考证，又均不出吴、阮、丁三人的范围。总之，他们都未能排除吴承恩所作的《西游记》乃是游记性质的作品的这种可能性。在这样的情况下就断定百回本《西游记》为吴承恩所作，实嫌证据不足。

三

吴玉搢所说的“书中多吾乡方言”这一点虽未能作为天启《志》著录的《西游记》为百回本小说的确证，但这问题仍应引起我们的重视。吴、阮、丁三人都未曾说明书中的哪些词语是淮安方言，但幸而人民文学出版社出版的《西游记》注释本在这方面做了很好的工作。我手头所有的是1980年5月的北京第二版。从该本的注释来看，明确提及淮安方言的共六处，在卷首《关于本书的整理情况》中提及的一处；另有若干条只注为“方言”而未明言“淮安方言”，当是未能确定其为何地方言。现将其明确提及淮安方言的七条引录于下，所注页码，皆指该本。

> （一）“骨冗”本是淮安方言，形容婴儿在母腹内蠕动。现代语写作“咕容”。（见《关于本书的整理情况》。按，这是对五十三回“不住的骨冗骨冗乱动”一语的说明。）
>
> （二）犯头，是冒犯的由头。淮安方言：无意触怒对方而引起对方的误会，就对方说，叫做“认犯”或“认此犯头”。犯亦作泛，见后文第三十一回。（见29页注一。按，这是对第三回“或有禽王、兽王认此犯头”一语的注释。）
>
> （三）倒踏门——男人在女家就亲。今淮安方言叫倒站门。（96页注一）
>
> （四）是——淮安方言，语尾词。如后文第三十一回“柳柳惊是”。（181页注三。按，这是对第十四回“倒也得些状告是”的注释。）
>
> （五）□户——淮安方言，烂糊的意思。（449页注一）
>
> （六）畜——淮安方言：熏、呛。第六十七回又写作“旭”。（577页注一）
>
> （七）山恶人善——淮安成语：地理环境虽然险恶，居民却很善良。（609页注二）

在这七条中，前四条显然是有问题的。

第一，认为“骨冗”就是现代汉语的“咕容”，是很正确的。《新华字典》即收有“咕容”，释为“像蛆那样地爬动”，并且没有把此词作为方言处理，足征“咕容”并非方言。在普通话中，“咕”“骨”同音，“骨”字的有一种读法，连声调也跟“咕”相同（皆读为gū）；“容”与“冗”也同音，唯声调略有区别，“容”为阳平，“冗”为上声。换言之，“骨冗”不过是“咕容”的另一种写法，从而也并非方言。把“咕容”写成“骨冗”，至多只能证明在作者的方言中，“容”、“冗”属于同一声调。但“容”、“冗”属于同一声调并非淮安方言所特有的现象，所以也就不能把“骨冗”看作仅仅是淮安方言。可能注释者已经意识到了这一点，所以在正文的注释中仅仅把“骨冗”释为“方言”，而没有释为“淮安方言”，见681页注一。

第二，从关于“犯头”的注释中“犯亦作泛，见后文第三十一回”之语，可见注释者认为第三回的“认此犯头”就是第三十一回的“认了这个泛头”(见397页)。我也认为从上下文来看这两者应是同样的意思，而且在普通话中“犯”与“泛”同音、同声调，“泛头”当为“犯头”的另一种写法。但三十一回所写的情况是这样的：猪八戒和沙和尚把黄袍怪的两个儿子从云端里掼下去，并且叫道：“那孩子是黄袍妖精的儿子，被老猪与沙弟拿将来也。”黄袍怪听后，心中暗想道：“猪八戒便也罢了；沙和尚是我绑在家里，他怎么得出来？我的浑家怎么肯放他？我的孩儿怎么得到他手？这怕是猪八戒不得我出去与他交战，故将此计来羁我。我若认了这个泛头，就与他打啊，噫，我却还害酒哩!”由此可见，猪八戒是故意去激怒他的，并非如“犯头”注所说的“无意触怒对方而引起对方的误会”。换言之，若把《西游记》中的“犯头”视为淮安方言，那么，在第三回中虽还可通，在三十一回中就通不过了。

第三，“倒踏门”的“踏”与淮安方言“倒站门”的“站”，字音、字义全都不同。“倒踏门”显然不能视为淮安方言。

第四，把“是”作为语尾词使用，并不只限于淮安方言。在长江以北其他地区的方言中也有这种现象，例如南通方言中就有(此条承陆树仑同志见示，谨此志谢；他是南通人)。

由此看来，在人民文学出版社本明言淮安方言的七个词语中，至少有四个不是淮安方言，或不能仅仅作为淮安方言。应该承认，《西游记》的注释者在这方面是花了相当大量的劳动，而且对淮安方言是相当了解的，但从《西游记》的注释来看，作品中真正能作为淮安方言的词语，至多只有三个，即“□户”、“畜(旭)”和“山恶人善”。所以，作品的真正淮安方言，不是很多，而是很少。而且，由于我们并未对长江以北的地区的方言作过普遍调查，上述的三个词语是否为淮安方言所独有，也还是问题。总之，吴玉搢的所谓“书中多吾乡方言”，阮葵生的所谓“观其中方言俚语，皆淮上之乡音街谈”，至少是并不确切的。

当然，在百回本《西游记》中，确有相当数量的长江以北地区的方言(包括上述淮安方言在内)。但与此同时，也有相当数量的吴语地区的方言。现举一些明显的例子：

一、“圆丢丢”，见43页。按，此为吴语中形容圆形物体之词。

二、“掮”，在书中多次出现，见778页、782页、835页、948页、949页等；有时也写作“搴”，见412页、413页、776页、780页、859页等(按，776页写孙悟空把芭蕉扇“搴在肩上，找旧路而回”，778页则说“牛魔王赶上孙大圣，只见他肩膊上掮着那柄芭蕉扇，怡颜悦色而行”，足见“搴”为“掮”的另一种写法)。“掮”为吴语方言的常用词。

三、“拗”，见326页：“把清油拗上一锅。”人民文学出版社本于此有一条注：“拗(yǎo)——用勺取水叫舀。拗，舀的同音字。”按，在普通话中，拗的注音为ǎo，而非yǎo。在古代字书中，拗有“於教切”、“於绞切”等读音，但作为反切上字的“於”，是读作“乌”的，所以，拗与舀并非同音。换言之，把拗的读音注作yǎo，视为舀的同音字，似乎并不确切。而在吴语地区的方言中，确有称“用勺取水(或油)”为“拗(ǎo)”的。要装上一锅水(或油)，在以前一般都要用勺。因此，“把清油拗上一锅”的“拗”当为吴语方言。又，若是用其他器具取水，在吴语方言中也不称为“拗”。而《西游记》339页写到用玉瓢、玉酒杯取水，就称为“舀”而不称为“拗”了。足见作者对吴语方言中的“舀”、“拗”的区别非常熟悉。

四、“替”，见1172~1173页：“行者道：‘我解得(《多心经》)，我解得。’……(八戒)说道：‘嘴巴！替我一般的做妖精出身，又不是那里禅和子，听过讲经……说甚么晓得、解得！’”又，1174~1175页：“沙僧笑道：‘二哥，你不晓的，天下多少斯文，若论起肚子里来，正替你我一般哩。’”这里的两个“替”字，都作“与”字解释。把“与”说成“替”，乃是吴语方言中的现象。

五、“该”，见216页及217页：“活该三百多余岁。”“整整压该五百载。”按，在某些吴语方言中，“该”字接于动词之后，含有“在那里”之意。例如，我们听宁波人谈话，有时就会听到这样的对话：“某人还活该否?”“活该。”或者：“咸菜上的石头压该否?”“压该。”

“压该多少时光了?”“压该半个月了。”《西游记》中的这两个“该”字，只有作为吴语方言，才解释得通。

六、“軃”，见493页：“只见廊庑下，横軃着一个六尺长躯……原来是个死皇帝……直挺挺睡在那厢。”此一“軃”字，显然为躺、睡之意。按，在一般的字书中，“軃”字皆释为“垂下貌”，也可作为“躲”字使用，无释为躺、睡者。唯在吴语方言中有这样的用法。《海上花列传》第二回：“(王阿二)便说：‘榻床浪来軃軃哩。’朴斋巴不得一声，随向烟榻下手躺下……”可证。

七、“跄”，见254页：“八戒调过头来，把耳朵摆了几摆，长嘴伸了一伸，吓得那些人东倒西歪，乱跄乱跌。”人民文学出版社本于此有注说：“跄——这里是形容行路歪斜的样子。”按，“踉跄”一词有行路不稳之意，单独一个“跄”字并无“行路歪斜”的意思。吴语方言中，“跄”为奔跑之意；此处“乱跄”，实为吴语。盖“那些人”被八戒惊吓以后，胆小的已吓瘫了(“东倒西歪”)，胆大的则尚能奔跑，但因害怕之故，一面奔，一面跌。

八、□，见724页：“呆子慌了，往山坡下筑了有三尺深，下面都是石脚石根，□住钯齿。”人民文学出版社本注释说：“□——同扛。□住，顶住。”按，“□”确是“扛”字的另一种写法；从上下文看，此处的“□住”也确是顶住之意；但“扛”字在字书中并无“顶”的意思。唯在吴语方言中，有一与“□”相近的音(其音大致相当于上海方言中的“戆大”的“戆”)，其义为两物相顶。此处的“□”字，当即吴语方言。因吴语方言中的这个音，无法以方块字来准确表示，故只得用音读相近的“□”字。

九、“等”，见1075页：“三藏与沙僧忽地也醒了，道：‘是甚人抬着我们哩?’行者道：‘莫嚷，莫嚷！等他抬！’”按，当时三藏、行者等都已在被人抬着走，行者为什么还要说：“等他抬”呢？根据“等”字的一般意义，此句显然是不通的。但在吴语方言中，“等”有“随”、“让”的意思，“让他去”可以说成“等他去”。所以，此处的“等他抬”实为吴语方言，即随他抬、让他抬之意。

十、“安”，如594页：“将核儿安在里面。”600页：“这行者双手爬开肚腹，拿出肠脏来，一条条理够多时，依然安在里面。”984

页："不好蒸的，安在底下一格。"此等"安"皆"放置"之义。称"放置"为"安"，也是吴语方言。

以上十例，仅是百回本《西游记》中所用吴语方言的一部分。我请教了好几位苏北地区的同志，包括三位六十岁左右的淮安同志，得知在淮安及其附近地区的方言中，都不这样使用。当然，由于我没有对苏北地区的方言作过广泛调查，上举的十例中，可能有少数也见于苏北乃至淮安地区的方言，只不过我所请教的这几位同志不知道罢了。但可以相信，它们的绝大多数都不是淮安方言；或者说，大多数都不是长江北部地区的方言。

由此可见，百回本《西游记》中，实是长江北部地区的方言与吴语方言并存。

四

因为在百回本《西游记》之前，至少已出现过一种题为《西游记》的比较简单的本子，百回本《西游记》即以此类本子为基础，加工而成，所以，造成百回本《西游记》中两种方言并存的现象的，实有三种可能性：一、百回本所据以加工的底本中，原有这两种方言；二、底本中原有一种方言，百回本的作者在加工时又增添了另一种方言；三、百回本的作者精通两种方言，它们全都出于他的手笔。

吴承恩是淮安人，又当过长兴县丞，自有精通这两种方言的可能性。但我们必须先肯定了百回本《西游记》出于吴承恩之手，然后才能以他精通两种方言为理由来肯定上述的第三种可能性。而如上所述，百回本《西游记》是否出于吴承恩尚是一个有待证明的问题；我们当然不能把一个有待证明的命题作为立论的出发点。所以，为了判断这三种可能性中的哪一种足以成立，我们必须将百回本跟它以前的本子加以对照。鲁迅先生曾把朱鼎臣本作为早于百回本的本子。这一说法被郑振铎先生否定后，鲁迅先生也接受了郑振铎先生的观点。但后来澳大利亚籍的柳存仁教授又为鲁迅先生早先的观点辩护，并且也有相当的理由①；看来这仍是一个尚未最后解决的问题。不过，既然对于朱鼎臣本的时代问题尚无一致的结论，我们也就不能拿它来跟百回本相对照，而只能把《永乐大典》所收的那一段《西游记·梦斩泾河龙》作为对照的依据。现将原文引录于后：

> 长安城西南上，有一条河，唤作泾河。贞观十三年，河边有两个渔翁，一个唤张梢，一个唤李定。张梢与李定道："长安西门里，有个卦铺，唤神言山人。我每日与那先生鲤鱼一尾，他便指教下网方位。依随着，百下百着。"李定曰："我来日也问先生则个。"这二人正说之间，怎想水里有个巡水夜叉，听得二人所言。"我报与龙王去。"龙王正唤做泾河龙。此时正在水晶宫正面而坐。忽然夜叉来到言曰："岸边有二人，却是渔翁。说西门里有一卖卦先生，能知河中之事，若依着他算，打尽河中水族。"龙王闻之大怒。扮作白衣秀士，入城中。见一道布额，写道："神翁袁守成于斯讲命。"老龙见之，就对先生坐了。乃作百端磨问，难道先生。问："何日下雨？"先生曰："来日辰时布云，午时升雷，未时下雨，申时雨足。"老龙问："下多少？"先生曰："下三尺三寸四十八点。"龙笑道："未必都由你说。"先生曰："来日不下雨，㪷了时，甘罚五十两银。"龙道："好，如此来日却得厮见。"辞退，直回到水晶宫。须臾，一个黄巾力士言曰："玉帝圣旨道：你是八河都总泾河龙，教来日辰时布云，午时升雷，未时下雨，申时雨足。"力士随去。老龙言："不想都应着先生谬说。㪷了时辰，少下些雨便是，问先生要了罚钱。"次日，申时布云，酉时降雨二尺。第三日，老龙又变为秀士，入长安卦铺，问先生道；"你卦不灵，快把五十两银来。"先生曰："我本算术无差。却被你改了天条，错下了雨也。你本非人，自是夜来降雨的龙。瞒得众人，瞒不得我。"老龙当时大怒，对先生变出真相。霎时间，黄河摧两岸，华岳振三峰。威雄惊万里，风雨喷长空。

① 见柳存仁作《〈西游记〉的明刻本》（载《新亚学报》第5卷第2期）及《跋〈唐三藏西游释厄传〉》（收入其所撰《伦敦所见中国小说书目提要》一书）。

那时走尽众人，唯有袁守成巍然不动。老龙欲向前伤先生，先生曰："吾不惧死。你违了天条，刻减了甘雨，你命在须臾，剐龙台上难免一刀。"龙乃大惊悔过，复变为秀士，跪下告先生道："果如此呵，却望先生明说与我因由。"守成曰："来日你死，乃是当今唐丞相魏徵来日午时断你。"龙曰："先生救咱。"守成曰："你若要不死，除是见得唐王，与魏丞相行说劝救时节，或可免灾。"老龙感谢，拜辞先生回也。【玉帝差魏徵斩龙】天色已晚，唐皇宫中睡思半酣，神魂出殿，步月闲行。只见西南上有一片黑云落地，降下一个老龙，当前跪拜。唐皇惊怖曰："为何？"龙曰："只因夜来错降甘雨，违了天条，臣该死也。我王是真龙，臣是假龙，真龙必可救假龙。"唐皇曰："吾怎救你？"龙曰："臣罪正该丞相魏徵来日午时断罪。"唐皇曰："事若干魏徵，须救你无事。"龙拜谢去了。天子觉来，却是一梦。次日设朝，宣尉迟敬德总管上殿曰："夜来朕得一梦，梦见泾河龙来告寡人道：'因错行了雨，违了天条，该丞相魏徵断罪。'朕许救之。朕欲今日于后宫里宣丞相与朕下棋一日，须直到晚乃出，此龙必可免灾。"敬德曰："所言是矣。"乃宣魏徵至。帝曰："召卿无事，朕欲与卿下棋一日。"唐王故迟延下着。将近午，忽然魏相闭目笼睛，寂然不动。至未时，却醒。帝曰："卿为何？"魏徵曰："臣暗风疾发，陛下恕臣不敬之罪。"又对帝下棋。未至三着，听得长安市上百姓喧闹异常。帝问何为。近臣所奏："千步廊南，十字街头，云端吊下一只龙头来，因此百姓喧闹。"帝问魏徵曰："怎生来？"魏徵曰："陛下不问，臣不敢言。泾河龙违天获罪，奉玉帝圣旨，令臣斩之。臣若不从，臣罪与龙无异矣。臣适来合眼一霎，斩了此龙。"正唤作《魏徵梦斩泾河龙》。唐皇曰："本欲救之，岂期有此。"遂罢棋。

我之所以不惮烦地把这一千二百字左右的原文全部引录，是希望读者跟我一起从头到尾地检查一下，看其中可有任何吴语方言的痕迹。应该说，在这一长段文字中并未夹杂吴语方言。但是，使用了长江北部地区的方言这一点却是明显的。"吊下一只龙头"的"吊下"无疑是“落下”之意。它是北方话，而非吴语方言。不过，在当时已有“官话”，而“官话”是以北方话为基础的。因此，这段文字中的“吊下”一词，也可解释为南方的作者在使用“官话”。比较起来，“把五十两银来”一句中的“把”字更值得注意。由于这句中除“把”以外别无动词，它显然不是所谓“把字句”。在苏北方言中，“把”字可以作“给”解释；此句中的“把”，也只有这样才解释得通。至于“来”字，显为句末语气词。把“来”字作句末的语气词用，在运用北方话的元杂剧中也常见，如《陈州粜米》的“这金锤是谁与你来”。《窦娥冤》的“都是为你孩儿来”，皆是其例。

现在再看百回本中与此段文字相应的部分(见于第九回及第十回)。由于百回本中的这部分已经发展为好几千字，无法再全部引录原文；但在这几千字中，绝无任何长江北部地区方言的痕迹，读者可以覆按(其中曾出现过一个“俺”字，但此字早就成为书面语了)。尤其值得注意的是：《永乐大典》本中的北方话的痕迹也被删除了。“把五十两银来”一句的删去，乃是由于情节的变动，可不置论。“千步廊南，十字街头，云端吊下一只龙头来”被改成了“千步廊南，十字街头，云端里落下这颗龙头”(第十回)，却特别值得深思。前八个字完全是照抄的，“一只”改成“这颗”是情节改动的需要(在百回本的这段文字中，唐太宗先看到龙头，然后再由其臣下向他报告“千步廊南”云云，故改“一只”为“这颗”，以与上文呼应)，加一“里”字是为了使语气更顺，但为什么要把“吊下”改成“落下”呢？这两者不完全是同样的意思吗？再说，在百回本中，比“吊下”生僻得多的方言(例如上文举出过的□户)有的是，为什么它们都保留着，却非把“吊下”改掉不可？看来，百回本作者之改“吊下”为“落下”，并非出于故意。另一方面，由于“千步廊南”等八字是完全照抄的，“云端”句的因袭之迹也很明显，可以认为，百回本的作者在写这几句时，手边一定放着其所据以加工的底本，一边看，一边写。那么，底本既作“吊下”，为什么会被他不经意地写成了“落下”呢？唯一可能是：他对于使用“落下”一词比用“吊下”更为习惯。从这点来看，百回本作者为吴语方言区的人的可能性实较其为淮安人的可能性要大一些，因为吴语是用“落下”而不用“吊下”的，淮安方言则多用“吊下”。

百回本这一部分中由作者所增添、改写的文字不但毫无长江北部地区的方言，而且还有一处使用了吴语方言，这就进一步证实了上述的推断。此处见于第九回：

> ……行到那分路去处，躬身作别。张梢道："李兄呵，途中保重！上山仔细看虎。假若有些凶险，正是明日街头少故人！"(117 页)

从上下文义看，"看虎"之"看"绝不能释为"观看"、"看待"或"看管"、"看守"，而当是提防之意。据《现代汉语词典》，"看"字在作为提防之意来使用时，乃是"用在表示动作或变化的词或词组前面，提醒对方注意可能发生或将要发生的某种不好的事情或情况"；也就是说，其后面不会只接一个名词。《现代汉语词典》的这种解释，不但符合普通话中使用"看"字的习惯，也符合古代一般口语的情况。例如《红楼梦》第二十八回："你倒是去罢，这里有老虎，看吃了你。"其使用"看"字，就是如此。但在吴语方言中，"看"字在作为提防、当心之意使用时，其下也可单接名词。我幼年住在家乡绍兴，当我玩弄小刀之类的物件时，长辈就会说："□弄，看手(或'看手里')!"在夏天要经过杂草丛生之处时，有时也会听到"小心，看蛇!"一类的叮嘱。此类"看"字，皆为提防、当心之意，但其下皆仅接名词。所以，百回本的"看虎"，显然属于吴语方言(此句似宜标点作："上山仔细，看虎!")。有人也许会说：吴承恩既在长兴做过几年官，在其作品中使用句把吴语方言，也属情理之常。但是，作为淮安人的吴承恩，仅仅于中年时期到长兴去生活过几年，即使由此学会了吴语方言，而对他来说，淮安方言一定更为习惯。若百回本确系他的手笔，在由他所增添的这好几千字的长文中，竟然只有吴语方言而没有一处淮安方言，并且还把淮安方言习用的"吊下"改为吴语方言习用的"落下"，这却很难说是情理之常。

综上所述，我们若把《永乐大典》中的这一段《西游记》与百回本中的相应部分相比较，就可得出以下的结论：在百回本以前的《西游记》中，本存在着苏北地区的方言，却无吴语方言；经百回本的作者加工后，增添了吴语方言，但没有再增添苏北地区的方言。所以，本节开头部分对百回本中两种方言并存的原因所提出的三种假设，其第二种(两种方言分别出于两种本子)得到了证实，其他两种则无法证实。自然，由于保存下来的足资比较的资料太少，用以证实第二种假设的证据还不是很充分；但在目前的条件下，我们可以说：从现有的资料中，只能找到证实第二种假设的证据，而没有足以证实其他两种假设或否定第二种假设的证据。

换言之，《西游记》中的方言并不能证明百回本的作者为淮安人，倒是提供了若干相反的证据。既然如此，又凭什么来证明天启《淮安府志》著录的吴承恩《西游记》就是百回本小说？凭什么来否定《千顷堂书目》关于此书的分类？

五

为了证明百回本《西游记》为吴承恩所作，有的研究者还举出了另外几条旁证。这些旁证虽无多大说服力，但在这里也一并考察一下。

先看第一条旁证。

吴承恩著有《二郎搜山图歌》，从中可见他熟悉并喜爱二郎搜山的传说，而百回本《西游记》也写到二郎搜山。有人就把这作为百回本《西游记》系吴承恩所作的一条旁证。

现先录《二郎搜山图歌》原文于下

> 李在惟闻画山水，不谓兼能貌神鬼。笔端变幻真骇人，意态如生状奇诡。少年都美清源公，指挥部众扬灵风。星飞电掣各奉命，搜罗要使山林空。名鹰攫拏大腾啮，大剑长刀莹霜雪。猴老难延欲断魂，狐娘空洒娇啼血。江翻海搅走六丁，纷纷水怪无留踪。青锋一下断狂虺，金锁交缠禽毒龙。神兵猎妖犹猎兽，探穴捣巢无逸寇。平生气焰安在哉？爪牙虽存敢驰骤！我闻古圣开鸿濛，命官绝地天之通。轩辕铸镜禹铸鼎，四方民物俱昭融。后来群魔出空窍，白昼搏人繁聚啸。终南进士老钟馗，空向宫闱啖虚

耗。民灾翻出衣冠中，不为猿鹤为沙虫。坐观宋室用五鬼，不见虞廷诛四凶。野夫有怀多感激，无事临风三叹息。胸中磨损斩邪刀，欲起平之恨无力。救日有矢救月弓，世间岂谓无英雄？谁能为我致麟凤？长享万年保合清宁功！

据此，《二郎搜山图》为李在所绘。李在为明代宣德时的画家。他在当时将这故事绘为画卷，足见此一传说在明代前期就颇流行。换言之，在明代熟悉、喜爱此一传说的人当不在少数，绝不会只是吴承恩一位。既然如此，怎能把百回本《西游记》中写到二郎搜山这一点作为此书系吴承恩所作的旁证？此其一。其二，《二郎搜山图歌》称二郎神为“清源公”，可见在二郎神的几个称号中，吴承恩最喜欢或最习惯于使用的，就是这一个。而在百回本《西游记》中，却称之为“显圣二郎真君”（68 页）、“显圣真君”（69 页）、“昭惠英灵圣”（70 页）、“昭惠二郎神”（71 页）等等，从未称为“清源公”，这又可见百回本《西游记》的作者是不喜欢或不惯于使用（甚或根本不知道）“清源公”这一称号的，因此，很难说他跟吴承恩是一个人。第三，百回本《西游记》虽写了二郎神与孙悟空的战斗，但真正提及“搜山”二字，却是在第六回之末，二郎神捉住孙悟空之后。“真君道：‘贤弟……我同天王等上界回旨。你们帅众在此搜山。搜净之后，仍回灌口。待我请了赏，讨了功，回来同乐。’四太尉、二将军依言领诺。”（76 页）至于搜山的具体过程，并无一字交代。直到第二十八回，才对此一“搜山”的后果略加补叙：“那（花果）山上花草俱无，烟霞尽绝。峰岩倒塌，林树焦枯。你道怎么这等？只因他闹了天宫，拿上界去，此山被显圣二郎神率领那梅山七弟兄放火烧坏了。”（353 页）而据《二郎搜山图歌》，《二郎搜山图》所绘的正是二郎率众搜山的具体经过；从该诗来看，吴承恩对图卷所绘的这一具体经过已留下很深的印象，而且颇为赞赏。若百回本《西游记》确为他所作，揆以常情，他在写到二郎搜山时，对于印象很深刻的搜山过程不当一无描述，反而避开。而且，从“此山被显圣二郎神率领那梅山七弟兄放火烧坏了”之语，可见他于“搜山”之举所强调的是“放火烧坏”，而这恰恰是《二郎搜山图歌》所根本未涉及的。因此，很难说《二郎搜山图歌》与百回本《西游记》出于同一人的手笔。换言之，我们即使不把《二郎搜山图歌》作为百回本《西游记》非吴承恩所作的旁证，但至少不能把它作为百回本《西游记》系吴承恩所作的旁证。

再看第二条旁证。

吴承恩的文集中有《〈禹鼎志〉序》，说明他从小喜爱野言稗史、唐人传奇，并作有志怪小说《禹鼎志》。有的研究者因此认为：他的这种情况跟百回本《西游记》作者的身份是很相应的。

按，这种情况虽跟百回本《西游记》作者的身份相应，但在明代，由于戏曲、小说的繁荣及其文学地位的较前提高，喜爱小说、作有志怪小说甚或通俗小说的人并不太少，也就是说，在这方面能够跟百回本《西游记》作者身份相应的人并不只是很少的几个。因此，以此作为吴承恩系百回本《西游记》作者的旁证，并不有力。而且，我们还必须注意《〈禹鼎志〉序》中的这一段话：

> 余幼年即好奇闻。在童子社学时，每偷市野言稗史。惧为父师诃夺，私求隐处读之。比长，好益甚，闻益奇。迨于既壮，旁求曲致，几贮满胸中矣。尝爱唐人如牛奇章、段柯古辈所著传记，善模写物情，每欲作一书对之，懒未暇也。转懒转忘，胸中之贮者消尽，独此十数事磊块尚存。日与懒战，幸而胜焉，于是吾书始成。

据此，《禹鼎志》所写仅“十数事”，其篇幅必然不大。像这样一部篇幅较小的小说，尚且是“日与懒战，幸而胜焉”的结果，可见其疏懒的一斑，又怎会耗费无数的精力与时间去写百回本《西游记》这样的一部大书？此矛盾者一。其次，据其自述，在写《禹鼎志》时已只记得“十数”条奇闻，其他都忘记了。然则其写百回本《西游记》是在写《禹鼎志》之前还是之后？若在其前，那么，在写《禹鼎志》时难道连自己写过的百回本《西游记》中的许多神奇故事都已忘光？否则，为什么说自己在当时已只记得用于写《禹鼎志》的“十数事”？若在其后，那么，在写《禹鼎志》时已把原来“贮满胸中”的神怪故事忘得只剩了“十数事”，并把这“十数事”写入了《禹鼎志》中，又哪有材料来写百回本《西游记》？第三，《〈禹鼎志〉序》收入吴承恩文集。天启《淮安府志》十九《艺文》著录“吴承恩《射阳集》四册，□卷”，可见天启《志》的编者是看到过吴承恩文集的(否则，怎能清楚地知道这一集子的册数，而且知道它没有明确的分卷)，因此，他不当不知道吴承恩尚有《禹鼎志》之作。那么，天启《志》为什么不同时著录此书？又，天启《志》还著录了吴承恩的《春秋列传序》。考《千顷堂书目》有“刘节《春秋列传》五卷”，并无吴承恩的《春秋列传序》。吴作当系为刘书所写的《序》，并非专著，故《千顷堂书目》不收。天启《志》既连《春秋列传序》这样的单篇文章都著录，为什么对单行的著作《禹鼎志》却不加著录？由此看来，天启《志》的编者当还存在轻视小说的传统观念，故对《禹鼎志》不屑著录。但根据传统观念，通俗小说的地位较《禹鼎志》一类的志怪小说还低。倘吴承恩《西游记》是通俗小说，天启《志》的编者又怎肯加以著录？也正因此，吴承恩作有《禹鼎志》一事及其所留下的《〈禹鼎志〉序》一文，不但不能作为百回本《西游记》系吴承恩所作的旁证，反倒提供了若干与此相反的证据。

现在看第三个旁证。

吴承恩的家乡淮安府有云台山，山上有水帘洞，而《西游记》中的孙悟空也正居住在水帘洞。有的研究者认为，这是《西游记》的作者把其家乡的这个洞名用到小说中去了；于是，这也被当作了百回本《西游记》系淮安人吴承恩所作的旁证。

按，《朴通事谚解》所引述的《西游记》，一般被认为是元末明初的小说，但其中已把孙悟空所住之洞名为水帘洞。所以，假如《西游记》中的水帘洞之命名确是受了云台山水帘洞的影响，那也只能用来证明元末明初的《西游记》的作者为那一带人，而不能用来证明百回本《西游记》的作者为淮安人。又，日本的青年学者矶部彰氏早已指出：明代何乔远编的《闽书》中，有许多地名可以使人想起《西游记》①，例如：卷十五有水帘洞、铁板嶂(《西游记》的水帘洞有铁板桥)，卷二十有莲花洞，卷四及卷十五皆有玉华洞(《西游记》中有玉

① 见矶部彰作《元本〈西游记〉中孙行者的形成》，载《集刊东洋学》第38号。

华县)，卷二十一有八角井(《西游记》中乌鸡国王被推入“八角流璃井”)等等。假如说《西游记》中的地名曾受到某些实有地名的影响，那么，与其说是受淮安的水帘洞的影响，实不如说其受福建的这一系列地名的影响。

因此，在我看来，这三条旁证也都难以成立。

现把我的看法概括如下：明清的各种《西游记》刊本没有一部署明此书是吴承恩所作；天启《淮安府志》虽有“吴承恩《西游记》”的著录，但并未说明《西游记》是通俗小说，而且，天启《淮安府志》的编者是否会著录一部通俗小说也是问题；复参以《千顷堂书目》，吴作《西游记》当是游记性质的作品，大概是记述其为荆府纪善时的游踪的；书中的方言，情况复杂，根据现有的材料，只能说长江北部地区的方言是百回本以前的本子就有的，百回本倒是增加了一些吴语方言，因此，它不但不能证明百回本的作者是淮安人吴承恩，倒反而显出百回本的作者可能是吴语方言区的人；至于其他几条欲以证明百回本《西游记》为吴承恩所作的旁证，似也都不能成立，有的甚至可作为非吴承恩作的旁证。

需要说明的是：我在论述百回本《西游记》中的吴语方言时，曾引用了宁波方言和绍兴方言，但我绝不是要说百回本《西游记》的作者系浙江人。我认为：见于《永乐大典》的《西游记》的作者当为江苏北部人；百回本作者若是吴语方言区的人，也不无苏南人的可能。

最后，我觉得有必要将柳存仁先生大作《全真教和小说〈西游记〉》①向读者郑重推荐。在这篇文章里，柳先生以颇有说服力的证据证明了《西游记》所受的全真教的影响。倘若仍然认为吴承恩是百回本《西游记》的作者并承认繁本早于简本，那就必须回答一个问题：在吴承恩的文集里能否发现全真教的影响？

——据岳麓书社 1993 年版《献疑集》

---

① 原载香港《明报月刊》第 233 ~ 237 期，后收入《和风堂文集》，上海古籍出版社 1991 年版。

【评　介】

百回本小说《西游记》作为通俗小说经典之一，学界已经普遍接受其世代累积的成书方式，其作者——小说文本的最后写定者——之于小说的地位，虽不能与曹雪芹之于《红楼梦》、吴敬梓之于《儒林外史》等相提并论，但即便如此，作者问题仍然是《西游记》论坛最为聚讼纷纭的焦点之一。《西游记》问世四百余年来，见诸版刻的署名大致分三类：一类是不署作者名，只题“华阳洞天主人校”，明刊本属此；一类是题署长春真人邱处机作，清刊本属此；另一类则是20世纪20年代之后，经鲁迅、胡适等人的考证，将《西游记》的著作权判归淮安人吴承恩，于是，绝大多数的新出版本题署“吴承恩著”。但其实，对“吴著说”的不同意见自其产生之日起就一直没有断过。新中国成立前相继有颠公、俞平伯、张静庐、叶德均等提出异议，新中国成立后相当一段时期，由于主流观点挟政治意识之势支配学坛，异见难觅，《西游记》作者之争也稍显冷落。进入新时期以来，《西游记》作者问题烽烟四起、论讼不息。学者张易克、张静二、陈志滨、陈敦甫（皆中国港台），杜德桥（英国），余国藩（美国），太田辰夫、田中严、中野美代子（皆日本），都对吴承恩的著作权问题发表了不同看法。著名文史学家章培恒于1983年发表《百回本〈西游记〉是否吴承恩所作》一文，引发了一场关于《西游记》作者问题的大论争，持续甚久，余波至今未息，先后有数十位学者参与讨论，其中不乏苏兴、张锦池、黄霖、沈伯俊、吴圣昔（燮）这样的著名学者，也涌现出刘怀玉、李安纲、蔡铁鹰等颇具特点的中青年专家。各家据理立论，逐渐形成拥吴派与反对派两个泾渭分明的阵营，使得作者之争成为《西游记》研究界最为重要的论题和最具魅力的独特风景。而作为这场论争的起点，章培恒先生的文章《百回本〈西游记〉是否吴承恩所作》无疑是极具价值的，不论是从其文本身的学术性还是从学术史而言，都是如此。

章培恒先生是复旦大学杰出教授，著名文史学家，1934年出生于浙江绍兴，1954年自复旦大学中文系毕业后留校任教，直至2011年去世。在古代文史研究领域，能够展开考证与理论的双翼而取得较大成就的专家并不多见，章培恒先生即其中之佼佼者。在复旦大学就学和从教期间，他先后受教于朱东润、蒋天枢、贾植芳等名师，他在注重实证研究方面，受到朱东润教授和蒋天枢教授的直接影响，在注重理论阐释方面，则受益于贾植芳教授的启发。关于章培恒先生学术研究的整体情况，可参看复旦大学黄仁生教授的《文史学家章培恒先生学术研究述评》一文(载《科举学论丛》2011 年第 2 辑)，本文不拟详述。这里想强调的是，个案研究和实证研究是章培恒先生学术研究的重要特色和突破点。作为微观研究，前者为其文学史的建构开拓了广阔的疆域；作为外部研究，后者为其内部的理论阐释奠定了坚实的基础。而这两者的交集，则主要集中于明清小说研究领域，其因一是由于章培恒先生本以元明清文学研究为主业，二是由于小说研究资料既相对匮乏，疑点难点又相对较多，也易于取得更多突破。《献疑集》(岳麓书社 1993 年版)是章培恒的三部重要论文集之一，共收论文 22 篇，皆是向既有定论或时论挑战，就中，关于明清小说的论文达 16 篇之多。鉴于章培恒的学术地位和论文本身的学理价值，这些文章往往引发了热烈的讨论，推进了相关研究课题的深入发展，具有重要的理论和现实意义。关于《西游记》的作者问题，章培恒先后撰有三篇论文详加论述，均收入《献疑集》中，又尤以首篇为要。

发表于《社会科学战线》1983 年第 4 期上的这篇文章收入《献疑集》时又有所增补，长达 16000 余字，可以说相当详细、全面地对吴承恩写作百回本小说《西游记》提出了质疑，逻辑思辨严密，论证充分有力。其主要的驳论与立论集矢于三个方面：

首先，针对鲁迅、胡适以来吴著说的最主要论据——天启《淮安府志》之《艺文志》所著录的吴承恩著有《西游记》的记载，认为这一记载并未明言吴氏所著书的性质和卷数，不能作为判定吴承恩为小说《西游记》作者的证据，因为同名而异书的现象在中国古代并不罕见。这样的驳论虽是入室操戈，但毕竟还属于揭出一种理论上的可能性。更为直接的则是，明清之际大藏书家和目录学家黄虞稷的《千顷堂书目》就明白地著录有署名吴承恩的《西游记》，且将之归于史部之地理类中，这就证明吴承恩的确著有《西游记》一书，但却不是通俗小说，而是一种游记性质的著作，两书名同而实异。如果说，天启《淮安府志》的著录是吴著说最重要的立论依据，那么，《千顷堂书目》的著录则是疑吴说最有力的驳论基础。因此，章文花了不少篇幅来反复考论《千顷堂书目》的著录是无误而可信的。其中，最为关键的当是，黄虞稷《千顷堂书目》之所录，到底是据他自己藏书目验而成还是仅仅根据旧有书目转录或者根据耳闻而臆断。换句话说，对吴承恩的《西游记》一书，黄氏是否亲见其书。章文认为答案是肯定的，其详细的考论涉及黄氏著述的目的、《千顷堂书目》形成的过程与性质，而且还考虑到了此书目的不同版本以及作为《明史艺文志》底本而被明史馆臣所增补、改动的因素。应该说，章氏的论证是充分而有力的，足以对吴著说产生颠覆性的冲击。相反，吴著说的研究者也并非没有注意到黄虞稷的著录，但他们只是简单地判定黄氏之著录有误却并没有给出过硬的证据，这自然较难以服众之心。因而章文可以颇有底气地说："退一步说，即使《千顷堂书目》确是《国史经籍志》那样的性质，但既然黄虞稷是著名的藏书家，也就不能排除虞稷确实藏有此书的可能性。纵或他确未藏有此书，但也不能就此断定他之把此书编入地理类乃是毫无根据的瞎编。所以，我们若要肯定百回本《西游记》为吴承恩所作，除了必须有足够的旁证来证明《淮安府志》著录的《西游记》是小说外，还必须有充分的证据来证明《千顷堂书目》关于此书的分类是错误的。而鲁、胡二氏的考证皆未达到这样的要求。"

其实，揆之常理，若说黄氏仅据旧目而转录，则便应对所谓"旧目"加以考证，而"旧目"之所以如此处理《西游记》的分类，也必有其依据，也是不易遽加否定的。若说黄氏仅据耳闻臆断而致误，则我想，当黄氏著录的明末清初，百回本《西游记》已刊行数十年，流布甚广，书贾甚至托名李贽评点以增其价，作为著名藏书家的黄虞稷即便不屑于收藏说部之什，似也不应该没有听闻其名甚或也有可能借读过其书。所以，若吴承恩所著确为通俗小说，黄虞稷当不应将之归于史部书中(限于传统观念，无论是《千顷堂书目》、《国史经籍志》还是后来的《明史艺文志》，都不载录通俗小说一类的书)。但疑吴派的这一重要论据也有难解之结，那就是：根据《千顷堂书目》而编制的《明史艺文志》为何将黄氏著录于地理类中的吴承恩《西游记》一书删去了？是黄氏确有误录，还是明史馆臣的误删，就不得而知了，暂此存疑①。

其次，章文对吴著说的另一重要依据——吴玉搢和阮葵生的言论作了述评。由于吴、阮二人之论仍然是援据天启《淮安府志》而来，上文对后者已有了较为详细之析论，故对吴、阮二氏之驳辩便不需过于辞费。倒是二人均提及淮安方言之说(阮说亦承吴说而来)，因此一问题也为诸多主张吴著说的学者所引据，故章文花了近一半的篇幅来考察百回本《西游记》的方言使用。章氏首先逐一考察了1980年人民文学出版社整理注释本《西游记》(该本以世德堂本为底本整理)中的淮安方言用例，认为至多只有三处使用了较为地道的淮安方言，因此吴玉搢、阮葵生所言的“书中多吾乡方言”、“观其中方言俚语，皆淮上之乡音街谈”等，是不确切的。相反，章氏从小说中随手便挑出了十处使用吴语方言的例子(这还只是全书使用吴语方言的一部分)。由此可见，百回本《西游记》中，实是长江北部地区的方言(包括淮安方言)与吴语方言并存。在进行了这样的事实描述之后，章文进一步分析了造成两种方言并存的原因。章氏敏锐地考虑到了今本《西游记》乃是世代累积而成这一因素，文本中两种方言的并存也必然是这种累积的结果，将百回本与其祖本(学界普遍认为是《永乐大典》所引的平话《西游记》)的方言加以比照，便能巧妙地测探百回本在方言使用上的新变化。章氏正是以此为突破口，在全文引录了《永乐大典》“梦”字条下的《梦斩泾河龙》一段后，分析比对了百回本相应章节的语言，得出了结论：在百回本以前的《西游记》中，本存在着苏北地区的方言，却无吴语方言；经百回本的作者加工后，增添了吴语方言，但没有再增添苏北地区的方言。这样一来，《西游记》中的方言并不能证明百回本的作者为淮安人，倒是提供了若干相反的证据，虽

① 《明史》之修纂起于顺治初，讫于乾隆初，历时甚长，但主要在康熙、雍正两朝。其时，《西游记》的两个笺评本《西游证道书》(康熙三年或康熙四年刊)和《西游真诠》(康熙三十五年刊)已相继问世并风行，均题署邱处机作。明史馆臣对此应有所知闻，他们删去地理类中吴承恩的《西游记》，恐是因通行之《西游记》乃说部之书而游记之作又不曾寓目之故。据此似可推知，若吴承恩果著有游记《西游记》，则其书在清初便已散佚不传。

然吴承恩做过几年长兴县丞，亦可能懂得并使用吴语方言，但终究不如以吴语为母语方言的人自然。换言之，作者为吴语方言区的人的可能性实较他为淮安人的可能性为大。此一结论对吴氏的作者地位提出了质疑。

应该说，上述对方言的论析是比较充分的。但缺陷在于，仅以人民文学出版社整理本《西游记》的注释中所提及的几处淮安方言为例立论，略显单薄。虽然章氏一再肯定整理本的注释者"在这方面是花了相当大量的劳动，而且对淮安方言是相当了解的"，但在长达七八十万字的小说中，仅有区区几处方言用例，不能不令人担心，遗漏者恐怕难以尽免，此其一。由于资料所限，在将百回本与其祖本比对时，仅涉及1200余字的篇幅，以此作出的结论是否可靠，也还是问题，此其二。章氏也见及于此，故将话说得相对审慎。

推展来看，方言已成为古典小说研究的一个重要切入点，尤其在对作者的考订方面，确有其学理依据。如学界对《金瓶梅》作者兰陵笑笑生其人的种种考证与猜测，皆绕不开书中方言之指示。但是，此一问题所涉也极复杂，含有时间、地域、传播等诸多要素，且在理论上亦不能排除作者运用非母语方言来创作小说这一可能性。所以，方言问题值得重视，但不是确定作者是谁的单一指标，甚至也不是最重要的指标，利用文本的方言表现来探讨相关问题，应把握合适的分寸。

再次，章文对持吴著说者所常提及的几个旁证也逐一予以了回应。如由胡适最早发掘的吴承恩之诗《二郎搜山图歌》，是论者所爱引为吴氏创作《西游记》的证据之一。但在章培恒看来，此诗与百回本小说的相关情节的描写实在差别甚大，将之作为吴氏创作小说的依据，实在相当勉强而缺乏说服力。又如，吴承恩因有志怪小说《禹鼎志》之作，被论者认为甚合神魔小说《西游记》作者应有之身份。而章氏则根据对《〈禹鼎志〉序》的细密分析与思辨，否定了这一看法。这些旁证虽然并非吴著说的主要依凭，但章文对之仍保持了相当的辩驳力度，虽然有些推论也有可商榷之处。如说天启《淮安府志》没有著录《禹鼎志》一书，是由于传统的轻视子部小说的观念所致，因而吴承恩的《西游记》若果为通俗小说(其地位较子部笔记小说更低)，也就不应被著录了。这里便似乎没有考虑到天启《淮安府志》中不录《禹鼎志》，也可能是由于此书已佚的缘故。

最后，章培恒先生总述了自己的主要观点：

> 明清的各种《西游记》刊本没有一部署明此书是吴承恩所作；天启《淮安府志》虽有“吴承恩《西游记》”的著录，但并未说明《西游记》是通俗小说，而且，天启《淮安府志》的编者是否会著录一部通俗小说也是问题；复参以《千顷堂书目》，吴作《西游记》当是游记性质的作品，大概是记述其为荆府纪善时的游踪的；书中的方言，情况复杂，根据现有的材料，只能说长江北部地区的方言是百回本以前的本子就有的，百回本倒是增加了一些吴语方言，因此，它不但不能证明百回本的作者是淮安人吴承恩，倒反而显出百回本的作者可能是吴语方言区的人；至于其他几条欲以证明百回本《西游记》为吴承恩所作的旁证，似也都不能成立，有的甚至可作为非吴承恩作的旁证。

应该说，章先生此文的论点明确、论证思路清晰、论据充分，极具学术性和创造性，对通行观点足以产生较大的冲击，故而此论一出，便顿起波澜，反响强烈，引发了一场关于作者问题的论争。针锋相对直接回应的有苏兴的《也谈百回本〈西游记〉是否吴承恩所作》(载《社会科学战线》1985 年第 1 期)和谢巍的《百回本〈西游记〉作者研究——与章培恒同志商讨》(载《中华文史论丛》1985 年第 4 辑)，章氏则相继在《复旦学报》和《中华文史论丛》上发表“再谈”、“三谈”该论题的文章予以回复。其他学者如陈君谋、黄霖、张锦池、李安纲、蔡铁鹰、吴圣昔、刘怀玉等也先后加入其中，一时讨论热烈。从学术史的角度来看，这一论争促使《西游记》论坛形成了势均力敌的两派——挺吴派和非吴派，非吴派中又可按态度之差异大致区分为疑吴和否吴的不同倾向。大家或据理力争，或重解旧文，或寻求新见，推进了《西游记》作者研究的格局。因此，章培恒先生的这篇文章不仅自身具有相当的学术价值，也富含深远的学术史意义，值得格外重视。

章培恒《西游记》论著目录：

《百回本〈西游记〉是否吴承恩所作》，载《社会科学战线》1983 年第 4 期。

《再谈百回本〈西游记〉是否吴承恩所作》，载《复旦学报》1986 年第 1 期。

《三谈百回本〈西游记〉是否吴承恩所作》，载《中华文史论丛》1986 年第 4 期。

宗教光环下的尘俗治平求索
——论世本《西游记》的文化特征

张锦池

一个问题值得研究：宋元取经故事是弘扬佛法的作品，它有无非宗教意识？世本《西游记》本由宋元取经故事演化而来，它又是怎么成为借神魔以写人间的千古名著的？

我的看法是：宋元取经故事演化为世本《西游记》的过程，就是其潜在的非宗教意识不断发展为世俗的情感哲学和济世之道，显性的弘扬佛法的思想不断蜕变为一抹宗教光环的过程。

兹就朝圣宗旨、负债意识、公义观念等问题，将世本《西游记》与宋元取经故事以及《慈恩寺三藏法师传》作一比较研究。

朝圣宗旨与价值观念的蜕化

朝圣乃天主教名词，佛教名词叫朝山，都指教徒们到圣地朝拜。或为求福、赎罪，或为感恩还愿，或为死后灵魂进入天国。因为基督教和伊斯兰教属一神教，承认有至高无上的神，所以基教徒们分别把传说中的耶稣被钉死地耶路撒冷和穆罕默德的诞生地麦加奉为圣地。因为佛教属多神教，否认有至高无上的神，而在中国佛教又属于“舶来品”，所以旧时中国人心目中的佛教圣地，其可望而不可即者是西天佛国，其可望而可即者是名山古刹。这种民俗性的宗教心理和朝山活动对宋元以来取经故事的影响是不容忽视的。

首先，就西游性质说，它使玄奘西行求法，一路只要遇到有修养的高僧，不论其所宗是大乘还是小乘，甚至婆罗门外道，莫不虚心请益；一路只要听说有圣迹，纵然路荒道险，又多盗贼，去者稀疏，亦莫不前往朝拜，甚至“自誓若不见世尊影，终不移此地”。要之，访学中有朝圣，朝圣中有访学，而主要是访学天竺，这便是玄奘在印度度过的十四五个寒暑。

宋元取经故事却删去了玄奘访学天竺的一面，将“取经烦猴行者”写成“百万程途向那边，今来佐助大师前。一心祝愿逢真教，同往西天鸡足山”。这就把唐僧取得真经而归说成朝圣雷音的结果。论原因，一则当由于佛教徒欲渲染玄奘西行求法的神圣，二则当由于民众普遍认为佛教的至高圣地是如来真身所在的灵山。凡此，也就暗中规定了世本《西游记》中唐僧西行的性质以及作品情节的基本构架。

其次，就朝圣宗旨说，它使玄奘的为探求《瑜伽》真义，统一异说，演化为唐僧的欲使“法轮回转，皇图永固”。

诚然，玄奘西游天竺，也可称之为朝圣佛国。问题的关键在于此行的宗旨是什么？这一点，《慈恩寺三藏法师传》回答得一清二楚：

> 法师既遍谒众师，备餐其说，详考其义，各擅宗途，验之圣典，亦隐显有异，莫知适从，乃誓游西方以问所惑，并取《十七地论》以释众疑，即今之《瑜伽师地论》也。

这就是说，玄奘所“决志出一生之域，投身入万死之地”，一路礼拜圣迹，一路访师求道，目的只有一个，就是要到《瑜伽师地论》的策源地天竺去探求其真义；“归还翻译，使有缘之徒同得闻见”，以统一异说。这后一点尤为主要。唯其如此，所以返归东土后，唐太宗以其学业该赡，仪韵淹深，曾两次逼劝归俗，共谋朝政，而他皆辞以“玄宗是习，孔教未闻”，最后以他对佛经的翻译成为划时代的佛学大师。

然而，到了宋元取经故事与世本《西游记》里，三藏法师西行求法的目的，再也不是为统一异说而探求《瑜伽》真义了。是什么呢？

《取经诗话》说是为了普度众生，脱却苦海：“法师今日上天宫，足衬莲花步步通。满国福田大利益，免教东土堕尘笼。”

《西游记》杂剧说是为了国祚久永，人寿年丰：“祝皇图永固宁，拜如来愿长生，保护得万里江山常太平，普天下田畴倍增，民乐业息刀兵。”

说得最明确的，还是世本《西游记》中的唐僧自己：“这一去，定要到西天，见佛求经，使我们法轮回转，愿圣主皇图永固。”难怪“众僧闻得此言，人人称羡，个个宣扬，都叫一声‘忠心赤胆大阐法师！’”

然而，这种将玄奘求法天竺的哲学的宗教目的论演化为唐僧朝圣灵山的民俗的宗教目的论，却正反映了这位圣僧是如何身不由己地日益步出禅关而错把孔陵作灵山朝拜。因为，“愿圣主皇图永固”一旦成为他朝圣灵山见佛求经的主要宗旨，也就使他的价值观念由释门的出世而蜕化为儒门的入世。

最后，就君父观念说，它使“抗旨”私往天竺求法的玄奘，演化为一变而成“奉旨”，再变而成“请旨”朝圣雷音求取真经的唐僧。

《慈恩寺三藏法师传》记玄奘西行时，因“国政尚新，疆埸未远，禁约百姓不许出蕃。”玄奘“结侣陈表，有诏不许”，遂“冒越宪章，私往天竺”。

宋元取经故事将玄奘的这种“抗旨”改为“奉旨”。《取经诗话》第一则虽缺，但第二则云：“僧行六人，当日起行。法师语曰：‘今往西天，程途百万，各人谨慎。’小师应诺。”假若不是“奉旨”西行，其起程时又怎能有五个给侍僧作随从！《西游记》杂剧呢？它一则说洪州太守虞世南奉观音旨荐唐僧于朝；二则说唐僧“奉敕西行别九天，袈裟犹带御炉烟”；三则说唐太宗下旨，着百官有司都至灞桥为唐僧饯行，城乡黎民也都赶来相送。这就将一个私往天竺的苦行僧演化为堂堂大唐朝圣使。

世本《西游记》则又将唐僧的这种“奉旨”改为“请旨”。其第十二回“玄奘秉诚建大会，观音显象化金蝉”，写唐太宗见了观音的“颂子”，当即问聚集在生化寺做道场的1200名高僧：

> “谁肯领朕旨意，上西天拜佛求经？”问不了，旁边闪过法师，帝前施礼道：“贫僧不才，愿效犬马之劳，与陛下求取真经，祈保我王江山永固。”

其安身立命之处不脱君臣之纲如此，难怪唐太宗情愿与之拜为兄弟，并亲自为之择定起程吉日，亲自为之选定两个长行的从者，亲自赐以紫金钵盂、银镯马，亲自率文武百官送至关外，亲口赐以法号“三藏”，还将御指拾一撮尘土，弹入酒中道：“日久年深，山遥路远，御弟可进此酒：宁恋本乡一捻土，莫爱他乡万两金。”真是“举手长劳劳，二情同依依。”由此可见，唐僧已不是一般的“上西天拜佛求经”使节，几成为唐太宗赴“天竺国大雷音寺”朝圣的替身了，可谓一人之下，万人之上！

要指出的是，这三种演化都不是以作者的个人意志为转移的。中国民间的宗教信仰以及伴之而来的朝山活动等，并非由于痴迷宗教哲理而旨在能逢凶化吉或得到一张进入天国的签证，这不能不影响唐僧西游佛国的性质，一也。忠君爱国是当时人们的基本思想，上报国家而下安黎庶被认为是品格的崇高，这不能不影响唐僧西行求法的宗旨，二也。君父观念是当时人们的基本观念，无君无父被认为是大逆不道，这不能不影响唐僧安身立命的哲学，三也。正是这种儒释道三教圆融而以儒学为主的文化心态和价值观念，暗中规定了取经故事演化的思想轨道而致有三种嬗变。因为，玄奘的“冒越宪章，私往天竺”，虽符合佛教的原教旨，亦为时人所不敢称道。

然而，光看到这一点是不够的，还需相应地看到作品的“曲终奏雅”，否则就不能算知道世本《西游记》的作者何以是位“跅弛滑稽之雄”。《取经诗话》写唐僧拜佛求经的场面，如来是那么神圣，竟至对取经人不一露“全身”，唐僧只能“炉爇名香，地铺坐具，面向西竺鸡足山祷祝，求请法教”。《西游记》杂剧写唐僧拜佛求经的场面，如来虽“全身”一露，却又那么庄严，不只令唐僧唯唯，亦令孙悟空诺诺。世本《西游记》写唐僧拜佛求经的场面，如来不只默认阿傩、伽叶向取经人揹勒“人事”，还说什么“经不可轻传，亦不可以空取”，以至唐僧无奈只好以紫金钵去换取“真经”。这一朝圣场面的演化是值得注意的，其意义由严正而趋于滑稽，由教训而变为讥讽。这不是一般的玩世不恭。盖“你不可给我进贡，我可以给你作主”，这是“清官”；“你给我烧香，我给你保佑”，这是“神灵”。清官的形象更接近人们喻义而不喻利的理念；神灵的形象更贴近人们喻义而亦喻利的心灵。

只因如来头上有灵光圈，所以使朝山进香者并不感到他也在默默“索人事”。而今如来既被作者请下了神坛，当然也就使人看出他远不如清官那么崇高。这一曲终奏雅是别具匠心的，它使作品摆脱了弘扬佛法的故套，并动摇着人们对如来的信仰。

既然如来亦有私，品格还不如清官崇高，则“我佛造经传极乐”，当然也就化为寓言。那么，能使“法轮回转，皇图永固”的真经究在何处呢？这才是读者所应认真思考的问题。

负债意识与感恩情结的易位

宗教普遍认为：此岸世界是苦海，彼岸世界是乐园；肉体是罪恶的渊薮，要想灵魂获得拯救，就需行善人间。但佛教与天主教等不同，它不执“原罪”说，而持“轮回”说，认为要看个体其前世与今世所作所为；因而不执“救赎”说，而持“救度”说。世本《西游记》在这一问题上也呈现出自己鲜明的特点。

其一，它一面将唐僧由宋元取经故事中的生而多“善缘”演化为有罪孽，一面又将其弟子们由宋元取经故事中皈依佛门前的罪孽深重演化为其过甚微，二者相辅相成，从而使如来和玉帝头上的灵光圈失去了光泽。

《取经诗话》里的唐僧，是两次西行求法而中途遇难的高僧转世。《西游记》杂剧中的唐僧，是奉如来法旨托化于中国，“长大后出家为僧，往西天取经阐教”的金身罗汉毘卢伽尊者。可见这位三藏法师不只是个生而有“善缘”的人，并且这种“善缘”是随着形象的演化而芝麻开花节节高。世本《西游记》里的唐僧，其前身在西天佛国的品位则又“更上一层楼”，然而却成了个生而有罪的人——说他本是如来的二弟子金蝉子，“只为无心听佛讲”而“转托尘凡苦受磨”，罚以历尽九九八十一难，“自东土拜到灵山”见佛求经以赎前愆。但最后换取如来有字真经的，却是他的一只御赐紫金钵！真可谓僧受“经”，佛受“金”。

《取经诗话》中的猴行者是个老猴精，为了长生不老而偷吃西王母10颗蟠桃犯下大罪。《西游记》杂剧又对这一写法作了长足发展，说这个老猴精不只曾“入天宫仙桃园偷蟠桃，又偷老君灵丹药”，还又贪女色，又好吃人肉，其罪孽之深重真是罄竹难书。可到了世本《西游记》里，孙悟空却成了孕天地之灵秀而生的天产石猴。其唯一的罪孽，就是如来说的“大闹天宫”。然而作品又是怎么写的呢？它写出玉帝不识贤才，让一个神通广大的盖世英雄去充当弼马温。它写出玉帝不会用人，让一个自幼在花果山吃桃子长大的美猴王去看守蟠桃园。它写出玉帝欺人太甚，既封我们的美猴王为齐天大圣，却又不请他去赴蟠桃会。既然作品已如此这般地把“大闹天宫”的根由归罪于玉帝，那么，孙悟空又有几多罪责可言呢？而如来却以甚深法力将他压在五行山下，并且一压就是500多年，多么不公！

《西游记》杂剧说沙和尚本是“玉皇殿前卷帘大将军”，世本《西游记》继承了这一说法。不同之点在于写他何以被贬，又何以在流沙河为妖吃人的原因。《西游记》杂剧说他是因“带酒思凡”而被罚在沙河“推沙受罪”，其在沙河为妖时，“血人为饮肝人食，不怕神明不怕天”，曾自云：“我的愿心，只求得道的人，我吃一百个，诸神不能及。恰吃得九个，少我的多哩。”世本《西游记》说他“只因在蟠桃会上，失手打碎了玻璃盏，”而被“玉帝打了八百，贬下界来”；其沦落流沙河时，玉帝又教七日一次，将飞剑来穿他胸胁百余下，“没奈何，饥寒难忍，三二日间，出波涛寻一个行人食用”。这一演化是根本性的演化，一个是在歌颂玉帝的严明，一个是在讥刺玉帝的不仁。既然如此，那么，沙和尚的这种“逼上梁山”，其自身又有几多罪责应负呢？说它是“乱由上作”，恐非曲辩之辞吧？

实际上猪八戒形象的演化又何尝不是如此呢？由《西游记》杂剧中的趁火打劫，强霸淑女裴海棠作押寨夫人的山大王，演化为世本《西游记》中的招赘高老庄，成为能吃苦耐劳而又情深义重的好丈夫，便可见其一斑。而将一个在蟠桃会上“带酒戏了嫦娥”的天蓬元帅贬入下界转胎成“身如畜类”，玉帝亦忍心人也！玉帝既是个严礼法重等级惜仁义而弃置人才的玉帝，与之同侪的如来又是个造“经”为换“金”的如来，则他们头上的灵光圈还有多少神圣可言呢？

其二，它一面说“此经回上国，能超鬼出群，若有肯去者，求正果全身”，并将取经人自身亦写成如来认为的有罪待赎之人，一面又以世俗的感恩情结替代了宗教性的负债意识，作为取经人维护团结的精神纽带和矢志西行的主要内驱力。这是不见于宋元取经故事的，从而也就使他们的朝圣灵山拜佛求法成为时人的情感哲学和入世思想的深层反映。

照如来的看法，唐僧的前身金蝉子是作了孽了："因为汝不听说法，轻慢我之大教，故贬汝之真灵，转生东土。"按理，应写他的负债意识，特别当其为妖魔捉入洞中之时，可作者却不。"大抵是受王恩宠，不得不尽忠以报国耳"，几成了他的全部思想。他所以"发了弘誓大愿，不取真经，永堕沉沦地狱"，其深层原因亦在于此，以致形成了他一路乡关之思的情结。与其说他是因过被谪而求法自赎的如来真子，毋宁说他是勇于捐躯报国恩的唐室忠臣。

照如来的看法，孙悟空的大闹天宫，是罪不容诛的，将其压在五行山下乃"我佛慈悲"。该随笔点染他的负债心理了吧？可作者却不，反倒一再点染他所以历尽千魔万蜇保唐僧在路，一则由于头戴紧箍，再"回花果山水帘洞，恐本洞小妖见笑，笑我出乎尔反乎尔，不是个大丈夫之器"；二则由于念念不忘，"师父啊！忆昔当年出大唐，岩前救我脱灾殃"。这后一点尤为内在。它使孙悟空纵然被唐僧写下一纸贬书，也是"身回水帘洞，心逐取经僧"。直至如沙和尚所说："哥啊，你生为师父，死也还在口里。"真是个"有仁有义的猴王"。

照如来的看法，猪八戒的前身天蓬元帅罪亦非轻："为汝蟠桃会上酗酒戏了仙娥，贬汝下界投胎，身如畜类。"该写他知悔之心了吧？可作者却不，反倒百般写他虽"保圣僧在路"而"又有顽心，色情未泯"，总想去高老庄当回锅女婿。然而他所以始终没有离开取经队伍，也由于他一到紧要关头便想到是唐僧把他从高老庄亦妖亦人的生活引入了造福生灵造福社稷的道路。其"义激猴王"，便令我们看到了这一点。

照如来的看法，皈依佛门前的沙和尚其罪有二：一是"蟠桃会上打碎玻盏"，二是"落于流沙河，伤生吃人"。诚然，与唐僧等相比，沙和尚不失为有负债意识的一个。然而，其更为浓烈而内在的还是对唐僧的感恩思想，甚至不惜愿以杀身相报："罢！罢！罢！想老沙跟我师父一场，也没寸功报效；今日已此被缚，就将此性命与师父报了恩罢。”

具有负债心理的，倒是一代明主唐太宗。作者写他地府还魂后，知“枉死城中，有无数的冤魂灵”，便“敕建相国寺”以彰善男信女，一也；谕“但有毁僧谤道者，断其臂”，二也；“聚集多官，出榜招僧，修建‘水陆大会’，超度冥府孤魂”，三也；情愿与唐僧拜为兄弟，遣之朝圣灵山拜佛求取真经，以“解百冤之结”，以“消无妄之灾”，四也。然而，崔判官说得好：“若是阴司里无报怨之声，阳世间方得享太平之庆。”可见唐太宗的这种负债心理，实际上包孕着一种深层次的社会责任感：“其尔万方有罪，在予一人；予一人有罪，无以尔万方。”(《尚书·商书·汤诰》)“天视自我民视，天听自我民听。百姓有过，在予一人。”(《尚书·周书·泰誓上》)盖作者对人生有以期焉!

显而易见，如果说，唐僧对李世民的感恩情结，是种“士为知己者死”，属士大夫的文化心态，那么，孙悟空等对唐僧的感恩情结，则是种“滴水之恩当涌泉相报”，属江湖豪侠的文化心态。如果说，这种作为取经人内部团结的精神纽带和矢志西行主要内驱力的感恩情结，反映了儒家文化与江湖文化在作者笔端的碰撞与融汇，那么，这种碰撞与融汇在当时的意识形态领域与宗教观念是背道而驰的。

其三，它一面把“正果金身”作为取经人矢志西行求法的自身奋斗目标，一面又将世俗性的将功折罪替代了宗教性的道德自我完善，作为取经人进入天堂佛国的必由之路，从而也就将取经人的正果西天加封受职变为另一种名标凌烟阁。

释门以贪、嗔、痴等烦恼为贼，认为能贼害善法，可唐僧身为取经人的领袖，其易嗔却是天字第一号的。要么“夯货”连声骂猪八戒，要么咒念紧箍整孙悟空。而作为圣僧却连《心经》亦不能领会，一不懂什么叫“般若波罗蜜多故，心无挂碍”，以致乡思难息，感伤不已；二不懂什么叫“无挂碍故，无有恐怖”，以致一听长庚传报魔头狠，便“坐个雕鞍不稳，扑的跌下马来，挣挫不动，睡在草里哼”；三不懂什么叫“无眼耳鼻舌身意”，难怪孙悟空要来个子教三娘：“你如今为求经，念念在意；怕妖魔，不肯舍身；要斋吃，动舌；喜香甜，嗅鼻；闻声音，惊耳；睹事物，凝眸；招来这六贼纷纷，怎生得西天见佛?”哪还谈得上什么道德自我完善！如来所以封他为旃檀功德佛，全在于他能率弟子坚持到底，取去真经，功在不泯。

孙悟空作为作品的一号主人公，其由道入释前的主要罪孽是大闹天宫，可他保唐僧在路却当年的老派头依旧，甚至只要提起昔日的大闹天宫，便总是那么神采飞扬，骄傲自得不已。一点也无负罪心理，又哪谈得上什么道德自我完善！如来所以封他为斗战胜佛，全在于他“在途中炼魔降怪有功”。

昔日的堂堂天蓬元帅就是因带酒调戏嫦娥而弄得身如畜类的，可猪八戒却寡人之疾依旧。他一见菩萨化成的妇人便想第三次“倒碴门”；他一见白骨精变成的美女便“跑了个猪颠风”，他一见西梁国女王便“一时间骨软筋麻”；甚至变做一个鲇鱼精只在那正在池中洗澡的蜘蛛精“腿档里乱钻”；甚至偶见嫦娥，仍情不自禁地上前抱住道：“姐姐，我与你是旧相识，我和你耍子儿去也。”而且“口壮身慵”，财货欲又重，还好“谗言谗语”，投机取巧，几成“诸不戒”。如来所以封他为净坛使者，全在于他一路“挑担有功”。

如果取经四众中还有注意道德自我完善的，那当是沙和尚。他唯法是求，他唯师是尊，他唯和是贵，他唯正是尚，称得起是个苦行僧。然而，如来所以封他为金身罗汉，却不是由于这一点，而是由于他一路“登山牵马有功”。

这是不足为怪的。道德自我完善和负债意识往往是相与偕行的，一般皆来自宗教的人生观；而将功折罪思想则每每与感恩情结结下不解之缘，一般皆来自儒家的社会责任感和情感哲学。作者笔端的取经人既无负债意识，当然也就不会有道德自我完善观念，因而世俗性的将功折罪便成为他们正果西天的必由之路。这种将功折罪也是宋元取经故事对唐僧的弟子们正果西天的写法，反映的当是这么一种文化心态：宗教信仰是时人的浅层意识，“子不语怪力乱神”观念是时人的深层意识；求来世因果是时人的浅层意识，讲今生果报是时人的深层意识；认为立德即立功是时人的理念，认为立功即立德是时人的心灵。凡此，已包孕着对宗教观念的“内在批判”。世本《西游记》的作者又给取经人注入以感恩情结，并使之成为维护取经人内部团结的精神纽带与促其矢志西行的主要内驱力，从而也就对宋元取经故事中的这种“内在批判”作了长足发展，进一步将取经人的正果西天儒化为宗教光环下的名标凌烟阁。能这么说吗？能。孙悟空由《西游记平话》中的正果“大力王菩萨”演化为正果“斗战胜佛”，从而是不只进一步提高了这位喜笑悲歌气傲然者的果位，还进一步肯定了他的勇开杀戒以横扫妖魔的斗战精神，便是明证。

诚然，世本《西游记》也曾以第八回和第十二回两回的篇幅集中张扬了佛教的“救度”说，把“我佛造经传极乐，观音奉旨上长安”说成是为普度我东土众生脱离苦海。然而，随后情节实际展示的又是什么呢？是妖魔云集之地不是如来说的“贪淫乐祸，多杀多争”的东土南赡部洲，而是如来说的“不贪不杀，养气潜灵”的西牛贺洲；是西天路上的妖魔大多与神佛有亲，而与神佛有亲的妖魔也最凶恶；是神佛虽则也不满于妖魔的为害人间，因而对孙悟空的降妖灭怪也愿助以一臂之力，但当孙悟空要打杀妖魔时，他们不只将天上下来的妖魔收回上界，还将一些土生土长的恶魔收登仙箓；是神佛对妖虽十分慈悲，而对人却异常严厉，一罚就可以是 3 年不下雨。这与宋元取经故事所写真是不啻天壤。《取经诗话》写：与观音所在地香山寺相邻的蛇子国，国中“大蛇头高丈六，小蛇头高八尺，怒眼如灯，张牙如剑……虽大小差殊，且缘皆有佛性，逢人不伤，见物不害”。与如来所在地天竺国鸡足山相邻的优钵罗国，国中“佛天无四季，红日不沉西。孩童颜不老，人死也无悲。寿年千二百，饭长一十围。有人到此景，百世善缘归”。这类弘扬佛法而以“救度”说为标帜的情节在世本《西游记》中百不一见，而与佛祖们有亲的恶魔却在作者笔端成夥出现。《西游记平话》明明是说：“法师往西天时，初到师陀国界，遇猛虎毒蛇之害，次遇黑熊精、黄风怪、地涌夫人、蜘蛛精、狮子怪、多目怪、红孩儿怪，几死仅免。”可他却别具匠心地不只将师陀国的地理位置大大往西移，让其更靠近灵山些，而且还将师陀国的猛虎毒蛇演化为狮驼山成批成批吃人的三个恶魔，一个是文殊菩萨的坐骑狮魔王，一个是普贤菩萨的坐骑象魔王，还有一个鹏魔王却是如来的小舅。他们占据了狮驼国狮驼城，“不知在那厢伤了多少生灵”。这类旨在唐突佛祖们的情节，却是宋元取经故事中间所未闻的。这种天壤之别是不难理解的。一个是旨在借神魔以弘扬佛法而把“救度”说作为标帜，一个是旨在借神魔以写人间而将“救度”说当作标签，相形之下，泾渭分明，故势必有此。

取经人无负债意识而有感恩情结如是，一路荡妖灭怪而有名标凌烟阁如是，可见作者认为他们矢志西行到达灵山之道，就是他们最后取得的真经之道。

公义观念和立身之道的嬗变

“明德止善，敬我佛门”，这是世本《西游记》中观音对唐太宗的称许，也是观音对世人的期望，其宗教光环是令人仰止行止的。可书中所写的“止善”，却不脱“为人君，止于仁；为人臣，止于敬；为人子，止于孝；为人父，止于慈；与国人交，止于信”(《四书集注·大学章句》)，变成了“敬我儒门”。孙悟空剃度时不是对观音说“我已知悔了”吗？实际上他所说的“知悔”就是不该唤“皇帝流轮做，明年到我家”。所以，虽云做了和尚，却往儒门迈了根本性的一步。

与此相应的是，在如何对待社会善恶问题上，作者写了两种明德止善路线的对照：一种是唐僧的，认为“劝善”就是“惩恶”，而且是最大的“惩恶”；一种是孙悟空的，认为“惩恶”就是“劝善”，而且是最大的“劝善”。这不是一般的思想方法的对照，它反映了两种公义观念、两种立身之道的不同。而假若放眼于《慈恩寺三藏法师传》和宋元取经故事，则不难看出这一不同是有个演化过程的，其文化意蕴并不一般。

《慈恩寺三藏法师传》中的玄奘，的确是以“劝善”就是“惩恶”作为自己的公义观念和立身之道的。比如，他至灯光城外瞿波罗龙王窟礼拜佛影时，有5个强盗拔刀而至。“贼云：‘师不闻此有贼耶?’答云：‘贼者，人也，今为礼佛，虽猛兽盈衢，奘犹不惧，况檀越之辈是人乎!’贼遂发心随往礼拜。”比如，他在那烂陀寺时，有个顺世外道来求闻难，居然贴四十个见解于寺门，说：“若有难破一条者，我则斩首相谢。”经反复辩论，他驳倒了这个婆罗门。“婆罗门默无所说，起而谢曰：‘我今负矣，任依先约。’法师曰：‘我曹释子终不害人，今役汝为奴，随我教命。’婆罗门欢喜敬从”。凡此，他莫不是以惊人的镇定自若和厚德载物的精神征服了对方，化险为夷。

宋元取经故事中的唐僧和孙悟空，一个以“劝善”作为“惩恶”，一个以“惩恶”作为“劝善”，职有分工。这在《取经诗话》里就是如此。其第八则，写深沙神想吃唐僧，唐僧曰：“你最无知。此回若不改过，教你一门灭绝!”于是，深沙神遂“合掌谢恩，伏蒙慈照”。这便是唐僧以“劝善”作为“惩恶”之一证。其第六则，写白虎精兴妖作怪，猴行者在其肚内化一团大石；“教虎精吐出，开口吐之不得；只见肚皮裂破，七孔流血”。这便是猴行者以“惩恶”作为“劝善”之一证。而对妖魔，二人各司其职，各尽其能，或降而服之，或荡而诛之，同往西天拜佛求法，这便是《取经诗话》写法上的特点，也是《西游记平话》和《西游记》杂剧等写法上的特点。这不是偶然的。因为唐僧是“圣僧”，“不杀生”是释门戒律之一，所以他只能以“劝善”作为“惩恶”；而猴行者的皈依佛门是“由道入释”，还保留着一些道教的特点，道教虽则也讲悲悯，却主张可以献身亦可以杀身，所以他可以以“惩恶”作为“劝善”。如果说，写猴行者的“由道入释”，正果释门，是反映了释道二教思想的争雄，而佛教势力在社会上占了上风，那么，写唐的以“劝善”作为“惩恶”和猴行者的以“惩恶”作为“劝善”，彼此相辅相成，“同往西天鸡足山”，则反映了释道二教劝惩观念的碰撞与融汇，而道教的劝惩观念在人们心灵中占有优势，致有“取经烦猴行者”之说。正因如此，所以，但凡以取经故事为题材的作品，其形象体系的内部构成有个总体特点，那就是：举凡属于佛教系统的神灵莫不以“劝善”作为“惩恶”为本，举凡属于道教系统的神灵莫不以“惩恶”作为“劝善”为务，共保唐僧西行求法。

世本《西游记》实际上继承了宋元取经故事这一写法，其不同之点在于：它强调了唐僧的以“劝善”作为“惩恶”和孙悟空的以“惩恶”作为“劝善”的对立性，并赋予以新的思想内涵，从而发展为两种相反的公义观念和立身之道，以作为唐僧和孙悟空不时引起冲突的根由，并予褒贬。

书中写孙悟空和唐僧的最大冲突有三次，现在就让我们看看他们各自摆出的理由，以及取经队伍的实际组织者和领导者观音的态度。

一在第十三回“心猿归正，六贼无踪”。孙悟空打死了 6 个“剪径的大王”，唐僧认为这是“十分撞祸”，“全无一点慈悲好善之心”；好在是“山野中无人查考”，要是在城市里，“我可做得白客，怎能脱身?”孙悟空分辩说：“我若不打死他，他却要打死你哩。”可唐僧还说他“忒恶”，“做不得和尚!”这次冲突的结果，是孙悟空一气之下离开了唐僧，想回花果山重温其美猴王的旧梦；当他听了东海龙王的劝告回到唐僧身边时，观音借唐僧的手给他戴了个“紧箍儿”，以禁其天马行空狂放不羁，使之一其心志保唐僧西行求法。

一在第二十七回“尸魔三戏唐三藏，圣僧恨逐美猴王”。孙悟空三打白骨精，而唐僧由于听信了猪八戒的谗言谗语，不只一遍遍咒念紧箍，还一次次赶逐猴王：“猴头！还有甚说话！出家人行善，如春园之草，不见其长，日有所增；行恶之人，如磨刀之石，不见其损，日有所亏。你在这荒郊野外，一连打死三人，还是无人检举，没有对头；倘到城市之中，人烟凑集之所，你拿了那哭丧棒，一时不知好歹，乱打起人来，撞出大祸，教我怎的脱身？你回去罢!”孙悟空申辩说：“师父错怪了我也。这厮分明是个妖魔，他实有心害你。我倒打死他，替你除了害，你却不认得，反信了那呆子谗言冷语，屡次逐我。”可唐僧还是认为他“是个无心向善之辈，有意作恶之人”。这次冲突的结果，是孙悟空噙泪叩头辞长老，回到花果山，复整水帘洞，却心逐取经僧，思念不已，感叹不已。

一在第五十六回“神狂诛草寇，道昧放心猿”。策马走在前面的唐僧几为一群草寇所杀，孙悟空挥棒打死了两个领头的。唐僧祷告说：“你到森罗殿下兴词，倒树寻根，他姓孙，我姓陈，各居异姓。冤有头，债有主，切莫告我取经僧人。”孙悟空忍不住笑道：“你老人家忒没情义。为你取经，我费了多少殷勤劳苦，如今打死这两个毛贼，你倒教他去告老孙。虽是我动手打，却也只是为你。”次日孙悟空又一顿打死了随后追来报仇的二三十个草寇，并割下曾投宿其家的杨姓之子的头颅，认为“似这等不良不肖、奸盗邪淫之子，连累父母，要他何用”！唐僧更恼怒了，念罢紧箍 10 余遍，骂道：“昨日在山坡下，打死那两个贼头，我已怪你不仁。及晚了到老者之家，蒙他赐斋借宿；又蒙他开后门放我等逃了性命；虽然他的儿子不肖，与我无干，也不该就袅他首。况又杀死多人，坏了多少生命，伤了天地多少和气。屡次劝你，更无一毫善念，要你何为?”这次冲突的结果，是唐僧再一次逐走孙悟空；孙悟空欲回花果山而又怕本洞小妖笑他“出乎尔反乎尔”，便赴洛伽山状告唐僧，说他“背义忘恩，直迷了一片善缘，更不察皂白之苦”！

这说明：不对妖魔心慈，也不对恶人手软，以铲除奸邪作为自己的行善人间，一切为了保全唐僧性命，一切为了西行求法，这便是孙悟空的公义观念和立身之道。虽有对儒道二教思想的汲取，但本质上是属于江湖豪士的思想范畴。假若我们抹去孙悟空身上的宗教光环而将他手中的金箍棒换成三尺龙泉，那么，我想是可以称之为江湖一剑客的。因而他也就难免疾恶如仇过甚。这还说明：将人妖不辨当作勤行善事，宁愿接纳猪八戒的谗言谗语，亦不去一察孙悟空的苦口婆心，意在免受冥报；把姑息奸邪当作止息诸恶，宁肯摇尾乞怜于屠刀，亦反对他人起而锄暴，旨在不遭连累，这便是唐僧的公义观念和立身之道的根本。这一公义观念和立身之道，虽未脱“我佛慈悲”的思想范畴，却还包孕着一种浓烈的乡愿观念。假若我们剔去唐僧思想中的“我佛慈悲”，那么，我想是可以把他看作“德之贼也”——乡愿的。因而他也就不会察皂白之苦。

正因如此，所以孙悟空的赴洛伽山状告唐僧是告赢了，虽然没有全赢。观音总的态度是：一方面她款款地对孙悟空说：“似你有无量神通，何苦打死许多草寇！草寇虽是不良，到底是个人身，不该打死。比那妖禽怪兽、鬼魅精魔不同。那个打死，是你的功绩；这人身打死，还是你的不仁。但祛退散，自然救了你师父。”另方面她又谆谆告诫唐僧：“你今须是收留悟空。一路上魔障未消，必得他保护你，才得到灵山，见佛取经。再休嗔怪。”这就既指出了孙悟空有疾恶过甚之失，又从总体上充分肯定了孙悟空。这种对孙悟空一路打死妖魔的赞赏，与“我佛慈悲”实际是相左的，显然是作者在借观音的权威表述自己的观点。

然而，光看到这一点还是不够的，还应看到唐僧是如何在一次次生死抉择的事实教育下，最后对孙悟空的以“惩恶”作为“劝善”的全面认可，否则也就失去了世本《西游记》。

实际上，不论儒家英雄，还是江湖豪侠，或者道教剑客，他们的以“惩恶”作为“劝善”亦常辅之以“劝善”作为“惩恶”。孙悟空也是如此。他的“凤仙郡求雨”，便是种以“劝善”作为“惩恶”。他在比丘国救了小儿、灭了妖怪后，还曾这么劝当朝正主：“陛下，从此色欲少贪，阴功多积，凡百事将长补短，自足以祛病延年。”其实，他的两次诛草寇也与三打白骨精不同，莫不是让草寇先动手，直打得他一时性起而又不见草寇怯退，才抡起棒来送他们归阴的。足见他反对的只是唐僧的人妖莫辨而又“直迷了一片善缘，更不察皂白之苦”。

实际上，唐僧作为亦僧亦儒的“圣僧”，骨子里亦并不排斥儒道二教的与以“劝善”作为“惩恶”相辅相成的以“惩恶”作为“劝善”的主张。其所以对孙悟空的棒打妖魔，“直迷了一片善缘，更不察皂白之苦”，一遍遍咒念紧箍，不只由于作为“圣僧”，释门教义使他只可主张以“劝善”作为“惩恶”，还由于他肉眼凡胎，不具“火眼金睛”，识辨不了幻化为人身的妖魔，误以为孙悟空的奋起千钧棒是在行凶作恶。因而，一旦妖魔露出本相，他对孙悟空的棒打也就一变而成孟子的君子远庖厨的态度。纵然打得满洞妖怪，“汤着的，头如粉碎；刮着的，血似水流”，他也不仅不怪孙悟空的无心向善，还称赞不已道：“贤徒，亏了也！亏了你也！这一去，早诣西方，径回东土，奏唐王，你的功劳第一。”然而正像直迷了一片孝道的杜少卿无法不一次次挨骗子的骗，直迷了一片善缘的唐僧亦无法不一次次上妖魔的当，否则就像对不起自己良心似的，所以他们的悲剧是生活中一类人的悲剧。要之，一次次上当受骗，一次次咒念紧箍，一次次感激孙悟空的棒打妖魔，这就是西行路上的唐僧。唐僧的最后获得“火眼金睛”，认可孙悟空的以“惩恶”作为“劝善”，并与之心心相印之日，正是他正果西天，加封旃檀功德佛之时。盖作者寓意亦深焉！

由此可见，世本《西游记》写取经人西行诸难的渡过，没有一个是由于唐僧的“劝善”，而不是由于孙悟空的“惩恶”，这是作者对孙悟空的以“惩恶”作为“劝善”而以“专救人间灾害”为己任的公义观念和立身之道的意识的肯定；也是作者对唐僧的以“劝善”作为“惩恶”而“直迷了一片善缘”的意识的嘲讽。论原因，就在于：明代中叶，政治腐败，社会黑暗，道德教条已失去对人伦关系的调节作用；若以“劝善”去“惩恶”，则不仅不能打击“恶”，还会驱善者成为虎口的羔羊，而若以“惩恶”去“劝善”，则打了豺狼，羔羊也就脱了险地。一言以蔽之，时人所以欢呼孙大圣，只因当时的社会是妖雾笼罩下的社会。这一欢呼，与“我佛慈悲”的思潮显然是两股道上跑的车。作者写如来加封孙悟空为斗战胜佛，亦不见于宋元取经故事，只不过是在借这位佛祖的权威肯定孙悟空的斗战精神而已。

真是“众里寻他千百度，蓦然回首，那人却在，灯火阑珊处”。原来世本《西游记》所谓如来最后授予唐僧的“有字真经”，就是作者所志孙悟空一路棒打妖魔以救治人间灾害的苦难历程。这不是对禅师“灵山只在我心头”的张扬吗？是；但同时也就使之化为空洞的宗教光环，而显现于这一宗教光环下的却是作者对尘世治平的执着求索。这只有因社会过于腐败而开始对清官政治失去憧憬的人，才会有这种将“玉宇澄清万里埃”的希望寄托于“金猴奋起千钧棒”，认为这就是“灵山”。

——据《文学评论》1996 年第 6 期

【评　介】

张锦池，1937 年生于江苏省靖江县，1958 年毕业于上海中学，1963 年毕业于北京大学中文系，同年因主动申请而被分配到哈尔滨师范大学中文系任教。先后主讲过现当代文学、文艺理论、古代文学等课程，曾于 2003 年获得首届国家教学名师称号，现为哈尔滨师范大学博士生导师，中国古代文学学科带头人。张锦池先生是中国艺术研究院红楼梦研究所校注的《红楼梦》新校本的注释者和注释定稿者之一，中国红学会的最初发起人之一，现为中国红学会副会长，《红楼梦学刊》和《文学遗产》编委。其学术著述主要有《红楼十二论》、《中国四大古典小说论稿》、《西游记考论》、《红楼梦考论》、《中国古代小说心解》、《漫说西游》、《中国古代小说十二讲》、《西游记导读》等及论文多篇，凡 230 余万言。

作为国内外知名学者，张锦池先生的学术研究是以中国古典小说尤其是《红楼梦》研究为人所推重，其学术兼职也主要在红学方面，但他在《西游记》研究方面也同样造诣精深，堪称大家。其就读于北京大学时的老师吴组缃先生曾称许他的《西游记》研究文章比他的《红楼十二论》里的文章还要写得好，这足以说明他的《西游记》研究功力深厚，自成一家。《红楼梦》和《西游记》可以说是张锦池先生学术研究的两翼，他本人也将这两部小说经典融会贯穿，同体视之，这令他的《西游记》研究视角独特而且特具小说史意义。

张锦池先生关于《西游记》的研究集中于20世纪八九十年代，曾连续撰著了十余篇《西游记》研究专文，既有对作者、版本、故事源流的历史考证，也有对主旨、人物、艺术经验的理论阐释，研究的方面既广，而论述的层次亦深。这些文章陆续发表后引起了学界的关注，产生了积极的影响。由于在考证和论析两方面都有所涉及，张锦池先生将这些文章整理增补后结集出版，命名为《西游记考论》(黑龙江教育出版社1997年版)，但全书已经融会为一体，其研究的目的也较明确，即“以亦考亦论的方法将宋元以来的取经故事和《西游记》作为一个家族予以通盘研究”(《西游记考论·前言》)。选入本书的这篇文章，以文本与文化阐释的研究方法论析了《西游记》的文化特征问题，最初发表于《文学评论》1996年第6期，后亦成为《西游记考论》的一个章节。

张锦池先生此文最大的特点在于，紧紧扣住取经故事弘扬佛法的源头与《西游记》借神魔以写人世的现实品格之间的关系，在历史性的演化线索之梳理与逻辑性的思辨概括的相互结合中，令人信服地揭示出世本《西游记》的文化内涵，那就是以外释而内儒为特征的文化形态，张先生称之为“宗教光环下的尘俗治平求索”。

文章一开头即提出问题，表达观点，引发思考。作者认为，“宋元取经故事演化为世本《西游记》的过程，就是其潜在的非宗教意识不断发展为世俗的情感哲学和济世之道，显性的弘扬佛法的思想不断蜕变为一抹宗教光环的过程”。作者的这一根本看法告诉我们，把握住了世俗的情感哲学和济世之道，把握住了在此之上的显性的宗教光环，也就是把握住了世本《西游记》的文化特征。同时，这一看法也决定了文章的基本研究思路。张锦池先生便是以横向的问题(朝圣宗旨、负债意识、公义观念等)与纵向的梳理(世本《西游记》、宋元取经故事及《慈恩寺三藏法师传》的比较）相互推进的方式，展开了对此一基本观点的阐述。

首先，作者考察了朝圣活动所蕴含的价值观念的变化。唐代玄奘大师西行求法，其实并非单纯的朝圣行为，或者说主要的目的不在于朝圣。因为，一则佛教乃是多神教（在一定程度上甚至主张无神），偶像崇拜在佛教信仰中并不被强调；二则中国佛教突出了明心见性的自力的一面，悟了即处处见佛，不悟则徒求无益；三则玄奘当年越境孤征的目的主要乃是访学析疑，参访圣迹当然也包含其中，故玄奘在佛教史上主要是一位佛学大师、翻译家。而在宋元以降的取经故事中，唐僧西行的性质却悄然发生了变化，即从追求真理的访学到执著于信仰的朝圣，其历难的经过成为这一信仰超凡入圣的表现。为了适应民众的接受水平，突出西行求法的神圣的一面而淡化访学论道的知识的一面，自然是可以理解的。但这一神圣的朝拜活动的宗旨却也随着故事的流传而发生着变化。从《大唐三藏取经诗话》到《西游记》杂剧，再到世本《西游记》，西行朝圣的目的日渐明朗地由宗教性的普度众生转换为政治性的皇图永固（虽然也还加上了一句“法轮回转”），其促成行动的机缘则由事实上的“抗旨”到虚构的“奉旨”和主动的“请旨”。就中所反映的价值观念，的确是明显地由佛家的超脱出世转向了儒家的功利入世。

张锦池先生不仅敏锐地指出了这一变化的事实，而且深刻地分析了产生变化的文化机制，即“中国民间的宗教信仰以及伴之而来的朝山活动等，并非由于痴迷宗教哲理而旨在能逢凶化吉或得到一张进入天国的签证，这不能不影响唐僧西游佛国的性质，一也。忠君爱国是当时人们的基本思想，上报国家而下安黎庶被认为是品格的崇高，这不能不影响唐僧西行求法的宗旨，二也。君父观念是当时人们的基本观念，无君无父被认为是大逆不道，这不能不影响唐僧安身立命的哲学，三也。正是这种儒释道三教圆融而以儒学为主的文化心态和价值观念，暗中规定了取经故事演化的思想轨道而致有三种嬗变”。以上所谓三种嬗变，即是取经性质、宗旨以及其间的价值观念，张先生对此的概括是甚为精当的。

其次，作者极精细地从情感取向的角度分析了世本《西游记》从宗教意识向儒家意识的转变。佛家讲轮回、讲前生后世，故今生所受，乃是前生所作。张锦池先生指出，一方面，唐僧等师徒四众皆是前世有所罪愆，故而今生历难乃是赎罪之举，但是小说作者将他们的前世罪过设置得相当轻微。于是，罚非其罪的现象实际上便消解了玉帝和如来头上神圣的宗教光环，使西行朝圣行为的庄严意义似乎成为一种表面的形式。另一方面，在师徒四人的观念中，也看不出明显的宗教负债意识，充当他们行为的内在精神力量和维护取经队伍团结的凝聚力的倒是世俗的感恩情结。唐僧是感唐王知遇之恩，孙悟空、猪八戒、沙僧等是感唐僧救拔之恩，他们念念不忘的乃是基于儒家政治伦理和江湖道义的感恩与报恩之情，而并不是对自己前世罪愆的悔过赎罪之心。这里实际上已将宗教的救赎意识虚化为一个空壳，而代之以儒家文化的伦理内容。此外，非常明显的，西行路上的诸般磨难对师徒四人的意志品质当然是一种考验和升华，但是，他们之所以得成正果的功德，却又不在于对自身信仰的完善。四人——尤其是孙悟空和猪八戒这两个最重要的角色——是直至灵山脚下，都还保有着各自原来的秉性，如孙悟空的好名和高傲，猪八戒的色欲不净和食欲贪婪。这一状态又岂是频频经历宗教考验的圣僧、高僧们的修养境界？张锦池先生精辟地分析了小说呈现出这一状态的原因，“道德自我完善和负债意识往往是相与偕行的，一般皆来自宗教的人生观；而将功折罪思想则每每与感恩情结结下不解之缘，一般皆来自儒家的社会责任感和情感哲学”。既然如此，取经师徒的正果西天便成为一种外释而内儒的成就，张先生称之为“宗教光环下的名标凌烟阁”。

再次，既然已经讲到关于伦理道德完善的问题，文章最后一部分便自然地深入到对善恶等伦理核心范畴的辨析，这是从内在甚深层面来探讨世本《西游记》的文化特征。

我们从《慈恩寺三藏法师传》以降的取经故事文本中可以看到，唐僧和孙悟空的确代表了两种不同的公义（公共道义）观念，唐僧是以“劝善”作为“惩恶”，而孙悟空则是以“惩恶”作为“劝善”，世本《西游记》更是强化了两者间的对立性。对此，张先生从文化特性上进行了归纳和解释，他认为世本之前的取经题材作品所表现的更多地属于宗教观念的性质，如《大唐三藏取经诗话》“写唐的以‘劝善’作为

‘惩恶’和猴行者的以‘惩恶’作为‘劝善’，彼此相辅相成，‘同往西天鸡足山’，则反映了释道二教劝惩观念的碰撞与融汇，而道教的劝惩观念在人们心灵中占有优势，致有‘取经烦猴行者’之说。正因如此……其形象体系的内部构成有个总体特点，那就是：举凡属于佛教系统的神灵莫不以‘劝善’作为‘惩恶’为本，举凡属于道教系统的神灵莫不以‘惩恶’作为‘劝善’为务，共保唐僧西行求法”。应该说，这里的论断是比较恰切的。不过，将以“惩恶”作为“劝善”这样一种观念归结为道家的特点，认为“道教虽则也讲悲悯，却主张可以献身亦可以杀身，所以他可以以‘惩恶’作为‘劝善’”，则似乎还是有一点牵强的感觉。这或许是限于篇幅，张先生在文中没有对此判断给出较详细的例证之故吧。

对于世本《西游记》所写的善恶对立，文章以唐僧与孙悟空激烈冲突的三个情节为例，作了较仔细的辨析，从而认为“孙悟空的公义观念和立身之道。虽有对儒道二教思想的汲取，但本质上是属于江湖豪士的思想范畴”，“唐僧的公义观念和立身之道……虽未脱‘我佛慈悲’的思想范畴，却还包孕着一种浓烈的乡愿观念”。而不论是前者还是后者，其实都已不是宗教范围内的意识了，这就凸显出取经故事在流传演变中的文化嬗变问题。观音对于这师徒二人的对立性观念，既看得明又判得清，实际上代表了小说作者的态度。对此，张锦池先生联系到明代的政治、社会现实来说明这两种公义观念在世本《西游记》中的表现。难得的是，张先生的论述并没有偏于一端，他还相当辩证地注意到小说中对两种公义观念的互补描写，即小说“不论儒家英雄，还是江湖豪侠，或者道教剑客，他们的以‘惩恶’作为‘劝善’亦常辅之以‘劝善’作为‘惩恶’”。

有了以上三个方面的辩证分析和归纳概括，文章也就令人信服地说明了世本《西游记》的文化特点，即宗教性的思想、观念已经蜕变为一种形式和外壳，取而代之的精神内核却是主要反映儒家社会、政治理想的治平求索之道。这其实也就是张锦池先生对世本《西游记》的主题问题提出的新看法。它既不同于农民起义说、市民说等政治性主题，也不同于参禅、悟道等宗教性、哲理性主题，还不同于游戏说、玩世说等类似于审美性的主题，我们可以将之称为文化性主题论。在写法上，此文以文本分析为方法，以文化阐释为旨归，思辨性强，逻辑极为清晰，概括精当严谨，行文省净规范，体现了学术大家的写作态度和风格。

张锦池《西游记》论著目录：

《论西游记艺术结构的完整性与独创性》，载《文学遗产》1987 年第 5 期。

《论孙悟空形象的演化与西游记的主题》，载《学术交流》1987 年第 5 期。

《论孙悟空的血统问题》，载《北方论丛》1987 年第 5 期。

《〈大唐三藏取经诗话〉"说话"家数考论——兼谈宋人"说话"分类问题》，载《学术交流》1989 年第 3 期。

《〈大唐三藏取经诗话〉故事源流考论》，载《求是学刊》1990 年第 1 期。

《〈大唐三藏取经诗话〉成书年代考论》，载《学术交流》1990 年第 4 期。

《论西游记的著作权问题》，载《北方论丛》1991 年第 1、2 期。

《论西游记中的观音形象——兼谈作品本旨及其他》，载《文学评论》1992 年第 1 期。

《中国四大古典小说论稿》，华艺出版社 1993 年版。

《论唐僧形象的演化》，载《学习与探索》1995 年第 5 期。

《阿 Q 的远祖——猪八戒形象漫议》，载《北方论丛》1995 年第 6 期。

《宗教光环下的尘俗治平求索——论世本西游记的文化特征》，载《文学评论》1996 年第 6 期。

《论沙和尚形象的演化》，载《文学遗产》1996 年第 3 期。

《论猪八戒的血统问题》，载《明清小说研究》1997 年第 2 期。

《说朱本是晚于世本和杨本的三缀本——西游记版本源流考论之二》，载《北方论丛》1997 年第 1 期。

《西游记考论》，黑龙江教育出版社 1997 年版。

《道教文化与西游记》，载《古典文学知识》1999 年第 4 期。

《中国古典小说心解》，黑龙江人民出版社 2000 年版。
《漫说西游》，人民文学出版社 2000 年版。
《中国古典小说十二讲》，吉林人民出版社 2001 年版。
《西游记导读》，中华书局 2002 年版。

《西游记》：游戏笔墨的艺术结晶

吴圣昔

《西游记》有什么独到之处竟能与《三国》《水浒》《金瓶》并驾齐驱而被誉为明代的四大奇书之一？又为什么能在漫长年代里深受广大群众的喜爱而历久不衰？我以为不是别的原因，契机就在于作者的游戏笔墨，是游戏笔墨给这部小说带来了不可代替的独特成就和永久的艺术生命力；游戏笔墨是《西游记》的艺术标志，《西游记》是游戏笔墨的艺术结晶。

一

游戏笔墨作为《西游记》的艺术标志，它在全书中究竟有些什么突出而鲜明的表现？

其一，游戏笔墨无所不在。

我们可以肯定地说：从小说的第一回开始，到第一百回结束，几乎每回都泛溢着浓重的戏谑氛围，处处都可发现作者那支天才的游戏之笔在自由地驰骋。翻开小说，作者描写仙石产卵，见风化猴。那石猴学爬学走拜四方，目运金光射斗府，以致惊动玉皇，赶快命千里眼顺风耳查看。那任意挥洒的戏笔，一下子就将人们的思绪引向到那个既属幻想又像现实的特定境界。落笔便不同凡响。而在第一百回，五圣成真，如来加封，情景是何等威肃！然而作者偏偏让猪八戒胡乱大嚷："他们都成佛，如何把我做个净坛使者？"如来一席话答得更妙：这可是个"有受用的品级"！作者的戏笔那么轻松地一挥，猪八戒固然有如闻其声之妙；在教主如来的鼻脊上，似乎也影影绰绰地加上了一块白，让人回味不尽。全书首尾如此，而小说中最重要的故事情节描绘，包括大闹天宫和西天取经时，又何尝不是这样。师兄弟间，不管是日常相处，还是并肩出战，作者的戏笔固然是一刻不停地任意挥洒；神魔相争，即使是生死鏖战关头，激烈搏斗场合，作者也往往会将轻松谐谑的游戏笔墨穿插其间。最突出的例子，莫过于大闹天宫时孙悟空和教主如来的赌斗：孙悟空在如来手掌上一筋斗以为翻到了天尽头，又题词，又撒尿，谁知竟还未走出如来手掌心，被教主翻掌一扑，压在了五行山下。你生我死的激烈争斗，竟在充满戏谑的氛围中结束。读着这种神韵之笔，真有妙趣无穷之感。然而，《西游记》中这样的游戏笔墨，并不是作者心血来潮时的偶而点染，也不是在情景切合时所作的偶而穿插，而是在全书形象体系的细致描绘中全面运用，全面贯穿。在塑造人物时，游戏笔墨作为性格描写的基本手法之一，渗透在每一个人物形象个性刻画的细微处；在故事叙述中，游戏笔墨作为艺术表现的基本笔法，体现在每一个情节的发展过程；而在细节描绘中，作者的游戏笔墨也依然没有放弃任何一个可以发挥作用的场合，作尽情的挥写。而小说作为一种语言艺术，作者的游戏笔墨，实际上是作品文学语言的特殊格调的表现。所以，《西游记》中的游戏笔墨，就是以语言运用为基础，全面地体现在小说的内容和形式的诸因素中，成为作品中各个内容和形式因素的有机组成部分而无所不在。

其二，游戏笔墨不可或缺。

我曾经把《西游记》作者的游戏笔墨，比作为观音菩萨净瓶中的甘露水，它是《西游记》鲜明的艺术特色借以形成的基础，不妨说是《西游记》的生命线；因此，缺少了游戏笔墨，便将使《西游记》大为逊色，没有游戏笔墨便没有《西游记》。例如大闹天宫时猴头和二郎斗法，何等奇妙和有趣。猴头变麻雀儿，二郎变饿鹰儿飞将去扑打；猴头又变大鹚老，二郎急变大海鹤来赚；猴头变鱼儿入水，二郎又变鱼鹰儿来啄；猴头变水蛇，二郎变灰鹤来吃；猴头又变花鸨，二郎一弹把花鸨打个蹦踵；猴头趁机滚下山崖，变了一座土地庙：大张着口，似个庙门，牙齿变做门扇，舌头变做菩萨，眼睛变做窗棂；只有尾巴不好收拾，竖在后面，变做一杆旗竿。二郎见旗竿竖在庙后，便断定是猴头弄喧，举拳就捣，猴头心惊。扑的一个虎跳，冒在空中不见。每个读者读到这里都难免哑然失笑，惊佩作者手中那支生花妙笔是多么的出神入化。然而，如果削弱了这一节描写中的游戏笔墨，删去那猴头变土地庙时尾巴变旗竿竖在庙后等等匪夷所思的戏笔，其艺术效果的损失便难以估量，甚至直接关系到作品的思想艺术成就，影响到这部神话小说的流传了。对此，我们只要拿朱鼎臣本《唐三藏西游释厄传》和杨致和本《西游记传》来对比就一清二楚。朱本和杨本在写到猴头和二郎斗法时虽也有变这变那的叙述，应该说，这与一般神怪小说所写的斗法多为雷同和呆板相对比，已呈现出其特色；但若与《西游记》比较，便又有天渊之别了。后者由于增加了变土地庙的细节，虽寥寥数笔，却有画龙点睛之妙，竟能使全篇生辉，满盘皆活，足以令读者忘怀得失，但觉好玩了。对比之下，朱本和杨本就因为缺少了变土地庙这一节的游戏笔墨，便显得平淡和一般。其实，朱本和杨本之所以在小说史上遭致湮没而不传，根本原因之一，也就在于缺少贯穿《西游记》中那种游戏笔墨的光彩而相形见绌。所以，《西游记》中的游戏笔墨是不可或缺的。缺少了游戏笔墨，必将破坏《西游记》完整而高超的艺术美，给《西游记》的思想艺术成就带来不可估量的损失。

其三，游戏笔墨难以企及。

应该承认：小说创作和游戏笔墨是结有不解之缘的，有哪一部小说没有几笔游戏笔墨呢？金圣叹批《水浒传》，在小说第三回，当鲁智深"一步步走下山来，出得那五台福地的牌楼"时，批道："忽然增出一座牌楼，补前文之所无，盖其笔力，真乃以文为戏耳。"这是一种戏笔。脂砚斋评《红楼梦》于第十六回秦钟"正见许多鬼判持牌提索来捉他"等处，批道："《石头记》一部中皆是近情近理必有之事，必有之言，又如此等荒唐不经之谈，间亦有之，是作者故意游戏之笔，聊以破色取笑"，"游戏笔墨一至于此，真可压倒古今小说"，这又是一种戏笔。东湖评《女仙外史》第八十五回"大救凶灾刹魔贷金，小施道术鬼神移粟"说："此回书乃游戏耳"，这又另是一种戏笔。但不论是叙述故事，刻画人物，描写细节，也不管这种戏笔体现了何种特色，总而言之，只是作者兴之所至的偶而点缀或穿插而已，不仅在全书中不占主要地位，而且也很难与《西游记》相比拟。因为《西游记》中的游戏笔墨，是作者总体艺术构思的有机组成部分；而在运用中，又具有着鲜明的艺术个性和高超的艺术造诣，为古代通俗小说中一切游戏笔墨所未能企及。首先，《西游记》的戏笔能与幻笔巧妙结合，有奇趣蕴美之妙。第四十四、四十五回，西行过车迟国，孙行者、猪八戒、沙和尚三人变三清，撒臊溺充圣水，戏弄虎力、鹿力、羊力三妖。走笔运墨，纯是戏谑之言；字里行间，充满奇趣氛围；立意显然在于贬道，但风味与格调都比较优美，颇有诱人的艺术魅力。由于题材内容的要求和制约，幻笔是《西游记》所必需的基本笔调，所以小说的形象描绘中充满着神奇性和传奇性；而由于作者的艺术爱好和艺术趣味所决定，戏笔又是《西游记》形象描绘的基本表现手法，所以小说中泛溢着浓郁的诙谐性和趣味性。更由于作者创作技巧的高妙，在实践中，使戏笔寓之于幻笔之中，而幻笔又往往通过戏笔来体现，二者紧密结合，使作品的传奇性和神奇性能与诙谐性和趣味性和谐地融合在形象体系中，从而凝结成作品笔法运用的一个显著特点。其次，《西游记》中的戏笔，看上去似乎是随意挥洒，信手拈出，细细体会，却又是恰到好处，机趣天成。如猪八戒义激猴王一段，老猪来到花果山，怕见猴头，挤在群猴中向行者磕头，行者坐得高，眼又乖滑，看得明白，故意叫群猴拿将上来，这样那样地刁难老猪，最后，呆子忍不住把嘴往上一伸道："你看么！你认不得我，好道认得嘴耶！"此话一说，弄得孙猴子也禁不住笑将起来，脱口喊出"猪八戒"，于是师兄弟才相见细叙。这种例子不胜枚举。这类笔墨像是闲笔，其实似闲而非闲；看似枝蔓，其实毫无蛇足之嫌，它完全与作品的格调和情趣相一致，有助于刻画人物、丰富细节、增强风味。再次，《西游记》中的游戏笔墨，已自成一格，独具特色。笔法是那样的圆熟，意味是那样的淳厚，色彩是那样的晶莹，技巧是那样的高超，挥笔洒墨似行云流水般顺畅自然，无丝毫枯竭晦涩之感。这种种，都显示出作者运用戏笔的创造性水平。所以，我说它为古代通俗小说中一切游戏笔墨所难以企及，绝非无的放矢之言。

从以上三方面来看，足以显示《西游记》中的游戏笔墨是多么的突出而鲜明！所以，说游戏笔墨是《西游记》的艺术标志，绝非空泛之言，而是以充分的创作实践作为立论的根据。

二

《西游记》作者的游戏笔墨，对这部小说的成功创作是产生了巨大作用的。它不仅一般地影响着《西游记》思想艺术的成就，而且使这部小说成为具有艺术独创性的作品，发挥了不可磨灭的积极意义。

对此，我们也可以从三方面来加以说明。

其一，通过游戏笔墨含蓄地曲折地来表达其创作意图和创作宗旨，使作品形成一种深邃而隽永的意境，耐人寻索，引人回味。

明清时期某些评论家把《西游记》看作是宗教入门手册，成佛了道奇书，这完全是皮相之言。他们只看到《西游记》题材方面的宗教性内容，仅仅抓住一些表面现象，就当作立论的根据，大做其荒唐文章。他们完全没有把握《西游记》是凭借游戏笔墨来表现作者意图和创作宗旨的特点，因而不可能通过那层宗教纱幕，透视到作品形象描绘中所创造的深邃的意境。当代某些评论家把《西游记》看作是政治小说，实质上是换了一种说法，却仍然在明清评论家所走过的道路上徘徊。因为他们从政治小说这个前提出发，不论是把这部小说看作是反动之书，目的是企图瓦解人民的反抗；还是把它看作是进步之作，提高到是表现农民起义；统统都是将《西游记》中贯穿始终的神魔之争，当作是现实社会中的政治斗争和阶级斗争的形象图画。囿于此种观念，也就不可能再去想一想作品的实际形象描绘中是否还寄寓着更为隽永的意境。其实，《西游记》中的游戏笔墨并不是以游戏为宗旨，表现肤浅的平庸的甚至低级趣味的意图；但也决不是像某些论者那样无视游戏笔墨的客观存在，以为是正儿八经的在写社会政治斗争或宗教修炼秘法。而是像古代曾有论者指出："游戏之中暗传密谛"，是通过游戏之笔来表达其高超的立意。这里值得注意的是"暗传"二字，它一语破的地指明了《西游记》作者如何在形象描绘中体现其立意的巧妙构思，揭示出作者赋予游戏笔墨以曲折体现全书宗旨的艺术设想。作者富有艺术个性的游戏笔墨，在创作实践中完全达到了预期的效果。通过游戏笔墨使作品形象体系中构成了一种特有的艺术意境，使读者不可能一眼见底般捕捉住作品的宗旨和作者的立意，正如古往今来的不少论者所曾提及的那样《西游记》是一部寓言小说，是一部哲理小说；运用游戏笔墨来描绘的作品形象体系，具有一定的寓言性或哲理性意义，这不仅深化了作品主题的内涵，而且形成了一种与一般游戏之作完全不同的耐人寻味的意境，使这部神话小说成为游戏之作中的典范性作品。

其二，富有艺术个性和高超造诣的游戏笔墨，在小说中凝成了鲜明的创造性艺术特色。而作品中这种特有的艺术格调和艺术风味，正是《西游记》获得老少喜爱和雅俗共赏的基础。

游戏笔墨给《西游记》形成的创造性艺术特色是什么呢？我认为是一种诙谐性。这种诙谐性，与古代一切以游戏之笔勾勒而成的文艺作品中的诙谐意味最明显的不同处，就在于后者：或只表现为讽喻性，如《史记·滑稽列传》所写“滑稽多辩”的淳于髡讽喻齐威王罢长夜之饮之类；或仅仅是为游戏而游戏的“空戏滑稽”，如打油诗和某些戏谑性的笑话；至于在小说戏曲中以戏笔作逗趣穿插，以增加戏谑性者，更只是局部性的特点而已。而《西游记》中的诙谐性，它作为小说的一大特色，不仅包含着丰富的内涵，而且具有独特的艺术美。就其内涵来看，可以说是熔戏谑性、趣味性、讽喻性和幽默感于一炉。若从总体上来分析和鉴衡，单有戏谑性或趣味性，而无讽喻性或幽默感，或者相反，只有讽喻性或幽默感，而无戏谑性或趣味性，这是不足为奇的。甚至，即使既有戏谑性或趣味性，又有讽喻性或幽默性，但就戏谑性和趣味性而言，若格调不高，就讽喻性和幽默感而言，若意境不深，这也是不足为奇的。《西游记》则不然。它不仅是戏谑性、趣味性、讽喻性和幽默感共存，相互渗透，相得益彰，而且是格高意深，情味淳厚，体现出作品的诙谐性特色的丰富性和独特性。《西游记》的戏谑性很浓，但调笑嬉戏，谐而不滥；趣味性很强，但插科打浑，俗而不邪；讽喻性很深，指桑骂槐，旁敲侧击，皆合乎情理；幽默感很重，冷嘲热讽，谭言微中，多针对世态。因此，《西游记》的诙谐性内涵是极其丰富的。而就《西游记》诙谐性这一大特色的独特的审美特征来说，的确堪称非同一般。它圆润似珠，晶莹如玉，澄澈似水，醇厚如酒。说它圆润似珠，是因为在全书形象描绘中所体现的诙谐性，表现得极其圆熟而完整，它不是或有或无，给人以支离破碎之感，也不是或浓或淡，使人有不善驾驭之想，而是出于作者运用游戏笔墨手法高妙，因而能驾轻就熟和得心应手般一气呵成，自然成趣。说它澄澈似水，是因为作品中的诙谐性，不仅无所不在地渗透在形象体系的描绘中，而且人们能轻而易举地非常明确地把握和感觉到它的存在，体会到它的特点。说它晶莹如玉，是由于《西游记》中的诙谐性质地纯正，不含杂质，好像任何灰尘都未曾沾染那样，透澈明净，似水晶般的光泽闪烁，又如璧玉般的润泽洁白。说它醇厚如酒，则是由于形象描绘中所体现的诙谐性特色，具有一种足以使人陶醉的艺术诱惑力，吸引着各个不同时代各个不同阶层的人们沉浸其中，反复品尝，回味无穷。这一切，说明游戏笔墨给作品形成的艺术特色，已经使《西游记》具有了永恒的艺术魅力。

其三，游戏笔墨的运用，给人物形象的塑造带来了巨大的艺术效果。游戏笔墨是作品中一系列人物性格具有丰富性和复杂性，并使人们感到栩栩如生的重要因素。

论者们常常称赞《西游记》“神魔皆有人情，精魅亦通世故”。为什么能获得这样高度的成功？关键就在于游戏笔墨的运用。鲁迅说：“作者禀性。‘复善谐剧’，故虽述变幻恍忽之事，亦每杂解颐之言。”因而使妖魔鬼怪皆通世情，即是指此。胡适说：“《西游记》里种种神话都带着一点诙谐意味，能使人开口一笑，这一笑就把那神话‘人化’过了。”也是指此。作者的游戏笔墨，突破了天堂与尘凡之间的界限，填平了神魔与凡人之间的鸿沟。戏笔勾勒的神魔形象，淡化了宗教观念所赋予的神秘性，却强化了他们身上的人情世态的成份。所以在人们心目中，这些神魔，并非远离尘寰的可怕的威慑力量，而是一群披着宗教神秘观念的外衣，而内心世界却充满着人情世故的有血有肉的性格。牛魔王家族中的人物关系及其显露的浓厚的儿女之情，作者的戏笔固然镂刻得微妙微肖，而老君、如来、玉皇和观音的描绘，又何尝不是如此，这些宗教观念所塑造的三界权威，一现身，一开口，都显得滑稽可笑，风趣动人。没有戏笔的皴染，这些神魔灵怪的性格特征决不可能这样的丰富和生动。

特别是孙悟空形象的刻画，更是突出地借助了游戏笔墨的成功运用。人们每每在赞赏之余，常常指责猴头形象描绘中的不足，如说：孙悟空性格在大闹天宫和西天取经中不统一，有两截子之感；或说孙行者有时在水帘洞做妖魔时吃人无数，是作者根据古本《西游》改写时删汰未尽的表现等等。其实，这种分析都是忽视了游戏笔墨的结果，至少是原因之一。因为作者的这种游戏笔墨，在运用中，往往会有较大的随意性，按照通常的想法似乎不甚合乎情理，其实却是戏笔所提供的更大的灵活性，使刻划形象性格的笔触能在更宽阔的天地里自由驰骋。水清玉洁般的观音，突然同猴头戏谑，说悟空专一只会骗人，见龙女貌美一时骗了去，她哪有工夫去寻！唐僧因无人事而取得无字经本，告状告到如来座前，教主竟说出真经不能贱卖那番怪论等等。如果从通常的角度去分析，以为这些笔墨越出了人物的既定性格之外；其实，若从游戏笔墨的要求去衡量，则恰恰是使人物性格丰富化和复杂化的体现。所以，分析《西游记》中人物形象的塑造，若离开游戏笔墨的特点，便会造成一般化而不得要领。

从以上分析，可见《西游记》作者的游戏笔墨，不仅仅是技巧和手法的问题。由于游戏笔墨直接关系着作品思想艺术的创造性成就，在小说的内容和形式的统一、思想性和艺术性的统一方面发挥了如此鲜明而突出的作用，不难体会到《西游记》中的游戏笔墨，既是作家创作倾向和创作态度的反映，也是作家的艺术原则和艺术方法的体现。所以，是游戏笔墨影响着作品的艺术生命力，是游戏笔墨决定了《西游记》具有永恒的艺术魅力。对《西游记》游戏笔墨的特征，我曾经作过如下的概括：它给作家提供了摆脱世俗的拘谨和因循的束缚的机会，可以并要求天马行空般飞驰自己的想象。而作家的艺术思维既不能以一般事物的通常过程来衡量，他那神奇的笔墨也就像没有任何约束似的在任意抒写，所以，挥笔洒墨的结果，其内容似乎往往越出了常规，而形式常常会是无限的活泼，字里行间泛溢着凝聚着近乎玩笑戏谑的风趣氛围，却会带来人们意想不到的特殊的与一般艺术作品不同的审美效果。对《西游记》游戏笔墨的特征作如上的概括，可以说明，游戏笔墨与作品的艺术上的成功有着血肉般的关联。

三

对于游戏笔墨，历来有人持反对态度。如唐裴度批评韩愈“不以文立制，而以文为戏。可矣乎？可矣乎？”明徐师曾《文体明辨》就“诙谐诗”作《序说》说“虽含讽喻，实则诙谐，盖皆以文滑稽尔，不足取也”。或出于保守，或出于偏见，以致笼统地反对以文为戏，这倒真是不足取的。而林纾《春觉斋论文》有“应知”八则，其一即论风趣，涉及游戏笔墨，则采取了分析的态度，认为只要“不流儇佻”，“不涉猥亵”，而“能在不经意中涉笔成趣”，能使人“不觉其为游戏”而“成为奇语”。当然，这还是一般化地泛泛而论，并没有从理论上来揭示游戏笔墨的真谛。而且，说到底，许多论及《西游记》游戏笔墨的文字，即使予以肯定者，亦未从理论上深入揭示其真谛。我们究竟应该怎样认识《西游记》游戏笔墨的真谛呢？其核心，我以为可以表述如下：《西游记》的游戏笔墨，是作者艺术上成熟并富有创造性的表现，是作者创作思想和创作作风纯正而高超的反映。如加以具体分析，可分三方面来看：

其一，从游戏笔墨和艺术个性的关系看，《西游记》的游戏笔墨是作者艺术上成熟的标志，是作者艺术个性的鲜明体现。

并不是每一个作家都具有鲜明的艺术个性；只有那些在艺术创作上趋于成熟的作家，才有可能形成鲜明的艺术个性。所以，艺术个性是作家艺术追求达到高层次水平的体现，是作家艺术情趣具有鲜明而突出的个性化特点的反映。而且，不同的作家有不同的艺术个性；不同的作家的艺术个性，体现在作品具体艺术形象描绘中的特征又各有差异。而这种艺术特征的差异恰恰就是创作园地丰富多彩的根据和标志。《西游记》独特的艺术特征就是它的游戏笔墨，这种游戏笔墨是作者艺术上的成功追求，是由作者的艺术个性所决定的。《天启淮安府志》介绍《西游记》作者吴承恩其人“性敏而多慧，博极群书，为诗文下笔立成。清雅流丽，有秦少游之风。复善谐谑，所著杂记几种，名震一时”这一段话，非常明确扼要地说明了吴承恩的性格特点和艺术情趣，似乎就是为了证明他是《西游记》作者般的明白无误：他的性格是“性敏而多慧”，“复善谐谑”，他的学识是“博极群书”，他的诗文风格是“清雅流丽”。从这里，我们不难体会到他的艺术个性的概貌。这样的艺术个性，当然最适合创作《西游记》这样的艺术作品，与《西游记》的游戏笔墨的艺术情趣和艺术格调是完全一致和灵犀相通的。清代就有人从这一角度来论述过《西游记》作者是吴承恩，以及吴承恩能够运用游戏之笔创作《西游记》。如清阮葵生《茶余客话》说《西游记》“明季始大行……前冠以虞道园一序，而尊为长春真人秘本。亦作伪可嗤者矣……或长春初有此记，射阳因而演义，极诞幻诡变之观耳……然射阳才士，此或其少年狡狯，游戏三昧，亦未可知”。焦循《剧说》引述此段文字时有：“此特射阳游戏之笔，聊资村翁童子之笑谑。”（转引自胡适《〈西游记〉考证》之语）吴承恩的艺术个性是鲜明的，而《西游记》游戏笔墨的情趣和格调，无疑就是这种鲜明个性在艺术上的体现。

其二，从游戏笔墨和艺术手法、艺术技巧的关系看，《西游记》中的游戏笔墨，是作者的艺术手法和艺术技巧富有独创性的表现；也可以说，作者的艺术手法和艺术技巧的最富有特征性的方面，就集中地体现在作品的游戏笔墨中。

任何作家在创作中总是运用着一定的艺术手法和艺术技巧，然而并不是每一个作家的艺术手法和艺术技巧都富有独创性。古今中外都有为数众多的艺术品，由于艺术手法和艺术技巧的一般化和平庸化而不引人注目，甚而最终被人们遗忘以致湮没；只有那些在艺术手法和艺术技巧中呈现出引人注意的独特色彩者，才会有一定的艺术魅力而受人欢迎。《西游记》第四十六回，描写孙行者和虎力、鹿力、羊力赌隔板猜枚，第一次是皇后娘娘放的山河社稷袄，乾坤地理裙，结果孙行者把它变作破烂流丢一口钟；第二次是国王亲手放的一个大桃子，猴头却吃光桃子剩个桃核让人猜；第三次是妖精将一个小道童藏在柜中让人猜，结果猴头进柜骗道童剃个光头装和尚：三番猜枚因此皆获胜。这样绘声绘色的描写，笔法是力求同中见异，显得变化不定而又层层深入，引人入胜；行文是多么顺畅自然，恰似行云流水，巧夺天工；构思是何等绵密，寓奇幻于情理之中，皆出乎意外而又似在意中；形式是多么和谐，在轻松中显示紧张，虽尽情铺叙，却能恰到好处。而这一切，作者都是通过他那支天才的游戏之笔来获得，来体现，以致使上述这些艺术手法和艺术技巧方面的成功之处，都皴染了一层浓厚的游戏笔墨的色彩，处处透示出风趣、谐谑的氛围，构成一种特殊的艺术美。这种艺术美，是作者的艺术手法和艺术技巧的独特性所形成的，不仅为一般的文艺作品所不能比拟，而且也是其它的一般的游戏之作所不可代替的。当然，这里分析的还仅仅是从车迟国赌斗猜枚一节的描绘来立论，但因全书的情况，恰恰可以从这一典型的例子来说明和展示。所以，这种艺术美，正是全书通过游戏笔墨来集中体现的作者那种艺术手法和艺术技巧的美的特征。

其三，从游戏笔墨和作者的创作思想和创作作风的关系看，《西游记》中的游戏笔墨，是作者纯正而高超的创作思想和创作作风的生动反映；而作者纯正而高超的创作思想和创作作风，又决定着作品中游戏笔墨纯洁而优美的特性。

并不是任何一部游戏之作都必然是成功的和值得称道的，也并不是任何游戏笔墨都具有艺术魅力而给人们以美的享受。事实上曾经有过不少的游戏笔墨，由于流于㑊佻，涉于猥亵，而“德音大坏”；也有过不少的游戏之作，由于格调不高，意境不美，而遭致冷落，被人们逐渐遗忘。《西游记》的游戏笔墨之所以能给人以美的享受，它之所以能成为一部典范性的游戏之作，给明代以来的古典小说园地增姿添彩，就因为这部小说，是作者纯正而高超的创作思想和创作态度所孕育。我们只要看，作品中充满如此浓重的戏谑成分而又不流于庸俗，醉心于发掘形象描绘中的诙谐意味而又不涉及污秽，便可体会到作者的创作思想和创作态度的严肃性。这种严肃性，至少有如下的体现：一、创作《西游记》虽然运用游戏笔墨，却不是为游戏而游戏，这就与那些以游戏为最高宗旨的笔墨划清了不同层次的界限，标志着《西游记》作者的游戏笔墨所特有的纯正度和高层次性，它与那些以追求戏谑为目的的充满低级趣味的游戏笔墨有着质的不同；二、作品中的游戏笔墨仅仅是一种艺术手段，通过游戏笔墨，作者所要追求的乃是对于人类对于社会都有莫大关联的高超的审美理想；三、作者运用游戏笔墨来体现和抒发这种高超的审美理想，决不是轻率的，也不是矛盾的，而是基于作者极其周到极其成功的艺术构思，是作者的创作意图得到最佳体现方案以致获得全盘落实的非同一般的高招。正因为这样，人们在《西游记》的游戏笔墨中能得到如此高度的和持久的美的享受，也就可以理解；换句话说，也就是作者纯正而高超的创作思想和创作作风，决定了作品中游戏笔墨的纯洁的内在美和永恒的生命力。

总之，若要问：《西游记》最鲜明的特点是什么？我的回答就是它的游戏笔墨，一部《西游记》就是游戏笔墨的艺术结晶。

——据《贵州文史丛刊》1988 年第 3 期

【评　介】

对《西游记》主旨的看法，一方面，从明清时代的参禅悟道论学之说，到新中国成立之后的农民起义、市民觉醒之说，都是强调小说具有严肃的政治、社会、意识形态等方面的创作宗旨，这些看法大致是居于主流地位的。另一方面，也有一些学者将小说主旨与其艺术特质相结合来把握，充分注意到《西游记》富于谐谑的文本状态，将游戏笔墨视做这部小说的根本特点。这一看法在清代就不断有人提出，如《天启淮安府志》笼统地说吴承恩“复善谐谑，所著杂记几种，名震一时”；阮葵生《茶余客话》揣测地判断《西游记》“或其(吴承恩——引者)少年狡狯，游戏三昧，亦未可知”；焦循《剧说》则明确地断定“此特射阳游戏之笔，聊资村翁童子之笑谑”。在现代《西游记》研究界，鲁迅和胡适都主张不要过于拘泥和切实地去理解《西游记》的主旨，而应凸显作者的游戏才华。小说如果说有什么“密谛”，也是在游戏之中“暗传”出来的，取消了这种游戏性的表现形态，实际上也就等于取消了《西游记》本身。但是，不论是鲁迅还是胡适，都没有仔细、全面地对《西游记》的游戏性质加以分析和论述，这一看法也不是他们《西游记》研究的重点所在。在当代学坛，真正对这个问题予以重视并着力研究的学者并不多，吴圣昔先生是其中最有代表性的一位。

吴圣昔，又名圣燮，浙江嵊州人。1932 年生，1960 年毕业于复旦大学中文系，曾任江苏省社会科学院文学研究所研究员，《明清小说研究》副主编。著有《西游新解》、《西游新证》、《西游记百家汇评本》等。吴圣昔先生是20世纪末期活跃于《西游记》研究界的重要学者，积几十年之功于此，著述甚丰，影响颇大。吴圣昔先生的《西游记》研究全面而广泛，举凡作者、版本、本事、成书、主题、艺术创造诸论题皆有所涉及，其大要则在小说的思想艺术研究和版本考证方面，而尤以对"游戏说"的大力阐扬和深入研究为学界所重。据吴先生自云，他对《西游记》的阅读兴趣自童蒙时代即开始，一直持续到他成为一个专业的古典小说研究者，其中一以贯之的就是这部小说有趣、好玩的特性。他对这个特点的感受是深刻而持久的，以至他"在理论上无论如何拎不到和不想拎到反映阶级和阶级斗争的高度，对当时颇为流行的'市民'说与'农民起义'说之争等等不感兴趣"(《西游新解·后记》)。在《西游记》的主题问题上，吴圣昔先生将历来的种种说法概括为政治性主题说和哲理性主题说两类，他自己不赞同政治性主题的说法，而认为《西游记》的主题是哲理性的，即：《西游记》表现了唐僧师徒追求理想、实现理想的艰苦历程，是一曲富于哲理的理想之歌。但是，这支理想之歌，小说的作者却是以诙谐幽默的曲调风格唱出来的。所以，在总体上，吴圣昔先生认为《西游记》乃是一部游戏之作。这一看法，是吴先生在1986年普陀山召开的全国第二次《西游记》学术讨论会上提出来的，当时即引起了学界的积极反响。会后，他将大会发言整理为论文发表，进一步扩大了游戏说的影响。这篇《西游记：游戏笔墨的艺术结晶》是吴圣昔先生在这方面的代表作，发表于《贵州文史丛刊》1988年第3期，较全面地论述了《西游记》富于独创性的游戏笔墨的内涵。

吴圣昔将游戏笔墨视做《西游记》独特成就的最鲜明的艺术标志。其实，这一看法并非新创，明清的评论家已略有触及，而作为现代《西游记》研究肇始的鲁迅和胡适也均有此见。只是以文为戏之观念在中国向来缺乏本质上的认同，价值层次较低，泛政治化的文艺观一直居于主流地位，新中国成立后又以意识形态的无比正确之面目继续主导论坛，故而胡、鲁之旧论或横遭否定批判，或被有意回避忽视，逐渐不为人所重视了。因此，吴圣昔先生在思想解放的潮流中，再提游戏之说，反而有拨乱反正的新鲜感，对于时论"无疑是一种否定，也是一种挑战。因为‘游戏’说的提出，从根本上动摇了政治小说论一统天下的局面；而两说的内蕴和特点的绝不相同，使二者之间不存在任何融合和调和的可能”(《西游新解》)。对于游戏说，吴圣昔先生不仅仅是重提，更重要的是新论，他全面系统地探讨了《西游记》游戏笔墨的表现、性质和意义。

文章主要从三个方面详细地论述了《西游记》的游戏笔墨。

首先，文章审视了游戏笔墨在《西游记》中的文本表现和地位。吴先生认为，小说在人物塑造、故事叙述和细节描绘等方面都渗透了游戏笔墨，“所以，《西游记》中的游戏笔墨，就是以语言运用为基础，全面地体现在小说的内容和形式的诸因素中，成为作品中各个内容和形式因素的有机组成部分而无所不在”。将同题材的朱鼎臣的《唐三藏西游释厄传》和杨致和的《西游记传》与世本《西游记》一比较就不难发现：游戏之笔是后者超越前者的重要因素，是后者作为伟大作品不可或缺的条件。如果没有游戏之笔，《西游记》的思想和艺术必将大为受损。而《西游记》的游戏笔墨所达到的高超艺术成就也是难以企及的，它将戏笔与幻笔巧妙结合，使作品的传奇性和神奇性能与诙谐性和趣味性和谐地融合在形象体系中，从而凝结成作品笔法运用的一个显著特点。就这一结合的紧密无缝、完美无间而言，还没有哪一部作品能达到《西游记》这样的高度。

其次，文章衡估了游戏笔墨对于《西游记》的作用和意义。对于创作意图和创作宗旨而言，游戏笔墨的存在使《西游记》呈现出一种深邃而隽永的意境，从而与那些肤浅平庸的油滑之作区别开来，也与那种正儿八经地写社会政治斗争或宗教修炼秘法的作品不搭界。具有一定寓言性或哲理性意义的游戏之笔，使这部神话小说成为游戏之作的典范作品。对于小说的风格而言，游戏笔墨的存在使《西游记》呈现出诙谐性的艺术特色。吴圣昔将《西游记》的诙谐性内涵概括为戏谑性、趣味性、讽喻性和幽默感四个方面，并认为，这四个方面有着和谐而辩证的配合，恰到好处，共同营造出《西游记》独特的审美风格。文章的这一分析是精当而贴切的，符合小说的文本表现。对于人物塑造而言，游戏笔墨的存在使《西游记》中的人物真正成为现实性和超现实性相结合的典型。人物形象是小说艺术的核心，《西游记》

之所以堪为奇书，人物之奇是其重要原因。试想如果没有幽默诙谐的游戏之笔，孙悟空的形象还会那么高昂热烈吗？猪八戒的形象还会那么憨拙可爱吗？甚至，观音菩萨的形象还会那么切近人情吗？所以，游戏笔墨的作用在于塑造了为《西游记》所独有的典型人物。以上三个方面的作用说明，《西游记》中的游戏笔墨已经不仅仅是艺术技巧和方法的问题，而是"作家创作倾向和创作态度的反映，也是作家的艺术原则和艺术方法的体现；所以，是游戏笔墨影响着作品的艺术生命力，是游戏笔墨决定了《西游记》具有永恒的艺术魅力"。显然，吴圣昔先生已经将由鲁迅、胡适首倡的游戏说的思想火花演绎成为自具系统的解读关键，提高到了全书纲领的地位，并进而对这种"以文为戏"的创作现象作了历史的梳理和价值的重估。对这一看法，我们不论是否认同，都不可否认的是，它的提出对于突破传统的陈见以及时下的政见(政治化见解)都具有一新耳目的作用，尤其在当时思想解放的浪潮中更是具有标志性的意义。

再次，文章对《西游记》游戏笔墨的性质作了恰如其分的概括。简单地说就是：《西游记》的游戏笔墨，是作者艺术上成熟并富有创造性的表现，是作者创作思想和创作作风纯正而高超的反映。从艺术个性来看，吴承恩其人的性格禀赋决定了他对游戏笔墨的运用是自觉主动的，加之这一题材故事本身的超现实性，使其对戏笔和幻笔的结合有了更大的发挥空间，从而形成了独特的艺术个性，超越了同时代的多数作者而成为小说创作者中的翘楚。从艺术手法和艺术技巧来看，游戏笔墨可视做《西游记》最为突出、最富特点的艺术方法，以至于可以这么说，如果认识不到《西游记》的游戏笔墨的重要性，就等于没有把握住《西游记》这部小说的艺术本质，就失去了这部小说本身。从更深的层面来看，游戏笔墨是《西游记》作者自觉的艺术创造，是作者创作思想和作风的生动体现。也正因此，《西游记》中的游戏笔墨与庸俗肤浅油滑的戏谑之作不可同日而语，它的不轻佻不虚浮都是由于作者具有纯正而高尚的创作本旨和超越性的审美追求。换句话说，《西游记》的游戏笔墨绝不是为游戏而游戏，作者深层的创作意图(理想)决定了其品格。

以上三个方面分别从文本表现、意义及性质对《西游记》的游戏笔墨作了较为详细的论述，可以看出，吴圣昔先生接续了鲁迅对于《西游记》游戏说的基本论断，并使之强化和系统化。所谓“游戏之中暗传密谛”意味着：一方面，密谛是重要的；另一方面，游戏之笔也同等重要。把对小说思想主题的把握与对其艺术表现的分析结合起来，是吴圣昔先生游戏说的基本思路。

吴圣昔《西游记》论著目录：

《呆子形象面面观——猪八戒剖析》，载《福建师范大学学报》1984年第2期。

《启示深邃，耐于寻味——论西游记的哲理性》，载《明清小说研究》1985年第2期。

《西游记：游戏笔墨的艺术结晶》，载《贵州文史丛刊》1988年第3期。

《西游新解》，中国文联出版公司1989年版。

《邱处机写过西游记吗？——虞集〈西游记序〉真伪辨之一》，载《复旦学报》1990年第4期。

《回目对读的发现和启示——西游记版本研究之一》，载《明清小说研究》1991年第2期。

《〈西游证道书〉“原序”是虞集所撰吗？——虞集〈西游记序〉真伪探考》，载《明清小说研究》1991年第3期。

《大略堂〈释厄传〉古本之谜试解》，载《明清小说研究》1992年增刊。

《西游新证》，新疆大学出版社1993年版。

《李评本二探》，载《明清小说研究》1995年第2期。

《世本陈〈序〉的信息价值和歧疑透视——西游记版本研究之一》，载《明清小说研究》1995年第3期。

《〈西游证道书〉撰者考辨》，载《明清小说研究》1997年第2期。

《〈西游记〉西海龙王大名之失（外一题）》，载《明清小说研究》1997年第4期。

《〈西游记〉小话》，载《明清小说研究》1998年第2期。

《〈西游记〉乌鸡国故事“增插”说辩证》，载《明清小说研究》1999

年第2期。

《〈西游记〉鲁府本揭秘——兼谈登州府本之真相》，载《明清小说研究》2000年第2期。

《究竟谁是造物主——西游记作者问题综考辩证录》，载《明清小说研究》2002年第4期。

《杨闽斋〈新镌全像西游记传〉版本研考（上）》，载《明清小说研究》2004年第4期。

《杨闽斋〈新镌全像西游记传〉版本研考（下）》，载《明清小说研究》2005年第4期。

《清刻〈西游真诠〉版本研考——西游记版本史之一》，载《明清小说研究》2007年第4期。

《百家汇评本西游记》，长江文艺出版社2007年版。

《改变删节求创新——论清刻〈西游证道书〉》，载《人文论丛》2011年卷，中国社会科学出版社2011年版。

论《西游记》与全真之缘

陈　洪

一

自五四以来，从鲁迅、胡适的游戏说，到建国后的农民起义说，再到20世纪80年代之后出现的市民观念说、人才观说等等，尽管研究者们对《西游记》主题的看法凡历几变，但其阅读研究的前提，都是以《西游记》为一部纯粹的文学作品。

判定《西游记》为一部文学作品、一部通俗小说本不成问题。但20世纪90年代以来，却还是陆续出现了一些不同的声音，如李安纲提出《西游记》是"以道教全真教经典《性命双修万神圭旨》为原型，混一三教，整合文化，从而建立自己的结构体系"的"觉悟之书"①。我们且不评论这种说法正确与否，但看这种现象，就颇有令我们深思之处。何以言之？因为在《西游记》的阅读接受史上，李安纲的说法并不是前无古人的"旷世奇说"，早在百回本《西游记》产生之初，人们就已经把它视作"道书"了。现在已知最早判定小说《西游记》为"道书"的，当为明万历二十年出版的世德堂本《西游记》陈元之序里所提到的"旧有序"：

① 李安纲：《美猴王的家世》，中国社会科学出版社2002年版，第7～8页。

> 其叙以为孙，狲也；以为心之神。马，马也；以为意之驰。八戒，其所八戒也；以为肝气之木。沙，流沙；以为肾气之水。三藏，藏神藏声藏气之藏；以为郛郭为主。魔，魔；以口耳鼻舌身意恐怖颠倒幻想之障。故魔以心生，亦以心摄。是故摄心以摄魔，摄魔以还理。还理以归之太初，即心无可摄。

若陈元之所言不虚，则此序当为世德堂本《西游记》之“底本”的序言，此序以内丹思想涵摄小说人物情节，这说明在百回本成书之初，人们对这部小说的判定，就已经是“证道”之书。

整个明清两代，诠释者对《西游记》的看法基本上没有跳出“道书”的框框，大都认为《西游记》“作者极有深意。每立一题，必有所指，即中间科诨语，亦皆关合性命真宗，决不作寻常影响”，“此中妙理，可意会不可言传，所谓语言文字，仅得其形似”，是一部承载着微言大义的著作。其所关注的，是“文以载道”的那个“道”；至于丰富多样的故事、生动曲折的情节不过是为了这个目的服务，其本身并没有什么独立的意义和价值。而这种诠释的极端化表现就是清代那几部繁芜、庞杂的评点本，如陈士斌的《西游真诠》、刘一明的《西游原旨》等，他们认为《西游记》的哲理意义藏于小说的每一角落，甚至是每一个字词之上。提倡像读经书、道书一样，挖掘文字背后的意味，“学者须要极深研几，莫在文字上隔靴搔痒”，“读者须要行行着意，句句留心，一字不可轻放过去”①。这种视《西游》为“道书”的看法，自鲁迅、胡适等人批判后，方才偃旗息鼓，在大半个世纪中暂时退出了评论及教科书。由此可见，李安纲之说，不过是古人对《西游记》性质之认定在现代的回响。

但问题并没有彻底解决。像《西游记》这样一部通俗白话小说，为什么在接受的过程中，被如此多的人解读为与小说毫无关系的“道书”呢？难道仅仅如胡适先生所言，是“这三、四百年来的无数道士和尚秀才”盲求瞎寻的结果么？从传播学及接受史的角度看，胡适先

---

① 刘一明：《西游原旨读法》，上海古籍出版社影印古本小说集成本。

生此言明显存在误区，大要有二：

一是明清两代出面诠释《西游记》者几乎无一不指此书为“证道之书”，言之凿凿。中间不乏一些有名的文人学者，如袁于令、谢肇淛、尤侗、刘廷玑等，他们或学兼三教，或富于文才，绝非那些满脑八股之冬烘先生、走火入魔的妖妄之徒可比。可以说，他们对《西游》的看法平心多于臆解，并非一味地索隐求怪，盲求瞎寻。

二是较之现代人，明清两代的解读者与《西游记》作者处于同一时代段落，同一种文化体系中，因而思维方式也更为接近。今人看不出其意蕴的词语文字，对当时人来说可能别有一番滋味。这是他们的诠释别于现代人，也是优于现代人之处。这样一批解读者，没有在《水浒传》或其他的神魔小说中发现什么微言大义。可见《西游记》本身还是有些独特东西的。

意大利文学理论家艾柯认为对文本的解读应包含三个要素：“第一，本文的线性展开；第二，从某个特定的期待视阈进行解读的读者；第三，理解某种特定语言所需的文化百科全书以及前人对此本文所作的各种各样的解读。”①简言之，其实也就是文本和读者两个基本要素。只要是严肃的解读，即便这种解读在我们看来是不符合作者原意的“过度诠释”，这两个要素也是缺一不可的。胡适先生显然将明清人视《西游记》为“道书”这一阅读现象的原因全推在了读者身上，这显然是片面的。因为他忽略了文本在阅读过程中所起到的重要作用。

《西游记》与同时期其他小说最大的不同之处，便在于叙事文本中夹杂了大量的宗教哲学观念、术语以及文本资料，这些文字不乏前后映照、互为呼应之处，在若有若无之中暗示着某种抽象的思想观念，使读者隐约感觉到小说所要表达的并不仅仅是一种趣味和愉悦，还有某种“微言大义”。在一定程度上，那些视《西游》为“证道之书”的读者们，都是沿着小说中这些“路标”步入过度阐释之歧途的。

---

① 艾柯等：《诠释与过度诠释》，三联书店 1997 年版，第 175 页。

二

毫无疑问，《西游记》是一部通俗小说，但这部小说却与传统的宗教、哲学有着极为密切的关系。故事的基本框架取材于唐僧取经故事，自然多涉佛教内容，流传演变中一度也带有浓厚的佛教色彩，像《大唐三藏法师取经诗话》、明初杨景贤《西游记杂剧》，以及一些宝卷中的西游故事等。不过在今天读到的世德堂以还的各种繁本《西游记》中，都是全真教的色彩更浓一些。明清批评家纷纷以金丹大道解读《西游》，却少有人以佛学解之，便证明了这一点。关于《西游记》与全真道之关系，海外学者柳存仁曾撰文专门探讨过，近些年来，国内有的学者，更将这部小说视为阐扬“金丹大道”的宗教手册。

对小说《西游记》与全真教之间存在着某些联系的认定，小说中的一些全真教徒创作的诗文是十分有力的证据。柳存仁先生最先发现小说《西游记》中某些诗词来源于全真教。如来自冯尊师《苏武慢》“试问禅关，参求无数”，来自马钰的《南柯子·赠众道友》“心地频频扫，尘情细细除”、《瑞鹧鸪·赠众道契》“修行何处用工夫，马劣猿颠速剪除”，来自张伯端《悟真篇》中《西江月》“前弦之后后弦前”，等等。

除柳存仁先生的发现外，李安纲也从《西游记》找到了一些借用道教徒诗词的例证。如张伯端的诗词，摘自《悟真性宗直指》三首：《西江月》“妄想不复强灭”，见《西游记》第二十九回；“即心即佛颂”一首，见《西游》第十四回；《西江月》“法法法原无法”，见《西游记》第九十六回。摘自《悟真篇》一首，《西江月》“德行修逾三百”，见《西游》第五十三回。又如第八十五回悟空所举：“佛在灵山莫远求，灵山只在汝心头。人人有个灵山塔，好向灵山塔下修。”李安纲认为出自明中叶之全真教丹书《性命圭旨》。

细爬梳，还可举出一些，如柳存仁先生在引《鸣鹤余音》中收冯尊师《苏武慢》词时，漏引其八：

大道幽深，如何消息，说破鬼神惊骇，挟藏宇宙，剖判玄元，真乐世间无赛，灵鹫峰前，宝珠拈出，明显五般光彩，照乾坤上下群生，智者寿同山海。

最至极，翠霭轻分，琼花乱坠，空里结成华盖。金身玉骨，月披星冠，符合水晶天籁。清净门庭，圣贤风范，千古俨然常在，愿学人达此希夷，微理共游方外。

见《西游》第八十七回引首。《西游》取冯词上阕，仅将“玄元”改作“玄光”，余同。

不过，还应注意的是，道教内丹学说在逐渐形成和完善的过程中，大量借鉴吸收了禅宗的思想材料，前引张伯端“西江月”第四“法法法原无法”便非其本人所作，而是从南阳国忠禅师那里直接抄袭来的；“佛在灵山莫远求”一诗，也不是《性命圭旨》的首创权，在其之前民间化的佛教经卷《金刚科仪》就已有了这首诗，正德年间之罗教更是反复提及，说明这首诗在民间早广泛流行了，所以不能径指来自全真。但是，前引多数诗词还是直接来自全真一系无疑。

另外，百回本《西游记》中存在着大量的内丹修炼术语，也是一个不争的事实。典型的有“金公”、“木母”、“黄婆”、“元神”、“姹女”、“婴儿”、“刀圭”、“水火”等等。柳存仁还指出，《西游记》中使用了大量全真派诗文中的特殊名词，像“八百、三千”、“玉华会”、“六六、三三”等等。这些名词术语，并非完全是随意点缀的，某些术语的运用或是与内容相关，或是影响到叙事结构。比如小说中以“心猿”指代悟空，便是有以悟空这一形象象征心性修炼之思想的作意，也直接影响到须菩提、六耳猴等重要情节的设计安排。关于这一点，已经有许多学者撰文指出①。

特别应予指出的是，小说用“金公”、“木母”、“黄婆”指代悟空、八戒、沙僧，不是简单地以五行比配五众，而是建立在道教内丹修炼之“三五合一”思想基础之上的。所谓“三五合一”，即五行之中，西金、北水为一家，以“金”或“金公”代表，指代人体之精气；南火、东木为一家，以“木”或“木母”为代表，指代人体之元神；中央土自为一家，土又称“黄婆”或“刀圭”，指代人体之意念。这样金木水火

① 拙文《从须菩提看西游记的创作思路》，载《文学遗产》1993年第1期。

土五行被简化为“金”“木”“土”三家①。《西游》正是接受了这一观念并把这三个象喻性指代贯穿全文，时时呼应着文本的叙事，从而在文本叙述之上营构了一个颇具宗教象征意味的阐释空间。

小说叙事中借人物之口反复提及内丹理论，有些相当“专业”地道，如第三十六回“心猿正处诸缘伏，劈破旁门见月明”悟空所谈：

> 师父啊，你只知月色光华，心怀故里，更不知月中之意，乃先天法象之规绳也。月至三十日，阳魂之金散尽，阴魄之水盈轮，故纯黑而无光，乃曰晦。此时与日相交，在晦朔两日之间，感阳光而有孕。至初三日一阳现，初八日二阳生，魄中魂半，其平如绳，故曰上弦。至今十五日，三阳备足，是以团圆，故曰望。至十六日一阴生，二十二日二阴生，此时魂中魄半，其平如绳，故曰下弦。至三十日三阴备足，亦当晦。此乃先天采炼之意。

悟空在这里以月象变化为譬，阐明了内丹修炼的火候时机。此说本于道教内丹理论，张伯端对之有一更明晰的表述：

> 以丹田为日，以心中元性为月，日光自返照月，盖交会之后，宝体乃生金也。月受日气，故初三生一阳者……一阳生于月

① 一些研究《西游记》之内丹大义的学者认为“三五合一”乃金火一家，木水一家，如：“‘铅’字拆开为金、公，克金者为火，火即金之公；汞为水，水可生木，汞即木之母”（李安纲：《观世音的圆照》，中国社会科学出版社2002年版，第132页）。这种说法一是悖于全真教内丹修炼的一般观点（如《翠虚篇》云：“金水合处，木火为侣，与中央戊巳土合而为三也。”李道纯《中和集》“三五指南图局说”：“东三南二同成五，东三木也，南二火也，木生火，木乃火之母。两姓一家，故曰共之……五者，土之生数也，五居中无偶，自是一家。”）二“金公”“木母”与“姹女”“婴儿”一样，只是内丹修炼以男女比喻人体之阴阳。全真教称“金公”，实本金生水之说，加之古体“鈆”字，即金公二字之合，如元李道纯说：“乾之阳入坤成坎，坎为水，金乃水之父，故曰金公。以法象言之，金边著公字，铅也。”未见有什么火克金，故火为金公之说。

> 之八日，而二阳产矣。二阳者，丹之金气少旺，而元性又少现。自二阳生于月之望，而三阳纯矣……既至于此，而金丹且半，何也？且元神现矣，而未归于丹鼎，混精气而为一，所以为半矣。更所他后一半底道理。月既望矣，十六而一阴生，一阴者，乃性归于命之始也。自一阴生，至于月之二十三而二阴产矣。二阴者，乃性归于命之二也。自二阴生，至于月之三十日而三阴全矣。三阴者，乃性尽归于命也……所谓性命双修者，此之谓也。①

《西游》不过是将张伯端之说简约化了。即便是在三教合一的历史背景下，一个粗通道教之说的文人也很难说出这么深奥“专业”的理论。只有信奉道教内丹之说的人才能如此举重若轻地将如此深奥的理论信手化入小说叙述文本之中。

综上，明清两代人“证道”说，原不是阐释者一个巴掌所能拍响的。我们不否认阐释者的思维方式也起到了同样重要的作用，传统的文史哲不分的观念在明清两代依旧有很大的影响，使得人们不能够正视小说《西游》首先是一部文学作品；好求微言大义的阅读习惯，也使得读者们好从细节处着手，开掘文本之外的意义，等等。但我们不能因此回避《西游》文本本就存在大量的道教诗词、术语；不能否认《西游记》中的诗词、术语曾经承载了宗教旨趣，因而具有一定的宗教象喻色彩；不能否认《西游》叙述中的道教文字，是曾被某些精通内丹之学的人士，有意识地编织进叙事中间的。所有这些事实，都指向一点：《西游记》在流传过程中是存在过一个被全真教化的环节。

三

西游记故事是在一个相当长的历史时期发展丰富起来的，宗教象征化是这个演变中的一个重要的环节。依据现在学术界普遍接受的说

① 《玉清金笥青华秘文金宝内炼丹诀》之《蟾光图论》，载《悟真篇浅解》，中华书局 1990 年版，第 244～245 页。

法，西游记流传之阶段，应分为唐宋著述或笔记中散见的取经故事；南宋“说经”说话中的《大唐三藏取经诗话》；元末明初的《西游记》杂剧；可能是明初的《西游记》平话（或称古本《西游记》）；百回本《西游记》这几个阶段。但在这几个大的阶段之间，《西游记》并没有在历史中缺失，而是以一种默默无闻的方式在社会上流传。

长期以来，《西游》故事的传播基本集中在民间，不论是早期的诗话本，还是明初之戏剧，它的主要受众都是民间大众。从明初之《西游记》平话至百回本《西游记》出版的万历二十年的这二百余年间，虽没有什么完整的本子流传下来①，但并不意味着西游故事就没有在民间继续流传。恰恰相反，西游故事在民间宗教那里找到了生存流衍的土壤。这既包括沉潜于下层民众中的全真教，也包括更纯粹意义上的民间宗教。

目前所见资料最早的是明正德初年的罗教创教经典《巍巍不动泰山深根结果宝卷》和《苦功悟道宝卷》②，其中都载有简单的西游故事。如《苦功悟道宝卷》中云：

> 护法人，功德大，千佛欢喜……三藏师，取真经，多亏护法。孙行者，护唐僧，取了真经。三藏师，取真经，多亏护法。猪八戒，护唐僧，取了真经。唐三藏，取真经，多亏护法。沙和尚，护唐僧，取了真经。老唐僧，取真经，多亏护法。火龙驹，护唐僧，取了真经。三藏师，度众生，成佛去了。功德佛，成佛位，即是唐僧。孙行者，护佛法，成佛去了。他如今，佛国里，掌教世尊。猪八戒，护佛法，成佛去了。他如今，现世佛，执掌乾坤。沙和尚，做护法，成佛去了。他如今，在佛国，七宝金

① 尽管有学者推断朱鼎臣本或杨致和本是百回本《西游记》的祖本，但皆为一家之言，并不能算做定论，因为有同样充分的证据表明朱鼎臣本或杨致和本很有可能是百回本《西游记》的删节本子。见拙文《西游记的宗教文字与版本问题》，载《稗海新航》，春风文艺出版社 1986 年版，第 143 ~ 151 页。

② 过去一直认为最早的记载西游故事的宝卷是《销释真空宝卷》，其产生年代为元末明初。然据喻青松先生考证，《销释真空宝卷》实应为明万历年间的作品。参见喻青松《销释真空宝卷考辨》一文，载《中国文化》1995 年第 11 期。

身。火龙驹，护唐僧，成佛去了。

明嘉、隆、万年间，是民间宗教颇为繁盛的时期，其时兴起的民间宗教有黄天教、红阳教、圆顿教等等，在这些民间宗教的经典中保留了相当多的西游故事之片段。如已为大家所熟知的《销释真空宝卷》、《清源妙道显圣真君一了真人护国佑民忠孝二郎宝卷》，再如属于黄天教系列的宝卷《普明如来无为了义宝卷》、《普静如来钥匙宝卷》；红阳教之《混元弘阳临凡飘高经》等。流传于民间的西游故事虽然略显简单，甚至只是梗概，但这些西游故事的只鳞片爪就已经说明，明代西游故事一直和民间宗教结缘颇深。

在百回本《西游记》尚未问世或未曾广泛传播时，宝卷中提及西天取经故事的还有如嘉靖年间之《普明如来无为了义》宝卷：

锁心猿合意马，炼得自乾，真阳火为姹女，妙理玄玄，朱八戒按南方，九转神丹，思婴儿壬癸水，两意欢然，沙和尚是佛子，妙有无边。走丹砂，降戊巳，水火安然，离四相，战天魔，万法归圆，舍全身，供龙天，普施贤良。

偈曰：一卷心经自古明，蕴空奥妙未流通。唐僧非在西天取，那有凡胎见世尊。古佛留下玄妙意，后代贤良悟真空。修真须要采先天，意马牢拴撞三关。九层铁鼓穿连透，一转光辉照大千。行者东方左青龙，白马驮经度贤人。锻炼一千八十日，整按三年不差分。龙去情来火焰生，汞虎身内白似金。一卷心经自古常明，混源到如今，旃檀古佛化现唐僧，六年苦行，自转真经，超度九祖，躲离地狱门。

万历初年之《钥匙佛宝卷》：

半句偈，要通晓，性命有一……当初有唐三藏，取经发卷。人朝化，普云僧，细说天机：心是佛，唐僧一粒；孙悟空，是行者，捉妖拿贼；猪八戒是我精，贯穿一体；沙和尚是命根，编我游记；有白马，我之意，思佛不断。走雷音，朝暮去，转转围围……唐僧转人间，传大道，半句真言。

百回本问世前的宝卷，所述取经故事，固与小说不同，百回本问世后相当长的一段时间内，宝卷仍与之大相径庭，如清初黄天教《太阳开天立极亿化诸佛归一宝卷》中有《取经歌》：

> 老唐僧去取经，灵山十万八千程，七十二座火焰山，三关九窍住妖精，诸佛参透取经难，降魔宝贝显功能，迦叶拈花真盗夺，老子骑牛杖头明，二郎担山收阳诀，太翁直钓水中金，真武剑诀龟蛇伏，达磨九采雪山经，韦驼捧定降魔杵，目连锡杖鬼神钦，洞宾常带雌雄剑，行者金箍棒一根。丹炉灶，能消能长，通天窍，饥吃灵丹，长寿药，闲时操演用时妙。十二时中棒欲举，灵龟海底常跳跃，虎好走，龙好飞，返还功，莫较迟，搅龙头，击虎尾，左边提，右边息，浑身使尽千斤力，肘后飞龙蟠金顶，回光返照真消息。穿尾闾，过夹脊，上玉枕，泥丸降下菠萝蜜，花池神水点丹田，倒下重楼降祇园，六年功满见唐君，封你个旃檀佛世尊。

以唐僧一行西游譬喻人之内丹修炼过程，诗中列举了西游路上诸神仙之降魔宝贝，与百回本《西游记》相同的只有孙悟空之金箍棒，老子、迦叶、二郎、真武也是百回本《西游记》中人物，提到他们也沾一点边。但诗歌中姜子牙、韦驼、目连、达磨、吕洞宾就与百回本《西游记》毫无关系了。《取经歌》之后，有四首西游故事之俗曲《玉娇枝》，叙述西游之情节也与百回本大有不同：

> 唐僧传令，师徒们去取真经，灵山十万八千程，暗藏九妖十八洞众，诸徒各显神通。
>
> 唐僧害怕，这妖魔委实的难拿，两道蛾眉似月芽，樱桃小口难描画，舞双刀，口吐朱砂。
>
> 妖精传令，洞门前要夺真经，行者金箍棒一根，变条金龙来显圣，把妖精吞在肚中。

> 旃檀佛降下，朱八戒九转丹砂，白马沙僧采黄芽，行者道：把青龙跨，老唐僧带上金花。

第一首俗曲中所言九妖十八洞与小说《西游记》有出入，小说中唐僧西行取经遇见妖魔，远多于这些；第二首的妖精未见于小说；第三首夺经书之情节亦未见于小说，悟空金箍棒变化为金龙将妖精吞在肚中，也是小说从未有之情节；第四首唐僧带金花、跨青龙，更为小说所无。

崇祯元年出现之弘阳教宝卷《弘阳后续天华宝卷》“西天取经品第十九”所述西游故事又是一种形态：

> 想当初，唐贞观皇帝，因斩白龙游狱，撞见众魂讨命。天子回阳，挂榜取得三藏真僧，给付通关御牒，西行路收行者八戒沙僧白龙马，经历千山万水，受过若干魔障，方到雷音寺，取得一卷《心经》，来到东土，超度亡灵，得升净土。我今持颂，甚是感戴。今同大众一起称赞偈曰：虔诚用意颂真经，忽然想起老唐僧；通关牒文西方去，收伏众魔一路行；锁住心猿休胡走，拴住意马莫放松；沙僧挑开双林树，八戒护持老唐僧；五人攒簇归一处，东边出现体西临；行过九妖十八洞，降伏魔王众妖精；大妖三百六十个，小妖八万四千零；有座火山实难过，醍醐灌顶往前行；来到人我山一座，内有黄风恶妖精；多亏行者神通广，降的魔王不见踪；加工进步三年整，到了灵山古寺中；师徒就上空王殿，点起无油智慧灯；灯光普覆经堂内，里外通明一片金；楼头鼓响钟不住，元明殿内见世尊；发下无字经一卷，成裹献与法王身；功完果满归家去，稳坐金莲不投东。

其中只有唐僧取经乃由太宗“因斩白龙游狱，撞见众魂讨命。天子回阳，挂榜取得三藏真僧，给付通关御牒”，与百回本《西游记》一致，此外无一相同，宝卷所述雷音寺的取《心经》，小说中是乌巢禅师传给唐三藏的；九妖十八洞与黄天教所传一致，与小说《西游记》不同；取经三年之说，也是承袭黄天教《普明如来无为了义宝卷》：“锻炼一千八十日，整按三年不差分”；宝卷中黄风怪所居“人我山”，小说作黄风山；最有趣的是唐僧一行到灵山，要在空王殿点起无油智慧灯后，方才见如来，取得无字真经，小说无此情节。

明中后期至清初宝卷中的西游故事与百回本《西游记》之故事情节和结构相异，这表明民间宗教演说西游故事，自有传承渠道，还没有受到一个统一的、为读者所共同接受的本子的拘束。通常情况下，“权威性”的作品版本出现后，很快就使自由改造的空间消失殆尽。但《西游记》的这个过程延长了近一个世纪。如果和清中叶前后的宝卷比较，差异是很明显的。如《多罗妙法经》中的西游故事：

> 再指汝，收猿意，后好入定。此个猿，原来是花果山出。一片石，结一卵，生成一猿。他元在，居住所，东胜神州。过了海，穿了山，西牛贺洲。又行到，山林中，参须菩提。学道妙，能神通，变树移山。被祖师，赶出来，恐惹是非，又走回，石洞里，变化难量。从桥下，到海底，寻一宝杖。能大小，法无边，他就带出。闹天宫，浪浮世，不遵规矩。世尊佛，五指山，把他压住。山面写，有真言，难开难浪。观音佛，来度世，见他普化。等后来，有唐僧，去取真经。汝可护，补过失，后好皈官。谁想他，又不服，能跳能走。一跳去，三千里，难得他住。观音佛，赐金箍，任有真咒。

又如《达磨宝卷》：

> 唐三藏，过西天，辛苦不尽；九九灾，八一难，死中得生。悟空心，沙僧命，唐僧是性；白马意，八戒精，配合五行。五千四，成一藏，十四年正；行十万，八千里，始到雷音。先发下，无字经，有字后更。

其故事形态与百回本《西游记》基本一样，两者之承袭关系一目了然。清代中后期民间宝卷虽也根据自己需要有所改动，但基本故事情节与《西游记》一致。这说明：1. 被社会普遍接受的“权威”版本最终会影响到特殊的接受群体。2. 在明代，这个过程在民间宗教的亚文化圈中被其内在原因延宕了。

明代民间宗教中普遍演述西游记故事，并以之作为阐发教义的载体，给五众以修炼之术的象征意义。这与全真教思想的影响大有关联。全真依托蒙元而大盛，在文人中间影响颇大，像元好问、虞集等文人与全真教皆有渊源。明代元之后，太祖采取重正一而轻全真的政策，其在御制序文中云："禅与全真务以修身养性独为自己而矣，教与正一专以超脱，特为孝子慈亲之设，益人伦，厚风俗，其功大矣哉！"扬教门及正一，贬禅宗及全真之心灼然可见。有明一代，正一教之天师登显位者多，而全真教则无赫赫之名。全真教的衰歇使得全真思想向下移动，开始流入民间，与民间宗教合流。百回本《西游记》产生前的正德至隆庆年间，也正是民间宗教开始兴旺之时，一批宣扬宗教思想之宝卷出现，其中绝大多数都受到全真教之内丹思想影响。最为典型的当是外佛内道的黄天教，该教教主李普明创教之初，便以唐僧西游譬喻演说大道①。说起黄天教与全真教之间的联系，不仅是理论上一脉相承，而且其经典宝卷也自称"全真教"：

> 普贤大道开全真，妙传般若了义经。非在念虑求假相，跳出三千六百门。
>
> 普贤菩萨全真道，二九童颜不老年。古佛留下三乘教，超生了死总收元。
>
> 生仙生佛，不离人伦大道。本全真，性命相合。凡圣同根，先天真气，采取诸精，四时周转，八卦亦无停。
>
> 普明无为了义如来，普贤菩萨立于全真大道，后人都以无为行功，身心清净，锻炼四相五行，假借修真，调和大地黄芽。都

---

① 黄天教之《佛说利生了义宝卷》"戊午开道普明如来归宫分第十三"载："普明佛……戊午年，受尽苦，丹书来召；大开门，传妙法，说破虚空；炼东方，甲乙木，行者引路；炼南方，丙丁火，八戒前行；炼北方，壬癸水，沙僧玄妙；炼西方，庚辛金，白马驼经；炼中方，戊巳土，唐僧不动；黄婆院，炼就了，五帝神通。"戊午即嘉靖三十七年，李普明于此年开坛说法，以唐僧西游譬喻演说大道。

> 以性命相合，子母相见，不在万法所执，赖托一点天真。
>
> 古佛本是圣人转，全真大道乃是在家菩萨，悟道成真，身心清净……在家菩萨智非常，闹市丛中作道场。都依普贤全真道，大小男女赴仙乡。

黄天教的思想主调也是全真教性命双修思想，主张："性要悟来命要做，都是先天出身路。性命双修体自真，一点灵光无遮护。""炼金丹，无为老祖，说玄妙，先锁心猿合意马，日月光中采精源，铅汞两家同一处，二八相合炼先天。"

需要指出的是，明代各家宝卷涉及的民间传说往往不一，一般都是以所涉及之神仙命名宝卷的名称，像《伏魔宝卷》谈的就是关帝；《二郎宝卷》则是二郎神；《东岳天齐宝卷》的主神自然是东岳天齐大帝；《地藏十王宝卷》涉及佛教地狱的传说等，其来源也是五花八门。但是还没有一个民间传说或故事有像《西游记》这么大的影响力，明中后期的主要民间宗教，如罗教、黄天教、西大乘教、红阳教、圆顿教等等的宝卷中都有西游故事的影子，而且还程度不同地都有以五众作内丹术之象喻的内容。显然，这些不同宝卷中的西游故事有一个共同的根，就是全真教。

四

从以上材料可以肯定的是：一、从今本《西游记》可以发现大量全真教的痕迹，说明在《西游记》成书的过程中有教门中人物染指颇深；二、百回本成书之前，《西游记》的故事已在多种民间宗教中流传，而其情节及人物都与教义特别是内丹术产生了关联；三、这些民间宗教多受到全真教或深或浅的影响。因此，判断《西游记》在成书的过程中存在一个"全真化"的环节当非牵强。

笔者曾接触到一条材料，或许还可给我们以启迪。山东快书高（元钧）派的《弟子名录》（抄本）有序一篇，内云："高派山东快书系（全真道）邱祖龙门派山东老张门……创立门户时，从《太山全真晚坛功课经》中，取开头三十个字，作为本门辈字排列顺序：'道德通玄静，真常守太清，一阳来复本，和教永圆(元——原书如此，陈按)明。至理宗诚信，崇高嗣法兴。'山东老张门至今传到'至'字辈，整整二十一代传人。"这条材料应属可信，因为艺人们几无作伪的动机与可能。高元钧为十九代，其师戚永立为十八代，二人相差四十六岁。若以四十年为一代，上溯恰至金元之际。据此可知，山东快书的起源与全真道有关；反过来讲，全真道曾与说唱艺术有密切的关系①。

翻检中国文学史，宗教与说唱关系甚密。佛教的俗讲，道教的道情，都是初为传教之工具，后渐掺入故事，成为相对独立的文学式样。而晚近之宝卷、鸾书，亦颇多通俗文学的成分。山东快书的源变，亦当作如是观。我们又知道，明代的长篇小说多为世代累积而成(包括《西游记》)，经过由书场至案头的过程。多种"词话"即为这一过程的"中期成果"。《西游记》亦确有"诗话"、"平话"等"前期成果"。因此，我们有理由推测，很可能曾有过一种全真系艺人说唱的"板话"(或"词话"、"平话"之类)②，其中自然会有大量全真道内容掺杂在所演唱的故事(包括玄奘取经的故事)之中。借故事以传教，借教义以铺演故事。而这种说唱在民间的广泛流传，就成为民间宗教师法的对象。

但是，这样就出现了一个小问题：小说中还有大量佛教的内容，且与道教内容相冲突，并非用一个"三教合一"就调和得了的。择要而言，1. 小说多次写到佛教与道教的矛盾，如车迟国、比丘国、灭法国等。而每次正义均在佛教一边，且结局均为僧人殄灭"妖道"。2. 孙悟空出身道门而皈依佛教，书中多次使用"改邪归正"之类的话语(如第二十六回寿星道"闻大圣弃道从释"，第九十回太乙天尊称悟空"弃道归佛"，等等)。3. 小说的神仙群体中，佛门的观音与如来虽偶有谑语，但法力无边，可亲可敬；而道教的最高神——老君相形

① 当然，这条材料属于间接的孤证，因此本文也只是"假说"，远非定论。但对于解开死结，却不失为一种思路。

② 全真道本有《长春真人西游记》。后世徒众(或"准徒众")不察，在借故事讲唱布道时，以玄奘"西游"之事附会，铺演为某种"板话"，当亦在情理之中。

见绌，不过是个二流人物。因此，我们今天看到的《西游记》，无论从笔墨本身还是从阅读效果来看，虽有以上大量全真印记，却绝不是阐扬道教之作。这似乎是一个死结。不过，如果考虑到《西游记》既经过全真化的环节，又最终成书于隆万之际某天才作家(或许就是吴承恩吧)之手的复杂过程，也许不难化解这一矛盾：隆万之际，因对嘉靖帝佞道的反拨，朝廷多次打击道教，社会舆论也普遍扬佛而厌道，因此最后的写定者既承继了全真化了的某种“底本”，又自然而然地把当时“扬佛抑道”的舆论倾向，带到了本属道教一脉的作品中，于是就在本文的书写中造成了这个“死结”；而作者创作时的游戏心态，使他根本不留意也不在乎此类矛盾的存在。对于一般的小说阅读者来说，更不会留意于此，因而也就不会给阅读欣赏造成任何障碍。

（本文与陈宏合作）

——据南开大学出版社2004年版《沧海蠡得：陈洪自选集》

【评　介】

在几部重要的古典小说名著中，不论从小说文本本身还是从传播与接受的过程来看，《西游记》与宗教之关系都是最为明显和密切的一部。对《西游记》的阅读欣赏和分析研究，都不能绕过宗教文化这一重要的内容。实际上，在明清两代，对《西游记》的思想主旨之解读基本上是一边倒地倾向于从“载道”之角度进行的，所谓谈禅，所谓论学，所谓证道，皆不出此途。这一阐释理路在经过了清末民初的学术转型之后，在经过了鲁迅、胡适等学术大师的有力否定和批判之后，已经气若游丝，偶有后继者，便被认为是异端怪论，不为主流论坛所认可。但是，民初的学术转型和建构的确含有意气之争的因子，也的确不乏矫枉过正的嫌疑，这是时代的局限，本不足苛责。关键在于，学术发展在经历了正、反两个阶段之后，应该跃升至“合”的更高层次，对《西游记》的宗教内容应该予以理性客观的正视和解释。在这方面，著名华裔澳大利亚籍汉学家柳存仁教授取得的成果是众所瞩目的，而在国内，著名学者陈洪教授则是这一方面的重要代表学者。

陈洪，山东栖霞县人，1948 年生于天津。20 世纪 60 年代就读于南开中学，“文革”期间上山下乡。1978 年考入南开大学读研，师从著名学者王达津先生，攻读中国文学批评史专业，1981 年毕业后留校任教至今。现为南开大学常务副校长、文学院院长、跨文化交流研究院院长，还兼任国内外多所大学和研究机构的客座教授或学术委员。担任国家教育部中文教学指导委员会主任、中国古代文论学会副会长、中国明代文学学会副会长、天津市古代文学学会会长。另担任《文学遗产》编委、《光明日报・文学遗产》专栏编委、《天津社会科学》编委等。

陈洪教授主要致力于中国古代小说理论、明清小说、文学与宗教等领域的研究，成果颇丰。在文学与宗教之关系研究方面，已出版的《佛教与中国古典文学》(天津人民出版社 1993 年版)、《浅俗之下的厚重：小说・宗教・文化》(南开大学出版社 2001 年版)、《佛教与中古小说》(学林出版社 2007 年版)、《结缘：文学与宗教——以中国古代文学为中心》(北京师范大学出版社 2009 年版)是其重要成果。具体到个案研究，《西游记》与宗教之关系是陈洪教授关注的重点之一，发表的重要论文有《牛魔王佛门渊源考论》、《从须菩提看〈西游记〉的创作思路》、《论〈西游记〉与全真之缘》、《〈西游记〉有关佛教的文字与版本繁简问题》(均收入《沧海蠡得：陈洪自选集》，南开大学出版社 2004 年版)。

《论〈西游记〉与全真之缘》一文从总体上考察了《西游记》与道教全真派之关系，回应了明清道书说和现代反道书说的争论，具有重要的理论价值和方法示范意义。文章首先肯定《西游记》乃是一部文学作品而非道教宣教之书，在坚持现代以来对《西游记》文本性质基本定位的同时，提出应重视文本因素在小说解读过程中的作用，正视《西游记》文本表现的特殊性。文章第二部分即聚焦于《西游记》文本，从中寻找与道教全真派有关的痕迹。大致而言，小说中的这类宗教性材料包括：引用了若干全真教徒创作的诗文；使用了大量的内丹修炼术语，而且不是一般地袭用，作者不时借小说人物之口反复论及内丹理论，显得相当专业地道，显然不是粗通三教的一般士人所能做到的。小说文本中的此类存在，在在说明《西游记》在创作与流传中与全真教关系密切，或许存在一个被全真化的环节。

在确证了《西游记》文本的全真教遗痕之后，为了寻索这一环节存在的证据和形态，陈文集中地考察了从明初《西游记》平话至万历二十年世本《西游记》刊刻行世之间的两百余年中，《西游记》故事在民间宗教的文献载体——宝卷这一文字形态中的存在与流衍情况。在正德、嘉靖以及万历初年民间宗教宝卷中所流传的西游故事说明，明代西游故事一直和民间宗教结缘颇深，且自有其传承的系统。在百回本《西游记》问世之后出现的民间宗教如崇祯初年之红阳教和清初之黄天教的一些宝卷中，西游故事仍然普遍存在并与百回本小说情节有着差异。这一现象进一步说明：一方面，民间宗教演说西游故事，自有传承渠道，还没有受到一个统一的、为读者所共同接受的本子的拘束。另一方面，由于统治者的宗教政策的原因，全真教在明代呈衰歇之势，这使得其思想向下移动，开始流入民间，与民间宗教合流。这便使我们看到这样一个事实，明中后期的主要民间宗教，如罗教、黄天教、西大乘教、红阳教、圆顿教等的宝卷中都有西游故事的影子，而且还程度不同地都有以五众作内丹术之象喻的内容。显然，这些不同宝卷中的西游故事有一个共同的根，就是全真教。也就是说，西游故事与全真教在明中后期的民间宗教中实现了汇合交流。从对宗教原始材料的考论中，陈文有力地证明了《西游记》在成书的过程中存在一个"全真化"的环节，而且进一步推测很可能曾有过一种全真系艺人说唱的"板话"(或"词话"、"平话"之类)，其中自然会有大量全真道内容掺杂在所演唱的故事(包括玄奘取经的故事)之中。这再次说明了宗教与说唱文学(《西游记》平话属于说唱文学)关系甚密。

在证明了《西游记》与全真教具有密切关系之后，陈洪教授还注意到《西游记》对佛道二教之抑扬态度，恰与小说文本中存在的大量道教术语不相宜。对于这一现象(或曰"死结")，陈洪认为还是由其历代累积的创作方法所致。《西游记》既经过全真化的环节，又最终成书于隆万之际某天才作家之手，于是小说的"最后的写定者既承继了全真化了的某种'底本'，又自然而然地把当时'扬佛抑道'的舆论倾向，带到了本属道教一脉的作品中"，从而造成了小说文本既存有大量道教资料，又事实上对道教颇有不满的客观现实。这一结论虽然带有一些推测意味，但试图从小说成书方式着眼来探讨问题的方法是具有科学性的。

总体来看，陈洪教授的文章一方面指出了《西游记》中存在大量的全真教术语、理论之事实，另一方面从作品流传过程入手来解释这一事实的原因。其关键在于，西游故事在民间宗教中的广为流传，正与全真教渗入、影响民间宗教之历程同步，故而《西游记》与全真教在民间宗教这一文化形式中结下了因缘。该论文视野开阔，视角新颖，为《西游记》的宗教研究开了新生面，也为文学与宗教之关系研究树立了有价值的个案性典范。

陈洪《西游记》论著目录：

《西游记成书过程的假说》，载《浅俗之下的厚重》，南开大学出版社 2001 年版。

《西游记与佛经》，载《浅俗之下的厚重》，南开大学出版社 2001 年版。

《牛魔王佛门渊源考论》，载《浅俗之下的厚重》，南开大学出版社 2001 年版。

《从须菩提看西游记的创作思路》，载《浅俗之下的厚重》，南开大学出版社 2001 年版。

《西游记有关佛教的文字与版本繁简问题》，载《浅俗之下的厚重》，南开大学出版社 2001 年版。

《论〈西游记〉与全真教之缘》，载《文学遗产》2003 年第 6 期。

《西游记》作者的再创作

陈大康

当讲史演义创作停顿了三十余年后开始趋于繁盛之际，通俗小说的第二个创作流派神魔小说也在兴起。据目前所知，万历朝以前只有隆庆三年(1569)沈孟柈编撰《钱塘渔隐济颠师语录》可归于神魔小说，而万历朝以后神魔类作品也不复多见。随后的天启、崇祯两朝新出的通俗小说明显多于万历朝，可是那时神魔类作品却只有三种；在整个清代，纯粹的神魔小说也仅仅是偶尔出现。虽然后来的通俗小说中写到妖魔鬼怪或神仙佛祖是很普遍的事，但这大多是其他创作流派中间忽然出现的客串者。前瞻后顾可以得出一个明确结论，即万历后期是明清通俗小说史上神魔小说创作的鼎盛时期，短时间内神魔小说接连而出的现象在通俗小说史上可以说是绝无仅有。于是很自然地产生了这样一个问题：为什么神魔小说会集中地出现于此时？

要回答这一问题，就首先得从神魔小说的开山之作《西游记》说起。

万历二十年(1592)，后来被称为明代“四大奇书”之一的《西游记》首次由南京书坊世德堂刊出。世德堂于万历二十年前后接连刊出《绣谷春容》、《唐书志传通俗演义》与《南北两宋志传》等小说，其意固然在于牟利，但也确实推动了通俗小说在南京地区的传播。当时在许多人的观念中，通俗小说的内涵几乎与讲史演义等价，或认为只有讲史演义才值得编撰与阅读，但对书坊主来说，赚钱的诱惑力足以抛甩传统观念的束缚。由于经营通俗小说的刊售，世德堂很清楚读者的阅读口味及其变化，乐意推出新鲜题材的读物以满足阅读市场的需求，有心留意于稿源的世德堂主人唐光禄也果然遇见了这样的机会，他购得《西游记》书稿，翻阅之后，“奇之，益俾好事者为之订校，秩其卷目梓之”①。唐光禄正确地预见到《西游记》刊印后的畅销，但他当然并不可能知道，这一经营决策竟将引起通俗小说史上的神魔小说的崛起。

唐光禄所购之书稿并无作者题署，“不知其何人所为”②，明清两代的《西游记》刊本或署朱鼎臣编辑，或只署华阳洞天主人校而不署作者姓名，或署丘处机撰，直到本世纪二十年代，根据鲁迅、胡适两先生的考证，新出的铅印本《西游记》才署吴承恩著。此说后来一直为学术界沿用，但由于考证似尚欠周密，故而近年来也遭到有的学者有力的诘难③。不过，诘难只是指出将《西游记》的著作权归于吴承恩尚缺乏确凿的证据，目前材料的缺乏，尚不具备确凿地证明何人为《西游记》作者的条件，其中也包括不能排斥吴承恩为作者的可能性。在这种情况下，研究时径直称“《西游记》的作者”也许是最妥当的办法。

虽然目前《西游记》作者的面目尚不清楚，但经数十年来学者们对各种材料的钩稽、比勘与研究，对于这部小说的成书过程已可勾勒出较为清晰的线索。唐太宗贞观三年(629)，僧玄奘不顾禁令，偷越国境，在天竺诸国游历十七载，取回佛经六百五十七部。后来他口述

---

① 陈元之：《西游记序》。

② 陈元之：《西游记序》。

③ 章培恒先生《百回本〈西游记〉是否吴承恩所作》(载《献疑集》，岳麓书社1993年1月版)针对考证的原始依据，即天启《淮安府志》在吴承恩名下有《西游记》一书的著录，指出：“天启《淮安府志》既没有说明吴承恩的《西游记》是多少卷多少回，又没有说明这是一种什么性质的著作，那又怎能断定吴承恩的《西游记》就是作为小说的百回本《西游记》而不是与之同名的另一种著作呢？要知道，在我国的历史上，两种著作同名并不是极其罕见的现象，甚至在同一时期里出现两种同名的著作的事也曾发生过……大概比吴承恩大二十岁左右的安国就写过名为《西游记》的纪游之作，那么，又安知吴承恩的《西游记》不也是游记呢？”章先生又指出，吴承恩的《西游记》在清初黄虞稷的《千顷堂书目》中，被著录在卷八史部地理类，“倘若《千顷堂书目》的著录不误，那么，吴承恩的《西游记》乃是一篇通常意义上的游记，与安国的《西游记》属同一性质，换言之，它确是与小说《西游记》同名的另一部著作”。

所见，由门徒辩机辑录成《大唐西域记》，其后又有门徒慧立编撰的《大唐大慈恩寺三藏法师传》，为了神化玄奘，该书中穿插了不少神奇传说。有关玄奘取经的故事在民间传开了，而且在流传过程中内容越来越丰富，也越来越神奇。南宋时的《大唐三藏取经诗话》开始将各种神话与取经故事串联起来，形成情节较完整的文学作品，它在社会上很快地产生了广泛的影响。南宋诗人刘克庄在《释老六言十首》中有“取经烦猴行者”之句，并提及如来、老君、大鹏鸟、金毛狮子与青牛等形象，同时代的张世南在《游宦纪闻》卷四中也有“几生三藏往西天”、“苦海波中猴复行”等语，这些都是关于《取经诗话》社会影响的证明。到了元代时，取经故事已经基本定型，当时还出现了如吴昌龄《唐三藏西天取经》等不少杂剧以及与西游故事中人物有关的戏曲，作家们将西游故事点染入曲文也已是常有之事。

至迟到元末，已有一本《西游记平话》传世。《永乐大典》卷一万三千一百三十九“送”韵的“梦”字条下，载有《魏徵梦斩泾河龙》一篇，其情节与现通行本《西游记》第十回十分相似，其引书标题为《西游记》，文末有“正唤作魏徵梦斩泾河龙”一语，这段文字应该是辑录自《西游记平话》。约与此同时，朝鲜的《朴通事谚解》中，有一人称“买《赵太祖飞龙记》、《唐三藏西游记》去”之语，当另一人问为何买“那一等平话”时，回答是“《西游记》热闹，闲时节好看”。《朴通事谚解》中还有八条涉及《西游记平话》人物与情节的注，其中有一条介绍了闹天宫的故事，另一条则交代了取经部分的大致轮廓：“法师往西天时，初到师陀国界，遇猛虎毒蛇之害；次遇黑熊精、黄风怪、地涌夫人、蜘蛛精、狮子怪、多目怪、红孩儿怪，几死仅免；又过棘钩洞、火炎山、薄屎洞、女人国及诸恶山险水，怪害患哭不知其几。”尽管《西游记平话》现在已经失传，但由尚存的资料可以推知，这部作品的内容比以往所有的取经故事都要丰腴得多，结构框架已经基本定型，情节安排也显示出明显的系统性，这就为后来小说《西游记》的再创作提供了坚实的基础。

框架的基本定型与情节安排已具备系统性，并不意味着小说《西游记》的再创作只需在文字方面作些整理编辑即可，若将残存于《永乐大典》中的《魏徵梦斩泾河龙》与小说相应的描写作一对照，就可以发现实际上小说作者是在《西游记平话》的基础上作了相当大的改动，而各种改动又大致可归纳为几种类型。首先是情节的丰满，如当泾河龙王听夜叉报告说，长安城中有一算卦先生“能知河中之事”，依他卦算定可满载而归时，《平话》中对于龙王来到长安城只有一句话的交代：“龙王闻之大怒，扮着白衣秀士，入城中。”但在小说《西游记》中，仅这句话就敷演成一大段文字：

> 龙王甚怒，急提了剑，就要上长安，诛灭这卖卦的。旁边闪过龙子、龙孙、虾臣、蟹士、鲥军师、鳜少卿、鲤太宰，一齐启奏道：“大王且息怒。常言道：‘过耳之言，不可听信。’大王此去，必有云从，必有雨助，恐惊了长安黎庶，上天见责。大王显隐莫测，变化无方，但只变一秀士，到长安城内，访问一番。果有此辈，容加诛灭不迟；若无此辈，可不是妄害他人也？”龙王依奏，遂弃宝剑，也不兴云雨，出岸上，摇身一变，变作一个白衣秀士。

此后，对这白衣秀士的相貌衣饰，以及入长安城后看到的景象作者又有一番描写形容，这些叙述既细腻又可使情节缓缓展开。

其次是将情节改动得更为合情合理，并增添了细节描写。在《平话》中，龙王第二次来找算卦先生时是这样描写的：

> 龙王当时大怒，对先生变出真相。霎时间，黄河摧两岸，华岳振三峰，威雄惊万里，风雨喷长空。那时走尽众人，唯有袁守成巍然不动。

让龙王在长安城内显出本相闹个“黄河摧两岸，华岳振三峰”显然是不合情理，此时满城军民均难以生存，又怎可能会有后面的龙王与算卦先生的论理？于是小说作者完全重写了这一段：

> 他又按落云头，还变作白衣秀士，到那西门里大街上，撞入袁守诚卦铺，不容分说，就把他招牌、笔、砚等一齐捽碎。那先

> 生坐在椅上，公然不动。这龙王又抡起门板便打，骂道："这妄言祸福的妖人，擅惑众心的泼汉！你卦又不灵，言又狂谬！说今日下雨的时辰、点数俱不相对，你还危然高坐，趁早去，饶你死罪！"守诚犹公然不惧分毫……

若仅就这一段来看，其描写全无神怪色彩，完全是一幅地痞流氓在街头寻衅闹事的常见景象，而将龙王写成这般模样，则是作者出于心中对于权贵者极度蔑视的辛辣讽刺，改动的效果也就不仅仅是情节的合情合理了。小说作者对于不少细节也作了改动，如《平话》中，决意不按上天玉旨行雨的是龙王自己，但在小说中，却改成是"旨意上时辰、数目，与那先生判断者毫发不差，唬得那龙王魂飞魄散"，此时是鳜军师献计："行雨差了时辰，少些点数，就是那厮断卦不准，怕不赢他?"龙王果然按计而行。这一改动对于情节的发展并无多大影响，但却暴露了最高统治者的昏庸与君王身边奸佞小人献媚取宠，为点滴私利就不顾民情天意的丑恶嘴脸。

第三，小说作者在再创作时，常借题发挥，表达自己对人生的见解，并描述生活感受与抒发情怀。如平话《魏徵梦斩泾河龙》在开始处写道：

> 长安城西南上，有一条河，唤作泾河。贞观十三年，河边有两个渔翁，一个唤张梢，一个唤李定。张梢与李定道："长安西门里，有个卦铺，唤神言山人。我每日与那先生鲤鱼一尾，他便指数下网方位，依随着一日下一日着。"李定曰："我来也问先生则个。"

在小说《西游记》中，上述这段文字演述为洋洋洒洒的1616字，篇幅为原文95字的17倍。在小说中，李定的身份被改为樵子，一渔一樵，正是典型的隐士面目，故而作者又称他俩是"贤人"，是"不登科的进士，能识字的山人"，并张梢之口，发了一通议论："我想那争名的，因名丧体；夺利的，为利忘身；受爵的，抱虎而眠；承恩的，袖手而走。算走来，还不如我们水秀山青，逍遥自在；甘淡薄，随缘而过。”接着，作者又让渔樵二人就山青与水秀究竟孰胜争论了一番。作者让他们争论的目的，则是突出无论山青还是水秀都远胜于尘世间争权夺利的思想。可以想见，作者的思想发展到这一境界，定然曾有过一番坎坷的经历。

最后，是文字的规范与雅化，以及文学色彩的渲染。这里不妨将龙王见算卦先生的文字作一比较。《平话》中是这样写的：

> 老龙见之，就对先生坐了。乃作百端磨问。难道先生，问何日下雨。先生曰：“来日辰时布云，午时升雷，未时下雨，申时雨足。”老龙问下多少。先生曰：“下三尺三寸四十八点。”老龙笑道：“未必都由你说。”先生曰：“来日不下雨，到了时，甘罚五十两银。”龙道：“好，如此来日却得厮见。”

小说作者在《西游记》中，对上述文字作了这样的改写：

> 龙王入门来，与先生相见。礼毕，请龙上坐，童子献茶。先生问曰：“公来问何事?”龙王曰：“请卜天上阴晴事如何。”先生既袖传一课，断曰：“云迷山顶，雾罩林梢。若占雨泽，准在明朝。”龙曰：“明日甚时下雨？雨有多少尺寸?”先生道：“明日辰时布云，巳时发雷，午时下雨，未时雨足，共得水三尺三寸零四十八点。”龙王笑曰：“此言不可作戏。如是明日有雨，依你断的时辰、数目，我送课金五十两奉谢。若无雨，或不按时辰、数目，我与你实说：定要打坏你的门面，扯碎你的招牌，即时赶出长安，不许在此惑众!”先生欣然而答：“这个一定任你。请了，请了。明朝雨后来会。”

两段文字互作比较，可以发现小说几乎对《平话》中的每一句话都作了改动，特别是原来诸如“乃作百端磨问”、“如此来日却得厮见”等明显带有说书人口气的话语，都被改成通畅明了的叙述。小说的文字要雅驯得多，所谓雅驯并不是用文言表述，而是标准的书面语言，并且将原作中急促、粗率叙述，改为带有文学色彩的故事娓娓道来。如果将平话《魏徵梦斩泾河龙》中的每一句话都与小说中的相应描写作比较，那么自始至终都可以看到具有上述特点的改动。另有可注意处，是小说作者在对《平话》作改动时，还插入了大量的诗词类的韵文，它们同样也显示出作者改动的雅驯与富有文学色彩的特点。平话《魏徵梦斩泾河龙》一段总共为1096字，小说作者改动时共插入了22段韵文，共1436字，比原来全文的篇幅还要长。通过这些插入，读者可以感觉作者的博学多才，如叙及唐太宗与魏徵对弈时，就较自然地用韵语的形式概括了《棋经》的要点插入点缀，又如写到龙王变成白衣秀士时，作者又插入这样一段韵文："丰姿英伟，耸壑昂霄。步履端详，循规蹈矩。语言遵孔孟，礼貌体周文。身穿玉色罗襕服，头戴逍遥一字巾。"外观完全是一位标准的温柔敦厚的儒雅君子，可是一与后面龙王的行径作对照，这段韵文的描绘便成了辛辣的讽刺。在明后期，貌似谦谦君子，但行为鄙俗乃至无赖者处处可见，因此小说作者讽刺的锋芒，决不是只指向泾河龙王一人。当然，并不是韵文的插入都一一恰到好处。如前所引，在叙述渔樵争论时小说作者插入了词10首与诗4首，相对于说明山清水秀间的隐居远胜于尘世上的争权夺利，这么多诗词的插入明显已超过了需要。多余的插入突出了作者显示诗才的动机，而在那个时代借写小说以炫耀才华，恰让人体会到作者创作时的那种怀才不遇的愤懑。

总之，若将平话《魏徵梦斩泾河龙》与小说《西游记》相对应的文字作比较，就明显地可以看出，小说作者的再创作使故事摆脱了原先作品的讲唱文学的格调，他丰富了作品的细腻描写与文学特色的渲染，使情节的发展既舒展又合情合理，原先简率呆板的人物对话变得生动活泼且符合特定的身分，人物形象的塑造则因有丰腴的血肉而凸现了各自的个性，给人以立体的感受。更重要的是，《平话》所讲述的纯粹是一则神怪故事，而小说《西游记》虽也描写神怪，但它们却有活生生的人情味，这种手法既贴近生活，又真幻参半，奇正相生，使人们感到熟悉而亲切，阅读时又被妙趣横生所吸引。两相比较，很容易看出小说作者再创作时的艺术功力，而正由于这些变化，作品的篇幅也明显地相应扩大了。小说《西游记》中与平话《魏徵梦斩泾河龙》相对应的文字共为4691字，约为原先的三倍，这一比例的计算，也许有助于推测平话《西游记》的篇幅规模。

以上比较所归纳出的成功之处，同样也是整部《西游记》的艺术特色。经过上述改动，泾河龙王既表现出超自然的神性，同时明显地具有社会化的个性，其实小说中那种种神魔的形象也大多按这一方式塑造，而某些动物特性的融入，更令人拍案叫绝。如在孙悟空身上，变幻莫测的神通、不愿受任何束缚的个性就与猴子急躁敏捷脾性和谐地融为一体，在其他神魔身上（如猪八戒、牛魔王等）同样可以看到这种和谐的统一，他们也因此成为人们心目中难以忘怀的活生生的形象。“神魔皆有人情，精魅亦通世故”①，作者借此将仙界与尘世相衔接，而神仙佛祖们一旦不再与世俗生活相隔绝，那么作者对于他们的各种描绘都具有了现实的意义，那些善意的嘲笑、辛辣的讽刺与严峻的评判，其对象其实就生活在读者的周围。真中有幻，幻中亦有真，作者的愤世嫉俗与玩世不恭已熔铸于他的再创作之间，而这正是小说《西游记》与《西游记平话》风格上的最重要的差别。

由于《西游记平话》现仅存《魏徵梦斩泾河龙》一段，这里所作的只是片段的比较以及适当的演绎延伸。倘若参照《取经诗话》与其他戏曲、传说材料，又可以发现除上述种种差别之外，小说作者出于他再创作的整体意图，还对取经故事作了重大改造。在原先，所谓取经，自然是以唐三藏为主，孙悟空神通再广大也只不过是保护他前往西天的徒弟之一。可是如今在小说中，孙悟空成了作者用力最多的中心人物，作品一开始就描绘他的出身，在对大闹天宫故事作了尽情渲染后再引出取经一事；唐僧在取经途中能逢凶化吉，遍历劫难而终于无恙，主要也是靠着这位大徒弟忠心耿耿的护卫。于是，取经的主角唐三藏不仅在作品中退居于次要地位，而且他在作者笔下时而软弱胆怯，时而迂腐冬烘，时而又固执得不近情理，所经历的磨难有相当一部分就是因为他的性格弱点而招至，结果累得孙悟空一次次地费尽心机将他从魔掌下救出。这时，原先备受赞扬的圣僧便遭到讥讽与嘲笑，甚至是严厉的批判。随着人物刻画主次地位的根本改动，小说也不再是以宣扬佛教徒精神、歌颂虔诚教徒为主的故事。原先取经故事

① 鲁迅：《中国小说史略》第十七篇《明之神魔小说（中）》。

的浓厚宗教色彩被大为冲淡，作品中时不时地对神佛的调侃嘲讽，更使他们头上神圣的光圈闪烁着令人发笑的滑稽色彩，而这些处理恰恰正是读者们爱读《西游记》的重要原因。

当然，小说作者的再创作并非全为成功。如作品中韵文的插入，有的确实相当典雅，颇有意境，和小说情节进展互为映衬，可是其中铺张罗列，前后重复，甚至平庸乏味、格调不高者也有不少，若从作品结构着眼，相当大一部分韵文的插入其实是多余的。又如诙谐调侃、嘲讽讥刺是《西游记》的显著特色，也是作品吸引读者的重要原因，然而在有的场合，作者的诙谐调侃显得油滑庸俗，流于恶谑。至于情节结构的设置，作者如同制作"冰糖葫芦"似的将八十一难的故事逐个串联，倘若错乱次序重新组合也不会产生什么问题，这表明作者在长篇小说结构的把握上尚未能打破原有取经故事格局的局限。上述缺陷是客观的存在，不过与作者再创作的成就相比毕竟又属次要的一面。而且，估价《西游记》作者再创作的成就时，并不能仅根据作品本身的思想意义与艺术水准作评判，只有同时还将它置于小说创作发展历程以及当时的环境中考察，才能全面而完整地认识它的地位与意义。

《西游记》问世之际正是通俗小说创作重新起步的阶段，当时作品不多，成书方式也多为低层次的编撰，即以某种话本为底本，增添一些文字介绍人物与连接情节，或敷演某些热闹场面，或适应章回小说每回开头和结尾处的需要，此外便是插入诏旨奏表一类的历史文献，或若干诗词以供"有诗为证"之用。置身于简单的缀连辑补式的作品之间，《西游记》真可谓是鹤立鸡群，此情形也正等同于那位作者置身于靠编撰小说以牟利的书坊主之间一般。在当时所有的作品中，只有《西游记》回归于明初时《三国演义》与《水浒传》的创作方式，但那位作者的再创作却有着打破嘉靖、万历时缺乏生气的编撰模式的意义。稍作比较就可以发现，在决定题材与内容时，施耐庵与罗贯中所依据的材料都只有一个指向，他们无须选择，而且也别无选择。《西游记》作者的情况却不同，除了话本、杂剧以及传说中的神奇故事之外，他还面临着大量有关取经一事的正式文献。《旧唐书》里有着明确的记载，唐太宗李世民撰写的那些诏书敕文至今犹存，更何况玄奘自己还著有《大唐西域记》一书。若按当时普遍流行的关于小说创作的见解，他应该以正规的史料为改编的依据，而“以史籍的记载和唐太宗等人对玄奘的看法作为根据和出发点，那么创作出来的就只能是以艺术作品形式出现一部‘高僧传’。它的主题内容必然是对于佛教和佛教徒的歌颂”①。万历后期的神魔小说中确实有这样的作品，如朱星祚的《二十四尊得道罗汉传》的主要内容就是截取《高僧传》、《五灯会元》等佛教典籍，如此装配而成的作品自然也只能得到“殆不足以为小说”②的评价。《西游记》作者并没有这样做，他选择了在话本、杂剧与民间传说的基础上进行艰苦的再创造的道路。惟有这样，他才可能充分展示自己的艺术才智，才可能在作品中融入现实的生活内容以及他对现实生活的感受与见解。

《西游记》的作者回到了通俗小说的起点，即《三国演义》与《水浒传》的编创方式，这样他的作品无论是艺术成就或与现实生活的贴近程度都远远超过了与之同时代的小说，同时《西游记》又具有开拓新题材的示范意义。这两者无论是哪一方面都给明后期通俗小说的创作者或编撰者以启迪，它们的结合更是对小说创作的发展具有深远的意义，而正是在《西游记》的直接影响下，神魔小说在万历后期迅速地崛起。

——据上海文艺出版社2000年版《明代小说史》第十二章第一节

【评　介】

20世纪前期，鲁迅先生在慨叹中国小说自来无史之余，经过艰辛的劳动写出了中国小说史的开山之作《中国小说史略》，自此之后，中国小说无史的局面被全面打破。八九十年间，各类小说史著作不断涌现，既有通代的，也有断代的，既有专题的，也有分体的，可谓洋洋大观，它们在整体上承续了鲁迅的小说史叙述框架，并从多方面进

---

① 郭豫适：《论〈西游记〉》，《中国古代小说论集》，华东师范大学出版社1992年2月版。

② 孙楷第：《日本东京所见小说书目》，人民文学出版社1981年10月版。

行了推进和深化。这其中，华东师范大学教授陈大康先生的《明代小说史》尤其引人注目，它不仅是有明一代小说发展历程的全面展示和说明，而且因为明代乃是我国通俗小说蓬勃兴起的关键时段，几个基本的通俗小说类型均在此一时期出现和定型，所以对明代小说史的梳理和阐扬，也就具有了超越时代的更为广阔的意义。《明代小说史》以六十余万言的庞大规模，以近乎编年的体例，以大量扎实而翔实的史料为我们钩稽出明代小说发展的流程，创造性地以明代小说作者、书坊主、评论者、读者以及统治者的文化政策五个方面的共同作用作为解释明代小说历史发展的一种研究模型，从而得出小说发展的某些规律性结论，提出了一些富于创见的学术命题。在同类著述中，《明代小说史》无疑是令人耳目一新的，代表了学界在此一领域的最新创获。

我们选入陈大康先生关于《西游记》的论述，即取自《明代小说史》的第十二章第一节，它不仅独立地对《西游记》加以论析，而且以历史的眼光来打量百回本《西游记》出现的意义，以确定其在小说史上之地位。著者敏锐地意识到，在万历朝后期，神魔小说异常集中地被刊刻并广泛流播，一定有着某种必然性的原因。表面上看，《西游记》的出现，仅仅是南京书坊世德堂主人唐光禄出于牟利之目的而迎合读者的阅读口味及其变化的商业行为，他因推出了新鲜题材的读物，满足了阅读市场的需求，故而在其购得《西游记》书稿之后，已预见到其刊行后的畅销。但实际上，由于小说《西游记》具有相对于同题材的前代文学作品的质的飞跃，它的出现引发了一种小说类型的崛起，这就完全超出了唐光禄的预计，而且恐怕也不是小说作者所能想象得到的。这恰恰说明了通俗小说演进之途的某种客观性。

陈大康教授具体地说明了这一质的飞跃。他的比较集中于小说《西游记》与《西游记平话》之间。虽然由于后者的全本已经失传，类书中所保存的可资比较的文本相对有限，但是，因为这两者具有直接的承继关系（关于这一点即《西游记》的祖本问题，学界仍有争议），而且体裁大致同类，所以，其见微知著、窥豹一斑的可比性甚至比小说与杂剧、与诗话的比较更具价值。著者比较了两者的差别，以此说明小说《西游记》的作者在《西游记平话》基础上的巨大改造。著者将这种改造归结为四个方面，即情节的丰满，细节的增添，作者主观见解和情绪的抒发，文字的规范与雅化以及文学性的增强。限于篇幅，著者没有引述太多原文以为例证，但是显然，他是将《西游记平话》的有限文字做了逐句比勘的，从而得出“如果将平话《魏徵梦斩泾河龙》中的每一句话都与小说中的相应描写作比较，那么自始至终都可以看到具有上述特点的改动”。这些改动同样也是整部《西游记》的艺术特色之所在。于是，百回本小说作者的再创造被凸显出来了，即“使故事摆脱了原先作品的讲唱文学的格调，他丰富了作品的细腻描写与文学特色的渲染，使情节的发展既舒展又合情合理，原先简率呆板的人物对话变得生动活泼且符合特定的身分，人物形象的塑造则因有丰腴的血肉而凸现了各自的个性，给人以立体的感受”，而小说作者的愤世情怀与玩世情调也深深地熔铸于他的再创作之间，“这正是小说《西游记》与《西游记平话》风格上的最重要的差别”。以此看来，《西游记》的出现的确不仅仅只是一种新题材的涌现，更是一种创作态度和创作方法的示范，至于它将故事的主人公由原先的圣僧玄奘，改换为桀骜不驯的猴头孙悟空，则无疑说明了取经故事世俗化的完成，其受到一般阅读者的喜爱是可以想见的。

将《西游记》的编创放置于当时的创作环境和风气中来看，更可见出其作者再创造的突出成绩。在普遍的简单缀连辑补式的编创方式中，在普遍的依附于历史资料的题材处理倾向中，《西游记》作者能够在这两个方面都表现出文学性的突破，实在是难能可贵的。所以，它的出现打破了嘉靖、万历时平庸的、缺乏生气的小说编撰模式，带动了新的小说题材类型的崛起，在明代小说史乃至中国小说史上都具有划时代的意义。

陈大康先生对《西游记》的论述，从属于他的整个《明代小说史》的框架和思路，其特点是既从小说文本的分析出发，又时刻注目于“小说史”这一关键词，力求在微观分析之基础上，延展出宏观研究之结论，这样有一种“目送归鸿，手挥五弦”的妙处，极好地显示了著者在识力和学力上的深厚功力。

陈大康《西游记》论著目录：

《许筠与中国明代小说》，载《明清小说研究》1995 年第 4 期。

《熊大木现象：古代通俗小说传播模式及其意义》，载《文学遗产》2000 年第 2 期。

《明代小说史》，上海文艺出版社 2000 年版。

《关于西游记的两次争辩》，载《文汇报》2004 年 2 月 29 日。

《西游记》成书过程和孙悟空形象的渊源

李时人

在充满神异、奇幻色彩的小说《西游记》中，孙悟空无疑是一个最主要的角色。因此，有的西方翻译家干脆译《西游记》书名为《猴》（或《魔猴》、《猴王》）。著名英译本《猴》的译者阿瑟·韦利为译本写的“序言”中说：“书中主角‘猴’是无可匹敌的，它是荒诞与美的结合。”神猴孙悟空，以他巨大的艺术魅力倾倒了两个半球的广大读者，成为中国古典小说在世界上影响深远的艺术形象。从学术观点看，怎样认识孙悟空的形象，对评价《西游记》的思想倾向、艺术成就也具有十分重要的意义。因此，孙悟空的研究，一直是《西游记》研究的突出课题。长期以来，人们不仅热衷于讨论孙悟空的性格特征、美学涵义，而且竭力探索这一神奇人物的文化归属及渊源形成等问题。

关于《西游记》中孙悟空形象的来源，是个争论已久的问题。最初，鲁迅说孙悟空“神变奋迅之状”移取于唐传奇《古岳渎经》中的淮河水怪无支祁①。随之，胡适提出印度史诗《罗摩衍那》中的神猴哈努曼是孙悟空的原型②。胡适的提法没有动摇鲁迅的观点，反而引起他有力的驳证③。这两种观点长期以来争执不下，后又出现一种“混同说”，如有人认为孙悟空是既继承无支祁，又接受哈努曼影响的

---

① 鲁迅：《中国小说史略》，人民文学出版社 1973 年版，第 69 页。

② 胡适：《西游记考证》，载《中国章回小说考证》，实业印书馆 1942 年版，第 337 ~ 341 页。

③ 鲁迅：《中国小说的历史的变迁》，人民文学出版社 1973 年版《中国小说史略》，第 285 页。

"混血猴"①。而日本学者又根据佛经提出好几种看法，可称为"佛典产生说"，其中太田辰夫、矶部彰的说法颇引人注意②。众多国内外研究者的探索，提供了许多宝贵的材料，启发了人们的思考。但是，不少研究者忽视了西天取经故事、人物有先后继承关系，未能历史地探讨孙悟空形象的渊源。实际上，从《大唐三藏取经诗话》中的猴行者，到杂剧《西游记》、平话《西游记》中的孙行者，再到吴承恩笔下的孙悟空，有着直接的继承关系。孙悟空是吴承恩独运匠心，对猴行者、孙行者进行了质的改造，再创造出来的一个不朽的艺术典型，其形象特征是无比丰富的。不少研究者根据孙悟空众多特征中的某一个或某几个找其原型，就容易得出"此也为是"、"彼也为是"的结论。只有把握住这一虚构的取经人物的前后主要承继关系，直截本源，也就是从孙悟空上溯到猴行者，根据猴行者产生的社会历史条件和他的主要特点探求其本源，才可能真正解决孙悟空形象的最早来源。日本同好注意到了这个问题，但是，可能由于他们过多地注重了人物形象的外貌特点，忽视了猴行者产生的历史和社会条件，没有考虑作品形象本身所包含的思想内涵，因而对这一形象来源的看法也大都过于直观和简单。

猴行者虽然是孙悟空的前身，但作为艺术形象来说，前者距后者实有万里之遥，不能望其项背。从猴行者到孙悟空，有一个历史的演进过程。关于这个问题，若干论者喜欢平行罗列各种材料，没有重视这一形象由猴行者到孙行者、再到孙悟空的阶段性发展，对于他们在不同阶段受到的各种影响及他们所呈现出来的不同风貌缺乏全面的研究。即使有人试图这样做，也往往对于材料把握不住，出现了各种各样模糊和混乱的认识。

《西游记》所描写的唐僧西天取经故事，不是吴承恩一次性创造

---

① 蔡国梁：《孙悟空的血统》，载《学林漫录》第2辑，中华书局1981年版。

② ［日］太田辰夫：《〈大唐三藏取经诗话〉考》，载《神户外大论丛》1986年第十七卷1、2、3合并号；［日］矶部彰：《关于元本〈西游记〉中孙行者的形成》，载《东洋学》1977年第38期。

所完成的。它由历史故事发展成为《西游记》这样复杂的文学故事，经历了数百年的时间，很多作家艺人都贡献过他们的聪明才智，杰出作家吴承恩，最后写成小说《西游记》，是对长期历史积累的改造和再创造，所以，研究孙悟空形象的渊源形成，首先要认识《西游记》的成书过程。但历史的进程湮没了许多有关《西游记》成书的材料，现存的少量材料不是面目不清，就是支离散乱，这无疑给研究工作带来很大困难，因此，我们的首要任务就是搞清这些现存材料。本文借重前人的研究成果，也将根据笔者对这些材料若干新的认识，论述《西游记》的成书过程，进而探讨孙悟空形象的渊源和形成问题。

一 《大唐三藏取经诗话》——猴行者

所谓唐僧取经，原是发生在唐代初年的一个真实的历史故事。“唐僧”，俗姓陈，名祎，法名玄奘，是长安弘福寺的和尚。贞观三年(629)，他独自西行去天竺求法，往返费时十七载，历百余“国”，备尝艰险，于贞观十九年(645)返回长安，带回天竺佛教大小乘经、律、论六百五十七部，受到唐太宗的礼遇。贞观二十年，他奉太宗诏口述求法途中所见，由其门徒辨机辑录成《大唐西域记》，广泛记述了西域诸国的山川物产、历史人情。其后，玄奘的门徒慧立等又根据玄奘的经历，撰写了《大唐大慈恩寺三藏法师传》。前书是一部内容翔实的地理著作，它不仅为唐王朝开发西域提供了不少宝贵资料，也大大开了人们的眼界，引起了人们广泛的兴趣。后书基本上是一部传记作品，但是，作者为了弘扬佛法，竭力美化玄奘，在描写他不避艰险西行求法的经过时，穿插了一些宗教神话和历史传说。这些神话传说虽然还都游离于求法活动之外，却作了“神话”取经故事的先声。

玄奘是中国佛教史上最著名的西行求法者，四大译经家之一，他还和弟子窥基创立了中土佛教“法相宗”，在当时影响很大。在宗教迷信盛行的时代，玄奘取经故事被越传越离奇、神秘，本来就是必然的。但玄奘取经由历史故事向神异故事转变的完成则主要得力于唐代寺院“俗讲”的盛行。六朝到唐代，一直有御前“三教论衡”。在唐代，为了进一步宣传宗教和聚敛财物，释、道都得到统治者的允许，在各自的寺庙里公开向信徒和世俗群众宣传教义。佛教在当时比道教兴盛，因此它的宣讲也以极大的优势压倒了道教。佛寺宣讲，分为“僧讲”和“俗讲”。僧讲的对象为出家人，以讲解经文为主。俗讲的对象是世俗群众，最初也是讲解经文，不过形式和语言比较通俗罢了。后来，为了招徕听众，俗讲者逐渐改变内容，不再拘泥于繁琐的经义，而只是择取佛经中的片断，敷衍成故事，进而完全脱离了佛经，讲起了历史故事、神话故事、民间传说。配合内容的改变，俗讲的形式也大大发展，终于形成了在当时不仅内容最多样，形式也最完备的讲唱艺术。玄奘西行求法的故事本是宣扬佛教的很好题材，被采用为俗讲的内容是很自然地。正是在僧人俗讲的过程中，改变了这一故事的性质，使之逐渐成了一个怪诞不经的宗教神异故事。现存刻于南宋时的《大唐三藏取经诗话》就是保存下来的唐五代寺院俗讲的底本。不少论者认为《诗话》是宋元话本，其实，它不论体制形式、思想内容，还是语言特点，都根本不同于宋元话本，实是和敦煌“变文”属于同一时期、同一体裁，甚至同一方言的作品，其成书应在唐五代①。

《诗话》竭力宣传佛教，宣扬佛祖的崇高无上和佛法的无边，美化天竺佛国，向往正果西天，表现出一种虔诚的宗教情绪和神秘的宗教气氛，带有浓厚的宗教文学色彩，它以通俗讲唱形式叙述的三藏一行西天求法的经历，已经完全不同于历史。虽然《诗话》较之以后出现的以西天取经为题材的文学作品，显得简单、朴拙，缺少故事的铺陈和情节人物的描写刻画，但是它标志着这一题材性质转变的完成。其故事的结构、情节和人物都启迪了以后的作品。尤其值得重视的是书中出现了一个虚构的取经人物“猴行者”。这个猴行者在取经活动刚开始就突然出现，引三藏入“大梵天王宫”，伏白虎精，降九馗龙，一路辅助三藏完成取经任务。《诗话》中三藏取经虽然是一行七人，但全书实际上只描写了三藏和猴行者。正是由于猴行者在《诗话》中的出现，以及《诗话》所描写的故事情节的虚构性和神秘色彩，决定了这部作品的神异性质。作品突出猴行者在取经过程中的作用，不仅

① 详见李时人，蔡镜浩：《〈大唐三藏取经诗话〉成书时代考辨》，载《徐州师范学院学报》1982年第3期。

导致了取经故事的主角由历史人物向虚构人物的转移，而且开拓和确定了今后取经故事向神魔故事发展的方向。

《诗话》中的猴行者是一个已经“人(神)化”的猴精，初具人、神、魔三位一体的性质。虽保存着某些动物的特征，如猴样的头脸，但基本上已是两足行走的人(神)，本质上脱离了动物的属性，不属于“兽形神(怪)”的范畴。他初见三藏法师时化身“白衣秀才”，自夸“九度见黄河清”，但是在参加取经活动以前，他并不是正统神佛圈子里的人物，自称是“花果山紫云洞八万四千铜头铁额猕猴王”，又说八百岁时曾偷过王母蟠桃，“被王母捉下，左肋判八百，右肋判三千铁棒，配在花果山紫云洞”，只有在协助三藏完成取经任务后才得正果，还被封为“铜筋铁骨大圣”。他不是受神佛的派遣，也不是为某种力量所逼迫来护法的，他主动“来助和尚取经”，只能理解为对佛教的皈依。在取经活动中，他十分活跃，也表现出一定的本领，但是对神佛来说，他更是一个虔诚的教徒。

当年鲁迅说《西游记》中的孙悟空“神变奋迅之状”移取于无支祁，如果把它理解为吴承恩笔下的孙悟空曾经受过《古岳渎经》所描写的“形若猿猴，缩鼻高额……力逾九象，搏击腾踔疾奔，轻利倏忽”的无支祁的影响，当然是可能的，甚至说无支祁的形象对孙悟空的最早前身猴行者形象的产生起过一定作用，也不无道理。但是，后来论者直接把无支祁说成是孙悟空或猴行者的“原型”、“前身”，则显得流于偏颇了。《古岳渎经》写唐永泰时李汤做楚州太守，有渔人见大铁锁于龟山下，汤大集人力并加五十头牛，方拽动其锁，锁之末见一兽，状有如猿，“白首长髻，雪牙金爪，闯将上岸，高五丈许，蹲踞之状若猿猴”。后来，李肇《国史补》也记载了同样的故事，“锁穷，有青猕猴跃出水，复设而逝”。“蹲踞之状若猿猴”，说明这位无支祁在传说中还是“兽形怪(神)”。据叶德均《无支祁传说考》说，无支祁传说首出于唐时的这本《古岳渎经》(见《太平广记》卷467引《李汤》)，从中唐到北宋，这一传说都没有变化。到南宋时又和水母的传说重叠混淆。从唐到宋，无支祁一直被锁在淮河的龟山足下，直到元代，才演化为无支祁圣母(或水母娘娘)，出水演出了一场人神恋爱的悲剧。无支祁传说唐宋时已被佛教徒染指，他们抬出“僧伽国师”来和大禹、庚辰争夺降服无支祁的荣誉。明清以来两种说法一直纠缠不清①。百回本《西游记》第六十六回写到唐僧西行在小雷音寺受阻，孙悟空去“南瞻部洲盱眙山蠙城” 求救于“大圣国师王菩萨”，这位菩萨曾经降服“水母娘娘”，又新收了“水猿大圣”。就是直接吸收的无支祁故事，而且采用的是佛教徒的说法。唐代猿猴成精的故事流传很多，如传奇小说《补江总白猿传》写白猿成精，“著帽，加白袷，被素罗衣”，且“遍体皆如铁”，“目光如电”，“半昼往返数千里”。这个白猿精在特征方面较之无支祁有更接近猴行者的地方。中晚唐还被锁于龟山足下的“兽形水怪(神)”无支祁还不具备单独成为猴行者原型的条件，不顾及其他而突出无支祁是不恰当的。

《罗摩衍那》是印度的两大史诗之一，它的内容主要是叙述英雄罗摩和他的妻子悉达的一生经历。罗摩被印度教说成是毗湿奴的第七次化身，为罗摩派所信奉。因为罗摩故事所表现的宗教思想和佛教是对立的，而中印两大民族早期的文化交流又主要是以佛教为纽带的，所以长期以来，中土并没有《罗摩衍那》一书的译本。即使由于这一故事在印度的广泛流传而渗入佛教的典籍传入中土，也是不被佛教徒崇尚和宣传的。大颌神猴(哈努曼)出现在《罗摩衍那》的第四篇，其事迹主要在第五篇。汉译佛经涉及罗摩故事的本来不多，提到《罗摩衍那》主要故事的更少，而且有关文字过于简略，内容支离破碎，无法连贯。其中最主要的材料有二则，一是公元427年元魏吉伽夜共昙曜译《杂宝藏经》卷一的《十奢王缘》故事，概括叙述了《罗摩衍那》第一篇和第二篇的故事，但其中没有恶龙和罗刹，没有仗义救人的巨鸟，更没有提到猴子。二是公元251年三国吴康僧会译《六度集经》卷五《国王本生》故事。故事说“昔者菩萨为大国王”，被舅父抢走王位，及妃一起被逐，妃为恶龙所盗，恰遇猴王国也为其舅所窃，国王和猴王结盟，天帝“释化为神猴”助国王诛龙救妃。大体同于罗摩故事，但并未提及罗摩、悉达之名，佛典是把它当成菩萨前身故事来叙述的，虽然提到“猴国”、“猴王”、“巨猕猴”，但也没有提到猴王或其他猴的名字。据许多人考察，汉译佛经从来没有人提过哈努曼之

① 《戏曲小说丛考》下册，中华书局1979年版，第495～515页。

名，更没有他的形象和闹龙宫之类事迹的描写。再进一步说，涉及罗摩故事的汉译《六度集经》和《杂宝藏经》，是世界上有关《罗摩衍那》资料中最古老的文献，据国内外学者研究，把这两份资料合而读之，即《罗摩衍那》最早传说形式①，当罗摩故事渗入佛典的时候，它还没有发展成现存《罗摩衍那》这样宏大的结构和篇幅，而现存哈努曼闹魔宫一段，又是后人添加的②，很可能渗入佛典的罗摩故事本身就没有哈努曼之名。因此说现存《罗摩衍那》中所写的哈努曼因佛典而传入中国并成为孙悟空的原型，实在有些虚玄。没有确切的材料证明哈努曼对猴行者或孙悟空有直接的影响，有的论者喜欢列举《西游记》中孙悟空和哈努曼有种种相似之处，但相似不等于有直接的承袭关系。

日本中国学家提出的种种猴行者来源于佛教典籍的看法，对我们是有一定启发的。《诗话》是一部佛教徒创作的宗教文学作品，尤有较浓的密宗色彩。因此它必然受到过佛典、佛教艺术的多方面影响。国内研究孙悟空形象所受外来影响，大多集中在哈努曼身上，对哈努曼以外的东西似乎注意的不够。但是，日本众家所列举的佛教典籍中的猕猴、猿猴或有猴类形体特征的神将，往往是仅作为一种动物或者是以动物形体的神作为佛、菩萨的附庸而被提及，少有各自的故事经历、性格特征，也不具备成为猴行者原型的条件。《诗话》作者创造猴行者这一人物的意图在于神化玄奘西天取经故事，同时也企图说明，只要虔诚皈依佛教，魔怪一样可成正果。作者是东土僧人，作品所要表现的是“东土众生”对西天佛国的向往和皈依。在作品中，猴行者出身于“花果山紫云洞”（这是有中国道教意味的地名），是“八万四千铜头铁额猕猴王”（“铜头铁额”是中国传统魔怪的特征：“蚩尤兄弟八十一人，并兽身人语，铜头铁额。”——《太平御览》卷79引《龙鱼河图》），“盗过王母仙桃”（脱胎于中国著名神话传说，见《汉武帝内传》），是个带有浓厚中国仙道气味的刚皈依佛教的东土魔怪，和

① 参见赵国华：《关于〈罗摩衍那〉的中国文献及其价值》，载《社会科学战线》1981年第4期。

② 金克木：《梵语文学史》，人民文学出版社1964年版，第137、138页。

佛典中的猿猴神将也缺乏内在的联系①。

把猴行者的原型说成任何单一的具体的人物都是很难成立的。这是因为猴行者从根本上说是《诗话》作者“杂取种种”，最后“合成一个”的文学形象。至于所谓“混血猴”的说法，不过是哈努曼加上无支祁，但是哈努曼、无支祁与猴行者在形象、气质、思想、行动诸方面并不存在多少一致性，不能证明猴行者和他们有“血统”关系。

既然猴行者的形象不是一个或几个现成对象的移借、合成，它的产生途径是艺术形象创造，那么，究竟有哪些东西对猴行者的产生发生过影响，哪些是这一形象的主要渊源呢？这必须根据当时的社会历史条件和形象本身的诸般特征去判明。

《诗话》产生于佛教发展以至鼎盛，佛经翻译和宣讲流行的时代。佛教经典所揭示的本是一个超现实的虚幻世界，其所演述的鬼神，很多都被赋予动物的形体特征。如《妙法莲花经》说：“复有诸鬼，首如牛头。”《楞严经》说：人于命终之后归趣地狱，“见大铁墙，火蛇火狗，虎狼狮子，牛头狱卒，马头罗刹，手执枪矛，驱入城门，向无间狱”。尤其是流行的密宗，借助巫术，极力把佛教抽象的教义具体化，奉行直观主义的施教。其“曼荼罗”中不仅佛、菩萨大多是一些变形体，如四臂、八臂的如意轮观音和不空索绢观音乃至千手千眼观音，而且佛菩萨的部属、护法更是造型险怪，如《顶轮王大曼荼罗灌顶仪轨》说“贺野纥里缚大明王”，图画形状是“鼻如猿猴，以蛇庄严璎珞”，“无能胜忿怒于王”则“虎皮为裙，蟒蛇为耳珰”等等。唐代佛教所宣扬的宗教神学观念同当时人们精神生活的联系至为密切，寺院雕塑、壁画艺术的发达和讲经活动的开展，使许多动物面貌、形体的鬼神形象广为人知，以致人们一想到鬼神就联想到这些形象。《诗话》作者为了神化玄奘的取经活动，有利于宣传佛教，需要结构神异的情节，玄奘既然是一个不大容易变易的历史人物，于是作者就创造性地虚构了猴行者，让其担负起这个任务。佛教所演示的这牛鬼蛇神形象（包括猿猴、猕猴之属），对作者构思创造应该起到了某种启示

① 详见李时人：《日本学者关于孙悟空形象来源的探索》，《中国社会科学·未定稿》1985年第18期。

作用。正是在这种意义上，我们承认西方文化的一些东西通过微妙的文化交流，影响了猴行者形象的创造。

但《诗话》毕竟是中国僧人的创作，是描写中国佛教故事的作品，植根于中国社会生活和文化的土壤。本来佛教在中国传播发展的历史，就不能理解为是一种外来意识形态征服中国的历史，实际上是它逐步中国化的历史。一个有悠久历史的伟大民族的文化，当然不会拒绝吸收外来文化的营养，但从一开始它就会表现出强大的鉴别力、消化力和改造力。关于这一方面，敦煌艺术是一个有力的证据。如天竺佛教壁画中那种接吻、扭腰、乳部突出等带有明显性欲刺激的东西从一开始就遭到坚决的抵制。在敦煌，我们可以——

> 看到风驰电掣、流走生动的汉画风格表现在北魏藻井画装饰上，看到非佛教的狩猎图和中国神话传说中的伏羲、女娲以及怪兽神物像；看到类似汉武梁祠石刻画的章法构图和榜题说明；看到袒露的佛菩萨渐渐穿起中国式的袍服，印欧型的面型体格转化为中国人；看到域外情调愈来愈淡薄，终于为我们所喜闻乐见的乡土风格所代替；看到中国的世俗人情愈来愈浓厚地渗入印度佛教的主题画中，把一切都当作发生在中国土地上的人、事和种种奇迹来处理。这类例子是不胜例举的。①

那么中国僧人笔下的中国神怪主要渊源于本土文化，不是更自然的事情吗？而且，从作者所要描写的故事和所要表现的思想内容出发，作品也需要一个中国型人物。实际上，我们在作品中看到的猴行者，无论在各方面也都不同于佛教中的牛鬼蛇神和西方神怪，充分显示出中国神魔的特征。因此，这一形象更应有民族文化渊源。

猴行者中国道教意味的原籍，偷过王母仙桃的经历，铜头铁额的特征等，都来源于中国的民族文化。因此，我们应该从多方面来探寻猴行者形象的民族文化渊源。但是鉴于猴行者形象的特殊性，我们当然更应该注意那些有关猿猴魔怪的材料。灵长之属的猿猴猩狒因为有

---

① 潘絜兹：《敦煌莫高窟艺术》，上海人民出版社 1981 年版，第 116 页。

类人的形体和机敏的动作，在世界各地区都曾引起人们充分的注意。在中国，远古人类崇拜的图腾中也已经有它们的形象。

关于它们的文字记载也是很早的。如成书于东周的《山海经·五藏山经》①中就有："堂庭之山……多白猿。""发爽之山……多白猿。""小次之山……有兽焉。其状如猿，而白首赤足，名曰朱厌。""长右之山……有兽焉，其状如禺而四耳，其名长右，其音如吟，见则郡县大水。"郭璞注"禺"字说："禺似猕猴而大，赤目长尾。"《山海经·五藏山经》还有"幽鴳状如禺"，"足訾状如禺"，"嚣状如禺"的记载，中国古代文献中提到的猩猩、狒狒、枭阳等也都是灵长之属。这些猿猴猩狒引起了当时人们充分的注意，并开始被"人(神)化"("伏行人走")和怪化("见则郡县大水")，以后因此衍出了两类传说：

一类是猿猴(主要是白猿)被"人(神)化"，表现出种种神异。战国末的《吕氏春秋·博志篇》说："荆廷尝有神曰白独猿"，楚王请养由基射之。西汉的《淮南子·说山》载同一传说，又有了养由基"姑调弓矫矢，未发而猿拥柱号矣"的进一步描写。到东汉赵烨编《吴越春秋》出现了白猿化为老人与越处女斗剑的故事：

> 越王问范蠡手战之术，范蠡答曰："臣闻越有处女，国人称之，愿王请问手战之道也。"于是王乃请女。女将北见王，道逢老人，自称袁公，问女曰："闻子善为剑，得一观之乎?"处女曰："妾不敢有所隐也，唯公所试。"公即挽林杪之竹，似枯槁，末折堕地，女接取其末。袁公操其本而刺处女，处女应节入之三，女因举杖击之。袁公飞上树，化为白猿。

《吴越春秋》是在春秋末吴越斗争基础上吸收大量民间传说而编成的一部"史书"。《四库提要》说："至于处女试剑，老人化猿，公孙胜三呼三应之类，尤近小说家言，然自是汉晋间稗官杂记之体。"又，三国韦昭注《国语》说："夔一足，越人谓之山操，人面猿身能言。"猿猴成精化人、人言，是中国古代人的一种天真幼稚的想法。题为梁任昉

① 此从(清)郝懿行《山海经笺疏》说。

的《述异记》说："猿五百岁化为玃，玃千岁化为老人。"就是对这种虚幻认识的说明。魏晋南北朝尚志怪，这类传说更得发展。如题为前秦王嘉撰、梁萧绮录的《拾遗记》已有这样一个故事：

> 周群妙闻谶说，于岷山采石，见一白猿从绝峰而下，对群而立，群抽所佩之刀，以投白猿，猿化为一老翁，手中有玉板，长八寸，以授群。群问曰："公是何年生?"答曰："今已衰迈，忘其生之年月。忆从轩辕之时，始学历数。风后、容成，皆黄帝之史，就余授历数。至颛顼，更考定日月星辰之运，多差异。及春秋时，有子韦、子野、裨灶之徒，权略虽验，未得其门，尔来世代，不可复纪，因以相袭。至大汉之时，有洛下宏，得其大旨。"群服其言，更精勤算术，乃考校年历之运，验于图纬，知蜀应灭，及明年归命，皆称："周群详阴阳之类也。"蜀人谓之"后圣"。

这位白猿翁能忆轩辕时事，知过去未来，达到了完全的神化。《吴越春秋》中的白猿化人故事在南北朝时已被熔铸成文学典故，如北周庾信文中有："受书黄石，意在王者之图；挥剑白猿，心存霸国之用。"(《周柱国大将军纥于弘神道碑》)"圯桥取履，早见兵书，竹林逢猿，偏知剑术。"(《周大将军怀德公吴明彻墓志铭》)到唐代更成熟典，如赵自励文："桓桓大将，黄石老之兵符；纠纠武夫，白猿公之剑术"(《出师赋》)。李白诗"白猿惭剑术，黄石借兵符"(《中丞宋公以吴兵三千赴河南……因赠之》)。李贺诗："见买若耶溪水剑，明朝归去事猿公。"(《南园十三首之七》)杜牧诗："授符黄石老，学剑白猿公。"(《题永崇西平王宅太尉诉院六韵》)频用不衰，可见影响之深广。唐代猿猴化人，并和人类社会生活发生关系的传说更多，如裴铏《传奇·孙恪》、柳详(一作李隐)《潇湘录·楚汀渔者》、张读《宣室志·陈岩》、李隐《大唐奇事·虢国夫人》等多有记载。再如戴孚《广异记·张铤》记载了一个神奇传说：铤偶行巴西，为"巴西侯"召宴，陪客有"六雄将军"、"白额侯"、"沧浪君"、"五豹将军"、"钜鹿侯"、"玄丘校尉"。醉后这些人各现其身，巴西侯为"巨猿状如人"，其余分别为熊、虎、狼、豹、鹿、狐。巨猿成精称王侯，且为诸兽之首，对后世创作当有启示。又，张读《宣室志·杨叟》，写乾元初杨叟之子宗素，误入一山径中：

> 见山下有石龛，龛有胡僧。貌甚老而枯瘠，衣褐毛缕成袈裟，踞于磐石上。宗素以为异人，即礼而问曰："师何人也？独处穷谷。以人迹不到之地为家，又无侍者，不惧山野之兽有害于师乎？不然，是得释氏之术者耶？"僧曰："吾本是袁氏，祖世居巴山，其后子孙，或在弋阳，散游诸山谷中。尽能绍修祖业，为林泉逸士，极得吟笑。人好为诗者，多称其善吟，于是稍闻于天下。有孙氏，亦族也，则多游豪贵之门，亦以善谈谑，故又以之游于市肆间，每一戏，能使人获其利焉。独吾好浮图氏，脱尘俗，栖心岩谷中不动。而在此且有年矣……"……俄召宗素，厉而问曰："檀越向者所求何也？"宗素曰："愿得生人心，以疗吾父疾。"僧曰："檀越所愿者，吾已许焉。今欲先说《金刚经》之奥义，且闻乎？"……僧曰："《金刚经》云：'过去心不可得，现在心不可得，未来心不可得。檀越若要取吾心，亦不可得矣。"言已，忽跳跃大呼，化为一猿而去。宗素惊异，惶骇而归。

猿猴精不仅化人，而且自称信佛，化成佛徒，可见《诗话》中的猴精皈依佛教成为猴行者，实是无独有偶。

在另一类猿猴成精的传说中，猿猴被"怪化"，突出其淫偷作乱的特点。东汉焦延寿《易林·坤之剥》有"南山大玃，盗我媚妾"。晋张华《博物志》、干宝《搜神记》都有蜀中南高山猿猴窃妇生子的记载。唐代段成式《酉阳杂俎·诺皋记》、戴孚《广异记·杜万》、薛用弱《集异记·崔商》等也有这类故事。故钱锺书说："猿猴好人间女色，每窃妇以逃，此吾国古来流传俗说，屡见之稗史者也。"①唐代还有猿猴成水怪的传说，则是猿猴属被怪化的另一种。如李复言《续玄怪录·刁俊朗》中与江汉鬼愁潭老蛟交往的"猕猴之精"和李公佐《古岳渎经》

① 《管锥编》，中华书局1978年版，第262页。

中“善应对言语，辨江淮之浅深原隰之远近”的无支祁，均像《山海经》中“其状如禺而四耳……其音如吟，见则郡县大水”的“长右”的后裔。

所谓“人(神)化”和“怪化”两类传说，虽然分别表现出各自流传的连续性，但又是互相渗透的。如《补江总白猿传》就是两种传说的合流。其中窃妇“神物”，形貌如“美髯丈夫六尺余，白衣曳杖”，遍体如铁，动如匹练，“晴昼或舞双剑，环身电飞”，十分奇特，而“所居常读木简，字若符篆，了不可识”，尤为神异。考其前身，也是“大白猿”。前人谓《白猿传》为无名子借以攻击欧阳询的，但其故事事实是牵合白猿化人和老玃窃妇等敷衍铺陈而成。

如上所列，中国古代关于猿猴精的传说是十分丰富的，《诗话》中猴行者的种种特征，都可以从中找到渊源。《吴越春秋》中化为老人的白猿，《拾遗记》中与天齐寿、能知过去未来的白猿，《广异记》中自称“巴西侯”的巨猿，《宣室志》中化为胡僧说《金刚经》的猿精，《白猿传》中白衣曳杖、动如匹练的白猿等等，不就是《诗话》作者创作时可能杂取的“种种”吗？它们和猴行者在形象、气质、性格、行为上的种种对应，有力地证明了这一点。佛典中所载的猿猴或猿猴形体的护法神将，以及哈努曼，和猴行者有那么多对应的联系吗？因此，说猴行者的渊源主要是民族的传统文化，是客观的、实际的。《诗话》作者正是主要在传统文化的基础上，自觉不自觉地运用了典型创造的方法，创造出了猴行者这一中国型的猿猴魔怪形象。而形象一旦产生，就具有了独立的生命力，附丽于《诗话》，成为以后杂剧《西游记》、平话《西游记》中“孙行者”的原型，并不可否认地成为《西游记》中孙悟空的直系“始祖”。

二、杂剧《西游记》——孙行者

玄奘西行求法的故事，至迟在晚唐五代已经演化为三藏法师在猴行者辅佐下西天取经的宗教神异故事。这一故事在相当长的时间内保持了结构、情节、人物的稳定性，并逐步得到教徒们的承认，成为寺院佛堂的壁画题材。今天我们还能见到的安西榆林窟三幅西夏《三藏取经图》壁画就是这种遗迹。三幅壁画所画的取经人物都只有三藏和猴行者，其中猴行者猴头毛手，着短衣，着乌靴，或牵马，或走在光头僧装的三藏前面，十分形象①。说明当时人们所知道的取经故事在内容和人物上都没有超出《诗话》。曾经有人认为杭州将台山五代后晋天福七年(942)吴越王所凿的摩崖佛龛中，已有玄奘和尚的半跏式座像，龛楣上还有刻着唐僧、孙悟空、猪悟能、沙悟净和白马等形象的浮雕②。许多研究者在谈到《西游记》成书过程中引用这则材料。其实，将台山那个有八身浮雕龛楣的小龛中的僧像，并不是玄奘，而是"地藏王菩萨"，浮雕所表现的内容也不是西天取经，而是"六道轮回"③。最前一男一女，作贵人装束，表示"天道"；其后两人作普通人装束，应是"人道"；又后有一人恶神模样，是阿修罗；再后有一牛头人身(不是猪头人身)，执武器，旁有锅状物(油锅)，为"地狱道"；后又两人，瘦骨嶙峋，象征"饿鬼道"；最后一马，代表"畜生道"。引用搞错的材料是会把事情搞乱的。

从现有的材料看，虽然晚唐五代就已产生了《取经诗话》，但在整个宋代关于这个故事，并不怎样为人们所重视。从北宋开始，佛教相对衰微，除禅宗以外的各宗派大多消亡或沉寂，而禅宗进一步和儒家思想结合，《诗话》所宣传的宗教观念已经不适应社会的思潮。也是从北宋开始，寺院的"俗讲"又被勾栏瓦肆中的民间"说话"等说唱技艺代替。《诗话》所表现的那种虔诚的宗教情绪，也已不适合勾栏瓦肆听众的口味。目前所知的记载宋代"说话"的资料中，都没有艺人说三藏取经故事的片言，或许在当时这一故事并没有成为"说话"的重要内容。只是到了南宋末年诗人刘克庄的诗中才出现了"取经烦猴行者，吟诗输鹤阿师"(《后村大全集》卷四三)的句子。另外同样是南宋末年的张世南所著《游宦纪闻》中记载了一个号称"张圣"的僧人

---

① 参见王静如：《敦煌莫高窟和安西榆林窟中的西夏壁画》，载《文物》1980 年第 9 期。

② 史岩：《杭州南山区雕刻史绩初步调查》，载《文物参考资料》1956 年第 1 期。

③ 详见王士伦：《西湖石窟探胜》，上海人民出版社 1981 年版。

所作的一篇赞语：

> 无上雄文贝叶鲜，几生三藏往西天，行行字字为珍宝，句句言言是福田。苦海波中猴行复，沈毛江上马驰前。长沙过了金沙滩，望岸还知到岸缘，夜叉欢喜随心答，菩萨精虔合掌传，半千六十余函在，功德难量熟处圆。

说明这一故事（包括猴行者的形象）还为人所知。但从这两则材料看，直到南宋末年，取经故事相对于《取经诗话》来说并没有什么发展，或许他们竟是看到南宋刊印的《取经诗话》以后才作出这样的诗句和赞语的。《取经诗话》在南宋的刊刻可能与当时佛教势力的抬头有关，它标志着取经故事发展沉寂时代的结束，随即出现的是一个新的发展的时代——元代。

元代在中国历史上是一个特殊的时代。蒙古贵族的残酷统治，造成了民族矛盾和阶级矛盾的尖锐复杂，社会不仅黑暗，而且表现出思想上的动荡和混乱。一方面是两宋占统治地位的理学受到冲击，各种思想束缚被摆脱，被压迫人民竭力追求精神上的解放；一方面是社会思想失去重心，传统的伦理道德崩溃，种种宗教观念泛滥，人们沉沦和苦闷，希图在精神鸦片中求得安宁。元代统治者扶植各种宗教，被崇尚的西僧，带着西方密教随着征服者进入中土，公开参与政治活动，“帝师之盛，不可与古昔同语”（《元史》）。都市繁荣，大大刺激了各种文艺表演的发展，尤其是作为一代文艺代表的杂剧，其题材开拓的广泛杂驳，思想内容的丰富复杂，更是超过了以往任何时代的通俗文艺。正是在这样的历史条件下，两宋不为人重视的西天取经故事也被挖掘出来，并按新的时代精神对其进行了加工创造，大大地发展了西天取经故事。

元代较早注意到西天取经题材的杂剧作家是吴昌龄，他作了一本《唐三藏西天取经》。剧本在清代佚去，天一阁蓝格钞本《录鬼簿》记其题目为“老回回东楼叫佛”，正名是“唐三藏西天取经”，简名《西天取经》。今仅在《万壑清音》、《北词广正谱》等曲谱中存有数支曲子。推测剧本可能只有三藏饯别西行，途中遇一信佛的老回回殷勤接待，及见佛回朝等关目。从有关情况推测，他的剧本没有承袭《诗话》的情节，基本是随意点染。但同时的民间演出本杂剧《西游记》(以下简称《杂剧》)就不仅承袭了《诗话》，而且对西天取经故事的发展作出了贡献。传世《西游记》杂剧六本二十四折，有明万历刻“杨东莱批评本”。杨本题“吴昌龄撰”，显然是把它和《唐三藏西天取经》搞混了，或者竟是伪托。现在一般都根据孙楷第考证，说它是明初杨景言的作品。笔者认为传世本虽然有明人改窜的痕迹，但原本实是元代无名氏作品①。杨东莱批评《西游记杂剧》题目正名如下：

> 第一本：贼刘洪杀秀士，老和尚救江流；观音佛说因果，陈玄奘大报仇。第二本：唐三藏登土路，村姑儿逞嚣顽；木叉送火龙马，华光下宝德关。第三本：李天王捉妖怪，孙行者会师傅；沙和尚拜三藏，鬼子母救爱奴。第四本：朱太公告官司，裴海棠遇妖怪；三藏托孙悟空，二郎收猪八戒。第五本：女人国遭险阻，采药仙说艰难；孙行者借扇子，唐僧过火焰山。第六本：胡麻婆问心字，孙悟空答空禅；灵鹫山广聚会，唐三藏大朝元。

虽然《杂剧》比起晚出的平话《西游记》还显得情节简单，人物形象也比较粗糙，但它在《西游记》成书过程中所起的作用是不容忽视的：

一、发展和稳定了取经集团的人物。《杂剧》中的“花果山紫云洞主通天大圣”(孙行者)是由《诗话》中的“花果山紫云洞八万四千铜头铁额猕猴王”(猴行者)直接发展起来的(平话《西游记》中的“花果山水帘洞主”的说法则比较近古)。除此而外，《杂剧》还虚构了两个也曾经兴妖作怪而终被收伏作了唐僧徒弟的人物，一个是沙和尚，或称回回人河里沙(带酒思凡而被贬恒沙河的原玉皇殿前卷帘大将军)，一个是猪精(号称黑风大王的摩利支御车将军)。唐僧乘坐的白马也被写成原是南海沙劫驼老龙第三子(因行雨差迟法当斩，被观音化成白马送唐僧乘骑)。甚至唐僧本人也不再是历史上的洛州和尚陈玄

① 参见李时人：《略论吴承恩〈西游记〉中的唐僧出世故事》，载《文学遗产》1983年第1期。

奘，而是西方毘卢伽尊者托化，变成了传说中海州陈光蕊那个曾经江流遇难的儿子。在《杂剧》中不仅平话《西游记》（以下简称《平话》）和《西游记》小说所写取经集团人物已全部出现，他们的身世命运也基本确定。

二、奠定了《平话》、《西游记》的结构基础，为以后取经故事情节的发展开辟了广阔的道路。《西游记》小说主要是由两大部分组成的，后八十七回取经路上战胜种种磨难是故事的主体部分，前十三回主要是介绍孙悟空、唐僧等主角的出身经历及取经缘起等，是主体故事的铺垫部分。这前一部分的内容很复杂，许多争论都由此而引起。如唐僧出世故事，有些论者认为吴承恩原作《西游记》中根本没有，而是后人添加的。笔者认为唐僧出世故事是小说的一个有机组成部分，在小说中是客观存在的，从各方面考察，吴承恩原著中应有详尽叙述①。在《杂剧》中，唐僧出世故事被用了六分之一的篇幅叙述，开创性地把民间传说和戏曲演唱的“江流儿”故事引进取经故事中来。作者把它放在第一本，只是说明这是承继《诗话》，把唐僧作为故事的第一主角所采取的作法。再如大闹天宫故事，有人认为大闹天宫是独立发展的故事，“后来到了以吴承恩为代表的《西游记》里，却把各自独立的‘大闹天宫’、‘玄奘出世’、‘唐太宗入冥’这三大段故事，作为‘西天取经’的序幕，统统插到这部作品里来了”②。说“玄奘出世”和“太宗入冥”原是独立的段子，这有材料可以证明，但如果说“大闹天宫”是独立发展的故事，则尚可商榷。很明显，《诗话》中已有闹天宫的引子，《杂剧》则直接点出这是对天宫的反叛，《朴通事谚解》注文中已标明《平话》中的这段故事是“闹乱天宫”，《诗话》、《杂剧》、《平话》、《西游记》前后连起来看，这一故事的主体演进的痕迹是十分明显的，它始终是西天取经故事的组成部分，怎么能说它原是一个独立的故事呢？杂剧除了没有引进“太宗入冥”故事，其他基本上为《西游记》前十三回情节奠定了基础。《杂剧》中关于唐僧西天取

① 参见李时人：《略论吴承恩〈西游记〉中的唐僧出世故事》，载《文学遗产》1983 年第 1 期。

② 高明阁：《〈西游记〉里的神魔问题》，载《文学遗产》1981 年第 2 期。

经路上所遇困难的描写，从情节数量来看还不是很多，但较之《诗话》也有了很大进步。《诗话》中所描写的长坑、大岭等简单的自然灾害已被扬弃改造，又增加了若干情节，使取经途中所遇阻拦更带有魔怪色彩。如关于鬼子母，在佛教中是一个皈依的魔怪，佛典中有《佛说鬼子母经》。《诗话》中所写鬼子母，是一个信佛的人间国度的国王，这大概是她皈依后的写照。在《杂剧》中却把她的前史揭了出来，被写成是阻拦取经的妖怪红孩儿(爱奴儿)的母亲，一个率领一大群鬼兵来斗如来的恶魔。由《诗话》中简单的过鬼子母国的描写，到《杂剧》中发展为先是红孩儿为妖拦路摄三藏。如来钵盂收红孩儿，后来鬼子母率鬼兵斗如来，而终为哪吒所擒皈依佛法。这里进化的痕迹是十分明显的。到百回本《西游记》小说，则着力描写红孩儿怪，并把红孩儿说成是牛魔王、铁扇公主的儿子，完全舍去了鬼子母揭钵的情节，又进行了改造和加工。可见这些作者都是根据创作的需要来取舍材料、结构情节、描写人物的。又如《杂剧》用两折篇幅所写的过火焰山则是《诗话》所完全没有的。其次，对取经途中所遇诸难及如何克服这些困难，大多能展开描写。如黑风山收猪精(猪八戒)，先写猪精变成朱公子骗走小姐，后来孙行者变成裴海棠想擒他，反倒被他摄走了师傅，最后赖二郎神带神犬来才收伏他。情节变幻莫测，引人入胜。这些对后来的作品写取经路上遇到的种种魔怪以及如何战胜这些魔怪起到了示范作用。

三、《杂剧》很大程度上冲破了《诗话》宗教作品的思想束缚，表现出市民文学的思想和风格。《杂剧》中通天大圣抢金鼎国公主为妻，野猪精骗裴海棠，黄风山银额将军摄刘大姐，都是妖怪所为，但是它们曲折反映的实际是强取豪夺的社会现象，我们可以在元杂剧中找到许多反映这种现象的世俗故事，从本质上说这些故事并不具有宗教意义。《杂剧》热心两性纠葛的内容，《女王退婚》一折虽是《诗话》过女人国一节的发展，许多动作和唱词都过于直露。女王还有一曲[寄生草]："直裰上胭脂污，袈裟上腻粉香，似魔腾伽把阿难摄在淫山上。若鬼子母将如来围定在灵山上，巫枝祇把张僧拿住在龟山上。不是我魔王苦苦害真僧，如今佳人个个要寻和尚。"所举女怪性淫而摄人，全与佛教有关。摩登伽女之诱阿难，事略见《佛摩邓女经》、《佛说摩登女解形中六事经》。巫枝祇张僧也是带有佛教色彩的故事(在《西游记》小说中还有遗痕)。早期的佛教是禁欲的，后起的密宗却带有纵欲、好色的特点，《大日经》公开宣称："随诸众生种种性欲，令得欢喜。"有元一代，密宗以喇嘛教形式成为统治者崇尚的教派。其观念对社会风尚有一定影响，市民文学渗入色欲因素，正是那个时代的特色。西天取经是宗教故事题材，题材本身包含着崇教的思想内容，这是客观的。但《杂剧》中《贫婆心印》本写的是参佛悟道，却在禅理谈锋中夹有嘲谑之词。再如村姑嘲笑唐僧是个"天生得有眼共眉"的"大擂椎"，孙行者接经，在《金刚经》、《心经》、《莲花经》、《楞伽经》后面来了个《馒头粉汤经》。这些虽然是杂剧惯用的插科打诨方法，却也表现了市民对宗教既崇惧却又不甚恭敬的思想心理，也在一定程度上冲淡作品的宗教意义。

《杂剧》中的孙行者较之《诗话》中的猴行者更显得活跃、生动。在《诗话》中，猴行者的经历是他自己三言两语简单交待的，《杂剧》用专门的篇幅(《神佛降孙》、《收孙演咒》)来描述他的出身经历和被降服跟随唐僧取经的过程。他虽然继承了猴行者的外貌特征，但思想气质和行为却大大不一样了。他不再是一个自动皈依佛法以求正果的佛教徒，而是一个被强迫和被钳制的护法人。他原是一个地道的妖魔，一开始就自我宣称："一自开天辟地，两仪便有吾身，曾教三界费精神，四方神道怕，五岳鬼兵嗔，六合乾坤扰，七冥北斗难分，八方世界有谁尊？九天难捕我，十万总魔君。"较之猴行者，他有更强的叛逆性格，但这种叛逆并不表现出对压迫的反抗和对光明正义的追求。他不仅混扰天宫，也抢夺人间妇女，唐僧救了他，他却想到"好个胖和尚，到前面吃得我一顿饱，依旧回花果山"。到火焰山找铁扇公主借扇，言语行动也颇为不堪。因此，他的性格更多地表现出一种妖气、野气，还带有小市民的流气。和吴承恩小说中的孙悟空顶天立地的英雄气概有质的区别。但《杂剧》中的孙行者相对于《诗话》中的猴行者，却具有相当的思想解放意义，在很多地方摆脱了宗教束缚，为以后作品对这一人物的改造加工，提供了新的基础。

《杂剧》中的孙行者是由《诗话》中的猴行者直接蜕变而来。这个孙行者行为、气质的不同于猴行者，主要是因为受到了当时的社会意识和流行故事的影响。本来《诗话》中猴行者形象的形成，就在很多方面得力于中国古代的猿猴成精作怪之类传说。这些猴精虽然同属猿猴精，但不仅有“动物神(怪)”和“人化神(怪)”的区别，而且在行为、气质上也表现出很大的差异。比如《古岳渎经》中的无支祁力大无穷、善于兴风作浪，有桀骜不驯的性格；《吴越春秋》中的袁公能变化为人，有争强好胜之心；而《易林》、《博物志》、《搜神记》、《白猿传》中的猿猴精则破坏社会的安定，有攫窃妇女的恶劣行为。这一切都是人们在现实生活基础上，凭借自己的幻想创造出来的，产生这种虚幻想法的社会基础不消灭，这些怪异的传说也不会消灭，而且能在各种新的条件下转注、融汇和发展。水旱是经常的灾异，往往给人民带来巨大灾难，所以关于无支祁等水怪的传说能一直延续到明清。战乱频繁，妇女在战争中被掳掠，这是封建社会一种常见的社会现象，所谓猿猴成精攫窃妇女有些就是社会现实的一种曲折的反映。宋元时期，这类题材的故事在特殊的社会基础上，由于各种社会观念的作用，更得到变态发展。宋元话本《陈巡检梅岭失妻记》和戏文《陈巡检遇白猿精》是唐代《白猿传》小说的直接继承，但它无疑带有时代的特色，因此再一次影响了西天取经故事。戏文早佚，话本仍存于《清平山堂话本》中。叙述宋徽宗宣和三年时，陈从善授广东南雄沙角铺巡检，走马上任，路过梅岭，其妻张如春被申阳洞猿猴精申阳公摄去。申阳公号“齐天大圣”，书中写他弟兄三人，其余两个是“通天大圣”和“猕天大圣”，还有小妹是“泗洲圣母”。申阳公神通广大，变化多端，兴妖作怪，凡人奈何不了他，后来紫阳真人收伏了他，陈巡检夫妇才得团圆。《杂剧》中孙行者在花果山紫云洞时号“通天大圣”，自称“大姊骊山老母，二妹巫枝祇圣母。大兄齐天大圣……三弟耍耍三郎”。他的摄金鼎国主之女的行径也似申阳公。从这些方面看申阳公对孙行者形象或许有直接的影响。本来各类猿猴精之间就因为同为一属而存着某种联系，《杂剧》作者在新的观念支配下，把它们看成一家，甚至借用他们的名号，移借他们的故事，是很自然的。《杂剧》中的孙行者虽以猴行者为直接原型，但它已经经过了又一次典型创造，思想行动、言论气质都带有明显的时代特色。

三　平话《西游记》——孙行者

《杂剧》基本是在《诗话》基础上，吸收其他大量材料创作出来的，相对于《诗话》，它是西天取经故事较高发展阶段的作品。反过来，它必然会影响以西天取经为题材的小说话本，这应该是符合逻辑的事情。戏曲是以形象直接接近民众的一种文艺形式，它的影响在任何时候都是不能低估的。广东省博物馆收藏有一只绘有“唐僧取经图”的元代前期瓷枕①。图上孙行者手执铁棒走在最前面，以下顺序是猪八戒扛着钉钯，三藏骑马，沙僧举华盖卫护。这幅画在磁州窑出产的瓷枕上的取经图证明，在元代前期的西天取经故事中，一师三徒的取经集团已经形成。值得我们注意的是唐僧师徒四人一律粉底乌靴，和山西赵城明应王殿元泰定元年(1324)绘北杂剧演出壁画中演员多着乌靴一致，而作为唐僧三个武装护法为职责的徒弟之一的沙和尚，手里拿的竟不是武器，倒像是戏曲演出所用的道具。这就使人联想到这幅图很可能受到过当地流行的杂剧的直接影响。当然，我们也不能排除这种情况，就是当时都市和乡村的“说话”已经有讲西天取经故事的，其故事也必然有一个由简到繁的发展过程。根据《永乐大典》、《销释真空宝卷》和朝鲜汉语教科书《朴通事谚解》等材料，证明元代有一部平话《西游记》。据胡士莹说，“平话”的名称，并不见于宋代文献，大概是元人的习语，元代的“平话”即宋代的“讲史”的发展，“平话”主要是以长篇历史故事为内容的，但由于广泛的应用，逐渐也用到其他内容的话本上②。因此《西游记平话》是如同《三国志平话》、《武王伐纣平话》一类的书，是民间通俗文学。关于元代《西游记》属于“平话”的范畴，《朴通事谚解》中有下面一段话可以证明：

---

① 关于此瓷枕应为元代前期文物，据广东省博物馆 1982 年 9 月 17 日信告，是经广东省博物馆研究和冯先铭同志鉴定的，理由是“古相张家造”题款多为元人，花纹赭褐色也是元物的特点，但该枕器形、纹饰和宋代不少出土文物相以，故当为元前期。

② 《话本小说概论》，中华书局 1980 年版，第 164 ~ 169 页。

> "我两个部前买文书去来?""买什么文书去?""买《赵太祖飞龙记》、《唐三藏西游记》去。""买时买四书，既读孔圣之书，必达周公之礼，要怎么那一等平话?""《西游记》热闹，闻时节好看有(看)。"

《永乐大典》引"魏徵梦斩泾河龙"一段注明出自《西游记》。《朴通事谚解》这里说是"《唐三藏西游记》……平话"，从各方面考察，虽不能证明这两者同出于一个本子，但同属"平话"还是可以确定的。虽然原书名中不一定有"平话"两个字，称其为《西游记平话》主要是为叙述方便。这部平话的成书是《杂剧》以后的事情，它可能刊于元末，是西天取经故事发展到更高阶段的标志。

目前对于《平话》我们还缺乏全面的材料，但根据已有的片断材料，我们可以肯定：《平话》更完善了西天取经故事，粗具了《西游记》小说的间架结构。《杂剧》所交代的取经缘起显得有些突兀，《平话》的叙述则更具故事性。据《永乐大典》引"梦斩泾河龙"，可推断《平话》中必有"太宗入冥"等情节。一般论者根据《朴通事谚解》的一条注文，认为《平话》中没有"唐僧出世"故事，笔者认为此说尚有可疑之处。《朴通事谚解》是一部朝鲜的汉语教科书，其中第八十八回有一段《车迟国斗圣》，是根据《平话》改写的，另有八条注涉及到《平话》或取经故事，一条注是说两人对话买平话事，五条注注明"《西游记》云"，另一条注也写明："今按……详见《西游记》。"只有涉及唐僧身世的这条注没有注明出自《西游记》："经常唐三藏师傅，注：三藏俗姓陈，名祎，洛州堠氏县人也，号玄奘法师，贞观三年奉敕往西域，取经六百卷而来，仍呼为三藏法师。"玄奘是佛教大师，《旧唐书》有传，身世在日、朝也广为人知，不能排除此注为作者凭常识自为或引用他书的可能。因此，不能由此推断《平话》中没有"唐僧出世"的故事。关于西天取经主体故事，《平话》的发展最大。《朴通事谚解》有一条注概括了《平话》叙述的唐僧取经路上所遇的灾难：

> 今按法师往西天时，初到师陀国界遇猛虎毒蛇之害，次遇黑熊精、黄风怪、地涌夫人、蜘蛛精、狮子怪、多目怪、红孩儿

怪，几死仅免。又遇棘钩洞、火炎山、薄屎洞、女人国，及诸恶山险水怪害，患苦不知其几，此所谓刁蹶也。详见《西游记》。

《谚解》这里提到的《平话》取经故事情节可能不十分完备，《销释真空宝卷》也有一段话提到当时流行的西天取经故事情节：

正遇着火焰山黑松林过，见妖精和鬼怪魍魉成群。罗刹女铁扇子降下甘露，流沙河红孩儿地涌夫人。牛魔王蜘蛛精设入洞中，南海里观世音救出唐僧……灭法国显神通僧道斗圣，勇师力降邪魔被剃为僧……从东土到西天十万余里。戏世洞女儿国匿了唐僧。

根据《销释真空宝卷》产生的时代，大体可推断这些情节是根据《平话》的。这样，加上《宝卷》提到而为《谚解》略去的情节。可以看出《平话》所叙唐僧取经所历灾难比《杂剧》多得多，百回本《西游记》中大部分重要情节在这里都可以找到根据。因此，从西天取经故事构成两大部分来看，《平话》都已具备百回本《西游记》小说的骨架。推算《平话》所叙西天取经故事的两大部分共有三十多个"关目"。根据《永乐大典》所引"梦斩泾河龙"和《朴通事谚解》所改写的"车迟国斗圣"的文字情况，估计《平话》的规模大约在五万字左右，和同时代的《武王伐纣平话》相差不多。

《平话》和《杂剧》一样是元代社会的产物，表现出了相当程度的神佛崇拜的思想倾向。但是它更强调那些斩妖除怪化身斗法的故事和情节，这对西天取经故事本身所包含的宗教观念是一种更有力的冲击。《平话》所叙各种降魔伏怪的故事情节，来源是很复杂的，与当时佛教、道教的侈谈鬼神有重要关系，但是这些故事情节很少直接来源于佛书、道书，这些无名民间艺人的创造力量是应该充分肯定的。值得我们注意的还有《平话》所演诸怪：猛虎毒蛇、黑熊精、黄风怪（黄鼠精）、地涌夫人（老鼠精）、蜘蛛精、狮子怪，大部分还只是动物成精，后来《西游记》小说着力描写的那些代表某种社会力量或神佛下界的妖怪还很少，这就更使我们认识到吴承恩小说包含的宗教批判、社会批判意义。

从《大典》和《谚解》的两段引文看，《平话》已注意到了情节的提炼和细节的描写。《谚解》所引“车迟国斗圣”，斗法的项目有“静坐”、“柜中猜物”、“滚油洗澡”、“割头再接”(小说《西游记》增加了呼风唤雨、剖腹剜心)。孙行者下油锅洗澡，变成“五寸来大的胡孙”，用钩子“左边搭右边(躲)，右边搭左边去，百搭不着”。直到“唐僧见了啼哭”，行者才跳起来叫：“大王有肥枣(皂)么？与我洗头。”伯眼大仙割下头来，“行者念金头揭地、银头揭地、婆罗僧揭地之后，变成大黑狗，把先生的头拖将去……”《大典》所引“魏徵梦斩泾河龙”，从两渔翁闲谈到算封山人，夜叉偷听报龙王，龙王扮作白衣秀才访袁守成，袁算定下雨时辰雨量，到龙王克减甘雨，被袁指出“剐龙台上难免一刀”，龙王求于袁，袁指出路，再从龙王托梦唐王，第二天唐王故意宣召魏徵进宫下棋，以缠住魏徵不使脱身，不想魏徵午时忽然“闭目笼睛，寂然不动”，到百姓喧闹，近臣奏千步廊南十字街头，云端“吊下一只龙头来”；最后魏徵说：“臣适来合睛一霎，斩了此龙。”故事演来有条不紊，逻辑十分严密。而袁守成算定几时布云，几时下雨，几时雨足，下几尺几寸几点，都说得清清楚楚，使故事更具有具体生动性。

随着取经路上破魔斗法情节的增加，《平话》中的孙行者的活动大大增加。较之《杂剧》，《平话》更突出了他的法力神通，他已不是李天王所能擒拿的毛怪，也不是动不动就请观世音、二郎神相助，甚至女人国的几个婢女也对付不了的角色了。而是善用心机，巧于变化，神通广大的降魔大师。在“车迟国斗圣”中，唐僧性格已经懦弱，孙行者的表现则非常突出，而且显示出活泼、诙谐的个性。推想其他降魔斗法故事，孙行者亦是主角。《朴通事谚解》注中说：“在路降妖去怪，救师脱难，皆是孙行者神通之力也。”正是对这些故事的说明。孙行者已有了个法名叫“吾空”，最后“证果大力王菩萨”。所谓大力王菩萨，出自密藏《大力明王经》(宋法护译，太平兴国八年)，大力王“身赤眼碧四牙外出，鞶眉努目发坚如朱，有大威德，右手执棒，左手执金刚索，龙为庄严虎为衣”。他的持点是善于降妖伏怪，“过于东方二十一恒河沙界等，一切魔王悉尽降服”。把孙行者说成是大力王菩萨，是对《平话》所表现出来的孙行者行为特征的形象概括。说明《平话》中的孙行者神采风貌也已大不同于《杂剧》中的猴行者，他应是《平话》作者典型创造的产物。

吴承恩《西游记》以前的唐僧西天取经故事，以《平话》作为总结（是否明初尚有词话体《西游记》，目前没有可靠的材料，不能臆定），其发展历史是漫长的，它历唐、宋、元等数代，由历史故事变为宗教神异故事，再变为神魔故事；经艺人用转变、杂剧、平话等文艺形式改造加工，由宗教文学演化为市民文学。其故事和人物受到多方面的作用、影响，因而所包含的思想文化因素是十分复杂的。但它始终植根于中国的社会生活土壤，它的复杂思想归根结蒂受中国各时代思想观念的制约，它的复杂文化因素，也始终是以中国传统文化为主体的。一切外来因素都被逐渐融化、吸收，在更高的基础上被统一。吴承恩正是在这样的基础上，又从各方面吸取了更多的营养，经过艰苦的创造性劳动，才最后完成了奇书《西游记》，成为民族文化遗产的组成部分。吴承恩《西游记》中的孙悟空，是由《诗话》中的猴行者经过一次一次的改造加工，最后由吴承恩脱胎换骨改铸出来的。在他身上虽然可以找到一些外来因素，但作为一个不朽的艺术典型，这些因素都已被统一在作者的伟大艺术创造之中。在他身上不仅保存着种种历史积累下来的东西，也有作家个人的思想寄托，更有中国历史和现实中那些追求光明正义英雄的精魂。《西游记》中的中国神猴孙悟空，正因为带有鲜明的民族色彩和浓郁的乡土情调，才特别为中国人民和世界人民所理解、接受和喜爱。

——据浙江古籍出版社 1991 年版《〈西游记〉考论》

【评　介】

中国古典通俗小说的文体成立，是一个历史的积累过程，明代出现的“四大奇书”是这一历史过程最终完成的结果和标志。因此，要探讨这几部通俗小说经典的成书过程，就绝不仅是了解作者（最后写定者）所处之时代和其人之生平那么简单，而需要追索相关故事、文本的形成、流传的历史，分析这其间思想倾向的不同、艺术形象的演变。较之于对个人独创作品的研究，这种工作虽远为复杂，但却是理解世代累积型作品的必要一环。《西游记》在“四部奇书”中具有一定的转折性质，它比此前的《三国志演义》和《水浒传》更具有个人化的风格，但又不如此后的《金瓶梅》那样完全摆脱旧有文本的依傍。所以，对《西游记》思想和艺术的研究仍然不能脱离历史的深长身影。对成书过程的考察，当然不只是立足于文本的体裁和形态，而是与作品的思想倾向和艺术形象的渊源演变结合在一起的，这就使得小说最后文本的思想内涵十分丰富和人物形象非常复杂。关于《西游记》主题思想的争论和孙悟空形象渊源的探讨，就充分说明了这一点。

李时人先生在20世纪80年代初刚刚登上学坛时，即关注到《西游记》研究中的这个方面，这篇《〈西游记〉成书过程和孙悟空形象的渊源》的长文，是新时期以来较早探讨《西游记》成书问题的成果。此文原是1982年在江苏淮安和连云港召开的首届《西游记》学术讨论会的会议论文，后收入该次会议的论文选（江苏古籍出版社1984年版）和氏著《〈西游记〉考论》（浙江古籍出版社1991年版）。李时人先生的学术研究方法是以文献考据为依托而又长于理论思辨的，主张治学应遵循“求实、创新、循序渐进”的原则。这一学术理念在其早期的成果中已有充分的体现，这篇探讨小说成书和人物形象渊源的文章即可作为代表。

问题的提出乃是从小说《西游记》的第一主人公孙悟空的形象来源入手的。孙悟空形象对于小说思想意义的生成、艺术价值的高低无疑具有巨大作用，而这一形象的复杂内涵又与其历史的形成过程密不可分。以往的研究常常抓住孙悟空形象的某一具体特点进行原型探讨，平行罗列材料较多，纵向分析过程较少，导致公说公理婆说婆理的莫衷一是。李时人先生认为，这无助于问题的解决，应该考察《西游记》的成书过程，从中追寻孙悟空形象的形成历史，或者说这两者是一个问题的两个方面，它们是相互交缠在一起的。的确，简单地比附孙悟空与无支祁或者与哈奴曼（哈努曼）的相似之处，进而认定其间的继承关系，却略去孙悟空形象形成过程中的其他阶段，是不能完满地解释孙悟空形象的复杂内涵的。这就好比将现代的人与远古的猿进行某些特点的类比，而略去中间漫长时代里人的进化演变过程，当然是无益于把握现代人的丰富人性的。

李时人先生抓住唐僧取经故事流传中的三个典型文本，从对成书过程的梳理中来破解孙悟空形象的基因密码，得出了既不同于“国产说”，也不同于“外来说”，并且还与“混合说”、“佛典生成说”相异的新的看法。

文章的第一部分最为详尽，相当仔细地考察了《大唐三藏取经诗话》的情况和猴行者的文化渊源，是全文的重点所在。这是自然的。一则，在《大唐三藏取经诗话》、杂剧《西游记》和《西游记》平话三者中，以《大唐三藏取经诗话》保存得最为完整(虽然它也非全本，第一节全佚)，这给研究工作提供了相对充分的文本条件。二则，在取经故事由宗教史实的传述向文学作品的虚构的转变中，《大唐三藏取经诗话》是关键的一环，正是因为它的传播，玄奘西行求法的行为才迈出宗教信徒的圈子，而在广大民众中演变为唐僧取经的故事。三则，《大唐三藏取经诗话》中首次出现的猴行者形象意义重大，他标志着取经故事主人公的转变和题材性质的转移。所以，仔细探讨《大唐三藏取经诗话》，对于理解《西游记》的成书过程和孙悟空的形象来源是十分必要的。李时人先生此前对《大唐三藏取经诗话》便已作过专门研讨，在《〈大唐三藏取经诗话〉成书时代考辨》中，李时人先生通过考察《大唐三藏取经诗话》的形式体制、思想倾向和语言现象等，判定其成书时代在晚唐五代时期，其性质为寺院俗讲的底本，而不是一般所认为的宋元话本，因而它的宗教文学性是明显多于市民世俗性的。

在本文中，李时人先生以这一看法为基础，进一步从宗教发展和宗教文学的角度来审视《大唐三藏取经诗话》和猴行者这一形象。在题材演化的进程中，《大唐三藏取经诗话》改变了原故事的性质，成为由史实向此后的文学作品转变的中间环节。它“竭力宣传佛教，宣扬佛祖的崇高无上和佛法的无边，美化天竺佛国，向往正果西天，表现出一种虔诚的宗教情绪和神秘的宗教气氛，带有浓厚的宗教文学色彩”，从而猴行者的出现也必然是与这一宗教意图相关的。他的出现，只是表明对佛教的皈依；他所具有的神异力量，只是说明佛法的无边。但是，如果要仔细分析这个已经“神化”的猴精形象，却不能仅从佛经佛典或某一单一的源头上去寻找他的文化基因。李时人先生辨析了猴行者与无支祁水怪、与印度神猴哈奴曼、与佛典中一些猴形神将间的联系与区别，认为：猴行者与无支祁的区别在于，前者已经“人(神)化”而后者还是“兽形(神)怪”，且唐代猿猴成精的故事甚多，猴行者与他们更为接近，单独突出无支祁的作用是不恰当的(这一论断的前提是,《大唐三藏取经诗话》产生于唐五代时期)。猴行者与哈奴曼之间的渊源则更为玄虚。中印文化交流以佛教为纽带，而在汉译佛典中，没有直接提及哈奴曼之名，只是涉及了罗摩故事，且不属于原始佛教系统的传说故事。所以，仅从孙悟空与神猴哈奴曼之间具有某些相似之处，便判定前者接受了后者的影响甚至是后者的异域后裔，这实在是不牢靠的。不过，说猴行者(假定他产生于唐五代)与哈奴曼之间几无关涉，是可以成立的；但是，说孙悟空(他产生于明代中后期)与哈奴曼之间也无联系，则需要进一步考察宋以后中印文化交流的情况了。李时人先生充分注意到日本学者所提出的孙悟空形象佛典来源说，曾专门撰文加以述评，但是他认为，日本学者所提出的佛典中的猴形神将仍然不具备成为孙悟空原型的条件，其精神血脉与带有浓厚中国仙道气味的猴精也相去甚远。

因此，李时人先生认为，猴行者形象的产生，或许受到过以上三类神异人物形象的启发和影响，但又不能简单地将之归结为某一个具体的原型。他的产生“从根本上说是《诗话》作者‘杂取种种’，最后‘合成一个’的文学形象”，而其所杂取的“种种”，又主要是以中国本土的猿猴故事为土壤的。文章限于篇幅，粗略地考察了中国神话和传说中有关猿猴精怪的故事，从而为猴行者这个孙悟空形象的始祖的产生下一结论，即“《诗话》作者正是主要在传统文化的基础上，自觉不自觉地运用了典型创造的方法，创造出了猴行者这一中国型的猿猴魔怪形象”。

出处既明，文章后面两个部分对杂剧《西游记》和平话《西游记》的考论就具有了基础。对杂剧《西游记》，李时人先生指出了它在取经故事演变过程中的转折意义，其要有三：一是取经队伍的构成，由《大唐三藏取经诗话》的突出两人(玄奘和猴行者)发展为师徒四众。二是情节结构的形成，由《大唐三藏取经诗话》的单一历难发展为取经缘起与西行历难两个板块。三是思想倾向的变化，由《大唐三藏取经诗话》浓重的宗教意味转变为市民化的世俗意味。随着这些转变，猴行者形象也演化为孙行者形象。一方面，他摆脱了宗教的束缚，性格中的叛逆性更明显；另一方面，他的这些叛逆性还表现为一种妖气、野气，带有市民文化中的不良习气，还远没有达到后来小说《西游记》中孙悟空的那种英雄境界。这说明孙行者形象也如杂剧《西游记》一样具有明显的转折意义，他是杂剧作者在猴行者基础上再次进行典型创造的结果，打上了时代思想的烙印，也成为此后孙悟空形象的一个基础。

相对而言，由于文本资料的残缺，学界对平话《西游记》的研究最为薄弱，这一状态的改变还需要新机遇的出现。李时人先生就现有材料判断，平话《西游记》已经粗具小说《西游记》的情节构架，描写也更为细致，因而孙行者也更有施展神通的机会，形象自然更为具体生动，他也仍然是作者典型创造的产物，体现了时代思潮的内容。

文章通过仔细的梳理考辨而得出的结论是宏通而辩证的，对于孙悟空形象，李时人先生的基本看法是："（孙悟空）是由《诗话》中的猴行者经过一次一次的改造加工，最后由吴承恩脱胎换骨改铸出来的。在他身上虽然可以找到一些外来因素，但作为一个不朽的艺术典型，这些因素都已被统一在作者的伟大艺术创造之中。在他身上不仅保存着种种历史积累下来的东西，也有作家个人的思想寄托，更有中国历史和现实中那些追求光明正义英雄的精魂。"应该说，这一看法是符合文学典型的产生原理和孙悟空形象的实际表现的。

李时人《西游记》论著目录：

《〈大唐三藏取经诗话〉成书时代考辨》，载《徐州师范大学学报》1982 年第 3 期。

《〈西游记〉中的唐僧出世故事》，载《文学遗产》1983 年第 1 期。

《〈西游记〉成书过程和孙悟空形象的渊源》，载《西游记研究——首届西游记学术讨论会论文选》，江苏古籍出版社 1984 年版。

《〈西游记〉闹天宫故事形成考辨》，载《徐州师范大学学报》1984 年第 2 期。

《朱鼎臣〈西游释厄传〉考》，载《明清小说论丛》(第3辑)，春风文艺出版社1985年版。

《“四游记”版本考》，载《徐州师范大学学报》1986年第2期。

《〈大唐三藏取经诗话〉发微》，载《徐州师范大学学报》1988年第2期。

《西游记考论》，浙江古籍出版社1991年版。

《大唐三藏取经诗话校注》，中华书局1997年版。

论《西游记》的世俗化

刘勇强

在文化学上，"'世俗的'这一术语用来表示所有尚未达到无神论水平的非宗教的精神状态"，"其内容经常是通过同神圣化的宗教相对而言。因此，'世俗的'即不是'宗教的'"①。《西游记》由宗教主题变为社会主题，表明它在文化发展中系必然经历过宗教与世俗因素之间的对立、融汇和转化的复杂过程。纵观取经故事发展的历史，每一步发展都是宗教意识的淡化和世俗化倾向的加强，至《西游记》，世俗化就成了它的一个重要的思想特点。它标志着作者艺术旨趣的转移，反映了中国传统文化（包括民间文化）中强烈关注社会和人生的现世精神对虚无出世的宗教意识的扬弃，并以此再次证明了《西游记》与"明中叶以来浪漫主义的巨大人文思潮"的内在联系。

一　世俗化的表现

作为一种文化意识，世俗化是社会经济和文化不断发展的成果和标志。从中国传统文化的进程来看，佛教中禅宗的出现，儒家中道学尤其是陆王心学的出现，道教中全真教等新道教的出现，都表现了三教努力向世俗靠拢的趋向②。明中叶以后，这一文化特点更为明显，它是社会变化的一个突出的反映，是与萌动中的新的习惯风俗、人生

① 亚·泰纳谢：《文化与宗教》，第26页。

② 参见余英时：《中国近世宗教伦理与商人精神》，载美国《知识分子》1986年冬季号。

哲学、艺术趣味等等联系在一起的。在这里，神道只有参与世俗生活才能得到人们真正的认可和崇尚。神秘的光圈被朴实的观念代替，膜拜的心理被功利的意识置换。唯其如此，神道普遍贬值，甚至成为肆无忌惮的亵渎和讽刺的对象。如汤显祖《牡丹亭》中的《冥判》，讥讽之语，上至玉帝，下及阎罗。《紫钗记》中《冻卖珠钗》则对佛道都有调侃。剧中尼姑与道姑因哄骗霍小玉的金钱发生口角，道姑说："我西王母娘娘有丈夫，绝会保佑夫妻相见，你观世音一个赤脚老寡妇，有甚神通?"尼姑反唇相讥："呸！你西王母有了东王公，又搭上个周穆王老头儿，这等做神道不识羞，拜他怎的?"这里面其实也包含着作者的揶揄，很容易使我们想到《西游记》中对神仙道佛的嘲讽(如孙悟空也曾咒观音"该她一世无夫"之类)，不过，对《西游记》来说，世俗化具有更全面的性质和更积极的意义。作者关心的不再是虚无的佛国天堂，而是执著于现世，执著于人生。

一部《西游记》涉及佛道理论、人物、典故那么多，并且化用灵活、描写自如，如果说出自一个在这方面的懵懂之士，殊难使人信服。既入乎宗教、复能出乎宗教，才显示出作者的卓异，这可以说是作品世俗化的一个重要特点。

鲁迅在《中国小说史略》中提出《西游记》既非"悟道"之书，而作者尤未学佛，这对于那些习惯从表面的宗教描写来看作品主题的人，是有振聋发聩、拨雾指迷作用的。不过，如果只从文化素养上说，一个生活在封建社会的知识分子，即使他不刻意求道学佛，对于佛道的一般知识也是会有的。所以鲁迅又说过："晋以来的名流，每一个人总有三种小玩意，一是《论语》和《孝经》，二是《老子》，三是《维摩诘经》，不但采作谈资，并且常常做一点注解。"①宋以后，出入佛老、归宗儒家，更是思想史的规律性现象。即以吴承恩论，在他的诗文集中，涉及佛、道的文字也不少。在佛教方面，《陌上佳人赋》云："余方禅味如蜜。"《西山》："信马游春山，山回得兰若……禅谈豁沈抱，欲去中不舍……"《古梅为僧赋》也表现了他的佛教思想的浓重。特别是篇幅较长的《钵池山劝缘偈》，纯粹是宣扬佛教的。它不是一

① 鲁迅：《准风月谈·吃教》。

般的劝施，且流露出作者对募缘修寺的欣喜、赞叹，其中说“自佛行中国，于今数千年……吾今告大众，愿汝信不疑。”虽然不能据此就把吴承恩划到佛教徒的行列中去，但如果说他毫无佛教方面的兴趣和知识，恐怕也不符合事实。根据《西游记》中有“荒唐无稽之经目”就说作者不懂佛教，未必十分妥当。因为佛教经目历来刊刻极多，如要如实援引，不是很困难的事。其经目纵有不周到之处，也只能说明作者无意宣传取经和他惯用游戏之笔，而不能证明他连如此简单的知识都没有。实际上作者用笔是很精细的。如最后一回全文转录李世民的《大唐三藏圣教序》，而间有改窜。其中说：“总得大乘要文，凡三十五部，计五千四十八卷”，原文本来是“总将三藏要文，凡六百五十七部”，很明显，改窜的目的是为了使之与前面所述经目配合。

比较起来，吴承恩道教思想要比佛教思想淡一些，但也不是没有。他的《赠沙星士》有称赞沙“小院朝扃烧药坐……始知尘世有颠仙”的句子。吴承恩的好友李春芳因撰青词大被帝眷，吴承恩的《赠李石麓太史》亦颂其事。尤其是在颇为时人推重的明堂赋中竟有称赞明世宗崇道的句子，如“烂瑶编于青简，积宝箓于金匮”等。此虽为代作，但较之不久海瑞冒死上《治安疏》中的思想还是有高下之分的。

事实上，《西游记》也有一部分宣扬宗教的内容，如作品中不少这样的诗词议论，或鼓吹禅机佛理，或为道教铅汞诗，还有的仙佛混杂、并陈。这些东西是作品的赘疣，删除它们丝毫不影响作品的阅读和鉴赏，但对旧时代的读者却可能有比对今天的读者更大的影响力。更为严重的是，还有相当一部分宗教观念渗透到情节中去了。比如在凤仙郡，连年亢旱，孙悟空欣然表示要送一场大雨，上天后始知凤仙郡侯三年前冒犯了玉帝，玉帝对他施以惩罚，因而无雨。“行者闻言，大惊失色，再不敢启奏，走出殿，满面含羞。”（八十七回）这是我们的英雄头一次流露出这种无所作为的窘迫。孙悟空回来对郡侯说：“你若回心向善，趁早儿念佛看经，我还替你作为，汝若仍前不改，我亦不能解，不久天即诛之，性命不能保矣。”于是凤仙郡满城大小黎庶无不皈依善果，礼佛敬天，上界这才普降甘雨。在这里，孙悟空完全变成了一个劝善人物，这是宗教观念对人物形象的一个大的损害。本来，凤仙郡侯推倒供桌，实无冒犯玉帝的本意，玉帝竟以

"私仇"而害得民不聊生，"十岁女易米三升，五岁男随人带去"、"三停饿死二停人，一停还似风中烛"，罪不当罚，是大可指责的。就此本可以写出很深刻的情节，可惜作者却写偏了(一些人常摘引这些句子证明作品的现实意义，而不顾情节的基本倾向，是不妥当的)。把是否敬天礼佛当成左右自然现象的力量，完全是宗教性的观点，佛经上就说："佛告比丘，云何为饥饿劫，尔时人民多行非法，邪见颠倒，为十恶业。以恶故，天不降雨。百草枯死，五谷不成，但有茎秆……"①此外，《西游记》中还有一些生死轮回、因果报应、宿命论、修行解脱和佛力无边等宗教迷信思想，在不同程度上也损害了作品的思想艺术。

但是，上述内容并不是《西游记》的重点所在，即使是那些直接表现宗教内容的诗，也有相当一部分是用来概括情节的，带有很大的随意性。如八十四回过灭法国，孙悟空钻出柜子，拔毫毛变做小行者把国王等人的头发都剃光了。作者插入一首诗：

> 法王灭法法无穷，法贯乾坤大道通。万法原因归一体，三乘妙相本来同。钻开玉柜明消息，布散金毫破蔽蒙。管取法王成正果，不生不灭去来空。

表面看，这是一首宗教色彩很重的诗，其实不过是借用宗教词汇概括情节，而"玉柜"、"金毫"之类，则是为符合故事而造作的词。这在《西游记》是带普遍性的。又如三十六回唐僧对月怀归，孙悟空、沙僧分别给他讲了阴阳采炼、见心明性的道理，颇有"劈破傍门"之意，最后却是猪八戒的一首"诨诗"，打断了他们的高论，把宗教的议论又拉回到世俗中来。一个真心传教的人是不会这样写的。

因此，《西游记》处理历史遗留下来的宗教题材、宗教文学叙事模式时，表现出一种更为灵活的态度，注入了作者对世俗生活的体验和知识。第十四回，孙悟空跟随唐僧不久，即有"诛六贼"之举。突

① 《长阿含经》卷22《世纪经·三中劫品》，载《大正藏》第1卷，第144页。

如其来的六个剪径强盗，“唬得那三藏魂飞魄散，跌下马来，不能言语”，孙悟空却公然不惧，故意与六贼(喜怒爱思欲忧)开玩笑，然后一棍儿把他们全打死了。尽管这一段描写极其简单，却已足以体现作者既入乎宗教、复能出乎宗教的独特笔法。

据《大慈恩寺三藏法师传》，玄奘在取经路上几次遭遇贼人，他毫无畏惧、从容不迫，以献身佛教的勇气和智慧制伏、感化那些强盗。所以《西游记》写“诛六贼”，不仅有现实基础，还有历史依据。不过，作者却用宗教义理来套这一情节，所谓“六贼”，原本就是道教和佛教要求人们克服各种感官干扰的说法，这可以说是入乎宗教了。而作者又无意宣扬宗教思想和修炼过程，他以饶有趣味的笔法，明快、洗炼地揭示了孙悟空的战斗风格。通过这一冲突，还引发了孙悟空与唐僧之间潜在的矛盾。如果从象征意义上说，它还暗示了唐僧虽为师父，但并未“诛六贼”，因此往往不如孙悟空高明(《西游记杂剧》刚好相反，从宗教上扬唐贬孙，与小说大异其趣)。后来当唐僧疑神疑鬼，畏葸不前时，孙悟空就嘲讽他：

> 老师父，你忘了“无眼耳鼻舌身意”。我等出家人，眼不视色，耳不听声，鼻不嗅香，舌不尝味，身不知寒暑，意不存妄想——如此谓之祛退六贼。你如今为求经，念念在意；怕妖魔，不肯舍身；要斋吃，动舌；喜香甜，嗅鼻；闻声音，惊耳；睹事物，凝眸。招来这六贼纷纷，怎生得西天见佛？(四十三回)

如果把孙悟空的话理解为说教，那就看呆了。作者的意思不过是借此讽刺唐僧，并抬高超然物我、无所羁縻的孙悟空的英雄品格。这又可以说是出乎宗教了。一入一出，很有特点。假如与一些类似的作品比较，看得尤其清楚。明初云南隐士兰茂①撰传奇《性天风月通玄记》，其中用拟人化的手法表现风月道人收服“六贼”，“六贼”在剧中也被敷演为实际人物。它完全是一部宣扬道教守静去欲、修真养性功

① 据说兰茂是《续西游记》的作者。不过，对此书的性质有不同看法。

夫的寓言式作品。稍后杨慎的杂剧《洞天玄记》①叙述的也是道人收伏“六贼”事，虽组织了一些矛盾冲突，除了宗教寓意，仍别无深刻的思想内容。

正因为作者既能入乎、复能出乎宗教，就连那些高高在上的神仙道佛，也被作者拉到了人间，赋予世俗的特点。有一回孙悟空告诉观音菩萨，妖精变做她的模样，把猪八戒赚入洞中：

> 菩萨听说，心中大怒道：“那泼妖敢变我的模样!”恨了一声，将手中宝珠净瓶往海心里扑的一掼，唬得那行者毛骨悚然，即起身侍立下面，道：“这菩萨火性不退，好是怪老孙的话不好，坏了他的德行，就把净瓶掼了。”(四十二回)

“李卓吾”评本《西游记》在这里有一个眉批：“菩萨也大怒，大怒便不是菩萨。”一语点破了作者正是把神当作现实的人来写的秘密。

《西游记》以世俗眼光描写神仙佛道，往往与前一章讨论的“趣味化”联系在一起。如孙悟空向太上老君讨“九转还魂丹”搭救乌鸡国王，开口就要借一千丸，老君不肯，又怕孙悟空行偷礼，答应给他一丸：

> 那老祖取过葫芦来，倒吊过底子，倾出一粒金丹，递与行者道：“止有此了。拿去，拿去！送你这一粒，医活那皇帝，只算你的功果罢。”行者接了道：“且休忙，等我尝尝看。只怕是假的，莫被他哄了。”扑的往口里一丢，慌得那老祖上前扯住，一把揪着顶瓜皮，揝着拳头，骂道：“这泼猴若要咽下去，就直打杀了!”行者笑道：“嘴脸！小家子样！那个吃你的哩！能值几个钱！虚多实小的。在这里不是?”原来那猴子颏下有嗉袋儿。他把那金丹噙在嗉袋里，被老祖捻着道：“去罢！去罢！再休来此缠绕!”(三十九回)

① 也有人认为此剧是托名杨慎的伪作。明代陈自得《太平仙记》与此剧基本相同，二者关系尚无定论。另，此剧原有杨悌序，提到瞿昙氏戏剧《西游记》。

在这充满情趣的描写中，我们不仅看到了孙悟空一贯的没大没小、善于诙谐的品性，也为老君的吝啬、窘迫感到可笑。这与道教宣扬、尊崇的太上老君是有很大距离的。大概这就是胡适所谓“这一笑就把那神话‘人化’过了”。岂但如此，在作者的谐谑之中，孙悟空海底取宝、幽冥销册、大闹天宫，把神权世界搅得天翻地覆。神控背折腰、低声下气的困窘，使人开怀大笑。至于圣僧成为“脓包”，佛祖贪求“人事”等等，也无不使这些宗教神人混同世俗。因此，那种对神灵诚惶诚恐、顶礼膜拜的虔敬心理在《西游记》中是十分淡薄的。有之，则是作者从民间信仰那里移植、改造过的、具有世俗特点的神灵，如观音菩萨。

实际上，《西游记》经常讥佛讽道，表现了对宗教的一定的批判态度。这是构成作品世俗化倾向的另一个重要内容。

先看作品对道教的讽刺和批判。在《西游记》中，多次描写了妖道的惑乱君王，如在乌鸡国、车迟国、比丘国作乱的都是道士，他们往往以妖术取信君王、暗移国柄、危害人民。这其中寄寓了对历史和现实中君王佞道的批判。如比丘国道士向国王献药方，要用小儿心肝作药引，在历史上就实有其事，隋炀帝时：

> 初，嵩山道士潘诞，自言三百岁，为帝合炼金丹。帝为之作嵩阳观，华房数百间，以童男童女一百二十人充给使……凡六年，丹不成，帝诘之。诞对以无石胆石髓，若得童男女胆髓各三斛六斗，可以代之……①

据沈德符记载，嘉靖三十一年和三十四年明世宗共选四百六十名女孩供炼药用②。作者把这些史实揉进作品，进行了大胆地揭露和批判。

在小说中，还有不少妖魔也带有道士的特点，如黑风山三个妖魔，高谈阔论，讲的是立鼎安炉、转砂炼汞（十七回），盘丝洞的女

① 《资治通鉴》卷一八一《隋纪》六《炀帝》。

② 《万历野获编补遗》卷一《宫闱·宫词》。

怪与黄花观绕茅炼药的道士大蜈蚣精也是一伙(三十七回)等等。这种安排本身就是对道教的一种抨击。当然,《西游记》对道教的抨击是不能夸大的。它主要还集中在社会政治和个人品质两方面,还不是真正意义上的宗教批判。

对佛教,《西游记》表面是推崇的,但一些具体描写却对佛教有所嘲弄和批判。书中求仙学道的妖魔固然不少,而与佛有种种瓜葛的妖魔也很多,以致连如来也是"妖精的外甥"(七十七回)。值得注意的是,《西游记》对佛教的批判还触及了某些宗教本质的东西。作品热烈颂扬的孙悟空的战斗精神,就是与佛教宣扬的忍辱无争的观念大相抵牾的。"斗战胜佛"并不是孙悟空修成正果的证明,而是作者对他的英雄品格的肯定。相反,唐僧作为一个虔诚的佛徒,他的滥发慈悲却被作者所否定。有一次,如来看到孙悟空打死六耳猕猴怪,心中不忍,孙悟空说:"如来不该慈怜他。他打伤我师父,抢夺我包袱,依律问他个得财伤人,白昼抢夺也该个斩罪哩!"(五十八回)可见作者对善恶不分的"慈悲"是否定的。具有讽刺意味的是,当大鹏怪被如来收伏时,竟振振有词地宣称:"你若饿坏了我,你有罪愆。"正是抓住了佛教的这种"慈悲"的把柄。如来则说:"我管四大部洲,无数众生瞻仰,凡做好事,我教他先祭汝口。"(七十七回)色空之类是无力劝化妖魔的,只能收买,这无异于说天下善男信女供奉的诸神中,竟有妖魔混杂其间。

在《西游记》中,《多心经》是提到次数最多而且完整引出了的佛经。作者称:"此乃修真之总经,作佛之会门也。"①据传经的乌巢禅师说:"若遇魔瘴之处,但念此经,自无伤害。"(十九回)事实上,早期取经传说就很突出《般若心经》。《大慈恩寺三藏法师传》谓玄奘"至沙河间,逢诸恶鬼,奇状异类,绕人前后,虽念观音不得全去,即诵此经,发声皆散,在危获济,实所凭焉。"《独异志》上也说:"僧口授《多心经》一卷,令奘诵之,遂得山川平易,道路开辟,虎豹藏形,魔鬼潜迹。"《心经》成了逢凶化吉的护身符,功效不可谓不神。但在

① 这与明代对此经的看法是一致的。明中叶达观禅师称"夫《心经》一书,乃世出世间圣贤豪杰之神术也"(《紫柏尊者全集》卷一一《心经说》三)。

《西游记》中它却名实不符。我们从来没有看到它起过祛难消灾的作用。相反，唐僧才悟彻《多心经》，就遇到了妖怪：

> 路上那师父正念《多心经》，被他一把拿住，驾长风摄将去了。(二十回)

这实在是一个莫大的讽刺。后来还有一次，唐僧恐有虎狼阻挡，孙悟空一面提醒他记住《多心经》，“心无挂碍”，一面说：“你莫生忧虑，但有老孙，就是塌下天来，可保无事。怕甚么虎狼!”(三十二回)正说明只有靠斗争才能真正消灭一切妖魔。

一些人经常强调小说中的道士没有一个是好的。其实，这既不符合作品的实际，也容易引起一种误解，即以为作者是站在佛教的立场来写佛、道斗争或抑道扬佛的。

表面看，作者是抑道扬佛的。他给孙悟空、猪八戒、沙和尚各安排了一个“弃道从僧”的历史。可是，小说中佛、道上层人物照样是往来无间的。孙悟空与镇元大仙打得不可开交，结果却“结为兄弟”、“情投意合”，又何尝“弃道”？作品还两次通过太上老君的口，提到“老子化胡”的事(六、五十二回)。“老子化胡”是佛道打了千余年的官司，如果作者是抑道扬佛的，绝不会漫不经心用这个对佛教来说是奇耻大辱的典故(朱鼎臣《释厄传》提到金钢套时就未涉化胡)。反过来，它又正好证明作者不尊一教，在佛道间无所用心，才能如此率性而言。

因此，我们应该更重视作品的实际描写。在小说中，第一个人为灾难就是僧人干的，这就是观音禅院的僧徒们为图谋袈裟而纵火烧取经师徒，随之而来抢夺袈裟的又是一个讲道的熊罴怪。这样，一件袈裟就把佛、道两类人串联起来了。作者是按照世俗的道德标准进行褒贬的，而无意在佛道间作取舍。所以在乌鸡国侵夺王位的虽然是“全真道士”，但根子却在佛教，文殊菩萨说：“他是佛旨差来的。”目的则是报国王不识菩萨，浸了他三日三夜的“私仇”，这与其说是讽刺道教的，不如说是揭露佛教的，或者更准确点说是一箭双雕的。平顶山的妖魔也是如此，他们“爱的是烧丹炼药，喜的是全真道人”，应属道教一流，但后来又说是观音菩萨向太上老君借得两个童子，在此

托化妖魔。(三十二至三十五回)

猪八戒在车迟国，把道教三清神像推入“五谷轮回之所”，口里还念念有词：

> 三清三清，我说你听，远方到此，惯灭妖精……你等坐久，也且暂下茅坑。你平日家受用无穷，做个清净道士；今日里不免享些秽物，也做个受臭气的天尊。(四十四回)

这是对道教极大地亵渎，所以人们经常引用。其实，在此之前，孙悟空对佛像也有类似的举动。他指着宝林寺三尊佛像道：“你本是泥塑金装假像，内里岂无感应？我老孙保领大唐圣僧往西天拜佛求取真经，今晚特来此处投宿，趁早与我报名！假若不留我等，就一顿棍打碎金身，教你还现本相泥土！”(三十六回)这也不是敬佛者会有的态度、口吻。

就孙悟空而言，他的“弃道从僧”也只是徒具形式而已。高老庄请法师拿妖怪，结果“都是不济的和尚，脓包的道士，降不得那妖精”(十八回)。在驼罗庄，一个老者告诉孙悟空，为了拿妖，先请一个和尚：

> 那个僧伽，披领袈裟。先谈《孔雀》，后念《法华》。香焚炉内，手把铃拿。正然念处，惊动妖邪。风生云起，径至庄家，僧和怪斗，其实堪夸：一递一拳搗，一递一把抓。和尚还相应，相应没头发。须臾妖怪胜，径直返烟霞。原来晒干疤。我等近前看，老头打的似个烂西瓜！

后来又请了个道士，那道士：

> 头戴金冠，身穿法衣。令牌敲响，符水施为，驱神使将，拘到妖魅。狂风滚滚，黑雾迷迷。即与道士，两个相持。斗到天晓，怪返云霓。乾坤清朗朗，我等众人齐，出来寻道士，渰死在山溪。捞得上来大家看，却如一个落汤鸡！

显然，作者极尽讽刺挖苦之能事，对佛、道二教各打五十大板。而在这种情势下不请自到的孙悟空，则是作为佛、道之外的、亦即世俗的幻想力量来降妖伏魔。因此，他的战胜妖道，也不是佛教对道教的胜利，而是正义对邪恶，光明对黑暗的胜利。

世俗化的第三个，也是最重要的表现是《西游记》对社会现实的直接描写、对人的力量的热情肯定。宗教文化意味着主观的异化和客观的神化，但在世俗文化中，人始终是目的，而不是手段。《西游记》的题材尽管仍然是宗教的，却完全没有早期取经故事的那种宗教的神秘感和迷狂，整个作品充满了理性的光辉。它以幻想的形式对人的孜孜不息的追求和奋斗精神亦即对人的力量和价值，作了热情洋溢的肯定。坚忍不拔的执着追求不再奉献给虚幻的宗教信仰，成了英雄人物斩妖除邪、匡世济民的伟大实践和实现自我价值的战斗历程。取经路上大大小小的困难和障碍，不论是神佛有意安排的，还是妖魔的阴谋陷害；不论是自然的灾害，还是社会的冲突；也不论妖魔有多少宝贝、多大神通，都被孙悟空们一一克服。“寻穷天下无名水，历遍人间不到山”，这是何等博大的胸怀和气魄！它显示了一种生机勃勃的自信，这种自信实际上就是人对自我的肯定。于是，人不再是拜倒在神仙脚下的甘受摆布的奴隶。孙悟空响亮地宣称：“我们虽不是神仙，神仙还是我的晚辈。”（二十一回）“我不是神仙，谁是神仙。”（三十三回）正体现了人类尊严对宗教禁锢的反抗。孙悟空在狮驼洞看到洞口万数小妖排列枪刀剑戟、旗帜旌旄，心想：“我且倚着我的这个名头，仗着威风，说些大话，吓他一吓看。果然中土众僧有缘有分，取得经回，这一去，只消我几句英雄之言，就吓退那门前若干之怪；假若众僧无缘无分，取不得真经啊，就是纵然说得莲花现，也除不得西方洞外精。”果然，在孙悟空的恐吓之下，众妖哄然散去。看完《西游记》使我们崇尚的绝不是佛法无边，而是敢于斗争、善于斗争、百折不挠、战无不胜的英雄精神，而是作为人的我们自己。

同样，《西游记》对社会问题的广泛触及和描写也是它的世俗化的本质所在。那个严整有序的天上世界完全是封建统治机构的翻版，他们也有自己的上下级关系和朝野之别，也有一套命令、宣调、奏议、行赏、责罚的行政手续和管理办法。我们知道，在宗教中，庞杂的神□系统本身就已经是人世间的摹写，所以重要的还不是天上世界具有现实世界的影子。重要的是作者更自觉、更明确地把这样一个世界纳入了自己独特的艺术构思，并时时以不恭敬的嘲谑态度去揭开蒙在它外面的那层神圣威严的面纱，让人看见隐藏其中的昏聩、丑恶、贤愚莫辨、徇私舞弊、纵徒为恶、赏罚无当、官官相护等等。至于一路上各类妖魔也无不带有社会特征，无不倾注了作者的仇恨和愤怒。

尤可注意的是，《西游记》的世俗化的描写带有明显的时代特点。例如《西游记》中取经师徒一路经过了许多都市，这些都市实际上正是明中叶商品经济蓬勃发展的城市的缩影。当时，全国各地出现了很多商业发达的城市，而且兴起了一大批新的市镇，尤其是经济发达的江南地区，数量更多。在这些城镇，店铺栉比、商旅辐辏，一派兴旺景象，特别是南北两京，更是商贾争赴，“万国梯航、鳞次毕集”的大都会。《西游记》中的城市也是如此，每至一处，作品都有一段赞语，如：“六街三市货资多，万户千家生意盛，果然是个帝王都会处、天府大京城。绝域梯航至，遐方玉帛盈。”（六十八回）“酒楼歌馆语声喧，彩铺茶房高挂帘。万户千门生意好，六街三市广财源。买金贩锦人如蚁，夺利争名只为钱。”（七十八回）一次，唐僧看到大街上“酒楼歌馆，热闹繁华”，心中暗喜道：“所谓极乐世界，诚此之谓也。”很明显，作者把商业繁荣看成是一个社会清平安宁的象征和标准。把热闹繁华的城市视为“极乐世界”，这纯然是一幅市民的眼光，不仅与传统的文贤武良、五谷丰登的好社会赞语有别，更与佛教否定尘世的观点相去十万八千里。

实际上，在取经师徒身上，有时甚至可以看出某些行商的特点。最明显的是八十四回过灭法国一节，作者巧妙地把行商生活揉进了取经故事。从作者对专门“安歇往来商贾”的王小二店和“货有高低三等价，客无远近一般看”的赵寡妇店中情形的描写，可以看出作者对行商住宿的客栈是很熟悉的（与明末张岱《陶庵梦忆》记泰安客店极似），如果作者不懂得“客纲客纪”，是写不出这种生活气息浓郁的情节的。也许正因为如此，《西游记》中也就基本上没有对商人鄙夷轻贱的意思了。四十八回唐僧看见许多人在冰上行走，陈老告诉他：“这起人都是做买卖的。我这边百钱之物，到那边可值万钱；那边百钱之物，到这边亦可值万钱。利重本轻，所以人不顾生死而去。常年家有五七人一船，或十数人一船，飘洋而过，见如今河道冻住，故舍命而步行也。”这正是明代各地通商、贸易频繁的实况。对此，唐僧也没有用佛教徒的态度去悲悯、鄙薄他们，而是不无感慨地说：“世间事惟名利最重。似他为利的，舍死忘生，我弟见奉旨全忠，也只是为名，与他能差几何！”这种把本来习惯上看作至低至贱的行商与至高无上的取经等量齐观的思想，确实是新颖的。两者在舍己忘身的精神上沟通了，这使我们想到李贽“商贾亦何可鄙之有?”的观点，想到他的诗《朔风谣》：

> 南来北去何时了？为利为名无了时。为利为名满世间，南来北去正相宜。朔风三月衣裳单，塞上行人忍冻难。好笑山中观静者，无端绝塞受风寒，谓余为利不知馀，谓渠为名岂识渠。非名非利一事无，奔走道路胡为乎？试问长者真良图，我愿与世名利徒，同歌帝力乐康衢。

为名为利的奔波，抽象为一种自得其乐的人生追求，这种积极精神不也正是《西游记》从时代生活中汲取并热烈表彰的吗？从这些描写中我们可以感受到作者对现世的强烈关注。这种关注不是出于如来佛式的宗教的“悲悯”，而是出于一种切切实实的热爱生活、改变现实的世俗愿望。

常看到一些小说史方面的论著，将《西游记》与稍后出现的世情小说分属为两个阶段，以为后者的出现表明小说家的文学趣味发生了变化，由对英雄神道的钦慕，转向对身边世态的关心。其实，外部的、形式上的区别固然重要，内在的品质更值得重视。《西游记》体现的文化特点和审美理想，无论从哪方面来看，都是属于一个新的时代。这个新时代之所以新，不仅是因为它拥有了日益发展、繁荣的市井社会，而且还因为它氤氲着新的文化意识。《西游记》的世俗化正是它与世情小说互为沟通的文化上的共同点，特别是只要我们了解《西游记》原是从宗教文学的樊篱中超越出来的，就不会低估了世俗化的意义，从而不会低估它与文化发展的联系。这不但使它自身的性质发生了根本的改变，而且也的的确确昭示着文化发展的新阶段。

二 民间信仰和宗教艺术

促成《西游记》世俗化倾向的文化契机很多，总的说，它是中国固有文化所具有的浓厚现世精神对宗教思想的战胜，同时又直接根源于那个试图改变传统的人的价值观念的思想解放运动。从宗教方面看，民间信仰和宗教艺术的作用也是不可忽视的。只是由于这种作用发生在宗教思想体系内部，往往容易被忽视。但常识告诉我们，宗教并不是一个简单的、封闭的系统，它至少包括宗教教义、宗教艺术和民间信仰等层次或方面。因此我们在分析宗教尤其是考察它在文化中的地位和影响时，应该把理论化的宗教教义与宗教艺术区别开来，把正统的宗教与民间信仰区别开来。一些人在分析《西游记》与宗教的关系时，主要着眼于正统的宗教，把复杂的问题简单化了。其实，对《西游记》产生较大和直接影响的，与其说是正统的宗教教义，不如说是民间信仰和宗教艺术。

民间信仰和宗教艺术之所以能促进《西游记》的世俗化，是由于它们自身已经包含着很多世俗因素。

民间信仰是正统宗教的原生态或是它在民间的变形和引伸。民间信仰与正统宗教有联系，又有区别。它没有正统宗教那么精密、高深，却比后者朴实、贴近现实。其中固然有不少是落后、愚昧、迷信的渣滓，也有许多富于人民性的东西，是人民群众思想、愿望的反映。它无须专门学习，而是在日常生活中使人们耳濡目染、不知不觉地获得一定的宗教观念、信仰和知识。因此，它的影响既广且深。

民间信仰范围广泛、内容复杂，它包括民间所流行的各种神鬼、图腾、灵物、前兆、占卜、禁忌、祭祀仪式等信仰形式。对此，《西游记》多有涉及，而在民间信仰中，处于核心地位的不是抽象的理论说教，而是一群各司其职形态生动的神。《西游记》的神□系统就几乎包罗了在民间有很大影响的所有的神，如玉帝、如来、王母、观音、老君、龙王、阎王、土地、二郎神、弥勒佛等等。其中有的还具有鲜明的时代特点。在诸多神灵中，观音的地位越来越突出，与她在中国民间具有越来越广泛的影响是分不开的。又如六十六回所写及的真武，原是由星辰信仰发展而来的，虽兴于宋元，但地位之显赫，却是明成祖以后的事。第四、五十一、八十七诸回都提到雷部众神即邓、辛、张、陶、庞、刘、苟、毕，他们不仅执役于雷部，亦为玉帝守卫天门。而雷部众神体系的固定下来，也是明代的事，《西游记》所写正与此吻合。

民间诸神是民间信仰对神的世界的重新审度、改造、发挥。他们无所不在、无所不能，职衔、权势、衣着、仪仗、随从，都一如人世。他们富有人情味，不像正统宗教宣传的那样神秘玄虚、高高在上，只能使人敬而远之。例如号称“昊天金阙至尊”的玉皇大帝，原来就是在民间信仰中逐渐脱离国家祀典和道教经典的束缚，成为总管三界十方、至高无上的天神的。曾经有一种传说，说玉皇本渔阳张姓，藉白雀之助，窃骑天翁白龙、振策登天，既到玄宫，杜门易官，以此独得尊贵①。不管这一传说是如何产生的，它把玉皇看成凡人可以取代的，客观上动摇了玉皇的神格。李开先《莱芜县王许村重修玉皇庙记》一文中，回答对这种窃位的玉帝“庙而塑之何益?”的问题时，故意扯开说：“天下名山大川，非得庙宇充斥，乃奸窟盗薮耳。”②这哪里又是虔诚敬信的态度呢？专为重修玉皇庙写的文章都是如此，遑论其他？实际上，在中国老百姓中，一遇急难临时抱佛脚、病急乱投医、见庙就烧香、见神就磕头的大有人在，真正的宗教信徒却不多。这正是民间信仰中世俗因素得以发展的根本原因。人们信仰神灵不是因为真诚地相信他、崇拜他，而是有求于他、要利用他。一旦不再有求于他或者他未能保佑人们免灾脱难，必然产生对他的疏远、怀疑、嘲讽。因此，民间信仰的世俗化倾向时刻蕴育着反宗教的因素，是对宗教思想的背离，而《西游记》继承、发挥的恰好是这一点。就说玉帝吧，他在《西游记》中的形象远非他在宗教中的那么崇高、威严。相反，倒是经常显得昏庸无能。当孙悟空大闹天宫时，面对“刀砍斧

① 见《酉阳杂俎》卷一四等。这个传说有人以为与东汉张天师有关。

② 《李开先集·闲居集·记》

剁，雷打火烧，一毫不能伤损”的孙悟空，他竟一筹莫展：“这厮这等，这等……如何处治?”(七回)诸如此类，不一而足。笔墨有限、意味深长，表现了作者对最高权威的嘲讽。

民间信仰往往是借助某种传说、故事取信于民的。对此，《西游记》间有采取。如著名的唐太宗游冥，涉及了相国寺的由来。据史书记载，唐睿宗以旧封相王即皇帝位，将建国寺改为相国寺，以示纪念。而《西游记》却把这一史实撇开，增加了唐太宗阴司借债及相公、相婆的故事，这个故事，就很可能取自民间传说。明末专记开封各方面情况的《如梦录》描述明代相国寺时，提到其中有杨和夫妇即俗所谓相公、相婆塑像。不过，《西游记》毕竟是小说，作者在把民间信仰的神灵和有关传说纳入自己的形象体系时，完全是采取为我所用的灵活态度。

《西游记》还在许多地方流露出民间的宗教观念，如第八回，佛祖如来在“盂兰盆会”上，布散花果品物，诸佛、菩萨、僧尼等各献诗伸谢，献上了福、禄、寿三首诗。在正统的佛教思想中，苦海无边，何福之有？四大皆空，何禄之有？人生无常，何寿之有？福、禄、寿都属于佛教鄙夷、否定的尘世欲望，显然，这里表现的是民间的宗教观念。二十六回中福、禄、寿三星光临五庄观，作者通过猪八戒的逗趣，巧妙地把民俗融入情节，使作品趣味化和世俗化的风格得到生动的表现：

> 那八戒见了寿星，近前扯住，笑道：“你这肉头老儿，许久不见，还是这般脱洒，帽儿也不带个来。”遂把自家一个僧帽，扑的套在他头上，扑着手呵呵大笑道：“好！好！好！真是‘加官进禄’也！”那寿星将帽子掼了，骂道：“你这个夯货，老大不知高低！”八戒道：“我不夯货，你等真是奴才！”福星道：“你倒是个夯货，反敢骂人是奴才！”八戒又笑道：“既不是人家奴才，好道叫做‘添寿’、‘添福’、‘添禄’？”

接下来猪八戒的“番番是福”、“回头望福”、“四时吉庆”等打诨纠缠也都是如此，它清楚地表现了民间信仰的世俗化特点及其导向反宗教迷信的轨迹。

实际上，民间信仰的世俗化倾向并不只在于它拥有具有世俗特点的神灵，体现了尘世的欲望，从而导致了简慢神灵，还在于它反映了人民群众的道德感。例如过去人们在创造雷公形象时，就赋予了他许多社会职能。认为他能代天执行刑罚，击杀有罪过之人，主持人间正义。所以孙悟空在车迟国召唤来了雷神邓化等，就高呼："老邓！仔细替我看那贪赃坏法之官，忤逆不孝之子，多打死几个示众!"那雷越发振响起来(四十五回)，正是人民群众思想感情的流露。

当然，《西游记》与民间信仰的关系是复杂的。日本学者指出孙悟空形象受到了南宋福建猴神崇拜的影响①。这虽是推测之词，但后来《聊斋志异》中《齐天大圣》以及其他一些笔记所记述的福建的孙悟空神信仰，却有可能是把孙悟空嫁接到原来的猴神信仰上去了。值得注意的是，《西游记》中常提及民间祭祀。如在比丘国，城隍、土地等众奉孙悟空之命救护了小儿，孙悟空道："有劳列位，请各归祠，我着民间祀谢你。"(七十九回)至于孙悟空们，小说也多次提到民间为他们建立生祠，装塑神像、竖碑刻文、四时享祀(事见七十九、八十七、九十二、九十九等回)事实上，《西游记》以及《封神演义》等小说，在民间信仰方面都起过推波助澜的作用。这使我们想到马克思在批判马丁路德的宗教改革时说的："他把僧侣变成了俗人，但又把俗人变成了僧侣。他把人从外在宗教解放出来，但又把宗教变成了人的内在世界。他把肉体从锁链中解放出来，但又给人的心灵套上了锁链。"②从文化的发展来看，世俗化本来就不是一个简单的、不可逆转的过程。从前，有一本流传甚广的《三教搜神大全》，它包罗了儒释道及民间祭祀的各种神祇。它不但具有明显的民间信仰的色彩，甚至

---

① 参见太田辰夫、矶部彰文。按，《夷坚志》甲志卷六《宗演去猴妖》记述福州永福县能仁寺护山林神猴王事迹，而张世南《游宦纪闻》卷四记述了永福县张僧人的一首诗，其中有："天上雄文贝叶鲜，几生三藏往西天……苦海波中猴行者，沈毛江上马驰前……"另一个福建人刘克庄诗中说："取经烦猴行者。"没有证据证明猴行者与民间祭祀的"猴王"有何关系。但同出一地，连类及之，也并非完全没有可能。

② 《黑格尔法哲学批判导言》。

吸取了神魔小说的内容，其中涉及《西游记》的就有数条。而就是这样一部书，却被收入了《正统道藏》①。这说明民间信仰已侵入了正统宗教神圣的殿堂，它一方面瓦解着正统宗教，一方面又被正统宗教所同化。

不过，对《西游记》来说，它吸取的主要还是民间信仰的世俗因素。诸如神的世俗化品格、宗教思想中的尘世观念以及寄托在神身上的人民群众的感情、愿望等，都对《西游记》产生过积极地影响。

宗教艺术在影响《西游记》的世俗化方面所起的作用较之民间信仰更复杂些，因为《西游记》本身就是从宗教艺术发展过来的。不仅《取经诗话》与唐五代的佛教变文等有密切关系，到了明代，除了小说、戏曲，似乎也还有与佛道有关的讲唱式《西游记》。据李翊记载："道家所唱有道情，僧家所唱有抛颂，词说如《西游记》、《蓝关记》，实匹休耳。"②所以，《西游记》在吸取宗教艺术的有益成分时，就表现得更积极。

宗教艺术可以分为两个层次，一是经典中的形象成分，一是通俗化的宗教艺术。

任何一种宗教为了扩大自己的影响，必然要借助艺术，而佛教和道教在这方面都是很突出的，其形象化都达到了异常精致的程度。据说释迦牟尼为了使佛教思想更能深入人心，常用通俗语言、流行的民间故事，多方比喻，进行说法，加上后代佛学大师和译者们的润色、

---

① 《三教源流搜神大全》，据校订印行的叶德辉的意见，是元版明刻的，也有人说是明初出版。收入《道藏》的这个《搜神记》与《大全》所述诸神及履贯事迹基本相同，唯甚简略。《搜神记》刻于万历三十五年，是道教徒张国祥奉旨"校梓"的，言"校梓"而不言"编撰"，似有所本。但是否《大全》的简本，待考。值得注意的是《搜神记》和《大全》都有涉及《西游记》的地方。如《灵官马元帅》、《哪吒太子》等。特别是《门神二将军》都引了一段《西游记》小词："本是英雄豪杰旧勋臣，只落得千年称户尉，万古作门神。"而这两句现在所见，只是从世德堂本以后才有的，如《大全》编在万历二十年以前，它引录的《西游记》就应已有这两句，进而有这整个一段情节。这是有资《西游记》考证的。不过，《搜神记》和《大全》这样的书，历来为坊估杂窜附刻，这也是不能不考虑的。

② 《戒庵老人漫笔》卷五。

加工，就使不少佛教经书具有浓厚的文学色彩。如《华严经》即以变化万千的文笔敷演弘妙的佛门义理，它虚构了善财童子按照佛的指点，“参访”了五十三位“善知识”，从而完成了菩萨的“修正过程”，达到了“即身成佛”的最高境界。它的飞扬流动的描写，对《西游记》构思八十一难也许不无启发。清人尤侗说：“八十一难正五十三参之反对。”①是从宗教上说的，不足取。若从形象的联系看，则亦可参证。《西游记》四十三回写红孩儿被观音收为善财童子：“如今说童子拜观音，五十三参，参参见佛，即此是也”，就透露了个中消息。前举佛教经典中降妖伏魔的故事对《西游记》的影响更直接些。其他如“本生”、“譬喻”、“本事”的文学价值也很高。不少佛经故事原来就是古代印度的民间故事，虽然被佛徒用为传教的材料，并没有完全改变其质朴的本色。相反，通过佛徒的整理、夸饰，得到了更广泛的传播。道教经典也是以窃取神话、民间传说为能事的。古代传说的神怪，经道教徒的整理，粉墨登场，逐步构成了一个荒幻多彩的鬼神系统。其中有万神之首元始天尊，有帝君、王母、玄女，有日、月及诸星宿，有天枢院、驱邪院、雷府等部主宰，还有四值功曹、六丁六甲、城隍、土地以及历代传经著名法师等等，实际上都是对封建王朝帝王后妃、文臣武将、地方官吏的摹写。因此，它不仅积累、保存了一些神话、传说，也为后世小说创作提供了一个可以利用的形象体系。按照这一形象体系可以把虚无缥缈的神仙世界描绘得更富有人情味，更能象征人间的生活情景。

从经典衍生出来的通俗化宗教艺术，由于在演变过程中不断接受民间文艺的影响，世俗化特点更明显。当然，这种世俗化是逐步发展起来的，水平也不一致。如传统的讲经囿于经文，呆板枯燥，为了适应僧俗道众的需要，不得不转向民间文艺学习，从内容和形式上都染上了世俗色彩，这就产生了变文。变文虽然主要还是阐扬佛理经义，充满虚无缥缈的奇景幻境和欺惑蒙骗僧俗道众的迷信色彩，但仍然具有一定的艺术魅力，原因就在于它的神奇莫测的想象与世俗的特点结合在一起，开始注意描写人的感情特征，并于幻想情节中点缀、穿插

① 《西游记真诠序》。

历史人物和故事，形式上也吸取了民间音乐和口语俚词等。明代，原先宗教的讲唱经文的艺术形式有了进一步的发展，带有更多的世俗化特点，而且从寺庙道观、勾栏瓦肆深入到家庭中去了(这从《金瓶梅》所写可以看出)，产生的影响也自然扩大了。

那么，宗教艺术究竟在哪些方面给予《西游记》以影响呢？要探讨这一问题，我以为不妨把眼界放宽一点。

首先，在宗教艺术中，宣扬出世、否弃人生的固然很多，但也有不少充满了幽默的情趣、执着的追求和斗争的精神，显示了一种对人生的乐观态度，这对《西游记》的思想风格是有所影响的。佛教中那些为达到成佛目的而不怕困难、降妖伏魔的故事，就包含着一种“勇猛精进、志愿无惓”的坚强意志和奋斗精神。道教也是如此，它宣传、崇奉的神仙、真人，有很多是具有英雄特点的正面人物，如真武大帝、二郎神、许旌阳、张道陵等，他们以神奇法术驱神役鬼、斩妖灭怪、变化飞升、威慑四方，表现了很强的战斗性。其中固然有虚妄荒诞的一面，毕竟不同于苦海无边、业不可逃、坐待来世报应等消极思想，具有力抗自然、主宰万物的乐观精神。恩格斯在论及欧洲中世纪的宗教作用时说，人们通过对神的信仰，可以重新获得被宗教剥夺了的人和大自然的某些东西，“中世纪的强烈信仰无疑地赋予这整个时代以巨大的力量，虽然这种力量处于不自觉的萌芽状态，但并不是来自外面，而是来自人的本性”①。想当初，玄奘只身西行、孤征天涯，“践流沙之浩浩，陟雪岭之巍巍。铁门巉崄之涂，热海波涛之路”②。在献身佛教的迷狂中，不也包含着人类可歌可泣的英雄精神？而《西游记》从歌颂宗教人物的持戒精进发展到歌颂英雄人物的历难克险、顽强不息，正是这种“来自人的本性”的力量的觉醒。

宗教艺术对神的法术的夸张，从某种意义上说，也是对人的力量的理想化、幻想化，因为神实际上就是美化了的人。《神仙传》叙及淮南王门下的八公自称：“吾一人能坐致风雨，立起云雾，画地为江河，撮土为山岳。一人能崩高山、塞深泉，收束虎豹，召致蛟龙，使

① 《马克思恩格斯全集》第1卷，人民出版社1956年版，第647～648页。

② 玄奘：《还至于阗国进表》。

役鬼神。一人能分形易貌，坐存立亡，隐蔽六军，白日为暝。一人能乘云步虚，越海凌波，出入无间，呼吸千里。一人能入火不灼、入水不濡，刃射不中、冬冻不寒、夏曝不汗。一人能千变万化，恣意所为，禽兽草木、万物立成、移山驻流、行宫易室。一人能煎泥成金、凝铅为银、水炼八石，飞腾流珠、乘云驾龙、浮于太清之上……"①这种种神异，剔除其宗教迷信的成分，不也折射出人对自己的征服自然的力量的幻想？道教认为作为万物之灵的人，可以通过寻访明师、苦学修炼，掌握制御万物的"道"，成为天地间的强者，正表现出对人类力量的自信，这一切在孙悟空身上得到了充分的、形象化的表现。陈元之序提到《西游记》或出于"八公之徒"，言系猜度，未可轻信。但《西游记》受到道教及其艺术的影响，却是无疑的。

其次，宗教艺术自觉不自觉地反映了现实生活的各种矛盾，这对《西游记》也是有启发的。季羡林在考察《西游记》故事来源时，曾从佛经中找到一些材料，如《善见律毗婆沙》卷二叙高僧末禅提降恶龙和《佛说菩萨本行经》卷中叙世尊佛降恶龙，就都反映着人们战胜自然的愿望，尤其是后一个故事，与孙悟空、二郎神斗法极为相像，表明《西游记》对佛经故事确有直接或间接的吸收②。如果从取经故事自身的演变来看，那就更明显了。

同时，宗教艺术在描写世态人情方面也积累了一些可资借鉴的经验，如《宝星陀罗尼经》在写魔王与世尊的冲突时，就表现了魔王的情绪变化。《降魔变文》对六师心理状态细微变化的描写，几乎可与《西游记》对车迟国妖道心理状态的描写媲美。此外，宗教艺术还描绘了生活场景，这在通俗化的宗教艺术中尤其突出。如唐代的佛教壁画、雕塑，或以妓女为模特塑造菩萨的形象，或以现实为背景展现人世间的生活情景。画的是佛国天界，神情却是世俗的。那庄严皎洁、锦团花簇的西方极乐世界，渗透着人们对欢乐、幸福生活的肯定和向往，体现了浓厚的世俗倾向。没有这样一个悠久的文化传统，《西游记》的世俗风格是不可能凭空产生的。

---

① 据《太平广记》卷八《刘安》。

② 《中印文化关系史论文集》，第171～175页。

不言而喻，《西游记》在继承宗教艺术的世俗因素的同时，也表现了它的创新精神。宗教艺术究其实是为宣传宗教思想服务的，因此，所谓世俗因素，不过是一些点缀，不可能构成它们的主要思想倾向和风格。《西游记》则不然，世俗社会是它的真正关注点，因而它的世俗化倾向实际上是由它的主题决定的。以《取经诗话》为例，它的第十七节说的是陕西长者的故事，这是这部作品中唯一具有直接的现实意义的情节，它描写的简单还不说，问题在于这个故事是游离于取经之外的，至少没有与猴行者的降妖去怪联系起来。《西游记》没有这一故事，与之相当的是第九十六至九十七回寇员外故事。这个故事在小说中并不是很高明的，但它却是取经过程的一个组成部分。所以，对《西游记》来说，世俗化是整体的特点，而不是外在的东西。

总之，《西游记》的世俗化倾向借鉴、吸收了民间信仰和宗教艺术中的世俗因素，又向前大大迈进了一步。它所以能做到这一点，则是由于社会经济和文化发展所决定的。从这一点也可看出，世俗化不仅反映了《西游记》的传统性，更体现了它的时代性。

三　观音形象的重塑

除唐僧师徒外，观音菩萨算得上《西游记》第五号人物了。从参与收伏孙悟空，到安排取经人，或设障碍以试禅心，或收妖魔以助西行，甚至“八十一难”的最后一难也是她策划的。她贯穿全书，具有艺术结构上的特殊作用，通过她我们可以清楚地把握《西游记》世俗化的特点。

观音是最富于中国特色的菩萨，民间对他的宠信远在其他佛教神灵之上，至迟在宋代已有“家家观世音”的说法①。《西游记》诞生前后，观音信仰有增无减，据记载：“补陀大士道场……近日香火顿兴，飞楼杰阁，簸然胜地，春时进香人以巨万计，舍赀如山，一步一拜，即妇女亦多渡海而往者。”②观音实际上成了中国民间佛教乃至整

---

① 见《五灯会元》卷一五等处。

② 王士性：《广志绎》卷四。

个民间信仰的一个核心。这一点在《西游记》中也可以看出，当观音出现时：

> 喜得个唐太宗，忘了江山；爱的那文武官，失却朝礼；盖众多人，都念南无观世音菩萨。（十二回）
>
> ……那八戒与沙僧，一齐飞跑至庄前，高呼道："都来看活观音菩萨！都来看活观音菩萨！"一庄老幼男女都向河边，也不顾泥水，都跑在里面，磕头礼拜。（四十九回）

众多神灵，唯有观音得到了如此狂热的宠信。小说中，孙悟空对任何高居其上的人都时有放诞无礼的言行，即使被"收伏"后，对玉帝也并非由衷地敬畏诚服，天宫也只能以他不闹事为幸。可是对观音，他却是极其恭敬的。书中写他一见到观音，总是慌忙行礼。有一次孙悟空去请观音：

> 菩萨道："悟空，过海。"行者躬身道："请菩萨先行。"菩萨道："你先过去。"行者磕头道："弟子不敢在菩萨面前施展，若驾筋斗云啊，掀露身体，恐菩萨怪我不敬。"（四十二回）

这是何等的谨小慎微、恭敬之至，是他对其他仙佛界中人没有的态度。不但他自己如此，他还吩咐过猪八戒"若见了菩萨，切休仰视，只可低头礼拜"（四十一回）。其实，一向粗鲁的猪八戒对观音菩萨也表现了异乎寻常的诚敬，无须他这位仁兄教导。由此也可证明，对观音的这种态度确非偶然的和纯个人的，而是基于某种信仰。

清初周克复曾编《观世音持验记》，依次迻录历代观音"应验"的记载，民国初万钧则把观音诸种灵异分门别类汇成《观音灵异记》，二书多取材笔记小说，反映出观音在一般人心目中是一个关心民瘼具有扶正除邪、消灾去疾、送子送财等神力的神灵。

据佛经上说，观音以慈悲为怀，寻声救苦，示现种种迹相，度化有情。一切遇难众生，只要诵其名号，皆得解脱。如《法华经·观世音菩萨普门品》称：

> ……假使兴害意，推落大火坑，念彼观音力，火坑变成池；或漂流巨海，龙鱼诸鬼难，念彼观音力，波浪不能没；或在须弥峰，为人所堕，念彼观音力，如日虚空住；或被恶人逐，堕落金刚山，念彼观音力，不能损一毛；或值怨贼扰，各持刀加害，念彼观音力，咸即起慈心；或遭巨难苦，临刑欲寿终，念彼观音力，刀寻段段坏；或囚禁枷锁，手足被扭械，念彼观音力，释然得解脱……

由此也可见观音得到民间宠信的两个基本原因：首先，观音神力主要在于解除现实苦难，而不是引导人们超凡脱俗，修行成佛。其次，观音寻声救苦，只要念其名号，有求必应，方法简便，无需繁琐的教义和长久的修行。宗教苦难是现实苦难的象征，同样，对克服这样苦难的宗教力量的信仰，也是对现实力量的呼唤。大慈大悲救苦救难观音菩萨的出现，正迎合了灾难深重的人民急于摆脱苦难的愿望。而当她的消除七难(火、水、风、刀杖、鬼、枷锁、怨贼)，脱离三毒(贪、嗔、痴)，满足二求(祷生求子)具体化以后，往往打上时代的烙印。

《太平广记》有两卷专门收录观音灵异，其中晋宋故事颇多，而最多的又是记载某人被囚，称诵观音，锁械自脱；或当临刑，心念观音，刀刃自断，这自然是据佛经的附会。但我们知道，当时中国内乱外患、屡遭兵燹，人民朝不保夕，大肆渲染观音这方面的神力显然寄托着人们绝望中的幻想。如《潘道秀》叙秀随军被征，军小失利，秀被俘异域为奴，心念观音，得归本土。《张崇》记苻坚既败，长安百姓被拘以待毙，崇念观音，械自脱而逃走①等等，都反映了战争给人民带来的不幸和人民摆脱不幸的愿望。不过，这时的观音基本上不是作为一个形象直接介入情节，只是佛法神秘的、抽象的体现。而神力既与现实联系，也就是显示出宗教幻想变为文学幻想的可能性。

观音最终成为一位端庄秀美、慈祥可亲的女性，是经过了几个世

---

① 均见《太平广记》卷一一〇。

纪的演变的。大体女相观音造像始于南北朝，唐代渐盛，至宋基本定型。本来，观音是因人之种种根器不同示现不同应化形象的，故《法华经》说有三十三身，《楞严经》说有三十二应。但在众多形象中唯独女身深得世人青睐，这大约是因为在世人心目中，慈眉善目、心肠软热之美艳女子的形象，更符合她“大慈大悲救苦救难”的身份。如同西王母由《山海经》“豹尾虎齿而善啸，蓬发戴胜”的狞厉可怖形象逐渐演变为风韵绰约、年可三十许的美妇人，观音的女性化也体现着我们民族追求美善统一和稳重、圆满、和谐的文化心理及审美意识，是她进一步深入中国社会的反映。

观音从抽象的存在变为独立的实体，为小说家利用和开拓这一形象提供了必要的前提。

观音进入取经故事系统也由来已久，其演变过程也与观音在民间信仰中的演变一致。《大唐西域记》几次提到观自在像(即观音)显灵事，然与取经本身无关。《大慈恩寺三藏法师传》略有变化，如卷一叙大师与胡人同行，各下褥而眠，“少时胡人乃拔刀而起，徐向法师，未到一步许又回，不知何意。疑有异心，念观音菩萨，胡人见已，还卧遂睡”。其记述大体不出于《法华经·普门品》对观音神力的鼓吹，观音也没有作为独立的人物形象出现。此后的《取经诗话》大概因为主要受密教的影响，推崇的是大梵天王，甚至在唐僧经过“千手千眼菩萨之地”的香山时，也没有出现观音的形象。

《西游记平话》的情况就大不相同了。从现存片断可以看出，观音形象已是不可或缺的重要人物了。据《朴通事谚解》引述的“平话”，有关观音的情节有两个：一、孙悟空闹天宫被执当死，观音上请于玉帝免死，押在花果山石缝内等取经人。二、观音往东土寻取经人。这两个情节与《西游记》相比，前一个压孙悟空的改为如来，后一个基本相同。此外，一些降妖伏魔故事，只知名目，不详情节，其中也当有观音之功吧?

能够较系统反应观音形象在取经故事这一阶段特点的是《西游记杂剧》，其中几乎所有重要情节都有观音。全剧开场时观音介绍取经原委，要龙王救护陈光蕊，接着让唐三藏取经，并为唐僧收化白马，安排保官，同时将孙悟空压在花果山下等唐僧，后来又给悟空戴上铁戒箍，途中收红孩儿、猪八戒及过火焰山，都曾得力于观音。显然，观音形象已完全独立出来了，作用也大大加强了，但宗教色彩仍很重，主要还是佛法神力的体现。由于缺乏生动的细节，看不出观音的性格特点，甚至连女性特点也看不出①，算不得成功的艺术形象。

《西游记》给观音形象带来了质的变化。这种变化，从思想性质上说，在于它完成了观音由宗教观念经宗教人物向艺术形象的飞跃；从艺术特点上看，在于它完成了观音由非形象性经非性格形象向性格形象的飞跃。也就是说，《西游记》使这一形象充分世俗化和艺术化了。不用说，这是作者把前此取经故事的宗教主题改变为社会主题的生动体现。

这里，不妨举“鱼篮观音”的故事为例。鱼篮观音是观音形象在民间传说中较有影响的一种。明王稚登曾记述吴地举行庙会的情况：“专诸巷有两观音，坐石者歙人女闲靓，有艳姿。鱼篮观音是天库前民家子，纤弱娟媚，子都之姣也，观者尤啧啧云。”②这种由市民女儿扮演的观音，充满生活气息，给人的印象肯定比那些泥塑石雕的菩萨要深刻得多。观音与鱼篮联系起于何时？本义是什么？难以深究。或谓“鱼篮观音则由俗人讹传佛说……《盂兰盆经》：盂兰盆者，正言于兰婆那，言救饿如解倒悬，而俗讹鱼篮观音”③。据此，鱼篮观音纯属民间误传。正因为如此，反而更能反映中国佛教的演化特点。宋以后附会其说的，据我看到的有关材料，主要有以下三种：

1. 洪迈撰《夷坚志补》卷二十四《贺观音》略谓，贺氏世画观音像。一日正据案施丹青，一丐者及门，遍体疮癞，脓血喷出，臭气不可近，携鲤鱼一篮，遗之求画，复言所画不逼真，于是化为观音真相。

2. 马郎妇故事，这是鱼篮观音传说中影响最大的一个。故事初见于唐李复言《续玄怪录》，叙延州一淫纵女子死后瘗于道左，忽有

① 在多数观音戏中，观音由正旦扮演，而此剧观音言必自称“老僧”，殊不可解。

② 《吴社编》。

③ 《癸巳类稿》卷一五《观世音菩萨传略跋》。

胡僧敬为大圣，开墓验之，系锁骨观音，没有直接说到马郎和观音。此后进一步发展，宋志磐撰《佛祖统纪》卷四十一中记述马郎故事即由此敷演而来，指锁骨观音为普贤圣者(《取经诗话》女人国幻化女王的亦有普贤，而无观音，正与此同)。所谓“金沙滩头马郎妇”成了习用的参禅话头，见于《五灯会元》的就有许多处。寿涯禅师《渔家傲·咏鱼篮观音》曰：“深愿弘慈无缝罅，乘时走入众生界。窈窕丰姿都没赛，提鱼卖，堪笑马郎来纳败。”①马郎妇成了鱼篮观音。明初宋濂《鱼篮观音像赞》据《观音感应传》引述的这一故事可以看作它的定型：

> 唐元和十二年，陕右金沙滩上有美艳女子挈篮鬻鱼，人竟欲室之。女曰：妾能授经，一夕能诵普门品者事焉。黎明能者二十。女辞曰：一身岂堪配众夫耶，请易金刚经，期以三日。唯马氏子能，女令具礼成婚，入门女即死，死即糜烂立尽，遽瘗之。他日有僧同马氏子启藏观之，唯黄金锁子骨存焉。僧曰：此观音示现以化汝耳。言讫飞空而去。②

这个故事在明代流传极广，诗画、戏曲、小说均有取材于此的，如徐渭有《提鱼观音图赞》③，佘翘的杂剧《锁骨菩萨》④，周清原《西湖二集》中《邢君瑞五载幽期》的入话等。从这一传说发其端或与之相类的戏曲也不少，明代就有《观音菩萨鱼篮记》、《鱼儿佛》等。此外，尚有《鱼篮宝卷》，亦演此事。

3. 鲤鱼精故事。明代《三宝太监西洋记通俗演义》九十四回叙鲤鱼精化作牡丹小姐诱惑刘秀才，被观音收在鱼篮之中。《龙图公案》中《金鲤》同此。明代戏曲演此事的则有郑国轩《牡丹记》⑤。现存《观音鱼篮记》是这一故事中最详细的。第二十八出《观音收精》中观音对

---

① 《全宋词》，第213页。
② 《宋文宪公全集》卷二六。
③ 《徐渭集》卷二一。
④ 《远山堂剧品》著录、评论，今佚。
⑤ 《远山堂剧品》著录、评论，今佚。

鲤鱼精说："你若肯随我，我明日奏过玉皇，封你为鱼篮观音。"则此鱼篮观音又非观音原身，现代越剧《追鱼》即本此改编。

上述三种说法，第一条事简意乏，可以存而不论。第二、三种均为明代广为流传的。考其源流，或早于《西游记》，或与之平行发展。《西游记》对各种神话传说，广采博纳，兼收并取，但对这两条传说却一无所用。实因马郎妇故事意在以色劝化世人，宗教色彩太重；鲤鱼精则不出妖精魅人老套，《西游记》此类故事正嫌太多。所以作者不避困难，在《释厄传》的基础上，另外写了一个鱼篮观音故事。说的是有一妖怪，每年要吃一对童男女，村民若不祭祀，就要降祸生灾，唐僧等路过此地，适逢其时。孙悟空、猪八戒打跑了妖怪。不料那怪却封冻河水，暗算唐僧。孙悟空无法，去观音处问明原委。观音早知是她莲花池中金鱼成精，正削竹织篮，即去用竹篮擒获了金鱼精，"有善图画者，传下影神，这才是鱼篮观音现身"（四十七至四十九回）。

以童男女祭祀，是古代中国的一种卑陋迷信，小说时有涉及，如明代的《皂角林大王假形》等。《三教搜神大全》卷四《大奶夫人》记述福州罗源有蛇妖兴灾吃人。每年重阳乡人要买童男童女二人以赛其愿，才不为害。观音赴会归南海，忽见福州恶气冲天，乃剪一指甲化作金光一道在人家投胎，此人出世，几经曲折，始建庙镇妖。不知作者是否知道这一传说，但他所写的陈家庄事与此性质是相同的。且不说作品热情歌颂了孙悟空为民除害的可贵精神和不懈努力，就观音而言，《西游记》突出的不是劝化世人的寓意，而是描写她的收妖除害，显示了她在民间信仰中是代表着救苦救难的力量的。相应的，作品对观音的表现也不是神秘化的、抽象的，而是世俗化的、具体可感的，如四十九回的一段赞语：

> 远观救苦尊，盘坐衬残箬，懒散怕梳妆，容颜多绰约，散挽一窝丝，未曾戴缨络，不挂素蓝袍，贴身小袄缚，漫腰束锦裙，赤了一双脚，披肩绣带无，精光两臂膊，玉手执钢刀，正把竹皮削。

这哪里像那个高高在上的菩萨，分明是一个被美化了的、有血有肉的、能干的人间妇女。一如前面提到的那个市民女儿扮演的鱼篮观音。马克思曾称赞伦勃朗是按照荷兰农妇来画圣母的，《西游记》也是按照人间妇女来描写观音的。故既使人仰而企之，又使人能俯而察之。《邢君瑞五载幽期》中维护马郎妇的传说，称："看官，你道鱼篮观音菩萨是怎么一个出处？莫要把《西游记》上之事当作真话，那《西游记》上一片都是寓言，切莫认真！"但正是《西游记》的虚构，使鱼篮观音从宗教的劝化意义回到现实中来，体现着人民群众的思想愿望和审美情趣，进而获得了更大的艺术魅力。仅此一点，也足以说明《西游记》不但不同于宗教宣传，也高出它同时代的许多作品。

观音的世俗化在《西游记》中是随处可见的。尽管作者未能汰尽这一形象的宗教色彩，相反，毋宁说他正是利用了她在民间固有的、广泛的影响，妙手新裁，遂使庄严变为亲切，神力化作人力。你看，观音为了协助收伏闹事的孙大圣，提出"我将那净瓶杨柳抛下去，打那猴头，即不能打死，也打个一跌"。理解成人物的幽默或作者的调侃，都无不可。甚至"大胆的马流、村愚的赤尻"之类的村言俗语也出现在她口中，与孙悟空咒她"该她一世无夫"，八戒称她"一个未梳妆的菩萨"一样，给她添了些现实的意趣。要之，作者不再把她作为一个神，而把她作为一个人来写了。这种改变是文化发展、进步的结果，不应低估。

作者写这个人物，大体说来是从民间信仰出发，一方面显示她的慈爱心善，一方面又突出她的救灾就难。

观音奉旨上长安寻取经人，路过五行山，看到孙悟空仍在山下，不禁为这个"十万军中无敌手，九重天上有威风"的英雄"叹息不已"，而孙悟空则对她说："承看顾，承看顾！我在此度日如年，更无一个相知的来看我一看"（八回），这在一开始就给观音和孙悟空的关系涂上了人情味的色彩。所以，孙悟空参加取经后，就把观音当成了一个靠山。一次，当他又被唐僧驱赶，走投无路，只好暂去观音处栖身：

行者望见菩萨，倒身下拜，止不住泪如泉涌，放声大哭。菩

萨教木叉与善财扶起道:“悟空,有甚伤感之事,明明说来,莫哭,莫哭,我与你救苦消灾也。”(五十七回)

不是观音,孙悟空何尝有过这种伤心以求的举动。而观音则像一个慈爱的母亲,劝慰在外受了委屈的孩子。就连收伏妖魔,作者也不忘写出她的慈悲。四十二回,她去收红孩儿时,先吩咐本山土地众神:“你与我把这周围打扫干净,要三百里远近地方,不许一个生灵在此,将那窝中的小兽,窟内雏虫,都送在巅峰之上安生”。然后才扳倒净瓶,放水冲去。使得孙悟空暗中赞叹道:“果然是一个大慈大悲的菩萨!若老孙有此法力,将瓶儿望山一倒,管甚么禽兽蛇虫哩!”在以万物百姓为刍狗、任意草菅人命的封建时代,观音的慈悲是反映了人民群众善良的愿望的。

另一方面,作者又渲染了她的救灾救难。孙悟空曾因取经多磨多折,不愿去时,是观音对他说:“我许你叫天天应,叫地地灵。十分再到那难脱之际,我也亲来救你”,并给了孙悟空三根救命毫毛(十五回)。她不仅差一路神□暗中保护取经人,而且常常亲自出阵救灾救难、收伏妖魔,如收黑熊怪、红孩儿怪、金鱼精、医人参树……孙悟空一遇斗不过的妖魔,往往想起或被提醒求助观音,所谓“只消请观世音来,自然伏了”(十五回),“须是去请观音菩萨才好”(四十一回),金圣叹曾讥讽说:“《西游记》每到弄不来时,便是南海观音救了。”①不过,对一部幻想小说,这样指责也许是不必要的。重要的是,作者在风尘仆仆、往来奔波的观音身上赋予了明显的世俗化特点,她不再因其法力无边而使人仿佛总是处于被动的求解脱地位,而与孙悟空乐观进取的英雄主义结下了不解之缘。神不只是神,还成为人的亲密的伙伴和助手,从而既降低了神的地位,又提高了人的地位。

总之,作者有意把观音写成一个和蔼可亲而又手段高强的正面人物。自然,她身边的金鱼、金毛犼也曾私降人间,贻害不浅。但事出有因,最终也还是她收伏的。在“八十一难”中,她常常扮演了一种

---

① 《读第五才子书法》。

设难而又解难的角色。如果用简单化的分析方法，往往两不相便。从人物类型上说，她不具备取经四众那样的典型意义，代表着某种精神品格；又不同于其他仙凡僧俗、神鬼妖魔，后者也多具有某种鲜明的社会属性(如玉帝之于人间帝王等)。她是独立的，是民间信仰中的观音形象的艺术化。她反映了人民群众朴素、善良的愿望，并由于她的特殊身份成为《西游记》世俗化倾向的生动体现。

——据台湾文津出版社1991年版《西游记论要》第五章

【评　介】

刘勇强，字同筠，江西南昌人，1960年生。先后就读于江西大学(今南昌大学)、河北师范学院(今河北师范大学)和北京大学，1988年在北京大学获得文学博士学位后即留校任教，现为北京大学中文系教授、博士生导师。曾应邀赴日本东京大学、新加坡南洋理工大学、香港树仁大学等高校讲学。主要研究方向是中国古代小说及宋元明清文学。

刘勇强教授在《西游记》研究方面卓有建树，其进入学界之初即以《西游记》研究为兴趣和职志，除发表相关论文多篇之外，还出版了论著两种，其一是《西游记论要》(台湾文津出版社1991年版)，其二是《奇特的精神漫游——〈西游记〉新说》(以下简称《漫游》)。两书各有侧重，写法和风格亦不相同。前者是作者在其博士学位论文的基础上修改整理而成的，篇幅虽不长但学术性较强，结构自成体系，行文严谨规范。后者于1992年在三联书店和台湾锦绣文化企业分别出版，代表了刘勇强教授在《西游记》研究领域的新成果。书的副标题为"《西游记》新说"，当是相对于前者而言的，诸如体例、写法和内容等都有所变化。而关键在于，作者是以一种欣赏品鉴的眼光来"把《西游记》这样一部奇书原原本本地介绍出来"，学术性的观点则渗透于其中。考虑到这两部著作以上的些许差异，我们认为，从《西游记论要》中择取一部分文字选入本书，更为合适些，也更能代表刘勇强先生《西游记》研究的主要学术观点。

以上所选是《西游记论要》一书的第五章，文章集中探讨了《西游记》的世俗化问题。这是一个有关文化特性的问题。如果将世俗化理解为社会性、通俗性或大众性的不断强化，虽也不无合理之处，但问题将变得漫无重点甚至失去意义，因为作为世代累积而形成的通俗小说，《西游记》主要是在精英文化和大众文化的互动中逐渐定型的，而大众文化所起到的导引作用比精英文化更为直接和深远，从《大唐三藏取经诗话》到《西游记杂剧》再到《西游记平话》，都是民间文化的表现形式。所以，泛泛地谈论《西游记》的世俗性或世俗化，容易陷入不证自明的尴尬状态，作者巧妙地避免了这种局面。文章一开始即从文化学的层面对世俗化作出了清晰的界定，即："'"世俗的"这一术语用来表示所有尚未达到无神论水平的非宗教的精神状态'，'其内容经常是通过同神圣化的宗教相对而言。因此，"世俗的"即不是"宗教的"。'"这样一来，对《西游记》世俗化的论述便有了一个适当的边界和切入点，将"宗教的"作为"世俗的"相反面来论述，在一定程度上是将论题转换为《西游记》的宗教性了，对于这部小说而言无疑是合适的。对此，作者的基本看法是："取经故事发展的历史，每一步发展都是宗教意识的淡化和世俗化倾向的加强，至《西游记》，世俗化就成了它的一个重要的思想特点。"

在考察《西游记》世俗化的表现时，文章抓住了三个方面的特点。首先，是《西游记》作者对宗教题材内容的处理方式。一种观点认为，吴承恩对于释、道二教所知甚少，故将《西游记》视做悟道参禅之书，实是荒诞附会之谈。刘勇强先生虽然不认为《西游记》乃是悟道之作，但也不同意说吴承恩对于二氏之论全无解会。而且，正因其对佛、道并非无知，其处理宗教内容的态度才更具自觉的创作意图。作为一种文本表现，《西游记》的确具有入乎宗教而又出乎宗教的特点。入乎宗教的一面，可以视做作者为取经故事的本事性质而故作遮饰的迁就；而出乎宗教的一面，则不仅随处可见，亦是作者有意为之的结果，它往往采用在宗教性外壳下注入非宗教的世俗性内容的方式来呈现。刘文举出孙悟空"诛六贼"一段情节来说明小说作者自由出入宗教的世俗态度，是恰到好处的，而且，这样的情节处理方式，在《西游记》中是颇具典型性和普遍意义的，它的确是《西游记》世俗化的重要表现之一。

其次，世俗化作为与宗教性异质的因素，对宗教往往持有一定的批判态度。一个颇有意味的现象是：按照清代对《西游记》的流行阐释，它是一部悟道的宗教文本，但小说中对道教和道士的嘲讽却远在对佛教和佛徒的嘲讽之上，态度十分明显。当然，这一现象其实并不难理解。因为对信徒个人品行修为的批判，并不意味着决然否定此种宗教本身，《西游记》作者对道教的态度大概就是如此，清代以及当代主张金丹大道之说的研究者是看到了这一点的。相对而言，对佛教和佛徒，《西游记》虽然保持了表面的足够的敬意，但是其批评的意向其实更为深入内里。佛祖如来在答复孙悟空对人事的质疑时，大谈“经不可轻传亦不可空取”的论调无疑是充满了势利的价值观的，这与佛教主张的四大皆空，差异何其之大！通过不动声色的笔墨，就将庄严正大的教主世俗化了。它如“斗战胜佛”、“净坛使者”之类的封号，也都表现出尘俗的情欲对宗教的禁欲的反拨。

再次，从文化形态的角度看，刘勇强先生将《西游记》对社会现实的直接描写、对人的力量的理性肯定，作为其世俗化的最重要的表现。从早期取经故事的宗教宣扬和神秘想象，到《西游记》充满生活气息的现实描写与富于理性光辉的人性展现，其宗教性的逐渐淡化和世俗性的逐渐强化是彼此消长的。这是文化发展的自然流程，但也包含了时代思潮的积极推助。刘勇强先生因此注意到《西游记》对都市繁华和行商经历两方面的表现，虽然它们在小说文本中的含量不多，但却标示着新的时代内容。文章进而从文化属性上将《西游记》和《金瓶梅》划归同一阶段，认为“《西游记》的世俗化正是它与世情小说互为沟通的文化上的共同点”，这一论断是富于新意的。

在探索《西游记》世俗化的成因时，刘勇强先生主要注目于民间信仰和宗教艺术两个层面。在宗教系统内部，民间信仰和宗教艺术自身的世俗因素较鲜明，文章依次考察了神的世俗化品格、宗教思想中的尘世观念以及寄托在神身上的人民群众的感情、愿望等民间信仰元素，令人信服地说明了它们对《西游记》世俗化的积极渗透。对于宗教艺术，文章则从形象化、思想风格、现实描写等多个方面较为详细地分析了《西游记》受其影响的情况。实际上，世俗化作为对宗教性的一种背离，它却从宗教中吸取了促使自身发展的因子，这一现象本就说明：宗教文化和世俗文化是不能截然分开的，在具有强烈入世色彩的中国传统文化体系中，其界限的模糊就更为突出。《西游记》由于自身的本事渊源、成书历程和时代特色而杂糅了不同的文化因子，成为复杂的文化小说，对其一个局部问题的探讨，也有必要综合考虑不同的文化背景和资源。

从观音形象的塑造来看《西游记》的世俗化历程，是对文章前两个部分的个案性验证。观音既是佛教十分重要的得道菩萨，又是深入中国民间信仰和世俗生活的佛教神灵，考察文艺作品中观音形象的变化和内涵，可以较便捷地探知宗教与世俗文化交互作用的向度和程度。刘勇强先生仔细梳理了观音形象在取经故事的演化过程中的变化，指出“《西游记》给观音形象带来了质的变化。这种变化，从思想性质上说，在于它完成了观音由宗教观念经宗教人物向艺术形象的飞跃；从艺术特点上看，在于它完成了观音由非形象性经非性格形象向性格形象的飞跃。也就是说，《西游记》使这一形象充分世俗化和艺术化了。不用说，这是作者把前此取经故事的宗教主题改变为社会主题的生动体现”。在中国的文化土壤中，一种宗教要想深入人心，必须具有相当的入世精神和实用价值。观音信仰的不断强化，正在于它迎合了世俗民众的需要，救苦救难的现实效用使观音既是高居云端的神，又成为“人的亲密的伙伴和助手，从而既降低了神的地位，又提高了人的地位”。从世俗化的角度来看，《西游记》中观音形象的典型意义并不亚于唐僧等师徒四众。

总之，文章从世俗化的角度来理解《西游记》的文化内涵，涉及了现实描写、形象塑造、思想倾向、艺术表现等诸多问题，对小说文本进行了深入而自成一家的阐释，读来令人耳目一新。

刘勇强《西游记》论著目录：

《西游记论要》，台湾文津出版社 1991 年版。

《奇特的精神漫游——西游记新说》，三联书店 1992 年版。

《明清私家书目著录的通俗小说戏曲》，载《中国典籍与文化》1995 年第 1 期。

《作为当代精神文化现象的明清小说——兼论明清小说的阅读与

诠释》，载《明清小说研究》2001 年第 2 期。

《明清章回小说在民间的影响——以谚语和歇后语为中心》，载《江西社会科学》2004 年第 1 期。

《“国学”视野下的古代小说》，载《江西社会科学》2011 年第 3 期。

《古代小说主题意识的双重性》，载《北京大学学报》2011 年第 3 期。

《西游记》：神魔小说审美规范的确立

陈文新

神魔小说是明清章回小说中第三个成熟的流派，其审美规范的确立以百回本《西游记》问世为标志。《西游记》与宋元说话四家中的“说经”关系密切。吴自牧《梦粱录》、周密《武林旧事》记载宋代的艺人名单，只有“小说”、“说经”、“讲史”的专业艺人，可见在“小说”、“讲史”之外，“说经”的市场占有率是相当引人注目的。其题材特征是“演说佛书”和“宾主参禅悟道”。流行于宋代的《大唐三藏取经诗话》可以大体视为“说经”一类的话本。①

考察《西游记》所确立的审美规范，必须注意它与佛教和佛经的密切联系。这不仅因为唐僧的原型即佛教大师玄奘，唐僧师徒所取的经即佛经，而且因为《西游记》对佛教经典《多心经》确有浓墨重彩的

---

① 关于《大唐三藏取经诗话》的产生时代和在说话四家中的归属问题，尚无定论。程毅中说：“关于《大唐三藏取经诗话》的撰作年代，近人研究的结果比较趋于一致，多数认为当在宋代，甚至更早一些。”“《大唐三藏取经诗话》演说唐玄奘取经故事，与佛教传说有密切关系，最初可能出自僧徒俗讲，因此可以视为说经一类的话本。当然，《取经诗话》并没有演说佛经，也没有多少参禅悟道的故事，而且在话本里还是年代较早、题材和体裁较特殊的作品，它产生于宋代说话分家数之前。因此以往学者没有为它分别门类，如孙楷第《中国通俗小说书目》就把它列在宋元部的小说类里。但从它的渊源说，和佛典文献及唐五代的僧徒俗讲文学确有一定的联系，犹如《庐山远公话》，虽然增添了神异荒诞的‘七谎’，但还是佛教徒的宣教作品，以至日本人新修的《大正藏》也收录作为佛典。”见程毅中：《宋元小说研究》，江苏古籍出版社 1998 年版，第 369、370 页。本书采用程毅中的说法。参见张锦池：《西游记考论》第一章、第二章，黑龙江教育出版社 1997 年版，第 369、370 页。

强调。① 第十九回，三藏殷勤询问乌巢禅师：“(西天取经)路途有多

① 《西游记》重视《多心经》，从发生学的角度考察，与《多心经》(《心经》)曾经在陈玄奘取经途中发挥神秘作用有关。玄奘弟子慧立、彦悰所著《大慈恩寺三藏法师传》叙陈玄奘天竺(印度)取经经历，第一卷记载：“从此已去，即莫延贺碛，长八百余里，古曰沙河，上无飞鸟，下无走兽，复无水草。是时顾影惟一，心但念观音菩萨及《般若心经》。初，法师在蜀，见一病人，身疮臭秽，衣服破污，愍将向寺施与衣服饮食之直。病者惭愧，乃授法师此经，因常诵习。至沙河间，逢诸恶鬼，奇状异类，绕人前后，虽念观音不得全去，即诵此经，发声皆散，在危获济，实所凭焉。”《般若心经》是玄奘从一位奇特的法师那儿得到的，玄奘至沙河“在危获济”，主要得益于这一佛经。唐人李亢《独异志》亦记有玄奘传习《心经》一事：“沙门玄奘俗姓陈，偃师县人也，幼聪慧，有操行。唐武德初，往西域取经，行至罽宾国，道险虎豹，不可过，奘不知为计，乃锁房门而坐。至夕开门，见一老僧，头面疮痍，身体脓血，床上独坐，莫知来由。奘乃礼拜勤求，僧口授《多心经》一卷，令奘诵之。遂得山川平易，道路开辟，虎豹藏形，魔鬼潜迹。遂至佛国，取经六百余部而归。其《多心经》至今诵之。”其基本情节与《大慈恩寺三藏法师传》所载相近，但将传经的地点改为取经途中，并进一步突出了《多心经》保佑玄奘西行的功能。流行于宋代的《大唐三藏取经诗话》，其《转至香林寺受心经本第十六》又将传经的地点改为回程途中，虽然不再强调《多心经》在保佑唐僧西行方面的功能，但仍着力突出《多心经》神秘而神奇的力量：“竺国回程，经十个月至盘律国，地名香林市内止宿……一时间眼□耳热，遥望正面，见祥云霭霭，瑞气盈盈，渐睹云中有一僧人，年约十五，容貌瑞丽，手执金镮杖，袖出《多心经》，谓法师曰：‘授汝《心经》，归朝切须护惜。此经上达天宫，下管地府，阴阳莫测，慎勿轻传。薄福众生，故难承受。’法师顶礼白佛言：‘只为东土众生，今幸缘满，何以不传?’佛在云中再曰：‘此经才开，毫光闪烁，鬼哭神号，风波自息，日月不光，如何传度?’法师再谢：‘铭感铭感!’佛再告言：‘吾是定光佛，今来授汝《心经》。回到唐朝之时，委嘱皇王，令天下急造寺院，广度僧尼，兴崇佛法。今乃四月，授汝《心经》；七月十五日，法师等七人，时至当返天堂……’”从一脉相承的对《心经》的强调来看，《西游记》如果放弃对《心经》的重现，从情理上似乎说不过去。因此，《西游记》之重视《心经》，如果没有新的内涵，就不值得予以特别关注。而正是从这个角度，我们发现：在《西游记》之前，《大慈恩寺三藏法师传》等写到《多心经》，总是醉心于其消灾去难的神秘功能；而《西游记》写《多心经》，却突出它对心性修炼的启示作用。前者注重的是神通，后者注重的是人生哲学。在《西游记》中，《多心经》驱逐虎豹和魔鬼的神通失去了重要性，它的作用在于引导人控制欲望等种种杂念，单纯地生活，毫不懈怠地修行。至此，《多心经》才真正与严肃意义上的佛教衔接起来了。

远?”禅师道:“路途虽远,终须有到之日,却只是魔障难消。我有《多心经》一卷,凡五十四句,共计二百七十字。若遇魔障之处,但念此经,自无伤害。”遂亲口将《摩诃般若波罗蜜多心经》传授给三藏。“心无挂碍,无挂碍故,无有恐怖。”①“诸法空相,不生不灭,不垢不净,不增不减。”这几句可说是《多心经》的关键内容。第三十二回,唐僧见一山挡路,担忧地说:“徒弟们仔细,前遇山高,恐有虎狼阻挡。”行者坦然地提醒唐僧:“师父,出家人莫说在家话。你记得那乌巢禅师的《心经》云,心无挂碍,无挂碍,方无恐怖,远离颠倒梦想之言?但只是扫除心上垢,洗净耳边尘。不受苦中苦,难为人上人。你莫生忧虑,但有老孙,就是塌下天来可保无事。怕甚么虎狼!”《多心经》所揭示的这种无挂碍恐怖的生命意境,实际上是心性修炼臻于炉火纯青的人生意境。《多心经》以引导人“远离颠倒梦想”的方式消除取经途中的魔障,这提示读者:西去途中的种种妖魔,可以视为人内心的种种纷扰的象征。佛教的人生哲学存在于《西游记》中是一个不容忽视的事实。又如《西游记》第八十五回:却说唐僧辞别了钦法国王,师徒四人欣然上路。正欢喜处,忽见一座高山,凶凶的有些凶气,唐僧见了,渐觉惊惶,满身麻木,神思不安,悟空笑道:“你把乌巢禅师的《多心经》早已忘了?”唐僧道:“我记得。”悟空道:“佛在灵山莫远求,灵山只在汝心头。人人有个灵山塔,好向灵山塔下修。”唐僧道:“徒弟,我岂不知?若依此四句,千经万典,也只是修心。”悟空道:“不消说了,心净孤明独照,心存万境皆清。差错些儿成惰懈,千年万载不成功,但要一片志诚,雷音只在眼下。似你这般恐惧惊惶,神思不安,大道远矣,雷音亦远矣。且莫胡疑,随我去。”那唐僧闻言,心神顿爽,万虑皆休。这里说得更加明白,《多心经》的作用既是“安神”。所谓取经途中的妖魔,其实是“心”的欲望的种种象征。《西游记》的命意与佛教的心性修养理论是相通的。

① 本书引用《西游记》,均据百回本(岳麓书社1987年版)。杨(阳)本(杨致和《西游记传》四十一回)、朱本(朱鼎臣《唐三藏西游释厄传》十卷)与百回本之间的演化关系,鲁迅、胡适、郑振铎、孙楷第、柳存仁、张锦池等均有讨论,可以参看。

考察《西游记》所确立的审美规范，必须注意它与中国志怪传统的密切关系。陈玄奘去天竺(印度)取经，这本来是一个圣徒(人)的故事。但这一题材在经过民间想像加工时，猴(孙悟空)、猪(猪八戒)先后加入取经队伍，并成为师徒四人中特别重要的两个角色。关于猴和猪这一类动物形象的塑造，中国的传统志怪(如魏晋南北朝志怪小说)积累了丰富的经验和惯例。

在古代中国人的想像中，人的世界之外，还有三个世界，即仙的世界、鬼的世界、怪的世界。所谓仙，即长生不老的人。根据神仙所在的空间位置，仙界大体上可分为三个部分，即天上仙宫、凡间仙窟和海中仙岛。天上仙宫是天仙生活的地方，《西游记》中的玉帝、太上老君、太白金星等就居住在这里。凡间仙窟主要是陆地上的神仙居住的地方，大多在名山之中。海中仙岛是十洲三岛的神仙居住的地方，一般在大海之上或滨海之地，虽比不上天宫的富丽，也比不上凡间仙窟的峻拔，却有海中仙岛的别样风情。《西游记》中的福星、寿星、禄星、帝君、九老等诸位神仙就在这里修行。所谓鬼，即阴间的人。人对鬼的态度是比较复杂的。一方面，出于对死亡的恐惧和禁忌心理，人对鬼往往畏而远之；另一方面，鬼在本质上是人，只不过是已经去世的人，人对鬼的情感态度仍是基本同情的。因为《西游记》写鬼不多，本书不拟多加讨论。所谓怪，即因年岁久远而具有了某种神通的“物”(动物、植物、器物)，也就是人们常说的“老而成精”、“老而成魔”。王充《论衡·订鬼》：“夫物之老者，其精为人；亦有未老，性能变化，像人形。”葛洪《抱朴子·登涉》：“万物之老者，其精悉能假托人形，以眩惑人目，而常试人。”这些物怪，后世习称为妖精或妖怪，《西游记》中的牛魔王、青毛狮怪、虎力大仙等都属此类。考察传统志怪中的妖精，至少要留意下述几个方面：一是按照原型的差异，妖怪可分为动物怪、植物怪和器物怪。在实际生活中，器物不具有生命力；植物虽具有生命力而无法自由活动；只有动物，其生命层次最高，而在动物中又根据动物的食物链高低有别。这在很大程度上决定了各种“物”神通的大小。一般来说，动物怪胜于植物怪，植物怪胜于器物怪。而在动物怪中，大动物怪通常比小动物怪难制服一些。当然，这只是一般情况，可以有个别例外。二是与仙、鬼形成对照，妖怪的世界总体上是一个令人厌恶的不信奉人间伦常的异邦。在魏晋南北朝志怪小说中，天地间的邪恶与卑鄙，常常和妖怪有关。它们没有道德感，没有廉耻心，正直的人所遵循的生活秩序和奉行的准则，它们往往视有若无，并故意践踏之、毁坏之。在这方面，妖怪与鬼的区别异常鲜明：就一般情况而言，鬼仍然信守人间伦常，尤其值得注意的是，他们从不淫人妻女(个别的恶鬼除外)；妖怪却非但无此忌讳，且有淫人妻女的嗜好，给许多普通家庭造成惨痛的悲剧。其他坑害人的事，妖怪同样爱干，神通不大的妖怪多来一些小恶作剧，神通大的妖怪则有拿人性命当儿戏的恶劣嗜好。《西游记》中，唐僧师徒遭遇的九九八十一难中，除了最初的几难外，大多数都是妖怪造成的。整个西天取经的过程正是师徒四人降妖伏魔的过程。三是在通常情况下，妖怪代表是邪恶势力，而人和仙则代表了正面力量。根据“邪不压正”的理念，人、仙在与妖怪的较量中往往占据上风。不管什么样的妖怪都有一个命门所在，要么是生理上的，要么是心理上的，而人、仙总有办法找到妖怪的命门，并富有实效地发起攻击，从而降伏他们。在《西游记》中，这也大体上是一个惯例。

考察《西游记》所确立的审美规范，还要注意它与中国笑话文学的关联。吴承恩对于《西游记》的著作权，虽然陆陆续续有学者提出质疑,① 但是，在找不到一个比吴承恩更具说服力的候选人的前提下，我们姑且相信，吴承恩就是《西游记》的作者。吴承恩具有丰富的人生阅历，“善谐剧”，他在写定《西游记》时，致力于赋予这部小说以鲜明的个人色彩，而诙谐风格便是形成其个人色彩的一个重要方面。中国笑话文学的深厚传统对他的帮助是显而易见的。林语堂《论东西文化的幽默》曾说：“一般认为哭是一切动物共有的本能，笑却只是猿猴的特性。这种特性只有我们和我们的祖先人猿才有。我不妨补充一句，思想是人的本能，但对一个人的错误，以微微一笑置之却

① 否定吴承恩著作权的国内学者主要有章培恒(《百回本〈西游记〉是否吴承恩所作》，载《社会科学战线》1983 年第 4 期)、张锦池(《论〈西游记〉的著作权问题》，载《北方论丛》1991 年第 1、2 期)，他们提出的可能的著作权人有许白云和华阳洞天主人，张锦池认为华阳洞天主人也许就是陈元之。

是神了……我以为幽默的发展是和心灵的发展并进的。因此幽默是人类心灵舒展的花朵，它是性灵的放纵或是放纵的心灵。惟有放纵的心灵，才能客观地静观万事万物而不为环境所囿。”幽默是人生必不可少的一个部分，幽默是中国传统笑话的一个重要贡献。中国笑话文学，从其旨趣来看，可以分为两类：一类是“无所为而作”，作者满足于一种机敏、谐谑、调侃的效果，如三国魏邯郸淳的《笑林》，隋侯白《启颜录》，唐朱揆《啫噱录》，宋高怿《群居解颐》、吕居仁《轩渠录》、天和子《善谑录》等；一类是“意存微讽”，含有严肃的寓意，如先秦诸子寓言、相传为北宋苏轼所作的《艾子杂说》等。这两类笑话对《西游记》均有影响。

《西游记》在立意、想像和风格方面的多元继承，造成了作品较为复杂的面貌，如果只从一个侧面看问题，就容易出现盲人摸象的失误。在面对《西游记》时特别需要一种整体把握、辩证分析的能力。

其一，我们必须有分寸地把握小说所寓含的心性修养的宗旨。在这一方面，必须防止两种倾向：一是过于拘泥、过于严肃地阐释这种象征性主旨，二是完全否认这种象征性主旨。代表前一种倾向的是一批明清时代的学者，如清初汪象旭评本《西游记证道书》所冠署名虞集的序文：①

> 余窃窥真君之旨，所言者在玄奘，而意实不在玄奘；所纪者在取经，而志实不在取经：特假此以喻大道耳。猿马金木，乃吾身自具之阴阳；鬼魅妖邪，亦人世应有之魔障。虽其书离奇浩瀚，亡虑数十万言，而大要可以一言蔽之，曰收放心而已。盖吾人作魔作佛，皆由此放心，此心放，则为妄心；妄心一起，则能作魔，其纵横变化，无所不至，如心猿之称王称圣，而闹天宫是也。此心收，则为真心，真心一见，则能灭魔，其纵横变化，亦

---

① 吴圣昔《西游记证道书“原序”是虞集所撰吗——虞集〈西游记序〉真伪探考》一文认为：“虞集《西游记序》看来决非出于虞集之手，而非常可能是后人所伪托。而伪托者不是《西游记证道书》作者汪象旭又能是谁呢?”载《明清小说研究》1991 年第 3 期。

无所不至，如心猿之降妖缚怪，而证佛果是也。然则同一心也，放之则其害如彼，收之则其功如此，其神妙非有加于前，而魔与佛异矣。故学者但患放心之难收，不患正果之难就。①

这是站在道教立场上的议论。其他如明末幔亭过客(即袁于令)《李卓吾评本西游记题词》从三教合一的立场出发谈象征主旨，清初尤侗从佛教立场出发谈象征主旨，张书绅《新说西游记总论》从儒家的立场出发谈象征主旨，立场虽别，但所揭示的修身养性的意蕴则是一致的或大体一致的。这一情形并不令人感到奇怪。盖儒、释、道三家都有自己的心性修养理论，各自的最高境界亦有不同称谓，儒家以成圣为极诣，佛家以成佛为极诣，道家以成仙为极诣，但相互之间确有共同之处，即都致力于对欲望的克服，所谓三教合一，即建立在这一共同点之上。如刘一明《西游记原旨序》所说："其书阐三教一家之理，传性命双修之道……悟之者，在儒即可成圣，在释即可成佛，在道即可成仙。"《西游记》兼容三家的心性修养理论，故时而谈禅，时而说儒，也常有道家术语。所以，明清时代的部分学者确认《西游记》具有象征意蕴，这并没有错。但他们说得太拘泥、太严肃，便与《西游记》的戏谑风格明显冲突。作为这一倾向的反拨，胡适完全否认小说的象征性主旨，代表了另一种极端倾向。1923 年，胡适在《西游记考证》中断然指出："《西游记》被这三四百年来的无数道士和尚秀才弄坏了。道士说，这部书是一部金丹妙诀。和尚说，这部书是禅门心法。秀才说，这部书是一部正心诚意的理学书。这些解说都是《西游记》的大仇敌。""这部《西游记》至多不过是一部很有趣味的滑稽小说、神话小说，他并没有什么微妙的意思，他至多不过有一点爱骂人的玩世主义。这点玩世主义也是很明白的；他并不隐藏，我们也不用深求。"②胡适反对过于拘泥地去搜寻微言大义，这是有道理的。但是，断言《西游记》没有隐喻或象征意味，却不一定有说服力。故鲁迅著

① 丁锡根编著:《中国历代小说序跋集》，人民文学出版社 1996 年版，第 1352 页。本书引用《西游记》序跋，均据这一版本。其他地方不另出注。

② 胡适:《中国章回小说考证》，上海书店 1979 年版，第 366～367 页。

《中国小说史略》，在论及《西游记》时，一方面采用胡适的论述，说《西游记》"每杂解颐之言"，"而玩世不恭之意寓焉"，另一方面又指出，"假欲勉求大旨"，则明谢肇淛《五杂俎》"求放心"之说，"已足尽之"，即认为《西游记》是一部蕴含哲理性的书，但我们不必求之过深。①

其二，我们必须对《西游记》的想像世界有同情之了解。在这一方面，既要注意《西游记》的想像世界与中国志怪传统的联系，否则就难以有亲切的阅读体会，也要注意《西游记》的想像世界与现实生活的联系，否则就看不出作者的人文关怀，但切忌过度阐释，造成严重的误读。

这里必须特别提到中国传统志怪的一个重要原则，即对妖怪不予宽恕（当然也有例外，如旧题陶潜所作的《搜神后记》卷九《放伯裘》、盛传民间的《白蛇传》等）。李剑国《唐前志怪小说史》论及《搜神记》卷十八《苍獭》、卷十九《张福》等篇时指出："一种精怪并不害人，只是在正当范围内实现自己的某种愿望，多数表现为女性精怪对男子的追求。""这样的妖怪，往往不给人以可怖或可厌的感觉，甚至使人觉

---

① 鲁迅《中国小说史略》的前身《小说史大略》对谢肇淛之论的认同更加充分。其言曰："评议此书者，有清人悟一子《西游真诠》与悟元道人《西游原旨》，皆阐明理法，文词甚繁。实则全书大旨，无非以猿表心，以马表意，以心制马与魔，而又以紧箍制心，心灭魔灭，乃得真如。谢肇淛云：'《西游记》曼衍虚诞，而其纵横变化，以猿为心之神，以猪为意之驰，其始之放纵，上天下地，莫能禁制，而归于紧箍一咒，能使心猿驯伏，至死靡他，盖亦求放心之喻，非浪作也'（《五杂俎》）数语，已足尽之。"见鲁迅：《小说史大略》，陕西人民出版社 1981 年版，第 77 页。又，鲁迅所引谢肇淛关于《西游记》的评论，见《五杂俎》卷十五"事部"，其全文是："小说野俚诸书，稗官所不载者，虽极幻妄无当，然亦有至理存焉。如《水浒传》无论已。《西游记》曼衍虚诞，而其纵横变化，以猿为心之神，以猪为意之驰，其始之放纵，上天下地，莫能禁制，而归于紧箍一咒，能使心猿驯伏，至死靡他，盖亦求放心之喻，非浪作也。《华光》小说则皆五行生克之理，火之炽也，亦上天下地，莫之扑灭，而真武以水制之，始归正道。其他诸传记之寓言者，亦皆有可采，惟《三国演义》与《钱唐记》、《宣和遗事》、《杨六郎》诸书，俚而无味矣。何者？事太实则近腐，可以悦里巷小儿，而不足为士君子道也。"

得可爱，虽然她们的原形确乎是不美的。这是因为她们不仅获得了人的美好外形，而且同时也在追求人应该获得的其他美好事物，至于妖气已被排斥于心灵之外，成为只在特殊场合才显示其存在的外在东西。”①这看法是不大妥当的。在魏晋南北朝志怪中，人与鬼之间确有风光旖旎的恋爱故事，而人与怪之间只存在怪对人的勾引或诱骗，不存在人怪恋爱，这是因为，鬼其实是人，怪则是与人格格不入的异类。面对怪的勾引，人的反应可分为几类：一是受骗上当，这样的人是被讽刺的对象，如《搜神记》卷十八《阿紫》中的王灵孝；二是不为所诱，在发现真相后果断地对怪施以惩罚，这样的人是被赞赏的对象，如《苍獭》中的丁初。这种对女怪的态度同时也是对所有物怪的态度：不予宽恕。

《西游记》也大体坚持了这一原则。第三十一回有个细节应该提出。黄袍怪将宝象国国王的女儿百花羞掳进洞中十三年，生了两个儿子，“一个有十来岁，一个有八九岁了”。为了激黄袍怪出城来交手，悟空指点八戒、沙僧说：“你两个驾起云，站在那金銮殿上，莫分好歹，把那孩子往白玉阶前一掼。有人问你是甚人，你便说是黄袍妖精的儿子，被我两个拿将来也。那怪听见，管情回来，我却不必进城与他斗了。若在城上厮杀，必要喷云暧雾，播土扬尘，惊扰那朝廷与多官黎庶，俱不安也。”八戒、沙僧照此办理：

> 却说八戒、沙僧，把那两个孩子拿到宝象国中，往那白玉阶前摔下，可怜都掼做个肉饼相似，鲜血迸流，骨骸粉碎。

这两个孩子，从《西游记》的描写来看，尚无作恶的记录，何以唐僧师徒会一丝怜悯之意也没有？理由很简单：它们是妖怪！

取经途中，欲与唐僧婚配的不止一位，其中有妖精，也有人。西梁国的女王一心想招赘三藏，因为她是人，连悟空也知道只能设计脱身，不能使那降妖的手段。悟空以少有的庄重语气对唐僧说：“一定

---

① 李剑国：《唐前志怪小说史》，南开大学出版社1984年版，第302～303页。

要使出降魔荡怪的神通，你知我们的手脚又重，器械又凶，但动手儿，这一国的人尽打杀了。他虽然阻挡我等，却不是怪物妖精，还是一国人身；你又平素是个好慈悲的人，在路上一灵不损，若打杀无限的平人，你心何忍！诚为不善了也。”三藏听了，赞许道：“此论最善。”（第五十五回）与对西梁国女王的宽容形成对照，对“淫戏唐三藏”的“色邪”——蝎子精，悟空却是严惩不贷，毫不迟疑。

明白了中国传统志怪的这一原则，有一种误读就可以避免。比如，夏志清认为：《西游记》第六十四回中，一群树精（十八公、孤直公、凌空子、拂云叟）邀请唐僧谈禅论道，赋诗唱和，其乐融融；杏仙晚来，这位才气勃发的女诗人，把诗歌与爱情联系在一起，邀请唐僧和她做爱。“八戒后来不论好歹连拱带筑把小林中所有能变人形说话的树挥倒在地，那根下‘俱鲜血淋漓’。除了枫树外，这些都是毫无伤害之心的温和的精灵，他们没有任何反抗就死去了。因而，这一回中揭示了爱情、诗歌和哲学讨论这种田园世界的虚幻性，最后这哲学讨论，就连唐僧也必须抛弃。”①夏志清在描述妖怪时这种温情脉脉的笔调，显然是对中国传统志怪原则缺乏亲切体会的结果。②

《西游记》的想像世界，一端通向中国的志怪传统，一端通向现实人生，也就是说，《西游记》对想像世界的描写，是具有“现实意义”的。但是，这里必须注意，吴承恩不是一位总想着讥弹时政的作家，如果《西游记》中确有讥弹时政的意味，那也是妙手偶得，并非刻意为之。明白了这一点，我们就可以确信，把《西游记》当做严峻、

---

① ［美］夏志清著，胡益民等译：《中国古典小说史论》，江西人民出版社2001年版，第145页。

② 也许可以顺便指出，夏志清对第六十四回内涵的阐释也不准确。作者写这一段故事，主要不是为了考验唐僧对待色欲或爱情的自我控制能力，更主要的是对文字禅、口头禅加以调侃。禅门以不著语言、不立文字、直指本心、见性成佛为宗旨，需要的是体验而不是阐释。据说，胡适当年与铃木大拙讨论禅宗，曾谈到他们二人都是禅的罪人，因为，他们用文字论禅，禅也就消失了。同样，唐僧在木仙庵与四个树精谈禅，尽管说得头头是道，实际上已经走火入魔了。在这个意义上说，杏怪是唐僧玩弄口头禅招来的。

辛辣的政治批评来读是一个重大失误。比如李希凡认为："从孙悟空的求师访道，到闹龙宫、闹阴司、闹天宫，到被压在五行山下，很像一个英雄的传奇。在这个神话的英雄传奇里，映照着极强烈的现实生活的色调。人们仿佛看见了这样的社会关系，一支英雄的农民起义军，像水浒义军一样，起而反抗封建统治者，所向无敌，几次招安，几次反叛，但是，终于又在封建势力的包围下失败了。尽管'刀砍斧剁'、'枪刺剑刳'、'放火煨烧'、'雷屑钉打'，都莫想伤及其身(因为人民的反抗意志是消灭不了的，《西游记》这样描写孙悟空被捉后的形象，正是有意无意对于人民反抗力量的热情颂歌)，终究还是被压在封建大山的下面了。"①这就不免牵强附会了。由这样一种牵强附会出发，热心于为各种仙、妖、佛划分阶级成分，一一与现实生活中的阶级关系、阶层关系对应，更是系统、全面的误解。在这一方面，胡适的处理是较为妥当的。在《〈西游记〉考证》一文中，一方面，他明确指出，《西游记》折射出现实生活的某些层面，另一方面，他又特别强调，《西游记》的魅力在于"滑稽"、"玩世"，意思是不必过于严肃、拘泥地拿《西游记》的描写与现实比附。他说：

……美猴王的天宫革命，虽然失败，究竟这是一个"虽败犹荣"的英雄！

我要请问一切读者：如果著者没有一肚子牢骚，他为什么把玉帝写成那样一个大饭桶？为什么把天上写成那样黑暗，腐败，无人？为什么教一个猴子去把天宫闹的那样稀糟？

这显然是把《西游记》与现实生活联系起来了。与此同时，胡适又说：

但是这七回的好处全在他的滑稽。著者一定是一个满肚牢骚的人，但他又是一个玩世不恭的人，故这几回虽是骂人，却不是板着面孔骂人。他骂了你，你还觉得这是一篇极滑稽，极有趣，

---

① 李希凡：《〈西游记〉的主题和孙悟空的形象》，载《论中国古典小说的艺术形象》，上海文艺出版社1961年版，第308页。

无论谁看了都要大笑的神话小说。①

胡适这样讲，意在提醒读者，《西游记》讨论政治问题，乃是出于一种游戏心态。夏志清也睿智地指出："他在小说中记下了许多对中国官僚机构一针见血的观察，但在我们看来，这与其说是吴承恩有意讥弹时政，毋宁说是民间智慧的结晶。事实上，他常常引用俗语以取得喜剧效果，并拿所有传统的讽刺对象开玩笑。"②这样把握《西游记》的"现实意义"是恰当的。

其三，我们必须对《西游记》的戏谑性风格予以充分重视。《西游记》不乏哲理蕴含，也不乏对现实政治的调侃与讽刺，但在一种戏谑性的氛围中，我们领略到的是一部轻喜剧，以过于沉重的心态来读会造成理解的隔阂和失误。《西游记》经常借题发挥地讽刺世情。比如第三十六回，唐僧向宝林寺僧官借宿，僧官不允，还训斥了唐僧一顿；悟空去借，僧官满口答应，唯唯诺诺。

> 行者闻言暗笑，押着众僧，出山门下跪下。那僧官磕头高叫道："唐老爷，请方丈里坐。"八戒看见道："师傅老大不济事，你进去时，泪汪汪，嘴上挂得油瓶。师兄怎么就有此獐智，教他们磕头来接？"三藏道："你这个呆子，好不晓礼！常言道，鬼也怕恶人哩。"

"鬼也怕恶人哩"，一方面是说悟空长相可怕，另一方面也是更重要的一个方面，则是调侃世情，讽刺世人欺软怕硬。这种讽刺确实是作者有意为之，因为八戒和三藏的对话并非主干情节的自然延伸，就与主干情节的关系而言，实属节外生枝，借题发挥。但是，我们不能由此就说吴承恩对世态人情抱有多么愤愤不平的情绪，实际上，他是见惯不惊，有意显示调侃的机智和风趣。

---

① 胡适：《中国章回小说考证》，上海书店1979年版，第356页。

② ［美］夏志清著，胡益民等译：《中国古典小说史论》，江西人民出版社2001年版，第141～142页。

吴承恩对戏谑性风格的偏爱，在塑造孙悟空和八戒时表现得格外明显。孙悟空是作者喜欢的人物，但这并不妨碍作者为他设计一副可笑的面容。第六十四回，一位家住五行山下的老者，见了初为唐僧徒弟的悟空，说："我曾记得祖公公说，此山乃从天降下，就压了一个神猴。只到如今，你才脱体。我那小时见你，是你头上有草，脸上有泥，还不怕你；如今脸上无了泥，头上无了草，却像瘦了些，腰间又苫了一块大虎皮，与鬼怪能差多少？"一席话说得在场诸位哈哈大笑，读者也不禁会心一笑。第三十一回，悟空向宝象国公主许诺，要打死妖精，救她回到父母身边，公主道："和尚啊，你莫要寻死。昨者你两个师弟，那样好汉，也不曾打得过我黄袍郎。你这般一个筋多骨少的瘦鬼，一似个螃蟹模样，骨头都长在外面，有甚本事，你敢说拿妖魔之话？"第三十六回，唐僧受宝林寺僧官欺侮，不肯借宿，悟空闯进去赌狠，吓得烧晚香的僧人连跌几跤，跑入方丈里告诉僧官："老爷，这个和尚，比那个和尚不同，生得恶躁，没脊骨。""是个圆眼睛，查耳朵，满面毛，雷公嘴。手执一根棍子，咬牙恨恨的，要寻人打哩。"僧官开门去看，"只见行者撞进来了，真个生得丑陋：七高八低孤拐脸，两只黄眼睛，一个磕额头；獠牙往外生，就像属螃蟹的，肉在里面，骨在外面"。这一类描写，着眼于悟空的外貌，经常转换视角，一方面提醒读者悟空原为猴子，另一方面又引读者留意其外貌的滑稽之处，开心一笑。八戒的外貌和贪吃也是《西游记》多次使用的笑料。进一步，《西游记》还在性格上赋予他们以喜剧性的顽皮意味。且不说八戒经常自称"痴汉"，悟空自称是"历代驰名第一妖"，即以两人热衷于恶作剧而论，也足以令读者忍俊不禁。如第七十六回，八戒出战，借了悟空一条绳子系在腰里当救命索，战败时可让行者扯回来，莫教妖精拉了去。这本是儿童天真幼稚的想法。而悟空呢？居然趁机使促狭，闹恶作剧。当八戒战败，急叫师兄扯救命索时，悟空转把绳子放松了抛将去，把呆子绊倒，被妖魔捉将去。在疾风暴雨的恶战中，悟空、八戒对危险视而不见，谈笑自若，两个人都是儿童心性，打闹淘气、互相捉弄是他们本性使然。在此，作者为了凸现悟空、八戒的儿童心性，并由此凸现小说的戏谑性风格，宁肯牺牲故事情节固有的现实性和合理性。可见，戏谑性是作者偏爱的一种风格，倘若我们执意以古板的心态来读，那不能算是合格的读者。

综上所述，将《西游记》的象征性主旨、想像世界和戏谑性风格融为一体来加以理解是较为合理的一种阅读方式。就这一点而言，吴圣昔(笔名方胜)的见解是值得注意的。他是“文化大革命”后集中探讨这一问题的第一位学者。他在《西游新解》中以传奇性、诙谐性和哲理性来概括《西游记》的艺术特征。传奇性与我们阐释的想像世界相通，诙谐性与我们阐释的戏谑性风格相通，哲理性与我们阐释的象征性主旨相通。20 世纪 50—70 年代的研究较多探讨《西游记》的幻想艺术(虽然在对传统志怪原则的考察方面甚弱，甚至可以说是一个盲点)和政治性蕴含(虽然过度阐释的问题十分严重)，而忽略它所包含的哲思与戏谑意味，这是令人吃惊的。因为，在《西游记》中，哲思与戏谑即使不比想像更重要，那也至少同样重要，而“游戏之中暗传密谛”，即戏谑意味与象征性主旨的融合又是其极具个性的表达方式。“《西游记》具有哲理意味。运用游戏笔墨来描绘的作品形象体系，具有一定的哲理性意义，这不仅深化了作品主题的内涵，而且形成了一种与一般游戏之作完全不同的耐人寻味的意境，使这部神怪小说成为游戏之作中的典范性作品。”“《西游记》是一部游戏之作……作品全部故事情节及其人物间的冲突，其实是在总体上显示着人生道路上所必然要碰到的某种或某些方面的富有哲理意味的启示。”如此看来，撇开了象征性主旨和戏谑性风格来谈《西游记》的想像世界，或者撇开了想像世界和戏谑性风格来谈象征性主旨，或者撇开了象征性主旨和想像世界来谈戏谑性风格，都不能完整地把握《西游记》的魅力所在。将三者结合起来，既可以避免一味从“现实意义”的角度阐释《西游记》，也不会因为注重象征性意蕴而过于拘泥、严肃，或者因为强调戏谑性而忽视了小说的内涵和想像世界自身的逻辑，对具体人物和具体情节的解读也将更为中肯、恰切。①

——据武汉大学出版社2003年版
《明清章回小说流派研究》第一章第三节

【评　介】

陈文新，1957年8月生，湖北公安人。1977年考入武汉大学，获文学学士、文学硕士、哲学博士学位。1991年破格晋升副教授，1995年破格晋升教授。现为武汉大学二级教授、博士生导师、享受国务院特殊津贴专家。担任武汉大学中国传统文化研究中心（教育部人文社会科学重点研究基地）副主任、明清文学研究所所长。兼任《历代科举文献整理与研究丛刊》主编、《中国学术档案大系》主编、教育部哲学社会科学重大课题攻关项目《中国古代文学史》首席专家、《湖北省志》总纂委员会副总纂、中国俗文学学会副会长、中华炎黄文化研究会科举文化专业委员会常务理事、中国明代文学学会理事、中国三国演义学会常务理事、中国水浒学会常务理事、中国西游记文化研究会理事等。陈文新教授的研究方向主要为中国小说史、明代诗学、明代科举与文学等，其主编的18卷本《中国文学编年史》是我国首部系统完整、涵盖古今的文学编年史，荣获首届中国出版政府奖和

① 曾有学者将《西游记》视为"仙话小说"。"仙话是在神仙家思想指导下和方士巫师导演下诞生的畸生（原文如此）儿，貌类神话，精神则悖之。""古而无死，其乐若何"是仙话的核心理念。"神话往往饱含着悲剧精神，诸如女娲补天、共工撞山、夸父逐日、精卫填海等是。仙话则反其道而行之，已长生不老，当快活神仙，何悲之有哉！《西游记》无论大闹天宫或八十一难，无不逢凶化吉，遇难呈祥。连非仙非佛的唐太宗亦延年益寿（第十一回）；陈光蕊也死而复生（第九回）。这一切，都显现了此书的仙话之本来面目。"在这位学者看来，《西游记》的"独特的诙谐幽默的风格，曲折的引人入胜的故事，奇幻的眩迷耳目的情节"也是这种"古而无死，其乐若何"的精神表现。见龚维英：《〈西游记〉系仙话小说述论》，载《明清小说研究》1988年第2期，第125、126页。这样一种阐释，仅仅注意《西游记》的某个侧面，属于典型的盲人摸象。

湖北省第六届人文社会科学优秀成果奖一等奖，入选教育部重点研究基地标志性成果和“新中国六十年高校哲学社会科学成就展”，被誉为“文学史的万里长城”(冯其庸语)。个人学术专著主要有《古典文学论著四种》(《传统小说与小说传统》、《文言小说审美发展史》、《明代诗学的逻辑进程与主要理论问题》、《中国文学流派意识的发生和发展》)。

陈文新教授沉潜于学术研究三十余年，学术兴趣和专长有几度转换，由文言小说到明清章回小说，并进一步延伸到明代诗学，近年来又特为关注明代科举与文学，其学术风格和气象日益阔大，但基本的学术理念和研究方法却一以贯之，即始终不渝地注重辨体研究，注重“了解之同情”，注重阐释循环而不偏于一端。他的《西游记》研究也明显地体现出这些特点。

选入《〈西游记〉学术档案》的这篇论文，是陈文新教授与他人合著的《明清章回小说流派研究》一书的一部分，该书是武汉大学首批人文社会科学研究重大项目“中国古代文学流派研究”的成果之一。著者将包括《西游记》在内的明代“四大奇书”作为明清章回小说主要流派审美规范确立的标志来看待和研究，这本身就是辨体理念的体现。文章侧重于对《西游记》所确立的神魔小说的审美规范进行阐释，故对于相关问题的考证并不是重点，只在文中以注释的方式予以介绍和认同，这样行文的好处是重点突出、眉目清楚，不求面面俱到而使论述相对集中和深入。

在辨体理念指导下，文章一方面注意追溯《西游记》审美规范确立的文化传统资源，一方面以此来理解《西游记》文本表现的实际，从而避免偏执于一端的误读，力求做到在“了解之同情”下的阐释循环。作者注意到了《西游记》与佛教经籍、志怪传统、笑话文学三者间的关联，认为“《西游记》在立意、想像和风格方面的多元继承，造成了作品较为复杂的面貌，如果只从一个侧面看问题，就容易出现盲人摸象的失误。在面对《西游记》时特别需要一种整体把握、辩证分析的能力”。比如，作者一方面认为取经途中的妖魔，其实是“心”的欲望的种种象征，《西游记》的命意与佛教的心性修养理论是相通的。另一方面，作者反对过于拘泥过于严肃地阐释这种象征性主旨，因为这种做法与《西游记》的戏谑风格存在明显的冲突。也就是说，我们一方面要注意《西游记》由于题材、立意上的渊源所寓含的思理象征意义，另一方面我们也必须注意《西游记》由于与笑话文学的渊源而具有的幽默戏谑风格。这两者之间的融合，才是《西游记》文本的表现形态，从而两者中的任意一面都不会过于极端、单向地主导小说的整体。在陈文新看来，《西游记》与佛教经籍、志怪传统、笑话文学之间，都是这样一种相互制约的关系，任何偏于一端的认识和把握都不尽符合小说的文本实际。应该说，这样的阐释理路非常典型地体现了“阐释的循环”，具有一种辩证的逻辑力量和解释力度，对于《西游记》研究中的若干问题能够取得相对融通的调和。

对于西天路上的诸多妖魔鬼怪，以往的研究较多地以人心隐寓和现实影射的视角来解读，虽然也具有相当的合理性，但终究使人有“只得其表、未入其里”之感。作为以研究文言小说而进入学界并卓有成就的大家，陈文新教授则注意到中国志怪传统对《西游记》的重要影响。在中国的志怪传统中，由各类“物”(植物、动物、器物)年深日久而变化成的妖怪，一般是作为令人厌恶的异类出现的，对它们既不需要怜悯同情，更不能流连沉溺，否则就有丧命亡身之虞。所以，中国志怪传统中对物怪的处理坚决而一贯，那就是：不予宽恕。《西游记》所大肆描写的西天诸难，十有八九是物久成精的妖魔，故无论唐僧还是孙悟空都对之严惩不贷，毫不迟疑。这一除恶务尽的态度，显然与佛家众生平等的观念以及慈悲为怀的胸襟大相径庭，从而使小说的佛教题材与实际描写存在不小的抵牾，如果不深知中国志怪传统的上述惯例，那么就可能产生某些误读。陈文新指出，即便是对中国文言小说研究有素的李剑国先生，也可能因为对个别志怪小说作品的理解而误会了全部的传统，那么夏志清对《西游记》第六十四回树精、杏仙与唐僧间谈诗谈情一段情节的阐释，就更难免于一厢情愿的误读了。夏氏并不理解为什么温和的树精以及含情脉脉的杏仙会被严厉地铲除，所以认为“这一回中揭示了爱情、诗歌和哲学讨论这种田园世界的虚幻性，最后这哲学讨论，就连唐僧也必须抛弃”。在陈文新看来，这纯粹是属于缺乏同情之了解的臆解，因为树怪与唐僧间的风雅交谊并不属于爱情的范畴。

陈文新教授的这篇论文篇幅并不长，但却十分引人注意。一方面，他提出将《西游记》的象征性主旨、想象世界和戏谑性风格融为一体来加以理解，是解读小说文本的一种较为合理的阅读方式，从而对任何单一的研究视角保持警惕。另一方面，对《西游记》的这一审视眼光贯穿了辨体、了解之同情、阐释循环等重要的研究方法，是作者本人学术观念成熟的体现，从而对其他研究对象同样适用，其方法论的实践意义是远大于文章所论述的具体观点的。

陈文新《西游记》论著目录：

《西游记：彻悟人生》（合著），武汉大学出版社 2002 年版。

《明清章回小说流派研究》（合著），武汉大学出版社 2003 年版。

《西游记与神魔小说审美规范的确立》，载《东南大学学报》2003 年第 5 期。

《佛门俗影——西游记与民俗文化》（合著），黑龙江人民出版社 2003 年版。

《西游记与神魔小说风格类型之探析》，载《淮海工学院学报》2004 年第 1 期。

《呆子——民间故事的永恒主角》，载《传统小说与小说传统》，武汉大学出版社 2007 年版。

《西游记中的法宝》，载《文史知识》2007 年第 10 期。

《读竺洪波〈四百年西游记学术史〉》，载《明清小说研究》2007 年第 3 期。

《百家汇评本西游记》前言，长江文艺出版社 2007 年版。

《明清小说名著导读（修订本）》（合著），武汉大学出版社 2008 年版。

近百年《西游记》研究论著提要

近百年《西游记》研究论著提要

1910—1919年

西游原旨

(清)刘一明辑，上海江东书局1913年出版。清人刘一明所作《西游原旨》是《西游记》传播史上的一部重要著作，也是清代众多《西游记》证道本之一。作为全真道龙门派第十一代的代表人物，刘一明对《西游记》做了一番试图阐述金丹大道的工作，比其他证道本作者的评点更系统更广泛。不仅如此，他对小说中所反映出的关于儒释道三教思想、阴阳五行以及《周易》理论等中国传统思想都进行了不遗余力的阐发，对小说中的世俗人情等也有许多精辟的阐述。

1920—1929年

西游记考证

胡适著，上海亚东图书馆1923年出版新式标点本《西游记》附，上海亚东图书馆1924年出版《胡适文存》时将其收入。胡适自1923年发表《西游记考证》引发学界研究兴趣历久不衰，可谓具有开创研究风气之功。书中对作者、版本、故事的来源及演化进行研究。在对内容的探讨上则认为《西游记》是一本有趣味的滑稽、神话小说，作者的创作态度是玩世主义，书中没有什么微言大义，更不用说有什么儒释道的寓言。胡适还探讨了《西游记》中孙悟空的来源，引发了学界对这一问题持续探讨的兴趣。

西游记精华

邹仁达编，文明书局1929年出版。本书是作者以金元戏剧材料为基础加上自己的想象创作而成，其结构在中国旧小说中最为精密。

1930—1939年

射阳先生存稿

(明)吴承恩撰，(明)丘度校，北平故宫博物院图书馆1930年出版。诗文别集，四卷。原本刊刻于明万历十七年(1589)。按文体分类编排，第一卷包括：赋3篇，骚1篇，五言古诗9首，七言古诗15首，五言律诗10首，五言排律2首，七言律诗26首，五言绝句4首，六言绝句1首，七言绝句21首，颂6篇；第二卷为序26篇；第三卷包括：论1篇，表2篇，赞2篇，杂著3篇，志铭4篇，诔1篇，祭告文8篇，跋4篇，启4篇；第四卷收障词39篇，词69首。

长春真人西游记校注

(元)李志常撰，王国维校注，文殿阁书庄总发售，1937年出版。这部书讲述的是金元之际道教全真派教长邱处机(1148—1227)受蒙古帝国皇帝成吉思汗的邀请，从黄海之滨到中亚大雪山(今阿富汗兴都库什山)传授长生之术的经历。

1940—1949年

三国水浒与西游

李辰冬著，重庆大道出版社1945年出版。该书对《三国演义》、《水浒传》和《西游记》进行了研究，指出《西游记》是中国古典小说中一部以神话为题材的伟大的浪漫主义长篇小说，它的出现标志着我国浪漫主义文学达到了一个新的高峰。《西游记》不仅奠定了神魔小说这一小说品类的基础，开拓了中国长篇小说的表现内容，而且是中国小说中极为少见的描绘了人与自然关系的作品。

1950—1959 年

西游记研究论文集

作家出版社 1957 年编辑、出版。本书是作家出版社为展示古典文学研究的大好形势而编辑的《古典文学研究文集丛书》的一种。收录截至 1957 年公开发表的有关《西游记》研究的论文 17 篇，附录 1 篇，共 18 篇文章。

玄奘西游记

朱楔著，新文艺出版社 1957 年出版。本书作者以章回体小说的叙事手法，根据历史事实，详细描写了玄奘一路所经千山万水，并历经艰险和克服困难的情况，更参考玄奘所经各国的地理和风土人情，对中世纪时代西域和印度各国情况作了描写。

说唱西游记(上、下集)

罗扬、沈彭年整理，通俗文艺出版社 1958 年出版。该书的底本是清代蒙古车臣汗王府收藏的《西游记》鼓词手抄本，现存首都图书馆。手抄本散韵相间，共百余万字，原改编者佚名无考。该整理本删除了唐僧出世、唐王游地府、刘全进瓜等情节和手抄本增添的斗白猿、五魔女等离开原著节外生枝的部分。整理工作主要放在语言文字的修订方面，特别是唱词部分的修改和加工润色。手抄本原未分段落，整理本根据故事情节分成一百五十七回并标出回目以便阅读。

吴承恩诗文集

(明)吴承恩著，刘修业辑校，古典文学出版社 1958 年出版。刘修业以 1930 年北平故宫博物院图书馆铅印本《射阳先生存稿》为底本，参照《故宫周刊》、《射阳文存》、《山阳艺文志》、《山阳志遗》等文献，对吴承恩诗文作品进行辑录、校订，补遗中收录她所发现的佚文两篇、佚诗四首，定名为《吴承恩诗文集》，由古典文学出版社出版。全书共四卷，第一卷为赋、骚、诗、颂；第二卷为序；第三卷为论、表、赞、杂著、志铭、诔、祭告文、跋、启；第四卷为障词、词、曲。书末附有刘修业所作考证文章数篇，颇有参考价值。1964年2月，杨家骆将其收入《中国文学名著》第六辑第十四册，由中国世界书局复印出版发行，定名为《吴承恩集》。

古典小说戏曲丛考

刘修业著，作家出版社1958年出版。本书是刘修业对古典小说、戏曲的研究论文集，其前四篇为吴承恩研究论文，均为考证之作，包括：《吴承恩年谱》、《吴承恩交游考》、《吴承恩著述考》、《吴承恩论著杂事考》。

1960—1969年

吴承恩和西游记

兆明编写，中华书局1963年出版。本书介绍了吴承恩的生平和《西游记》故事的由来、梗概、主题思想和艺术特点。

1970—1979年

吴承恩和西游记

王俊年编著，人民出版社1973年出版。本书内容主要包括：《西游记》的成书过程、成书的时代背景和作者的生平思想、《西游记》的描写内容和社会历史意义、艺术成就以及对《西游记》中消极成分的批判。

论西游记

上海师范大学中文系《论〈西游记〉》写作小组编，人民文学出版社1973年出版。

西游记与中国古代政治

萨孟武著，台湾三民书局1974年出版。本书以《西游记》中的小故事为话题，援引历史实例和诸子思想进行解读，于虚幻的神话世界得出了切实而有趣的社会政治见解，令读者会心一笑的同时，拍案叫绝。

1980—1989 年

吴承恩与西游记

胡光舟著，上海古籍出版社 1950 年出版。本书结合特定的时代背景，对《西游记》的成书过程、主题、社会意义以及孙悟空、猪八戒、唐僧等人物形象分别作了探讨分析，并搜集了有关吴承恩的资料，将吴承恩一生事迹作了介绍，本书可供阅读《西游记》的读者参考。本书是新时期以来第一部《西游记》研究专著。

西游记八十一难研究

徐贞姬著，台湾辅仁大学 1980 年硕士学位论文。论文重点在：第一，以寓言象征的角度来诠释灾难的意义，包含对灾难历程、各种妖怪及所经山水景物的诠释。第二，运用心理学上“冲突”的观点，来诠释引发灾难的各种人物、妖魔的错综复杂的关系。第三，采用荣格“原型论”，提出辅助解决各种灾难的“智慧老人”原型的问题。此论文有助于开拓对《西游记》内容理解的新角度。

吴承恩年谱

苏兴著，人民文学出版社 1980 年出版。苏兴之前，为吴承恩作年谱者，已有赵景深和刘修业。刘谱较详博，苏兴此书即在刘谱基础上创作，主要订正了：吴承恩成为岁贡生在嘉靖二十九年，而不是嘉靖二十三年；吴承恩任长兴县丞在嘉靖四十五年，而非嘉靖三十二年。所补充的要点是：吴承恩创作《西游记》在其中年，即嘉靖二十一年左右；吴承恩进学后曾在葛木办的龙溪书院就读，吴承恩成岁贡生后到任长兴县丞中间的十几年间，一直在南京国子监作太学生；吴承恩之所以从长兴“拂袖归”，乃因为他被认为有贪污嫌疑，投狱后获释；吴承恩之名篇《二郎搜山图歌》约作于嘉靖十八年，正与产生

《西游记》同时，等等。本谱多考证史实，繁征广引。年谱后有附录五种：(1)吴承恩诗文系年简目。(2)吴承恩遗佚作品。(3)吴承恩交往录(内分密友、文友、同乡先辈及亲戚长辈、同乡好友、亲戚与同乡晚辈、官府与各方面人士、其他)。(4)正德元年至万历十年淮安水旱表。(5)援引书目。

吴承恩小传

苏兴著，百花文艺出版社1981年出版。本书是苏兴在其《吴承恩年谱》基础上写作而成，《吴承恩年谱》在于钩稽考辨事实，以事系年，《吴承恩小传》在于融会贯通，以吴承恩个人经历为序列，记叙他的事迹活动，显示其思想发展脉络，尽可能描绘其形象。本书以简练、生动的语言，介绍了吴承恩所处时代背景、个人经历、写作《西游记》的思想基础和成书经过。作者对吴承恩生平事迹考证甚详，研究也较深入，不乏独特之见。第四节"吴承恩中壮年时期及写作西游记"和第六节"作吏向风尘"提出，吴承恩写作《西游记》是在他中壮年时期，即嘉靖二十一年左右正在写作或已脱稿，吴承恩任长兴县丞是在嘉靖四十五年，而非嘉靖三十二年，离开长兴乃因被诬投狱而罢官。

孙悟空的血统

蔡国梁著，中华书局1981年出版。孙悟空形象的原型问题是《西游记》研究中的一项重要课题。本书认为孙悟空是继承无支祁形象，又接受哈奴曼影响的"混血猴"。

吴承恩和西游记

潘兆明编著，中华书局1981年出版。该书被收入《中国历史小丛书》，对吴承恩的生平及《西游记》的成书进行了论述。

吴承恩传记资料

朱传誉主编，台湾天一出版社1981年出版。未见，存目。

西游记探源

郑明娳，台湾文开出版事业公司 1982 年出版。此文为郑明娳教授的博士论文(台湾师范大学)。全书从作者、版本、故事源流及形成过程、《西游记》的形式与内容四大方面来探讨《西游记》，强调从文学的角度来看西游故事在演变的过程中如何就形式与内容两方面，来造就作品的文学效果。该书研究资料丰富、用功甚勤，在主题的发微上，肯定《西游记》是一本寓言小说，可谓一本全面的有深度的《西游记》概论。

研究西游记的专著

朱传誉主编，台湾天一出版社 1982 年出版。全书共收录杨正之、李辰冬、姚咏萼、金恒杰、周芬伶、吴雍璧、陈敦甫等撰写的有关《西游记》研究的论文 26 篇。

中印文化关系史论文集

季羡林著，三联书店 1982 年出版。本书收录季羡林论文 20 篇，其中与《西游记》相关者两篇：《〈西游记〉里面的印度成分》、《玄奘与〈大唐西域记〉》。

吴承恩逝世四百年纪念册

淮安县纪念吴承恩逝世四百周年委员会编，1982 年出版。未见。存目。

西游记资料汇编

朱一玄、刘毓忱编辑，中州书画社 1983 年出版。本书分“本事编”、“作者编”、“版本编”、“评论编”、“影响编”五部分，收录了《西游记》作者的个人资料，《西游记》各种版本的资料等内容。

云台山、吴承恩与西游记

李洪甫编，江西旅游局编印，1983 年出版。本书主要介绍云台山名胜与《西游记》以及明清小说和江苏旅游之关系。

西游记探微

赵天池著，台湾巨流图书公司1983年出版。未见，存目。

吴承恩的传说

陈民牛编，江苏人民出版社1983年出版。未见，存目。

西游记研究——首届《西游记》学术讨论会论文选

江苏省社会科学院文学研究所编，江苏古籍出版社1984年出版。收录《〈西游记〉思想倾向琐议》（赵明政），《〈西游记〉研究的不协和音》（何满子），《〈西游记〉与社会现实》（李希凡），《〈西游记〉对明世宗的隐寓批判和嘲讽》（苏兴），《论〈西游记〉的美学价值和宗教观念的关系问题》（吴圣昔），《论〈西游记〉塑造人物的艺术特色》（刘毓忱），《〈西游记〉的成书过程和孙悟空形象的渊源》（李时人），《吴承恩墓地调查散记》（刘怀玉）等有关《西游记》研究的论文16篇，另有附录3篇。

小说考证

蒋瑞藻编，江竹虚标校，上海古籍出版社1984年出版。此书正编10卷，续编5卷，后有附录、拾遗。辑录自元至清470余种小说、戏曲研究资料，涉及作家生平事迹、作品题材源流和内容评论分析等，还包括若干清末民初的翻译小说资料。这些资料辑自各种笔记、曲话和杂录，间附编者考订按语。此书内容丰富，所据原始材料有不少在当时即不易见，现更有佚失，所以颇受研究者重视。唯辑录时校阅不精，是其缺点。

西游记人物研究

张静二著，台湾学生书局1984年出版。全书运用人类学的启蒙仪式及神话学中“死亡”与“复生”的原型分析小说情节及人物，对五圣均有精辟入微的性格、形象及内在意涵的诠释，尤其对历来鲜有论及的龙马着墨不少。书中指出“五行生克”是关乎《西游记》全书的基础架构，并分析孙悟空毕生追求为“人”的错综复杂心态，认为这可称为“孙悟空情绪”，见解独到。本书每个课题的论述，都能先总评在此课题上已有的研究成果论点的得失，然后再提出自己的观点，可谓迭有创见。作者所诠释的每个角度，都可谓是创造性的诠释，深富意义。

论西游记及其他

刘毓忱著，百花文艺出版社 1984 年出版。作者逝世于 1983 年，本书是萧欣桥先生从其遗稿中选取出来编辑出版的。其中关于《西游记》的文章有：《〈西游记〉主题简说》，《关于孙悟空“国籍”问题辨析》，《孙悟空形象的演化》，《谈谈“孙行者三调芭蕉扇”》，《喜剧人物猪八戒》，《从玄奘到唐僧》，《〈西游记〉塑造人物的艺术特色》。

吴承恩的传说

靳全生、秦永明搜集整理，河北人民出版社 1984 年出版。未见，存目。

吴承恩传

朱兴著，台湾国际文化事业有限公司 1984 年出版。未见，存目。

长春真人西游记

(元)李志常撰，中华书局 1985 年出版。《长春真人西游记》引起学术界的广泛重视是近两百年来的事，尽管它的成书是在 1228 年。这部书写成之后，流传并不广。直到 1795 年，它才被著名学者钱大昕从苏州元妙观《正统道藏》中发现并借抄出来，逐渐为人所知。这部书讲述的是金元之际道教全真派教长邱处机受蒙古帝国皇帝成吉思汗的邀请，从黄海之滨到中亚大雪山传授长生之术的经历。

西游记外传

陈民牛选编，浙江文艺出版社 1986 年出版。《西游记》是我国四大古典文学名著之一，也是老少皆宜、耳熟能详的作品，这部作品每每让人握卷入迷而不忍释手，不但在我国有大量读者，即使在邻近的日本，也有相当多的学者在研究它。本书是集众人之手，汇民间乡里各种传说，收罗汇编，在《西游记》之外所发展出来的另一种文学形式。

西游记考证

胡适著，远流出版事业股份有限公司 1986 年出版。本书分六个部分：第一部分说明小说《西游记》与李志常记载邱处机西行经历的西游记无关。第二部分论述由唐到宋元间，玄奘取经故事的“神话化”及其演变。第三部分根究猴王孙悟空故事的来历，认为印度的“哈奴曼是猴行者的根本”。第四部分论述宋以后取经故事的演化，断定元代已有很丰富的西游故事。第五部分考证《西游记》作者吴承恩的事迹。第六部分分析《西游记》的内容，指出《西游记》之所以能成为“世界的一部绝大的神话小说”是因为《西游记》里的种种神话都带有一种诙谐意味。

西游记外传

姜威编，上海文艺出版社 1986 年出版。《故事会丛书》之一。本书实际上是对《西游记》的一个补充，选收了在群众中广泛流传的西游故事，曲折地反映了当时广阔的社会现实。

全真教和小说西游记

柳存仁著，书目文献出版社 1987 年出版。该书指出《西游记》第八回、第五十回、第七十八回和第九十一回的开篇引首词与《道藏》中收入的冯尊师及丹阳子马钰（全真七子之首）等人的词作仅有个别词句之差。这四首“抄袭”之作的考证发现，有力地证明了柳存仁提出的重要观点：《西游记》和道教（特别是全真教）之间有密切的关系。柳存仁也由此大胆推论：在现存明刊百回本《西游记》之前，可能有一个受到全真教影响的本子存在，这个本子的作者有可能就是邱处机本人。

西游记及明清小说研究

苏兴著，上海古籍出版社 1989 年出版。本书是苏兴从他 30 余年来发表过的 50 多篇论文中遴选出来的一部论文选集，收录论文 15 篇，其中《西游记》研究论文 8 篇。

西游新解

吴圣昔著，中国文联出版公司 1989 年出版。全书分总体篇、密谛篇、技巧篇、格调篇和源流篇五个部分，着重对《西游记》的艺术技巧和美学风格进行了探讨，涉及幻想艺术、塑像艺术、讽刺艺术、结构艺术和语言艺术等方面。在主题方面，作者同意鲁迅的意见，但对其得失也作出了客观的评价，并提出了《西游记》和《封神演义》谁因袭谁的问题。本书是新时期以来较早系统分析《西游记》艺术问题的论著。

余国藩西游记论集

余国藩著，李奭学译，台湾联经出版事业公司 1989 年出版。余国藩先生既以精研西方文学与宗教而称美西方学界，又以对《西游记》、《红楼梦》及中国传统思想文化的深刻理解而享誉汉学界。本书为其 30 余年的研究心得，书中对《西游记》的版本、寓言特质及史诗面向的考察，均见解独到，论证严密，为其建基于“人文学问”传统之上的“得意之作”。

1990—1999 年

中国通俗小说总目提要

江苏省社科院文学研究所编，中国文联出版公司 1990 年版。内容提要是本书的主体部分，以精炼朴实的语言准确、客观地概述所评书的内容大要，做到脉络清楚，主要人物突出，注意可读性。主题思想从内容的概述中得到自然表露，尽可能寓褒贬于不言之中，一般不作政治上的断语，必要的可作简要的思想艺术评价，酌情介绍所评书的源流与沿革。本书对《西游记》诸版本的著录以孙楷第《中国通俗小说书目》为基础。

西游记的传说

贺学君编，南海出版公司1990年出版。本书选编《西游记》之外与《西游记》相关的民间传说53篇，内容分为《西游记》作者传说、成书传说、人物传说以及以《西游记》为依托的山川风物传说四部分。这些传说的主要来源是已出版的书籍报刊、尚未出版的一些资料和笔者自己采集的作品。该书力图使读者对与《西游记》有关的民间传说和历史概貌有所了解，对《西游记》与民间文学和通俗文学的关系及其在海外的传播有所了解。

西游记研究资料

刘荫柏编，上海古籍出版社1990年出版。本书为纪念吴承恩逝世四百周年而编，全书依资料性质分为四编：第一编“作者生平”，收录有关作者生平事迹史料及考辨，以其诗文属之，并附正史、野史、县志中可供参考的资料，以便明了吴承恩生活的时代背景，内分“吴承恩生平事迹”、“吴承恩诗文选录”、“吴承恩生活的时代环境”三目。第二编“本事衍变及影响”，收录有关玄奘史料及传说、有关西游取经故事衍变、主要人物及次要人物原型和衍变资料、史地资料及论考，其中还根据国内外学者及作者看法，收录一些有关佛经资料供参考，并收录《西游记》对后世小说、戏曲、宝卷、弹词等影响之资料，以便进一步明了其在中国文学史上之地位，内分“玄奘史料及传说”、“史地资料”、“取经故事衍变及人物原型”、“《西游记》戏曲、宝卷等目录”、“《西游记》对后世戏曲、小说之影响”五目。第三编“版本和序跋评点”，收录明清几种《西游记》刊本中有代表性之序跋，几种评点本中有代表性之评语，并附有对几种刊本之论考。第四编“评论”，节录或全录不属于以上三编之明清学者和近代学者对《西游记》论考的文章或专著，至于只谈其思想性或艺术性的论文，因不属纯资料性质，虽精亦不取，并附有新中国成立前后及三十多年来中国台湾、香港学者《西游记》研究论文索引，内分“明清学者杂考”、

"近现代学者论考"、"《西游记》研究论文索引"三目。

西游记别论

王国光著，学林出版社 1990 年出版。本书是作者用三十年之漫长岁月，将《西游记》原著逐句反复推敲，对原著者生平深加研究之结果。作者认为，《西游记》是世界上篇幅最长的密码，其内涵是"三藏经"，即作者的社会思想、哲学思想及丹术思想。本书即为其破译这部密码而作。本书内容包括《西游记》社会思想、《西游记》哲学思想、《西游记》丹书思想以及《西游记》漫谈四章，以索隐探幽的研究方法，对文本作了独特的解读，提出《西游记》乃是一部文化密码的论点。

西游记赏析

潘寿全选析，广西教育出版社 1990 年出版。本书的出版，在事实上及时补上了《西游记》研究鉴赏评析专著的空白，对《西游记》的深入研究起了推动作用，在《西游记》研究史上占有其独特的位置。

西游记漫话

林庚著，人民文学出版社 1990 年出版。本书是作者多年研读《西游记》的心得，认为《西游记》是一部富于童话性的小说，并对其产生的生活基础及形成过程等提出了自己的见解，是《西游记》研究中颇为独特的一种，已成为学术经典。

西游记知识问答

于丁编著，华岳文艺出版社 1990 年出版。为《中国古典文学名著知识丛书》之一。本书分为两部分，前一部分为问题，后一部分为答案。全书以填空、简答、选择、连线等方式共提出了 500 个问题，涉及《西游记》中的故事情节、电视连续剧《西游记》的有关演员及与《西游记》相关的一些文化常识等内容。

《西游记》的传说

贺学军编，南海出版公司 1990 年出版。为《书外书丛书》之一。

本书内容包括“巧画天鹅”、“神鹅进宫”、“巧改对联”、“智惩奸商”、“抗倭军师”、“出任长兴”、“下雨放风筝”、“吴承恩写《西游记》”、“将猴入书”、“泾河龙的由来”、“吴承恩怒写‘小子城’”、“大闹天宫”、“怨愤写《西游》”等小故事。

吴承恩诗文集笺校

(明)吴承恩著，刘修业辑校，刘怀玉笺校，上海古籍出版社1991年出版。吴承恩诗文集向无笺注本，此为第一个尝试本。本书对作品中所涉及的人物本事、时间背景、社会交往，以及有关的专门制度、地名知识等进行适当的笺注。对于有助于理解作品的内容，有助于考定作品的写作时间的资料，如吴氏友朋及有关人物的作品、方志中的某些记载，也适当予以征引，以备参考之用；对于与作者、本事关系不大的典实故事，则概不作注；对于前人研究的成果，则均尽量采入笺注，若遇有与笺者不同的见解，亦予列入，并提出笺者的新解，诸说并存，供读者自己分析比较。书中除吴承恩原著及校记外，有笺注文字共十余万字。

西游真诠

(明)吴承恩著，(清)陈士斌评，上海古籍出版社1991年出版。在《西游记》明清时期的评论者之中，陈士斌可以视为“解经说”的代表人物之一，他的《西游真诠》是一部用《易经》和丹道修炼理论解释《西游记》的书。他的评论以《西游记》的作者系教门中人即仙师邱处机为前提，他指出的《西游记》文学形象隐言曲喻的隐喻特色，为今人对《西游记》的批评预示了艺术形式批评的远景。

吴承恩论稿

刘怀玉著，南京大学出版社1991年出版。本书的内容主要是探讨《西游记》与吴承恩及《西游记》与淮安的关系。换言之，即探讨了吴承恩是《西游记》作者的根据，探讨了淮安这些地方之所以能够产生《西游记》的文学土壤和社会环境条件，从而确证吴承恩是《西游记》的作者。

西游记研究论文选

吴冶等编，新疆人民出版社1991年出版。本书为第三届全国《西游记》学术讨论会论文选集。收录郝延霖《〈西游记〉中孙悟空与神魔的矛盾及其意义》、吴圣昔《论游戏之作〈西游记〉的价值观》、蔡铁鹰《文化撞击中的图腾复苏——论西北文化对孙悟空形象产生的决定影响》、苏兴《西游故事别见录》等论文20余篇。

西游记论要

刘勇强著，台湾文津出版社1991年出版。为《大陆地区博士论文丛刊》之一。本书以《西游记》的创新为中心，探讨作品的思想和艺术特点，凡五章。第一章对《西游记》之前的取经题材小说、戏曲进行了考证与评析。第二章讨论《西游记》反映现实和塑造人物的独特的描写角度。第三章集中讨论孙悟空形象。本章认为，从取经故事的演变来看，作品彻底改变了孙悟空作为宗教信徒和神圣人物的性质，而成为一个体现社会愿望的真正英雄；从小说史的发展来看，它又使孙悟空带有鲜明的时代特征。第四章具体分析作品的趣味化文学风格与创新。第五章讨论作品的世俗化倾向。

西游记考论

李时人著，浙江古籍出版社1991年出版。本书为作者20世纪80年代公开发表的论文结集。书中对《西游记》的重要问题，进行了科学的考据。其论证文字翔实而不支蔓，环绕小说文本而进行，多次为国内外专家所称引。

万言诗歌西游记

杨俊明著，香港诗景出版社1991年出版。未见，存目。

西游览胜

楼含松著，少年儿童出版社1991年出版。本书分上、下两编，属于语文知识读物。主要从总的方面分析《西游记》小说的人物形象、思想内容和创作手法，对一些故事进行了评赏。

西游话古今

唐遨著，香港“中华书局”1991 年出版。未见，存目。

新说西游记

（明）吴承恩著，（清）张书绅评，黄山书社 1992 年出版。张书绅的《新说西游记》是清代《西游记》版本演变史上独具意义的一种版本，其小说文本主要来自于明代百回全本，又根据清代真诠本加进了唐僧身世故事。张氏的评点认为《西游记》“原是证圣贤儒家之道”，把《西游记》看成是儒家经典著作《大学》的诠释，不免牵强附会。但是，其将《西游记》看做一部具有寓言意味的哲理性小说，并从社会学和人性的高度来看待《西游记》，有其合理的内涵，特别是比较全面地揭示了《西游记》“奇”的特点和“幻中有真”的艺术境界，对认识《西游记》的美学价值有着重要意义。

奇特的精神漫游——西游记新说

刘勇强著，三联书店 1992 年出版。本书是北京三联书店与台湾锦绣文化企业合作出版的《中华文库丛书》之一。作者以轻松的文笔将《西游记》的来龙去脉作了全面介绍，对书中刻画的人物作了入情入理的分析，并对其价值和影响提出了独到见解。第一章“历史的选择”回溯了史实及成书的诸环节。第二章“困惑的阐释”，介绍了《西游记》主题的诸种说法。第三章“英雄的风采”分析了孙悟空形象。第四章“伙伴与魔鬼”分析了其他人物形象，包括唐僧、猪八戒、沙僧、观音、牛魔王家族等。第五章“洒脱的境界”，分析《西游记》的艺术表现，包括喜剧性、想象虚构性、艺术结构、语言等。第六章“佛光与道影”阐述小说的佛道特色。第七章“放眼中外说西游”探讨《西游记》的影响。

西游记新话

钟婴著，辽宁教育出版社 1992 年出版。本书为《古代小说评介丛书》第七辑中的一种。作者用通俗的文字和生动的形式，寓学术性于知识性、趣味性之中，全面系统地评介《西游记》。内容包括：作者之谜、《西游记》写什么?《西游记》的中心事件是取经，取什么经?《西游记》的主要内容是取经，怎样去取经?西游记的艺术结构、幻想风格等。

西游记：旷世的奇书

张平编著，春风文艺出版社1992年出版。未见，存目。

三国演义、水浒传、西游记诗词注析

姜世栋等主编，哈尔滨出版社1993年出版。本书收录《三国演义》、《水浒传》、《西游记》三部古典小说中的诗词621首，每首均有注释和解析。

西游证道书

(明)吴承恩著，(清)黄周星评，中华书局1993年出版。该书是清初有关《西游记》的一部评点著作。它上承《李卓吾先生批评西游记》之余绪，下开清代讲道、解易诸说之先河，在《西游记》研究史和版本演变史上都占有重要地位。

西游记考证

马旷源著，云南人民出版社1993年出版。本书共分两辑，收录有:《论孙悟空的神话演变》、《石猴诞生与母石崇拜》、《论土地神话》、《狰狞的月神》、《吴承恩的唐人情结》、《鲁迅的鬼魂观》等几十篇文章。

明代小说四大奇书

[美]浦安迪著，中国和平出版社1993年出版。本书汇集了四篇研究中国明代“四大奇书”的专著，这些专著皆可独立成篇，分别作为对这几部作品的阐释，听任读者随意取舍。作者在中国的小说评点传统和西方现代小说理论的双重参照下，逐一详考其版本、作者与时代，分析结构与修辞，论证“反讽修正”这一艺术手法的核心作用，并将之与明代的社会文化背景与思想史脉络联系，进而

认为：这四部小说的素材尽管都渊源有自，但却是地道的文人小说，代表了中国散文小说体裁的成型，体现了晚明士大夫们的文化价值和思想抱负。

西游新证

吴圣昔著，新疆大学出版社1993年出版。本书探讨《西游记》的思想艺术特性，并对许多问题展开了考证和讨论，力倡“游戏说”。此书是《西游新解》的姐妹篇，作者云：“《西游新证》既是《西游新解》的补充，又是后者的发展。就力之所及，分析注意细实，论证力求稳妥，力戒随意之言。”

中国四大古典小说论稿

张锦池著，华艺出版社1993年出版。该书各用三章的篇幅来论述四大古典小说，一谈渊源，二谈主题，三谈艺术经验，三者自成系统。书中有关《西游记》的有三章，分别是第七章：“论孙悟空的血统问题”；第八章：“论《西游记》的主题思想”；第九章：“论《西游记》艺术结构的完整性与独创性”。

战略西游记：吴承恩的兵法世界

关绍箕著，台湾远流出版社1993年出版。作者把百回本《西游记》回归到“实用历史”的方位写成该书，将过去不为世人注意的层面和价值凸显出来。作者钻研《西游记》已有20年之久，他认为古典小说永远是一个可让读者发现“新意义”的开放体系，因此，《西游记》的研究和诠释不可能就此打住，不再有让人耳目一新的“新把戏”出现，作者在《西游记》这口文学古井中钻出了大量“战略石油”，的确给读者提供了一个“创意读史”的新点子。

吴承恩外传

夏同京著，书目文献出版社1993年出版。此书以章回小说形式叙述吴承恩生平，以基本史料为依据，但亦渗入较多虚构成分。

西游记故事

郑开慧等编写，上海辞书出版社 1993 年出版。未见，存目。

西游东走——西游记文化探索

董国炎著，山西教育出版社 1994 年出版。《龙门丛书》之一。全书在楔子之后，分为英雄须本色、游戏谈何易、略配入世久和得失费商议四章。这四章以作品的主要人物分析为外在线索，以创作主体分析、集体意识分析为内在线索，逐渐触及《西游记》文化精神之底线，文笔活泼、深入浅出。本书的题名正反映了作者对民族文化精神深刻的反省意识。

神魔佛怪话西游

何锡章著，华中理工大学出版社 1994 年出版。为《中国古典小说谈丛》之一。本书以轻松流畅活泼的笔调，在随笔的形式中，侃侃而谈，将《西游记》丰富的内涵，置于文化、哲学、社会和人生的视野之下，读来亲切，又富于诸多启迪，学理与知识、理智与热情巧妙结合，严肃的学术研究内容与生动优美的笔触有机统一，使读者在愉快的阅读中，获得心灵与思想的满足。内容有"《西游记》解读漫议"、"师徒结构的文化寓意"、"紧箍咒求解"、"如来佛的掌心"等。

西游记中的悬案

屈小强著，四川人民出版社 1994 年出版。《西游记》是神魔小说，其悬案则是其中那些令人费解的名物、风土及一些宗教性的内容。该书一方面把它们提交到读者面前，引起他们的关注和兴趣，另一方面则作出深入浅出、简明扼要的分析和解答。它既可帮助广大读者理解那些名著，又可使那些名著中的一些悬而未决的学术问题为广大读者所了解，为如何使《西游记》小说研究普及化寻找到了一条好途径。

李卓吾先生批评西游记

(明)吴承恩著，(明)李卓吾评，上海古籍出版社 1994 年出版。

本书以李卓吾评点本《西游记》为底本重新排录，评点文字朱红套印，并配以绣像。李评本是明代《西游记》重要的评点本，评者虽托名李贽，但不乏真知灼见。

苦海与极乐：西游记奥义

李安纲著，东方出版社 1995 年出版。为《东方书林之旅丛书》之一。作者从主题、人物和结构三个方面来认识和把握《西游记》，并印证以哲学、宗教、金丹学、医学等方面的著作，使读者能够对中国传统文化有一个完整立体的解读。李安纲以倡立"金丹大道说"为学界所知，此书是其理论的集中阐述。

西游记辞典

曾上炎编著，河南人民出版社 1994 年出版。这是一部以古代白话文为主的古典文学作品专书词典，收录的词目限于《西游记》，有词目音序和笔画索引。以语词为主、酌量收录佛教、道教的部分用语，共收词目 5650 条左右，涉及宋元明时期较流行的或特有的俗语、方言、名物、称谓等。所收条目，根据音序排列，每条词目都有注音、释义、例句和部分词目需要的文献佐证。本书既是阅读《西游记》的津梁，又可当做增长汉语知识的读物，用途是多方面的。

西游记发微

刘荫柏著，台湾文津出版社 1995 年出版。本书内容包括《西游记》成因、人物及明清两代出版史考证，《西游记》激进思想和局限、艺术特色及影响及其与宗教文学艺术的关系。书后附有《西游记》续书及作者考证。

西游记人物故事

项东编，浙江人民美术出版社 1995 年出版。为《汉语拼音读物丛书》之一。本书是一本图文并茂的儿童读物，配有拼音。包括"老实的沙和尚"、"性急的孙悟空"、"馋嘴的猪八戒"和"糊涂的唐僧"四部分。

西游记的传说

钟敬文编，台湾林郁文化事业公司1995年出版。未见，存目。

神侠怪笔吴承恩

郑伯成著，台湾汉欣文化事业公司1995年出版。本书为《中国名人轶事丛书》之一。未见，存目。

西游记记

（明）吴承恩著，（清）怀明评，书目文献出版社1996年出版。在《西游记》的众多评点本当中，《西游记记》颇耐人寻味。评点者会通三教，阐幽谈玄，作为晚出的《西游记》评点本，代表着中国古典小说评点中的另类，承载着阐扬教法、济世度人的使命，背离了小说评点中以鉴赏为中心的批评传统，远离了文学。

古典名著四丰碑：明清四大小说欣赏

李光富著，四川人民出版社1996年出版。本书为《青少年文史修养丛书》之一。未见，存目。

西游记趣谈与索解

宁稼雨、冯雅静著，春风文艺出版社1997年出版。本书是一部由许多细小的"问题史"组合起来的西游趣味话题的索解，作者言不甚深，用几近俚俗的语言把众多西游故事的细节重新加以梳理，将人们所不知道的《西游记》背后的文化掌故、历史故事、国学常识、民俗风情等一一讲解。每篇在短短几百字的篇幅里，让人领会一个以前不曾欣赏和思索的"西游世界"，同时让我们在有趣的解读中，找到名著趣读的又一方便法门。

西游记考论

张锦池著，黑龙江教育出版社1997年出版。本书考论了《大唐三藏取经诗话》的成书年代，唐僧、孙悟空、猪八戒、沙和尚的形象演化以及孙悟空和猪八戒的血统问题，研讨了《西游记》的文化特征、创作本质、艺术构思、版本源流以及作者诸问题。

瑰丽的东方畅想曲——《西游记》导读

陈强、宋航编著，四川教育出版社1997年出版。为《百部文学名著导读丛书》之一。本书作者细致地介绍了吴承恩的生平，勾勒了《西游记》的风貌，并且以自身丰富的文学涵养体察了名著艺术心灵的律动，分“故事梗概”、“作者介绍”、“思想和艺术特色”和“精彩片断”四个部分。

《西游记》故事选

张业松等导读、选注，海南出版社1997年出版。本书从原著中选出九则相对独立的故事加以介绍，在不影响故事连贯性的前提下删去了选文的一些文句、段落和若干可有可无的诗词，目的在于向读者提供自己的一点阅读心得，以期增进读者对古典名著的了解和认识。这九则故事分别是“如意金箍棒”、“大闹天宫”、“紧箍咒的来历”、“高老庄的女婿”、“三打白骨精”、“智激美猴王”、“师徒协力救国王”、“三调芭蕉扇”和“极乐世界也爱钱”。每个故事由“前文情节概要”、“正文”和“导读”三部分组成。

毛泽东与《西游记》、《封神演义》

盛巽昌编著，广西人民出版社1997年出版。为《毛泽东与古典名著丛书》之一。本书分两部分，前一部分是“毛泽东与《西游记》”，后一部分是“毛泽东与《封神演义》”。其中，“毛泽东与《西游记》”部分以编年的形式，把1906年至1976年毛泽东的生平事迹和《西游记》结合起来，类似传记形式。后面有三个附录，收录《西游记》论文三篇：张天翼的《〈西游记〉札记》、童思高的《试论〈西游记〉的主题思想》、胡适的《〈西游记〉的第八十一难》。

毛泽东鲁迅评四部古典名著

师南编，天津古籍出版社1998年出版。这部书里所收的，既有鉴赏性，又有研究性文字，对这些名作进行鉴赏与研究的，又是对中国社会和文化发展具有重大影响的人物，读者可以通过他们的品鉴与研究，来认识和领会这些名著，也可以受他们的启发产生自己更独到的感悟。

西游记秘境探幽

刘耿大著，学林出版社 1998 年出版。全书分审美意蕴和修辞艺术两篇，共十章，分别介绍了《西游记》的浪漫主义艺术特色、喜剧美风格、神话性和哲理性，《西游记》修辞艺术的均衡美、变化美、联系美、侧重美、锤炼美和音韵美，是不多见的专门探讨《西游记》艺术层面问题的著作。

西游记与三十六计

新雁编著，解放军文艺出版社 1998 年出版。本书从《西游记》全书中特别是从孙悟空的谋略运用中，选出与三十六计相关联的三十六个事例，来体现《西游记》蕴含的深刻谋略智慧和兵法思想。

西游记文化学刊(第 1 辑)

《西游记文化学刊》编委会编，东方出版社 1998 年出版。本刊编选近年来海内外《西游记》文化学研究的优秀成果，分作者、主题、原型、文学、版本、动态等方面。

成商在变——商人巧思《西游记》

李文庠、李盾著，河南人民出版社 1998 年出版。一部《西游记》，通篇都写的是“变化”：大与小，进与退，生与死，成与败，优势与劣势，整与零，敌与友，曲与直，真与假，隐与显，虚与实之间的相互变化，本书是《智读名著丛书》的一种，揭示了这些“变化”对于管理、公关、激励、商德、战略等方面的诸多启示。

名家解读西游记

陆钦选编，山东人民出版社 1998 年出版。本书是山东人民出版社《名家解读古典文学名著丛书》之一，刘世德为之作序。名家解读，意在将名家对名著的独特理解和识见，从学术殿堂引向广大普通读者。所选论文皆为学术名家之作，分为“追本溯源，广征博引”、“见仁见智，持之有故”、“亦庄亦谐，寓嘲寓讽”、“亦真亦幻，虚实浪漫”、“寓情于景，着意于奇”、“条分缕析，版本探疑”和“域外流传，环宇共奇”七个部分，共收录论文26篇。

西游记之谜

蔡铁鹰编著，中州古籍出版社1998年出版。本书内容包括与《西游记》有关的传说故事和研究成果等，带领读者走进小说之外另一片神奇的天地，帮助读者从另外一个角度去更加深入地了解《西游记》这部名著。

毛泽东评阅西游记

蔡京柱主编，中国言实出版社1998年出版。毛泽东对四大名著的理解是深邃而独到的，如对《西游记》中孙悟空的嘉许等无不闪烁着哲人的睿智，令人在纷乱中得条理，在博大中获精要，沿此也能概观一代伟人的文论思想。

神话之王吴承恩全传

王永泉著，长春出版社1998年出版。此书是《中国历代才子传丛书》之一。未见，存目。

西游故事

老庵选编，江西教育出版社1999年出版。为《经典丛话》之一。这本集子主要包含四方面的内容：一是关于小说总论的，二是关于作者与版本的，三是对人物形象的漫谈，四是有关小说思想和艺术特点的。文章选择的时代跨度较大，从清末一直至今，多为随笔、札记等散文，有些文章虽长，但可读性强，所以也收了进来。对于中国台湾一些较有影响的《西游记》研究专家，也多加注意，如龚鹏程、黄永武、罗盘、郑明志等先生的文章均有收录。全书共四辑。

看破西游记——西游记与中医易道学

周文志著，云南人民出版社 1999 年出版。本书由《西游记》生发到大周天小周天、呼吸吐纳、周身经络、周易、太极、气功。在作者眼里，色彩纷呈的取经故事只是障眼一法，《西游记》实即“中医气功学”。

幻象世界中的文化与人生

何锡章著，云南人民出版社 1999 年出版。为《读好书文库》之一。作者将《西游记》置于文化的观照之下，从宏观、微观两个层面，以文本为理解的根据，对作品所蕴含的中国文化的特质、文化心理及人生存在状态，给予了较为深入的探讨，提出了与前人不尽一致的观点，显示了作者敏锐的思想和深邃而开阔的目光。全书共分九个部分。第一部分：《西游记》作者之谜；第二部分：成书过程与版本；第三部分：缤纷的五彩世界；第四部分：唐僧师徒的文化性格；第五部分：《西游记》的文化价值取向；第六部分：文化心理的多角度展示；第七部分：百家争鸣说主题；第八部分：深刻而巨大的影响；第九部分：精彩片断节选与简析。后附“80 种中外推荐书目”及“推荐者名单”。

西游记

萧相恺著，春风文艺出版社 1999 年出版。本书是《插图本中国文学小丛书》之一，通过对《西游记》的题材特点、成书历史，最后写定者所处的时代、思想性格特征及人生经历等诸多方面的探索，多角度、多层次地去体察《西游记》的主题思想和文化意蕴，在充分估计它的丰富性的同时，合乎文本实际地得出这样一个结论：《西游记》体现了一种以原始的巫术为主，又随意地糅合进经过改造的佛、道义理而成的世俗宗教文化，阐述了要成正果，须走正道，而且要有百折不回的精神的人生哲理，从而自然地反映了明代中期的社会现实，表现了作者对当时现实的不满情绪。

解读西游记

何锡章著，台湾云龙出版社 1999 年出版。本书为《古典小说解读》系列之一。未见，存目。

2000—2009 年

西游记导读

萧相恺著，江苏古籍出版社2000年出版。为《中学生课外阅读推荐读物导读丛书》之一。本书介绍了《西游记》的故事来源、宗教文化、主题思想、人物形象、艺术特征、对后世的影响等。内容包括"'为有源头活水来'——从'取经故事'到《西游记》成书"、"'经学家看见《易》，道学家看见淫'——《西游记》主题论争"、"西天路上取经人"、"真幻一体　庄谐相融"和"不废江河万古流"五个部分。

话说吴承恩——《西游记》作者问题揭秘

沈承庆著，北京图书馆出版社2000年出版。本书通过对"西游三书"（杨致和本、朱鼎臣本及世德堂本）的相互比较、分析，确认世德堂本成书最晚，以此入手，否定了"《西游记》作者为吴承恩"之说。

西游记辨证

孙立川著，香江出版有限公司2000年出版。全书分五章，介绍了《西游记》产生的历史背景，肯定了它在中国文学史上的地位。内容包括：《西游记》故事嬗变轨迹考证，《西游记》本事源流考，《西游记》研究中的几个有争议的问题之我见，《西游记》的思想内容及其诠释。

漫话西游记

冯雅静著，河北人民出版社2000年出版。本书交代了《西游记》成书的有关背景，挖掘该书艺术形象的文化原型，同时探讨了该书与宗教之间的关系，最后介绍了有关该书的艺术特色、作者、版本情况及小说的影响等方面的内容。

漫说西游

张锦池著，人民文学出版社2000年出版。内容包括：《大唐三藏取经诗话》成于何时、《西游记》的创作本旨、《西游记》的艺术结构、世本杨本朱本的思想性质及源流关系等。

西游记导读

刘耿大著，黄山书社2000年出版。本书总计46篇，有的以原著一回为一篇，有的以两回或三回为一篇，每篇讲述一个完整的故事，然后用一大段深入浅出的文字进行导读。

西游记作者对我说

余世谦著，上海人民出版社2000年出版。本书以请古人"起死回生""对我说"的表述方式，用问答的形式，回答了当前学术界和读者普遍关心的热点或难点问题。

西游记版刻图录

广陵书社编，江苏古籍出版社2000年出版。本书精心编选了一部分木刻版画和石印本插图的精品，用线装精印。书中的版画和插图，不但和作品中的情节、人物相互对应以达到图文并茂、生动形象的效果，而且能够反映出版刻艺术和绘图艺术的发展、演变与继承关系，具有很高的艺术价值和欣赏价值。全书分上下册，上册第1~80页选自《李卓吾先生批评西游记》，为明天启年间苏州叶敬池刻本，图为郭卓然、刘君裕刻，图绘菩萨神仙、帝王将相、妖魔鬼怪等皆与身份相合，想象力极为丰富，是《西游记》版画中最负盛名的本子。原书共200幅，精选80幅。第81~92页选自《镌像古本西游记证道书》，清顺治年间刊本，胡念翼刻。此本为清代《西游记》的最早刊本，是清版中的名作。原书有图16幅，精选12幅。第93~112页选自《悟一子批点西游真诠》，清乾隆四十五年刻本。原书有图47幅，精选20幅。第113~120页选自《重刊西游原旨》，嘉庆二十五年刊本，实为同治二年据嘉庆本重刊。原书有图8幅，全选。下册第121~240页选自《新说西游记图像》，清光绪十四年味潜斋石印本。在其署名的画家中，多为清末民初石印版画名手。原书有绣像20幅，正文中有插图100幅，共有图120幅，全录。全书总计选图240幅。

百变大圣取经行：漫话《西游记》

谭伦杰著，万卷楼图书有限公司2000年出版。未见，存目。

饮食、生活、文化——《西游记》趣谈

施连方、施枫编著，中国物资出版社2001年出版。本书从《西游记》涉及的饮食、文化等许多方面谈起，将知识性的东西情趣化，将古典名著与现实生活相融合。

风光无限话西游

吴微著，安徽文艺出版社2001年出版。为《古典名著趣谈系列》之一。本书将《西游记》天宫地界般风景予以集中罗列，对人神妖魔的异情奇彩予以阐扬，对佛光道影索照儒骨的精神风貌与哲学光芒予以折射，并由此汲取数百年来的《西游记》方家精辟之论，进行多维的接受与解读。本书既通俗易懂，读者群定位在具有初高中文化程度的在校学生和社会各界人士；又兼顾学术性，为研究者提供某些参考的价值和检索的方便。

说西游话魔难

于学彬著，长虹出版公司2001年出版。本书是《名著新读丛书》之一。这是一部用当代人视角与人生态度诠释和解读古典名著的著作，率直地表述了作者的个性。全书语言流畅幽默，分析独到精辟，内容丰富精彩，从中可悟出许多道理。

西游记成书研究

蔡铁鹰著，中国文联出版社2001年出版。本书首先从源头上寻找《西游记》研究的制约因素，并在前人成果的基础上多有发明，构成了近年来《西游记》研究的重要进展，打破了多年来这一研究的停滞而创造出一个崭新的局面，同时包含一些值得提倡的研究方法和值得赞扬的学术品德，对学界应有启发。

漫话歪说西游记

赵阳文，唐丁华图，百花文艺出版社 2001 年出版。本书是作者长期以来的写作和绘画的心得和体会，书中以形象、生动、夸张、幽默的漫画形式，配以诙谐幽默，却不失哲理的文字，向广大读者全新解说了《西游记》，利用《西游记》中已深入人心的人物形象来诠释现代人的生活。或针贬时弊，或幽默调侃，或搞笑娱乐。

中国四大奇书：西游记诗词艺术

张丽华编著，台湾方舟出版社 2001 年出版。本书为《文化中国系列》之一。未见，存目。

西游记：彻悟人生

陈文新、乐云著，武汉大学出版社 2002 年出版。本书内容包括：《西游记》的四个世界、孙悟空：机智与勇敢的化身、渡尽劫波法性在、铁脚天蓬本性猪、错综复杂的人际关系等。

鲁迅胡适等解读西游记

张庆善、唐风编，辽海出版社 2002 年出版。为《大师解读中华文化经典丛书》之一。本书由近现代的学术大师解读《西游记》的著作汇编而成，代表了当今解读《西游记》的最高水平，是文学爱好者、研究者治学门径，同时也是阅读的精品。本书收录了鲁迅、胡适、王国维、陈寅恪等人的《西游记》研究文章，包括《中国小说的历史的变迁》(节选)、《〈西游记〉考证》、《〈西游记〉的演化》等。

西游记导读

张锦池著，中华书局 2002 年出版。全书分以下五部分：第一部分概述，第二部分原著缩写，第三部分总评，第四部分篇章赏析，第五部分思考与提示，最后是参考书目。第二部分是《西游记》的一种新的缩写本，共分50小节。书中采用了清代评点本《新说西游记》中的插图若干幅。

淮源与《西游记》

刘剑著，中国文联出版社2002年出版。为《时代精品文丛》之一。本书作者将桐柏一带的风景名胜及民间传说，与小说《西游记》作了详细的比较研究，对淮源一带的古迹、碑刻进行了记载考证。本书分上下卷，上卷包括“巫支祁神话与《西游记》”、“花果山、水帘洞探源”、“淮源通俗文化与《西游记》”和“《西游记》主人公的名谓探微”等；下卷包括“淮源巫支祁神话、传说”和“淮泗地区巫支祁神话、传说”。

西游记的秘密

[日]中野美代子著，王秀文等译，中华书局2002年出版。本书作者对《西游记》作了深入的研究，实际上包括了中野美代子教授的三部著作：《孙悟空的诞生——猴的民间文学与〈西游记〉》、《西游记的秘密——道教与炼丹术的象征性》和《与孙悟空的对话》。《孙悟空的诞生——猴的民间文学与〈西游记〉》对猴的民间文学、《西游记》的地理学等作了研究和论述；《与孙悟空的对话》则对猴子的形象、猴子与马、猴子与龙、悟空的同伴们及《西游记》的妖怪等作了论述。

观世音的圆照

李安纲著，中国社会科学出版社2002年出版。为《〈西游记〉奥义书》之一。本书包括《西游记》的文化观、《西游记》的人生观、《西游记》的宇宙观、《西游记》的天人观等。

美猴王的家世

李安纲著，中国社会科学出版社2002年出版。为《〈西游记〉奥义书》之一。美猴王从神话时代开始进化，在唐宋诗文传奇中得到升华而成为人类的偶像和对手。在宋元话本中，猴王得到质变而成为人类的保护神，在元明杂剧中被世俗化而成为人类的一员，到了《西游记》中，其形象才臻于完善。全书揭示了“文化猿猴”的真正意义是人类心灵的最完美象征，分以下几个部分：“神话传说中的猿猴”、“唐宋诗文中的猿猴”、“宋元话本中的猿猴”、“元明杂剧中的猿猴”和“《西游记》中的猿猴”。

李世民的解脱

李安纲著，中国社会科学出版社2002年出版。为《〈西游记〉奥义书》之一。本书认为《西游记》的主线是取经，经因李世民而取，取回后交与李世民方才结束，李世民是《西游记》的真正主人。本书包括“性命双修万神圭旨元集”、“性命双修万神圭旨亨集”、“性命双修万神圭旨利集”、“性命双修万神圭旨贞集”。

孙悟空的斗战

李安纲著，中国社会科学出版社2002年出版。为《〈西游记〉奥义书》之一。本书演义前八回孙悟空故事的真实意义，包括“水帘洞称美猴王”、“方寸山名孙悟空”、“三星洞悟彻菩提”、“水晶宫得金箍棒”、“司桃园名注齐天”、“定五行道法自然”等。

唐三藏的磨难

李安纲著，中国社会科学出版社2002年出版。为《〈西游记〉奥义书》之一。本书探讨《西游记》全书每一回的意义和宗旨，包括“心猿出世”、“心猿归正”、“心猿遭贬”、“心猿腾挪”、“心猿显圣”、“心猿放逸”、“心猿修正”、“心猿居舍”、“心猿清净”、“心猿成佛”十个部分。

西游记新论

刘戈著，学苑出版社2002年出版。本书是对《西游记》进行文学研究的文集，谈论了关于西天取经的故事情节，并阐述了关于悟空论、人物关系论、悟空八戒是非谈等内容。作者将《西游记》这部作品看成是一部伟大的充满深刻寓意的寓言小说，试图对《西游记》的主题与原著作者的创作意图作出新的解说。全书分为两部分：主题篇主要论述西天取经乃为拯救，降妖伏魔是为反贪，孙悟空乃是一个社会下层之士，以及孙悟空的生命历程与猪八戒生命历程启示录，真假孙悟空的内在意蕴，紧箍咒的象征意蕴等。人物篇有悟空论、八戒论、妖魔论及人物关系论等。全书共九章：第一章“西天取经之目的——拯救”；第二章“降妖伏魔是一场反贪斗争”；第三章“孙悟空——下层士的形象”；第四章“小说启示录”；第五章“悟空论”；第六章“人物关系论”；第七章“八戒论”；第八章“沙僧论”；第九章“妖魔贪官论”。

怪力乱神的民间信仰：《封神榜》与《西游记》角色神格化之批判

赵弘雅著，台湾前卫出版社 2002 年出版。本书为《台湾文史丛书》之一。未见，存目。

人间神王吴承恩

王永泉著，福建少年儿童出版社 2002 年出版。未见，存目。

西游记诠释与解读

胡胜、周左盾编著，中国少年儿童出版社 2003 年出版。为《我与中外文学名著对话丛书》之一。本书引导喜爱《西游记》的读者走进书中的神魔世界，走近“猴哥儿”，用自己的眼光去追寻、用自己的心灵去体味。全书包括“寻寻觅觅寻不到——关于作者”、“追索湮没的传奇——《西游记》的成书”、“林林总总神与魔——关于人物形象”、“秃笔弄造化天地涵掌中——《西游记》的艺术特色”、“精彩回放——经典片段赏析”。

西游记主旨研究

王新建著，陕西人民出版社 2003 年出版。本书站在时代的高度，运用现代的思维，从分析作品与作者的时代背景入手，对小说蕴含的佛学寓意，佛教对中国文化的渗透与影响等进行深刻的剖析。作者不是像前人那样以自己的主观判断为基础，而是以求证和分析《西游记》中的许多矛盾之处入手。作者在深入细致的作品分析基础上指出，对《西游记》主旨的理解，应该包含三层含义。第一层含义是《西游记》认为现实社会——南赡部洲充满邪杀，需要加以改造，需要“有三藏真经，可以劝人为善”，这就是作者写作《西游记》的基本态度和初衷。《西游记》主旨的第二层含义是：释、道、儒各有其优劣之处，三者应当结合，作品理想中的“大道”应该以佛为核心，以儒为基础，以道为辅助。《西游记》主旨的第三层含义是：在人们向善求道的过程中，必须金、木、水、火、土五行配合；神、心、情、性、意相互协调；将个人修炼和社会督促相结合，宗教和皇权制度相结合才能够取得改造社会的良好效果。

西游记故事灯谜

陈清泉、林春增编著，学苑出版社2003年出版。为《中国四大古典文学名著故事灯谜》之一。本书取材于《西游记》原著，主要以这些故事中的有关内容为谜面，又结合猜制灯谜的具体知识，对其中多数灯谜进行了简析。其最大的特点是集古典文学名著的知识性和灯谜活动的趣味性于一体，既有文学名著原作通博精深、引人入胜的艺术魅力和可读性，又有灯谜作品扑朔迷离、回互其词、形神兼备的特有艺术效果；既可以借助灯谜知识加深对古典文学的理解，又可以反过来借助典故，提高灯谜活动的水平，从而使二者臻于相得益彰的艺术境地。全书共100回，其内容编排方式是：谜面、谜目、谜格、谜底和简析。后有“《西游记》人物灯谜”和“《西游记》地名灯谜”两个附录。

西游记人物神怪造像

叶雄绘画，季永桂配文，百家出版社2003年出版。本书以《西游记》为蓝本，以《西游记》中的人物为主，用一页一画的形式展现《西游记》的精华。

佛门俗影——西游记与民俗文化

陈文新、阎东平著，黑龙江人民出版社2003年出版。本书对《西游记》进行文学研究，内容涉及此书与民间信仰的关系，西王母、太上老君、玉帝、如来、观音这些神仙的民间传说典故，孙悟空的形象，民间文化图像等内容。

四大奇书的文本文化学阐释

冯文楼著，中国社会科学出版社 2003 年出版。本书是对中国明代四大奇书《三国演义》、《水浒传》、《西游记》、《金瓶梅》进行的重新阐释。作者运用了新批评、结构主义叙事学、女权主义批评等新的批评手段，并结合社会学、人类学、历史学等多学科视角，对这些小说进行了多层次、多角度的解读。作者的立场是站在当代意识的高度，去解读古代的文学文本，从而使这些文本注入一种当下的价值关怀和诉求，使研究别具一种现实意义和启蒙意义。

慈云寺与《西游记》

宋康著，河南人民出版社 2003 年出版。未见，存目。

西游记文化学刊(第 1、2、3 辑)

《西游记文化学刊》编委会编著，中国社会出版社 2004 年出版。本书由《西游记文化学刊》编委会编选近年来海内外《西游记》文化学研究的优秀成果，分作者、主题、原型、文学、版本、动态等方面，是中国《西游记》文化学研究委员会的学术成果的体现。

李安纲批评西游记(上、下)

(明)吴承恩著，李安纲批评，中国社会出版社 2004 年出版。李安纲批评学者们一直以来对《西游记》的误读和误解，经考证认为：美猴王的出处在《易经·坤·文言》"美在其中"四字。孙悟空不是造反英雄，而是人类心灵最完美的象征。《西游记》文化原型是道教全真道经典《性命圭旨》。唐僧八十一难文化原型是宋石杏林《还源篇》八十一章。《西游记》主题不是有趣好玩，而是表现全真道教义。《西游记》不是神魔小说、童话小说、滑稽小说、讽刺小说，而是世界文学史上唯一的一部自觉承载中华民族传统的文化载体。《西游记》应该是世界九大奇迹之首。

三十六计与西游记

郑吟韬、刘兴玉编著，河北人民出版社2004年出版。本书收录了《孙子兵法》中的“瞒天过海”、“借刀杀人”等三十六计及其在《西游记》中所使用的与其相一致的策略。在讲述每一计的时候，先是引用三十六计的“原文”，然后是“译文”，最后是将三十六计和《西游记》中的故事情节结合起来。

孙悟空是个好员工

成君忆著，中信出版社2004年出版。通过解读《西游记》的故事，讲述团队中四种性格特征的人如何建立一种互相帮助的人际关系，来弥补自身的不足。

水煮西游记

郭城著，中国传媒大学出版社2004年出版。本书是一部介绍企业管理的通俗读物，该书作者从一个培训师的视角，将《西游记》解读成一部融合领导力、团队建设、项目管理与客户服务的管理教科书，包括战略联盟不再是梦、抓猴头理论、新官上任三盆水、职业猴子的八项修炼等内容。

中国六大名著的现代阅读

史仲文著，中国发展出版社2004年出版。本书从文化和艺术的角度集中分析了中国六大古典小说名著《水浒传》、《三国演义》、《红楼梦》、《儒林外史》、《西游记》、《金瓶梅》。上编文化阅读分五章：官论、儒论、民论、家论、俗论，它立足于中国传统文化，用一种现代人的眼光审视古典文学作品。下编艺术阅读分五章：立意论、叙事论、典型论、风格论、语言论，它立足于艺术角度，运用艺术分析方法深刻地评析了古代六大名著作品。

西游记探源

超然著，民族出版社2005年出版。本书以全新的文化视角，从儒、道、佛以至人的角度来探索《西游记》善始善终之缘由，向喜爱《西游记》的读者诠释其丰富的思想蕴藏。

刘荫柏说西游

刘荫柏著，中华书局2005年出版。此前刘荫柏出版的《西游记研究资料》和《西游记发微》是其多年来对《西游记》研究工作的总结，而该书则对《西游记》中的佛教、道教、民间诸神和巫术等作了解说，可谓是“有声有色评说儒释道，亦庄亦谐参透天地人”。

西游记与智

刘刚、房贵新著，辽海出版社2005年出版。本书以论“智”为中心，言智讲愚，谈佛论道，叙生写死，通过描写唐僧、猪八戒的“愚”反衬孙悟空的“智”，并用“五行说”分析唐僧师徒之间的关系。

破析西游记，创新思维学

周文志著，知识产权出版社2005年出版。本书按照《西游记》的体例，分为一百回，以讲故事的方式，娓娓道来。《西游记》中种种幻想和现代科技文明成果间如此微妙的脉络联系，令人慨叹不已。地球诞生、宇宙起源、生物精华、核聚变、太阳爆炸、大陆漂移、恐龙灭绝、外星生命等知识谜团和世间悬念，在书中得以层层拨开、梳理。本书用现代易、医、道、儒等多学科理论进行剖析，并分门别类地进行扩增和收缩，萃取《西游记》的精髓，揭开《西游记》宝库的面纱，露出其真谛。《西游记》的思维已经被现实所证实并产生出诸多科研成果，打开《西游记》的秘门，能发现无穷的真谛；毫毛变猴——生物基因；腾云驾雾——火箭、飞船、飞机；大闹天宫——卫星上天、遨游太空；火眼金睛——显微镜；千里眼——高倍望远镜、超倍诊断仪；顺风耳——手机、电话；金箍棒——激光、激光治疗仪。诸如此类比比皆是，都是创新思维的结晶。以上不难看出，《西游记》的作者不愧是一位科学家、哲学家、医学家、大百科作家，他用五人小组(金、木、水、火、土)演绎了天、地、人的生命科学的奥秘。

金箍棒的秘密

六小龄童、胡晓曼著，郑州海燕出版社2005年出版。本书与《“孙悟空”的成长日记》一起，是六小龄童为广大少年儿童读者倾力打造的自传体成长故事。本书主要讲述了六小龄童自己在拍摄央视《西游记》时的经历，介绍了《西游记》拍摄过程中演员之间发生的有趣故事，还有相关的电影知识、拍摄实景地的风俗习惯等人文知识。除文笔流畅、语言生动之外，值得称赞之处还有装帧别致、版式新颖、照片精美、插图有趣。

四游丛考

周晓薇著，中国社会科学出版社2005年出版。本书为考证类论著，论述了四游记产生的时代背景，分别考察了四游记的版本、故事流传承袭关系、主要人物形象的形成史、小说创作与民俗之关系等，以材料为主，以事实说话，绝无凿空论断是本书特点。因《西游记》前人已经有较充分之研究，所以本书专论四游记中的《唐三藏出身全传》(杨本)较略，而于《东游记》、《南游记》、《北游记》较详。

胡适讲四大名著

荣挺进主编，滕新才编，新华出版社2005年出版。本书是《中国现代文化泰斗大讲堂系列丛书》之一。主要辑录了胡适对《红楼梦》等四大名著的考证论文13篇，分两辑，分别为《四大名著考证》、《四大名著版本考证》，与《西游记》相关的论文有《〈西游记〉考证》、《读吴承恩射阳文存》、《跋四游记本的西游记传》，本书附录了《胡适著述年表》。

寻踪西游

李洪甫编著，中国文史出版社2005年出版。未见，存目。

西游记研究入门

黄健威著，香港明报出版社有限公司2005年出版。未见，存目。

西游记中的自然科学

隋国庆、郭志敏、隋幸华著，湖南少年儿童出版社 2006 年出版。为《中国古代四大名著中的自然科学》之一。本书以《西游记》中的一些故事情节为线索，介绍其自然科学知识，使读者既能重温名著的内容，深刻理解其含义，又能得到科学知识的熏陶。

西游三十六计

郑吟韬、刘兴玉编著，河北人民出版社 2006 年出版。本书介绍了三十六计中瞒天过海、围魏救赵、借刀杀人、以逸待劳、无中生有、暗度陈仓、笑里藏刀、李代桃僵等计策在《西游记》中的应用。

四大名著人物神怪通览

桂晓元编著，上海人民出版社 2006 年出版。本书把《水浒传》、《三国演义》、《西游记》、《红楼梦》四大名著中出现的所有人物及神怪悉数收罗、梳理，依据小说情节，将每个人物从出场到下场的全过程加以记述，展示人物的整个故事。

西游记格言智慧

马树全主编，南方出版社 2006 年出版。此书补失拾遗，从三个阶段使读者逐步了解人生的方向、人生的戒律和前人的经验，懂得什么是人生的不可为及识人的途径，使人终身受益。全书分六章：前三章皆为“入世之学”，第四章“人生戒律”，第五章“成功准则”，第六章“识人秘径”。六章共列举了 79 条格言，每条格言的阐释方式是先列格言“原文”，其次是“译文”，再从《西游记》中引出“背景”，然后进行“释评”，并举“事典”。

西游记

葛君、刘涛主编，沈阳出版社 2006 年出版。本书内容包括名著导读、名著阅读、经典赏析、百科链接和训练平台五个部分，收录了对作家生平、作品时代背景的阐述，介绍了与《西游记》有关的戏曲、电影、电视剧，以及书中涉及的风景名胜、人物掌故、器物习俗等知识。

四百年西游记学术史

竺洪波著，复旦大学出版社2006年出版。本书对四百年来的《西游记》学术史进行了认真的审视和梳理，总结该研究的治学经验和规律，揭示其文化意蕴和范式意义，同时对世德堂本的评本性质、“五四”时期现代性学科形态的形成、当代《西游记》研究的现状及趋向等重要命题作了探讨。

西游记漫话

林庚著，清华大学出版社2006年出版。本书解说《西游记》，选择了儿童的视角，以“童话性”作为立说的根基，有学理上的考虑，更与作者的个人兴致相关。书中包括“从菩提祖师谈起”、“天上人间”、“江湖风波”、“取经记与闹天宫”、“戏剧角色”、“动物王国”、“童心说”、“童话的天真世界”和“结语”等内容。本书除了“《西游记》漫话”之外，还有“‘赤壁之战’分析”和“《红楼梦》中所反映的新的意识形态的萌芽”两部分内容。

西游记之谜

屈小强编著，中国广播电视出版社2006年出版。本书是一本解读《西游记》多年遗存问题的作品。本书以《西游记》故事为线索，对小说中涉及的诸多疑问如“弼马温”的来历、唐玄奘之谜、孙悟空的血缘等从历史典故、宗教习俗、传统文化和神话传说等方面进行了考证，并援引了一些与《西游记》有关的论著。

西游记的人生智慧

乔力主编，吴金梅著，北京海潮出版社2006年出版。本书旨在通过对《西游记》的故事情节、人物的语言行动以及所展示的内容等方面的观照，为读者提炼出做人的哲理和为人处世的大智慧，挖掘其哲学和智慧层面的价值和意义所在，提供一个对《西游记》除却文学艺术视界之外的、文化与生活智慧角度的考察与评析，从而帮助读者更好地理解名著、丰富知识、增强自我修养。

李卓吾批评本西游记(上、下)

(明)吴承恩著，(明)李卓吾评，岳麓书社2006年出版。

话说西游记(插图版)

傅光明主编，山东画报出版社2006年出版。本书是《在文学馆听讲座系列》之一种，是根据古典文学研究专家刘荫柏、刘世德等在文学馆为解读《西游记》所作的专题讲座的录音整理而成，收录了《西游记》与佛教的关系、《西游记》的艺术特色及对后世的影响、《西游记》的思想意义等研究文章。

红楼梦、西游记与其他：余国藩论学文选

余国藩著，李奭学编译，三联书店2006年出版。余国藩十年研读《红楼梦》，呕心英译《西游记》，作为这位学贯中西的芝加哥大学五院系终身教授的自选文集，书中所选文章皆论证严密充分，见解敏锐独到。关于《西游记》的几篇论文，涉及其第九回与叙事结构问题、版本源流与史诗寓言问题、《西游记》与《神曲》的比较研究、宗教文学问题等，面广而义深。本书除了收录《红楼梦》和《西游记》研究论文外，还收录了关于儒家思想研究、西方思想研究、中西比较研究的几篇重要论文。

中国四大名著讲演录

郭英德著，广西师范大学出版社2006年出版。本书是广西师范大学出版社策划的《大学名师讲课实录系列》之一。作者选取四大名著作为授课内容，扼要地介绍了每一部名著的故事源流、成书过程、作者和版本的基本情况，深刻地揭示了每部小说的辉煌成就。作者的讲授重点，一是从名著的叙事结构切入，深入浅出地阐释了丰厚深邃的文化内涵，以启发人们对历史、社会、人生的深刻思考。二是选取主要人物形象进行细致入微而卓见独具的剖析，以促使人们直面自身的人生价值和生存意义，提升自我的精神境界和文化涵养。

探索西游记与镜花缘

周芬伶著，台湾“商务印书馆”2006年出版。本书是《博雅文库系列》之一。未见，存目。

正说西游记：神与魔的世界

胡胜著，团结出版社2007年出版。为《正说四大古典名著丛书》之一。本书从《西游记》的作者、成书、人物形象、艺术特色等方面，全方位、多角度地赏析了这部古典名著，引导喜爱它的读者朋友走进书中的神魔世界，走近猴哥儿，走近八戒，走近一干充满情思妙想的艺术幻象，用自己的眼光去追寻、用自己的心灵去体味，引导读者真正读懂这部书。全书包括以下内容：“寻寻觅觅寻不到——关于作者”、“追索湮没的传奇——《西游记》的成书”、“林林总总神与魔——关于人物形象”、“秃笔弄造化天地涵掌中——《西游记》的艺术特色”、“精彩回放——经典片段赏析”。

变调说西游

李正明著，天津教育出版社2007年出版。本书貌似随意谐趣之作，实则为作者之特殊创意。“变”乃“变徵为羽”之意，借提高音阶之说，隐喻为提高对《西游记》的认识。全书分两篇：上篇题“亦幻亦真”，意在揭示将“极真之理以极幻想手法表现”之读书法，收文23篇，如《姓氏之幻》、《吃唐僧肉的讲究》、《“喜花”与泡沫》等；下篇题“似虚而实”，意在从所写的虚，来探测暗含的实，是读者以“广泛联系，寻根究底，执虚如执盈”之又一读书法，收文38篇，如《饮水致妊》、《无语悟空》、《佛与魔》、《虚实西天》等，以明虚幻而不虚妄之理。

西游记人物画传

刘怀玉著，吉林人民出版社2007年出版。为《中国古典小说四大名著人物画传》之一。本书以原著为依据，将《西游记》中出现的重要人物列传，勾勒出人物的来历、特征、在情节中所担当的“角色作用”等，在撰写中厘清传主的身份，地位，与重要人物、事件的关系，性格特征，每个传主都配有一幅图像，有利于读者理解《西游记》这一经典小说。全书共四卷：“取经五众”、“三界神仙”、“各路妖魔”、“人间国度”。书后附“《西游记》人物表”。

闲话西游记

周六我要休息著，新星出版社2007年出版。本书是作者在豆瓣网站以每周一篇的速度，娓娓道出《西游记》中那些人物的性格命运。作者切入《西游记》的角度很新颖，如：男女关系角度。这个角度常常为人忽略，如《如此二奶》、《贞节，这是个问题》、《也有爱情？说说刘全与翠莲》、《琵琶精——世间最毒妇人心?》等，都是从女性视角解读《西游记》里的男女人物，看他们如何穿衣打扮、装点住处、说话办事、追逐异性。吴承恩描画得细，作者看得细，解得细，读起来相当有趣。作者切入《西游记》的角度还有在虚幻和现实之间，比如《那一场渔樵问答》、《唐三藏的标准》、《关于尾巴》、《关于善财童子的几种看法》、《打了你，还得叫声“好”!》、《荆棘岭上的唱和酬酢》等篇，其中《小鼍龙的人生》一篇，引出教育的家庭环境这个话题，同时紧贴时事，谈到当下刚刚接连发生的几起美国校园枪击案及其背后的缘由。作者切入《西游记》的另一个角度是在此岸和彼岸之间。作者负笈北美，身处西方文化当中，引经据典地评论一本中文古典名著本身就可以说是一个有趣的现象，这从一些评论的篇名就可以看出来，比如《闷头马杀鸡》、《What's your last resort？》。

六小龄童品西游(上、下)

六小龄童著，机械工业出版社2007、2008年出版。本书以《西游记》原著章回为脉络，以孙悟空的发展变化——猴的生物性、神的传奇性、人的社会性、佛的神圣性为主线对原著逐章品读。本书除品读原著故事及人物之外，还融入了六小龄童在拍摄电视连续剧《西游记》的过程中对原著章节的感悟和理解。本书旨在通过对《西游记》的故事情节、艺术形象的开拓，展现原著中隐含的对我们当代人现实生活中的哲理与智慧的启发价值。季羡林为本书题写书名，著名学者、红学家冯其庸推荐此书，著名企业家王石，童话大王郑渊洁为本书作序。

西游趣谈

宁稼雨、冯雅静著，中国人民大学出版社 2007 年出版。本书是一本西游趣味话题索解，将西游背后的文化典故、历史故事、国学常识、民俗风情等一一讲解出来。

梦断灵山：妙语说西游

苗怀明著，中州古籍出版社 2007 年出版。本书为读者展示了一个别样的文学世界，该书认为，西天取经是一场不折不扣的人生悲剧，无论是唐僧师徒还是神仙妖怪，都不是最后的胜利者。天上人间流行着一个共同的潜规则，那就是以利益为核心的明争暗斗，没有人能置身事外。一部《西游记》，字里行间都写着人情世故，都写着世态炎凉。作者用学术随笔的轻松形式，娓娓道来，文笔生动风趣，时有妙语佳句，读后既能得到人生的启迪，又能获得阅读的快乐。

西游记的诞生

蔡铁鹰著，中华书局 2007 年出版。本书对《西游记》中的唐僧取经故事从历史角度、地域概念和传播意义诸方面进行了详细分析，并将《西游记》演变过程划分为原生自发的传说、初步成型的俗讲、酝酿发育的队戏、文化变异的杂剧、形态进步的平话和定型的章回小说六个阶段，通过认真考证，可靠定位了各种资料的原本秩序，从而解决了取经故事如何发育成长以致《西游记》最终诞生的关键性问题。

看罢西游不成精

崔岱远著，东方出版社 2007 年出版。本书以独特的视角将《西游记》中所蕴含的人生哲理通俗化、实用化、简洁化、幽默化，从社会生活和人性层面对《西游记》进行新颖解读，其中不乏独特观点。作者以北京味儿的语言，北京式的幽默，北京人的心智，对《西游记》

这部家喻户晓的奇书予以新颖解读，创造性地将神话与现实生活，将书中角色和每一位读者紧密关联，使读者在微笑中洞悉世态人情，在世俗中感召智慧和爱心。全书正文共28篇，包括《说在开头——云雾里，那一部奇书》、《藏在纸缝儿里的真经》、《通天河底下有个洞》、《唐僧的法力》、《爱情：幸福的劫难》、《来自鸟巢的经文》和《观音静卧，淡水清流》等。

玄奘西游记

朱偰著，中华书局2007年出版。本书以章回体小说的叙事形式，根据历史事实，详细描写了玄奘一路历经艰险和克服困难的情况，更参考玄奘所经各国的地理和风土人情，对中世纪时代西域和印度各国作了忠实的描写，讲述了玄奘不平凡的一生。

西游成功学

周级著，南海出版公司2007年出版。本书首次系统地提出了"《西游记》是一部中国人的系统成功学"的思想，以全新的观点和思维创造性地提出了"和谐、圆满、财富、精进"的成功目标和成功体系，激励天下人不拘泥财富目标，关注个人责任和社会责任，求取人生真经。本书一改浮躁的创作风格和所谓的成功炒作路线，原创性地提出了中国本土的、系统的、实用的基础人才成功学思想，深入浅出，生动活泼，通俗易懂，发人深省。

百家汇评本西游记

(明)吴承恩著，吴圣燮辑评，长江文艺出版社2007年出版。本书以金陵世德堂梓《新刻出像官板大字西游记》即世本为底本，主要参校本为李评本、证道本和新说本等明清版本。本书选辑的评论文字，就时间跨度而言，从最早的世本问世开始，到1949年为止，约350年。就其评论文字的总体情况而言，大体上可分为三个阶段：一是明代的初创期；二是清代的宗教观念附会期；三是现代研究期。本书是首部将诸多《西游记》的评论文字汇辑为一本的百家汇评本《西游记》，对于小说的爱好者和专业研究者都极有参考价值。

西游真相：神话中的人性

邓曙光著，鹭江出版社 2007 年出版。该书由每篇相对独立的小故事融为一个大故事。用最简单的方式讲最复杂的故事，用最简洁的语言说最深刻的哲理，试图找出孙悟空及其同伴的行为动机，最终完全颠覆了原《西游记》的结局。

小话西游

刘勃著，京华出版社 2007 年出版。本书以风趣的笔墨和现代的视角讨论了关于孙悟空的吸引力的问题，还讨论了原著中一些妖怪的形象。

图解西游记

柏宏军、何金钟编著，香港“中华书局”2007 年出版。本书采用“一页文字+一页图解”的形式，梳理原著庞杂的人神妖关系和故事情节，对《西游记》故事发生的时代背景、原著的版本流传等相关知识也有较全面的介绍。书中分五大部分：“人物篇”结合《西游记》的具体情节，以新颖的角度分析原著中的诸神诸佛及妖魔鬼怪，使读者对《西游记》中的人物形象的认识更为丰富；“故事篇”简单地介绍《西游记》的故事线索，并挖掘相关的历史人文知识；“寓意篇”从各个角度分析《西游记》的寓意，探讨作者的创作意图；“篇外篇”介绍《西游记》的成书历程、作者之谜、原著的版本流传及其在文学史上的地位和影响等；此外，有附录：九九八十一难一览表。

隋国庆揭密西游记

隋国庆著，湖南科学技术出版社 2008 年出版。本书用现代科技诠释古代科学幻想，用自然科学规律注解神话传说，用科学知识化解种种迷惑，知识范围涉及理、工、农、医、生物、地理、航空航天、军事等方面。将文学的欣赏性和自然的科学性高度结合，名著的理解性和科技的普及性珠联璧合，使人在阅读此书时既可以获得丰富的自然科学知识，又能够加深对《西游记》的理解。本书图文并茂，交相辉映，如同一部自然科学大全或一部《西游记》点评，能极大地丰富读者的知识。作者从最奇异的角度来解析，用超凡的目光来洞察，深刻地揭示出《西游记》中人们所想象不到的奥秘。

西游记的前世今生

蔡铁鹰著，新华出版社2008年出版。本书将宗教史实和小说情节并案考察，出入于真实与虚构之间，以考证和叙述相结合的笔调，对《西游记》中诸多历史、民俗、文学的话题作了别开生面的探讨。一些话题往往为前人所忽视，如：取经故事为何从玄武门之变开始，孙悟空是哪座山的猴，为何说孙悟空是北方猴，齐天大圣是南方猴，通天大圣又是哪路神仙，猪八戒是国产猪还是进口猪，西天路上真有多情的西梁女国吗，《西游记》的书名首次使用于何时，邱处机的“西游”游到哪里，等等。对于这些问题的探索，可以全方位、多层次地观照《西游记》的世界。

追寻西游记

孙建邦著，大众文艺出版社2008年出版。作者力图追寻《西游记》原著的本义，该书中的文章一般是把《西游记》中的有关一个人物、一个话题的主要资料，从头至尾找出来，让读者知其来龙去脉。该书重视资料性、趣味性和思想性。

汤李梁重品西游

汤李梁著，中国文联出版社2008年出版。本书是由作者自己的品读心得汇成的，包括34讲。一些观点引人注意，如：世人轻看了《西游记》、《西游记》的两大破绽、西天取经是一场封建政治秀等。

趣说西游人物

竺洪波主编，卢小惠等撰，上海人民出版社2008年出版。本书是《趣说四大名著人物丛书》之一，著者基于对《西游记》人物的深刻了解，以现代人的观念，分别阐释书中近百位人物的身世、经历、性格、能力与结局。本书对于儿童读者尤其适合。

话说西游

张国风著，广西师范大学出版社2008年出版。本书以名家品鉴，旁征博引，深入浅出，诙谐幽默，读出一个全新的《西游记》，将种种隐藏的历史和匠心悉数揭示，令人眼界大开。本书特别适合涉世未深，需要获得做人做事经验的青年人，以及有初步的事业基础，但被事业和生活所困惑，急于寻求突破的中年人阅读。

解码西游记

周方银著，科学出版社2008年出版。本书从管理学、社会科学的视角，对《西游记》进行了解读。上篇讲述孙悟空的心路历程，认为孙悟空的心理发展可以分为四个阶段：无性阶段；生性和任性的阶段；从五行山下出来，悟空经历了一个收性的阶段；最后，到达西天被封为佛，达到了更高层次的无性阶段。下篇则从管理学、经济学等角度，对天庭管理进行了深入有趣的分析。

取经之道与务本之道：西游记内丹学发微

郭健著，巴蜀书社2008年出版。本书是作者平时撰写的一些论文整合。书中论文有的是对内丹学进行专门的研究，有的是剖析《西游记》与内丹学的关系，有的则是作者自己在研究过程中的一些关于宗教和文学艺术关系的思考。

20世纪西游记研究(上、下)

梅新林主编，文化艺术出版社2008年出版。本书是《西游记》文学研究论文集。为便于编目及读者检索，该书把入选论文按其主要内容作了分类。上卷主要包括总论、作者研究、版本研究、渊源研究、影响研究五个版块，下卷主要包括题旨研究、人物研究、艺术研究、文化研究四个版块，此外，收入了有关《西游记》是否童话小说的一系列文章。

吴承恩与西游记

刘怀玉著，东方出版中心2008年出版。本书记载了《西游记》作者吴承恩的家世和社会关系、吴承恩的社会交游、生平事迹等内容。

第三只眼看悟空：一个草根灵魂的自我救赎之路

东方浩月著，中国华侨出版社2008年出版。以往的孙悟空是作为卡通人物及简单的神话人物来描写的，多注重故事性和传奇性，而本书则不同。本书首次将孙悟空作为一个“人”来描写，注意从人性角度去挖掘孙悟空的内心世界及角色转换，揭示孙悟空作为一个人的思想境界由“必然王国”进入“自由王国”的成长经历。

向西游记取人生真经

李志强著，陈晴绘图，知识产权出版社2008年出版。本书从人生历练、奋斗成才的角度对《西游记》一书作了精彩解读。作者认为《西游记》是一本借唐僧取经的故事，引人向上，鼓励有志之士努力进取，锻炼身、心、意、性、情，克服千难万险，勇于攀登，成为栋梁之才的人生“教科书”。

周汝昌评说四大名著

周汝昌著，中华书局2008年出版。本书共分六讲，内容包括：《三国演义》的内涵、《水浒传》的艺术成就、从《三国》到《水浒》、《西游记》的真诚等。

西游记考证

马旷源著，云南美术出版社2008年出版。本书共分两辑，收录的文章有：《论孙悟空的神话演变》、《石猴诞生与母石崇拜》、《论土地神话》、《狰狞的月神》、《吴承恩的唐人情结》、《鲁迅的鬼魂观》等。本书以考证中国古典文学名著《西游记》中神话人物的渊源出处为主，兼及古代其他一些神话。

西游漫话

程飞著，中国经济出版社2008年出版。本书通过将《西游记》再度演绎，通过孙悟空、唐僧、白龙马、猪八戒、沙僧、哪吒等大大小小的人物，给读者带来快乐与感悟。

大明狂儒：美猴王之父

王资鑫著，宁夏人民出版社 2008 年出版。本书略带魔幻的色彩，通过对当时黑暗社会的无情揭露，生动地描写了吴承恩一生的经历和创作《西游记》的社会背景、人物原型与诞生过程，反映了吴承恩不平凡的一生和他追求真理、向往和平以及毕生追求的“猴王精神”。

图说西游记

柏宏军、何金钟编著，中央编译出版社 2009 年出版。本书图文互释地解析原著中的神仙和妖怪，从细节中把握九九八十一难，体味小说暗含的人生哲理，玩味故事之外的神奇传说。

西游闲谭

平熙、牛景丽著，中国文史出版社 2009 年出版。该书分“人物解密”、“意蕴探幽”、“艺术揽胜”、“余味点滴”四个部分。“人物解密”主要漫谈《西游记》中人物形象的问题；“意蕴探幽”主要谈及《西游记》中一些故事情节的思想蕴含及意义所在；“艺术揽胜”则从小说艺术的角度，剖析《西游记》艺术构思和艺术描绘的魅力所在；“余味点滴”包括西游故事发生时间的历史背景，作者的真伪情况和生平事迹，作品的版本流传及在海内外的地位影响等。

毛泽东读西游记

董志新著，万卷出版公司 2009 年出版。本书围绕毛泽东对唐僧师徒在西天取经过程中所形成的“西游信念”的解读和阐释，对相关文献材料进行了梳理。

蒙古文西游记研究

巴雅尔图著，方志出版社 2009 年出版。本书为十分少见的关于《西游记》与民族语言文化研究的著述。

人生就是取经路：西游记直指人心的智慧

李剑坡著，华夏出版社2009年出版。本书以发散的思维方式，以全新的角度、现代的观念重新解读《西游记》，更加关注现代人的灵魂塑造，着眼于当下的人文关怀，另类而充满哲理，新奇而绝不恶搞，睿智幽默，生动鲜活。

西游记文化论丛(1)

晏维龙等主编，中国矿业大学出版社2009年出版。本书收集了《西游记》学术研究领域最新的研究成果，内容涉及《西游记》的文化内涵、人物形象、作者、版本、主题等。论文的作者从不同的角度对《西游记》的文化内涵进行了深入探究，在《西游记》的版本和作者问题上进行了激烈的讨论，同时对《西游记》的人物形象、情节、艺术风格等进行了重点研究。

水浒、西游探源：与德堂古典小说研究丛稿

侯会著，学苑出版社2009年出版。本书作者长期从事明清文学教学、科研工作，成绩斐然。本书收入了作者20多篇论文，其中大部分是有关《水浒传》、《西游记》的研究，主要是对小说成书过程的探索。

玄奘西游记

钱文忠著，上海书店出版社2009年出版。本书是“百家讲坛”邀请首位上海青年学者讲授的长达36讲的节目记录，所讲内容为人们所熟知的《西游记》故事的历史原型。本书是在讲稿的基础上加以增补而成的。增补的部分主要是由于时间和电视节目特点的限制而没有完全讲述出来的内容，此外还增加了一些珍贵的图版。书后所附“参考书目”，意在为有进一步兴趣的读者提供最初步的导引。星云大师为该书亲自题写书名并作长序《一步的慈悲》，并增补《玄奘法师年表》等重要史料文献及珍贵历史图片，全景呈现1400年前大唐高僧西域求法之路。

煮酒探西游：吴闲云详解西游记

吴闲云著，湖南人民出版社 2009 年出版。本书主要包括唐僧为什么要取经，唐太宗地府还魂，真经究竟有什么作用，取经难传经更难，神仙中的女强人，皇帝是传经的最佳人选，唐僧的母亲之谜，唐僧的父亲之谜等内容。

名著非常读西游

于学彬著，中国友谊出版公司 2009 年出版。本书将《西游记》解读为一部融合意志、勇气、谋略与处世的人生教科书。

西游记与炼丹

纪化美编著，线装书局 2009 年出版。本书将原本《西游记》缩写了，分为五十章，每章以一个完整内容为准，仍保留原有回目。

2010—2012 年

疯话五书：文癫申维痴评聊斋志异、水浒传、西游记、春秋、道德经

申维著，吉林出版集团有限责任公司 2010 年出版。这部著作是一部笔记体文化随笔集，最大特色是文与史相映成趣。作者从中国古代的文学经典出发，以漫话《聊斋志异》、品《水浒传》、戏说《西游记》、夜读《春秋》、解读《道德经》入笔，展开了对人生百态的精辟解读。

揭密取经门——西游记你读懂了吗

六铃使者著，岳麓书社 2010 年出版。本书分为奇谋篇和绝计篇。本书作者六铃使者于 2009 年在天涯社区发帖，网络点击率已过百万，在网络上相当有影响力。众多读者认为其书分析独到、观点新颖、逻辑性强，带给了他们很多阅读乐趣，且提升了对原著《西游记》阅读、研究的兴趣，是一本不可多得的解密奇谋的大众读物。

西游记资料汇编

蔡铁鹰编，中华书局2010年出版。本书分为本事、源流、版本序跋、作者、批评与影响五编，各编之下又分若干层次，系统全面地汇辑与《西游记》相关的各种资料和学术研究成果，反映了当前《西游记》研究的最新进展，为《西游记》研究提供可以征信的原始材料。

西游放谈

赵宗彪著，中国国际文化出版社2010年出版。本书以《西游记》为话题生发开来，作者发挥自己的想象力，用当代人的眼光将古典名著《西游记》里的精彩故事进行了重新演绎，着力讽喻当今社会人间百态，可谓天马行空、妙笔生花，其诙谐幽默令人叫绝。本书包括“如是我闻”、“娑婆世界”、“谁证菩提”和“得大自在”四大部分，共计29篇。书中配以个性独具、相映成趣的漫画，图文并茂，令人耳目一新。

西游记语典

沙先贵编著，重庆出版社2010年出版。该书共解读了《西游记》中323条妙语原句，有的直接引用了前人的绝妙诗文，有的借鉴改造了流传的片言只语，有的创新了作者的语言风格。该书不仅集成了中国古典文学经典著作的语言艺术精髓，而且反映了明清小说语言艺术的流传、演变及其对后世的影响。

西游人物解码

青灯下的古佛(李俊杰)著，湖北人民出版社2010年出版。本书通过破解《西游记》中经典人物的个性密码，透过其成长环境、人生经历、性格命运、目标选择、练达人情以及价值创造，看出人作为社会中的个体本身的优劣、得失、教养和品性等。

文化载体论——李安纲揭秘西游记

李安纲著，人民出版社2010年出版。本书就《西游记》所产生的文化现象，探讨其中的审美体验、社会价值和历史意义，系统地考察东方文化的历史原貌，探寻中华文化的传播途径、艺术特色、受众需求和文化功能。

神仙太寂寞，妖怪很痴情——西游记：风吹哪页读哪页

陈思呈著，重庆大学出版社2010年出版。本书主要突出的是对人心、人性和人情的探索，将原著细嚼慢咽，从细处见新意，重点写出人物的性格和情感，在他们的来世今生里，恢复他们血肉丰满的面貌。

西游记中韵文的运用 《三言》中的婚姻与恋爱

许丽芳、蔡蕙如著，台湾花木兰文化出版社2010年出版。未见，存目。

西游记与东亚大众文化——以中国、韩国、日本为中心

[韩]宋贞和著，凤凰出版社2011年出版。本书是一本有关《西游记》古典小说评论的书籍。主要内容包括：绪论、《西游记》的现代大众文化的要素、东亚大众文化中的《西游记》、东亚大众文化中的《西游记》特征等。本书将《西游记》一书放在大众文化的视野中进行考察，详细分析了《西游记》的世界观、儿童文学特征等，旨在说明该书能够被开发为大众喜爱的文化产品的内在原因。

西游记叙事研究

吕素端著，台湾花木兰文化出版社2011年出版。未见，存目。

吴承恩与西游记

王树强、丁爱敏著，作家出版社2011年出版。本书全景揭秘了传世奇书《西游记》的诞生始末及其原型人物，真实再现吴承恩的传奇人生。

神仙世界与法律规则：法律人读西游记

张未然著，中国政法大学出版社2011年出版。作者供职于高校，以讲授法律存身，喜好“法律与文学”的交叉研究。本书主要内容包括：天庭的治理模式、天庭里被放纵的犯罪、天条与习俗、玉帝治理与马基维利主义、神仙也撒谎、天庭法治秩序的构建等。

孙悟空与嘉靖皇帝：西游记解密嘉靖王朝

苦乡著，陕西师范大学出版社 2011 年出版。嘉靖王朝是历史上备受争议的一个时代，作者用诙谐的语言，幽默的文字，将《西游记》中的人物事件与嘉靖王朝的人物事件一一对应，讲述了嘉靖王朝的那些人、那些事儿。作者用新的视角看待大明嘉靖王朝，以新的观点解读《西游记》的内涵，揭示《西游记》中鲜活的艺术形象完全来源于真实的生活。本书解读的不仅是一段历史，更是做人的道理，

西游记里的妖精们

席光伟著，知识出版社 2011 年出版。本书内容包括取经五人组、妖精里的非主流、最讨厌的妖精们、神仙的宠物们、最厉害的妖精们等。

神经：西游成功学

成云雷著，山东人民出版社 2011 年出版。本书共六个部分，内容包括：“神仙和妖怪”、“瞧，这些神仙”、“我是妖怪我怕谁”、“法宝与神通”、“西游情史”、“到处都是江湖”。

西游向西：西游人物鉴思录

李俊杰、岳永编著，河南大学出版社 2011 年出版。本书为李俊杰主编之《四大名著人物鉴思录丛书》之一。通过对《西游记》中“孙悟空学艺”、“孙悟空欺负官油子”、“大圣闹天宫”、“泾河龙王赌命”、“祸起观音院”等故事的描述，引出相关人物，随之对这些人物进行了分析、点评。

妖眼看世界

穆鸿逸著，台湾联经出版事业股份有限公司 2011 年出版。未见，存目。

西游记及其三本续本研究

翁小芬著，台湾花木兰文化出版社 2011 年出版。未见，存目。

西游真解

陈肯著，上海辞书出版社 2012 年出版。本书认为，其实《西游记》是一本标准的尊道抑佛的神怪小说，作者通过象征、隐喻等写作手法，把道教内丹派理论和道家与佛家在世界观、人生观方面的争论与冲突融合于故事之中，原著中所有不合逻辑的地方，其实正是作者留给读者的提示。本书用风趣幽默的语言，通过对这些看似不合逻辑的故事情节的介绍与分析，展现给大家一本真正的《西游记》，同时也对相关的历史、哲学知识进行了生动的介绍。

话说西游记

魏文哲编，江苏人民出版社 2012 年出版。本书是《人文社会科学通识文丛》之一。本书对《西游记》的成书过程、《西游记》的版本与作者、《西游记》的故事情节与宗教寓意、《西游记》的艺术魅力、《西游记》的传播与影响几方面作了探究，不但具有极高的史料价值，而且趣味横生，描写生动，有很强的可读性。

《西游记》原来是本这么好看的管理书

马修鹏著，广东经济出版社 2012 年出版。本书把《西游记》取经团队放到今天企业的内部管理当中，把《西游记》取经团队从建立到矛盾，从矛盾到完善，从完善到和谐，最终达成目标的过程，当做从组建公司到理顺同事关系，从个性十足到融入团队，从艰苦创业到取得成功的过程。本书试图告诉读者如何在吴承恩的《西游记》里学习团队建设和团队管理的大智慧。

也说西游

侯荃著，三晋出版社 2012 年出版。本书作者根据《西游记》原著，引经据典，解读故事中唐僧、孙悟空、猪八戒、沙僧、白龙马等人物和所有故事的真实含义，鼓励人们热爱生活，破除迷信，克服困难，勇往直前，为达到自己的人生目标而努力奋斗，引导读者认真探讨和深思，进一步弘扬中华民族优秀文化。

生活·参禅：凡夫俗子观西游

张二憨著，中国致公出版社 2012 年出版。本书作者以轻松幽默的另类笔法，或揭秘《西游记》四百年以来的谜题，或以一家之言而发表对《西游记》的看法，同时也对吴承恩为什么要写《西游记》、《西游记》的真实含义等问题提出了独到的见解。

《西游记》版本源流考

曹炳建著，人民出版社 2012 年出版。本书内容包括：西游故事的演变与《西游记》的古版本、明代《西游记》的简本系统、世德堂本《西游记》探考、明代《西游记》的删本系统、清代《西游记》版本与“讲道说”的泛滥、异彩纷呈的少数民族《西游记》版本等。

西游故事与内丹功法的转换：以《西游原旨》为例

王婉甄著，台湾花木兰文化出版社 2012 年出版。未见，存目。

淮安有部西游记

蔡铁鹰著，江苏人民出版社 2012 年出版。本书为《古淮河文化丛书》之一，主要内容分为三大篇，分别为奇人篇(话说吴承恩)、奇书篇(解读《西游记》)和奇幻篇(猴王走天下)。该书实际上是通过对《西游记》这部作品本身、作者以及人物形象的研究，反映淮安深厚的文化底蕴。

《西游记》主题接受史研究

陈俊宏著，台湾万卷楼图书股份有限公司 2012 年出版。未见，存目。

近百年《西游记》研究大事记

近百年《西游记》研究大事记

1914 年

最早的一篇现代《西游记》研究论文发表。《文艺杂志》当年第 4 期刊发署名颠公的论文《〈西游记〉为明人吴承恩所作之异说》，文章对清代少数学者所提出的《西游记》作者为吴承恩之论表达了异议。此文在内容和论述方式上都不同于传统史料考证的形式，可以视做现代学术形态的第一篇《西游记》论文，但此文影响有限。颠公为谁，迄今无确论。

1915 年

罗振玉、王国维从日本影印《新斴大唐三藏法师取经记》(即《大唐三藏取经诗话》)回国。此书在国内已失传，罗、王二氏从日本影印带回，收入罗氏主编的《吉石盦丛书》出版，并附有二人所作跋文三篇，简要介绍了该书的情况和价值。此举立即推动了对《西游记》成书过程的研究。

1921 年

胡适作《〈西游记〉序》。11 月，胡适为上海亚东图书馆汪原放新式标点排印本《西游记》作序。12 月，此序发表于《亚东图书馆馆刊》，同时发表的还有汪原放、陈独秀的两篇有关《西游记》的研究论文。

1922 年

胡适作《〈西游记〉考证》。发表于《读书杂志》当年第 6 期。此文乃是在前一年所作《〈西游记〉序》的基础上增添一些材料而成，为篇幅所限，发表时有所删减。

董作宾作《读〈西游记考证〉》。发表于《读书杂志》当年第 7 期，是对胡适《〈西游记〉考证》所作的最早回应。董作宾还为胡适关于作者问题的考证提供了一些新的材料，胡适遂据此补作了一份吴承恩年表。

1923 年

胡适《〈西游记〉考证》定稿并发表。胡适趁上海亚东图书馆再版《西游记》新式标点本之际，将前两年所作《〈西游记〉序》和《〈西游记〉考证》两篇文章合并起来，置于书首，成为今天所见长文《〈西游记〉考证》。

鲁迅《中国小说史略》正式由北京大学新潮社出版。此书为鲁迅在北京大学等高校讲授中国小说课程的讲义，其中第十六、第十七两篇集中论述了明代的神魔小说，对神魔小说的典型之作《西游记》有专门探讨。

1929 年

北京故宫博物院图书馆发现吴承恩著《射阳先生存稿》。书凡四卷，均为诗文作品。

1930 年

北京故宫博物院图书馆将《射阳先生存稿》连载刊出并印行单行本。先在《故宫周刊》第 12 期至第 53 期连载，后铅印为单行本发行。

20世纪40年代，刘修业据此为底本整理辑校为《吴承恩诗文集》，由古典文学出版社1958年出版。以此为契机，吴承恩研究逐渐深入，成为《西游记》论坛的中心议题之一。

国立北平图书馆发现《永乐大典》所引《西游记》平话“魏徵梦斩泾河龙”一条。此条残文见于《永乐大典》第13139卷“送”字韵“梦”字条下，长1200余字，引书标题作《西游记》。三年后，郑振铎在《〈西游记〉的演化》中首次披露了这一版本信息，认为这是百回本小说之前存在话本小说《西游记》的证明，并将之作为吴承恩创作《西游记》的蓝本，即祖本。鲁迅也因此修正了其在《中国小说史略》中关于祖本为杨志和本的观点。

上海中国书店发现明本《西游记》残页一页。后此页经赵斐云转赠给郑振铎收藏，郑振铎称其为“四大套明刻吴本全书发现的先声”。次年，孙楷第即于日本访书时发现了世德堂本。

郑振铎、马廉、赵斐云意外发现天一阁抄本《录鬼簿续编》。三人一同访书于宁波时发现此抄本，内中载录明初杨景贤作有《西游记》杂剧，此前学界认定的《西游记》杂剧作者为元代杂剧家吴昌龄。后孙楷第于1939年以此发现为基础作《吴昌龄与杂剧〈西游记〉——现在所见的杨东来评本〈西游记〉杂剧不是吴昌龄作的》一文，正式考订杂剧《西游记》之作者为杨景贤。

陈寅恪作《〈西游记〉玄奘弟子故事之演变》。该文发表于国立中央研究院编《历史语言研究所集刊》，后收入陈氏《金明馆丛稿二编》。此文以比较研究方法，对孙悟空、猪八戒、沙僧等几人形象进行了溯源研究，取得了比较研究的重大成果。文中关于孙悟空形象的考论，成为孙悟空形象“外来影响说”的重要论据。

1931年

孙楷第东渡日本访书，发现《西游记》明清刊本6种。9月，孙楷第受中国大辞典编纂处和国立北平图书馆委托，东渡日本访书，发现《西游记》明清珍本共计6种之多。于内阁文库发现明清白堂刊杨闽斋本和清初刊汪澹漪评本，于村口书店发现明万历世德堂刊《新刻出像官板大字西游记》和朱鼎臣本《唐三藏西游释厄传》，于帝国图书馆发现《唐僧西游记》本，于宫内省图书寮发现李卓吾评本。其中世德堂本为现知最早的百回本《西游记》刊本，刊行于万历二十年(1592)，无作者署名，题“华阳洞天主人校”，首有陈元之序，正文中有八条夹批凡67字。世本是研究《西游记》最重要的版本，其意义重大，今通行本人民文学出版社出版的《西游记》即以世本为底本并参校他本排印刊行。

《国立北平图书馆馆刊》刊出宁夏发现的《销释真空宝卷》，胡适为之作跋文加以介绍、品鉴。此宝卷与宋元所刻西夏文藏经同在宁夏被发现，内中有一节“唐僧西天去取经”，被认为是已佚的《西游记》平话的片段。胡适在跋文中重提《西游记》作者为吴承恩的问题，俞平伯随即作《驳〈跋销释真空宝卷〉》(1933年发表)与之商榷。

1932 年

国立北平图书馆以重金购入世德堂本、朱鼎臣本。经多方呼吁，国立北平图书馆从日本购入这两种重要的明本《西游记》。同年，郑振铎作长文《〈西游记〉的演化》，首次对此二本加以披露。

孙楷第著《日本东京所见小说书目提要》，著录《西游记》版本6种。是书为孙楷第1931年赴日访书所得调查结果之整理载录，内中共收录《西游记》明刊本5种，清刊本1种。除载录版本信息之外，孙楷第还对《西游记》作者、成书等问题进行了一定的考证。

1933 年

孙楷第著《中国通俗小说书目》，著录《西游记》版本13种。该书是在《日本东京所见小说书目提要》和《大连图书馆所见小说书目提要》之基础上扩展、充实而成，所收小说达800余种，是首部中国通俗小说书目，为其后的同类著作打下了扎实的基础。其中所载《西游记》版本已基本囊括了海内外诸本，至今增补不多。

郑振铎始作《〈西游记〉的演化》。此文作于1933年至1934年，是继鲁迅、胡适的《西游记》研究之后十年间最重要的研究成果和集大成之作。郑氏首次厘清了明清诸刊本间的先后承继关系，对此后的版本研究影响甚大。

俞平伯作《驳〈跋销释真空宝卷〉》。此文于7月发表于《文学》创刊号，其驳斥的对象为胡适。此前胡适为《国立北平图书馆馆刊》刊出的宁夏发现的无名氏《销释真空宝卷》作跋文，文中再次提到《西游记》作者为吴承恩，俞平伯对此提出反驳意见，否定吴氏的著作权。这是自鲁迅、胡适论定“吴承恩说”之后第一次提出否定性意见，影响较大，俞氏成为“非吴著说”的主要代表之一。

赵景深作《吴昌龄的〈西游记〉杂剧》。发表于《文学》当年第5卷第1号。

1936 年

赵景深作《〈西游记〉作者吴承恩年谱》。发表于《中国学生》当年第2卷第1~4期，后加以修改收入《小说闲话》和《中国小说丛考》。关于吴承恩的生平年谱，此前有胡适所作年表（见《〈西游记〉考证》），赵氏所作年谱吸收利用了当时新发现的史料，涉及年份达23年，较之胡适充实、准确不少，也为后来刘修业作《吴承恩年谱》奠定了基础。

1937 年

赵景深作《〈西游记〉杂谈》。简要评述了杨志和本《西游记》，涉及了《西游记》的成书和版本问题。

1939 年

孙楷第作《吴昌龄与杂剧〈西游记〉——现在所见的杨东来评本〈西游记〉杂剧不是吴昌龄作的》。发表于《辅仁学志》当年第8卷第1期，乃据天一阁抄本《录鬼簿续编》所提供的新材料，对吴昌龄作杂剧《西游记》这一旧论提出质疑，并进而考订此剧的作者为明初人杨景贤。于是，杨景贤为杂剧《西游记》之作者，成为定论。

1942—1946 年

刘修业著《吴承恩年谱》。此谱以吴承恩《射阳先生存稿》为主要依据，参考多种明人文集、方志，详加考证辨析，首次较为清楚地再现了吴承恩的生平经历。对此后苏兴、刘怀玉所撰的两部《吴承恩年谱》均有影响。

1947 年

刘修业著《吴承恩事迹交游考》。此书将《射阳先生存稿》中之吴氏生平事迹、友朋名姓一一考出，可谓复活了《射阳先生存稿》所展现的吴氏的丰富人生。孙楷第为之作序，慨叹其考证精详、援引浩繁，推为“三十年来研究小说史有数的著作”。此书因故未能及时出版。

1949 年

汪浚作《吴承恩与〈西游记〉》。8 月，发表于由郑振铎主编的《文艺复兴》(中国文学研究专号)。该文内容涉及作者、成书、版本等基础层面，对鲁迅、胡适、郑振铎、董作宾、赵景深等的《西游记》研究作了评价。胡从经称之为“吴承恩及《西游记》的研究小史”，该书可视为《西游记》论坛出现的首部具有学术史性质的著述。

1954 年

张天翼作《〈西游记〉札记》。发表于《人民文学》当年 2 月号。这篇长文首次运用唯物主义阶级分析方法来评论《西游记》，将小说的主题认定为反映了封建社会中农民与地主阶级间的矛盾斗争，而孙悟空的形象，也有一个从农民起义的英雄投降为农民革命的“叛徒”的变化。此即著名的《西游记》主题矛盾说，或称孙悟空投降（叛徒）论。张文引起了极大反响，一时间形成了对《西游记》主题思想的热烈讨论，成为当代《西游记》研究中的第一场学术论争。

1957 年

作家出版社编辑、出版《〈西游记〉研究论文集》。为了展示新中国成立以来古典文学研究界的大好形势和突出成就，作家出版社于1957 年编辑、出版了《古典文学研究文集丛书》，当年推出的第一批共 6 种。《〈西游记〉研究论文集》实际上保存了“文革”前《西游记》研究的精华，收录论文 17 篇，附录 1 篇，是认识此一时期《西游记》学术史的主要资料。

1958 年

《吴承恩诗文集》出版。刘修业于 20 世纪 30 年代开始致力于吴承恩研究，此集即刘修业以故宫博物院藏本《射阳先生存稿》为底本整理辑校而成，书后附有刘修业所作考证文章数篇，极有参考价值。此书由古典文学出版社出版。

1961 年

赵景深作《谈〈西游记平话〉残文》。发表于《文汇报》当年 7 月 8 日。此文第一次介绍了《朴通事谚解》所引的《西游记平话》（残文）“车迟国斗圣”，并将残文与此前发现的《永乐大典》所引《西游记平话》之“魏徵梦斩泾河龙”一段加以比较考察，进一步肯定了鲁迅、郑振铎等将《西游记平话》作为《西游记》祖本的结论。有些学者认为，平话本《西游记》虽已佚失，但至今已发现三个片段，即：《永乐大典》所引“魏徵梦斩泾河龙”一段，《朴通事谚解》所引“车迟国斗圣”一段和《销释真空宝卷》所录“唐僧西天去取经”一段，但还没有证据证明这三段残文是否出于同一版本。

1975 年

江苏淮安出土吴承恩文物。1 月，在淮安城南二堡大队（现二堡村）出土了吴承恩为其父所作的《先府宾墓志铭》和刻有“荆府纪善”四字的半截棺材头挡板。这些文物对吴承恩研究具有推动作用，今藏于江苏省南京市博物馆。

1978—1979 年

朱彤作《论孙悟空》。发表于《安徽师范大学学报》当年第 1 期。随后朱彤又在《学习与探索》1979 年第 2 期发表《论吴承恩的思想》一文。两文从主要人物形象、作者思想等方面重新探讨了《西游记》的主题性质，是对 20 世纪五六十年代基于阶级分析方法而得出的主题矛盾说、主题转化说等的反拨。朱文认为孙悟空不是农民起义的英雄，而是“穿着神话外衣的市民英雄形象”，提出了主题思想的“市民说”。此文引发了强烈反响，在新时期掀起了第一拨关于《西游记》主题性质的热烈讨论。

1980 年

王静如公布考察报告《敦煌莫高窟和安西榆林窟中的西夏壁画》。发表于《文献》当年第 9 期。甘肃安西榆林窟中三处《唐僧取经图》壁画发现于 20 世纪 60 年代初期，王静如精心研究这些壁画和西夏文字多年，“认定榆林窟壁画绘于西夏鼎盛时期”。《西游记》研究者如蔡铁鹰、李时人、张锦池等积极利用这一考古发现，以论证取经故事和《大唐三藏取经诗话》的流传年代。

胡光舟著《吴承恩与〈西游记〉》。由上海古籍出版社出版，是新时期以来最早的一部《西游记》研究专著。

苏兴著《吴承恩年谱》。由人民文学出版社出版。

1981 年

淮安县政府对吴承恩墓地进行了考古发掘，发现了吴承恩头颅骨。8 月，淮安县政府组织人员对吴承恩墓地进行调查，找到了三只头颅骨。经著名学者贾兰坡鉴定，其中一只为老年男性，其特征符合有关文献对吴承恩的记载，中国科学院据此运用科技手段复制出吴承恩的立体半身像。淮安县政府随即修建了吴承恩故居——射阳簃，安放其塑像，并在墓地原址修建吴承恩陵园，供世人凭吊瞻仰。

1982 年

全国首届《西游记》学术讨论会在江苏召开。为纪念吴承恩逝世 400 周年，江苏省社会科学院文学研究所、中国作协江苏分会（现江苏省作协）、《江海学刊》编辑部、连云港市人民政府和淮安县人民政府 5 家单位联合在淮安县和连云港市举办了全国首届《西游记》学术讨论会。与会学者 120 余位，提交论文 68 篇。会议讨论的范围包括吴承恩生平、《西游记》创作年代及版本、《西游记》的主题及社会内容、孙悟空的形象来源、《西游记》的艺术价值等方面。这些是学术界长期关注的问题，其中有很多问题意见纷纭，迄今尚未获得一致的结论。这是新中国成立以来《西游记》研究界第一次全国性的大规模、高级别的学术会议。

一些学者提出《西游记》"主题反动说"。刘远达、傅继俊、丁黎相继撰文，对《西游记》的思想进行全面批判，引起学术界较大震动。刘远达的观点最为典型，其《试论〈西游记〉的思想倾向》一文发表于《思想战线》当年第 1 期，文章认为《西游记》是"破心中贼"的政治小说，目的是宣扬王阳明的"心学"，为"犯上作乱者"树立改邪归正的榜样。这些观点随即受到《西游记》论坛的强烈批评。

何满子作《把艺术从社会学的框子里解放出来——谈神魔小说〈西游记〉的社会内容》。发表于《社会科学》当年第 11 期。文章指出《西游记》主题研究中滥用阶级分析方法而"硬划成分"的弊端，呼吁打破庸俗社会学的偏颇做法，恰当处理小说的社会内容，重视文学研究的艺术本位问题。此文是新时期以来较早对从政治角度理解《西游记》主题的做法表达不满意见的声音。何满子又在当年10月举行的首届全国《西游记》学术讨论会上重申了此一观点。

云南发现一部用彝文写成的《西游记》。据鉴定，这部《西游记》成书于明清之间，故事情节与吴承恩《西游记》基本相同，不过它是用四千行长诗体写成，书中记载的唐僧取经途中所经之地，全是云南的山川地名。

1983 年

章培恒作《百回本〈西游记〉是否吴承恩所作》。发表于《社会科学战线》当年第4期。此文以严密的逻辑推理和丰富的文本考证，对“吴著说”提出了全面质疑，打破了新中国成立后学界对《西游记》作者问题的一统观点，引发了激烈的讨论。苏兴、谢巍首先与之展开论辩，随后，一批学者参与其中，形成了针锋相对的阵营，推动了作者研究的深入。

朱一玄、刘毓忱编《西游记资料汇编》出版。1982年召开的首届《西游记》学术讨论会上，与会学者就《西游记》研究提出了若干倡议。大家普遍认为，数百年来的《西游记》传播和研究已经积累了丰富的资料，亟须分类、整理、保存，因而编纂《西游记》研究资料汇编是十分必要和迫切的。朱一玄长期致力于中国小说史料的搜集整理工作，早已开始编纂几部小说名著的资料书，此前已出版《三国演义资料汇编》和《水浒传资料汇编》，《西游记资料汇编》是其第三部问世的小说资料书，由中州书画社出版。

1984 年

《〈西游记〉研究——首届〈西游记〉学术讨论会论文选》出版。此文集是对1982年举行的首届《西游记》学术讨论会的成果展示，由江苏省社会科学院文学研究所编辑，江苏古籍出版社出版。

1986 年

全国第二届《西游记》学术讨论会在浙江普陀山召开。本次会议由中国社会科学院文学所古代室、江苏省社会科学院文学研究所、江苏省社会科学联合会、浙江古籍出版社、连云港市文联和淮安县《西游记》研究会等12个单位联合发起召开。于1986年11月3日至5日在浙江普陀山举行，来自全国21个省市的高等学校、出版社、研究所等单位的104名代表出席了会议，大会收到论文40余篇。专家们就《西游记》的主题、文学艺术、语言、版本等，进行了广泛的探讨。会议就成立全国性的《西游记》学会取得了一致意见，成立了由北京的胡小伟、江苏的吴圣昔、浙江的钟婴、东北师范大学的苏兴、广西师范大学的胡光舟、辽宁春风文艺出版社的林辰和淮安《西游记》研究会会长刘怀玉七人组成的全国《西游记》学会筹备组。筹备组将负责筹建全国性的《西游记》学会和筹备全国第三届《西游记》学术讨论会的工作。

电视连续剧《西游记》播出。中国国际电视总公司出品的电视连续剧《西游记》经过四年的拍摄制作，于1986年播出。这是国内首次将《西游记》全面系统地搬上影视舞台。该剧由戴英禄、杨洁、邹忆青任编剧，杨洁任导演，六小龄童、迟重瑞、徐少华、汪粤、马德华、闫怀礼担任主演。该剧一经播出，即获得了极高评价，成为一部公认的无法超越的经典。初集共拍摄25集，1998—1999年又由原班人马拍摄了续集16集(2000年播出)，成为全璧。

1988 年

全国第三届《西游记》学术讨论会在新疆乌鲁木齐召开。全国第三届《西游记》学术讨论会于1988年9月15日至21日在新疆乌鲁木齐召开。本次会议发起单位为新疆社会科学联合会、新疆人民出版社、新疆大学中文系。60余人与会，提交会议论文近30篇。会后，吴冶、郝延霖、胥惠民、石晓奇等人将大会论文选编为《〈西游记〉研究论文选》，由新疆人民出版社出版。

1989 年

全国《西游记》超前意识未来观学术讨论会在江苏淮安召开。这次学术讨论会是由中国未来学会与淮安市人民政府联合发起召开的，7 月 1 日至 3 日在江苏淮安楚州宾馆举行。淮安市人民政府市长杨国忠、中国未来学会副秘书长王绍臣在开幕式上发表了讲话。来自北京、广东、陕西等十多个省市的 32 名代表出席会议，大会收到论文 20 篇。与会专家学者们首次用超前意识未来学观点，对古典名著《西游记》进行了多方面尝试性的探讨，把传统的研究方式与未来学研究融为一体，开辟了《西游记》研究的新途径。

1990 年

刘荫柏编《西游记研究资料》出版。刘荫柏为中国艺术研究院研究员，主要从事中国古代历史、文学、民俗学、宗教等领域的综合性研究，也涉猎外国古典文学。《西游记研究资料》为纪念吴承恩逝世四百年而编，分为作者生平、本事演变及影响、版本和序跋评点、评论四编，其规模较之朱一玄、刘毓忱所编《西游记资料汇编》更大。该书由上海古籍出版社出版。

《〈西游记〉别论》学术研讨会在上海举行。4 月 20 日，上海古典文学研究会、学林出版社、浙江省建德县文联联合举办了《〈西游记〉别论》学术研讨会，有 30 余位学者与会。业余研究者王国光所著《〈西游记〉别论》由学林出版社 1990 年出版，此书以类似红学中索隐派的研究方法，对《西游记》进行了探微钩玄的解读，认为《西游记》是“世界上最长的密码”，其内涵是“三藏经”。与会者就此书内容展开了热烈研讨，《文汇报》、《新民晚报》等媒体作了相关报道，“密码说”成为《西游记》主题研究中较有影响的观点。

1991 年

长春市建“西游记宫”。12 月 25 日，长春市建成一座再现我国古典文学名著《西游记》中重点情节内容的大型展览宫——“西游记宫”并正式向游人开放。这座“西游记宫”是由吉林省吉剧团发起，并联合东北建筑工程公司第二分公司和长春市劳动公园共同兴建，它坐落在长春市劳动公园内，占地 8000 平方米，建筑面积 4750 平方米，共有 28 个景点，整个建筑风格采用我国传统大屋顶翘格式，显得美丽、大方而庄重。展宫运用戏剧舞台的布景、灯光、道具、服装、化妆、音响效果等手法，把《西游记》中的重点场景、人物情形再现在展宫之中，使观众犹如走进了《西游记》的故事情节之中，大有身临其境之感。该展宫在全国同类展宫中是最大型的。

刘怀玉著《吴承恩年谱》。由上海古籍出版社出版。

《吴承恩诗文集笺校》出版。此书是刘怀玉以 1958 年刘修业据故宫博物院铅印本《射阳先生存稿》整理辑校的《吴承恩诗文集》为底本加以笺注和补校而成，是吴承恩诗文集的第一个笺注本。对于前人的研究成果，尽量采入笺注中，若遇与笺者不同的意见，亦予列出，诸说并存，供读者自己分析比较。此集还更新了原“补遗”中吴承恩的佚文，增补了吴氏《花草新编》中的批评文字。此书由上海古籍出版社出版。

1994 年

《〈西游记〉辞典》出版。本辞典是《西游记》专书词典，由曾上炎主编，河南人民出版社出版，收词 5650 条，52 万字。收词以语词为主，兼收佛教、道教的部分用语，以及宋元明时期流行的或特有的俗语、方言、名物、称谓等。所收条目按音序排列，每条词目都有注音、释义、例句，部分词目有文献佐证，佐证多为它书例句。书前有词目音序索引，书后有词目笔画索引。

1995 年

杨义作《〈西游记〉：中国神话文化的大器晚成》。发表于《中国社会科学》当年第 1 期。此文注重本体研究，以神话原型批评的方法全面分析了《西游记》的神话形态、神魔观、神话想象、哲理意蕴、叙事结构和方法等方面的问题。文章将《西游记》定义为神话小说并将其推许为我国"神话文化的伟大杰构"。

李安纲著《苦海与极乐——〈西游记〉奥义》出版。李安纲自 20 世纪 90 年代登上《西游记》研究论坛后，即以其一以贯之的"金丹大道说"给学界带来强大冲击。他将《西游记》视做一个以阐扬道家文化为主的宗教文本，为此，他连续发表了一系列考论文章，主编了《〈西游记〉文化学刊》，出版了《〈西游记〉新评新校》，声势颇大，学界誉其为"奇人"。此书由东方出版中心出版，是李安纲"金丹大道说"的集中阐述。

1996 年

首届《西游记》文化学术研讨会在山西太原召开。9 月 23 日至 25 日，由人民出版社和山西省教委、山西省高教学会《西游记》文化专业委员会、山西省古典文学学会共同发起主办的首届《西游记》文化学术研讨会在山西省太原市举行，与会代表共计百余人，收到论文 40 余篇。会议参加者就山西运城高专青年教师李安纲的《西游记》研究成果展开了热烈讨论。

1999 年

第五届全国《西游记》学术讨论会在连云港召开。这次讨论会由连云港市社会科学联合会和江苏省明清小说研究会主办，淮海工学院、连云港师范专科学校等高校协办。7 月，来自上海、江苏、安徽、河南、河北、湖北、湖南等地 30 余所高校及科研单位的学者和连云港市的代表出席了会议，共收到论文50多篇。会议回顾了中国近100年来《西游记》的研究成果与研究现状，对《西游记》的主题和人物原型，《西游记》的基础学研究和社会学研究等问题，展开了交流和讨论。

第二届《西游记》文化学术研讨会在甘肃天水召开。8月16日至19日，由山西省教委、山西省高教学会《西游记》文化学会和甘肃省天水市委、市政府、天水师范高等专科学校共同主办的第二届全国《西游记》文化学术研讨会在历史文化名城天水举行。

2000年

第三届《西游记》文化学术研讨会在山西运城召开。10月，第三届《西游记》文化学术研讨会在运城高专举行。著名古典文学研究专家霍松林、中国宗教学会副会长方立天、山西省古典文学学会会长阎凤梧等参加了会议。该次研讨会的讨论焦点主要集中在三个方面。一是《西游记》的主题，二是作者问题，三是原型问题。会上，山西省社会科学院孟繁仁研究员提供了娄繁县罗家岔乡蔡家庄村的明代古钟上所铸的唐僧师徒四人取经图，运城地区博物馆原馆长王泽庆提供了稷山县清凉寺元代壁画上的唐僧师徒四人取经图。这是百回本《西游记》成书以前，西游故事在山西曾广泛流传的两个佐证。

2001年

首届中国《西游记》文化节在连云港举办。该届文化节于9月由江苏省建设厅、连云港市人民政府、《新华日报》社、《扬子晚报》社联合主办，江苏省文化厅、省旅游局、省体育局、省宗教局联办，连云港市建设局和云台山风景名胜区管委会承办。首届中国《西游记》文化节规模宏大，盛况空前。其间先后举办第六届全国《西游记》学术讨论会、《西游记》灯展及书画笔会等活动。

第六届全国《西游记》学术讨论会在连云港召开。9月27—29日，由连云港市哲学社会科学联合会和江苏省明清小说研究会共同主办的第六届全国《西游记》学术讨论会在连云港市召开。连云港市社科联邀请了中国社会科学院、北京大学、复旦大学等全国十多所大学和研究机构的20多位专家学者会同本市的《西游记》研究人员参加了学术讨论会。这次讨论会是21世纪全国《西游记》学术研究的一次盛会，不仅对近年来《西游记》的研究成果进行了研讨和交流，而且与会的专家学者还对《西游记》、花果山和连云港市的关系进行了深入的研讨，提出了许多很有价值的意见。

2002年

第二届中国《西游记》文化节在连云港举办。该届文化节于9月由连云港市人民政府、中央电视台联合举办，连云港市云台山风景名胜区管理委员会、建设局、广播电视局、旅游局承办，连云港市公安局、交通局、文化局、城管局、宗教局、外事办公室、卫生局、经贸委、科技局、连云港供电公司、社科联、连云港日报社协办。主题为"2002′中国连云港《西游记》文化旅游节"。

第四届《西游记》文化学术研讨会在北京召开。8月11日至14日，第四届《西游记》文化学术研讨会在北京举行。这次盛会由中国社会科学院东方文化交流中心、中国古典文学普及研究会《西游记》文化学会、中国宗教学会禅文化艺术中心发起，由全国《西游记》文化学会、运城学院承办，来自全国各地的150余名学者和《西游记》研究爱好者出席了会议。运城学院中文系教授、学报主编、《西游记》研究专家李安纲推出了五卷本的《〈西游记〉奥义书》，得到了与会专家及学者的一致好评。

全国《西游记》研究应用中心获江苏省批准立项。为了进一步加强对古典文学名著《西游记》的研究，挖掘其深厚的文化底蕴，把连云港市建设成为以《西游记》文化为特征的全国优秀旅游城市，连云港市社会科学联合会根据江苏省委宣传部扶持苏北文化建设领导小组的要求，积极主动申报成立全国《西游记》研究应用中心。10月，江苏省委宣传部扶持苏北文化建设领导小组批准了该项目，并划拨了20万元资金予以资助。

2003 年

全国《西游记》研究应用中心在连云港市成立。全国《西游记》研究应用中心是江苏省扶持苏北文化建设工程项目之一。3 月，连云港市成立了以市委常委、宣传部长吴加庆为主任的领导班子，聘请了季羡林、王邦维、白化文、葛维钧等国内《西游记》研究的著名专家、学者及连云港市的罗栋生、李洪甫、彭云等共 40 余人作为顾问和特邀研究员。2—3 月，连云港市社科联会同花果山风景区管理处先后召开了 3 次座谈会，向有关专家征求意见。7 月上旬，连云港市社科联通过《连云港日报》、《苍梧晚报》、市电台、电视台、网络等向全社会公开征集与《西游记》有关的各种物品。9 月 25 日，连云港市社科联在淮海工学院图书馆举办了《西游记》文化陈列馆开馆仪式，同时召开了专家文化论坛。《新华日报》、《扬子晚报》及连云港市的媒体均及时作了报道。为了加强《西游记》文化研究的阵地建设，2003 年全国《西游记》文化研究应用中心共出版了 4 期《西游记文化》特刊，发表了来自全国《西游记》研究人员的学术论文 112 篇，在国内《西游记》研究领域产生了很大影响。12 月上旬，《西游记》网站正式开通。

第三届中国《西游记》文化节在连云港举办。9 月 8 日，第三届“连云港·中国《西游记》文化节”开幕。该届文化节由中央电视台和连云港市人民政府联合主办，中国国际电视总公司和云台山风景名胜区管委会、连云港市建设局共同承办。该届文化节以“走进《西游记》、拥抱花果山、相约连云港”为活动主题，采取政府主导、社会参与、市场运作、实体承办的方式将文化、旅游、经贸活动相结合，打造了花果山品牌。

《西游记》与中国文化国际学术研讨会在河南召开。10 月 10 日至 13 日，《西游记》与中国文化国际学术研讨会在河南大学召开。会议由河南大学，《文学评论》、《文学遗产》、《明清小说研究》三大期刊编辑部及《西游记》文化学术委员会，巩义市人民政府共同主办，河南大学文学院承办。与会代表层次高，提交的论文质量高，学术气氛浓厚。会议代表中有教授、研究员、编审 37 人，副教授、副研究员、副编审

32人，博士、文联主席等16人。著名学者黄霖、张锦池、王保生、胡明、萧相恺、周先慎、胡小伟、康保成、王齐洲、王平等应邀参加会议。吴圣昔、大冢秀高等5位学者寄来了书面发言和专题论文。大会共收到论文49篇、专著一种以及《西游记文化学刊》、《西游记文化》各一册，另有不少与会代表写出了书面发言提纲。在研讨过程中，不同流派、不同学术观点展开了激烈而富有建设性的论争，经过面对面的交锋，消除了彼此之间的隔阂和误解，达成了诸多学术共识。

2004年

纪念世界文化名人吴承恩诞辰500周年暨《西游记》国际学术大会在江苏淮安召开。会议由淮安市吴承恩《西游记》研究会发起主办，以"猴年·猴府·猴会及美猴王的心愿"为主题，开展一系列纪念活动。

2005年

"新西游记"采访活动启动。5月21日至6月5日，由中国晚报协会组织的"新西游记"采访活动开启，全国共有44家媒体、50多名记者参加。采访从西安出发，沿唐僧师徒西天取经路，途经甘肃天水、兰州、武威、张掖、酒泉、嘉峪关、敦煌，最后到达新疆乌鲁木齐、吐鲁番，全程历时16天。

吴承恩纪念馆在江苏淮安市楚州区建成开馆。楚州是吴承恩的故乡。2004年，在纪念吴承恩诞辰500周年之际，楚州区政府决定在吴承恩故居新建一座集文学研究、名人纪念、传统教育、文化博览、旅游休闲于一体的纪念馆，并在此基础上精心打造西游文化产业。吴承恩纪念馆占地1.25万平方米，建筑面积达3520平方米。纪念馆由体现明代风格的古典园林建筑群组成，馆内设纪念厅、陈设厅、民族文化展示厅、《西游记》展示厅、研究资料室，主要陈列吴承恩生平和生活资料及文物，介绍《西游记》的创作和传播过程以及研究成果等。

2006 年

2006′《西游记》文化国际学术研讨会在江苏召开。8 月 25 至 26 日，由江苏省社会科学院、河南大学、淮海工学院、淮阴师范学院、芜湖教育学院发起，淮海工学院主办的“2006′《西游记》文化国际学术研讨会”在连云港举行，来自美国、日本和国内 40 多家高校、科研单位的近 60 名学者出席了会议。与会者对《西游记》进行了广泛的研讨，提出了许多富于启发性的观点。30 余位学者在大会上作了学术报告，论及的内容非常广泛。江苏省社会科学院研究员王学钧结合会议上学者的报告，从成书研究、作者考证、版本研究、主题探索、人物形象解读、思想和宗教内涵分析、美学研究、学术史研究以及关联性研究 9 个方面进行了述评。这次会议是继 2003 年开封会议之后的又一次《西游记》研究盛会，研究的深度和广度都是对此前研究的发展与超越，表现出新的研究走向。其中最引人注目的就是《西游记》成书研究和宗教内涵研究，会议向世界展示了《西游记》研究的最新成果。

2007 年

中国《西游记》文化研究会在北京成立。文艺理论家丁振海当选为会长。中国《西游记》文化研究会是以名著《西游记》及其相关文化为研究对象的学术团体，本年 3 月由文化部、民政部批准成立，是我国关于《西游记》研究的第一家全国性学术团体，宗旨是团结和组织全国有志于或有意于《西游记》文化研究的各界人士，积极开展学术研究和国内外业务交流活动，为推动我国《西游记》文化研究事业的发展而努力。

《西游记》文化研讨会在江苏盱眙召开。6 月，由盱眙县人民政府和全国《西游记》论坛主办的《西游记》文化研讨会在盱眙召开，来自中国社会科学院、中国艺术研究院、江苏省社会科学院、河南大学、南京大学、辽宁大学、上海师范大学、淮海工学院等多家单位及盱眙县内的50余名《西游记》研究学者出席了会议。与会者对《西游记》进行了广泛且深入的研讨，提出了许多具有启发性的论述，特别是在《西游记》与盱眙、《西游记》与古泗洲的研究方面具有先导性、开拓性的进展。

2007年《西游记》学术研讨会暨第四届《西游记》论坛在河北石家庄召开。12月15日至16日，由《西游记》研究会主办，河北经贸大学人文学院承办的2007年《西游记》学术研讨会暨第四届《西游记》论坛在石家庄河北经贸大学举行。来自全国各地的30多位专家学者各抒己见，畅所欲言，从不同角度对《西游记》的文化内涵进行了深入的讨论。

2008年

名著《西游记》与海州研讨会在连云港召开。7月25日，连云港市《西游记》文化研究中心、《西游记文化》编辑部邀请连云港市部分专家召开名著《西游记》与海州研讨会。会上专题讨论了《西游记》与海州的相互关系，以及连云港市历史文化产业发展问题。与会人员对《西游记作者之我见》一文展开讨论，作者姚芝庆就云台山多处古诗文石刻与《西游记》小说诗文词语的关联现象向专家们作了分析介绍。

连云港市《西游记》学术研究中心成立。8月20日，成立连云港市《西游记》学术研究中心，挂靠淮海工学院。

连云港市《西游记》文化陈列馆建立。连云港市社科联与市文化局、市博物馆共同建设面积达700平方米的《西游记》文化陈列馆，共计展出各类《西游记》文化方面的展品30多类1000余件，其中明清时期的《西游记》古善本等近百件展品是首次展出。

连云港市《西游记》武术文化研究会成立。挂靠花果山文武学校。

2008年《西游记》学术研讨会暨第五届《西游记》论坛在北京召开。9月20—21日由吴承恩《西游记》研究会主办，中央电视台北普陀影视基地、北京影视学院、北京飞视国际影视研究院协办，京东宾馆承办的2008年《西游记》学术研讨会暨第五届《西游记》论坛在北京召开。

《西游记》文化研究会学术委员会成立大会暨《西游记》传播研讨会在浙江召开。10月17—19日，《西游记》文化研究会在浙江师范大学举办《西游记》文化研究会学术委员会成立大会暨《西游记》传播研讨会。

2009年

《西游记》学术研讨会暨第六届《西游记》论坛在北京召开。本次会议由吴承恩《西游记》研究会主办，中央电视台北普陀影视基地、北京影视学院协办，有50余人与会。

首届海峡两岸齐天大圣文化旅游节在福建举行。9月8—10日《西游记》文化研究会部分专家学者参加了在福建顺昌举行的首届海峡两岸齐天大圣文化旅游节活动。

2010年

《西游记》国际文化论坛在淮安举行。10月16—15日，《西游记》国际文化论坛在吴承恩故乡淮安市楚州区举行。本次论坛由中国《西游记》文化研究会、淮安市人民政府、南京大学、扬州大学和江苏省明清小说研究会共同主办，是本年“中国淮安《西游记》文化旅游年”活动的一项重要内容。本次论坛以“《西游记》与传统文化”为主题，旨在探讨《西游记》与传统文化的联系，弘扬优秀传统文化，把《西游记》文化产业做大做强。论坛期间，还在吴承恩纪念馆举行了“玄奘纪念堂”和“六小龄童工作室”揭牌仪式。中国《西游记》文化研究会向吴承恩纪念馆授予“《西游记》研究创作基地”的牌匾。

中国《西游记》博览馆在江苏淮安开馆。中国《西游记》博览馆10月16日在吴承恩的故乡江苏淮安正式开馆，这一大型文化主题展馆综合运用声光电、4D影像等高科技手段，系统展示和演绎《西游记》文化。蔡铁鹰任名誉馆长。

2012 年

“斗战胜佛与花果山海宁禅寺”研讨会在连云港召开。该研讨会于8月召开，由江苏省佛教协会副会长、连云港海宁禅寺方丈昌鉴法师主持，中国佛教协会副会长、江苏省佛教协会会长心澄法师，江苏省佛教协会副会长兼秘书长秋爽法师，江苏省佛教协会副会长果光法师，江苏省佛教协会副会长昌鉴法师，江苏省佛教协会副秘书长陈建华，著名史学家彭云、周永卓、董群以及连云港市政协主席仲琨、连云港市宗教局等相关部门的领导、学者60余人与会。

后　记

对于《西游记》这部通俗小说名著，我和多数中国人一样，并不陌生甚至可以说相当熟悉。在我还很年幼的时候，父亲就时常为我讲述《西游记》中的故事，诸如三打白骨精、三调芭蕉扇之类的情节既生动又热闹，在我的脑海中留下了鲜明的印象。后来，我又如痴如醉地沉浸在中国动画片的巅峰之作——《大闹天宫》的流畅图案中，百看不厌。再后来，电视连续剧《西游记》拍出来了，我仍然每集不落地看下来。当然，在我进入古典文学的专业学习之后，像《西游记》这样的经典作品，是必须常读精读的。而如今，我又像我父亲一样，开始为我年幼的儿子讲述着《西游记》中的故事了。这些，无疑可以视做中国文化传承的线索和方式的一个缩影，作为参与者，我自己也是其中的一环。

但是，上述之种种于我，都还只是自发的行为，而这本《〈西游记〉学术档案》（以下简称《档案》）的撰著，却是自觉的行动。记得读博伊始，因为我在硕士阶段关注过明清通俗小说，所以很想继续在此领域选择博士学位论题，正好恩师陈文新先生主编的丛书《中国学术档案大系》中包括数种小说名著的学术档案，陈师就一半建议一半命令地让我接下《西游记》学术档案的编撰任务，以期与博士论文选题同步进行。但是后来，由丁种种原因，我的学位论文题目并木囿丁小说领域，加之自己学力与精力均极有限，无法兼顾两头，我遂向陈师告了长假，专心撰写学位论文，准备待毕业之后再启动《档案》的编写。于是，已经搜集了一些资料的研究工作停了下来，且一停就是两年半。毕业后，我回到湖南工作，在陈师的督促下，又花了一年多的时间，终于拿出了现在这样一部书稿。

本书的内容无需在此复赘，应该提出来一说的，倒是其他一些细节。自从开始编写以来，恩师陈文新先生便一直给以具体的指导，一些篇目是陈师亲自选定的，先生还为联系《西游记》经典论著作者的著作权授权之事提供了不少方便。这些在先生，恐怕只是一种带学生的方式和习惯；而在我，则是感受甚深的教诲，于我之为人与为学都发生着细微而深远的影响。

与我合作的潘晓明师妹工作繁忙又身怀六甲，很是不便，但却承担了大量的资料搜集与整理工作，全书后两个部分基本由她完成。不论是跑图书馆的艰辛，还是网上搜寻的无奈，我都曾深有体会，而这对于身体不便的她尤其难能，因此我对她怀有一份特别的敬意和谢意。

武汉大学出版社对本书之出版也给予了莫大支持。主持其事的朱凌云老师、李琼老师都是认真负责、细致严谨之人，她们的辛勤劳动为本书之顺利面世提供了保障，在此深致谢忱。由于平日教学和其他工作占用了大量时间，本书实际上是断断续续编出来的，为此还麻烦了几位学生，邓昕慧君、王世醒君、佘理君等都曾做过一些文字校录工作，我与他们的接触使我深感师生遇合之难得，在此一并致谢。

全书四个部分："学术史概述"和"经典论著评介"两部分由我撰写；"论著提要"部分由潘晓明搜集撰写，我做了一些增补；"研究大事记"中新时期以前部分由我撰写，新时期以后部分由潘晓明撰写。全书由我统稿，陈文新先生审订。由于学识和条件所限，本书疏误之处在所难免。最明显的，莫过于对中国港台及海外《西游记》研究涉及甚少，这些遗憾，只好留待修订时再作增补了。对于前人之研究成果，书中有所征引，未及一一注明者，特致歉意。如果说本书还有些价值，那也是因着《西游记》本身的博大和几百年来《西游记》研究的精深所致，对于这一点，我是应该有自知之明的，所以，敬祈读者方家指正批评。

周　勇

2013 年 1 月